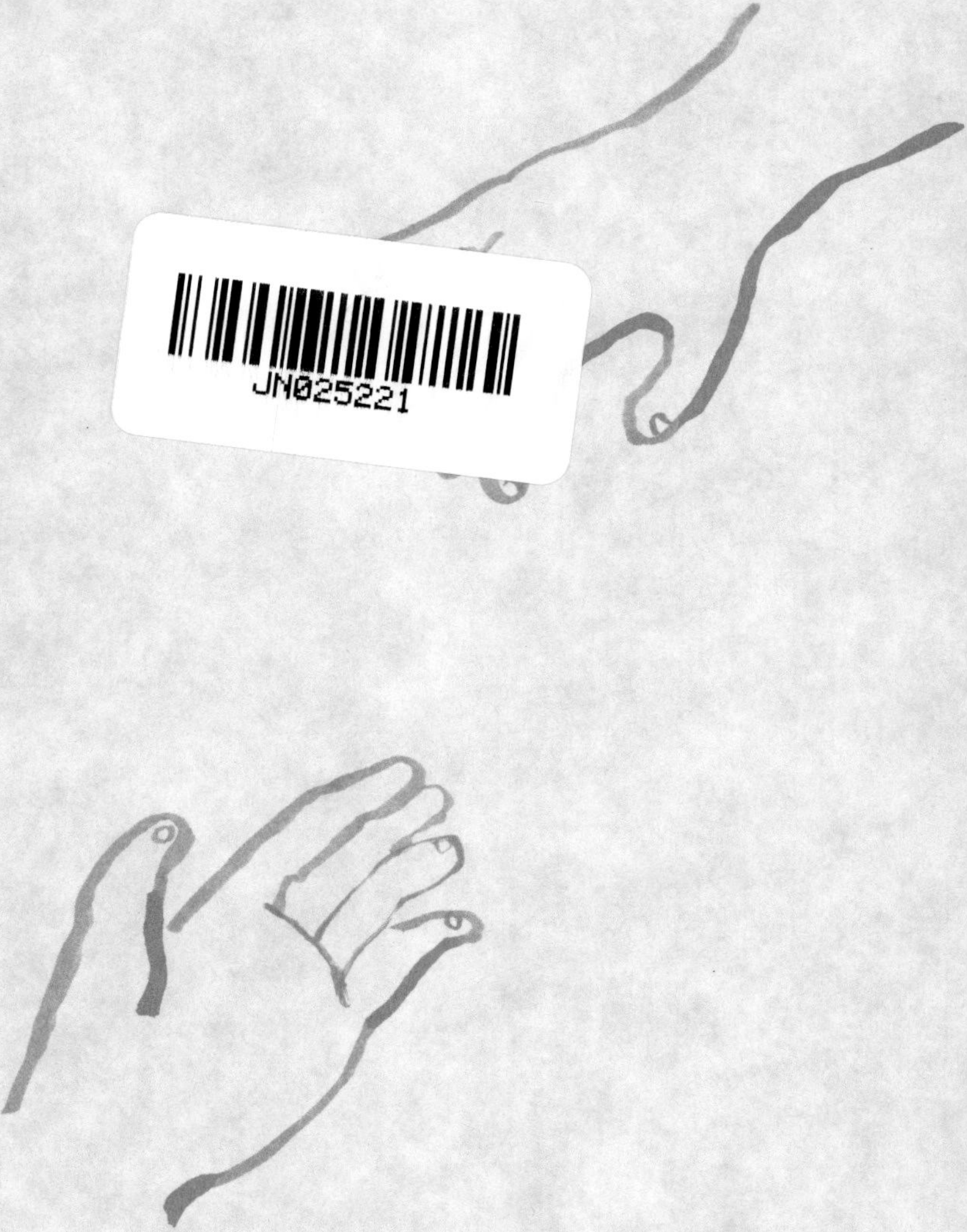

そこに
私が行っても
いいですか?

거기,
내가 가면
안 돼요?

イ・グミ 著
이금이
神谷丹路 訳

目次

거기,내가 가면 안 돼요?
(Can I Go Instead?)
by 이금이

This book is published with the support of the Literature Translation Institute of Korea(LTI Korea).

第2部　暮れない時間
1939〜1954年

プロローグ　終わらない話

ドキュメンタリー番組「子爵の娘」は、光復《解放》七十周年記念特集として放映された。日本の植民地時代（原語は「日帝強占期」。日本により強制占領されていた時期の意。一九一〇年～四五年）に、朝鮮総督府から貴族の爵位を受けた家の娘、ユン・チェリョン博士を主人公にした内容だった。

構成と台本を担当した私は撮影に先立ち、ユン博士と五回の事前インタビューを行なった。一九二〇年生まれの彼女は高齢にもかかわらず、補聴器を着けている以外、杖も使わずかくしゃくとしており、頭もはっきりしていた。とりわけ私たちが焦点を当てようとした若い頃の記憶を大切に胸にとどめていた。その記憶を裏付ける資料も豊富で、何よりドラマチックな人生それ自体が興味深かった。

撮影は順調に進み、仕上がった作品もまずまずの出来だった。だがユン・チェリョン博士は、自らが主人公のドキュメンタリー番組の放映を見ることは叶わなかった。撮影が終了して間もなく、この世を去ったからだ。まるで宿題を終えた子のように、その夜、安堵に満ちた顔でベッドに入り、そのまま目覚めなかったという。ドキュメンタリー番組は、ユン・チェリョン博士の生前の姿を映した最後の記録になった。私たちは、エンディングに葬儀のシーンを入れ、彼女の死を悼んだ。そのシーンは、忘れてはならない時間が今も流れていることを象徴的に映し出し、作品をより印象深いものにした。放送はなかなか好評だった。地上波の夜遅い時間帯に放送された番組だったが、光復節（八月一五日。日本の植民地支配からの解放記念日）当日の午前に、再放送された。

「子爵の娘」が放映された後、博士の孫のユン・ソンウ理事は、自らの別荘に撮影チームを招待した。彼は、ユン・チェリョン博士の人生をドキュメンタリー番組にする際、交渉の窓口役を担ってくれた人だ。両水里《ヤンスリ》（京畿道。南漢江と北漢江が合流する風光明媚な地）の別荘には、彼の妻と九歳の息子、七歳の双子の娘たちも来ていた。夕焼けに赤く染まった大河を臨み、子供たちの笑い声がさざめくガーデンでのバーベキューパーティは、上流社会を扱ったドラマのワンシーンのようだった。

ユン・ソンウ氏は四十歳を越えたばかりで、初中高校を擁するユンソン学院を引き継いだ。そればかりか、莫大な不動産も相続した。ユン理事の父でありユン・チェリョン博士の一人息子であるユン・チンス氏は、一九八〇年代初め、アメリカで交通事故に遭い、死亡したという。まだ小さかったユン・ソンウ理事は韓国の祖母に引き取られて育ったので、祖母にはひとかたならぬ敬愛の念を抱いていた。撮影チームの誰かが、自分だってそんなに多くのものを相続させてくれる祖母がいたら、神様のように持ち上げるさと言った。私たちは笑いながらその言葉に頷いた。

ユン・ソンウ理事は、ドキュメンタリー番組が昨年、自律型私立高校に転換したユンソン学院の志願倍率にもいい影響を及ぼしそうでありがたいと言い、私に、祖母の評伝を作りたいと打ち明けた。日銭稼ぎのライター業に汲々としているとはいえ、私は二冊の著書がある小説家だ。私の経歴を知る彼は、あらゆる年齢層が面白く読める評伝を望んだ。事業家や芸能人の自叙伝のゴーストライターに比べれば、はるかに魅力的な仕事だ。私たちは近いうちに改めて具体的な相談をすることにした。

数日後、番組制作会社から連絡がきた。放送を見た誰かが私の電話番号を尋ねてきたという。

「何かあったの？　会社のほうで処理してほしいんだけど」

番組が放映されると、さまざまなことが起こる。内容と関連した出演者の抗議の電話もあれば、感謝を表されることもある。出演者の知り合いだと言って連絡先を尋ねてくることもあれば、内容と関連した重要情報を提供してくれる場合もある。大抵、誰が対応しても構わないようなことだった。

「それが、どうしてもカン先生の電話番号を教えてほしいというのです」

エンディングのクレジットにあった私の名を見てそう言うとは、仕事の依頼だろうか？　番組を見た知人たちから、台本が良かったという評判は聞いた。すべては、ユン・チェリョンという人物に巡り合えたおかげである。番号を伝えると間もなく、老人ホームの施設長という女性から電話がきた。

「突然お電話を差し上げて申し訳ありません。うちのご高齢の女性の入所者さまの中に、ドキュメンタリー番組をご覧になった方がいて、どうしても作家の先生にお目にかかりたいとおっしゃっているのです。なんとか会わせてほしいと繰り返し言うものですから、断りきれなくて。放送局に電話しましたら、番組制作会社の連絡先を教えていただきました」

施設長の話しぶりには、申し訳なさが滲み出ていた。

一般の視聴者たちはドキュメンタリー番組の作家には関心を持たないものだ。名前をきちんと記憶している人もほとんどいない。だから私にそれほど会いたいという老女がどんな人物なのか、理由は何なのか、私はとても気になった。〈子爵の娘〉を見たというのだから、ユン・チェリョン博士と関係のある人物であることは確かだ。施設長が教えてくれた老女の年齢は、ユン博士と同い年だった。

「作家先生に直接会って申し上げたいことがあるそうです。内容は、口を閉ざしていらっしゃいます」

ユン・チェリョン博士の友人だろうか？　彼女についてもっと話したいことがあるのかもしれない。評伝を書く可能性もあるので、ユン博士に関係することなら、何であれ歓迎である。

私は翌日、京畿道楊州《ヤンジュ》の老人ホームを訪ねた。ユン・ソンウ理事に熱意と誠意を見せることにもなるし、大した成果がなくとも時間の浪費にはならないだろう。山の麓にある施設は最近あちこちにできているごく普通の施設と大差ない。私と同年配ぐらいの施設長に面会し、老女について尋ねた。

「本当に来てくださったのですね。ありがとうございます。キム・スナムさんは、ここでは『博士おばあさん《ハルモニ》』って言われてるんですよ。あのお年で英語もできるし、いろいろなことをご存知で。たいへん聡明な方なのですが、少し前にひどく患われてからは気力がかなり衰えてしまわれました」

施設長の言うようにその年齢で英語ができて博士と呼ばれるくらいなら、かなりの知識人だ。推測どおり友人ならば、ユン博士の留学時代の友人である確率が高かった。もっと前に知っていたら、ドキュメンタリー番組にインタビューを入れられただろうに。もう放映されてしまったことを残念に思うほど、私はユン・チェリョン博士の人生に魅了されていた。

施設長は、小さいテーブルと椅子が数脚置かれた談話室に案内してくれた。家族と面会したり、集まって談笑したりする老人たちが二、三人いた。しばらくすると職員が押す車椅子に乗って、ひとりの老女が近づいてきた。小柄な体つきで白い髪をショートカットにした老女。顔には大小の皺とシミがいっぱいあったが、上品な印象だった。明らかに初対面のはずなのに見覚えのある顔だ。もっとも老人になると、みな似てくるものだ。

車椅子が正面で止まった。施設長が老女に、待ち人の来訪を告げた。肘掛けをしっかり握った老女が、私を穴のあくほど見つめた。自分が会いたい人に間違いないかどうか、見定めているようだった。

「はじめまして。カン・ヘランと申します」

私は軽く会釈して挨拶した。老女は、職員と施設長に座をはずすように言った。ふたりきりになってからも、老女はひと言も発することなく私を凝視した。全身のエネルギーを凝縮して見ているような鋭い眼光だった。私の倍も生きてきた老女の眼光に胸の内を透視されるような気がして、私は慌てて用件を切り出した。

「私に何か御用でしょうか？　ユン・チェリョン博士をご存じなんですか？　博士とは同い年のようですけど、もしかしてご友人でしょうか？」

「私が、あの子爵の娘です」

私の言葉を遮るように放たれた声は、震えてはいたが明瞭だった。私は面食らった。

「えっ、何でしょう？　どういう意味ですか？」

「私が、あのユン・チェリョンだと言っているのです」

「いったい、何をおっしゃりたいのか。ユン・チェリョン博士は少し前にお亡くなりに……」

私は途中で口をつぐんだ。見覚えのある理由がわかったからだ。老女はユン・チェリョン博士に似ていた。とても。姉妹？　いや、年が同じだから双子？　だがユン博士に姉妹はいない。

「あの人はニセモノです」

確信に満ちた口ぶりに、私は少しの間、言葉が見つからなかった。渦のように錯綜した思いが湧き上がり、ぼうっとなりながら老女を見つめた。見れば見るほどユン・チェリョン博士と似ている。もし仮に目の前にいる老女が本当に子爵の娘、ユン・チェリョンなら、彼女の人生を番組にした私たち、いや私は、どうなるのだろう。あのドキュメンタリー番組を実質的に企画したのは私だ。

ことの起こりは、資料調査をしていた時、二十年以上前の女性誌をめくっていて、偶然ユン・チェリョン博士のインタビュー記事を読んだのがきっかけだった。国から勲章をもらった時のインタビュー記事だ。彼女が設立したユンソン学院は、名門私学として広く知られていた。それでも〈子爵の娘として生まれ、韓国教育界のゴッドマザーとして生きる〉という目を引くタイトルでなかったら、適当に読みとばしていただろう。

好奇心が湧いたのは〈韓国教育界のゴッドマザー〉ではなく、〈子爵の娘〉のほうだった。朝鮮半島五千年の歴史で、ヨーロッパ式の貴族称号が使用されたのは、日本の植民地時代しかない。国権が奪われた後、日本に進んで協力した人々や朝鮮の王族たちに朝鮮総督府が爵位を与えた。拒否せずに爵位を受け取っていれば、「対日協力者《チニルパ》」と見て差し支えないだろう。解放後も対日協力者の子孫が、親の栄華を受け継いで富を享受する例は、かなりありふれたことだったので、子爵の娘と教育界の実力者という関係に、とりたてて疑問はなかった。だが決して自慢にはならない子爵の娘という履歴を堂々とさらしているのを見ると、そこまでの歳月に関心に値する何かが隠されているということだ。ユン博士の幼少期と青年期は日本の植民地時代と重なっていた。記事に書かれていたその時期の話は短かったが強烈で、簡略に記されていたぶん、余計に想像力を刺激した。九十歳代半ばになっているはずなので、故人であろうと推測したが、ユン・チェリョン博士は存命だった。

私は番組制作会社ジェイ・プロダクションのチョン代表に、光復節の特集番組として企画書を出した。チョン代表は、数年前に放送局を離れて制作会社を設立した大学の先輩だった。ユン・チェリョン博士のインタビュー記事と私の企画書を見た先輩は、苦々しい顔で言った。

「ユ・グァンスン（柳寛順。朝鮮の女性独立運動家。一九一九年三一独立運動に学生リーダーとして参加。翌年獄死）のような烈女でもないし、満州の荒野で抗日運動をしたわけでもない。何も特別な話はないじゃないか。おまけに子爵の娘なら正真正銘の売国奴《チニルパ》の子孫だぞ。光復節の特集なんかでやったら、非難轟々《ごうごう》だ。存命の人物なら、なおさら面倒だよ」

「世間の人たちは、歴史の本で何度も見たような人物や話なんか、もう興味を示しません。日本の植民地時代の子爵の娘なら、金のスプーン（韓国の流行語。上流階級の生まれを皮肉る言葉。貧しい家の子は泥のスプーンをくわえて生まれるといわれる）って訳じゃないですか。みんな悪口を言いつつ財閥が出てくるドラマが大好きだし、特権階級の人たちの人生に憧れや好奇心があるんですよ。これまで爵位を拒否したり、富貴や栄華を嫌って独立運動に身を捧げた男たちの話は山のようにありました。でも女性では、新式女性（近代教育を受け、新しい生き方を模索した女性）や妓生《キーセン》（朝鮮の芸妓）を扱ったことはあっても、貴族の娘はなかったと思います。ユン・チェリョンの話はこれまで扱った日本の植民地時代の人物とは差別化されて、関心を引くと思うんです。人物を発掘するという意味もありますし」

　私はチョン先輩を説得し、結果は先に述べたとおり大成功だった。それなのに……。

　私は首を傾げた。おかしい。四カ月にわたり取材したユン・チェリョン博士と、私の目で確かめた資料が嘘であるはずがなかった。

「申し訳ありませんが、何のお話か理解できません。何か証拠でもあるのでしょうか？」

　私が言い終えるより先に、任務をすべて果たしたとでもいうように、老女の顔からにわかに表情が消えた。眼から光が失われると、老女は今にも折れそうな枯れ枝のように見えた。老女は、突然我に返ったかのごとく、不安な顔で職員を呼ぶと、部屋に帰ると告げた。私は、儀礼的な別れの挨拶もなしに遠ざかっていく老女の後ろ姿を見守った。からかわれたようでもあったが、どこか気まずかった。

「キム・スナムさんは、どんなお話をされたんですか？」

施設長が向かい側に来て座り、尋ねた。明らかに重要で意味のある話をしたはずだと固く信じているような表情を目にした途端、私は苛立ちが込み上げてきた。

「あの方、ちょっとまともじゃないですよね？　自分がドキュメンタリー番組に出た人物だと言っていました。その方は、少し前にお亡くなりになったんですけどね」

私は、よく調べもせずに連絡してきたことに対する抗議を口にした。施設長は表情を曇らせながら、認知症の前兆症状のようだと答えた。その言葉がとてもありがたかった。かくしゃくとして気難しいところのあったユン・チェリョン博士も、時として、とんでもないことを言うことがあった。何もおかしいところがないほうが、むしろ不思議な年齢だ。だがそれにしても、どうしてそんな主張をするのだろうか。そう主張できるほどの接点や理由がなければ、どうして自分を他人だと言えるのか。

「キム・スナムさんのご家族は？」

私は何気ないふりをして聞いた。

「どなたもいらっしゃいません」

老女との面会が虚しく終わったことを知った施設長は、時間を無駄にさせてしまったと恐縮した。もっと聞きたいことが沢山あったが、私は我慢して帰ってきた。知れば知るほど気にかかるだけだ。きっとテレビを見ていて、自分と似ている人が出ていたから錯覚したのだ。認知症になると、なかった話まで作り上げることがあるというではないか。私はそう結論づけた。番組に出たユン・チェリョン博士がニセモノであってはならない。いや、ニセモノであるはずがない。

だが時間が経てば経つほど、キム・スナム老女の表情や声が、薄れるどころか、より鮮明になって迫ってきた。今すぐにでも押しかけていって、どうしてあんなことを言ったのか問い詰めたかったが、私はそんな暇な身分ではない。七十歳に近い実母と中学二年の娘を養うためのライター仕事が山のようにある。別れた元夫から養育費を取り立てるのは、銀行からお金を借りるよりも困難だった。

ところが数日後、施設長からメールが届いた。キム・スナムさんがもう一度私を呼んで欲しいと言うので伝えるが、忙しいなら来なくて大丈夫だと。私は連絡を待っていたかのように、すぐに返信した。これから家を出ます。メールを送るとすぐに私は、すべてを放り出して施設へ向かった。

施設へ行く道すがら、彼女に異変が起きたらどうしようと、運転する手がもどかしかった。かくしゃくとしていたユン・チェリョン博士が突然この世を去ったように、老人の体調は今すぐにもどうなるかわからない。おまけに彼女は、自分がユン・チェリョンだと主張している。このまま亡くなったり、意識が混濁したりしたら、私は一生わだかまりを抱えて生きていかなければならないだろう。私はアクセルペダルを踏みこんだ。

会うなり彼女の体調を尋ねる私に、施設長は憂慮していたとおり認知症の症状が始まったと告げた。

「でも、まだそれほど深刻ではありません。症状がゆっくり進行することを祈るしかありません」

しばらくして私は、キム・スナム老女と向かい合って座った。部屋にはほかに誰もいなかった。彼女の顔には最初に見せたあの眼光が戻ってきていた。

「私の話を聞く準備ができましたか?」

得体の知れない威圧感に、私はかろうじて首を縦に振った。

それが、数カ月間続く対話の始まりだった。そしてこれから明かされる長い話の始まりでもあった。

第1部　旅立つ人びと

1920~1939年

嘉会洞《カフェドン》の屋敷

一九二〇年四月二十九日の夜明け前、みなが待ち望んでいたクァク氏の陣痛が始まった。豆腐売りや水売りがようやく起き出す時刻だった。嘉会洞（景福宮と昌徳宮の間の伝統的な屋敷町）の屋敷の使用人頭パクが、電灯の明かりの届かない裏手にもランプの灯を入れ、早暁の濃い群青のしじまの中で寝入っている母屋の人々を起こした。母屋が明るくなると、内塀の向こう側の主殿《サランチェ》（主人の居宅棟）と離れを包む闇はいっそう濃くなった。広い屋敷内の母屋と主殿を隔てる内塀のくぐり戸で、ひとりの少年が母屋をしきりに覗き込んでいたが、パクに合図されると、主殿へと消えた。

使用人頭パクの女房は、母屋の切り盛りの一切を仕切っていた。彼女は、お産の介添えを口実にして、数日前から居座る奥様の実家の親類たちが出しゃばってくる前に、自分のすべき仕事にとりかかった。産神様はもちろんのこと屋敷の神様、かまどの神様、地の神様、そして厠《かわや》の神様にまで、朝いちばんに汲んだ井戸水をお供えした。それからワカメ（朝鮮では、産婦は産後ワカメスープを食べる習慣がある）を手にとり、水に浸した。折れたり割れたりしないよう、厨房の棚の上に大切に用意しておいたものだ。

母屋の女中たちはパクの女房の指揮の下、予行演習でもしたように一糸乱れず動いた。賄《まかな》い女中のスリネだけがそれらの仕事からはずれ、嘉会洞の屋敷の人々の朝食の用意をしていた。彼女は胸のつかえを取るように、時折胸を強く叩いていた。煙突から立ちのぼる煙は明け方の霧の中へ広がり、薪の燃える匂いは湿った大気に滲んでいった。

主殿のユン・ヒョンマン子爵は妻の陣痛が始まったのも知らず、深い眠りの中にいた。ご主人の早朝の眠りを邪魔してはならないというのは、三十人以上いる使用人たちが必ず守らなければならない不文律のひとつだった。新入りがくれば、初日にその理由を知ることになった。母屋であれ、主殿であれ、新入りの教育を口実に、何度も同じ話が繰り返された。まだあの事件から一年も経っていないので、新入りがくるたび、新しい尾ひれがつけ加えられた。

「若旦那様は、夜ごと鬼神に悩まされているそうだよ。それで、一番鶏が鳴いた後、ようやく眠りにつくんだと。だから明け方の眠りを決して邪魔しちゃいけねえぞ」

「鬼神だと？　どんな鬼神かい？」

「昨年お亡くなりになった大旦那様の鬼神らしいぜ」

「親父さんが、なんで自分の息子を苦しめるんですかね？」

「それはな、このたくさんの財産も、地位も、綺麗な妾たちもみーんな置いて非業の死を遂げたんだから、そりゃあ悔しくてたまらんだろう」

「そうじゃねえ。息子が人でなしだからさ。地位も譲られ、財産も譲られたってのに、百日もたたずに服喪を切り上げちまったってんだから、話にならねえ」

「そりゃあ、日本の野郎どもが喪をさせなかったんじゃねえか。今の世の中、俺らの王様だって三年の喪を執り行えなかったんだからな」
「そんなの言い訳にならねえな。誰がなんと言おうと、真心さえあればいくらだってできるだろ。そうじゃねえ。笑い種《ぐさ》になるのが嫌で、早々に服喪を切り上げたんだ。あの大親父、死に方が尋常じゃなかったからなあ」

話がこの段に及ぶと、大旦那様はただの大親父に降格していた。

「どうやって死んだんですかい？」
「京城（日本が植民地時代につけた地名。現在のソウル。「けいじょう」または「キョンソン」と呼ばれた）じゅうが、あの噂で大騒ぎだったんだが、お前さん、知らなかったのかね。腹上死だってよ」
「腹上死だと？　そりゃ、なんだ？」

年配の下男たちは冷やかしを含んだ顔で前の主人の死についてひそひそ話し、まだ年若い下男たちは聞こえないふりをしながらも目を輝かせた。

「俺が見るにゃ、離れをあのまま空けておくから、鬼神がひっきりなしに出入りするんだ。家っちゅうのは、毎日掃いて拭いて、人のぬくもりで温めておくもんなんだよ」
「そうともよ。あの素晴らしかった離れが、一年も経たずに不吉な館《やかた》になっちまったからな」

樹木が茂る築山と橋の掛かる蓮池まである離れの庭は、王宮の庭園にも劣らないと評判だった。

「昼間、たまたま近くに行ったらひんやりした気配が漂ってるんだよ。お前ら、なぜこの家を嘉会洞の邸宅《チョテク》っていうか知ってるか？」
「そんなの、知ってらあ。屋敷が大きいからそう呼ぶんだ。京城でも指折りじゃねえか」
「そうじゃねえ。呪いをかけられた家だから、詛宅《チョテク》（呪詛をかけられた家）と言うんだ」

と、ここで下男の中のいちばんの年長者が出てきて話を締めくくった。

「好き勝手なことをほざくんじゃない。わしらにゃ、おまんまをたんと食わしてくれるご主人様が最高なんだ。どんなごたくを並べようが、この家が他の家より過ごしやすいのは確かだ。だからわしらだけでもこの家の繁栄をお祈りしなけりゃいかん。何はともあれ、若旦那様が咳払いをなさるまでは、屁の音も立ててはならんぞ。それで追い出された者たちがゴマンとおる。肝に銘じておけ」

だが奥様の陣痛が始まったその朝は、母屋の人たちはここぞとばかり、お釜の鉄蓋を音を立てて開け、井戸につるべ桶を思いきり投げ込んだ。むしろ誰かが音を出さないようそっと振る舞えば、やんやと非難した。普段は若旦那様の目につかないよう、影のように出入りしていたクァク氏の実家の親類たちも、自分の仕事がいちばん大切だとばかりに声を張り上げ、人々に指図した。十年ぶりの慶事である。誰よりも喜ぶのは若旦那様だろうから、今日だけは起こしたほうがいいと誰もが思っていた。

噂のなかの嘘と真実は骨と肉のようなもので、すっきり分けることは難しい。主殿に起居するヒョンマンが夜ごと不眠に苦しめられているのは父の鬼神のせいではなく、いつ高い土塀を越えて侵入し、自分の首にナイフや銃を突きつけるかもしれない賊のせいだった。独立軍（主に満州で活動している朝鮮民族独立運動団体）であれ、強盗であれ、あるいは独立軍を装った強盗であれ、彼には大して違いはなかった。彼には、どいつもこいつも自分の財産を狙う泥棒に見えた。だが元はといえば、原因は死んだ父に由来することなのだから、父の鬼神のせいという話はまるで見当はずれというわけでもなかった。

ようやくヒョンマンが目覚めたのは、障子から差し込むまばゆい朝の陽光のためだった。気配を察してか、障子戸の外から、待ってましたとばかりに主殿の使い走りのカプスの声が聞こえた。

「旦那様、奥様の陣痛が始まりました」

ヒョンマンは跳ね起き、部屋の戸を開けて叫んだ。カプスの表情には、旦那様が起きて咳払いをするのを、今か今かと待っていた様子がありありとうかがえた。

「いつからだ?」

「もう六時間ほど経ちました」

「なんだと? どうして起こさない? で、今はどんな具合だ? すぐ母屋に行って、誰か説明できる者に来いと言うんだ」

俺だって起こしたくなかったわけじゃねえ。でも起こしたらどんな目に遭うかわからないじゃないか。カプスはそんな顔をして、そそくさと立ち去った。ヒョンマンは寝間着姿のまま板の間の部屋に出てきて、応接椅子に腰掛けた。

ヒョンマンが日本のユカタを寝間着として愛用していることについて、人々はそれぞれに意味づけして論じていたが、彼としては楽だからというのが理由のすべてだった。家門を打ち立てるためなら何でもしてきた父の元で、ヒョンマンは早い人なら孫ももうけるほどの年である三十六歳になるまで、目に美しく、口に甘く、体に楽で、気の赴くものだけを貪って暮らしてきた。彼の人生最大の目標は、命が尽きるその時まで、そうした暮らしを維持することだった。

壁掛け時計の針が、九時を指しつつあった。うららかな春の日差しが縁側の奥深くに差し込んでいた。ヒョンマンは服に着替えるのも忘れ、無意識に立ち上がり、部屋を行ったり来たりした。父が世を去り、初めて嘉会洞の屋敷に訪れた慶事は、その意味が思いのほか大きかった。ヒョンマンは、にわかに相続した多くのものに、胸を張ることができなかった。京城中の人々がひそひそ囁いて自分を見ていたからだ。彼には、新しい生命の訪れが、嘉会洞の屋敷の主がこれからはユン・ヒョンマンであることを世間に知らせるためであるように思えた。

母屋から呼ばれてきたのは、スリネだった。ヒョンマンは庭先に立っている女中を縁側に上がらせた。普段なら、あばた面の女中に声をかけるどころか、目を向けることさえなかっただろう。スリネは一年以上、住み込みで働いていたが、ヒョンマンと面と向かって話すのはこれが初めてだった。まくりあげていたチョゴリ《上衣》の袖を伸ばしながら、慌てて縁側に上がったスリネは、膝を折って座った。握り締めた手を太ももにぎゅっとあてていたが、肩はがたがた震えた。

ヒョンマンはもらったおもちゃを早く開けて見たがる子供のように質問をたたみかけた。スリネは、奥様の状態が出産のために世のすべての女が経なければならない過程であることを説明するのに冷や汗を流した。結局、自分のすることは何もないことを悟ったヒョンマンは最後に命令を下した。

「万一に備えて、医者にも往診してもらうように言っておけ。妻には、私はどこにも出かけないと伝えておくように。では、下がってよい」

ほっとした顔で立ち上がったスリネは、後ずさりした。縁側の端まで来てようやく背を向けた女中に、我が子の誕生を控えすっかり気持ちが和らいだヒョンマンは、善行でも施すかのように尋ねた。

「お前さんの子は息子だったかな？　赤ん坊は元気か？」

ヒョンマンはかつて屋敷の中で、スリネの背中に赤ん坊がくくられているのを見たことがあった。不意の問いかけに動揺したスリネは、千々に乱れる心をかろうじて落ち着かせて答えた。

「へえ、旦那様。子は少し前に故郷の家に送りました」

「おお、そうだったか。では、たびたびカプスを行かせるから、妻の状況を報告するように」

スリネの子には何の関心もなかったヒョンマンは空返事をすると、指示を与えた。あたふたと主殿から下がったスリネは、ようやく主殿の庭の隅まで来て、つかえていた息を吐くため拳で胸を叩いた。両の目いっぱいに血の涙を浮かべて。

スリネが嘉会洞の屋敷で働く条件は、赤ん坊のために仕事に支障があってはならないことと、赤ん坊が満二歳になったら故郷に送ることだった。人力車夫だった夫は、昨年の万歳事件（一九一九年三月一日を期して朝鮮全土に広まった独立運動。三一独立運動。「大韓独立万歳」と唱えてデモ行進した。）の時、日本の警察の発した弾に当たって息を引き取った。スリネは、万が一嫌がらせでも受けはしないかと、人には事故で死んだと言い繕った。

突然夫を失ったスリネは、上の三人の子を忠清南道成歓《ソンファン》にいる義母のところに送った後、満一歳になる末っ子だけを連れ、嘉会洞の屋敷で住み込みで働き始めた。通いで働いていた時、スリネの料理がヒョンマンの父、ユン・ビョンジュン大旦那様の口に合ったおかげだった。ビョンジュンがこの世を去り、クァク氏が妊娠してからは、賄い婦の役目はいっそう大切になった。

半月ほど前の明け方、スリネの息子は白目をむくほどの高熱に襲われた。その日に限ってクァク氏は朝から、花びらのチヂミ《ファジョン》を作ってくれ、蒸し餃子を持ってこい、清料理（中華料理）が食べたい、豆腐をこしらえろと、次々に気まぐれを起こし、スリネの魂をすりへらした。スリネはクァク氏に、息子を医者に連れて行かせてくれと懇願した。だが、赤ん坊のために煩わされるのなら、ただちに出ていけというむごい返事が返ってきただけだった。スリネは、高熱の息子を女中部屋に寝かせたまま、様子を見にいく暇もなかった。スリネが厨房の下女たちにあれこれ指示を出し、汗をだらだらかきながら豆腐をこしらえている間に、まもなく満二歳になる子は、たったひとりで気を失ったり、目を覚ましたりしながら、短い命の綱を手放してしまった。スリネは、真っ青になって硬くなったわが子を抱き締め、唇を噛み、声を押し殺して泣いた。

「死んだ子はもう戻らない。今すぐ追い出されたくないなら、気持ちをしっかり持たないと」

使用人頭パクの女房に言われなくとも、奥様の出産を控えて、母屋の敷地内で子供が死んだことが知られたら、どんな目に遭うかわからなかった。

スリネには、父親のいない三人の子が残った。使用人頭のパクが、子供の小さな遺体を静かに埋葬してくれた。パクの女房が、しばらくして子供は田舎の家に送ったという噂を流してくれた。忠清南道天安《チョナン》生まれのパクの女房は、故郷が近いスリネを妹のように思っていた。子を亡くした母親の悲しみの前で、母屋の女中たちは一様に口を閉ざした。

「不浄が伝染《うつ》るといけないから、奥様のお産のお世話からは、適当に抜けるようになさいよ」

パクの女房が言った。スリネが産神様に供えるお米やワカメに、手を触れられない理由だった。

スリネは一向に減る様子のない乳を干からびさせるため、麦芽を発酵させた水を飲んだ。母乳が豊かで羨ましがられたが、子を亡くしてみるとこれほど辛いことはない。半月が過ぎても、子のことが頭を掠めただけで、石のように固い胸に乳が張った。染み出る乳で、チョゴリ《上衣》の前やチマ《スカート》の腰のあたりがごわつくと、悲しみが刃物のように心臓をえぐった。ふと、この家で辛抱しなければならない理由が、家族を養うため以上に、もっと何か、他にあるような気がして思わず歯を噛み締めた。

ヒョンマンはカプスが運んできたたらいの水で顔を洗った。遅い朝食は簡素だった。きな粉餅が数個――餅の種類は季節に応じて変わった――とコーヒー一杯あれば十分だった。東京へ留学した時にコーヒーの味を覚えたヒョンマンは、本格的に家でコーヒーを淹れる道具を揃えると、明洞《ミョンドン》の泥坂《チンコゲ》（ソウルにあった日本人街。現在の忠武路二街あたり）の日本人雑貨店にコーヒー豆を注文し、家で淹れて飲んだ。

カプスがもっとも理解できないのは、一万石のご主人様の、あまりにも質素な朝食だった。倉庫に米はいっぱいあるのに、餅少々と苦い西洋煎じ汁で朝食をすませるなんて。真っ黒なコーヒーを見て、人々は西洋の煎じ薬のようだと言い、西洋煎じ汁と呼んだ。匂いもそうだったが、あるときこっそり味見したコーヒーは、文字通り煎じ薬のように苦かった。

「旦那様ときたら米がありあまってるもんだから、それだけで腹が満ち足りてるに違《ちげ》えねえ」

その米が自分のものではないカプスは、匙《さじ》を置く前にもう腹が減り、使用人部屋の台所をしきりに覗き込んだ。

ヒョンマンは、スリネの話では晴らせなかった焦燥感をコーヒーで落ち着かせた。そして、昨夜、朝鮮総督府が主催した婚礼祝賀の晩餐会で遅くなり、見ていなかった昨日の新聞を広げた。ヒョンマンは朝鮮総督府の機関紙である『毎日申報』（一九二〇年に『朝鮮日報』と『東亜日報』が創刊されるまで、唯一の朝鮮語による新聞）と、創刊されたばかりの『東亜日報』（一九二〇年朝鮮語の民族紙として創刊。朝鮮総督府に批判的だったため、たびたび停刊処分をうけ、一九四〇年廃刊）を購読していた。ふたつの新聞は、どちらも一面トップで、東京で行われる大韓帝国最後の皇太子イ・ウン（李垠。一八九七―一九七〇年。韓国併合後は、日本の準皇族の一員となり、「李王」と呼ばれた）と日本の皇族女性ナシモトノミヤ・マサコ（梨本宮方子。一九〇一―一九八九年。晩年は韓国で過ごした）の結婚のニュースを報じていた。『毎日申報』が朝鮮王室と日本の皇族女性との婚姻を、日本と朝鮮が融和する良い機会であると賑やかに書き立てる一方で、『東亜日報』は結婚の記事の下にイ・ウンとの婚約を破棄され一生を台なしにされた女性ミン・カプワン（閔甲完。一八九七―一九六八年）の人生を大きく詳細に扱い、皮肉っていた。朝鮮の王子が日本の皇族女性と結婚するという事態に世間は憤慨していたが、ヒョンマンは大して興味がなかった。

「いい季節だ」

朝から明るい日差しが降り注ぎ、空が澄み渡る季節は、婚礼にも、ひとつの命の誕生にとっても不足はなかった。彼の目は、新聞下段の広告に留まった。仁丹、靴、栄養剤の隣の粉ミルクの広告を見た途端、再びヒョンマンの思いは、生まれてくる子に向いた。

〈男の子だろうか？　それとも女の子だろうか？〉

カンフィの弟になる息子であれば嬉しいが、今はどちらであれ、安産であることを祈った。ヒョンマンはだいぶ前から、息子と娘、ふたつの名前を用意していた。

ヒョンマンはそれまで、子の誕生には関心がなかった。子の誕生とは、自分より父によってもたらされた家門の継承の問題であり、母屋の女たちに関係の深いことだと思っていた。ところがこれほど大きな喜びとときめきをもたらしてくれようとは、父の座を受け継ぐまで知らなかった。父が生きていれば、どれほど喜んだか。ヒョンマンの顔には、苦い笑みが広がった。息子としての役目を果たす機会を与えてくれなかったのは、他ならぬ父である。

昨夏、八十間《カン》（一間は一〜一・七坪、家の広さを表す単位）の壮大な嘉会洞の屋敷では、ユン・ビョンジュン大旦那様の還暦の祝宴が盛大に開かれた。土塀の外は万歳事件の余波でまだ落ち着かなかったが、塀の中では大旦那様の無病長寿を祝う宴会が賑やかに繰り広げられた。ユン子爵は自らの成功に酔いしれていた。

両親の死後、養子に行った家を飛び出した若き日のビョンジュンは、あちこち彷徨《さまよ》った挙句、釜山《プサン》の日本人居留地の草梁《チョリャン》に流れついた。そこで貿易商の小林商会に雇われた。十八歳の時だった。言葉は力なりということに気づいた彼は、日本語の勉強に没頭した。実力がつくにつれ、主人はビョンジュンにしだいに大きな仕事を任せるようになった。彼は、事業の拡大を目論む小林と担当官庁の朝鮮人官僚との通訳も務めた。日本語が上達するにつれ、彼が会う人物の地位も高くなった。権力の属性を知ったビョンジュンは、本格的に通訳の仕事をするようになり、高級官僚との人脈を築いていった。その時からビョンジュンの人生は、風に煽られた炎のようにめらめらと燃え始めた。

人脈を利用して官職を得たビョンジュンは、自身も驚くほど順風満帆に中央政界へと進出し、ついに政府の要職に就くに至った。そして朝鮮と日本の併合に寄与した功績で、朝鮮総督府から子爵の爵位を授けられた。

幸運が続くと、運命に対して尊大になるものだ。ビョンジュンは次第に度胸をつけ、大抵の危険や危機は、鼻であしらうほどになった。ただひとつ足りないものがあるとすれば、それは誇れるほどの家柄がないことだった。その空疎さを、ビョンジュンは爵位と、中枢院（朝鮮総督府に設置された諮問機関。朝鮮総督の諮問に応じて意見を具申した）の参議という官職、手あたり次第に掻き集めた一万石の田畑、それに壮大な屋敷とたくさんの女たちで埋めた。売国奴だ、家柄が卑しいと後ろ指をさす人々をあざ笑うかのように、ビョンジュンはありとあらゆる富貴栄華を享受し還暦まで生きた。そして自分は天寿まで与えられたと舞い上がったその瞬間、世間に顔向けできない死にざまで、人生を締めくくったのだった。

ひとりの人間の人生は、死によって完結する。ビョンジュンは子爵であり、中枢院の参議、各種団体の会長、一万石の地主、あるいは民族反逆者、乙巳《ウルサ》十賊（一九〇五年乙巳協約（第二次日韓協約）に調印した韓国の五人の閣僚を売国奴「乙巳五賊」という。「十賊」はそれをもじった作者の創作）、売国奴でもなく、〈ユン・ポクサン《腹上》〉という嘲笑混じりの呼称で、人々の記憶に残った。彼の死は、功労者としてであれ、裏切り者としてであれ、彼にそれなりの意味を付与してきた人々を赤面させ、空しくさせた。

口にするのも恥ずかしい呼称が売国奴という汚名よりも広まったが、それはどこまでも町の噂であって、あくまでも民族の断罪者の名簿から〈乙巳十賊ユン・ビョンジュン〉の名が消えることはなかった。息子のヒョンマンも父の爵位を引き継いだので、断罪者名簿の名はユン・ヒョンマンに書き替えられた。彼もまた、当座の実権を握る朝鮮総督府に反日家の烙印を押されたいなどとはこれっぽっちも考えていなかった。

だが父は生前、様々なグループから何度も襲われていた。ヒョンマンが三、四名の男たちに警備をさせても、毎晩安眠できない理由だった。そこでユン・ヒョンマン子爵は、総督府に引き続き忠誠を示す一方、万歳事件の後に樹立された上海臨時政府（一九一九年中国上海に樹立された亡命政府。「大韓民国臨時政府」を名乗った）や義烈団（一九一九年中国東北部で結成。要人暗殺などで民族独立をめざした組織）のような独立運動団体もひそかに支援することで、爵位と財産、そして生命を守ろうとした。

正午を過ぎた頃、クァク氏の陣痛が頻繁になってきた。クァク氏は今の苦しみと同時にかつての記憶が脳裏に浮かび、地獄で燃えさかるこん棒が、頭や腹の中に、滅多やたらに振り下ろされているようだった。クァク氏が歯を食いしばると、実家の伯母が木綿の手ぬぐいを口に挟んでやった。苦しいと頭を振るクァク氏に、伯母は言って聞かせた。

「下手すると、歯が割れちまうからね」

クァク氏には、すでに三度の出産経験があった。男の子二人と女の子一人を産んだが、一人も生き残らなかった。二人は満一歳の誕生日も迎えられずにあの世へ逝き、一人は死産だった。三人の子が生まれた時も死んだ時も、夫は家にいなかった。

十年ぶりの懐妊に胸を躍らせる夫の期待は、クァク氏に喜びより苦痛をもたらした。ヒョンマンは妊婦に良いという漢方薬や食べ物を部屋に運ばせた。彼が仕入れた珍しい赤ちゃん用品が母屋に積み上げられるたび、クァク氏はひとりで堪えた辛い記憶に苦しめられた。父の胸に一度も抱かれることなくこの世を去った、今ではどんな顔だったかも定かでない三人の子が思い出され、胸が張り裂けそうになった。妊娠中ずっとクァク氏を苦しめたのは、つわりよりはるかに辛い過去の記憶だった。

午後になると、幼稚園から帰ってきたカンフィが母の部屋を覗きに来た。母の向かいの部屋を使っているカンフィは、部屋の中の雰囲気に気圧《けお》され、怖じ気づいた顔でクァク氏の足元に座った。クァク氏はカンフィを見ると、熱いものがこみ上げた。

「さあ、こっちにおいで」

クァク氏の苦しそうな手招きに、カンフィが膝で歩いて近寄った。

「母さま、とても痛いの？」

カンフィが心配そうに尋ねた。クァク氏は、汗の滲んだ手でカンフィの手を握った。思いのほか分厚かったが、相変わらずふわふわした手だった。また陣痛が始まった。クァク氏が無意識に手に力をこめたので、カンフィが驚いて手をひっこめた。

「おまえ、母さんが嫌なのかい？　母さんが死ぬかもしれないのに、それでもいいのかい？」

クァク氏の険しい声に、カンフィは泣きべそをかいた。クァク氏の実家の兄嫁が、パクの女房に目配せをした。

「坊っちゃま、奥様はもうじき赤ちゃんをお産みになるので、お辛いのです。さあ、私とあちらへ行きましょうね」

パクの女房が、カンフィの手を取って立ち上がった。カンフィは、ぼってり太って汗まみれの母を不安そうな目でちらと見ると、逃げるように部屋を抜け出した。クァク氏の目の縁に涙がすっと流れた。カンフィの手の代わりに布団の端を握り締めた手の甲には、青い血管が浮き上がった。

「ふん、しょうもない。他人の子を育てたところで、つまらないことだよ。大きくなったら、継母《ままはは》と言って、振り向きもしないだろうよ」

クァク氏が歪んだ顔で、呻くように言った。

「だからこそ、今、お腹を痛めて子を産もうと苦しんでいるんじゃないの。つまらないこと考えて、いたずらに気力をなくしたらだめよ」

実家の兄嫁がクァク氏の汗を拭き、腕を揉んだ。カンフィは、ヒョンマンが妾に産ませた子だった。

クァク氏は、ヒョンマンを醮礼庁《チョレチョン》（昔の結婚式場）でひと目見た瞬間、すっかり心を奪われた。祖父から女の道理の書かれた経典を学んで育ったものの、クァク氏はヒョンマンを目にした途端、夫婦にとっていちばん大切なものは愛情だと感じた。ビョンジュンは権力の中心にいたが、嫁は政治とは無縁の没落両班《ヤンバン》の家柄から選んだ。節のあるたわんだ樹木が山を守るように、地味で丈夫な嫁が家門を守り、子孫を繁栄させるだろうと考えたのだ。息子が気に入るかどうかは二の次だ。若い男が刹那的に遊ぶ女は、世の中にたくさんいた。

すでに花柳界の歓楽に染まっていたヒョンマンは、新しい家具でも備え付けるように、なんの感慨もなく婚礼式を終えた。そして十日後、東京へ留学に行ってしまった。その短い間に、産神様が子を授けてくれたのだった。ヒョンマンにすっかり惚れたクァク氏は、夫そっくりな男の子を産みたかった。家門を継がさねばという義務感より、息子を産んで夫から愛されたいという気持ちのほうが強かった。やがて望みどおり息子を産んだが、子はすぐにこの世を去った。その後も同様だった。

クァク氏が子を産んだ時も、亡くした時も、いつもヒョンマンは留学中だった。たったひとりで辛さに堪えているとき、夫への恋しさはより募った。クァク氏はヒョンマンが一日も早く学業を終え、帰ってきて、傍にいてくれることを願った。夫が家にいたら、子供を守ることができそうだと思った。

だが、卒業して帰ってきたヒョンマンが最初にしたことは、新式女性のチェ・イネと暮らし始めることだった。梨花学堂《イファ》（朝鮮で最初の女子教育機関。後の梨花女専、現在の梨花女子大）出身のチェ・イネは、妾であるにもかかわらず、正妻の座を狙っていた。ヒョンマンは、クァク氏に離婚を要求した。新式の水を飲んだモダンボーイが新式女性に溺れ、糟糠《そうこう》の妻を捨てるのが流行のように広まっていた。クァク氏はカビが生え、記憶の行李に仕舞ってあった女の道理を引っ張り出して、頑なに抵抗した。

「新式学問を学んだ女どもは出会って別れるのなど、簡単なことかもしれませんが、私はそのようには教わりませんでした。ユン家に嫁いだ以上、この家から死んで出ていくことはできても、生きたまま出ていくことはできません。いっそ私を殺してくださいませ」

クァク氏が忍耐できたのは、経典の教えではなく、舅の庇護のおかげだった。ビョンジュンは、ヒョンマンの母も合わせて三度、妻に先立たれ、その後は妻を迎えなかった。その代わり隣家三軒を買って取り壊し、豪華な離れを新築して、妾を囲った。嘉会洞の屋敷にやってきたビョンジュンの妾たちは母屋を狙ったが、彼はどんな色仕掛けにもわがままにも動じることはなかった。そして息子の嫁であり女主人であるクァク氏のメンツを守ってやった。だが、クァク氏は、夫の妾のチェ・イネが無事に子を産むことができたのもまた舅のおかげだったことは知らなかった。

再び下腹部を丸ごともぎ取られるような激しい痛みが押し寄せた。年々、より毒々しくなるヒョンマンへの恨みと憤りが、熱い溶岩のように吹き上がった。

「旦那様を呼んできなさい。子爵《チャジャク》でも棒切れ《チャッテギ》でもいいから、私の前に引っ張ってきなさい」

クァク氏が獣のように吠え叫んだ。ヒョンマンが傍にいたら、髪の毛をむしり取り、胸ぐらを摑んで揺すってやりたかった。ヒョンマンとチェ・イネの愛の顛末は、息子を産んだイネが漢江《ハンガン》に身投げ自殺したことで大騒ぎにはなったが、すっきりケリがついた。ビョンジュンは金で騒々しいごたごたを始末した後、赤ん坊をクァク氏に抱かせてやった。子がいない嫁に与える最高の罰であり、労《いたわ》りだった。生まれたての赤ん坊を抱き、クァク氏はそのまま放り投げてやりたいと思いながら、決心した。あの二人のせいで流した血の涙を、そっくりそのままお返ししてやろう。チェ・イネを、この世にいなかった者にすることこそ、本物の復讐である。カンフィがクァク氏を実の母と思って育つ限り、ヒョンマンはあからさまにイネを思い出すことはできなくなるはずだ。

盲目の情愛は、ときに戸惑うような結果をもたらす。真心込めて育てた結果、カンフィは父とはよそよそしい関係なのに、クァク氏とは仲睦まじい母子になった。〈愛〉と〈憎〉の重さを天秤で測ると、初めは憎しみのほうに傾いたが、時間が経つにつれ、愛情のほうが重くなった。そしてカンフィが七歳（数え年以下同）になった今は、自分の腹から産まれなかったことなど、ごくたまに、頭に浮かぶのみだった。昨年、予想もしなかった妊娠をしてからも、カンフィへの愛情は変わらなかった。カンフィを通して、クァク氏は初めて子育ての幸せと楽しさを味わった。

思いがけず四度目の妊娠をしたクァク氏は、子を孕《はら》んだ喜びと、またその子を失うかもしれないという恐怖に、代わる代わる襲われた。昼間は高揚した気分で、実家の親戚を呼んでお産の準備をし、使用人たちをいびっては妊婦の権利を愉しんだ。しかし夜になると、恐ろしい悪夢に冷や汗をかいては目を覚ました。そのたび、クァク氏は亡くなった舅の名を呼び、お腹の中の子の無事を祈った。クァク氏が妊娠することができたのもまた、考えてみれば舅のおかげだった。だが巨人の手が下腹部ばかりか内臓まで絞りとるような痛みの中では、舅さえ恨めしかった。

父のユン・ビョンジュン子爵の還暦の祝宴の時、お祝いのお酒を注いで差し上げるヒョンマン夫婦に、ユン・ビョンジュンが言った。日本語を学んだ時と同じくらいの努力で地方の訛りを直した彼の言葉遣いには、官職に相応《ふさわ》しい威厳が感じられた。

「さあ、今や、わしのたったひとつの願いは、子をもっと産んで、家を繁栄させることだ。まだ間に合うぞ、よく覚えておきなさい」

ビョンジュンとしては当然の願いだった。自分が一代で立派に築いた家門の栄華は、子々孫々受け継がれなければならないのに、跡継ぎといえば、酒色に溺れた息子一人と、息子が外で産ませた孫が一人だけだった。還暦を迎えたビョンジュンにとって、それが唯一の心残りだった。

その晩、クァク氏は嫁として舅の還暦祝いの宴を無事終えたことに安堵し床についた。離れの宴会はまだ続いていたが、その世話は使用人たちが担っているはずだ。眠っていると、ヒョンマンが咳払いしながら入ってきた。夫が最後に母屋に足を運んだのがいつだったかさえ思い出せないクァク氏は、不審者が侵入したかと、慄《おのの》いた。ヒョンマンは酒に酔い、よろよろとクァク氏の上に倒れ込んだ。

クァク氏の体に新しい命が宿った明け方、もうひとつの命がこの世を去った。世間の評判がどうあれ、舅を尊敬し頼っていたクァク氏は、ビョンジュンの死を心から悲しんだ数少ない人間のうちのひとりだった。クァク氏のほかに、昔から仕えていた年老いた下男と、祖父の愛情をたっぷり受けて育った孫のカンフィが熱い涙を流した。

妊娠中ずっと、クァク氏は、舅があの世でも消えることのない全能の力で、胎内の子を守ってくれるように祈った。

まだ蒼さの残る空に、宵の明星が浮かんだ。母屋からは何の知らせもなかった。お産が長引いてくると、ヒョンマンは口が乾き、苛立った。

「どうしてなんの知らせもないのだ」

カプスは、主人が催促するので、一日中、わらじの底に火がついたように主殿と母屋を行ったり来たりした。産婦と同じくらい疲れ果てたカプスは、ヒョンマンよりも奥様の安産を願った。

「よもや間違いなど、起きんだろうな？」

ヒョンマンは不安な顔でつぶやいた。不安な気持ちは不吉な予感を呼び込んだ。十年前、その身に間違いが起こったのは子だけだったが、今回は高齢出産のクァク氏にも災厄が降りかかるかもしれない。この年で後妻を迎えるような面倒なことはご免だ。人の噂話にのぼるのは父の死で十分だ。ヒョンマンはカプスに命じた。

「おい、家じゅうの明かりをすべてつけてこい」

ヒョンマンは、赤子が明かりに導かれ、無事に自分のもとへ来てくれることを願った。一日中、気を揉んで過ごしているうちに、クァク氏がかつてひとりで堪えた苦しみと悲しみが、ほんの少しばかり理解できた。ヒョンマンは怖くなった。妻や子にもしものことが起これば、自分の人生にも悪運が押し寄せてきそうな気がした。嘉会洞の屋敷の新しい主《あるじ》として認められるどころか、呪われた家の跡継ぎとして烙印を押され、落ちぶれていく未来が見えるようだった。ヒョンマンはクァク氏に、運命を共にする同志愛を感じつつ、無事にお産が終わったら、大きな借りを返すことを誓った。

クァク氏は最後の力を振り絞り、ようやく赤ん坊をこの世に産み落とした。女の子だった。待機していた往診の医者が、産婦と赤ん坊の健康状態が良好であることを知らせ、使用人たちが母屋の中門に、みずみずしい松葉と炭のかけらを挟んだしめ縄を張った。男の子だったら、赤いトウガラシを挟んだしめ縄が大門に張られただろう。

不安の只中にいたヒョンマンに、娘だからと残念に思う感情は微塵《みじん》もなかった。家門を譲り渡す息子はカンフィ一人で十分だ。晩年の喜びと安らぎを与えてくれる子は、隣家の子のように他人行儀な息子より娘のほうがはるかに良い。ヒョンマンは、娘の名前を歌うように繰り返し口にしながら、母屋に入っていった。大切な集まりにでも出席するように背広をきちんと着こんでいた。

きれいに片付けても、まだもわっとした空気と微かな生臭さが漂うクァク氏の部屋に、ヒョンマンが足を踏み入れた。クァク氏の実家の親類やほかの者たちは、潮が引くように出て行った。ヒョンマンは、絞った豆腐のようにくたくたに疲労困憊して横たわっている妻を、感謝と労《ねぎら》いの表情で見つめた。息子を望んでいたクァク氏はすっかり落ち込み、目を硬く閉じていた。祝いの言葉であれ、慰労の眼差しであれ、それらを受け入れることで、夫に過去を許す機会を与えたくはなかった。

ヒョンマンは、クァク氏に言葉ひとつかけてやれないことを歯痒く思うこともなく、絹のおくるみに包まれた赤ん坊を覗き込んだ。粉ミルクや離乳食の広告に登場する、満月みたいに福々しく可愛い赤ん坊を想像していたヒョンマンは、ひどく戸惑った。おくるみの中の赤ん坊は、しわしわで、産毛《うぶげ》に覆われた小さな赤い生命体に過ぎなかった。

生命体は、もみじのような手を開いたり結んだりしていた。口を微かに動かし、微笑むこともあった。寝ている時の赤ん坊のしぐさに過ぎなかったが、ヒョンマンは、赤ん坊が自分を見て微笑んだと錯覚した。ヒョンマンの表情に明るさが広がり、目には涙が溢れた。ヒョンマンは産婦の存在をすっかり忘れ、慎重におくるみに包まれた赤ん坊を抱き上げた。そして弾んだ声で歓迎した。

「あなたが、チェリョンだね。わたしの娘、ユン・チェリョン！」

誕生日のプレゼント

チェリョンは鏡を見た。乳母が髪をきつく結うので、目尻がさらに吊り上がった。自分の作品に満足げな乳母のスリネの顔が肩越しに見えた。ほかの時だったら癇癪を起こしたかもしれないが、今日は新しい洋服にうっとりしていた。父が誕生日のプレゼントに、日本人が経営する泥坂《チンコゲ》の洋品店に特注してくれたものだ。レースの縁取りのある白襟の紺のワンピースに、白のハイソックスがよく似合っていた。チェリョンは、赤い小さな鞄を斜めにかけた自分の姿が、八歳の少女ではなく、鍾路《チョンノ》（京城の繁華街）の街に繰り出しても見劣りしない女学生に見えた。このまま黒のエナメル靴を履いて離れの別館に走って行きたかったが、最後の手続きが残っていた。

「早くお母さまに見せに行ってくださいな」

スリネがチェリョンの肩に手を置いて、障子戸のほうを向かせた。

「行かなくてはだめ？」

「また、大目玉を食らいたいのですかい？」

スリネがドアを開けると、もの悲しいメロディーが流れてきた。

茫漠たる広野へ　走りゆく人生よ　あなたの行くところはいずこ
わびしいこの世　寂しく悲しみに満ちたこの世　あなたは何を求めん

クァク氏の部屋の蓄音機から流れ出てくる歌は、ユン・シムドク（尹心悳。一八九七―一九二六年。朝鮮最初のソプラノ歌手、女優）の〈死の賛美〉（イヴァノヴィチ作曲「ドナウ河のさざなみ」にユン・シムドク自身が作詞した大ヒット曲。一九二六年）だった。応接室セットのある板の間の部屋には、このあいだヒョンマンがチェリョンの普通学校（朝鮮人の子供の通う小学校）の入学祝いに買ってくれたピアノが置かれていた。壁に掛かった時計から、カッコウが飛び出して九回鳴いた。父が出発すると言った時刻だ。チェリョンは仕方なくそろそろと進み、母の部屋の障子戸の前に立った。そして気を引き締めるように大きく息を吸うと、口を開いた。

「お母さま、いらっしゃいますか？」

部屋の戸を開けたチェリョンは、無意識に顔をしかめた。部屋いっぱいに立ち込めた煙草の煙のせいだった。でっぷりした体のクァク氏が絹製の厚い敷物の上に寝そべり、長いキセルをくわえ煙を吐き出していた。産後の肥立ちのためといって摂取したあらゆる漢方薬や食物は、妊娠中のむくみをぜい肉に変え、その後もクァク氏は体重を増やし続けていた。痩せるのに良いと誰かに耳打ちされて始めた煙草は、もうクァク氏にはなくてはならない友になっていた。

チェリョンは中に入り、母の前に立ってみせた。クァク氏は姿勢を変えずに娘を見上げた。

「お母さま、どうかしら？」

チェリョンが宿題のチェックを受けるようにワンピースの裾を少し持ち上げて、くるっと回ってみせた。スカートが朝顔のように広がった。チェリョンを上から下まで点検するように見たクァク氏の顔に、一瞬、やっかみの色が浮かんだ。

〈この子は、今から私の夫と外出しようとしている〉

チェリョンが五、六歳になると、ヒョンマンは暇さえあれば娘とともに演奏会や展覧会、ドライブへと連れ歩いた。何も知らない人なら、男やもめかと思っただろう。ヒョンマンが娘だけを連れてあちこち出歩くほど、嘉会洞《カフェドン》の屋敷の奥方様の噂はますます盛り上がり、今では昌慶苑《チャンギョンウォン》（動物園。昌慶宮という王宮だったが、日本が王宮を廃し殿閣を取り壊して動物園にし、ソウル市民の娯楽の場に開放した）にいるカバやゾウと肩を並べるほどになった。

良い噂は歩いていき、悪い噂は飛んでいくというが、クァク氏の肥満した体が、とうとう絹製の敷物に根を生やしたという噂まで出てきた。たまにクァク氏が大門から出て行くと、たちまち人々がこそこそ話したり、振り返って見たりするので、外出したい気持ちも失せていった。そしてクァク氏はヒョンマンだけでなく、幼い娘に対しても、ひねくれた気持ちを次第にこじらせていった。クァク氏ができることといえば、チェリョンが母屋の住人であることを、父と娘に知らしめることだけだった。娘を見張るクァク氏の態度は尋常ではなく、度が過ぎていた。

チェリョンは、採点された答案用紙を返してもらおうと先生の前に立っているみたいに、緊張した面持ちで母の言葉を待った。クァク氏は、チェリョンが嘉会洞の屋敷の中で恐れる唯一の人だった。今もクァク氏は口をつぐんだまま、チェリョンに罰を与えるように立たせていた。

〈お前は朝露を浮かべた青紫色の朝顔のように、日ごとに清々しくなっていくのに、お前を産んだ私は、部屋に閉じ込められて、虚しく老いていく〉

クァク氏が黙って怖い目をしているので、チェリョンはどうして良いかわからず、スカートの裾を摑んでもじもじとしていた。

「目尻が吊り上がってて、まるでメスネコのようだこと」

クァク氏は吐きすてるように言った。

大流行の曲、〈死の賛美〉が苛立ちを増幅させたせいでもある。歌手のユン・シムドクは、昨年、妻子ある男、キム・ウジン（金祐鎭。一八九七―一九二六年。劇作家）と玄界灘に身投げして心中した。彼らのスキャンダルはロマンチックで切ない心中物語として美化され、ユン・シムドクのレコードは飛ぶように売れた。レコードを買って、母屋に届けさせたのはヒョンマンだった。流行りのレコードだからと買って寄越したのだが、よりによってその歌であったことが、クァク氏を苛つかせた。母の意地悪な言葉にチェリョンは泣き顔になった。

「スリネにもう一度、結い直してって言いますか？」

「向こうでお父さまが待っておられるんだろう。さあ、早く行きなさい。おしとやかにするのだよ」

クァク氏は煙草を深く吸い込み、白い煙を吐き出した。

深々と挨拶をして下がったチェリョンは、クァク氏に呼び戻されはしないかと怯えながら、慌てて部屋を出た。後ろ姿を眺めるクァク氏の顔には、後ろめたさと寂しさ、ほろ苦い思いが煙のように混じっていた。

ヒョンマンはクァク氏に対し、愛情は渋るかわり、贈り物は十分に与えた。豪華な螺鈿《らでん》飾りの簞笥には季節ごとに新しくあつらえさせた高級な衣装が溢れ、宝石箱には金や真珠、宝石などの装身具が満ちていた。蓄音機はだいぶ前に買い与えられ、少し前に京城放送局が開局すると、米十俵分もする高価なラジオも買い入れた。格子のガラス戸を嵌めた母屋の板の間の部屋には絨毯が敷かれ、応接セットが置かれた。新しく買ったピアノは応接室の品格をいっそう高めた。これらの贈り物でヒョンマンは妻へ償いをすっかり果たした気になっていた。

「こんなもの、死んだらすべて置いていくのに、なんの意味があるのやら」

虚ろなクァク氏の心は少しも満たされなかった。愛情をかけて育てたカンフィは、主殿《サランチェ》の部屋に移ってからは、すっかり母屋から遠ざかってしまった。お腹を痛めて産んだチェリョンも、まるごと自分のものとは言えない。たるむ体の皮膚のように、胸の中の空洞もたわんでいった。

クァク氏は〈死の賛美〉を聴くたび、カンフィの生母であるチェ・イネを思い出した。キム・ウジンとユン・シムドクのように、あの二人も一緒に死のうと約束したんじゃないのか。そう約束しておいて、自分の身をこよなく愛するヒョンマンが、後を追わなかった可能性もある。いったん考え始めると、それが本当に思えてきた。クァク氏は想像力を逞しくし、古傷をほじくり返し、その苦痛を愉しむ境地にさえ達していた。クァク氏の頭が活発に動くのはそうした時だけだった。

クァク氏の一日は、その日ごとに気の向いた人を呼び、美味しいものを作らせて食べ、他愛もなく過ごすのがすべてだった。実家の親類たち、珍しい舶来品を持ち込む商売女、町の噂話を集めて面白おかしく話す人、良いことより悪いことを、未来より過去をよく当てる占い師に至るまで、雑多な人たちだった。クァク氏は蔵の鍵を握っているだけで、家事は乳母としての仕事の減ったスリネが引き継いでいた。家の中の仕事を誠心誠意担っていたパクの女房は、前年にこの世を去った。

部屋を出たチェリョンは、庭先で待っていた乳母を目にすると、むっとした表情を引っ込めた。使用人に心の内を見せてはいけないよという父の言葉が浮かんだからだ。

「奥様、なんておっしゃいましたかい？　可愛いと？」

スリネが踏み石の上に、靴を揃えながら尋ねた。

少し躊躇《ためら》ったチェリョンが返事をした。

「うん、猫みたいに可愛いって」

チェリョンはスリネにもっと訊かれると困るので、急いで踏み石から降り、離れの別館へ向かって走りだした。

「ほら、転びなさんな。ゆっくりお行きになってくださいよ」

チェリョンの後ろ姿に向かって叫んだスリネは、気に食わないといった表情でぶつぶつ言った。

「奥様もまったく、猫だなんて縁起でもない。もっとほかに言葉もあるだろうに」

チェリョンを育てながら、スリネは子を巡ってクァク氏と繰り広げた神経戦を密かに楽しんでいた。

スリネは、生後すぐから乳を与えて育てたチェリョンを、ときどき自分の娘かのように錯覚することがあった。

「産む」ことで気力をすべて使い果たしてしまったのか、クァク氏は母乳が出なかったし、チェリョンは哺乳瓶の乳首を吸わなかった。

スリネが声を張り上げて泣き叫ぶチェリョンを抱き上げてやると、乳の匂いを嗅いだ赤ん坊は、本能的に懐をまさぐった。チマの紐できつく締めつけていた胸元を緩めると、チェリョンは猛烈にお乳を吸い始めた。耳をつんざくような泣き声の代わりに、こくんこくんと乳を飲む音が部屋中に満ちた。

父親の顔にはようやく赤ん坊が助かったという安堵の色が広がったが、母親の顔には安堵とともに寂しげな影が射した。

ヒョンマンとクァク氏は、スリネの末っ子が故郷に帰されたことに何の疑念も持っていなかった。というより、彼女の息子には何の関心もなかった。スリネは座りながら体の向きを変え、乳を与えている間じゅう、はらはらとこぼれる涙を、旦那様と奥様にばれないように拭わなければならなかった。旦那様の娘は、あたかも自分の子の命をお供えにして生まれたに等しい。スリネはそんな赤ん坊に乳を含ませてる我が身を嘆くとともに、自分に命を預けた小さな生命体に、凄まじい愛情を感じた。その後、チェリョンに乳を与えるたび、スリネの気持ちは乱れた。

スリネがチェリョンの乳母になれたのは、スリネの子がこの世を去った後も出続けた母乳のせいではなく、顔いっぱいに広がるあばたのおかげだった。顔があばたでなかったら、クァク氏は、まだ三十歳前のスリネを乳母にしようというヒョンマンの言葉を絶対に受け入れなかっただろう。

母屋と離れの別館の間のくぐり戸を抜けた途端、チェリョンは別人のように明るくなった。別館の佇まいもまた違う世界のようだった。ヒョンマンは娘の百日《ペギル》のお祝い《ジャンチ》（赤ん坊が生まれて百日目の盛大なお祝い）が済むと、父が建てた豪華な離れをさっさと取り壊し、和洋、朝鮮風が混交した折衷様式の新しい建物を建てた。

二階建ての建物の外観は全体的には洋館風だったが、切り妻屋根に瓦をのせ周囲の景観との調和を図った。低い瓦屋根の続く街並みの中で、青い目ののっぽの西洋人に冠を載せたみたいな二階建ての折衷建築は、北村《プクチョン》（嘉会洞一帯の地名）の名物になった。ヒョンマンは、京城の市街地を足元に見下ろすようにそびえ立つ新しい離れとしての別館を大いに気に入った。

自然石の十段の石段を登ると、バラの蔦がつたうアーチ型のポーチがあった。ポーチの柱には「無極鉱業」という看板が縦に掛けられている。別館は本社の事務所であり、実質的な事務所は、金《きん》を採掘する現場にあった。チェリョンは別館の建物の前まで飛び飛びに置かれた平たい石の上を、ぴょんぴょん跳んでいった。蓮池では錦鯉が波紋を広げた。池の中に造られた小島には、湾曲した松が三本、風情を醸していた。

ヒョンマンは屋敷の改築に金を惜しまなかった。母屋や主殿《サランチェ》は何度も改築改修を重ね、家具も流行に合わせて入れ替えた。人々は、不細工な女が化粧や服、アクセサリーで外見を繕おうとするように、ヒョンマンは家柄がないのを隠すため、先代の旦那様同様、見栄を張っていると冷笑した。

地下室もある別館は、ヒョンマンの美的感覚、虚栄心、自己顕示欲を余すことなく表していたが、同時に、不安の澱む空間でもあった。ヒョンマンは、伝統住宅とは造りの異なる、複雑で秘密のスペースが多い洋館風の別館を、はじめから自らの生活の場とするつもりだった。別館は、土と木でできた母屋や主殿よりも頑丈で、内部構造が複雑で、深夜に泥棒や独立軍の活動家が侵入して来た時に身を隠しやすかった。しかしクァク氏は、派手だが威圧感のある室内装飾や、寝室と台所を行き来するのに階段の上り下りがあるのが気に入らなかった。さらに、便所が家の中にあるのも嫌だったし、部屋が入り組んでいて建物の中で迷うほどだった。何よりもクァク氏は、自分が主《あるじ》として君臨することができる母屋を離れたくなかった。

ヒョンマンはカンフィに主殿を譲り、自分は別館の二階に移った。別館では毎月のように、さまざまな名目のパーティが開かれた。時には庭園でガーデンパーティも開いた。豪華なパーティに一度でも呼ばれた人々は、ユン・ヒョンマン子爵の健在ぶりを認め、次のパーティの招待者名簿にも載せてもらえることを願った。それこそがヒョンマンがパーティを開く最大の目的だった。

別館の前では、すでにヒョンマンが待っていて、車も来ていた。

チェリョンはまるで久しぶりに会うかのように、駆けて行って父の胸に飛び込んだ。ベストのポケットの懐中時計の鎖が頬に触れた。その感触が心地良かった。

「この可愛らしいお姫さまは、どこのお嬢さまかな？」

ヒョンマンはチェリョンを抱き上げながら尋ねた。心から嬉しそうな表情だった。

「さあ、誰でしょう？　あそこのワンさんのお宅のお嬢さまかしら？」

チェリョンがふざけていうと、運転手と使用人頭のパク、それに見送りにきたスリネも笑った。

「こらこら、なんだって？」

ヒョンマンはチェリョンを抱えた腕に力を入れた。チェリョンが咳込みながら降参した。

「苦しいわ。ユン・ヒョンマン子爵さまの宝物のチェリョンです」

娘とじゃれ合うのが楽しいヒョンマンは、しばらく戯れてから、娘を地面に下ろした。チェリョンは母の部屋でしたように、くるっと回ってみせた。

「お父さま、私どう？」

ヒョンマンが親指を立てた。それから両腕を広げて自分も恰好をつけて見せた。

「お父さまも」

チェリョンも親指を立ててみせた。

父はいつ見てもお洒落だった。この日もグレーの背広と中折れ帽がよく似合っていた。チェリョンには友だちの若いお父さんより、頭にところどころ白いものが混じる自分の父のほうがはるかに恰好良く見えた。父の傍にいると、怖いものも恐ろしいものもなかった。

「さあ、乗ろうか」

ヒョンマンはチェリョンを後ろの座席に座らせると、自分も隣に乗りこんだ。運転手の隣にはパクが乗った。女房が婦人病であの世の人になってから急に老けこんだパクは、二歳年下のヒョンマンより二十歳は老けてみえた。

「お父さまと二人だけで行くんじゃなかったの？」

チェリョンが目を丸くして尋ねた。

少し前、ヒョンマンは新しい車を買った。車を買うような地位の人々は自ら運転することはなかったが、ヒョンマンは講習所に通って運転を習った。一部の人からは、家柄の低い血が流れているからさ、などと陰口を叩かれた。だが他人が何と言おうと、ヒョンマンは運転を楽しみ、ひとりで、あるいはチェリョンを乗せて、清涼里《チョンニャンニ》（ソウル西方の町）や鷺梁津《ノリャンジン》（ソウル南方の町）までドライブに行ったりした。

「今日は、ちょっと遠くまで行くぞ。京畿道驪州《ヨジュ》の小作地までだ」

「ほんと？　お兄さま《オッパ》の代わりに私が行くのですか？」

チェリョンの目が期待にキラキラ輝いた。

カンフィが普通学校を卒業すると、息子に対するヒョンマンの態度は明らかに変化した。父ユン・ビョンジュン子爵は、すべての権限を握ったまま、自分の息子には妓生《キーセン》遊びくらいしか許さなかった。そんな父を反面教師に、ヒョンマンはカンフィに早くから後継者としての教育を受けさせるつもりだった。父親というものは、息子が踏み越えていけるような踏み石になってやらなくてはならないと考え、カンフィのための支援を惜しまなかったのだ。

まず手始めに、カンフィに、高等普通学校（普通学校を卒業した朝鮮人の子が進学する上級学校。今の中学校）の合格パーティを開いてやった。ヒョンマンがド派手な宴会を計画しているという陰口をよそに祝賀パーティを開催したのにはそれなりの意図があった。先輩や同級生たちといっしょの席を設けてやり、愛嬌も社交性もない息子の学校生活を援助してやろうという思いもあったが、カンフィが嘉会洞の屋敷の正真正銘の跡継ぎであることを、世間に知らしめるという意味合いのほうが大きかった。

次は、無極《ムグク》鉱業の現地事務所への同行だった。ヒョンマンの唯一の息子だったので、クァク氏でさえカンフィへのそれらの扱いを当然のように思っていた。しかしチェリョンは一抹の寂しさを感じていた。幼くてはっきり表現することはできなかったが、父は本当に大事なことは、兄にだけ与えていると感じていた。きなこ餅でいうと、餅は兄にあげ、自分には残ったきな粉をくれる感じというべきか。きな粉のほうが餅より美味しいから、大きな不満はなかった。でも今日は、父に小作地に連れて行くと言われ、ただのお出かけよりもはるかに嬉しかったのだ。

「お兄《オッパ》さんの代わりじゃないぞ。そこには、お前の誕生日のプレゼントがあるんだ。だからお前が行かなきゃならんのだよ」

「誕生日プレゼント？　このお洋服を買ってくださったじゃないですか」

それればかりではない。ヒョンマンはチェリョンのクラスメートみんなに、ほろりと口の中でとろけるカステラと、甘さがいつまでも口に残るカルピスも配ってくれた。

「ふふ、あれで終わりじゃない。本当の誕生日プレゼントは別にあるんだ。楽しみにしていなさい」

チェリョンがきっと満足するだろうと、ヒョンマンは得意げに微笑んだ。

「嬉しいわ、お父さま」

チェリョンはヒョンマンの首を抱き締めて頬ずりした。チェリョンは父のざらざらした顎の感触と、さっぱりしたローションの匂いが好きだった。こんなに恰好いい父が、どうしてお腹の突き出た体形で、一日中、部屋で寝そべっている母のような女と結婚したのか理解できなかった。

ぼんやりと感じている兄と自分に対する父の差別は、やはり母のせいであるような気がした。父は服やアクセサリーや新しい商品を、季節ごとに母屋の部屋に届けさせたが、母はありがたがるどころか父を呪い、罵った。父もそんな母を大事にするはずがないし、そんな人の子供に何もかもは与える気にはならないだろう。

チェリョンもカンフィの母親が妾だということを知っていた。チェリョンは妾とは、若くてきれいな女だと理解していた。だから父が本当に好きな人は明らかに自分の母ではなく、兄の母だと思った。愛する人の子のほうに良くしてやりたいのは当然だ。けれどもクァク氏まで、本当の娘である自分よりカンフィを贔屓《ひいき》するのは理解できない。友だちを絶対に家に連れて来ないほどクァク氏を恥ずかしく思っているチェリョンは、自分の母も美しい妾だったら良かったのにと思った。そしたらクァク氏が自分を憎むこともなく、自分がクァク氏を恥ずかしいと思うこともなかっただろう。

車が東大門《トンデムン》を抜けると、キノコのような形の藁屋根の家々や田畑が現れた。小川のほとりには、しだれ柳が長い髪の乙女のように、薄緑の長い枝を垂らしていた。耕作の始まった田畑で、白い野良着の人たちは翼を畳んで舞い降りた鶴のように見えた。桃の花や杏の花が湧き上がる雲のように咲き誇る山野の風景は絵のように美しかったが、穀物が底をつく春の端境期《はざかい》に飢えに苦しむ人たちは空き腹に堪え、憂いに沈んでいた。頭に竹かごを載せ、背負子《しょいこ》を背負い、荷車を引いている人たちが、自動車のクラクションにあたふたと道の脇に退いた。女の背に尻丸出しで負ぶわれている子がひもじそうな顔で鼻汁をなめていた。それらはチェリョンとは別世界の光景として、次々に遠ざかっていった。

ヒョンマンは、窓に張りつき、外を眺めているチェリョンに向かって満足げに微笑み、見守った。

チェリョンは文字どおり、宝の子だった。チェリョンが生まれて二年後、忠清道に所有していた農地の近くの山から砂金が発見された。父が田んぼを買ったとき、一緒に付近の山も安値で買い付けておいたおかげで幸運はヒョンマンのもとに転がり込んだ。

土地を最高に安全な投資と考え、農地の買い占めに全力を注いでいた父とは違い、ヒョンマンは外国の高価で珍しい品物の輸入販売の事業がしたかった。だが生前、父はそれを許してくれなかった。ビョンジュンには息子がやろうとしている事業が、酒や道楽より危険に見えた。釜山でいちばん大きかった山本商会は、品物を満載した船が沈没したせいで倒産した。ビョンジュンは息子が事業に手を出すくらいなら、むしろ女や酒に溺れて遊んでいるほうがましだと考えていた。

自分でも気づかないうちに、父と同じ人生を歩むようになっていたヒョンマンは、見境なく女遊びに耽る人間の末路に大きな衝撃を受けた。彼はビョンジュンの死後、妓生遊びをする宴会通いをぱたりとやめた。喪中だからというわけではなく、女性に対する興味自体が消え失せてしまったのだ。代わりに、父のせいで志を遂げられなかった海外事業に関心を向けた。

しかし資金を準備するために売却する予定だった忠清道の土地から、思ってもみなかった金《きん》の鉱脈が見つかった。父から、幸運の運気も引き継いだのに違いなかった。ヒョンマンは父のようにゼロから起き上がる不屈の闘志や根性はなかったが、転がり込んできた幸運を確実に自分のものにする程度の瞬発力と覇気は持ちあわせていた。また、東京の大学で商科を出た彼には経営のセンスもあった。公職に就いたところで、どうせ操り人形の役割しか与えられていない植民地の民にとって、世の中金《かね》がすべてなのだ。それなりの資産家になれば、誰も自分やその家柄をぞんざいには扱えないだろう。父に抑えられていたヒョンマンの商才が、それを見抜いた。

彼はただちに採掘権を獲得し、さらなる金脈を求め、山はもちろん田んぼも掘削した。ヒョンマンは全国各地に点々と所有していた土地を売却し、掘削用の最新機械と運転資金を用意した。そしてすぐさま会社をおこし、安価に手に入れた採掘権を高い値で売る仕事まで同時進行させた。

ユン・ビョンジュン子爵が他界した後、口さがない者たちは砂上の楼閣同然の成り金屋敷が、いつ崩壊するか、賭けをして注目していた。貴族の爵位を手に入れた者の中で、堅実に財産を維持している人などほとんどいなかった。多くが酒色に溺れ、米や大豆の先物取引、賭博やアヘンなどで暮らしを破綻させていた。しかし没落予想順位のトップに挙げられていたヒョンマンの家門は、意外にも、むしろ繁栄した。金鉱発見という幸運に酔いしれて豪勢な暮らしをする代わりに、手堅く事業を展開したせいだった。世の中は金《かね》がすべてという彼の考えは、日に日に堅固なものになった。彼の目標は、朝鮮でいちばんの資産家になること。そして子々孫々にそれを受け継がせることだった。

村役場のあたりを通り過ぎた車は峠を越え、道路沿いに進むと、驪州《ヨジュ》のアンゴル村に着いた。京城から比較的近く、米が美味しいので、自家用の穀物供給地として残しておいた小作地だ。土地は、もう父の頃に比べれば半分になった。代わりに銀行に債権やら株式やら現金が蓄えられていた。それらはヒョンマンが寝ている間も、着実に利子を増やしていた。

車が村の入り口に到達すると、瞬く間に地主の旦那様到着の知らせが村中に広がった。小作地管理人の男が転がるように走ってきて頭を深々と下げ、小作人や村の子たちがあちこちから集まってきた。小作地管理人の長男が、まるで自分の車だというように威張り散らして子供たちを追い払ったが、子供たちはしばらくするとまた集まってきた。運転手がけたたましく警笛を鳴らすと、子供も大人もみな驚き、後ずさりした。皆の視線は、車の中、とりわけ小さな淑女、チェリョンに一斉に注がれていた。綺麗なワンピースを着たチェリョンは、町で見かける日本人の子より、ずっと目を引いた。

小作地管理人の家に行くには、狭い村内の路地を通らなければならなかった。その道は、家々から流れ出た汚物混じりの水でぬかるみ、牛小屋や豚小屋から放たれる悪臭と混ざり合い、これ以上ないくらい酷い臭いを放っていた。パクが鼻を摘んで立ちすくむチェリョンに背中を向けた。チェリョンはパクの背中におぶわれると、藁束みたいにぞろぞろ後についてくる子たちを見下ろした。頭にはおできがあり、顔には白い乾癬《かんせん》が花咲くあの子たちは、獣なのか人なのかというような目つきだった。ヒョンマン一行はやがて小作地管理人の家に到着した。くっついてきた子たちの群れは、柴戸のところに屏風のように並んだ。

「準備はできてるか？」

小作地管理人の女房が慌てて拭いた縁側にヒョンマンが腰掛けると、パクが小作地管理人の男に尋ねた。

「もちろんですとも。アンの家の三番目の娘ですが、まめまめしい素直な子で……。ほら、あそこに。先に来て待ってるよう言っておいたのにぐずぐずしやがって。旦那様がお待ちではないか」

小作地管理人が、娘の背を押して入ってくる小作人の男アンに向かって思わず声を張り上げた。チェリョンより二、三歳は年上に見える娘がわあっと泣きだし、足を踏ん張った。

「いやだよう、いやだよう、行きたくないよう」

娘の襟首をわしづかみして庭先に引っ張ってきた小作人のアンは、娘がさらに大声で泣き始めるや、頬を殴りつけた。チェリョンはびくりとし、ヒョンマンは眉間に皺を寄せた。

「やいっ、このアマ、泣くんじゃねえ。京城の旦那様のお屋敷に行けば、腹を空かせることもねえし、おめえの家族の星回りだって良くなるんだぞ、それなのに、おめえ、なんなんだ」

小作地管理人が立て続けにどなった。

「いやだよう。母さん、父さんと、ここで暮らします。京城は、いやだよう」

ヒョンマンの表情は次第に曇り、小作地管理人はおろおろした。その時、柴戸のところに並んだ子供たちの間から、ひとりの少女がぴょこんと飛び出してきて、泣いている子の横に立って言った。

「そこに私が行ってもいいですか？」

アンの娘より、体はひとまわり小さく、年も幼く見えた。

「スナム、このアマ。そこってお前、どこか知ってんのか。あっちへ行け！」

小作地管理人が足を踏みならし、拳を振りかざしたが、スナムは身じろぎもせず、ヒョンマンをまじまじと見上げた。あちこちつぎはぎだらけで、袖口がぼろぼろの木綿のチマ・チョゴリを着て、髪はいつ洗ったかもわからないような身なりだった。

スナムを少しの間、じっと見ていたヒョンマンが尋ねた。

「お前、いくつだ？」

「八歳です」

スナムはヒョンマンの視線を逸らさなかった。

「このアマ、それは戸籍の年だろ。死んだ姉さんの戸籍を、そのままもらったからな。ほんとうは七歳ですよ」

小作地管理人の言葉をよそに、ヒョンマンの目はスナムに注がれた。

「お前さん、京城がどこかも知らないくせに、行くというのかね」

ヒョンマンは尋ねた。

「知ってます。峠の向こうの、もっと向こうです」

臆することのない返事に、ヒョンマンが微笑んだ。

「家を出て、お母ちゃんと離れて暮らす自信はあるのかい？」

ヒョンマンの問いに、スナムは口を結び元気よく首を縦に振った。ヒョンマンは自分の娘を見つめた。

「お前はふたりのうち、どっちを連れて行きたいかい」

チェリョンは、父がなぜこの汚い田舎者の女の子を連れて行こうとするのかわからなかったが、行くのが嫌だと泣いている子よりスナムのほうがましだった。チェリョンがスナムを指すと、ヒョンマンが命令を下した。

「この子の父親を呼んで来るように」

小作地管理人はアン父娘《おやこ》を追い出すと、スナムの家に走って行った。小作地管理人が半分も行かないうちに、その知らせはもうスナムの家まで届いていた。チェリョンはずっと忘れずにいたことを父に尋ねた。

「お父さま、私のお誕生日プレゼントはどこにあるの。いつ、もらえるの？」

ヒョンマンがスナムを顎で指しながら言った。

「あの子が、お誕生日プレゼントだよ」

チェリョンはがっかりした表情を隠せなかった。こんなに汚くて使い道のなさそうなプレゼントは生まれて初めてだ。自分を見る目つきも、お父さまに頭を下げない様子も気に入らない。こんな子を連れて行くかわりに、ヒョンマンはスナム一家が小作していた田んぼ三マジキ（六百坪）の所有権を譲ると言う。アンの娘を連れて行く代わりに、毎年米三俵をやるという約束に比べ、破格だった。

「旦那様、アンにやると言ったのと同じで十分ですよ」

パクが意見したが、ヒョンマンは聞かなかった。

「そのかわり、あの子の親が自分の娘になんの権利もないことをはっきりさせるんだ。永遠にだ」

ヒョンマンは幼い頃に連れてきた使用人が大きくなってから約束と違うことを言い出したり、親があれやこれや介入してきたりするのが面倒だった。小さい頃から仕込んでやったカプスだったが、後であれこれ条件をつけてきて、結局連れて帰ったのは、食べさせて頂くだけでありがたいと言っていた彼の父親だった。またヒョンマンは、チェリョンに与えるプレゼントの値段を高くすることで、娘への愛情を示したかった。

スナムの父は、まるで青天の霹靂《へきれき》のような幸運を誰かに横取りされてはなるものかと、書類にあたふたとハンコを押した。親としての権利を永遠に放棄し、もしスナムが逃げたり、親が干渉したりしたら田んぼ三マジキを返還するだけでなく、違約金を払うという内容だった。

「これで契約は終わりだ。その子を洗って、服も着替えさせて連れて来るように」

ヒョンマンはパクに言った。

あっという間にアンゴル村に広がった噂は、娘を持つすべての親たちを羨ましがらせた。

八番目の子

スナムの父親は、お金を添えても誰も拾っていく者などいない娘っこを、田んぼ三マジキで買うと言われ、啞然とした。スナムが生まれた時、並外れた兆しがあったか思い出そうとしたが、死んだ子まで合わせると子供は十人もいたので、どの記憶がスナムのものだったか曖昧だった。この家でスナムが生まれた時のことを覚えているのは、スナム本人だけだった。スナムもまた、それが自分の記憶なのか、いちばん上の姉《オンニ》から聞いたものなのか定かではなかった。

春先に米櫃《こめびつ》の空になった家の主婦が、なおも米櫃の底をこそげ取るように、母親の養分を底の底まで吸い尽くし、十カ月を堪えた生命は、ようやく最後の関門に差し掛かっていた。しかし関門は容易には開かず、母親も小さな生命も、二人とも諦めの境地に至っていた。姑は、父親が産み月を前にして戸に開いていた節穴を塞いだせいだとなじった。だがそれは、父親がこの世に誕生する生命に施すことのできる唯一の愛情だった。黒く唸りを上げる蚊の群が、人も獣も構わずに襲いかかり、飢えたように血を吸っていたのだ。

藁と土を練り固めた土壁を引っかき、母親はもがいていた。八度目のお産だったが、楽だったことは一度もない。陣痛の苦しみより、また娘だったらという不安のほうが大きかった。昨年、次は弟が生まれるようにと、スナム《寿男》という名をつけた娘が、満一歳の誕生日も待たずに死んだことも不吉だった。またしても娘なら、お腹の中の命と一緒に自分もこの世からおさらばしたかった。

いくら必死になっても扉が開かないので、もう諦めかけていた小さな生命に、いちばん上の姉の声が聞こえてきた。もう少しだけ頑張るのよ。お腹の中にいる間、母の声よりもずっと聞き慣れた声だ。自分の存在を知らせるように小さな生命が踏ん張ると、母親も最後の力を振り絞り、いきんだ。無事に生まれた子は、少し前に死んだすぐ上の姉の名をもらった。

「また娘っこかい。まったく、うちの嫁の腹ん中にゃ、あまっこしか入ってないのかのう」

姑は、嫁が男の子を産んだことがあるのも忘れ、開けたお釜の蓋を、音をたてて乱暴に置いた。男の子は、百日も経たずに死んだのだ。赤ん坊の死は、あまりにも日常茶飯事だったので、家族のほかでは大して話題にものぼらなかった。

父親は、自分の母の勢いに気圧されて、子を産むのに生死の境を彷徨《さまよ》っていた女房の顔をちらと見ることもできず、裏山の麓に胎盤を埋めた。唇が紫色になるほどミツバツツジの花を摘んで食べていた村の子たちが、何気なくこちらを見た。もし彼が埋めているものが食べ物だったら、子供たちは、つつじの花では到底満たすことのできない空腹を癒すために群がってきただろう。代わりに、腹を空かせたがりがりの犬どもが、鼻をクンクンさせながら寄ってきた。父親は足で地面を強く踏み鳴らし、追い払う仕草をしたが、それ以上力が湧かなかった。牛一頭借りることさえできず、ひとりで鍬を振るっている身には、それ以上無駄な力などなかった。

地主がユン・ヒョンマン子爵に変わると、小作農たちの暮らしはいっそう疲弊した。日本の産米増殖計画（一九二〇年代、日本の食糧問題解決のために政策決定された朝鮮米の増産計画）を積極的に推進したヒョンマンは、農民に、水路の改修、植え縄（日本式田植えで使用する目印の縄）や化学肥料の使用などを無理やりおしつけた。収穫量は増えたものの、値上がりした小作料と嵩んだ肥料代を払うと、残りの米で数カ月堪えるのは厳しかった。米を売り、満州から入ってきたトウモロコシや粟に引き換えても、頭数の多い家族の腹を満たすことはできなかった。今すぐ高利の米でも借りてこなければ、この春の端境期《はざかい》を乗り越えられないだろう。こんな時期に口がもうひとつ増え、父親の肩の荷はさらに重くなった。

母親は、ボロ布のようなおくるみに包まれた娘を見た。べたべたした胎内脂がまだしわくちゃの体を覆う赤い小さな生命に、母親は奇妙な悲しみを覚えた。またもや女の子だという理由だけではなかった。赤ん坊の運命が、上の娘たちとは異なる道を歩むだろう、母の手の及ばないところで明るく輝く存在になるだろう、というとんでもない予感のせいだった。母親はその後娘をもう一人産み、最後についに息子を産んだ。息子だという喜びは、産んだ瞬間に消え、母親は再び家事と農作業に骨身を削らなければならなかった。

ようやく温まり始めた井戸の水を浴びせ、スナムを洗ってやる母親の脳裏に、スナムを産んだ時の感情がふと蘇った。すっかり忘れていた記憶だった。遠くへ行ってしまう予感とは、このことだったのか。子を売るだなんて。だが、将来嫁にしてもらう約束で幼いころ婚家にやった長女も、実のところ、売ったも同然だった。

夫が決めたことではあったが、母親は親として、またしても子を売ることに羞恥心を覚えた。だが、母親にしても、田んぼ三マジキは不相応な代価に思えた。もう会えないかもしれないという思いで、母親はいちばん良い服を――と言ってもどれもこれも似たりよったりのぼろだったが――選んで着せ、かまどの脇に座らせ、麦よりトウモロコシやアワのほうが多い飯を山盛りによそってやった。スナムの妹スオクと弟ギョンソクが、初めて見る光景に不満の色を浮かべ、文句を言った。

スナムがご飯を食べている間、母親は髪をすいてやった。そうしてやることも初めてだった。産んだだけの娘が七歳になるまで、何を食べ、どうやって大きくなったのか、何も思い出せなかった。スナムはよく、自分が生まれる前に死んだいちばん上の姉の話をした。ひとりで遊んでいるときも、誰かと話しているかのようにスナムはよく喋っていた。長女が面倒を見てくれたとスナムは言うが、本当だろうか？　長女は十五歳のとき、婚家で妊娠し、お腹の赤ん坊と一緒に死んだのだ。母親は、その考えを慌てて振り払った。もし、娘には鬼神が憑いているから契約は破棄だなどと言い出されたらと思うと怖かった。田んぼ三マジキの主《あるじ》になったら、残った子たちのお腹も今よりは満たしてやれるだろうし、娘たちが嫁ぐときに布団をひと組ずつでも持たせてやることができるだろう。そればかりか、一人息子のギョンソクが大きくなったら、普通学校にも通わせてやることができる。初めて自分の田んぼを持つ自作農になる実感が湧き、髪をすく母親の手が震えた。

大根の塩漬けだけをおかずに瞬く間にご飯をたいらげたスナムは、お腹が満ちて大きなげっぷをした。そうしている間に、村人たちが自分の娘をつれて、我も我もと小作地管理人の家の前に集まってきた。ヒョンマンの気が変わるかもしれないと不安になったスナムの父親は、ぐずぐずしている妻をののしった。体を洗って服を着替えたとはいえ、たいして変わりばえのしないスナムが台所から出てくると、祖母が涙をほろほろと流して言った。

「お前、お前次第だよ、可愛いがられるかどうかは。口答えしたりせず、気立て良く振る舞うんだよ」

風呂敷包みを持ったスナムは、初めての特別な待遇と人々の関心に気持ちが舞い上がり、意気揚々と自動車というものに乗り込んだ。姉たちや妹とギョンソクは、羨ましいというより、心配そうな顔でスナムを見つめた。前の座席にはヒョンマンが座り、後ろの席にはチェリョンとスナムが座った。使用人頭のパクは数日この地に留まり、小作地での仕事を片付けていくという。牛馬が引いているわけでもないのに、ひとりでに進む自動車がとても不思議で、スナムは自分がふるさとを離れていることに気がつかなかった。いちばん上の姉が、村人たちに混じり、見送っているのにも気づかなかった。

チェリョンは、スナムと触れるのを避けるため片方の窓に体をぴったりと寄せて座り、スナムもまた、びゅんびゅんと過ぎていく外の景色に気をとられたまま、反対側の窓にしがみついていた。

スナムは、峠の向こうに何があるのか、いつも気になっていた。いちばん上の姉が聞かせてくれる話では満足しなかった。市場に行く人も、学校に通う数少ない村の子たちも、もっと遠いところに行く人たちも、みんな峠を行き来した。スナムは、祖母や父親が市場に行くたびに連れて行ってとせがみ、こっそりついて行ったりもしたが、途中でバレておしおきされた。

それなのに、車の座席に座って峠を越えて行くなんて。祖母の話では、昔は九尾《きゅうび》の狐が出てくる狭くて険しい道だったが、今は牛車やトラックが往来できるくらい広い立派な道になった。村人たちが賦役でつくったその道を通って、汗水垂らして育てた米が、自らの食べる分までごっそり積まれて運び出されて行った。

スナムは、遠ざかっていく村を振り返った。すさまじい空腹と大人たちの罵詈雑言、鼻をつく肥やしの臭いや子供の騒ぎ声で満ちていたアンゴル村は、夕日に染まり美しく輝いていた。スナムがいちばん上の姉と一緒に、オオカミの子のように駆けずりまわった裏山も、次第に小さくなった。深い谷、村の子たちが行かない場所まで行くと、ヤマブドウがありサルナシの実があった。ハシバミやヤマグワの実も、空腹を癒してくれた。透明で冷たく甘みのある谷川の水も流れていた。山の中は、スナムがちゃんと抱かれたことのなかった母の懐のように暖かかった。その山がもう、手のひらで覆えるほど小さくなった。近くで見るのと遠くで見るのでは、まるで違っていた。家から離れるということがどういう意味かわからないまま、スナムは初めて見る光景に夢中だった。

「ねえ、お父さまが名前を尋ねてるのに」

チェリョンがきつい口調で言うと、スナムは我に返った。

「スナムです。キム・スナム」

初めて見ず知らずの人たちに囲まれている現実に気づいたスナムは、今までとは打って変わり、おずおずと答えた。

「これから、私をお嬢さまと呼んでよくお仕えするのよ」

スナムは、顎を突き上げて自分を見下ろすチェリョンを驚いたように見つめた。

「は、はい」

よくお仕えするにはどうすればいいのか知らないスナムは、小さい声で答えた。

ヒョンマンは、娘に良いプレゼントをしたようだと満足だった。これまでずっと、大人たちの中で育つ娘のことが気にかかっていた。もう高等普通学校の学生になったカンフィが妹と遊ぶことはないし、家に子供はチェリョンしかいなかった。ヒョンマンは、学校から帰るといつも乳母のチマ《スカート》の裾をつかんで遊ぶ娘に、お世話したり、使い走りをしたり、話し相手にもなるような同じ年頃の女の子を連れてくることにしたのだった。面倒くさい家族が近くに住んでいる京城よりは、田舎で探すほうが良さそうなので、小作地の管理人にあらかじめ言っておいたのだ。もともとはチェリョンより二、三歳年上の子を望んでいたが、スナムを見て心変わりした。

ヒョンマンが躊躇《ためら》いなくスナムを選んだのは、垢でテカテカした顔の奥にちらりと見た聡明さゆえだった。うまく仕込めば、長くチェリョンの手足となるだろう。嫁ぐ時は付き添いとして一緒にやるのも良しという考えを、ヒョンマンは慌てて打ち消した。いつかはそんな日が来るだろうが、今から胸の痛いことは考えたくない。


その晩、ヒョンマンは、家に到着するなり乳母のスリネを呼んだ。父と外出して帰る日は、チェリョンは家に着く前に眠ったふりをして、母の質問攻勢をかわす。それをよく知るスリネが大急ぎで駆けてきたが、風呂敷包みを抱えて突っ立っているスナムを見て面くらった。暗くて顔はよく見えないが、みすぼらしい身なりであることはわかる。スナムと自分を交互に見ているスリネに、ヒョンマンが言った。

「チェリョンの小間使いとして連れてきた子だ。今日は遅いから、奥方には明日、挨拶させたらいい。お前が傍でちゃんと教えてやれ。チェリョンが学校に行っている間は家事もさせなさい。向こう見ずなところがあるから、厳しく仕込むように」

ヒョンマンは、運転手にチェリョンを部屋までそっと抱えていき、寝かせるよう命じた。彼は、チェリョンが満一歳を過ぎてからは、娘を離れの別館に呼び出すことはあっても、母屋には滅多に足を踏み入れなかった。

スリネは、スナムについてくるよう言い、運転手のあとを追った。お世話するどころか、がりがりの痩せっぽちで、むしろチェリョンが面倒をみなくてはならないくらいに思えたが、母屋に人手が一人増えたのは喜ぶべきことだった。スリネはスナムをしっかり仕込んで、チェリョンがいない時は自分の手伝いをさせようと決めた。

「お嬢さまの寝床の用意をしてくるから、お前はここで待ってるんだよ」

来る道すがら目にした京城の夜景に放心状態だったスナムは、王様の住む宮殿みたいな広大なお屋敷に到着した途端、すっかり腰を抜かしてしまった。スナムは、ほんのり明かりのさす母屋の板の間の部屋をうっとり見た。アンゴル村の家の部屋に一枚だけ嵌っていた手のひらよりも小さい貴重なガラスが、数十枚、いや数百枚はあるようだった。そして、板の間の部屋の中には見たこともない珍しい品がたくさんあった。目に入るものすべてが驚きで、夢の中かおとぎ話の世界にでもいるのではないかと頭がくらくらした。思わずふらふらと近寄っていったスナムは、いきなり降り注がれた光に肝をつぶし、振り向いた。灯油の臭いとともに、ランプの灯が目の前で揺れた。

「誰だい？　お前は」

スナムは覆いかぶさるように近づいてくる巨体に縮み上がり、後ずさりした。スリネとともに、スナムは母屋の部屋に招き入れられた。夜なのに真昼のように明るい部屋、きらきら輝くあらゆる物と突然聞こえるカッコウの鳴き声、初めて見る肥大した婦人を前にしてスナムは、これは夢だと確信した。だが、どこからが夢なのかがわからない。「そこに私が行ってもいいですか」と進み出た瞬間か、母さんが体を洗ってくれて山盛りのご飯をよそってくれた時か、車に乗り込んだ時か。スナムは「そこに私が行ってもいいですか」と進み出たあの瞬間から、目が覚めるのを願った。土壁の泥が落ちる狭い部屋で、祖母と姉たちの間に挟まり、南京虫に噛まれた体を掻きむしりながら寝ていることを願った。そんなことを考えていたので、スナムはクァク氏が自分を穴が開くほど見つめていることに気づかなかった。

便所に起きたクァク氏は、明かりに照らされたスナムを初めて見た瞬間、チェリョンに似ていると思った。そこで、もう少しよく見てみようと、スリネと一緒に部屋に招き入れたのだ。クァク氏は、スナムが来ることになったわけを根掘り葉掘り尋ねたが、スリネが話せるのは、ヒョンマンから聞いた話がすべてだった。そこでクァク氏は、小作地に残ったパクの代わりに運転手を呼び、スナムを田んぼ三マジキで買ってきたという事実を聞き出した。年に米二、三俵で十分なはずの女児に、田んぼ三マジキとは。スリネが驚き、あらためてスナムをまじまじと見た。クァク氏はスナムをしつこく問いただしたが、年や名前、家族のほかは、はっきりとした答えを聞き出せなかった。もとは違う子が来ることになっていたが、その子が嫌だと言ったので自分が来たというのだ。何度尋ねても、同じ答えだった。どうしてチェリョンに似ているのかという疑問は解けなかった。

クァク氏は堪えられず、スリネに尋ねた。

「変だね、この子、うちのチェリョンと似ていると思わないかい?」

「似てるだなんて、なんてことを、まあ、奥様。お嬢さまが、卑しい田舎の娘と似てるはずがないじゃありませんか」

スリネは、ああ、また奥様の嫉妬が始まった、という顔をした。クァク氏はヒョンマンに対して気に入らないことがあると、周りの人々に八つ当たりした。そのたびにくたくたになるのは、母屋の女中たちだった。クァク氏は、はっと我に返った。

〈そうとも。似ているわけがない〉

乳母のスリネに胸の内をさらけだしたことに、プライドが傷ついたクァク氏は命令した。

「高い買い物をしたんだから、その分働いてもらわないと。明日からすぐ、母屋の掃除をやらせなさい。この子がそれだけの価値があるかどうか、とくと見させてもらうよ」

スリネがスナムを連れて去った後も、クァク氏は寝つけなかった。どう考えても、細くわずかに吊り上がった目から、子供にしては真っ直ぐな鼻筋とぽってりとした口元まで、似ているところが多かった。チェリョンが満月のような丸顔なのに対し、スナムは面長で薄幸そうなところだけが違った。クァク氏も初めは自分の強引なこじつけかとも思った。もしもスナムがヒョンマンの血を引いているなら、チェリョンの小間使いとして連れてくることはないだろう。だが、疑念はひとつやふたつではない。チェリョンが生まれた頃、ヒョンマンは、やれ水路工事だ、やれ産米増殖だと言って、ことあるごとに小作地に出かけていた。汚くて不便なことの嫌いなヒョンマンにしては珍しいことだった。

ふと浮かんだ考えに、クァク氏の胸が疼いた。

〈スナムの母親が、よその種を産んだなぞ、わざわざ自分から言いふらすかね。自分の夫や子爵様にはそれを隠しておいて、この家へ押し込んできたのかもしれないよ。幼い子が、自分から行くと名乗り出たなんて、そんなうまい話があるもんか。あいつの母親が仕組んだに違いない〉

すべてを知っているはずのパクが小作地に残ったのも怪しかった。ところが、チェリョンと田舎娘が似ていることへの疑念は、間もなく起こった事件ですっかり立ち消えになった。とはいっても、スナムを見るクァク氏の眼差しは相変わらず険しかった。

布団に横たわると瞬時に眠りに落ちたスナムとは違い、スリネは眠気がどこかへ消えてしまった。

スナムが、田んぼ三マジキの値だという話に、この幼い子供にやっかみが湧いたのだ。スリネは給料を節約して貯め、三人の子のうち末っ子の一人息子テスルが十歳の時、成歓《ソンファン》の家から二十里《八キロ》（朝鮮十里＝四キロ）離れたところにある四年制の普通学校に入れた。京城で暮らしながら、貧乏人は勉強くらいできなければ命を繋ぐこともできないと悟ったのだ。その息子が、来春、卒業する。

スリネはヒョンマンに、テスルを、無極鉱業か無極洋行、どちらかで働かせてほしいと頼むつもりだった。テスルが仕事を覚えるまで、住み込みで食べさせてくれればそれで十分だった。まだ話を切り出せずにいたが、あんな三文にもならない女児を田んぼ三マジキも出して連れてくるなんて、自分の物でもない田んぼがもったいなくて、無性に口惜しかった。しかし、一方で、スリネには別の欲望が生まれた。

もし会社がダメなら、カンフィのお世話をさせてほしいとお願いするのはどうだろう。これまでカンフィのお世話をしてきた爺やのグ老人は、もう年をとり過ぎていた。乳母である自分がいるのに、スナムを連れてきたのを見ると、カンフィにも同じ年代の子を傍に置かせるかもしれない。チェリョンとスナムのように、カンフィとテスルも一歳違いだ。会社で働くのも良いが、将来、嘉会洞《カフェドン》の屋敷のすべてを受け継ぐカンフィの手足になるのも悪くない。スナムが田んぼ三マジキなら、普通学校を卒業するうちの息子はいくらだろう。スリネは、幸せな空想に浸った。だが、うちの息子にも、田んぼ三マジキは多すぎる。ふと、チェリョンとスナムが似ているという奥様の言葉が、無闇やたらな嫉妬ではないかもしれないという考えがよぎった。

そんなある日、スナムが寝言を言いながら、スリネの懐に潜りこんできた。初めは冷たく押しのけていたスリネは、夢うつつにスナムを抱き寄せていた。目が覚めてからも、彼女は腕をほどかなかった。幼い年で売られてきた子が、死んだ自分の子のようでもあり、故郷にいる子たちのようでもあった。しかし、スリネがしてやれることといえば、スズメの雛のように小さなこの子が家のことを思い出す暇のないように、次から次へ仕事を言いつけることだけだった。

〈楽してると、愚にもつかないことを思い出すだけで、いいことはひとつもない〉

スナムを不憫に思うたび、スリネは心を鬼にして仕事を言いつけ、いろんな人がいろんな仕事を押しつけていても、知らないふりをした。

スナムは、母屋のおまるを空け、部屋を掃除し、あらゆる雑用をこなすより、チェリョンに振り回されるほうがはるかにくたびれた。初めて連れて来られた日、車の中で離れて座っていた時とはうって変わり、チェリョンは学校から帰るとすぐに、スナムを自分の影のようにいつも傍にいさせた。はじめ、生まれて初めて見るおもちゃに魂を奪われ、スナムはチェリョンに呼ばれるのを待っていた。お姫さまの部屋のように飾られたチェリョンの部屋には、ままごと道具やお人形のようなおもちゃがいっぱいあったのだ。

お茶碗、皿、やかんなど、本物のように作られた小さなおもちゃでままごとをするのも不思議だったが、服を着せたり脱がせたりすることができ、横にすると目を閉じる人形がスナムにはいちばん不思議だった。学校から帰ってくると、チェリョンはそれらを広げてひとしきり遊んだ。スナムは傍で見ているだけでわくわくした。

人形をいくつか持ってきて、ひとりでお母さんになったり子供になったりして遊んでいたチェリョンが、ある日突然スナムに言った。

「これあげる」

壊れて、片方の目が閉じない人形だった。

「ほんとうに？」

スナムは信じられなかった。

「うん」

チェリョンがスナムの前に人形を投げてよこした。人形は横になっても青い片目を開けたままだった。スナムがいそいそと人形を抱きあげた。そして丁寧に撫でた。人形が私のものになるなんて。胸がどきどきする。いちばん上の姉と妹のスオクに見せてあげたい。いや、自慢したい。

「私はお姫さまよ。あんたは何になる？　乞食？」

チェリョンが色鮮やかなドレスを着た金髪の人形を部屋の床に立たせた。

「ううん、私は天女をやります」

「え？　そんな乞食みたいな恰好の、片目の天女なんていないわ」

チェリョンがつっかかってくるので、スナムは祖母が聞かせてくれた昔話を思い出した。

「なぜなら、うーん、天の国で悪いことをして、うーん、それで玉皇上帝《てんのかみさま》に罰を受けてしまったんです。だからもう一度、天女に戻って、天の国に帰るんです」

作り話だったが、もっともらしかった。

「ふん、そんなわけないわよ。とにかく、今は片目の乞食なんでしょう？　私はお姫さまよ。片目の乞食、こっちへ来なさい」

チェリョンの言葉に、スナムは気分が悪くなった。自分がバカにされるのなら我慢できるが、自分の人形がぞんざいにされるのには腹が立った。

「今はこうしていますが、もうじき天女さまに戻るんです。天女さまはお姫さまより、ずっと偉い方なんです」

チェリョンは、スナムが言い終わらないうちに、自分の人形でスナムの人形を押して突き倒した。

「この片目、ちゃんと目も見えないくせにっ」

「恐れ多くも天女さまに、何てことをする。玉皇上帝《てんのかみさま》が罰を与える！」

スナムが怖い声を出して、自分の人形を手に取ってチェリョンの人形を思いきり叩いた。チェリョンの人形が吹っ飛んだ。しばらくあっけにとられていたチェリョンの顔色が、みるみる青くなった。

「なに、この子！」

チェリョンが飛びかかり、スナムの顔を引っ掻いた。今まで我慢していた鬱憤が弾けたスナムも、チェリョンの髪の毛を引っ張った。二人は、お互いの髪を引っ張って、摑み合いの喧嘩になった。

嘉会洞の屋敷には、主の家族のほかにも、親類、離れの別館の事務所の職員、来客、住み込みの使用人、通いや臨時の雇い人まで合わせると、いつも六、七十名が出たり入ったりしていた。その中で新入りが注目されるのは容易なことではない。しかしスナムはあっという間に、屋敷の中でもっとも有名な子供になった。最初は、大胆にもチェリョンととっくみあいの喧嘩をしたからだった。人々はスナムを見るたびに面白がり、どうやって喧嘩したのか、もう一度やってみろとはやしたてた。ムチでお仕置きをされ、まる一日ご飯を食べさせてもらえなかったスナムは、そのことでからかわれるたび、そそくさと逃げ出した。

次に注目を集めたのは、故郷の家から運んできたシラミのせいだった。スナムの体から抜け出したシラミたちは、新天地を求めて大移動を始めた。潔癖症とも言えるくらいきれい好きのヒョンマンのせいで、屋敷の家族や使用人はもちろん、出入りの雇い人たちも清潔や衛生には気をつけていた。だが油断していたからか、スナムの髪の毛や服の縫い目が白くなるまで、誰も気づかなかった。

　スナムが来て十日ぐらい経ったとき、シラミが猛威を振るっているのが明らかになり、家の中で大々的な消毒作業が行われた。嘉会洞の屋敷の人々は、上下関係なく、頭に殺虫剤を振りかけた。スナムが家から着てきた服はもちろん、着替えやそれを包んであった風呂敷や履物まで、すべてかまどの中に放り込まれた。故郷から持ってきたものは、もう身ひとつだけになった。お針子の女中が古いチマ・チョゴリをほどいてスナムの衣類を作ってくれた（ほとんどが舶来品であるチェリョンの服は、おさがりを待つクァク氏の実家の親戚がいるので、とてもスナムには回ってこなかった）。そして最後に、スナムは頭をつるつるの坊主にしなければならなかった。

　スナムは外庭に置かれた木製の椅子に座った。大きな見世物でも開かれるように、チェリョンをはじめ、母屋の厨房の女中や主殿《サランチェ》の下男まで群がり集まった。風呂敷を首に巻いたスナムは、今にも泣きだしそうな顔をしている。スリネがはさみで、まず長い髪の束をざっくり切った。スナムは首でも切られるかのように、目をぎゅっとつぶった。生まれてから今まで、伸ばしてきた髪だ。母の手ではなかったが、姉たちが洗ってくれたり梳いてくれたり編んでくれたりした記憶がしみついていた。まるでその記憶までもが絶ち切られるような気がした。

　スリネが短くなったスナムの髪の毛を、さらにひと握りずつ摑み、ざくざく切った。足元にばさばさと落ちる髪が、お前はもうアンゴル村に住んでいたスナムではないと言っているようだった。嘉会洞の屋敷のお嬢さまの小間使いであることを忘れてはならないと警告しているようだった。スナムは泣くまいと、歯を食いしばった。しばらくすると下男のひとりがバリカンを持ってきて、残りの髪を刈り取った。機械が頭を行ったり来たりする感触に、背筋がぞくぞくした。

京城に来て数日の間、スナムは、アンゴル村全部よりもっと広く見える嘉会洞の屋敷にうっとりし、食事を欠かさず食べられるという嬉しさに浮かれ、一日一日を過ごした。チェリョンにいじめられて体がきつくても、辛いと思わなかった。しかし故郷では、足を伸ばすのさえ難しい狭い部屋で寝て、しょっちゅう腹を空かせ叩かれたりすることはあっても、頭をつるつるに刈られることはなかった。スナムは自分が家を離れてきたことを、初めて実感した。

「つるつる坊主、つるつる坊主、やーい、やーい、まる坊主やーい」

傍で見ていたチェリョンがからかった。チェリョンにもシラミがうつったが、頭を刈られる代わりに、スリネが一日に何度も梳き櫛で梳かしてやった。チェリョンの長い黒髪は、シラミがうつる前よりいっそう艶やかになった。シラミのせいで頭を刈られたのは、嘉会洞の屋敷でスナムだけだった。

「こうしてみると、頭の形が木魚のようだよ」

スリネがスナムの首に巻いていた風呂敷をはずし、パッパッとはたきながら言った。彼女はクァク氏の言葉がふと浮かび、心の中でつぶやいた。

〈奥様もほんにまあ、一体どこが似てるって言うのかね。スナムは、おでこも後頭部も突き出ているけれど、お嬢さまの頭はきれいなまあるい形で頭の先から違うもの。楽な暮らしをしてるせいで、つまらないことを思いつくんだね〉

クァク氏も後でスナムの頭の形を見て、疑うのをやめた。

スナムはおずおずと立ち上がり、丸坊主の頭を触ってみた。チクチクした感触が他人の頭みたいだった。というよりも、頭部がすっかりなくなったような気分だった。髪の毛に守られていた自分が、たったひとりで立っているような気がした。スリネが箒を投げてよこし、髪の毛を掃いて集めたら、外庭の使用人部屋のオンドルの焚き口にくべるように言った。

「それを捨てたら、私の部屋に来なさい」

チェリョンはそう言うと、スリネといっしょに母屋のほうへ消えていった。スナムは、髪の毛でこんもりした十能《じゅうのう》（小型のシャベル）を持って庭を横切り、外庭の使用人部屋に行った。男と夜逃げをして捕まったアンゴル村の井戸端の家の二番目の娘も長い髪を切られたのを見たことがあったが、こんなふうに丸坊主に刈られはしなかった。いつだったか村に現れた托鉢僧と幼い小坊主を思い出した。スナムは自分の影の頭の形ばかりが目についた。年若い下男どもは、さっきチェリョンが言ったのと同じように、つるつる坊主やーいとからかって石を投げた。スナムには、屋敷の中の人たちのニヤついた視線やからかう声が、どれもこれもつぶてのように感じられた。

髪の毛を焚き口に放り込むと、スナムは主殿の裏庭の煙突の脇へ行ってしゃがみこんだ。そこは、嘉会洞の屋敷で、スナムがひとりでいられる唯一の場所だった。花が散ったアンズの木の淡い緑の葉がゆらゆらしている。まだ生い茂る前の葉の間から日が差し込み、地面に模様を描いていた。煙突にもたれて座っていると、スナムは故郷の家の柿の木の下にいるような気がした。母屋の部屋の壁掛け時計のカッコウでも鳴けば、そっくりだった。毎晩、昔話を聞かせてくれた祖母、怒りっぽい父、にこりともしない母と四人の姉、妹と弟が自然と思い浮かんだ。

スナムは、坊主頭でチェリョンのもとに行きたくなかった。どれほどからかわれるか、考えただけでも嫌だった。チェリョンにとって、スナムは、部屋にあるたくさんの人形やままごと道具のひとつだった。しゃべったり動いたり、ときには自己主張をするから、うんと面白い……。スナムは、チェリョンのことを測りかねていた。姉のように優しく振るまうかと思うと、一瞬で豹変し、乱暴な振るまいをする。これからはもうチェリョンにいくら意地悪をされても、歯向かうことはできない。

「旦那様がお前みたいな田舎娘を、どうして田んぼ三マジキもやって連れてきたと思うのかい。お前の役目は、お嬢さまの口の中の舌になり、手足になることだ。さもないと、お前はまたあの田舎に追い返されて、お前の親父は田んぼを没収されるんだよ」

スナムがチェリョンと喧嘩した日、スリネが罰としてふくらはぎを細いムチの棒で叩きながら（子供へのお仕置き。朝鮮の風習）言った。

スナムは村を離れる日、自分を洗って、服を着替えさせ、髪を梳いてくれた母の手を思い出した。それだけではない。母は弟たちをおいて自分にだけご飯をよそってくれたのだ。祖母は涙ぐんでいた。生まれて初めて受ける特別な扱いだった。田んぼ三マジキの代わりにここに来なければ、絶対に起きなかったことだ。追い出されるより怖いのは、空腹だった。チェリョンと喧嘩をした後、スナムは丸一日ご飯を食べさせてもらえなかった。家でも食事を抜くことはよくあったが、そういう時はみんな一緒だった。しかし嘉会洞の屋敷でひとりだけご飯を食べさせてもらえないのは堪えがたかった。

スナムは、スリネにふくらはぎを叩かれた日の晩に夢枕に訪ねてきてくれたいちばん上の姉を思い出した。姉は目に涙をいっぱい浮かべ、何も言わずにスナムの傷をさすってくれた。故郷を離れてから初めて姉に会えて、スナムは心から嬉しかった。でも空腹と仕事で疲れたスナムには一言も発する力が残っていなかった。

村人たちは、いちばん上の姉は鬼神だと言った。姉を見たという理由で、スナムはナツメの木の根元に縛られたこともあった。鬼神を祓うためだという。スナムは姉が鬼神でもかまわなかった。以前みたいに、自分が会いたいときに現れてくれることを願った。故郷を離れた今、自分をここまで訪ねてきてくれるのは、これからは姉だけになった。

〈お姉ちゃん《オンニ》、会いたいよ〉

スナムは膝の上に顎をのせた。人々の前で堪えていた涙が流れて、膝を濡らした。

〈お姉ちゃん《オンニ》、お願い、ここに来て〉

その瞬間、長い影が近づいてきて、スナムの影を覆った。

〈お姉ちゃん《オンニ》だ！〉

だが、わらじの代わりに靴が見え、白いチマの代わりに黒いズボンが見えた。のけぞるほど首を逸らして振り返ると、カンフィの顔が見えた。

「ぼ、坊っちゃま」

スナムは、スリネに教わったとおりの呼び名で呼び、腰を浮かした。黒い制服姿のカンフィは、黙ってポケットから何かを取り出し、スナムに差し出した。飴玉だった。スナムは目を見張り、飴玉とカンフィの顔を交互に見た。

スナムは七歳になる今まで、飴玉をなめた記憶がたった一度だけあった。日本の何かの記念日に、駐在署の署長が村の子たちに配ってくれた飴玉は、魂がすっかり溶けるほど甘かった。あのときの味が思い出された。こんな貴重なものを、なんで私なんかに。スナムは恐れ多くて受け取れずにいると、カンフィがスナムの手をとって、飴玉を握らせてくれた。スナムの目が、手のひらに載せられた飴玉に釘付けになっている間に、カンフィは消えてしまった。

軽蔑と羨望

一九二九年秋、朝鮮総督府が始政二十周年記念として開催した朝鮮博覧会（日本の朝鮮植民地支配の「成功」を内外に宣伝する目的で開催された大規模な博覧会）が、かつての王宮である景福宮《キョンボックン》で開かれた。景福宮の前には、観覧客が長い行列を作っていた。京城《キョンソン》の人だけでなく、地方からやって来た団体客も多かった。彼らはまとまって団体ごとに同じ色のワッペンを胸や肩、袖などにつけ、旗の後をぞろぞろ歩いた。人々は京城駅に着いたところでもう魂が半分抜けたような顔になり、前の人の尻を追いかけるので精一杯だった。京城の人々には、田舎者丸出しの振る舞いや彼らのやらかす失態それ自体が見ものだった。

すでに開幕式の行事と学校の遠足で二回も来たことのあるチェリョンは、迷子になるのではないかとぴったりくっついているスナムに、得意げに言った。

「ほら、私が言ったとおり、すごいでしょ？」

スナムは、初めて京城に来た日の車窓から眺めた夜の街をありありと覚えていた。道端の宙にぶら下がる街路灯やあちこちにまたたく五色の光彩は、現実ではなく昔話に出てくるトッケビ《鬼》の火のように見えた。真昼の京城の街は、群れをなしたトッケビが手にしたこん棒でさんざん打ち壊して去っていったように、いろんなものが乱雑に散らかっていた。屋敷から景福宮まで、路面電車や自動車や人力車がせわしなく往来する大通りを歩いてきたが、スナムは大きく見開いた目をきょろきょろさせるばかりだった。

京城に来て二年半、スナムが嘉会洞《カフェドン》の屋敷の外に出たのは初めてだった。まだ幼く、外に出るお使いもなかったし、午前中は家事仕事、午後は学校から帰ってきたチェリョンの相手をするだけで一日があっという間だった。大門の隙間からたびたび往来を覗くことはあったが、誰かに坊主頭の自分を見られるのではないかといつも身をすっぽり隠していた。その上、京城は目をつむっている間に鼻を削《そ》ぎ取られるところで、外に出たら悪い人にさらわれるよと、スリネが口すっぱく言って怖がらせていたせいで、スナムは門の外に出るなど考えもしなかった。でも、いつも高い塀の向こう側が気になっていた。

スナムの頭は、ようやく見られるくらいにはなった。短い髪が依然として恥ずかしかったが、街には短い髪の女の子たちがそれなりにいた。スナムはこれまで、嘉会洞の屋敷は王様の宮殿みたいだと思って過ごしてきたが、目の前には王様が暮らした本物の宮殿があった。嘉会洞の屋敷より数万倍も広そうな景福宮には、天を衝くようにそびえる広告塔があちこちに建っていた。大音響の音楽が鼓膜を震わせるどころか、心臓まで打ち鳴らした。ひどく興奮したスナムは、あちこち視線を落ち着きなく動かした。

「よだれ、拭きなさいよ。今からこれじゃ、中に入ってから気絶するかもね」

チェリョンの言葉に、スナムは顔を赤くして口元を拭った。

「入場券を買ってくるから、ここでじっとしてるんだよ」

カンフィがそう言い、入場券売り場へ向かった。スナムは、制服を着たカンフィの後ろ姿を目で追った。両の瞳には、尊敬と信頼が溢れていた。カンフィは、泣いている子に飴玉を渡してやったあの時以来、自分がスナムにとって母ガモのような存在になっていたことを知らなかった。母ガモを必死に追いかけるヒナガモとは違い、スナムがずっとカンフィを避け続けてきたからだ。もちろん、坊主頭のせいだった。

初めは飴玉の味に心が溶けて何も考えられなかったが、時間が経つにつれ、スナムにとって絶望的に悲しく寂しい時にカンフィが現れてくれたことは、飴玉より大きな意味をもって迫ってきた。坊っちゃまが、まるで〈この家で、僕はお前の味方だよ〉と言ってくれたような気がした。カンフィは、嘉会洞の屋敷で旦那さまとクァク氏の次に力を持っている人だ。使用人はもちろん、チェリョンでさえないがしろにできないお方だ。スナムは、そんな坊っちゃまが自分の味方だと思うと元気が出て、奉公暮らしにも堪えられそうな気がした。

自分で切っておきながら、見た目を気の毒に思ってか、スリネはスナムのご飯に黒豆をしばしば混ぜてやった。

「髪の毛を伸ばすには、これがいちばんだからね」

スナムは、まるで滋養薬のように黒豆を食べた。髪の毛がようやくまあまあ見られるようになってきた頃、これまでの辛抱のご褒美のように、外出の幸運がやってきたのだ。

「スナム、お前、運がいいね。坊っちゃまとお嬢さまが博覧会を見に行くのだけれど、旦那様がお前も一緒に行かせるようにってさ」

自分を連れて行こうと言いだしたのがカンフィだと知ったら、スナムはその場で心臓が破裂したに違いない。スナムは思わず髪を触り、着ている服を確かめた。

「おやおや、お前の格好なんかどうでもいいんだよ。お前に見物させるためじゃないんだから、しっかりお嬢さまのお世話をしてきな」

スリネがわざと怖い顔で、スナムの役目が何なのかをきっぱりと言い渡した。

「わ、わかりました。でも、テスル兄《オッパ》さんは、一緒に行かないんですか？」

「テスルは、もうちゃんとした会社の職員だから、そんなところに遊びに行く暇はないよ。旦那様のおそばに仕えて、現場に通うのも忙しいんだ」

テスルは昨年普通学校を卒業し、今年別館の事務所の給仕になったばかりだ。まだ使い走りに過ぎないが、少しずつまともな仕事を教えてもらうんだと言っていた。スリネは息子のテスルが同じ敷地内にいるだけで、心強く、嬉しかった。

屋敷の中にいても、スナムは博覧会についてある程度知っていた。朝鮮総督府は、植民統治の正当性や成果を、朝鮮人は言うまでもなく日本人や外国人にも披瀝《ひれき》するために、博覧会を必ず成功させなければならなかった。しかし世界的な大恐慌で日本経済は不況のどん底にあり、朝鮮もまた三年目になる干ばつと凶作で飢饉にあえいでいた。

総督府は、数カ月前から大々的な宣伝イベントをうった。朝鮮の有力者や学生、生徒たちはもちろん、妓生《キーセン》まで動員した仮装行列や提灯行列、自動車のパレードなどを繰り広げ、京城駅から景福宮へ続く南大門通りにはイルミネーションを吊って雰囲気を盛り上げた。

学生は、宣伝に利用できるもっとも手軽な道具だった。彼らは授業で博覧会を宣伝するポスターやはがきを描き、「朝鮮博覧会の歌」を歌った。チェリョンが毎日歌うので、スナムまで拭き掃除をしながら「みんなで　行こう行こう　はくらんかい　われらの誇り　足ぶみそろえ」と思わず口ずさむほどだった。

「ほかのところはこの前来たとき見たから、今日は『子供の国』とサーカスだけ見ましょ」

チェリョンはこれまで、人が多すぎて「子供の国」の乗り物に乗れなかったのが残念だった。スナムは、チェリョンが言う飛行機やら回転木馬やら海底探検館やらがいったい何なのか、まるでわからなかった。それに、子供のためのくにというのも想像がつかなかった。

入場券売り場に並んだカンフィは、巡査が棍棒を振り上げて乞食を追い払うのを目にした。博覧会場の前には、観覧客以外にも物売りや乞食がいっぱいいた。背広に帽子姿の男が、鋭い目つきでカンフィを見た。カンフィは、その男も巡査だろうと思った。博覧会を利用して万歳デモや独立運動を起こそうという人物を警戒して、警備が厳しかった。カンフィのような学生は、要注意対象だった。

そういうこととはまるで関わりのないカンフィは、疲れた目で広告塔を眺めた。日本の麒麟ビールや味の素調味料の広告が、遠くからも見えるほど大きく目立っていた。博覧会場の入場ゲートは光化門だった。もともと景福宮の正門だった光化門（一九二二年日本の美学者柳宗悦が光化門撤去反対の論文「失われんとする一朝鮮建築のために」を発表し世論を喚起、取り壊しは中止され移転された）は、朝鮮総督府が強制的に解体し、景福宮の東門である建春門の北側に移築してしまった。そして大きな庇《ひさし》に日本式のきらびやかな装飾照明が取りつけられた。景福宮は、一九一五年にすでに朝鮮物産共進会（朝鮮総督府が「始政五年」を記念して開催した初の博覧会）の開催を口実に殿閣の取り壊しが始まり、縮小改変されていた。総督府はさらに、景福宮内の多くの建物を解体し、日本人に払い下げた。今や景福宮の正殿の前には、新築の朝鮮総督府庁舎（一九一六年着工、一九二六年竣工。コンクリート五階建て。一九九五年解体撤去）が王宮の前面を塞ぐように立ちはだかっていた。

カンフィは最近、教室でよく交わされる会話を思い出した。大部分は、博覧会の団体観覧についての批判だった。

「なんで僕らがこんなことに動員させられなきゃならないんだ。農民の汗と脂を搾り取ってやろうって企みにぼくらが踊らされるなんてごめんだぜ」

「そうだよな。朝博（朝鮮博覧会）が失業者を救済して、景気が良くなったように宣伝するけど、嘘八百だぜ。バラック小屋の一帯が撤去されて、貧乏人がいっそう困窮してるじゃないか」

バスガールや商店の女店員の日給が七十銭ほどだから、大人三十銭、子供五銭の観覧料は、都市労働者の日給の半分に当たるお金だった。田舎から上京するとなれば、宿泊代や食費、交通費などがさらにかかる。

朝鮮博覧会の開催を成功させるため、地域ごとに協賛会が組織された。彼らの任務は、地域特設館を設置するための資金調達と観覧客の誘致だった。京城協賛会の役員であるヒョンマンは何度も、博覧会の宣伝と寄付金集めのパーティを、屋敷の別館で開いた。それを知るカンフィは、クラスメイトの話がどれもこれも、聞こえよがしに自分に向けられているように思われた。静かに座って本を読んでいても、背中がひりひりし、息が詰まるようだった。

だいぶ待った末、ようやく入場券を買ったカンフィは、チェリョンとスナムを連れて会場の中へ入った。入場ゲートから慶会楼《キョンフェル》（景福宮に残る数少ない朝鮮王宮建築のひとつ）の前まで一直線に中央通路があり、その両側に各種のパビリオンが並んでいた。だがチェリョンの関心は、入ってすぐ右手にある「子供の国」にしかなかった。カンフィもまた、この少女たちを連れて人混みを掻き分け、博覧会場をあちこち歩き回るつもりはない。カンフィは同年代の女子学生が遠くのほうに目に入っただけで、二人の女の子とは関係ないという素振りをした。

カンフィがチェリョンを連れて博覧会に来ることになったのは、もとはといえば、同級生のチャンスのためだった。チャンスは、カンフィのたったひとりの友だちだ。阿峴洞《アヒョンドン》のバラック小屋で暮らしていたチャンス一家は、そこが取り壊しに遭い、一夜にして住む家を失った。家族は生きる手立てを求めてばらばらになり、チャンスも学校を辞めなければならなくなったのだ。数日前、初めてそれを知ったカンフィは、チャンスをいきなり家に連れてきた。父に、会社の仕事なり、チェリョンの家庭教師なり、働き口を頼んでみようと思った。そうすればチャンスが卒業するまで、寝る場所と食事、それに学校の授業料の問題を解決することができる。カンフィは別館の事務所に行った。だがヒョンマンは、カンフィが大して見どころのないチャンスと親しくしているのが気に食わなかった。

「男にとって友人は、第二の財産だ。友だちを見れば、その人物がわかるというものだ。お前の祖父が、なぜお前を幼稚園に通わせたと思う。私が、なぜ高等普通学校の合格パーティを開いてやったと思う。幼い頃から、うちに相応《ふさわ》しい家柄の友だちと付き合いなさいということだ。今後も、あらゆる面で自分に相応しい友だちと付き合うようにしなさい。だが、困っている人に同情してあげるのは悪いことではない。その子が住む場所を見つけられるまで、主殿《サランチェ》に泊まるのは許そう。ただし、条件がある」

カンフィは父への期待が度を越していたことを悟った。仕事どころか、今すぐ追い出されないことに感謝しなければならなかった。

「条件って、なんですか？」

カンフィが、ぶすっとした顔で尋ねた。また名家の娘と見合いをしろと言うに決まっている。

「こんどの週末、チェリョンを連れて、博覧会に行ってきなさい」

エッという顔をするカンフィに、ヒョンマンが言った。

「お前たちふたりは、この世に血を分けた、たったふたりの兄妹《きょうだい》なんだ。とくにお前は、私が死んだら、チェリョンの父親の役割を担わなければならない。それなのに、今みたいによそよそしいようでは、兄妹だとは言えんだろう。そのうち留学したり、結婚でもすれば、さらに縁遠くなるだろうから、これからはときどきチェリョンに兄らしいことをしてやるんだ。主殿《サランチェ》に呼んで勉強を教えてやったり、話相手にもなってやれ」

父親の長くてつまらない話の中の〈私が死んだら〉というくだりが、カンフィの耳を突き抜け胸に刺さった。鉄の心臓をもっているような父が、死を考えること自体驚きだった。ある意味、その言葉のほうが、チャンスの問題よりカンフィの心を揺さぶったのかもしれない。

「僕とふたりだけだと、チェリョンがつまらないと思うので、スナムも一緒に連れて行きます」

チェリョンとふたりで行くのはとても気乗りがしなかったので、ふいに思いついてそう言った。

「いろいろ付き添いもいるだろうから、そうするといい」

カンフィは、ひっきりなしに喋り続けるチェリョンを見ながら、スナムを連れてきて正解だったと思った。

チェリョンとふたりだけだったら、あのとりとめないおしゃべりに自分が耐えなくてはならなかっただろう。カンフィは一刻も早く、父の宿題を片づけたかった。

子供の国の真ん中には、高い塔が建っていて、清々しく水を噴き上げる噴水池には、魚やスッポン、水鳥が動き回っていた。スナムは自分がいるところが現実とは思えなかった。子供のために、こんなに広い場所とすごい乗り物がつくってあるなんて。両親と一緒に来て遊んでいる子たちが多いのも驚きだった。子供の国で遊ぶ子たちは、よその世界から来たみたいだった。スナムが知っている子供といえば、空腹を抱え大人と同様に家事や仕事をこなさなければならない田舎の子たちか、お姫さまのように暮らすチェリョンだけだった。

「まず、汽車から乗りましょうよ」

はしゃいだチェリョンが先に駆けだした。小型の汽車が、子供の国をぐるりと囲んだレールの上を走っていた。カンフィが乗り物のチケットを買ってきた。二枚だった。無意識に唾をごくんと飲み込んだスナムは、その音が大きすぎて聞こえたのではないかと顔を赤らめた。

「お兄《オッパ》さまも一緒に乗るの？」

チェリョンが尋ねた。汽車に乗る大人も珍しくはなかった。

「僕は子供じゃないからな。スナムとふたりで乗っておいで」

カンフィはふたりが汽車に乗っている間だけでも、この子たちから解放されたかった。

スナムは、チェリョンよりさらに驚いた顔をした。影のようにいつも一緒だったが、チェリョンの楽しみが、自分にも与えられるわけではない。たまにチェリョンが何か分けてくれるかもしれないと淡い期待をしたこともあったが、すべて無駄だった。これまでの二年半に悟ったことだ。

「スナムも乗るの？　あの汽車に？」

チェリョンが、とんでもないという顔をした。

「じゃあ、一緒に来たのにお前ひとりで乗るつもりだったのか？」

カンフィがぶっきらぼうに言いながら、チェリョンとスナムにチケットを一枚ずつ渡した。チェリヨンの表情を見やると、チャンスを友だちとして認めない父の顔が浮かび、いい気分がしなかった。チケットを見たチェリョンが、スナムに料金は十銭だと教えた。それがどれほど大きな金額か想像もつかないスナムは、チケットを大事に握りしめた。自分の身の上に起こった夢のような話が、現実だと証明してくれるものだ。順番を待つ間、スナムの心臓は息ができないくらい早鐘を打っていた。

「私たちの番よ！」

ふたりは前のめりになって走っていき、小型の汽車に乗りこんだ。レールを走っていた汽車が真っ暗なトンネルの中に入ると、壁には外国のパノラマが広がった。まるで世界を遊覧しているようだった。ふたつ目のトンネルでは、釜山《プサン》から金剛山《クムガンサン》までの朝鮮のパノラマが広がった。スナムは自分の見ているものが、何なのか、どこなのか、よくわからなかった。しかし、絵を見ているだけで夢を見ている気分だった。醒めたくない夢を見ている時のように、汽車から降りたくなかった。

ついに遊覧が終わり、汽車から降りる際、チェリョンが「楽しかったね」と言ってスナムに笑いかけた。ただの小間使いに対するような今までの態度とは違い、同じ経験を共有した人に見せる親しみのこもった笑みだった。その後もカンフィがチケットを二枚ずつ買ってくれたので、スナムはチェリョンと一緒に波乗りの遊具と回転木馬に乗った。チェリョンもひとりよりは、スナムと一緒のほうが楽しかったのか、それ以上何も言わなかった。一緒に遊具を回っている間、スナムは、チェリョンがお仕えしなければならない〈お嬢様〉ではなくて、友だちになった気分だった。チェリョンもそうだったのか、自然にスナムと手を繋いだりした。

海底探検館で海中旅行をした後は、猛獣狩り館に行った。そこにはトラ、ライオン、クマなどの動物の模型があった。おもちゃの銃で小さな動物模型を撃ち落とすと、ミルクキャラメルやサイダーなどの景品がもらえた。銃は子供だけが撃つことができた。チェリョンがすべて失敗した後、スナムがクマの模型を撃ち落とし、十個入りのキャラメル一箱をもらった。スナムは、まるで宙に浮いてるみたいに舞い上がった。チェリョンにもらって食べたことがあり、柔らかくてねっとりして、舌がとろけそうな甘い味をよく知っていた。手に握っただけで生唾が口の中いっぱいに溜まった。

「スナム、でかしたぞ」

カンフィが笑いながら言った。

スナムはキャラメルを食べるのがもったいないと思った。このましまっておいて、いつまでも眺めて今日の思い出にしたかった。しかし、チェリョンの視線がキャラメルに突き刺さった。スナムは公平に分け、五個をチェリョンにあげた。チェリョンがむくれた顔で、もう一方の手を差し出した。

「それ全部よこしなさいよ。あんたのものは、全部私のものなのよ」

スナムは、カンフィを審判のようにすがるような目で見上げた。カンフィが困り果てた顔をした。

「なんでお前のものなんだ。スナムが貰ったものだろ」

カンフィはスナムの信頼を裏切らず、味方になってくれた。スナムの顔がパッと明るくなった。

「違うわ。うちのお金で連れて来たのよ。だからミルクキャラメルも、私たちのものよ」

チェリョンがむっとして言った。

「あとで売店で買ってあげるから、今は仲良く分けて食べなさい」

カンフィがなだめたが、チェリョンが強引にスナムの手から残りのキャラメルをとりあげた。スナムがもう一度カンフィを見たが、彼はそっと顔を背けた。

ほんの束の間、友だち同士のように楽しんでいたチェリョンとスナムの間柄は、ふたたび主従の関係に戻った。スナムは、嘉会洞の屋敷の中に自分のものは何ひとつないことを、来て数日で悟った。なのでチェリョンが何かをくれたり、それをすぐ奪ったりしても、口惜しがりも怒りもしなかった。ところが、このキャラメルだけは自分のものだという気がして、チェリョンに奪われたことが口惜しかったし、カンフィが味方になってくれなかったことが寂しかった。

チェリョンがキャラメル一個を手のひらに乗せて差し出したが、スナムは首を横に振った。人ののもので施しをしようとするチェリョンが気にくわなかった。

「いらないなら、いいわよ。お兄さま《オッパ》、私、飛行機に乗る」

カンフィが今度もチケットを二枚買ってきたが、スナムは頭を横に振った。チェリョンがキャラメルを奪っていったのを、ただ見てるだけだったカンフィへの寂しい気持ちの表明だった。飴玉をくれた坊っちゃまは自分の味方だと思うスナムの気持ちを肯定するように、カンフィはその後もスナムに会うたび笑顔で接してくれた。嘲笑ではなかった。スナムも、チェリョンとカンフィの母が異なることを知っていた。兄と妹の仲が他人行儀なのも、そのせいだと聞いていた。三人だけのお出かけで、カンフィが自分のチケットまで買ってくれたので、スナムは、坊っちゃまはお嬢さまよりはるかに自分の味方なのだという信頼感が強くなっていた。そのせいで、チェリョンとふたりだったら絶対に見せなかった感情や年相応の自意識が顔を覗かせたのだ。

「ほら、見て。大人もたくさん乗ってるじゃない？　お兄さま《オッパ》と乗りたいわ」

順番が近づいてくると、チェリョンはカンフィにせがんだ。

躊躇《ためら》っていたカンフィがスナムを見た。彼は少女たちの揉め事にうんざりしていた。こんなことになるとわかっていたら、スナムを連れてくるんじゃなかった。いや、博覧会に来るんじゃなかった。

「本当に乗らないの？」

スナムが頷くと、仕方ないという顔でカンフィが言った。

「そしたら、僕たちが戻ってくるまで他の場所に行かないで、ここで待ってるんだよ」

カンフィは、チェリョンと一緒に地面まで降りてきた飛行機に乗り込んだ。高くそびえ立つ飛行塔の腕に太い鎖で連結された四台の飛行機が、空中をくるくる回りながら上がったり下がったりした。その都度、乗っている人々や見物人たちの間で歓声が起こった。スナムはその様子を眺めながら、深いため息をついた。地面に立ったまま見上げている自分と、空中を飛んでいるチェリョン。しばし忘れていただけで、チェリョンと自分の間には、天と地ほどの距離があった。

今日、子供の国であったことが知られたら、奥様や旦那様に叱られるだろう。スリネにも、身の程をわきまえない小娘だと頭を小突かれるだろう。それでも、チェリョンがキャラメルを奪っていったことや、カンフィが最後まで味方をしてくれなかったことは、この上なく寂しかった。

「スナム。ここよ、ここ」

スナムの前を通り過ぎる時、チェリョンが何ごともなかったかのように明るく笑いながら声をあげた。その横でカンフィも笑っていた。飛行機が反対側へ回った時、スナムはその場を離れた。

「面白いでしょ？　乗れて良かったでしょ？」

チェリョンの言葉に、カンフィは聞こえないふりをしてよそを見た。ふたりきりになると、たちまち気まずくなった。父が心配しているように、カンフィはチェリョンに、兄妹の情を感じることができなかった。おそらくクァク氏をずっと実母だと思っていたら、妹をたくさん可愛いがり、あるいは逆に母親の愛を奪われたといって嫉妬したかもしれない。そのようにして自然に、幼い妹に特別な感情を抱くようになったことだろう。

カンフィが実母の存在について初めて知ったのは、九歳のときだった。カンフィが級長になると、副級長になった子が、何かにつけて喧嘩を売ってきた。ふたりはよく、口喧嘩やとっくみあいの喧嘩をし、勝つ時も負ける時もあったが、級長であり子爵の息子であるカンフィのほうが、わずかに優勢だった。ある日、副級長の子とふたりきりの時、彼はあざ笑うように言った。

「なんだかんだ言ったって、おまえ、妾の子だろ？」

カンフィは、妾が何かを知っていた。祖父と離れに住んでいた、母よりずっと若い女たちのことだ。幼い頃だったが、陰で使用人がその女たちを冷笑していたのをありありと思い出した。夢にも思ったことはなかったが、カンフィは副級長の言葉は本当だと思った。今まで理解できなかった小さな疑問の数々が、その言葉で一瞬にして氷解したからだ。

自分を溶かしてしまうほどの愛情をかけてくれるかと思えば、ある瞬間、霜よりも冷ややかな顔で突き放すことのある母。自分に対する母方の実家の親類の妙な視線。いつも気難しい父が、ある日、酒に酔って自分を抱き締め、誰かの名を呼びながら、カンフィだけは必ず守ってやると繰り返し言ったこと、自分が現れるとひそひそ話をやめる使用人たち……。

そのおかげで、カンフィはいつの間にか冷めた性格の少年になった。図星を指されても顔色も変えない者ほど手強い相手はいない。副級長は、大人さえ表立って口にしない話をあえて持ち出した後ろめたさから、それからというもの、かえっておとなしくなったが、カンフィの人生はその事実を知る前と後で大きく変わってしまった。だが自分が知ったことを誰にも言わなかったので、表向きには何も変化はなかった。しかし、副級長の子が口にした〈なんだかんだ言ったって〉という言葉は、カンフィの胸の奥底に深い穴を抉《えぐ》り、それまでどおりに過ごしながらも、カンフィはことあるたびにその深い穴に嵌り、もがいた。

カンフィは、たった一度だけ生みの母の話を口にしたことがあった。食事中、パクの女房にふと尋ねたのだ。

「僕の本当のお母さんは、どこにいるの？」

「まあ、なんてことをおっしゃるのですか。お母さまはお部屋に……」

とんでもないことを、と強く否定するふりをしていたパクの女房は、カンフィが冷静な表情で見つめるので、諦めて、ため息をつきながら言った。

「かなり前に、お亡くなりになりました。ですから、お母上は、母屋の奥様ただおひとりと思ってお暮らしください」

カンフィは、母親が死んだというパクの女房の言葉が信じられなかった。漠然と、いつか会うだろうと想像していた。死んだように便りがないのは、息子の将来のためだろうと信じた。時にはそれが、生きる原動力になることもあった。母親と会う場面を想像しながら、カンフィは熱心に勉強し、父の目に留まるよう努力した。いっそのこと、あの話を聞かなければよかった。

飛行機が徐々に降りてきて、動きを止めた。地面に足をつけると、カンフィは本物の飛行機に乗って、遠くへ旅してきた気分だった。ところが、スナムの姿が見えない。カンフィは周囲を見回した。それに気がついたチェリョンも、きょろきょろとあたりを見回した。白いチョゴリに黒のチマを着た女の子たちは、たくさんいた。カンフィの表情が強張った。田舎から来たスナムは、屋敷の中だけで過ごしてきた子だ。字も読めない。そんな子にとって、博覧会場はもちろん、子供の国だけでもあまりにも広かった。新聞には、連日、博覧会場の迷子のお知らせが載っていた。

「あの子、逃げたんじゃない？」

チェリョンが泣きそうな顔をした。

「なんで逃げるんだよ」

言葉ではそう言いながらも、カンフィの顔に不安の色が浮かんだ。万が一、このまま見失ってしまえば、スナムの境遇が今より悪くなるのは明らかだった。

「僕が探しにいくから、お前はここから絶対に動くんじゃないぞ」

カンフィが、切羽詰まった声で言った。

「私も一緒に行く」

チェリョンがカンフィの服の裾を摑んだ。

「もしスナムが戻ってきたら、行き違いになるじゃないか。そしたら永遠に見つからないかもしれないんだぞ。ここで動かずにいるんだ。スナムが戻って来たら、ここで必ず一緒にいるんだぞ」

チェリョンが緊張した面持ちで首を縦に振った。スナムが永遠に見つからないかもしれないという言葉に怖くなったのだ。どのような意味であれ、スナムはチェリョンにとって、なくてはならない存在になっていた。

カンフィはスナムを探しに走っていった。チェリョンにキャラメルを取り上げられたとき、哀願するような目で自分を見上げた姿が甦った。あの時カンフィは、面倒だなと思って知らんふりをしたのだ。消えたスナムへの心配とともに、飛行機の上で巡らせていた考えの続きを思い出した。

カンフィが実母について詳しく知ることになったのは、高等普通学校の合格祝いのパーティだった。風の噂というものは、当事者やいちばん身近な者に、もっとも遅れて届けられる。ヒョンマンは考えに考えて、自分の今の地位に相応しいと思われる家柄の令息たちを選び、招待状を送った。パーティは、新聞の三面記事でも取り上げられたほど盛大だった。上流階級の度を越した派手な宴会を批判する内容だったが、ヒョンマンは気にも留めなかった。記事を書いた記者だってヒョンマンが招待してやれば、もみ手すり手で駆けつけてくるに決まっている。いまやヒョンマンが恐れる対象は、朝鮮総督府だけだった。怖いものが減れば肝が据わり、世渡りも楽になった。

カンフィと同い年から三、四歳年上の名門の子息たちは、代々世襲してきた家柄と身分に高いプライドを持っていた。国の主が数百回変わっても揺らぐことのない由緒正しい家柄に生まれ、名門の意識が骨の髄まで沁み込んでいる者たちだった。彼らは、ただの成金で有名なユン子爵の一家を冷笑していた。だが、嘉会洞の屋敷の別館の威容や宴会の規模を実際に見ると、目を見張った。目の前にあるものへの羨望か、裏事情への軽蔑か、そのどちらかを選んだ人々はむしろましだった。厄介なのは、羨望と軽蔑、両方の感情を合わせ持つ人々だった。

彼らは、ただの成り金一家と後ろ指さすだけでは事足りず、妾の息子の分際で大邸宅と大会社を相続する唯一の後継者カンフィに猛烈な妬みを覚えていた。嫉妬心によって、彼らは本能的に傷口に群がるウジ虫になった。彼らはもちろんカンフィの生みの母の話を公然と口にしたわけではなかった。よりによってその時、パーティに嫌気がさして、庭園に出てきたカンフィの過ちと言えば過ちだった。これから通うことになる学校の先輩であり、中枢院の参議や銀行の頭取の孫である彼らは、庭園で煙草を吸いながら話をしていた。頭取の孫は、酒杯を手に持っていた。

「……花柳界の女だそうだぜ」

カンフィはその言葉が、男たちが集まると始まる、お決まりの女の話だと思い、好奇心から耳をそばだてた。さりげなく、自分もその輪に加わるつもりだった。男たちはそうやって親しくなるものだ。

「京城の都で、その女と寝たことのない男はいないとさ」

「そんな女と結婚すると大騒ぎしたって話だから、ユン子爵の女を見る目も知れてるってもんだな」

いきなり飛び出したユン子爵という言葉に、カンフィはむしろ立ち聞きがばれるのではないかと身をすくめなければならなかった。彼らの言う、口にするのも恥ずかしい品行の女こそ、まさに自分の生母だった。そしてその女は、恐れ多くも正妻である母の座を奪おうとした挙句、自ら命を絶ったというではないか。カンフィは恥ずべき生みの母が、すでにこの世の人ではないことに安堵した。いっぽうでその感情は、その後いつまでもカンフィを苦しめた。

高等普通学校での生活が始まると、カンフィは、さらに困惑することになった。今度は、妾の子ではなく、子爵の子だからと自分を軽蔑する子たちに出くわしたのである。普通学校の時はまだ幼くて何も知らず、日本人の担任はもちろん校長の寵愛まで受けていた彼にとって、感じたことのなかった視線だった。対日協力者の息子に向けられるその眼差しは、妾の子への軽蔑よりも、よりあからさまで鋭かった。そんななか、チャンスだけが偏見なしにカンフィに接した。カンフィは、自分を軽蔑する子と羨む子たちの双方から、チャンスが誤解され非難されているのを知った。そんな友だちを、父が嫌うからといって放っておくことはできなかった。

だが、果たして友情を最後まで守ることができるだろうか？　カンフィは、自分もまたその場になれば、いつでも人を蔑む人間になるのかもしれないと思った。だからキャラメルの正当な持ち主であるスナムに知らんふりをし、それを当たり前のように奪ったチェリョンの行為を許したのだろう。

カンフィはスナムを探しまわりながら、自分があの子に特別な感情を感じていることに気づいた。母屋で初めてスナムを見かけた後、屋敷の中でにこにこしながらぱたぱた走っている姿は、カンフィの目によく留まった。チマの裾をはためかせ、おさげ髪を揺らしながら走る様子を見るたび、カンフィは山道でリスに出会ったように、自然に立ち止まり笑顔になった。チェリョンと喧嘩をしたという話を聞いた時は、痛快な気分になった。こともあろうに主のお嬢様と髪の毛を摑んでとっくみあいの喧嘩をするなんて。その場面を想像するだけで笑いが込み上げ、いったいどんな子なのかと気にかかった。そうこうするうち、書斎の窓の向こうで、頭を刈られているスナムが見えた。その子はこれまで見た姿とは打って変わって、すっかりしょげかえっていた。

カンフィは、初めて嘉会洞の屋敷に来た時の自分を思い浮かべた。満一歳にもならない頃なので、覚えていることはひとつもない。しかし、母を失い、見知らぬ場所に連れてこられた幼い我が身は、全身で辛さを感じていたのではないか。幼い年で他人の家にきて、頭を刈られているあの子の気持ちとなんら変わりなかっただろう。彼は、スナムに自分を重ね合わせた。そして庭に降り、自分自身に向かって歩いて行くように、その子に向かって歩いて行った。泣いているもうひとりの自分に対して彼がしてあげられたのは、苦い薬を飲んだ後の口直し用の飴玉を渡してやることだけだった。

カンフィが不安な思いで探しまわっている間、スナムもまた、新たにあることに気づいたのだ。スナムがあの場を離れたのは、チェリョンとカンフィへの寂しさのせいもあったが、それ以上に、喉が乾いたからだった。カンフィとチェリョンが飛行機に乗っている間に、すぐに水を飲んで戻ってくるつもりだった。入ってくる時に飲んだ水飲み場を探しながら、スナムはチェリョンが差し出したキャラメルを断ったことを後悔した。記憶を辿って探しあてた水飲み場の蛇口からは、さっきと違い、水が出なかった。こっちの蛇口あっちの蛇口とひねってみたが同じだった。同じように水を飲みにきて、帰ろうとする女の子がスナムに言った。

「いくらひねっても無駄よ。ここに故障って書いてあるじゃない」

スナムは同じ年頃の女の子が指す木札を見た。朝鮮文字と日本文字ということしかわからないので、その子が教えてくれなければ、何と書かれているかわからなかったのだ。スナムはその子の後ろ姿を見つめた。自分と何も違わないように見える子供だった。さっきよりいっそう喉の渇きを覚え、他の水飲み場を探しているうちに、スナムは迷子になった。遠くのほうで回っている飛行塔に向かっていくら歩いても、元の道に出なかった。そのうち完全に子供の国を離れてしまい、人が多い賑やかなところに紛れ込み、すっかりわけがわからなくなった。

スナムは、にわかに怖くなった。広い京城で自分が知っている場所といえば、嘉会洞の屋敷しかない。母や父など家族のことはあまり思い浮かばなかった。カンフィを好きになってからは、いちばん上の姉さえ来てくれなくなった。スナムは、久しぶりに「お姉《オン》ちゃん《ニー》！」と呼びながら、泣きべそをかいた。しかし、鬼神といえども、この混雑した人混みでは見つけられないだろう。

スナムには、嘉会洞の屋敷が家であり、そこにいる人々が家族だった。スリネが恋しかった。チェリョンに会いたくなった。誰より、今日ずっとチェリョンと自分を見守りながら後をついて歩いてくれたカンフィが思い浮かんだ。もう二度とあの人たちに会えないと思うと、悲しくて怖かった。スナムはなんとか泣くのをこらえ、通り過ぎる子に道を尋ねた。道に迷ったことが知られれば、悪い人にさらわれるかもしれないので、大人には聞けなかった。

「子供の国は、どっちに行けばいいの？」

「飛行機に乗るところは、どっちに行けばいいか知ってる？」

スナムが聞くたび、子供たちは案内板を見ながら教えてくれた。

「こっちに行けばいいって」

「あっちって書いてあるよ」

ようやく方向がわかり、わき目もふらずに歩いていると、誰かの手ががっと肩を摑んだ。スナムがびっくりして見上げると、真っ赤になったカンフィの顔が見えた。

「勝手に歩き回ってどうするつもりだよ。ずいぶん探し回ったじゃないか」

カンフィが声を荒らげた。スナムはわっと泣き出して、カンフィの腕に飛び込んだ。カンフィは自分の服に顔をうずめてわんわん泣き続ける小さな女の子をどうしていいかわからず、困り果てた末、背中をぽんぽんと叩き、短い髪の毛を撫でてやった。

彼らの夢

ヒョンマンに呼ばれたテスルが緊張した面持ちで社長室に入ってきた。泥坂《チンコゲ》の日本商店から来た配達夫が帰ったところだった。

「お呼びでしょうか？」

「これ、母屋に持って行ってくれ」

ヒョンマンが指差したのは、かごに入った石鹸と歯磨き粉だった。石鹸から芳しい香りがした。

かごを手に社長室から出たテスルは、ため息をついた。無極鉱業と無極洋行を兼ねた別館の事務所に、給仕として就職してからひと月になるが、ヒョンマンに接する時は相変わらず緊張し、身がすくんだ。テスルにとってヒョンマンは、別世界の人だった。

かごに入った洗顔石鹸と歯磨き粉が、改めてそれを教えてくれた。これまでテスルは、粉ひき屋で貰ってきた米糠粉《こめぬかこ》か粗塩、それすらも貴重だったので、山から掘ってきた白土《ペクト》（きめの細かい粘土）で洗顔し、歯を磨いた。三度の食事すら厳しい生活に、洗顔や歯磨きは贅沢だった。

母が送金し、祖母や姉たちが身を粉にして働いても、故郷の成歓《ソンファン》ではいつも腹をすかせていた。たったひとりの孫息子といって特別扱いを受けたが、腹いっぱい食べた記憶はなかった。だが嘉会洞《カフェドン》の屋敷に来てからは、麦飯とはいえ三度の食事を欠かしたことはなく、時には宴会のときに残った西洋料理や清料理のような特別なご馳走まで口にすることができた。

別館では、この二十日間に、もう二度も宴会が開かれていた。初めての宴会の日、テスルは何もすることがなく、ただ見ているだけだった。別館の鉄製の大きな門の前には自動車やタクシー、人力車がひっきりなしに到着し、立派な服を着たお客やきれいに着飾った妓生《キーセン》たち、それに楽師らが次々に降りてくるのを、口を開けて見ていた。普通学校を卒業した後──母のおかげで、ただの給仕に過ぎないとはいえ──京城《キョンソン》の会社に就職したと有頂天だった自分が恥ずかしかった。嘉会洞の屋敷に来て主の家族の暮らしぶりを目にし、テスルは人間がこのように暮らすこともできるのだということを初めて知った。

巡査や教師になるとか店をもつのがいちばんの成功だと考えていたテスルは、ヒョンマンを見て目標が変わった。ユン・ヒョンマン子爵は、テスルが知るもっとも偉大で立派な人だった。彼は、旦那様のような大金持ちになるという新たな目標を立てた。ヒョンマンがこうなれたのは、相続した家柄と財産のおかげである。しかし自分には何もなかった。実力さえつければ自分の力で成功できる世の中が来るはずだというヤン・スッキ先生の言葉が唯一の支えだった。学校でただひとりの朝鮮人教師だったヤン・スッキ先生は、卒業する子たちに卒業は終わりではなく、始まりだと繰り返し言った。

夜ごと、テスルは狭い使用人部屋で下男らの足もとで背を丸めて眠りながらも、ヒョンマンみたいに成功して、母と祖母に贅沢させてあげる夢を見た。今はまだ難しかったが、仕事に慣れてきたら通信制の中学校の勉強を始める計画だった。

ちょうど主殿《サランチェ》から戻ってきたスリネは、テスルの姿を見ると大喜びで台所へ引っ張っていった。台所には誰もいなかった。

「何の用で来たんだい？」

「これ、旦那様が母屋にお持ちするようにって」

テスルが厨房にかごを下ろした。

「今、奥様は花札の最中だからね。邪魔したら怒られるから、終わったら渡しておいてあげるよ。いいところへ来た、さ、そこに座って、ククス《うどん》でも食べて行きなさい。ほら、主殿にちょこっと居候していた坊っちゃんの友だちがいただろ？　あの子が遊びに来てね、坊っちゃんにククスの用意を頼まれたから、たくさん茹でたんだよ。家庭教師の口が見つかって引っ越したって聞いたけど、待遇が良くないようだね。ここにいたときより、だいぶ顔色が悪いよ」

カンフィは最近、学校に行っていなかった。全羅南道光州《クワンジュ》の通学列車で、日本人の男子学生が朝鮮人の女子学生をからかった事件が発端となった学生運動（一九二九年光州学生運動）は全国に広まり、多くの学生が検挙された。それに対する抗議として、各地の学校の学生たちが同盟休学（抗議のための授業ボイコット）をしていた。カンフィたちの学校もそうだった。

テスルは、彼らの行動をぜいたくな話だと思った。町の日本人駐在署長の官舎に女中として入ったいちばん上の姉は、署長の慰みものにされても女中を辞められなかった。署長の妻と義母の知るところとなり、叩き出されて、ようやく辞めることができた。それを知るのは、家族の中でテスルだけだった。テスルの背におぶわれて家に帰る道すがら、姉は、祖母や京城にいる母には内緒にしてほしいと懇願した。テスルがしてやれたことといえば、せいぜい秘密を守ることだけだった。その後、姉は子持ちの寡夫に嫁いだ。貧しい小作農の家に嫁いだ下の姉もまた間島《カンド》（中国東北部。豆満江の北方一帯。山がちな朝鮮北部とは違い、平原がある）へと旅立ち、便りが途絶えた。いま成歓の家には、老いた祖母がひとりで暮らしていた。

「昼飯、食ったばっかりだよ……」

口ではそう言いつつも、テスルは厨房に腰かけた。

「石ころだって消化しちまう年頃だからね、麦飯なんかあっという間だろ。たくさん茹でておいたのは、きっと虫のしらせだねえ」

スリネは喜々として残っていたククスに汁を注ぎ、キムチも取り出し、角がすれた四本脚の膳の上にどんぶりを置いた。ククスは二、三口でなくなり、テスルは汁一滴まできれいにたいらげた。スリネは眩しい表情で、テスルの上下する喉ぼとけを眺めた。離れて暮らしている間に、息子は立派な若者になった。息子と同じ敷地で暮らしていることが、スリネにはまだ夢のようだった。

スリネは去年から機会があるたび、ヒョンマンにそれとなく息子の話をした。チェリョンを育てるなかで、スリネとヒョンマンの間には暗黙の信頼関係が生まれていた。チェリョンの身の回りのことに関して、ヒョンマンはクァク氏よりスリネの言葉を信じたが、彼女の息子に関しては、別だった。

「ちょうど事務所に給仕が必要ではあるが、まあ、会ってからだな。必ず雇ってもらえると期待はせずに一度、呼んで来なさい」

ヒョンマンはそう言い、自分の直感と判断だけを信じ、人の話には耳を貸さなかった。スナムをいきなり連れてきたように、自分の目で見て直接決めるなら、野育ちの田舎娘でもためらいなく選ぶが、そうでなければ誰の話も信じない。これまでスリネが描いてきた夢は風前の灯になった。雑用でもやらせてもらえれば御の字だった。スリネは、大慌てでテスルを田舎から呼んでくると下男部屋に住まわせながら田舎者の野暮ったさを少しでもこそぎ落とそうと、三日間、体を洗わせ、ご飯を食べさせ、新しい服を買って着せ、京城見物をさせてからヒョンマンにお披露目した。

　力強い顎と広い肩を持つテスルは、彼と同い年の子たちより大人びて逞しく見えた。痩せてひょろひょろのカンフィより年上に見えるほどだった。ヒョンマンはテスルをひと目見るや気が変わり、カンフィの世話をさせたいと思った。だがカンフィが拒否した。高等普通学校に入ってからというもの、自分に関することは自分ですると言って、これまで身の回りの世話をしてきた爺やに暇を出したところだったのだ。ヒョンマンは、当たり前に受け入れるべき待遇を拒む息子を不満に思いながら、テスルを給仕として採用した。食事付きの住み込みで給金は月五円だった。

　スリネはククスを食べ終えたテスルに、大急ぎで甕《かめ》の砂糖水をすくった。サッカリンやグリコーゲンとは比べものにならない貴重なもので、砂糖をすくうスリネの手は震えた。奥様にばれたら首がふっ飛ぶ。こんなものまでくれなくても、と言いながらテスルは砂糖水を一気に飲み干し、唇を舐めた。

　スナムが台所に入ってきてテスルを見つけると、にっこり笑った。

「お兄ちゃん《オッパ》」

　テスルの顔も明るくなった。テスルが嘉会洞の屋敷で気楽に接することができるのはまだ、母とスナムだけだった。ふだんスリネを母のように頼るスナムは、テスルが来た日から「オッパ」と呼んで慕った。

「おやおや、テスルが来ているよ、ちょっと手紙を読んでもらえないかい」

　お針子の女がせかせかと駆けてきて、チマの腰のところから手紙を取り出した。日本に出稼ぎに行った夫からの手紙だった。

「旦那様が探してるよ。早く戻らなきゃねえ」

スリネが立ちはだかると、お針子の女がびくりとした。

「少しなら大丈夫ですよ。手紙を見せて」

テスルは朝鮮語も日本語も、どちらの読み書きもできた。テスルが声に出して手紙を読んでいる間、スリネはまるで母屋の奥様のように、胸を大きく張ってかまどに腰かけていた。お針子の女は、夫の手紙を一言一句聞きもらすまいと耳をすまし、すすり泣いた。スナムは、羨ましさと驚きに満ちた顔でテスルを見つめた。

手紙を読みあげるテスルは、雑用をさせられている時とは違って見える。それに、文字で人の気持ちが伝えられるということがスナムには不思議だった。

博覧会から帰った後、スナムは文字について考えを巡らせた。文字の前では、自分は何も見えていないも同然だった。文字を知らなければ、食べ物に毒薬と書かれていても気づかずに食べるだろうし、通行止めと書かれていても崩れた橋を渡るだろう。チェリョンは、いつも宿題だと言っては、教科書をよく声に出して読んでいた。日本語の意味はわからなかったが、チェリョンが朝鮮語の本を読む時は、スナムは自然と耳をそばだてた。チェリョンの部屋の掃除をするたび、スナムは教科書をじっと覗き込んだ。チェリョンがいない時は記憶をたどり、チェリョンが読んでいた内容と似た絵があるページを広げ、声に出して唱えてみた。それだけでも文字を知っているようで、良い気分になった。そんな様子がある日チェリョンに見つかってしまい、スナムはからかわれた。

「ぜんぶ違うわ。字も知らないくせに、口真似なんかして」

「学校に行かないと字はおぼえられないんですか？」

スナムは決まり悪そうに、恨めしそうな顔で尋ねた。

「なんで？　あんたも文字、勉強したいの？」

スナムが頷いた。

「へえ、あんたが字をおぼえて、何に使うの？」

チェリョンは、本当に理解できないという表情だった。

「とくに使うことはないです。でも知らないより知っていたほうがよくありませんか。スリネおばさんが、犬の糞だって使い道があるって言ってました」

「あんたなんか、ぜったい無理よ。ものすごーく、難しいからね」

チェリョンがあてつけがましく、日本語の本を大きな声を出して読んだ。スナムはその傍らで雑巾がけをした。

スナムは、そもそも自分に字が学べるとは思っていなかった。勉強は、チェリョンやカンフィのように身分の高い人々のすることで、小間使いの身には夢に見ることすら叶わないことだと思っていた。だが、似たような境遇のテスルが字をすらすら読み、お針子のおばさんの言葉をさらさら書きとるのを見て、スナムの願いは次第に膨らんだ。

テスルが手紙を読み終えた。

「うん、ありがとうよ。こんど時間がある時に、返事もお願いするよ。これ、大したものじゃないけど、肌寒い時に首に巻いてね」

お針子のおばさんが、懐から端切れで作った襟巻きを取り出した。

「そんなあ、いいのに……」

テスルが照れくさそうな顔で、スリネのほうを見た。

「あらあら、お礼なんていいのよ。せっかくのおばさんの気持ちだから、寒いとき巻いたらいいよ」

スリネの口元に、誇らしげな笑みが浮かんだ。

「きみにも、何か読んであげようか？」

テスルは、目を釘づけにして突っ立っているスナムに言った。

「わたしも字を覚えたいの」

スナムが思わず本音を口にすると、テスルが身を乗り出した。

「ぼくが教えてあげようか？」

「よしなさい。お前にそんな時間があるわけないだろう。スナムもそんな暇はないよ」

スリネが手を振った。

「朝鮮文字はすぐに覚えられるよ。時間が空いたとき、教えてあげる」

約束どおり、テスルは夜になると時どき、母屋のスナムたちの部屋にやって来た。スナムは〈カギャコギョ〉（朝鮮語のアイウエオ）から始めて、すぐにパッチム（朝鮮語の表記法のひとつ）のない文字は読めるようになった。たかがそれだけでも、世界が違って見えた。まだ読めない文字はたくさんあったが、たとえば五文字だったら、読める二つの文字で残りを推測した。世界は知れば知るほど、想像が広がった。

スリネは、女の子も文字くらい読めたほうがいいと思い、仕事も減らしてやり、灯火の芯も伸ばしてやったりしたが、スナムがあまりにもひたむきに熱中するので、かえって心配になってきた。

「女は、頭にいろんなものを入れすぎると苦労が多くなって、良いことはひとつもないよ」

スリネは本気でそう考えていた。勉強は外で働く男に必要なものであって、女は夫の陰で家事をうまく切り盛りし、従順に暮らすのがいちばん幸せだと。彼女は夫に先立たれて十年以上過ぎたが、夫がいないことでいまだに肩身が狭かった。

スリネは、スナムがここに来た初日から同じ部屋で寝起きしてきたので、特別な感情を抱くようになった。彼女の成長を見守るうちに、あらたな欲が生まれたのだ。スナムは、飲み込みの早いよく働く子だった。スリネは、まだ十歳にもならないスナムを大切に育て、五、六年くらいしたらテスルと結婚させたいと考えた。率直な気持ちとしては、テスルが贅沢ですれた京城の女やうわついた隣家の下女たちに夢中になる前に、スナムを幼な妻として迎えたかった。しかし、自分もテスルも住み込みの使用人の分際で、そう簡単に叶う話ではない。

ましてやスナムは、旦那様が買ってきた子だ。かつてのような奴婢証書（かつて奴婢には職業や居住地の選択、結婚の自由はなく、主人の所有物で、売買された。その際の公的文書。十九世紀末に廃止）があるわけではなかったが、それでもスナムを嫁にするなら、ヒョンマンのお許しが必要だった。もしかすると、買った時に払った額を出せと言われるかもしれない。少なくとも田んぼ三マジキだ。スリネは毎晩、寝る前にそのことを思案し、あるときふと良いことを考えついた。テスルとスナムが結婚しても、ずっとこの家の仕事をすればいいのだ。テスルはヒョンマンの信望を得て会社で大きな仕事を担い、スナムは母屋の切り盛りを引き受ければ、こんな良いことがあろうか。かつて使用人頭だったパク夫婦のようなことだ。スリネは、息子が会社できちんとした立場になり、スナムがもう少し大きくなったら、ヒョンマンにふたりの結婚を願い出てみようと心に決めた。機が熟す前に他人に知られて良いことはないので、誰にも話さないでおいた。

スリネの胸の内を知るよしもないスナムは、一生懸命、文字を覚えた。テスルは、スナムが砂地に水が染みるようにどんどん覚えるので、朝鮮文字がぜんぶ読めるようになったら、日本語も教えてやるよと調子に乗って言った。スナムは読める字がひとつ増えるたび、新しい世界が広がるような気がした。掃除のとき、チェリョンの教科書の中から朝鮮語で書かれた部分を読んでみたりした。読めない字やわからない単語があれば、テスルに聞いて理解した。

　スナムはその年の春から主殿《サランチェ》の掃除も担当するようになっていた。スナムは自分が任されているたくさんの仕事の中で、その仕事がいちばん好きだった。豪華で不思議なものがあふれている母屋の掃除は、体より心が疲れた。チェリョンの性格にはもう慣れて、それほどつらくもなかったが、ここに来た初日から自分のことを目の敵にするクァク氏の険しい視線は、いまも息ができないほど怖かった。

ㄱ《キヨック》（ハングルのKを表す子音字）の字を逆さにしたような形の主殿は、高床の楼閣とそれに続く広い部屋、さらに縁側のついた板の間、そして三つの客間からなっていた。ヒョンマンは、板の間にガラス障子をはめ、四方が開放空間だった高床の楼閣には格子ガラスを取りつけて戸が閉まる部屋に変え、カンフィの書斎にした。つやつやした大きなクルミ製の机や、本がいっぱい詰まった本棚が置かれ、白い木綿のカーテンの隙間からやわらかい陽光の差す部屋は、主に似て静かで穏やかだった。

　スナムが掃除するのは、カンフィが学校に行った後だった。机の上に開いてあったノートにカンフィの書いた日本語を発見したとき、スナムはそれがどんな内容か知りたいと思った。読みさしの伏せてある本を見たときは、それがどんな話なのか気になった。カンフィがもっとも大事にしている本棚の本も同じだった。スナムは本棚から、朝鮮語で書かれた本を取り出して眺めた。読めない字やわからない単語は次第に減っていった。スナムはカンフィが読んだ本に触れたり開いて眺めたりしながら、いつかこの本をすらすら読む自分を思い描いた。

　ある日スナムは掃除の途中で、机の上の本をたどたどしく読んでいる姿をカンフィに見られた。

「あれ、文字が読めるのか？」

　カンフィが入ってきたのも知らずにいたスナムは驚いて、あわてて机から離れた。坊っちゃんの本に無断で触っていたなんて、お目玉を食らうに違いない。

「誰に習った？」

　怒るかわりに、カンフィは興味をもった。

「テ、テスル兄《オッパ》さんです。ま、まだ、読めません」

　スナムは真っ赤になって答えた。

「字を習ってどうするんだ？」

　机の上に腰掛けたカンフィは、好奇心に満ちた目で尋ねた。チェリョンも同じ質問をした。けれどふたりの表情は違った。カンフィの顔ににじむ笑みを見て、スナムの怯える心はそっとやわらいだ。

「えっと……、迷子になったとき、だいじょうぶなように……」

　スナムの答えに、カンフィは声を上げて笑った。カンフィが声を出して笑うのを見たことがなかったスナムは、びっくりしてカンフィを見つめた。目が合うと、カンフィはきまり悪そうに笑みをひっこめた。そして、わざと大人っぽい表情を浮かべて言った。

「なるほど。本の中には道があると言うから、間違ってはいないな。朝鮮文字がこれからずっと使われるかどうかわからないけど、知らないよりずっといい。偉いぞ。ちびちゃんが勉強するんだから、ご褒美をあげよう」

　カンフィは、新しいノート一冊と消しゴム付きの鉛筆二本を差し出した。スナムは恐れ多くて受け取ることができず、後ずさりした。これまでスナムは、テスルが用意してくれた広告の裏紙やチェリョンが使い残したノートがあればいいほうで、地面やかまどの側面をノート代わりに字の練習をした。ちびた鉛筆に小枝や火かき棒が筆記具だった。時間と同様、筆記具もつねに足りなかった。そんな筆記具がたくさん転がっているチェリョンの机を片づける時はうらやましくて、いつも生唾を飲んだ。

「余っているものだから、遠慮することはないよ。さあ、もらって」

カンフィに促されて、スナムはノートと鉛筆を受け取った。世界が自分のものになった気分だった。真新しいノートと消しゴムのついた鉛筆なら、字がすらすら書けるような気がした。

カンフィが東京に留学に行った後も、スナムは掃除を口実に主殿にしばしば出入りした。チェリョンのひどい気まぐれに疲れたり、大人から我慢できないような扱いを受けたりした日には、ときどき隠れにやって来た。スナムは、カンフィが机に向かってペンにインクをつけて何かを書き、日差しの入る窓際で本を読む姿を思い浮かべながら、夏休みになるのを待った。

留学していたカンフィが初めての夏休みで帰ってきた翌日、スナムは掃除を口実に主殿に行った。洗濯物もたくさんあるはずだ。坊っちゃんの衣類なら、どんなにたくさんあっても辛くはない。カンフィはレコードをかけながら、板の間の部屋で荷物の整理をしていた。口の開いた旅行鞄のわきに、衣類がうずたかく積まれていた。スナムは庭先に立ち、カンフィが音楽に合わせて口笛を吹き、鞄の整理をしている姿を眺めた。

「おや、スナムが掃除しに来たのか。留守のあいだ、元気にしてたかい？」

スナムを見つけたカンフィが、にっこり笑いながら先に話しかけた。スナムは何も言えず、頭をぺこりと下げた。

「仕事はたくさんあるよ。さあ、こっちへ上がって」

スナムは部屋に上がった。カンフィはスナムを見て言った。

「ちびちゃん、大きくなったね。違うか？　首だけ伸びたのかな？」

スナムはからかわれたのかと思い首をすくめながら、驚きで目を見開いた。坊っちゃんが私に冗談を言うなんて。カンフィはずいぶん変わったみたいだ。留学に行く前より明るく元気になったようだ。

「長い間空き部屋の掃除、ご苦労さま。とてもきれいだったよ。でも荷物をほどいたら、また散らかしてしまった。今日も頼んだよ」

カンフィの言葉に、スナムは上気した顔で首を縦にこくりと振った。これまでいろんな人に命令されたことはあったが、頼まれごとをされたことはなかった。

「そうだ、掃除の前にこっちに来て、ひとつ選んでみて」

カンフィが横に置いてあった紙袋を持ち上げて言った。スナムはおずおずと近づき、袋の中を覗いた。日本で買ってきたらしい品々が入っていた。スナムは驚いてカンフィを見つめた。

「さあ、どれがいい？　母さんに頼まれて買ってきたんだけど、たくさんあるからひとつ持って行っていいよ」

カンフィが促した。遠慮しなければという思いより、欲しいという気持ちが勝った。坊っちゃまは、くれたり取り上げたりする気まぐれなお嬢様とは違う。スナムは、すでに袋の中を覗いていた。きれいで華やかな鏡に櫛、小さな匂い袋がいっぱい入っていた。本当にもらってもいいの？　スナムがためらっていると、カンフィが紙袋を持ち上げて、さあ、と言った。

スナムは唾をごくりと飲み込み、もう一度覗いた。鏡が欲しかったが、身の程が過ぎるような気がしたし、カンフィの前で鏡を選ぶのがなぜか恥ずかしかった。スナムは匂い袋の中のひとつを摘まみ上げた。指貫くらいの小さくてかわいい赤い袋には、金糸、銀糸の刺繍が施されていた。手に握ると胸が躍った。匂い袋からハッカの香りがした。

「掃除が終わって戻るとき、この紙袋、母屋の母さんに届けておいてね」

カンフィは、友だちと約束があると言って出て行った。

スナムはカンフィからお土産をもらったことが信じられず、掃除も忘れて、手の中の匂い袋を何度も見た。目を閉じて、香りを吸った。世界がハッカの匂いで満ちるようだった。チェリョンのきれいな服や靴、ヘアピンなど、これっぽっちも羨ましくない。チェリョンの部屋にあるすべてのものをくれると言われても交換したくない。スナムは誰かの目につくのを恐れ、匂い袋を自分の部屋の整理箱のいちばん底に仕舞いこみ、たまにこっそり取り出しては擦り切れるほど大事にした。

ヒョンマンはカンフィが帰って来ると、別館の庭園でガーデンパーティを開いた。名門の有力者の息子たちだけでなく、娘たちも招待した。ヒョンマンは本格的にカンフィの花嫁候補選びの準備にかかった。自分の父は、嫁を大したことのない家柄から選んだが、ヒョンマンの考えは違った。家門と事業をより確かなものにするのに役立つだけでなく、カンフィの脆弱な出身身分を覆い隠せるような結婚でなければならない。だからと言って、無理強いはさせたくない。ヒョンマンには、パーティに招待した有力者の娘たちの中に、きっとカンフィが気に入るお嬢さんがいるはずだという確信があった。若い娘を見れば血が騒ぐ、青春の真っ只中である。

パーティへの出入りを禁じられたチェリョンは、塀の向こうを覗き見しながら、若い男や女たちの品定めをした。誰ひとり、チェリョンに良い点数をもらったものはいなかった。

「お嬢さんの点数は厳しいです。わたしの目には、どの人もかっこ良くて素敵に見えます」

井戸端に座り、青菜を洗い揃えていたスナムは言った。

本音を言えば、スナムの目には、思い切りめかしこんだ人々の中でカンフィしか見えていなかった。カンフィは、大学生になり、すっかり立派になった。スナムは坊っちゃまがパーティに来たお嬢さまがたの中で、いちばんきれいで素敵な女性と結婚し、主殿《サランチェ》で暮らすといいなと思った。

「あんたに人を見る目があるわけないでしょ？　それはそうとスナム、この匂いちょっと嗅いでみて」

チェリョンが寄ってきて、スナムの鼻の前に匂い袋を差し出した。スナムが持っている匂い袋と同じものだった。スナムは、チェリョンがもしそれを知ったらどうしようかと、どきりとした。

「ハッカの匂いがするでしょ？　この匂い袋、お兄さまが東京から買ってきてくれたの。持っていると、好きな人と結ばれるんだって」

「ぼ、坊っちゃまが、そうおっしゃいましたか？」

スナムの顔が桜色に染まった。

「なによ、この子。お兄さまがそんなこと言う人だと思う？　このあいだ百貨店に行った時、店員に聞いた話よ。内地（植民地期、日本のことを「内地」と呼んだ）では、好きな人に自分の想いを伝える時に、匂い袋の贈り物をするんだって。あーあ、私はいつになったら、お兄さまではない素敵な男の人から、これをもらえるのかしら？」

チェリョンは人差し指に掛けた匂い袋をくるくる回しながらため息をついた。

幼い頃は父の七光りで目立っていたチェリョンだったが、時は流れ、今や十七歳になった彼女は、その美しい顔立ちだけで溢れるように輝いていた。そしてそれをもっともよく知るのは、彼女自身だった。しばしばラブレターをもらったし、学校や家の前まで男子学生たちがやってくるので、自分の魅力に気づかないわけはなかった。だがチェリョンには、自由な恋愛は許されていなかった。世の中がいくら変わったとはいえ、男にとっては勲章になる恋愛が、女にとってはまだ致命的な傷だ。チェリョンはあらゆる映画の中のヒロインに自分を投影させ、ある日はクラーク・ゲーブルと国境を越え、またある日はゲーリー・クーパーと歳月をともにし、また別の日はハンフリー・ボガートと命がけの恋に落ちた。チェリョンは、周りの男が到底かなわないような男たちと恋をし、彼らをつまらない奴らと決めつけた。世間の男たちをことごとく見下すので、それがむしろ彼女の価値を高めた。

　カンフィが家を出た後も、チェリョンに与えられるのは可愛い娘役であり、自由になるのは贅沢をすることだけだった。大きくなっても変わらない自分の役割に苛立ち、欲しいものは何でも手に入れられることに飽き飽きしたチェリョンは、許されざることへの渇望を覚えるようになった。空想の恋愛に退屈しきったチェリョンは、ほんものの恋愛を夢見た。燃えるような恋は、彼女に残された唯一の冒険だった。

「愛のためなら、死んでもいいわ」

　チェリョンがしょっちゅう口にするセリフだった。スナムはもともとチェリョンの言葉や考えに共感できるものはほとんどなかったが、その言葉はまったく理解できなかった。この世には、食べて生きることほど大切なことはないとスナムは思っていた。スナムの知る大勢の人たちもまた、糊口《ここう》をしのぐためにあらゆる苦しみや蔑みを堪えている。スナムは、チェリョンが多くのものを持ちすぎるから、そんなことを考えるのだと思った。体と命しかない身には、夢にも見ることのない妄想だった。

「愛が大切だからって、命を捨てるのですか？」

スナムが本当にわからないという顔で尋ねるので、去年、生理が始まったチェリョンは鼻で笑った。

「まだ月経もない子にはわからないのよ。いつまでもお子様なんだから」

しばらくして、競うようにスナムも初潮を迎えた。スリネが月経用の布を用意しながら言った。

「これからは、お前も子を持つことができる女になったんだよ。だから振る舞いにはよく注意しなさい」

体の変化は、不思議なことに心の変化までもたらした。主殿の裏庭に咲いたアンズの花がはらはらと散るのを見たとき、スナムはチェリョンの言葉を理解した。するとカンフィへの恋しさが、熱いうねりのように胸に込み上げた。これまでヒナガモが母ガモを慕うように好きだった気持ちとはまったく異なる感情だった。

これまでカンフィのことが好きだったのは、彼から何かをもらったからだった。だが、新しく生まれた感情は、何かをしてあげたいという気持ちだった。今までスナムは、自分には何もないと思ってきた。自分は他の使用人たちとは違い、体まで主人のものだ。だからカンフィにしてあげられることも、掃除や洗濯しかないと思った。でもカンフィへの感情が恋だと知ると、チェリョンの言葉どおり、彼のためならどんな犠牲も払えると思った。そう思うだけでも、スナムは胸いっぱいに満たされる気がして、食べて生きるのに汲々とするだけの女中や下男たちとは違う存在になった気がした。

スナムは匂い袋を取り出し、繰り返し眺めた。歳月は香りを奪い、鼻に当てて深く息を吸っても微かな匂いがするだけになった。しかし、スナムは最初に嗅いだ香りを今もはっきり覚えていた。匂い袋を持っていると好きな人と結ばれるというチェリョンの言葉も、いつもいっしょに思い浮かんだ。

もちろん、カンフィが自分にだけくれたプレゼントというわけでもなく、匂い袋を選んだのも自分だ。それでもスナムは、カンフィからの告白とともに匂い袋をもらったような錯覚に陥った。夜になると、甘酸っぱい空想がサルナシの蔦のようにどこまでも伸びて眠れなかった。だが朝になると現実に戻り、周囲には綺麗で、いい家柄で、いい学校に通うお嬢様たちがいっぱいいるのに、坊っちゃまがこんな下働きの私なんかを構うわけない、と思うのだった。そう思うと、悲しくてがっかりした。

スナムは、カンフィがいつの間にか自分の一部になっていることに気づき、そう思うだけでも大きな過ちを犯しているようで、周りの目が気になった。

〈想ってるだけ。誰にも知られないように、ひとりで想ってるだけ〉

彼女は自分に言い訳するように、繰り返しつぶやいた。

匂い袋をくれたあの年、夏を過ごし、ふたたび東京に行ったカンフィは、冬休みには戻ってこなかった。そして翌年の一学期半ばになると、どこかへ姿を消してしまったのだった。ヒョンマンは、それをカンフィからの手紙で知った。自分に与えられた家門の誉《ほま》れと辱《はずかし》めをすべて手放して去るので、死んだと思って探さないでほしいという内容だった。ヒョンマンは息子の手紙を受けとり、初めは鼻で笑った。奥手のカンフィが、これから子供じみた放浪でもするのだろうと思った。

「くそ真面目な堅物よりはマシだな。まあ、世の中をよく見物して、家の外がどれほど世知辛いかを知るのも悪くはないだろう」

カンフィが長くは堪えられず、じき戻ってくるだろうと判断したヒョンマンは、それを誰にも言わなかった。それからひと月ほどたった頃、東京在住の朝鮮人留学生の秘密結社（朝鮮独立運動の抗日組織）が検挙され、新事実が明らかになった。京城に護送されてきた留学生の中に、カンフィの友だちのチャンスがいた。

チャンスはカンフィの下宿で検挙されたのだった。その時初めてヒョンマンは、カンフィがずっとチャンスといっしょに暮らしていたことを知った。チャンスは、カンフィは組織といかなる関係もないと言い、カンフィが姿を消す際にチャンスに残した手紙を証拠物として提出した。下宿代を二カ月分、先に払っておいたから、その間に生きる手立てを見つけるようにという内容だった。

「なぜ君がカンフィと一緒に住んでいたのだ」

チャンスに面会したヒョンマンが、怒りに震えながら尋ねた。

「カンフィが寝食を提供してくれるというので、恥を忍んで、いっしょに住むようになりました」

人力車を引きながら苦学していたチャンスもまた、カンフィがどこに、なぜ姿を消したのか、推測すらできなかった。警察でもカンフィと組織の関係を見いだすことはできなかった。だが、どこになぜ消えたのかは疑問として残り、チャンスと同居していたカンフィは要注意人物として監視対象になったのだ。ヒョンマンは、カンフィから来た手紙をいくら読んでみても疑念が膨らむ一方で、面倒なことになったと黙り込んだ。

ヒョンマンはひとりになると、カンフィの手紙をもう一度取り出して読み返した。自分に与えられたものを捨てるのに一抹の未練もないらしく、手紙は簡潔明瞭だった。

〈家門の誉れと辱め……、よくも言ったもんだ。辱めはあいつのせいじゃないか〉

ヒョンマンは新たに込み上げる憤りに手紙をぎゅっと握りしめ、わなわなと震えた。

〈自分の母親を追い詰めただけではこと足りず、父親を、家門までも追い詰めようとしているのだな〉

ヒョンマンは、イネの自死はカンフィが理由だと思った。そのせいで、ユン家に連れてきた息子に対し、父親としての愛情をなかなかかけてやれなかったのだ。妊娠する前は、愛のない本妻の座より、愛のある愛人の座のほうがいいと言っていた女だ。しかし子供ができると心変わりし、離婚を迫った。ヒョンマンが父に懇願すると、離婚は駄目だがイネを妾にしろという返事だけが返ってきた。子は、ヒョンマンとクァク氏の戸籍に入れた。ヒョンマンは、イネが赤ん坊を置いて自死したのは、息子の将来を案じてのことだと推測した。息子が、妾の子ということを知らずに生きられるよう自ら命を絶ったと思ったのだ。息子を産んだことでかえって揺るぎないものとなった妾の座が堪えがたい辱めだったと書いてあった遺書の内容を、ヒョンマンは自分に都合よくねじまげて解釈した。

　ヒョンマンは死んだ愛人に、カンフィをユン家の立派な後継者として育てると約束した。約束を守るため、彼は最善を尽くしてきたのだ。それなのに、自分の努力や期待をあっさり投げ捨てて姿を消すとは。ヒョンマンは息子にひどく裏切られたと感じた。

〈父親のおかげで、贅沢に、温室の花のように育ったやつに堪えられるはずがない。そのうち詫びを入れに這いつくばって戻ってくるだろう。その時は、今までの暮らしのありがたさをしっかり教えてやらねばならん〉

　ヒョンマンは数カ月の間、待ち続けた。しかし一年が過ぎても消息は知れず、不安になったヒョンマンは人をやってカンフィの行方を捜させた。空き家の生い茂った草のように噂話だけはたくさんはびこっていたが、正確な消息はわからなかった。

「今まで消息がないのを見ると、きっと死んだに違いないよ。奥様が巫儀《クッ》（巫女の祭儀）をしたとき、客死した坊っちゃんの魂が帰ってきたと言って、坊っちゃんの霊が憑いた巫女がわんわん大泣きしたっていうじゃないか」

「なに言ってんだ。よそのご夫人を好きになっちまったって話だぜ。それでその女と駆け落ちしたら

「やっぱり、血は争えねえってわけだな。祖父《じい》さんや親父と違っておとなしいと思ってたが、結局はそういう問題をひき起こすんだ」

「いやいや、そうじゃねえんだ。日本で誰かと喧嘩して、はずみで人を殺しちまったらしい。それで旦那様がどこかに隠していて、事件が揉み消されるのを待っているそうだ。人をやって探すふりしているのも全部世間の目をあざむくためで、本当は坊っちゃんの面倒を見るために送ったらしい。この世でいちばん無意味なことは、ご主人様を心配してやることさ。おれらみたいなしがない者は、身の丈をわきまえて、せっせと自分の仕事をするんだな」

カンフィの噂は、二年経った頃、怪しげな人たちの訪問が足繁くなるにつれ、ふたたび屋敷の中を流れ始めた。ある人はカンフィが上海にいると言い、ある人は満州に、またある人はソ連の沿海州にいると言った。まだ日本にいると言う人もいた。どこにいるにせよ、彼がヒョンマンの立場を危うくしているらしいという結論は一致した。息子のせいで、ヒョンマンが間もなく爵位も奪われ、事業もだめになるだろうという噂が密かに広がった。

その頃のヒョンマンはやり場のない苛立ちを抱えた末、カンフィが生きてさえいてくれればいいと願う境地に達していた。父と息子の両方を、変死横死で亡くす当事者になるのは、どう考えても背筋が凍る。父の死で失墜した家の名誉は自身の努力で挽回したが、息子の死は、すなわち一家の滅びの道だった。だがあいつらの言うとおり、カンフィが日本の重要人物のテロや公共機関、列車爆破などに関わる抗日武装組織に加担しているのなら、生きていても家門を脅かすのと同じだ。ヒョンマンは、誰よりも先にカンフィを探し出さなくてはならなかった。

スナムは、見当さえつかないどこかを彷徨《さまよ》っているカンフィに関する噂のひとつひとつに胸を焦がし、心を痛めた。噂の中のカンフィは、自分が知っている静かで穏やかな姿とはかけ離れていて、このうえなく寂しかった。スナムはカンフィの無事を願い、祈る気持ちで主殿を掃いたり拭いたりしながら手を合わせた。

「坊っちゃま、匂い袋、大切に持っていますから、どこにいようともご無事でお過ごしください」

スナムは、すでに香りの消えた匂い袋が、カンフィと自分を繋ぐ唯一の証しのような気がして大切にした。

一九三七年夏、五年制の女子高等普通学校に通うチェリョンに卒業が近づくと、あちこちから縁談の話が入り始めた。ヒョンマンは、チェリョンが上級学校に進学することを望まなかった。彼は、女の幸せは人の歩かない道に足跡を残すことではなく、人が先に歩いて踏み固めた道を楽に歩いていくことだと信じていた。道でないところは、険しい難路に決まっている。ナ・ヘソク（羅蕙錫、一八九六年―一九四八年。朝鮮最初の女性洋画家で、作家、詩人。女性解放論者。東京の女子美術大学へ留学。波乱の生涯を送った）やキム・イルヨプ（金一葉。一八九六年―一九七一年。女性解放を主張した作家、ジャーナリスト、婦人運動の先駆者。三十代後半に出家し尼僧となる）やらという女どもが、そこに足跡を刻み、道を拓くと豪気に振る舞ったが、彼女たちが得たのは、世間から後ろ指を差されることだけだった。

ヒョンマンは、花のように美しく育てた娘が良家に嫁ぎ、平凡な女の道を歩むことを願った。京城で五本の指に入るヒョンマンの資産は、歴史の浅い家柄や父と自分をとりまく醜聞、カンフィにまつわる噂話を差し引いてもなお、おつりがくるほどだった。誰が何と言おうと、チェリョンはとびきりの花嫁候補だ。娘で取引をするつもりはないが、ヒョンマンは、自分にも相手方にも双方にとって利益になるような家柄の息子を選ぼうとしていた。

クァク氏も、ヒョンマンに劣らず熱心にチェリョンの婿候補を物色した。ふだん、娘の言うことならなんでも聞くヒョンマンも、縁談の問題ではチェリョンを蚊帳の外に置いたが、クァク氏は言うまでもなかった。チェリョンは焦り始めた。今の状況では、卒業式場からそのまま婚礼式場に連れて行かれる勢いだ。チェリョンは、恋愛はおろか、相手の顔も見ぬまま、両親が決めた男と結婚したくはなかった。政略結婚の相手に愛情が湧くはずもなく、その結果がどうなるかは母親の現在の姿を見れば明らかだ。

思案の末、チェリョンは留学を決意した。卒業と同時に婚礼式場に連れて行かれるかもしれない現実から逃れるには、それしかなかった。それは、自由恋愛を求めるための方法でもあった。しかし父が留学を許してくれるかは未知数だ。たいていの男や彼らの家族は、たくさん勉強をした女を好まない。チェリョンは断食闘争も辞さない覚悟で、まずはヒョンマンに留学の話を切り出した。頭の固い母よりは、世情に明るい父のほうが話が通じそうな気がしたからだ。自分を愛してくれる父への信頼もあった。だが、ヒョンマンは一切取り合わず、猛反対した。陶器と女は外に持ち出すと割れるものだという考えが根深く染みついた社会において、留学した女たちへの偏見や先入観は露骨だった。

「ここまで学校に通えば、結婚して夫を助け、子を育てるには十分だよ。なのに留学だと？　わざわざ苦労する必要なんかない。だめだ」

ヒョンマンはなだめるようにチェリョンに言った。

「女はひたすら夫の陰で内助の功をたて、子供を立派に育てれば良いという考え方は、古い時代の古い考え方だわ。わたしは夫と子供のためではなく、自分自身のために人生を生きたいの。そのためには、女も勉強をしなければなりません。お父さま、どうかお許しください」

チェリョンは雑誌や小説で読んだだけの、考えてもいなかった言葉がスラスラ出てくる自分に満足だった。ヒョンマンは、きっぱりと自分の主張を展開する娘の姿を見て、初めてチェリョンが女であることを惜しいと思った。チェリョンが息子だったら、カンフィも競争心を感じて、もう少し現実的な感覚を持っただろうに。ヒョンマンは、カンフィもいない上、チェリョンまで遠いところにやりたくなかった。

「勉強をもっとしたいなら、梨花《イファ》女専に行くのはどうだい？」

ヒョンマンが妥協案を提示した。

「せっかく勉強するなら、内地に行きたいですわ」

日本は自国の領土のことを、植民地と区別するために「内地」と呼んだ。本国という意味だった。そして朝鮮のことを、見下す意味で「半島」と称した。日本人は「内地人」、朝鮮人は「半島人」と呼ばれた。チェリョンの目的は勉強ではなく恋愛だった。それには家と母から離れなければならない。

十八歳になるのに、チェリョンは毎朝、母に身だしなみをチェックされていた。少しでもおしゃれをしていたり、帰りが遅くなったりすると、クァク氏はかんかんに怒り、ふしだらだと罵った。自分はあらゆる風変わりな人々を部屋に引き入れて、一日中、花札や麻雀をしながら食べてばかりいるというのに、娘には美しくしとやかな淑女であることを強要する母に、チェリョンは嫌悪を超えて憎しみを抱くようになった。そんな母が決めた相手との結婚など、想像するだけでゾッとする。いっそ母の想像も及ばないアメリカへ留学したかったが、あまりにも遠い見知らぬ地で、その気にはなれなかった。

チェリョンが恐れるただひとりの人がクァク氏ならば、ヒョンマンが勝てないただひとりの人はチェリョンである。ヒョンマンはチェリョンを諦めさせる方法に思いを巡らせながら、母屋に向かった。おそらくクァク氏が強硬にチェリョンの留学に反対するだろう。いつもは娘の味方をしてきたが、今回は知らないふりをするつもりだった。焦るあまり、ヒョンマンは、あらかじめ伝えないまま母屋の庭先に足を踏み入れた。

旦那様の突然の出現に、クァク氏の部屋や応接室にわんさかいた人たちは、いきなり掘り返された土の中のモグラみたいに右往左往した。ヒョンマンは眉間に皺を寄せたまま庭先に突っ立ち、母屋の中が落ち着くのを待った。ちょっと動いただけでもクァク氏は苦しそうに息をつき、ヒョンマンの向かい側の椅子に座った。ぼってりとしたクァク氏の体は応接椅子をいっぱいに満たした。ヒョンマンは、頬と顎の肉が垂れ下がったクァク氏の顔を見る代わりに、肩越しの壁にかかった装飾品を眺めながら話を切り出した。

「チェリョンが日本へ留学に行きたいと言い張っているのだが、あなたはどう思うかね？」

クァク氏は初めて聞く話に大いにうろたえた。チェリョンが女学校を卒業したら家に閉じ込めて、みっちり花嫁修業をさせようと思っていたのだ。母屋に所属する娘の結婚の成功によって、自分の存在意義を証明したかった。どこに出しても恥ずかしくない花嫁にするために、町の有名な家庭教師を調べているところだったのに、いきなり留学とは。おまけに、いつも無条件に娘の側に立つ人が、わざわざ意見を聞きにくるのも怪しく、クァク氏は言うべきセリフが見つからなかった。ヒョンマンが答えを待たずにつけ加えた。

「娘を遠くにやるのは、あなたも気がすすまないだろう。だからちょっと説得してくれないか。どうしても上の学校に行きたいのなら留学ではなく、梨花女専に行くのはどうかと。家から学校に通えれば、良さそうな相手が見つかったらすぐに婚礼を挙げるのにもいいんじゃないかと思うんだが」

ヒョンマンの言葉は、クァク氏の頭の中にあった計画はもちろん、固定観念まで一気に吹き飛ばした。梨花女専だって？ クァク氏は〈梨花〉という言葉を聞いただけで血が逆流するのを感じた。〈まだこの人は、チェ・イネ、あの女を忘れられず、娘まであの学校に通わせようと考えているのか〉娘が、妾の出た学校に通うことなど許せるはずがない。クァク氏は握った拳を震わせながら、ふだんの考えとはまったく異なる主張を始めた。

「今の世の中は昔とは違いますよ。なぜ娘だからと留学を止めるのですか。カンフィは気持ちよく送り出してやったのに、なぜですか？ これからは、女性も勉強すれば出世する世の中が来るんです。名家に嫁にやったところで、舅や姑のもとで苦労し、立派な夫が妾遊びするのを横目に見ながら暮らすのが関の山。大切に、蝶よ花よと育てた娘がそんなふうに生きるのは嫌ですよ。私は留学に大賛成です！」

そう口にすることで、クァク氏は仕舞いこんでいた娘への愛情が湧き上がり、愛する娘が広い世界で自由に羽ばたいて生きることを願う気持ちで胸がいっぱいになった。

残暑が猛威を振るっていた。スナムは井戸端で、夕飯に炊く麦飯を研いでいた。長いお下げ髪が背中で左右に揺れた。スナムは、髪を短く刈られたのがトラウマになり、髪の毛の長さがお尻に達しても絶対に切らなかった。突然、つるべ桶がちゃぽんと井戸の中に落ちる音がした。顔を上げてみるとテスルだった。スナムは、ぱっと咲いたオシロイバナのような笑顔になった。

「いつ帰ってきたんですか？」

「ちょっと前に戻ったところさ。いま、社長に挨拶してきた」

汲み上げた井戸水をごくごくと飲み干したテスルが、顎に滴《したた》った水を手で拭いながら言った。

白シャツに背広の上着を羽織った姿は、すっかり男っぽい雰囲気をまとっていた。ニキビだらけで変声期のしゃがれ声だった面影はどこにもなかった。テスルはいつの間にか二十三歳になっていた。

スナムは、自然に、テスルより一歳年上のカンフィを思い浮かべた。

「おばさんね、ゆうべ、テスル兄《オッパ》さんの夢を見たと言ってたのよ。神様のお告げだったのね。早く行ってあげてくださいな」

スナムが言った。息子の話をする時は、スリネの顔の痘痕《あばた》のひとつひとつが輝くのだ。その誇らしげな表情を見ると、横にいる人もつられて気持ちが明るくなる。もちろん、口さえ開けば息子自慢だよと口を尖らせる人もいたが。

「変わったことはなかった？」

テスルはスリネの元へ行かず、スナムが麦を研いだ水を捨てると、陶製の大きな鉢につるべの水を注いでくれた。そして、また水を汲み上げた。

「早く、おばさんに会いに行ってあげて。つるべはこっちにくださいな」

ぐずぐずするテスルは、八百屋が置いていった青菜のかごを抱えた陰城宅《ウムソンテク》（「宅」は、既婚女性の呼び名。出身地名をつけて呼ぶ）が近づいてきたので、スナムに小声で言った。

「あとで九時に、主殿のアンズの木の下に来て。話がある」

言い終えたテスルは、陰城宅に挨拶をしながらお世辞をいった。

「ソウルの水をお飲みになったら、見違えましたよ」

陰城宅は、忠清道の金鉱の事故で死亡した作業員の妻だった。ヒョンマンが、その補償にと母屋の使用人として雇ったのだ。最近、クァク氏の鋭い視線は陰城宅に向けられていた。

「うちのお祖母《ばあ》さん、お義母《かあ》さん、お義父《とう》さん、みな変わりなかったですかい？」

陰城宅は子を産めず、ひどいいじめを受けてきたというのに、まず夫の家の家族の様子から尋ねた。

「じじばばたちはピンピンしていますから、心配ご無用。おばさんも、元気に過ごしてくださいって言ってましたよ」

「この次、現場に行く時は、うちにちょっと届けてほしいものがあるのよ」

スナムは、陰城宅から鍾路《チョンノ》通りにお使いに行く自分に、アンティフラミン（鎮痛薬）を買ってきてほしいと頼まれたのを思い出した。

スナムは、テスルと陰城宅の話を聞き、久しぶりに故郷の家族のことを思い出した。ほかの人みたいに月給でもあれば、家にお金を送ったり、物を買って送ったりできるのに、スナムの手にはたったの十銭さえなかった。それでも、パクおじさんが教えてくれたところでは、スナムと引き換えに得た田んぼのおかげで、家族は食いはぐれていないということだった。パクおじさんが病気になり、嘉会洞の屋敷を去った後、ヒョンマンは驪州《ヨジュ》の小作地を売却した。その後は、故郷の消息を聞く術がなくなった。アンゴル村で暮らした期間より、嘉会洞の屋敷で暮らした歳月のほうが長くなるにつれ、故郷についての記憶もかすみ、今はもう、家が恋しいと思うこともなく、家族を思い出すこともなかった。それでも、久しぶりに故郷を思い出してスナムは感傷に浸った。

母屋の板の間の柱時計が九時を知らせても――クァク氏はカッコウの鳴き声がうるさいと言って柱

時計に替えてしまった——スナムは、スリネが寝入るまで待った。テスルと夜にふたりで会うことを知られてはならない気がした。スリネのいびきが聞こえてきたのでスナムはそっと外へ出た。

スナムがアンズの木の下に行くと、テスルがぬっと現れ、さらに濃い闇の中へスナムを引っ張った。夜だからか、素肌に触れる空気がひんやりした。どこかで草むらの虫が鳴いていた。ふたりは主殿の裏側の濡れた縁に腰掛けた。カンフィが中にいないので、スナムはしみじみ寂しさを覚えた。話があると言ったテスルは、足先で地面をとんとん蹴るだけで口を開かなかった。ふだんはわるふざけをしたり、冗談を言ったりするのに、様子がおかしい。

「話って、なあに？　そういえば、私も話があるんだけど」

スナムが先に口を開いた。

「何だよ、言ってよ」

テスルがすこし嬉しそうな顔をして言った。

「うちの母さんや父さんがどうしてるか気がかりなの。テスル兄《オッパ》さんが現場に行くとき、ついでに一度立ち寄ってもらえないかしら？　陰城宅のおばさんが、ふるさとの話をするのを見たら、急に思い出しちゃった」

「君を売り飛ばした両親の、何がそんなに恋しいんだ？」

テスルの声が、少しぶっきらぼうに聞こえた。

「でも、私がこうしていられるのは、母さん、父さんのおかげだもの」

「わかったよ。調べといてやる」

テスルは、スナムの頼みを断ったことがなかった。

「ありがとう。今度はテスル兄さんが話す番よ。なんで会おうって言ったの？」

「これ……」

テスルがポケットから何かを取り出し、差し出した。小さな手鏡だった。

「鏡？　どうしたの？　ああ、チャ姉さんに渡してってこと？」

面食らったスナムが、テスルの気持ちを察したというように言った。チャさんは別館の事務所のタイピストだった。チャさんが羊羹《ようかん》とポソン（朝鮮足袋）をスナムに手渡し、テスルのお母さんに渡してほしいと言ったことがあった。テスル兄さんに関心があるのかと聞くと、チャさんは顔を赤くした。

「何、言ってるんだよ。さあ、受け取って」

「チャ姉さんに、直接渡せばいいのに、なんで私に……」

「これ、お前にあげようと思って買ったんだよ。さっき来るとき、鍾路通りの洋品店で買ったのさ。次は朴家粉《パッカブン》（おしろい）を買ってやる」

暗闇に目が慣れてくるとテスルの表情がうっすら見えた。満足げな顔だった。

「これを、なんで私に？」

スナムは鏡を手に取る代わりに、まだわけがわからないといった顔をした。

「お前、鈍いな。それとも、鈍いふりしてるのか？　男が女にこういうものをあげるってのはだな、お前が好きだからだよ」

テスルがやや震える声で言った。スナムはどきりとした。少しも気づかなかったのだ。

安定した職場、通信中学校卒業、さばさばして優しい性格のせいで、テスルを慕う女性はたくさんいた。たまに誰か仲人をたてて言ってくることもあったが、そのたびにスリネは断った。人々は、姑の目が眉毛の上についているからね、どんな嫁が来たって気に入らなかろうよと悪口を言った。スナムは、テスル母子《おやこ》が他人とは思えなかったので、スリネとテスルふたりともが満足する花嫁候補が現れることをいつも願っていた。それなのに、いきなりテスルに告白されるなんて。スナムは、がっかりするスリネの顔がまっさきに浮かんだ。

「オッパ、冗談でしょ？」

「冗談なんかじゃない。お前は、おれをどう思ってる？　一度も男として考えたことないのか？」

テスルが聞いた。スナムは暗闇の中で、自分を射貫《いぬ》くほど見つめる視線を感じた。テスルを男として考えたことはなかったが、生まれて初めて告白されたことに胸が震えた。実際のところ、テスルはスナムにとって身に余る相手だった。テスルでさえ自分にはもったいないのに、カンフィなんて。スナムは自分のとんでもない胸の内にため息をついた。

「お前が、誰に想いを寄せてるか、おれ、知ってるんだ」

スナムが答えの代わりにため息をつくと、テスルが渋柿を噛んだような表情で言った。スナムはどきりとした。買われてきた分際で、恐れ多くも坊っちゃんに想いを寄せるなんて。旦那様や奥様の耳に入ったら、こん棒で叩かれたあげく、たちまち追い出されるのは目に見えている。帰るには、故郷も家も果てしなく遠い。

「な、何を言うの？」

スナムは震える声を抑えて言った。

「お前、寺尾《てらお》課長が好きだろ」

思ってもみない言葉に、スナムはテスルをぽかんと見た。

「だから、日本語を教えてもらうって口実で、よく会ってるんだろ。全部、知ってるさ」
「オッパが、どうしてそれを？　いいえ、私が言ってるのは、私が日本語を習っているのを、どうして……」

スナムが、ヒョンマンの会社である無極洋行の日本人社員寺尾淳平《じゅんぺい》に日本語を習っているのは本当だった。朝鮮文字を習得したスナムは、次は日本語ができるようになりたかった。スナムの年齢で日本語を知らないのは、普通学校も出ていないという意味だ。チェリョンみたいに女学校に進学する女の子は京城でも多くなかったが、それでも普通学校くらいはみな出ていた。学校では、朝鮮語より日本語のほうを多く教えたので、普通学校を卒業すれば、日本語の読み書きや会話はできる。外へ出るお使いの頻度が増えるにつれ、日本語に接する機会も増えた。そのたび、スナムは普通学校も出ていないのが、いやその事実を知られることが恥ずかしくて、冷や汗をかいた。日本語を教えてくれると言ったテスルは、ほとんど忠清道の金鉱の事業現場に行っていて、屋敷にいない。

淳平は主殿の客間に起居していた。掃除をしに来たスナムが日本語に興味を示すと、教えてあげようかと気さくに言葉をかけてくれた。朝鮮語ができない先生のおかげで、スナムの日本語の力はぐんぐん伸びて、もう基本的な文字の読み書きはできるようになった。スナムは淳平には感謝の気持ちがあるだけで、テスルの誤解には開いた口が塞がらなかった。

「全部知ってるんだよ。お前があいつを好きだと、おれには全部わかるのさ。お前、目を覚ませよ。寺尾さんは、チェリョンお嬢さまを、ただひたすら思っているんだぞ。そうじゃなくても、内地人がお前をもらってくれると思うか？　もしもらってくれたとしても、慰みものになるのがオチだ」

テスルは、日本人のなぶりものにされたいちばん上の姉を思い出し、奥歯を噛んだ。

寺尾さんがチェリョンお嬢さまに想いを寄せているとは。スナムはテスルの誤解より、むしろそちらのほうが驚きだった。濃い髪の毛に高い背丈を恥じるような猫背、そしていつも黒の腕カバーをつけている淳平を、チェリョンは父の会社の社員以上に思うことはなかった。世界に男が淳平しかいないとしても、チェリョンが彼に心を寄せる可能性がないのは明々白々だった。スナムは淳平を気の毒に思った。

私が好きだということを知ったら、カンフィ坊っちゃんはどう思うだろう？　スナムはそんな考えを慌てて打ち消した。

「寺尾さんはそんな悪い人じゃありません。それに、私は寺尾さんのこと好きじゃないもの。ただ、日本語を教わっているだけです」

テスルは、鏡を無理やりスナムの手に握らせて言った。

「そんなことはいい。とにかく一年だけ待ってくれ。東大門《トンデムン》（ソウルの東）か紫霞門《ジャハムン》（ソウルの北西）の外側あたりに家を準備するから。そしたらおれたち、結婚しよう。お祖母《ばあ》さんも田舎から呼んで、母さんもいっしょに暮らすんだ。おれが一生懸命働いてるのも、社長に信頼されて、結婚の許可をもらうためなんだ。おれと結婚したら、お前は下働きの暮らしから解放されるんだよ」

テスルの声には、熱がこもっていた。スナムの手首を掴んだ手も熱かった。スナムには、自分の心臓の跳ねる音が、太鼓が打ち鳴らされるように鳴り響いていた。カンフィからは、永遠に聞くことのないであろう告白だった。

旅立つ人びと（一）

一九三八年三月十四日、京城駅の駅員がハンドマイクを手に、九時発釜山行きの汽車の最終案内をしていた。

「お父さま、わたし、もう乗りますね」

紅を差したように頰の上気したチェリョンが、汽車のほうを振り向いて言った。女子大生（戦前の女子高等教育機関は、呼称は「大学」でも法的には「女子専門学校」だった）になって家を出る場面は、彼女が長い間夢見ていた光景だった。チェリョンは黒いチマ・チョゴリの制服を脱ぎ、豊かな胸とくびれた腰を強調したスーツ姿の自分に満足していた。ウェーブを入れたショートヘアにベル形の帽子、クロッシェをかぶったファッションは、最新版の日本の雑誌から飛び出してきたようだった。

「わたしがいっしょに行って、あれこれやってあげなけりゃならないのに、許しておくれ。気をつけて行ってくるんだよ」

ヒョンマンの顔には、異郷に旅立つ娘への心配と別れの寂しさが溢れていた。しかし彼は留学に行く娘に同行できるほど暇ではない。

　前年、日本は中国と戦争を始めた。一気に大陸全土を占領するかのような序盤の勢いとはうって変わって、日本軍は中国の持久戦に手を焼き、戦線ばかり広げていた。戦争が長引くにつれ、火の粉は朝鮮にも降りかかり、去る二月、朝鮮人陸軍特別志願兵令（朝鮮人青年を「志願兵」として徴兵を始める）が公布された。朝鮮人に皇国兵士の地位をやることはできないと言っていた日本は、兵力補充が困難になると、まるで恩を施すかのように軍に志願できるよう法律を作った。総督府は、日本に敷かれようとしている国家総動員法（一九三八年四月公布。日中全面戦争の開始の翌年、「挙国一致」の名のもと、労働力・物資を統制し、すべてを戦争に動員するために制定）を、ほぼ同時に朝鮮でも実施する計画だった。兵士だけでなく、戦争に必要な多くの物資や人的資源を朝鮮でも充当しようとしていた。

　ヒョンマンは積極的に国防献金に協力した。そして戦争遂行のための賛助団体を組織するのに奔走していた。ヒョンマンがそれほど熱心になったのは、依然として行方のわからないカンフィのせいだった。ヒョンマンは息子が神出鬼没のテロリストかもしれないという噂を決して信じなかった。だがカンフィの存在は、いつ暴発するかわからない爆弾と同じだった。ヒョンマンは、雷管に火を点ける口実を与えないよう、カンフィの行方不明という弱みに付け入ってくる者たちを金で黙らせた。いっぽうで、カンフィの行方を追う刑事や密偵に、また別の密偵をつけた。ヒョンマンは毎日が不安で、娘の旅立ちであっても、とても屋敷を空けるような余裕はなかったのだ。

　チェリョンは、父のあまりにも複雑かつうつろな表情を見ながら、驚いたことに、自分は別れが名残惜しくも寂しくもないことに気づいた。いつからかチェリョンは、父の異常な関心と愛情が足枷《あしかせ》のように煩わしくなっていた。女学生になってからも、欲しいものやお小遣いがいるときは父に愛嬌を振りまいたが、幼い頃と同じ感情ではなかった。父と別れる今も、チェリョンの関心はもっぱら自分自身にあった。いくらか後ろめたさを感じたチェリョンは、ヒョンマンの手を握って言った。

「お父さま、どうぞ、お仕事を頑張ってくださいませ。寺尾さんがいますから私のことは心配しないで下さいな」

チェリョンも、カンフィの問題と仕事上の問題が絡み合って、父が困難な状況に直面しているのはなんとなく知っていた。つまらないことにかかわっているらしいカンフィが気にくわなかったが、たいして心配してはいなかった。父に解決できないことはない。

「そうか、チェリョン。異郷暮らしが辛かったら、すぐに帰ってきなさい。勉強で不足を埋めなければならないような貧乏で卑しい生まれの子たちと、お前は違うんだ。今のままで、何不自由なく暮らさせてあげられるこの父がいることを忘れるんじゃないぞ」

この瞬間も、ヒョンマンのいちばんの望みは、娘が留学を諦めることだった。チェリョンは、父が急に心変わりして行く手を阻むような気がし、そっと手を放すと、服についた何かを払うふりをした。

チェリョンが進む学校は紆余曲折の末、東京から京都の学校に変わった。もし東京にカンフィと何かを企てる組織があって、チェリョンに悪影響を与えてはいけないというヒョンマンの配慮だった。それに、自分が十分経験した放縦と快楽が溢れる大都市に娘を送り出すのも、気が進まなかった。東京の次にみなが行く大阪も考えたが、人の性格が荒いという噂と、朝鮮人労働者が大勢いる点が気にかかった。大阪で暮らしたことのある淳平も、工場が多く、空気が悪くごみごみしていると言って、京都を勧めた。

チェリョンは、家を出るのがいちばん大きな目的だったので、東京でも京都でも構わなかった。どうせなら日本最大の都市東京に行きたかったが、京都も千年間、都だったというから、それほど退屈な田舎ではないだろう。

「寺尾君、チェリョンをよろしく頼む。到着次第、電報を打つのを忘れないでくれ」

淳平は、ヒョンマンが差し出した手を慌てて握った。

「はい、そうします」

淳平の顔は、酒でも飲んだように赤かった。夜中に何度も目覚めたせいで、目まで充血していた。いつもの落ち着いて物静かな姿ではなく、誰が見てもわかるくらい、そわそわしていた。

ヒョンマンが淳平に京都までの同行を任せたのには、いくつか理由があった。まず日本人の淳平が同行すれば、チェリョンは汽車や船で問題なく一等室を利用することができる。もちろん子爵の娘という身分でも一等室を利用できるが、自分がいっしょに行くわけではないので、旅の途中で不測の事態が起こる可能性を考慮してのことだった。

それに実質的にチェリョンの留学の準備をしたのは、淳平だった。京都での部屋を用意したのも彼だ。スナムをいっしょにやるので、下宿部屋より自炊部屋が良いと結論を下したヒョンマンは、淳平に部屋を探すよう指示した。

淳平は、大叔母にあたる鈴木のおばさんに、女の子ふたりが暮らす部屋を探してほしいと手紙を送った。ロシアとの戦争に夫が徴兵されて戦死し、その後五人の子供を女手ひとつで育てあげたおばさんは、淳平がいちばん親しくしていた親戚だった。大叔母は、いっしょに住んでいた長男家族が仕事の都合で引っ越すので、春になれば二階が空くと知らせてきた。

〈ちょうど新しい間借り人を探していたところだけど、良かったらうちはどうかしら〉

嬉しい知らせだった。淳平は大叔母の家を勧めた。彼は朝鮮人が日本でどんな待遇を受けているかよく知っていた。おばさんは、世間の刺すような視線はもちろん、悪い誘惑からもチェリョンを守ってくれそうだった。

「人情に厚いし、近所でも評判のいい人ですよ」

事実をありのままに話しながらも、淳平は私情を混ぜているようで、顔が火照った。

「あとで移るにしても、初めは寺尾君が紹介してくれる家に行くのが良さそうだな」

嘘も誇張も言えない淳平の言葉だからこそ、ヒョンマンは賛成した。一軒家を用意して、チェリョンがもっと楽に暮らせるようにもできたが、ヒョンマンのいちばんの望みは、娘が異郷での暮らしに堪えられず帰ってくることだった。そう仕向けるには、実家のように快適な環境を与えてはならないが、かといってあまり苦労させるのもかわいそうなので、淳平が用意してくれた自炊部屋はなにかとちょうどよかった。

汽車がけたたましい音をたて、蒸気を吐きだし始めた。父娘《おやこ》が別れの挨拶を交わす間、隅っこで荷物のように突っ立っていたスナムは、好奇の眼差しであたりを目だけ動かして見回した。新しく仕立ててもらったスーツが、まるで借り物のようだった。

「内地に行けば、いっしょに行動することも多いはずだから、野暮ったいチマ・チョゴリはやめてね。衣服は全部、洋服よ。私は朝鮮人ですって自分で言いふらしてるようなその髪の毛も、短くするのよ」

最新流行の洋服やお化粧の研究がもっとも重要な留学準備だったチェリョンは、スナムにそう告げた。スナムはお尻に届くほどの長い髪を、肩くらいの長さに切った。チェリョンはもっと短く切るように言ったが、それ以上は譲らなかった。韓服しかこしらえたことのないお針子のおばさんがチェリョンの洋服を借りてきて、慣れない手つきで真似ながら洋服を一着仕立てた。スナムが着るスーツだ。

スナムが初めてその服を着た時、スリネが首をかしげた。

「だいぶ前、奥様が、スナムがお嬢様と似てるって言ったことがあったけど、今こうして見ると、そんな気もするよ。あんたの目には、どう見える？　こうやって洋服を着せてみると、似てないかい？」

スリネが、お針子の女に尋ねた。

「なんとまあ、ご冗談を。スナムは日焼けした黒いサワガニみたいじゃないですか。ひょうたんの内側のように色白のお嬢様には似ても似つきませんよ。ふたりが似てるんじゃなくて、服を仕立てたあたしの腕がいいんですよ」

お針子の女が笑って受け流した。

「そうだよねえ。目が悪くなっちまって、よく見えなくなっちまったみたいだね」

スリネが目の端をぬぐった。

「あんまり泣いて、目がかすんじまったんじゃないですかい。テスルはどこに行ってもうまくやる子だから、心配しないでも大丈夫」

お針子の女がスリネを慰めた。テスルは少し前に、新しい金脈を探しに行くと言って嘉会洞《カフェドン》の屋敷から出て行ったのだった。

ヒョンマンが手招きするので、後ろにいたスナムが一歩前に出た。

「お嬢様をしっかりお世話するんだよ。それがお前の、最初の務めであり最後の務めであることを忘れないように」

ヒョンマンが重々しい口調で告げた。スナムは、ヒョンマンにひとり呼ばれて告げられたもうひとつの務めを思い出した。それは、毎週チェリョンについて報告の手紙を書くことだった。もちろん、チェリョンには絶対秘密だ。まだ手紙を書くような文章力はないと感じたスナムは、ヒョンマンの言いつけに戸惑った。

「あのう、旦那さま。わたしは字が読めません。どうか、それだけは……」

スナムが、泣きそうな顔で言った。

「これまで、うちで働きながら朝鮮の文字や日本の文字を勉強してたのは、全部知っているぞ」

そのことで仕事を疎かにしたことはなかったが、スナムは大きな過ちを犯したような気がして、深々と頭を下げた。ヒョンマンは少し柔らかい口調になり、言った。

「名文を書けと言っているのではないんだ。お前の書ける範囲でいいから、チェリョンがどう過ごしているかを教えてくれればいい。それにかかる費用は、生活費から出しなさい」

スナムは腰をかがめ、返事を兼ねた別れの挨拶をした。胸にきつく結ぶ韓服のチマとは違い、腰で履く洋服のスカートは、いまにも脱げ落ちそうで不安だった。見知らぬところへ旅立つ気持ちも同じだった。チェリョンについて行くという話を初めて聞いた時、スナムは眠れないほど胸がときめいた。どんな世界が待っているのだろうか？　おまけに日本は、カンフィが学校に通っていたところだ。

だが旅立ちの時が近づくにつれ、ときめきより不安が先立った。手紙を書かなければならないという負担も重なり、ひどく気の重い顔でスナムがまず三等車に乗り込んだ。

「では、そろそろ行ってまいります」

淳平は、人々が急いで乗り込んでいる汽車のほうを見ながら言った。ヒョンマンが口早に、もう一度言った。

「チェリョンの暮らしに不便がないよう、くれぐれもよろしく頼むぞ」

「お父さま、お手紙、たくさん書きますわ。どうかお元気で」

チェリョンはヒョンマンを抱きしめると、汽車に向かって急いだ。新しくあつらえた洋服でいっぱいの大きなトランクふたつは、下男のおじさんがすでに載せてくれているはずだ。淳平はヒョンマンに深々と挨拶をするとチェリョンの後を追った。ヒョンマンの視線が汽車に乗り込む娘の後ろ姿を追い、チェリョンが消えた後は一等車の窓をうかがった。チェリョンが一等車の窓に姿を現す前に、汽車は動きだした。ヒョンマンは、ひょっとしてチェリョンが顔を出してくれるかもしれないと思い、汽車に向かって手を振った。五十歳を少し越えた男の中折れ帽の下から、ごま塩のもみあげが見えた。


チェリョンと淳平が一等車に乗り込むや、汽車がガタンと動きだした。チェリョンはついに自由だと叫びたい気持ちをかろうじて抑え、淳平が案内してくれた席に座った。肘掛けのある座席に小さなテーブル、めずらしい植物の鉢植えが置かれた一等車の中は、汽車の中というより京城府民館（京城一の劇場兼映画館）や朝鮮ホテル（京城の最高級ホテル）のロビーのようだった。乗客もまた一等車に似合う高級スーツや着物姿の日本人がほとんどだった。朝鮮人に見える人もいたが、車内に朝鮮語は聞こえなかった。

出発して間もないざわざわした雰囲気が落ち着くと、人々は新聞や本を読んだり、連れの人と静かに会話したりしていた。編みものを始める女性もいた。その様子は、どこでもおかまいなしに、集まればたちまち賑やかになる朝鮮人とはだいぶ違った。チェリョンは汽車に乗っただけで、もう遅れた朝鮮を離れたような気分だった。年齢、身分、教養、あらゆる面で自分よりも持てる人々の中で、チェリョンが唯一誇ることのできる若さの輝きを放ちながら、胸をそらして雑誌を広げた。老いも若きも男たちがちらちらとよこす眼差しや、女たちの警戒と嫉妬を含んだ視線を、顔を上げずとも感じることができた。

日本の化粧品会社の発行する月刊誌には、最新流行の化粧法や国内外のファッション、劇場公演のニュースなどが載っていた。昨夜、鞄に入れる前に何度も見ていた雑誌が、急につまらなくなった。明日になれば日本にいるのに、雑誌は先月のものだ。日本に行けば、京城とは比べものにならないくらい華やかなデパートなどがずらりと並んでいるだろう。チェリョンは、上の空でめくっていた雑誌を閉じてしまった。高ぶる気持ちを発散させるのにちょうどいい話し相手のスナムがそばにいないので苛立った。

チェリョンは、乗客の中で一等車にいちばん不釣り合いな淳平をちらりと見た。ひどく緊張して体を硬直させている彼は、チェリョンが知る日本人の中でいちばんしみったれて見えた。こんな人と八時間もいっしょに座っていなければならないと思うとため息が出た。

その時、制服を着た車掌が入ってきて挨拶をし、食堂車ではコーヒーやビール、茶菓子を販売していると案内した。お昼時になれば利用することができるだろうと考えていたチェリョンは、すっと立ち上がった。

「食堂車へ行くわ」

淳平も慌てて立ち上がった。チェリョンが見つめると、淳平が戸惑った顔で言った。

「社長から、片時もおそばを離れないようにと言われているんです」

チェリョンは、ひとりで食堂車に座っているよりは、淳平でも横にいるほうがマシだと思った。

白いクロスをかけた大小のテーブルが二列に並んだ食堂車では、黒いワンピースに白いエプロン姿のウェイトレスが客の給仕をしていた。静かな客車よりは、お喋りや身動きに気を使わなくてもよさそうだった。チェリョンは二人用のテーブルについた。淳平が中途半端な姿勢で、わきに立っていた。

「そこにいたらみんなが通るのに邪魔でしょ？　早く座ったら」

チェリョンがたしなめるように言うと、淳平は恥ずかしそうに向かいの席に座った。チェリョンとふたり、向かい合って座るのが初めてだった淳平は、目のやり場に困った。

ウェイトレスが注文を取りに来た。他のテーブルをチラリと見たチェリョンは、思い切ってビールを一杯注文した。すでに酒に酔った気分の淳平は、紅茶を頼んだ。ビールがくるとチェリョンは一気に半分くらい飲んだ。昨夜は寝そびれ、朝食も抜いていた空き腹に、ビールがじわりと染みわたる感覚が、胃の中はもちろん全身に広がった。一年前、修学旅行に行って、先生に内緒で酒を飲んでみた時以来だ。家を出て留学するという実感が湧いてきた。気分が上がり、心地良くなったチェリョンは淳平に日本語で尋ねた。

「寺尾さんは、京都生まれなの？」

淳平は、七、八歳年下のチェリョンの日本語が可愛らしく、なんだか親しみが湧いた。

「生まれは、横浜です」

淳平が生まれ故郷の名を口にしたのは、久しぶりのことだった。これまで故郷を忘れようと、必死に生きてきたのだ。

「それじゃあ、京都にいる親戚って、誰？」

「父の叔母です」

チェリョンは留学に行くことに浮かれ、詳しいことはまったく何も知らなかった。

「ご両親は、横浜にいるの？」

淳平の顔が曇った。

「亡くなりました」

「ふたりとも？」

淳平が頷いた。

「まあ、いつ？」

「父は、関東大震災のとき亡くなり、母は数年前に亡くなりました」

「大震災のとき、あなたはいくつだったの？」

「十二歳でした」

あの時を思い出すと、地震で割れた地面のように胸に亀裂が入り、炎の中に落下していくような気持ちになるので、絶対に考えないように過ごしてきた。ところが不思議なことに、チェリョンが関心を持ってくれるとなると、辛い記憶にも堪えられるような気がした。チェリョンがウェイトレスを呼び、ビールをもう一杯頼んだ。ビールがくると、淳平に言った。

「召し上がれ」

昼食も食べて客室に戻ってきたチェリョンは、酒の酔いと食後の眠気に打ち勝てず、すっと眠りにおちた。汽車が揺れるたび、チェリョンの腕と頭が淳平の体に触れた。そのたび、びくっと身をすくめていた淳平は、チェリョンがすっかり自分に身をもたせかけるようになるや、今度はできるだけ楽な姿勢にしてあげようと苦心した。淳平は、憂いや悩みなど何もないようなチェリョンの顔がこんな近くにあるのが幸せだった。チェリョンの明るさが、体を通して自分にも伝わってくるようだった。

淳平が朝鮮人の会社である無極洋行に入社した理由は、チェリョンだった。軍を除隊して戻ってきた淳平に、以前勤めていた百貨店の上司が無極洋行を紹介した。会社も社長も気に入ったし条件も良かったが、淳平は自信がなかった。通訳をつけてくれるとはいえ、ひとりで朝鮮人の中でやっていけるだろうか。日本人は朝鮮人を見下し、朝鮮人は日本人の前では従順なふりをしているが、裏では憎悪していた。

ヒョンマンに会ってもすぐに決心がつかず、事務所から出てきた彼は、庭園の池で鯉に餌をやるチェリョンを見た。彼女は、スナムといっしょにはしゃいで笑っていた。淳平は何を話しているのかはわからなかったが、声を上げて奔放に笑い転げるその姿に心を奪われた。無極洋行で働けば、毎日、チェリョンに会うことができる。淳平は、決断を保留して出てきた事務所にもう一度戻り、ここで働くことにすると告げたのだった。

淳平の住む場所は、主殿《サランチェ》の客間になった。チェリョンと同じ屋敷内で暮らすことになったものの、彼女に近づくのはおろか、顔を見ることも容易ではなかった。淳平はタバコを口実に、暇を見つけては池のベンチへ向かった。母屋からチェリョンの声が聞こえてこないか、別館へ向かう彼女が通りかからないかと思ってのことだった。そのたびに、水面に口を突き出してくる錦鯉が、しがないお前の身の上をわきまえろと警告しているような気がした。

カンフィがいなくても数日に一度掃除をしに来るスナムが、淳平の洗濯を引き受けた。自分が何か言うたび、少しでも理解しようと必死になるスナムを見て、淳平のほうから日本語を教えてあげようと声をかけた。部屋に戻れば暇ということもあったが、チェリョンと近いスナムと少しでも親しくなれればという理由もあった。

淳平はスナムに日本語を教えるたび、目の前にいるのがチェリョンならどんなにいいだろうと思った。でも、たまに話す機会があっても、うまく喋れないのはむしろ淳平のほうだった。淳平は、時間がチェリョンとの距離を縮めてくれることを期待した。だが時間は彼に、チェリョンは無闇に好きになる相手ではないという事実を突きつけただけだった。理由はいくらでもあった。彼女は半島人とはいえ貴族の爵位を持つ身分の高い家柄の娘だが、自分は親もすでに他界した貧乏人にすぎなかった。それに大学も出ていない、ただの月給取りだ。日本人であることも、チェリョンの前では大した好条件ではなかった。

淳平は、自分を盗み見る乗客たちの視線を感じた。チェリョンが寄りかかって眠ってしまったからだろう。彼らの目に自分はどう映っているのだろう？　ヒョンマンがあつらえてくれた高級な背広の中に、傷だらけで満身創痍の少年が身をすくめていることに人々は気づくだろうか？　淳平は、チェリョンから伝わる怖いもの知らずの前向きな気配に背中を追され、過去の記憶の中へ足を踏み入れた。

淳平が生まれた横浜は、東京からそう遠くない港町である。淳平は横浜が好きだった。広くて真っ直ぐに整備された道路や異国風の建物、暗闇を照らす街路灯、電車、港をいっぱいに埋めつくす大型旅客船、小さな船、それに汽笛の音、移民船に乗るために全国から集まる人々、元町通りを行き交う多様な人種と多彩な言語……。

淳平の家族は、外国人居留地から港のほうへ続く商店街の元町で浮世絵工房を営んでいた。淳平の祖父の寺尾武《たけし》は、浮世絵師だった。風俗画の一種である浮世絵は、何百年と続いてきた絵画様式だ。横浜の異国情緒ある文物を描写した浮世絵は〈横浜絵〉と呼ばれ、好景気だったときもあったが、写真や印刷技術の発達により、急速に廃れていった。武は横浜でいちばん有名というわけではなかったが、最後までその職を全うした絵師だった。

寺尾工房の一階には、絵の販売所を兼ねた展示室と工房があり、二階は住居になっていた。木版画として製作される浮世絵には、絵を描く絵師、絵を木版に彫る彫り師、そして彩色して紙に刷る摺り師などが必要だった。職人を十人くらい置いたこともあったというが、淳平が覚えているのは、祖父が絵を描き、父が木版に彫り、叔父の次郎が彩色して摺るという零細家内工業をやっていた頃の工房だ。主に東洋絵画好きの西洋人の注文を受けて制作していたが、その仕事さえも次第に減り、最後は家も売って借家暮らしをしていた。

祖父には息子二人と娘三人がいて、淳平の父はいちばん上だった。黙々と祖父に従って働く父とは違い、次男で末っ子の叔父の次郎は、斜陽産業の浮世絵仕事に人生を費やすことが大いに不満だった。父の絵に彩色して摺る仕事ではなく、自分の人生に新しい色彩をほどこしたかった次郎は、淳平が十歳のときに家を出た。大震災の二年前だった。淳平は、自分と十五歳離れている叔父が大好きだった。父との記憶より、叔父との思い出のほうがはるかに多かった。淳平が、世の中について他人より早く学んだことがあるとすれば、それはすべて叔父のおかげだった。

次郎は、貨物船に隠れて密航する計画を淳平にだけ打ち明けた。他の人に話せば、変人扱いされるに決まっている。しかし叔父はそれをやってのけた。一年ぶりに次郎がアメリカから手紙を送ってきたとき、家族は地獄から届いた知らせのように驚いた。彼は密航に成功し、アメリカで兄弟のような友人たちに巡り会い、ビザ問題さえ解決できれば家族みんなを招請すると大口を叩いた。

〈アメリカは歴史の浅い国だから伝統への関心がとても高いのです。父さんがサンフランシスコに来て浮世絵工房を構えたら、横浜みたいな片田舎よりずっと金儲けできるし、有名になれるはずです〉

家族の中で、次郎の手紙を信じ、招請状が来るのを首を長くして待っていたのは、ただひとり淳平だけだった。淳平は、他の家族がどうして叔父を信じないのか理解できなかった。淳平にとって叔父は、言ったことをすべて実行に移した人だった。

次郎は家を出る時、鞄の底に、父の絵に自身が彩色した浮世絵十枚を隠し入れた。ジャポニズムにのめり込む西洋人たちを見て育ったので、いつか役に立つこともあるかもしれないと考えたのだ。結局、それが大いに役に立ち、皮肉なことに寺尾武は、厄介者の次男がこっそり持ち出した浮世絵のおかげで自分が浮世絵師だったことを世間に知らしめることになった。地震で工房は崩れて焼失し、絵はもちろん、武本人までこの世から消えたためである。

一九二三年九月一日に起きた大震災は、淳平から祖父だけでなく父と二人の弟も奪った。淳平は未来永劫支えてくれると信じていた地面が一瞬で大きく地割れを起こし、地獄の穴の口を開け、人も家も呑み込むさまを見た。目の前に広がる光景は現実とは思えなかった。淳平は無我夢中で火炎と倒壊した建物の瓦礫をかき分けて逃げた。六人家族の中、四人が死に、母と淳平の二人だけが生き残った。人々が皆ショックで茫然としている最中、人から人へ噂が次々広がった。波止場で働いていたチョーセン人が地震に乗じて、家に火をつけ、井戸に毒を入れ、女を強姦しているというのだ。東京では、悪事を働いたチョーセン人に自警団が直接、報復しているという噂が聞こえてきた。横浜でも自警団が組織され、淳平の知り合いの近所のお兄さんやおじさんたちも団員となり、竹槍や日本刀、鳶口《とびぐち》のような凶器を手にし、チョーセン人を探し回った。

子供らは群れて、自警団のあとをついて回った。淳平は、波止場でチョーセン人の死体を目にした。腹から腸がぬるぬるあふれているのを目にし、吐き気が止まらなかった。地獄絵図だった。あらゆる光景が、彩色され、今しがた摺り上げられた浮世絵のように、生々しく鮮明に淳平の心に刻まれた。

地震は、淳平の人生はもちろん魂をも粉々に砕いた。

チェリョンが、体勢が苦しかったのか身を動かした。おかげで淳平は、おぞましい記憶の光景から抜け出せた。しかし淳平はふたたび記憶の中へ戻っていった。目を背けてきた過去の人生を振り返ってこそ、初めて大人の男になれるような気がした。大人の男になれなければ、チェリョンに自分の気持ちを伝えることなどできはしない。

義父と夫、さらに二人の息子をいっぺんに失った淳平の母は、子供たちを助けられなかった自責の念に苦しんだ。淳平は母とともに、父の妹が紹介してくれた大阪の山下家に身を寄せた。タクシー会社を経営する山下は、高価で珍しい錦鯉を育てるのが趣味だった。家一軒の値段に匹敵する鯉もいるらしかったが、実際に見たことはなかった。淳平が、蓮池がある中庭を通ることはなかったからだ。母といっしょに過ごす二階の小さな部屋は、出入り口が外にも繋がっていて、淳平は主の家の人々の目につかないよう、息を潜めてそちらを使っていた。以後、淳平にとって錦鯉は、身分や暮らし向きを測る尺度になった。

地震後の家族の消息を知った叔父の次郎から手紙が届いた。日本も以前から制限していたが、アメリカでも新しい移民法（一九二四年米国で排日移民法成立）ができて、日本人のアメリカへの渡航を許可しなくなった。日本に一時帰国したいところだが、そうすると戻ってこられない。しかしいつか必ず招請するから、真面目に英語の勉強をしておけという内容だった。淳平は密航でもして、生き残ったことを罪のように思いつめる母の元を離れたかった。忘れた頃に送られてくる叔父の手紙と、学校の休みに大叔母である鈴木のおばさんがいる京都に遊びに行くことだけが、かろうじて淳平を支えてくれた。叔父の手紙にはいつも、近いうちに招請状を送るから、英語力をつけておけと書いてあった。淳平は、ただひとつの希望であるアメリカ行きのため、英語を一生懸命に勉強したが、ついに招請状は来なかった。淳平は、体をこわしたため家政婦の仕事をやめた母の世話もしながら、何とか商業学校は出たが、上級学校への進学など夢のまた夢だった。

淳平は、自分の足首を摑んで離さない母と現実が恨めしかった。学校の成績がよく英語もできた彼は、学校を出るとすぐに、三越百貨店に就職した。淳平は、朝鮮の京城支店を志望した。外地手当があり月給が高いこともあったが、地震の恐怖と生き残った自責の念を絶え間なく思い起こさせる母から逃れたかったのだ。淳平は、体調が悪化する母を療養所に預け、給料の大部分を送金した。三年も経たず母がこの世を去った時には、叔父との連絡はすでに絶えていた。

すると淳平は、母を見捨てたという罪の意識にさいなまれはじめた。結局、自分も母と同じように、忘れられない過去の記憶に捕らわれていることを悟った彼は、上司の引き止めも振り切り、軍に志願した。戻ってきても今の椅子は保障できないという上司の言葉は本当だった。代わりに上司は無極洋行を紹介してくれた。彼は上司の紹介状を手に、嘉会洞の屋敷を訪ね、そして現在に至る。

淳平は、自分に寄りかかるチェリョンが目を覚まさないよう注意しながら、鞄からスケッチブックと鉛筆を取り出した。そこには淳平が描いた絵が何枚もあった。寺尾武の才能は、長男を飛び越え、孫である淳平が受け継いでいた。彼の才能を認めた学校の時の美術の教師は、絵の道を勧めた。しかし淳平にとって絵は、辛い記憶の封印を解くものでしかなかった。絵をふたたび描きだしたのは、嘉会洞の屋敷で暮らし始めてからだった。淳平は、チェリョンをスケッチブックに描きながら、多くのことに堪えていた。

旅立つ人びと（二）

スナムは自動車に初めて乗った七歳の時のように、汽車にどぎまぎしながらも、不思議な感覚に浸っていた。こんな大きな鉄の塊が、自動車より速く走るなんて。さっき、白い煙を吐きながら走る別の汽車とすれ違ったが、信じられなかった。

席を見つけて座ったスナムは、乗客でいっぱいの汽車の中を見回した。向かいの席にはかなり老けて見える女がふたり、隣の席には上着を着た中年の男が座っていた。汽車が汽笛を鳴らしガタンと動きだすと、スナムは驚いて鞄を抱きしめた。窓の外をグングン流れていく風景に、めまいがした。電柱が近づくたび、ぶつかりそうで、目をぎゅっとつむり身を逸らした。チェリョンと淳平が乗っている一等車にスナムが行くことはできない。ふたりと離れていると、まるでひとりでどこかへ旅立つような気がした。

隣の男が新聞を広げた。こっそり覗き見たが、まだ読めない漢字が多くて内容はわからなかった。スナムは、日本語の読み書きはできるようになったが、話すのは淳平との会話がすべてだったので、日本での生活が不安だった。

「鈴木のおばさんが助けてくれるから、そんなに心配しないで」

淳平はそう言ってくれたが、チェリョンとふたりだけで、見知らぬ地で暮らす重圧に押し潰されそうだった。その時、向かいの席に座っていたふたりの女が話しかけてきた。嫁と姑であるというふたりは、京畿道平沢《ピョンテク》へ、祝いごとのある家に行くのだと言う。

「あんたは、どこまで行くんだい？」

姑のほうが聞いてきた。

「釜山《プサン》です」

「釜山の生まれかい？」

嫁が聞いた。

「いいえ、釜山から連絡船に乗るんです。お嬢様が日本に留学するので、いっしょに行くんです」

「お嬢様って、どこにいるんだね？」

今度は、ふたりいっしょに周囲を見回した。

「お嬢様は、一等車に乗っています」

スナムは、自分がそこに乗っているかのように、誇らしげに言った。

「留学に行き、その上一等車に乗っているとなりゃ、さぞかしご立派なおうちのご令嬢だろうね？どちらのお宅だい？」

隣の男が新聞を下ろして聞いた。スナムは皮肉るような口調が気に障り、じろりと男を見た。ポマードを塗った髪が光っている。金の腕時計も光っていたが、うちの旦那様から漂う品位とは程遠い。

「嘉会洞《カフェドン》のユン子爵さまのお宅ですけど」

スナムがつんとした顔で言った。

「おやおや、金鉱を掘り当てて大儲けしたご大尽両班《ヤンバン》のお宅ですな」

京城《キョンソン》の人なら、みな、ユン子爵の家に関する噂を一度は聞いたことがあった。周りの人たちの注目が集まるや、男は得意げに、ユン子爵の家門がもとはどれだけ貴族とは名ばかりの低い家柄で、先代のユン・ビョンジュン子爵がどうやって爵位を手に入れ財産を増やしたかを話しはじめた。若い娘の前でこんなことを言うのもなんだけどと言いながら、ユン・ビョンジュン子爵がどうやって死んだかまで、微に入り細に入り喋りたてた。それらは主人の悪口を言うのを生きがいにしている使用人たちのおかげでスナムも知っている話ばかりだった。人目を避けてひそひそ語られていた話が、初対面の人の口からすらすら出てくるので、スナムは自分のことのように顔が火照《ほて》り、このまま黙っているのは主人への裏切りのような気がした。男は、向かいの席どころか通路を挟んだ向こうの席の人たちまで自分の話に耳をそばだてるので、いっそう得意げに話し続けた。

「今のユン子爵も、なかなかのお方ですぞ。妾が漢江《ハンガン》に飛び込んで死んで、京城中を騒がせたんですからな。息子まで産んだのに、自分の立場を悲観して自殺したんでしょうなあ。そんな妾から産まれた息子も、父親似となれば、かなりの道楽者では？　どうだね？」

男がスナムに聞いた。人々の視線がスナムに集まった。スナムは困惑したが、男が不愉快だったので、堂々と言い返した。

「立派なお方とお見受けしますが、ずいぶんと人の悪口をお話しになられるんですね。うちの旦那さまも坊っちゃまも、けっしてそんな人ではありません」

そしてスナムは、それ以上相手にすまいと、窓に顔を向けた。しかし初めて知った事実に、胸がどきどきしていた。男の言葉が本当なら、漢江に身投げしたのはカンフィの生みの母だ。スナムもカンフィが妾の子であることは知っていた。しかしそれだけでなく、母が自殺していたとは。他人が噂するほどだから、きっとカンフィも知っているだろう。母が自ら命を絶ったと知る子の気持ちはいかばかりだろう。

スナムは、ほんの数日前に聞いた使用人たちの話を思い出した。カンフィのことになるといつも耳を澄ますので、噂にしても、チェリョンよりよく知っていた。

「旦那様が、愛国婦人会とかいうところへ奥様の金製のかんざし類を全部寄付したんだそうだよ。なんと坊っちゃんのせいらしい」

「このあいだ、鍾路《チョンノ》警察署のお偉いさんに、賄賂を渡したんだと。純金の時計だとよ」

「日本人の刑事の野郎が、なんでこんな頻繁に出入りすると思うかい。ふん、みんな、おこぼれにあずかろうって魂胆だよ」

「それにしても、あんな生真面目な子が独立運動なんて、信じられねえなあ」

「偽名も、ひとつやふたつじゃないってさ。変装するのもうまいらしいよ」

「じっとしてりゃ、子爵の爵位が自然に降ってくるし、財産がそっくり転がってくるんだ。それなのに、なんでわざわざ苦労するのかねえ」

「おいっ、朝鮮人が言うことかい。おれらだって背に腹は代えられねえから、今は対日協力者《チニルパ》の旦那様からお給料をもらっているが、坊っちゃんが独立運動してるってのは誇らしいじゃねえか」

「それにしても、うちの旦那様、いったいどれぐらい財産があるんだい？　国防献金だ何だって、あっちにもこっちにも配ってるのに、まだまだ平気みたいだな」

「そこが、旦那様の腕なんだろう。しかし会社も戦争でそろそろ潰れそうな兆しだし、土地はだいぶ売っぱらっちまって、鉱山も以前ほどうまくはいってねえようだし。おれらも別の働き口を探したほうがいいんじゃねえかい」

「知ったふうなこと言うんじゃないよ。隠し財産がどれくらいあると思ってるんだ。たとえ朝鮮の天地がひっくり返ったって、旦那様はびくともしないだろうよ」

　スナムは、いまも話の中に登場するカンフィの姿が、うまく想像できなかった。主殿《サランチェ》の書斎で本を読み、何かを書き、音楽を聴く姿がいちばん坊っちゃんらしかった。だが生みの母の話を耳にした今は、悲しみを噛み締め満州の広野を彷徨《さまよ》っているかもしれないカンフィの姿が浮かび、胸がうずいた。

　スナムは、カンフィが自分に良くしてくれたわけがわかるような気がした。幼くして家族と離れ、よその家に来たスナムを可哀想に思ってくれたのだ。母との別れを経験し、誰よりその気持ちがよくわかったのだろう。愛しい人から受けたものがただの同情とわかり、寂しかった。それに今更気づいたということも衝撃だった。いや、本当は既に気付いていたのかもしれない。生きるには息をしなければならないように、嘉会洞の屋敷でやっていくには、カンフィの心はもちろん、自分の心も深く探らないようにしてきたのだ。

　ではなぜ私は坊っちゃんを愛しく思うようになったのだろう？　私に良くしてくれたから？　優しいから？　物静かだから？　身分が高いから？　何でも知ってるから？　お金持ちの息子だから？　それとも魔が差して荒唐無稽な夢でもみているの？　最後の理由がいちばん当たっているような気がした。テスルの申し出を断ったのも、そうだった。なんでもよかった。スナムは理由のわからない、説明のつかない盲目的な感情のほうが、より真の愛のように思えて胸がときめいた。

「お嬢さん、子爵のお宅でお給料はちゃんともらっているのかな?」

隣の男にいきなりそう尋ねられ、スナムは現実にひき戻された。

男は、日本や満州の軍需工場で働く人を集める仕事をしていると言った。今も人を募集しに地方へ行く途中だった。遠くへ行くのが嫌なら、国内の紡織工場もあると言った。

「工場に行けば月給十円、寮暮らしで賄いつきだ。盆や正月には休暇もあるし、化繊の服地にボーナスももらえる。日本や満州に行ったら休暇はないが、月給はもっともらえるぞ」

男の言葉に、周りがざわめいた。十円とは。スナムが知る限り、使用人部屋に住み込みで働いている者たちの給金は、せいぜい五円くらいだ。スナムは無意識に男を見つめた。

「他人の家に住み込みでいくら働いたって、人間扱いされず、金も貯まらないだろう。お嬢さん、関心がありそうだね。私が紹介する工場に就職して、金を稼いで、故郷の親御さんに孝行するほうがいいんじゃないかい?」

「そんなことありません」

スナムは断固とした口調とは裏腹に、心の中を覗かれたようで顔を赤らめた。

「旦那さん、うちの娘は飯炊きぐらいしかできないが、それでも就職できるのかい?」

誰かが聞いた。

「ああ、もちろんだとも。仕事は一から教えてあげるし、勉強もさせてやる。金が稼げて、技術を身につけ、勉強までできるなんて、こんないい話はないですよ」

あちこちから男に質問が飛んだ。スナムは関心を逸らそうとしたが、どうしても聞き耳を立ててしまった。勉強もさせてやるという言葉に惹きつけられたのだ。胸がどきどきした。今すぐにも決心すれば、男について行くことができる。昔とは違い、今はもう人を売り買いすることはできないのだとテスルが言っていた。給金一文もなしに十年以上こき使われてきたんだから、田んぼ三マジキの働きは十分したはずだとも言っていた。だから、このまま逃げてもいいのではないか？　工場に就職して勉強もしてお金も稼いで、カンフィを探しに行きたい。

スナムは彼への思いに耽り、生家の心配を何もしていない自分に気づき、後ろめたく思った。もう故郷には誰もいない。テスルが調べてくれた消息によれば、姉たちはそれぞれ結婚し、どういうわけか田んぼを全部売り払った父は、残りの家族を連れて夜逃げしたという。父が賭博に手を出したせいとも、いちばん下の弟ギョンソクが日本人の子に怪我をさせたせいとも言っていた。そう知らされたとき、スナムは生きている人たちのことよりも、不意にいちばん上の姉のことが気になった。姉は、どこでどうしているだろう？　家族といっしょに行ったのだろうか？　それとも今も生家の傍を漂っているのだろうか？

天安《チョナン》で男が降りていき、スナムはようやく気持ちを落ちつけることができた。その間、汽車にも少し慣れて、外の風景も落ち着いて眺められるようになった。はげ山の山麓の残雪を目にすると心の奥までひんやりしたが、青々と育つ大麦小麦を見れば心が和んだ。スナムは汽車には慣れたものの、何もせずにひとりで座っているのは生まれて初めてだった。やることがないというのは、変な感じだった。嘉会洞の屋敷に来て以来、スナムは寝るとき以外、常に次から次へと仕事に追われ、誰かに呼ばれれば、すぐ駆けつけなければならなかった。

この十年間、スナムの生活は嘉会洞の屋敷の中だけで回っていた。もちろんチェリョンについて百貨店にも行き、昌慶苑《チャンギョンウォン》の夜桜祭りにも行き、お使いに鍾路通りにも出かけたが、ほとんどの時間を高い塀の中で過ごした。京都に行けば、チェリョンが学校に行っている間、いくらでも好きにできる。今からもう自由なのだ。汽車が終着駅である釜山に着くまで、誰かに呼ばれる心配もなく、ひとりだけの時間を過ごすことができた。

汽車が途中の駅に停車すると、こん棒を腰に提げた巡査が乗り込んできて、人々をじろじろと見まわしていった。スナムは罪でも犯したように心臓が鼓動を打った。ひとりの学生が鞄を調べられ、引きずり降ろされた。スナムはプラットホームで巡査に蹴られている学生を目で追いながら、カンフィを思った。スナムはポケットに入れてきた匂い袋をそっと触り、カンフィの無事を祈った。

成歓《ソンファン》駅に汽車が停車すると、ここが故郷であるテスル母子《おやこ》を思い出した。スナムに振られたテスルは、正月が過ぎてから無極鉱業に辞表を出した。スナムはテスルを心配しつつ、せっかくの話を断ってしまったことを少し後悔した。彼は他のどんな人より信頼できる頼もしい男性だった。この先、彼ほどの人に会うことはないかもしれない。それにしても、カンフィという手の届かない存在のためにテスルを振るなんて。スナムは、そのことをこの後ずっと後悔するのではないかと怖かった。

テスルは、旅立つ前日、酒に酔ってスナムたちの部屋にやってきた。寝ようと横になっていたスリネとスナムは、布団をたたんで起きあがり、座った。テスルは酒の臭いをぷんぷんさせながら、金鉱を掘り当てに行くのだと言う。

「お前ったら、金鉱が誰にでも当てられると思ってるのかい？　ここで堅実に仕事してたら、旦那様がそのうちもっといい役職につけてくれるよ。ばかなこと言うんじゃない。今すぐ、旦那様のところに行って謝っておいで。もう一度、お願いするんだよ」

スリネがほとんど涙声で、息子を摑んで揺すった。

「母さん、いつまで下僕暮らしをしろと言うんだ。おれはチェ・チャンハクやパン・ウンモみたいになれないって決まりでもあるの？　人生は一発逆転なのさ。待ってて。そのうち大きな瓦屋根の家を建てて、母さんを迎えにくるよ。きれいな嫁さんももらって、母さんの胸にまるまる太った孫を抱かせてあげますから」

テスルは、スナムに聞こえよがしに大口を叩いた。チェ・チャンハク（崔昌学。一八九一―一九五九年。金鉱王）とパン・ウンモ（方応謨。一八八三―一九五〇年頃。鉱山業、朝鮮日報社主）は、十年以上金脈を探して転々としたあげく、ついに金鉱を探し当て大富豪になった人たちだった。それればかりか、新聞には金鉱で成金になった人々の話が頻繁に載っていた。給仕から社員に、そして無極鉱業の副所長にスピード昇進したテスルは、スナムに振られたことで、腹の虫が収まらなくなった。その感情は、封じられていた欲望に火をつけた。他人の下で月給取りをするのは夢なんかではない。田んぼや谷間で、砂金が出るのを何度もこの目で見てきたのだ。金《きん》に関する法律や技術もそこそこ習得した。

テスルは、自ら金鉱探しに旅立つことにした。ありがたいことに母は、テスルの給料を一銭も使わずに貯めてくれていた。その金をすべて手にすると、テスルはよそから買われてきたスナムなんぞにくびったけだった自分が滑稽に思えた。スナムと結ばれなくて良かったとすら思えた。もし彼女と結婚したら、一生、旦那様の靴の底を舐めて生きねばならなかっただろう。一人前の男のすることではないではないか。

テスルが発ったあと、母のスリネは涙にくれて過ごした。スナムはまるで自分のせいのような気がし、申し訳ない気持ちでいっぱいだった。スリネはさらに、息子に続き、自分の乳を飲ませて育てたチェリョンと、嘉会洞の屋敷に来た初日から一緒の布団で寝起きしてきたスナムがいっぺんに旅立つことになると、抜け殻のようになってしまった。スナムは、母のように慕ってきたスリネがすっかり老け込むのを見て、テスルにもらった鏡を手渡した。返すタイミングを失い、ずっと持っていたものだった。

「テスルさんが出発した日に、おばさんに渡してくれって預かりました。うっかり忘れていて……」

スリネは息子が置いていったものだということに興奮し、スナムの口から出まかせの言葉を疑わなかった。鏡を撫でたりさすったりする姿を思い出し、スナムは自分の匂い袋のようにスリネにも鏡が大きな慰めになるだろうと信じた。あれこれ考えているうち、スナムはすっと眠りに落ちた。昨夜はほとんど寝ていなかったので、かなり疲れていた。うとうとしながらも、鞄はぎゅっと抱えていた。

スナムは、ざわざわする気配に目が覚めた。大邱《テグ》駅だった。大きな駅らしく、人々がたくさん乗り降りしていた。寝ている間に、向かい側と隣の客が変わっていた。人々の言葉もだいぶ違ってきた。向かい側の席には母と娘が、隣席にはつけ襟が垢で汚れたトゥルマギ《外套》を着た老人が居眠りしていた。窓ごとに、食べ物を抱えた売り子たちが群がって叫んでいる。

汽車が出発した。お腹がすいたスナムは鞄からおにぎりと茹で卵を取り出した。サイダーも一本入っていた。チェリョンと淳平は食堂車で食べるだろうと、スリネがスナムに用意してくれた昼飯だった。向かいと隣の人たちが気になったが、分けて食べるほどの量はない。まず布包みを広げ、塩おにぎりを食べていたスナムは、向かいに座っている女の子と目が合った。女の子の身なりはみすぼらしかった。生活の疲れが髪の毛一本一本にまで沁み込んでいる母親は、舟をこぎながら眠っている。

窓にくっついて座り、外を眺めていた女の子は、スナムがおにぎりを食べ始めると振り向いて、悪びれもせず食い入るように見つめた。ご飯が喉につっかえそうになったスナムは、少し迷った末、茹で卵二個のうちひとつを女の子に差し出した。女の子は恐縮しつつも感激した顔で、寝ている母をちらと見やり、おずおずと茹で卵を受け取った。スナムは残りの卵を食べると、半分ほど飲んだサイダーも瓶ごと渡してやった。卵とサイダー瓶を両手に持った女の子は、思いがけないもらいものに目を丸くしていた。

「早くお食べなさい。サイダーも気が抜けると、おいしくなくなるよ」

スナムがそう言っても、女の子は口をつけなかった。これ以上眠れそうにもなかったので、スナムは鞄から本を取り出した。退屈だったら読むようにとチェリョンが貸してくれたイ・グァンス（李光洙。一八九二—一九五〇年。近代朝鮮を代表する文学者、思想家）の『有情《ユジョン》』（一九三三年十一日—十二月三十一日まで朝鮮日報に連載。単行本は一九三五年発行。（一九八三年池明観監修・七人の会邦訳））という小説だった。朝鮮日報に連載していた時から、新聞が届くのを今か今かと待つほど熱烈な読者だったチェリョンは、本が出るとすぐに買い、繰り返し読んだ。チェ・ソクとナム・ジョンイム。チェリョンから何度も聞いていたので、スナムも主人公の名は知っていた。

〈どのくらい面白いのかしら……〉

スナムは期待しながら、最初のページをめくった。思わず胸が高鳴った。何も気にせずに本を読める現実が信じられなかった。これまで本を一行でも読むのに、どれほど人目を気にしなければならなかっただろう。いや、もともとそんな時間などほとんどなかった。

小説はチェリョンから聞いていたとおり、学校の校長のチェ・ソクと養女ナム・ジョンイムの恋愛を扱っていた。それなのに、あらすじを耳で聞くのと、文章を一文字一文字読むのとでは大違いだった。スナムは、小説の世界に吸い込まれていった。難しい言葉や文章もあったが、内容を理解するのには困らなかった。スナムは、両親が死に、父の友人の家でいじめられ切ない思いをしながら生きるジョンイムにたちまち感情移入した。チェ・ソクとジョンイムの間に横たわる壁は、自分とカンフィの間を遮る身分の壁のようだった。

自分の気持ちをそっくり書き写したようなジョンイムの日記を読む時は、胸が熱くなった。チェ・ソクがシベリアの雪原を彷徨う場面は、カンフィの姿と重なった。カンフィがいるかもしれない場所だ。チェ・ソクがジョンイムを恋するように、カンフィも自分を恋しく思っていてくれたら……。

スナムはとめどなく溢れる涙を拭うと、前の座席の人と目が合った。眠りから覚めた女の子の母だった。今か今かとスナムが顔を上げるのを待っていたようで、茹で卵半かけを持った手を少し上げて挨拶した。スナムは恥ずかしくなり、すっと涙を拭いた。

「こんな貴重なものを分けてくださり、ありがとうございます」

茹で卵の半かけが入っているのか、女の子のふたつのほっぺは膨らんでいた。

「お母さんといっしょに食べようと思って、さっき食べなかったのね。親孝行さん」

スナムが鼻声で言った。女の子はサイダーをひと口飲むと、母に渡した。スナムは小説の世界から戻ってきて、母娘がお互いに食べなと言い合う姿をほほえましく見守った。

「うちのプニは、ほんとに孝行娘です。腹を空かしてぺこぺこだったところを、お嬢さんのおかげで、ほんとにありがとうございます」

プニの母は、半分の卵をまだ手に持っていた。スナムはきまり悪く、とんでもないと手を振ったが、人に何かを分けてあげたという充足感はまんざらでもなかった。プニの母は、スナムへお返しができない言い訳のように家の事情を切々と訴えた。

「まだ十三歳なんだけど、この子の父親の薬代のために、これから釜山に住み込みで働きに行くんですよ。家で薄い粟粥《あわがゆ》一杯だけ食べて三十里《十二キロ》の道のりを歩いてきたんで、この子、どれほどお腹が空いていたか。汽車賃もやっとのこと工面してきたもんで……」

プニの母は涙を拭った。プニがつられて泣きそうになり、母の腕を掴んで揺すった。母は手に持っていた半分の茹で卵を、娘の口に押し入れた。スナムはおにぎりだけでお腹は満ちていたので、茹で卵まで食べてしまったことを後悔した。ふたつともあげていたら、母娘がひとつずつ食べられたのに。故郷を出てくるとき、自分にだけご飯をよそってくれた母をぼんやり思い出した。この子の母の胸の内も同じだろう。スナムは、プニが自分のように、いいご主人さまに出会えるのを祈った。

「つまらないこと、口走っちまって……」

慌てて涙を拭いたプニの母が、スナムにどこまで行くのかと尋ねた。

「私も、釜山まで行くんです」

母は喜びの色を浮かべた。

「釜山のどちらまでですか？　私たちは東萊《トンネ》まで行くんですが」

「私は、釜山から連絡船に乗って、日本に行きます」

「おや、日本には何の用で行くんだい？　おう、留学かい？」

寝ていると思っていた隣席の老人がいきなり話に入ってきた。スナムが返事するより早く、前の席の母が続いて言った。

「女学生ですかい？　本も読みなさるし身なりも違うし、どうりで田舎もんとは違って見えると思いましたよ」

プニの顔に、羨望と尊敬の色が差した。スナムは、予想もしない展開に困惑し、自分がご主人のお嬢様について行くのを知っているはずの周りの人たちを見回した。しかし、いつの間にか乗客はほとんど入れ替わり、前の席の母の言葉に関心を持つ人もいなかった。スナムは思いがけない誤解に当惑したが、女学生という言葉は、口の中を転がる飴玉のようにほの甘く、否定したくない気持ちが湧き起こった。否定するどころか、飴玉はさっと溶けて、喉を通り過ぎてしまった。スナムは、返事の代わりに本を広げた。

〈私の口から、女学生とは言ってないわ〉

本で隠した顔が火照るのを感じつつ、スナムは自分に弁明した。

釜山発下関行きの連絡船の出航時刻は夜十時で、チェリョンたちの乗船は夜の九時からだった。チェリョン一行は一等船室の乗客なので出港直前に乗るが、他の乗客はずっと早い時刻から荷物検査を受けて乗船の列に並んでいた。留学や出稼ぎがほとんどの三等船室の客たちは、手荷物検査は当然のこと、怒号にこん棒の洗礼まで受けながらの乗船である。

ヒョンマンはチケットを予約するとき、深く悩んだ。スナムや淳平に、社員一カ月分の給料に匹敵する乗船料金を払い、身分不相応な空間を用意してやることに気乗りしなかったのだ。特に、信頼する社員であり日本人の淳平以上に、スナムにかける費用がもったいなくてたまらなかった。小間使いの分際に良い待遇を経験させるほど危険なことはない。しかし、チェリョンひとりで一等船室を使わせるのも心配であり、男の淳平とふたりきりで使わせるわけにもいかない。もし恋愛感情でも芽生えたら、目も当てられない。ヒョンマンは泣く泣く事務員のチャに家族室を予約するよう言いつけた。

チェリョン一行は無極洋行の釜山支社長の案内で夕食をとり、市内を観光した。日本人街には郵便局、銀行、病院、精米所やさまざまな商店が立ち並び、京城の鍾路通りや泥坂《チンコゲ》と同じくらい賑やかで活気に満ちていた。京城に比べたらつまらないわねと言いながら街を歩いていたチェリョンも、釜山大橋の片側が空に向かって跳ね上がる光景には目を見張っていた。陸地側である釜山と影島《ヨンド》という島を結ぶ橋で、朝鮮初の跳ね橋だという。ふだんは電車も通る橋が、大型船舶が通るとき跳ね上げ戸のようにするすると空に向かって上がっていく光景は、実際に見ても信じられなかった。一日に六回、橋が開くこの光景は、釜山でも人気のスポットだという。

大型連絡船が出航準備をしている波止場は、夜でも昼のように明るく騒がしかった。潮の香りと磯の生臭さを運ぶ風が、前に広がる黒いものが海であることを教えてくれた。チェリョンについて漢江へ水遊びに行ったことのあるスナムは、小さな体ひとつ水に浮かべるのがどれほど難しいかを知っていた。それなのに、山のような鉄の塊が水の上を浮いていくなんて不思議でたまらず、茫然としてしまった。闇の中を寄せては砕ける白い波が、心を揺らした。スナムの心は、汽車に乗っていた時より、はるかに高揚していた。

淳平は両手にチェリョンの大きなトランクを持ち、自分の鞄は小脇に挟んで先頭に立った。港に目をやると、また横浜の風景が頭に浮かんだ。淳平は、チェリョンが笑いながらスナムとお喋りしている様子を眺めた。自分に寄りかかって寝ていたのを知っても、チェリョンは顔色ひとつ変えず身なりを整えた。はじめはチェリョンがそれくらい近い存在になったのかと思ったが、淳平はすぐに、彼女にとって自分は椅子か鞄、棚のような存在なのだと悟った。チェリョンがスナムの耳に口をあて、何かこそこそ話しているのを見ていると自分が揶揄《やゆ》されているようで、いい気持ちはしなかった。汽車の中で馬鹿みたいだった自分が思い出された。しかしチェリョンは淳平とは関係ない話をしていた。

「船の中には、珍しいものがいろいろあるらしいわ。大浴場も、レストランもあるんですって。私たち、今日の夜は、寝ないで探検しましょ。お風呂にも入って」

チェリョンはうきうきしていた。

「いやです、恥ずかしい。知らない人同士、素っ裸になって洗うなんて。私、行きません」

京城にある公衆浴場については、スナムも聞いたことがあった。主に日本人居住地区の南村《ナムチョン》にあって、朝鮮人の出入りを禁止しているところも多かった。禁止されなくとも大多数の朝鮮人は、見知らぬ者同士、裸になってひとつの浴槽に入るのを好まなかった。

「内地には、男女が一緒に入る混浴の浴場もあるんですって。いつか必ず行かなくちゃ」

チェリョンがくすくす笑った。スナムはヒョンマンに送らねばならない報告の手紙が今から心配だったが、日本にそんな浴場があるのか気にもなり、船の中を探検するのも楽しみではあった。

家族室は、別館の洋間のようだった。チェリョンにとっては別館も自分の家だが、掃除にしか入ったことのないスナムは、すてきな船室で一晩泊まれるのかと思うと落ち着かなかった。本当に留学する女学生の気分だった。だが船が出航するとすぐに、船酔いがはじまった。チェリョンとスナムは、身分や学歴の差など関係なしに、くりかえし嘔吐に苦しめられた。淳平は、ふたりの船酔いの世話につききりだった。

「甲板に上がってみては？　冷たい風にあたると、少しは良くなりますよ」

チェリョンとスナムは淳平に脇を支えられ、豪華な室内装飾などに目をやる余裕もなく、甲板に上がった。チェリョンとスナムだけでなく、あちこちに船酔いに苦しむ人たちがたくさんいた。いつもより波が荒いせいだという。風にあたり船酔いを鎮めようと必死のチェリョンはいうまでもなく、スナムでさえ、船の最下層にある三等船室は、汽車の三等車とは大違いであることを知らなかった。

ほとんどが朝鮮人である三等船室の客は、どんなに船酔いがきつくても甲板に上がることさえできなかった。日本人巡査が出入り口を塞いで立ちはだかり、ひどい臭気のする狭い空間に積み荷のように閉じこめられた人々は〈連絡船は地獄船〉という歌を思い浮かべた。その歌は、もとは、〈連絡船は出ていく〉という大ヒットした人気歌謡曲だった。

汽笛　鳴る鳴る　連絡船は出ていく
元気でね　さようなら　涙のハンカチ
本当にあなただけを　本当にあなただけを
愛してるから　涙こらえて　旅立ちます
（作詞パク・ヨンホ（朴英鎬）、作曲キム・ヘソン（金海松）、歌チャン・セジョン（張世貞）、一九三七年）

いつからかこの歌は、次のような替え歌になって歌われるようになった。

何を恨もうか　国さえ滅ぶ
家の滅ぶに　不思議はない
運ぶばかりで　運ぶばかりで
帰しちゃくれぬ　連絡船は地獄船

春から夏まで

京都には、長い歳月が幾重にも積み重なった建物や町並みや木々が溢れていた。それに比べれば京城《キョンソン》は、毎日のように昨日の建物を取り壊して明日の建物を建て、つねに道路を掘り返し、雑然としていた。そういうところで育ったチェリョンは、初めは黒っぽい木の板で作られた古い家が立ち並ぶ京都が、心の中を見せない人のようで、気づまりだった。長い不況と日中戦争のせいで、人々の表情も街の雰囲気も重苦しく沈んでいた。

だが桜の花が咲き始めると、雰囲気が変わり始めた。古いお寺や公園、川辺、道端、いたるところに咲き始めた桜は、京都全体を明るく照らした。桜は、咲いている時もまぶしくて美しいが、散る時も花びらが雪のように降り注いで美しかった。そして花が散ったあとには、みずみずしい若葉が芽吹き始めた。

「どうかしら？」

腰に手をあてたチェリョンが、鏡に向かっていろんなポーズをしている。紺色の地に細かい花柄の描かれたやわらかな素材のワンピースだった。くびれた腰の赤いベルトが、豊かな胸と腰を一層、強調してみせた。新調したブラジャーも一役買っていた。クァク氏はチェリョンが体の線を強調する服を着ると、水商売の女のようだと顔をしかめた。

　母の目から逃れることのできたチェリョンは、繁華街の河原町にある百貨店に行き、最新流行の洋服を好きなだけ買い込んだ。戦争中で物資不足とはいえ、チェリョンの気に入る商品はかならずあった。日本へ来た最初の月だったので、父からもらったお金も十分にあったし、母からもらった宝石類もあった。継母ではないかと思うほど、自分のことを疎んじていた母が、驚くことに日本への留学に賛成してくれたばかりか、高価な宝石類までくれたのだ。母屋の母の部屋に呼ばれたチェリョンの前に、クァク氏はタンスから取り出した宝石箱を置いた。

「金のかんざしなどは、このあいだ愛国金釵会《きんさかい》（一九三七年。朝鮮女性の対日協力団体／国防献金団体。釵はかんざし）とか何とかいうところにすっかり寄付してしまったからね、これはその残りだよ。持っていても、身につけていくところなんかないし。そのうちこれも取りあげられるかもしれない。だからお前が持って行きなさい。女は非常時のお金がなきゃいけないし、お前が持っているのがいちばんいい」

　チェリョンを遠い所へ送るのかと思うと急に感傷的になったクァク氏は、娘への申し訳なさやら訳のわからない不安を、宝石箱を娘に持たせることで埋めようとした。箱には、真珠の指輪とネックレスのセット、サファイアのネックレスとルビーの指輪が入っていた。

　クァク氏は長いこと外出していなかったし、家計を任されていなかったので、必要なお金はいくらでも使うことができ、経済観念が希薄だった。人に自慢するのが目的の宝石類が、果たしていくらするのか関心もなかったし、知ったとしてもそれがどのくらいの価値があるかもわからなかった。

経済観念がないのは、チェリョンも同じだった。ただ、自分の趣味ではない宝石類は、日本に行って最新流行のものに取り換えようと思ってそのまま受け取り、荷物に入れた。その中のひとつだったサファイアのネックレスがリメイクされて、胸元に輝いていた。チェリョンは鏡に顔を近づけて、化粧を確認した。朝鮮も日本も流行りの化粧方法は似たり寄ったりだったが、違う点があるとすれば眉の形だった。朝鮮の女性は細い三日月のような形の眉を好んだが、日本の女性のあいだでは、眉山をくっきり描く濃い眉が流行っていた。そうやって眉を描いてみると、顔の印象が強く見えるので気に入った。チェリョンは赤い唇の端をちょっと引き上げて笑みを作ることで、点検を終えた。

「もうそのくらいにしてください。鏡に穴があきますよ。今日の集まりでは、お嬢さまがいちばんきれいでしょうね」

スナムがピカピカに磨いた靴を手にして言った。

「もちろんよ」

チェリョンがスナムから靴を奪うようにして手に持つと笑った。

日曜日に、チェリョンがひとりで外出するのは初めてだった。京都へ来て一カ月近くになるが、チェリョンは時間ができるたび、京都の地理に馴れるためという口実でスナムを連れてあちこちに出かけた。友だちができないのではないかとスナムが心配するほどだった。

「友だちができないって？　朝鮮の子も日本の子も、入れ替わり立ち替わり私に近寄ってきてうるさいくらいなの。あんたと一緒に歩くのがいちばん楽なのよ」

チェリョンが言った。学校の友だちは、いくら親しくなってもスナムに対してするように好き勝手に振る舞うことはできなかった。

ふたりは鈴木のおばさんの勧めどおり、金閣寺や清水寺のようなお寺に行ったり、祇園新橋に行って濃い化粧に豪華な着物を着た舞妓さんを見に行ったりもした。先週は、お弁当を持って人々でごった返す円山《まるやま》公園に花見にも行った。

「スナム、あんた、ひとりで退屈するかもね」

「退屈だなんて。今日は天気がいいから、シーツを洗わなくちゃ」

天気がいいと言っても、いつ雨が降り出すかわからないのがここの天気だ。チェリョンはゴムボールが弾けるように軽快な足取りで階段を駆け下りた。艶のある古い階段がギシギシ鳴った。

「滑りますよ。気をつけてくださいな」

スナムが声をかけ、後ろから従った。

スナムは大通りの停車場まで見送りに出た。チェリョンは路面電車の嵐電《らんでん》に乗った。ドアが閉まる時、チンチンというベルの音がするので、チンチン電車と呼ばれていた。

「いってらっしゃい、お嬢さま」

手を振って見送っていたスナムは、電車が遠ざかると家に戻った。スナムとチェリョンが住んでいる鈴木さんの家は、大通りから四、五筋ほど入った住宅街にあった。家までの通りには食料品店、書店、美容室、銭湯、医院、洋品店のような商店があった。銭湯の前を通ると、スナムはチェリョンと初めて銭湯に行った時のことが蘇り、思い出し笑いをした。身に纏《まと》っていた服を脱ぐと、まあるく膨らんだ胸とうっすらと黒い陰毛が恥骨を覆う裸体が現れた。素裸の体は、子爵の娘チェリョンも小間使いのスナムも違いはなかった。

ふたりをいっそう近づけたのは、寒い気候と床に暖房の入らない畳の部屋だった。昼間は暑くても、夜になると気温が下がり、厚い布団をかけても温まらなかった。チェリョンは、隣の部屋で寝ているスナムをしょっちゅう布団の中に呼んだ。互いの体温が合わさると温かくなった。ふたりは並んで布団の中で腹ばいになったまま、乳房の形や大きさ、乳輪の色で愛情運を占う雑誌の記事を読みながら、きゃっきゃっと笑った。だが寝入ると、ひとりで寝るのが習慣だったチェリョンが、スナムを何度も蹴った。そうしておいて、翌日もまた一緒に寝ようと言うのだった。

「いやです。また蹴るんでしょう?」

「もうしないから。やたらと何かが足に引っかかる夢を見るのよ」

異郷でたったふたりで暮らすことが、十年も保たれてきた身分の差を一気に縮めた。チマ・チョゴリより、ブラウスとスカートのほうが楽になったように、スナムは、京城にいる時よりはるかに寛大になったチェリョンにすっかり慣れた。

鈴木のおばさんが、町内に朝鮮人が住むのは初めてだと言った(町内にはブラッドリーというイギリス人夫婦も住んでいたが、彼らは異邦人といっても特別待遇を受けていた)。近くに学校があるわけでもなく、あっても朝鮮人留学生が住むには部屋代が安くはなかった。出稼ぎにきた朝鮮人や貧しい留学生は主に、鉄道やトンネル工事の現場、染色工場が多い鴨川周辺や下流の東九条地域に住んだ。そこには日本の被差別部落があった。

町内の人たちは、チェリョンとスナムに好意的ではなかった。いつも行く商店の人たちはそうでもなかったが、あからさまに無視する態度をとる住民も多かった。だが、スナムはもともとそういう人々の態度に慣れていたし、チェリョンはそもそも他人の視線などに気を遣う性格ではなかったので、何の問題にもならなかった。

家に着いたスナムは、玄関脇のお店の戸を開けた。そこは鈴木のおばさんのお店で、レース糸など編み物の材料を売ったり、毛糸を買ったお客に編み物を教えたりしていた。おばさんは何日か前にブラッドリー夫人から注文を受けた丸テーブルのクロスを編んでいた。おばさんの編み物の腕は評判で、注文も多く、何か編んでおくとすぐに売れた。

「おばさん、私、シーツを洗濯して干したら、戻ってきますね」

「そうかい。戸は開けたままでいいよ、暑くなってきたねえ」

スナムは家に入る玄関の戸を開けた。廊下を挟んで、部屋と台所があり、廊下の突き当たりの戸を開けると、小さな庭があった。庭の洗濯場には水道があって、洗濯に便利だった。スナムは廊下の中ほどにある階段で二階に上がった。仏壇のある小さな板の間と畳八枚の敷かれた八畳間、それに畳四枚と半分の敷かれた四畳半の間が、チェリョンとスナムの空間だった。部屋はもう二間あったが、おばさんの息子家族の荷物が詰まっていた。嘉会洞《カフェドン》の屋敷に比べるとはるかに狭くて見劣りしたが、チェリョンは不平を言わなかった。むしろ朝鮮を離れた実感が湧いて、不便を楽しんでいるようだった。

スナムはさっさと仕事を片付けて、お店に戻った。生まれて初めて自分の部屋を持ったスナムは、言うまでもなかった。

「今日は、お嬢さんひとりで出かけたのね」

「はい、学校で集まりがあるそうです」

スナムは親切で優しい鈴木のおばさんと一緒にいる時間が好きだった。おばさんを相手に毎日練習しているお陰で、スナムの日本語は目に見えて上達した。

「その言葉も間違ってないけど、あまり使わないの」「そういう時は、こう言うほうがいいのよ」などとおばさんが言ってくれるたび、スナムはノートにメモし、すぐに使ってみた。スナムが熱心なので、おばさんは部屋の奥から孫の使った教科書や童話の本、雑誌まで探し出して貸してくれた。活字なら何でも読むのが癖になっているスナムは、チェリョンの大学の教科書も覗いてみた。英文学科なのに英語の本より日本語の本のほうが多かった。スナムがその理由を尋ねると、チェリョンが呆れたというように言った。

「まだ一年生じゃないの。学年が上がっていけば、もっと英語を使うようになるのよ」

嘉会洞の屋敷での暮らしに比べたら、しなければならない仕事は十分の一で、良いことは十倍多かった。気の重い仕事がひとつあるとすれば、ヒョンマンへの報告の手紙だった。天のように身分の高い旦那さまに手紙を書くだけでも難しいのに、一緒に暮らしているチェリョンの行動をひとつひとつ報告しなければならないのが憂鬱で仕方がなかった。チェリョンには秘密なので、チェリョンに尋ねるわけにもいかず、スナムは手紙を書くたび四苦八苦した。特に最初の手紙はいちばん苦労した。

スナムは、以前、テスルがお針子のおばさんに代わりに読んであげていた手紙の内容を思い出し、〈ごきげんいかがでいらっしゃいますでしょうか〉などの挨拶言葉を書いてみたが、自分の言葉ではないのでまるでへんてこりんだった。便せんが破れるほど書いたり消したりして困り果てたスナムは、手紙の書き方がどうであれ、話すように書いてみることにした。実際にヒョンマンが目の前にいたら言葉も出てこないのに、目の前にはいないので勇気が湧いた。

スナムは、ヒョンマンが恐ろしく、怖かったが、嫌いではなかった。旦那さまは、生まれて初めて自分の願いを聞き入れてくれた人なのだ。そこに私が行ってもいいですか、という自分の言葉をみんなが無視していた時、ヒョンマンだけが耳を傾け聞いてくれた。そしてスナムを田んぼ三マジキで買い、京城に連れてきてくれた。そのお陰で峠の向こうへ行ってみるのが夢だった女の子は、はるか日本の地まで来て快適に暮らしている。

スナムがもっともよく目にした旦那さまは、チェリョンと一緒にいるの姿だった。そういう時のヒョンマンは、誰よりも優しく温かく大らかだった。スナムはいま享受している幸せや平安もまた、ヒョンマンが自分にも分け与えてくれた慈愛のお陰だと思った。直接、面と向かって言うわけではないし、手紙の内容で怒られることもないので、スナムは思うままに手紙を書くようになり、次第に楽に書けるようになった。

旦那さま、京都は京城よりずっと暑くて蒸し蒸しします。雨もよく降ります。今日は錦市場に買い物に行きました。市場はものすごく大きくて、さまざまな品物が売られています。旦那さまはご立派でお金持ちですから、ここにあるいろんな珍しい食べ物もみんな召し上がったことがあるでしょう。はじめは見ているだけでお腹がいっぱいでした。でも今日はどういうわけかお腹がすいて、テンプラをひとつ買って食べました。本当にありがとうございます。旦那さまがご主人さまでなかったら、こんなに素晴らしい見物をして、こんなにおいしいものを食べることはできなかったでしょう。

そうそう、チェリョンお嬢さまのことを書きます。お嬢さまはお勉強をとっても熱心にしておられます。特に英語の勉強に熱が入られていて、学校のお勉強では足りないらしくて家庭教師の先生に習い始めました。同じ町内に外国人の夫婦が住んでいて、名前はブラッドリーさんといいます。イギリス人なのですが、イギリスは日本と同じ島国だそうです。それだからか、その国も

日本のように女が結婚すると夫の姓を名乗るそうです。男にはミスター、夫人にはミセスを付けるそうです。お嬢さまが教えてくれました。

私も道で時どきその人たちを見かけます。ミスター・ブラッドリーは大学教授ですが、髪が白に近い金色で、背は低く、ずんぐりしていて自転車に乗って大学に通っています。ミセス・ブラッドリーは夫よりも図体が大きいです。見た目はまったく違いますが、似ているところがあります。とっても厚かましいという点です。その人たちは道で誰かに会うたびに、ハーイ、グッモーニングとかなんとか言って、必ず知っている人のふりをするそうです。ミスター・ブラッドリーは、私とすれ違う時にも挨拶をするのですが、いやらしいのですぐに避けました。よく知っている人にそうするならいいのですが、初めて会う人にもそういう挨拶をするので、おせっかいな人なのでしょう。ある日、ブラッドリー夫人が退屈だからか、町内の塀に、英語を学ぶ学生さん募集という張り紙を出しました。それを見てお嬢さまは申し込まれました。お嬢さまは、ほんとうの外国人のように、舌に油を塗ったみたいになめらかに英語を話したいそうです。お嬢さまは、来週から通うことにしたそうです。お嬢さまはこのように熱心にお勉強をしていますので、旦那さまはどうぞ安心してください。

それと、お嬢さまは旦那さまがちゃんとお食事をしていらっしゃるか、夜はよく眠れていらっしゃるか、いつも心配していらっしゃいます。もちろん奥様がお元気かどうかも気にされています。お嬢さまがお手紙を書かれなくても、お勉強が忙しいからなので、寂しく思わないでください。

スナムより

チェリョンは電車の窓の外を眺めた。まぶしい陽光が降り注いでいた。新緑は、花の季節のように人々をときめかせた。だが、中国との戦争下、戦時国債の購入や志願兵募集のポスターなどがあちこちに貼られた街を、人々は無表情に行き交っていた。

チェリョンの目には恋人同士ばかりが目に入った。自分も春がすっかり過ぎ去る前に、恋をしたかった。朝鮮さえ離れれば、すぐに運命の相手は現れるだろうと思っていたが、いまだに家でも学校でも女性にばかり囲まれていた。

相手が現れる前に運命的な恋をする準備がすっかり整っているチェリョンは、これから行く留学生の集まりへの期待に胸を膨らませていた。チェリョンは、何でもかんでも朝鮮のものより日本のもののほうが好きだったが、男に関してだけは違った。金髪に碧眼《へきがん》の映画の中のヒーローでもないかぎり、朝鮮の男のほうが良かった。これまで彼女が近くで接した日本の男といえば主に既婚者である学校の先生だったし、若い男といえば淳平だけだった。チェリョンには、情熱というものがこれっぽっちも感じられない彼らが男には見えなかった。

留学生の集まりに誘ってくれたのは、英文科の一年先輩のオ・ジョンシムだった。ジョンシムがチェリョンに、英文科を選んだわけを尋ねると、チェリョンは堂々と答えた。

「クラーク・ゲーブルの映画を字幕無しで見たいからです」

本心だった。それが、チェリョンに家政科へ進学するよう望む父の希望に反し、英文科を選んだ理由だった。結婚してもどうせ家事は使用人がするのだから、日本に来てまでそんなことを勉強したくはない。冗談なのか本心なのか面食らっているジョンシムに、チェリョンはダメ押しのように言った。

「いつか必ずハリウッドに行くと思うの。あそこへ行けば、通りやカフェで俳優に会えるんですって。銀幕のスターたちに近くで実際に会えるなんて、本当に素敵だわ」

ジョンシムは留学生の集まりにチェリョンを誘って良かったのかどうかと困惑した。朝鮮人の新入生はそう何人もいないので、先輩の留学生にはその存在がすぐに知られるところとなる。チェリョンは朝鮮ではよく知られた家の娘だったので、尚更だった。

日本の支配を受けて三十年近く経ち、朝鮮半島の人々はいつの間にかその事実に慣れ始めてしまっていた。独立を叫んで日本の帝国主義支配に抵抗運動を繰り広げていた民族主義者や知識人の中にも、対日協力者になっていく人々は数知れなかった。大韓民国臨時政府も役割が曖昧で活動は遅々として進展せず、中国の地を転々としていた。とりわけ二千万朝鮮人の希望であり指導者だったイ・グァンス（李光洙。一五八頁。一九一九年東京で発表された二・八独立宣言書の起草者）やチェ・ナムソン（崔南善。一八九〇―一九五七年。歴史家、詩人、思想家。一九一九年三・一独立宣言書の起草者）の変節は衝撃的で人々に挫折感をもたらした。

留学生たちもまた植民地青年としての苦悩や悲哀を宿命のように骨身に深く刻んでいたものの、目の前の暮らしに汲々としていた。留学生の集まりも壮大な大義名分より、ときどき会って異郷での辛さや寂しさを慰め合おうという趣旨になっていた。したがってチェリョンに対しても売国奴の娘という反感よりは、貴族の娘、富豪の娘、噂の美貌という好奇心のほうが大きかった。父の財力や権力を羨む人々に囲まれて育ってきたチェリョンは、自分への関心や好奇心を当然と思いつつ、これから会うことになる男子学生に想像をめぐらした。

同級生のハナコは恋人が戦争に行くことになったと、休み時間、腹巻に武運を祈る千人針を友人たちに頼んで回っていた。戦争に行く恋人や家族のない学生たちも、慰問品に入れて送る腹巻に千人針を刺した。ハナコは涙を流していたが、チェリョンは愛する恋人がいることが羨ましかった。

集まりの場所は、白川《しらかわ》のほとりにあるうどん屋だった。ジョンシムが略図を描いてくれたが、チェリョンも知っている店だった。電車から降りたチェリョンは、迷わず淡い緑の枝が揺れる柳並木が傍にあるうどん屋へと向かった。柳を目にすると、朝鮮が懐かしくなり、少し郷愁にかられた。だが彼女はそんな郷愁に浸るより、はるかに京都での暮らしが気に入っていた。

チェリョンは紺の暖簾《のれん》をくぐって店の中に入った。ひとりなら絶対に訪れないような安っぽい店も、留学生活の面白さとして楽しんだ。もうすでに着いていた数人のグループの視線がチェリョンに注がれた。そこにはジョンシムのほかにもう一人の女子学生と五人の男子学生がいた。学生服の男子学生や白いブラウスに黒のスカートという地味な姿の女子学生に比べ、チェリョンの花柄のワンピースは人目を惹き、店の中をぱっと照らすほど華やかだった。

自分を見つめる二人の女子学生の嫉妬と羨望の入り混じった眼差しも、一瞬にして空気を緊張させる男子学生たちの競争心に満ちた眼差しも、チェリョンには慣れたものだった。以前と異なる点があるとすれば、チェリョンの心持ちだった。無視するのが常だったかつてとは異なり、男子学生を目にすると、心が春の蕾のように膨らむのだった。ジョンシムがチェリョンを見て立ち上がった。

「さあ、これでみんな揃いましたよ。では、新入会員は、まず自己紹介をお願いします」

ジョンシムが言った。新入生はチェリョンと、真新しい学生服に身を包んだ男子学生が一人だった。京都帝大に通っているという男子学生が自己紹介をした。チェリョンは気の弱そうにみえる新入生には関心がなかった。次はチェリョンの番だった。

「私はユン・チェリョンです。ジョンシム先輩と同じ科の後輩です。よろしくお願いします」

チェリョンは座ったまま言うと、首をちょこんと下げた。二つのテーブルをつなげて作った席の向かい側に新入生を含む四人の男子学生が座っていた。チェリョンが座っている側には、チェリョンを含めた三人の女子学生と一人の男子学生が座っていた。テーブルは幅が狭く、向かい側の男子学生と膝がつくほどだった。

「僕たちも自己紹介しなきゃな。僕は京都帝大法学部三年イ・ウンジュンで、釜山から来ました。どうぞよろしく」

見かけ通りのぶっきらぼうな口調で、ウンジュンが言った。さばさばして覇気があるようにも見えたが、顔がいまいちだった。イ・ウンジュンを皮切りに順々に自己紹介が始まった。次の男子学生は、自分を真っ直ぐに見ないのが気に入らなかった。さっきの新入生はパス。チェリョンは彼らとお見合いに来たわけでもないのに、ひとりひとりを品定めしては、失望に失望を重ねた。

「こんにちは。僕はナム・ホソクと言います。あなたはチンミョン（進明女子高等普通学校。女子の名門校）の卒業ですよね？」

向かい側の四人目の学生がチェリョンにそう尋ねた。おっとりして優しそうな好男子だった。

「まあ、どうしてそれを？」

「僕は、フィムン（徽文高等普通学校。名門校）の出身です。京城にいた頃から、チェリョンさんの名声はよく聞いていました。僕も京都帝大です。どうぞよろしく」

チェリョンは、目には見えず触れられない鋭いものが、空中でぶつかり合うのを感じた。胸の中に春風がそよいだ。だが何か物足りなかった。この中ではいちばんましだったが、やや無難で平凡に見えた。初恋の相手には、もう少し強烈なものが欲しかった。そのときイ・ウンジュンが言った。

「パク・チョンギュ、お前、なんでそういう屠畜場に連れてこられた牛みたいな顔してんだよ。こいつは有名なカタブツだから、俺が代わりに紹介しよう。同志社大学で、黄海道開城《ケソン》の出身だ」

チェリョンは、屠畜場に連れてこられた牛のような顔をしているというパク・チョンギュという学生に、にわかに好奇心が湧いた。身をのり出していちばん端に座っているパク・チョンギュのほうを見ようとしたが、隣の人に遮られてよく見えなかった。


ヒョンマンにブラッドリー夫妻の話を書いていた時には、スナムは自分がブラッドリー夫人のところへ行くことになるとは夢にも思っていなかった。チェリョンが英語の勉強を始めて二カ月ほど経った頃だった。チェリョンに急用ができて行けなくなったので、ブラッドリー夫人に届けてほしいと、短い手紙を託された。

　スナムはチェリョンの手紙を携えて、路地の突きあたりにあるブラッドリー夫人の家を訪ねた。扉のベルを鳴らすと、年老いた日本人の女中が扉を開けてくれた。スナムは女中の案内に従って、中に入った。庭にはきれいな花がたくさん咲き誇り、一階の部屋には日本の家具、屏風、絵のようなものがこれでもかというほど並べられていた。案内された二階は、西洋式の部屋だった。和室を改築した洋室に置かれた机や応接セットは、嘉会洞の屋敷の別館にある家具と似ていた。ブラッドリー夫人が机の前から立ち上がり、応接セットの椅子のほうに歩いて来た。テーブルには鈴木のおばさんが編んだテーブルクロスが掛けてあった。

　ブラッドリー夫人は遠くから見た時よりももっと体が大きくて、やや赤らんだ白い頬にはそばかすがたくさんあった。気持ちが悪いくらい透き通った青い目と、尖った鼻の夫人が近づいてくると、スナムはびくりとし、チェリョンの手紙を差し出した。

手紙を読んだブラッドリー夫人はスナムを見つめ、何か言った。英語は一言もわからなかったが、表情と身振りで何を言っているのか大体わかった。ここでも、チェリョンと似ていると思われたようだ。京都では、たまに自分とチェリョンを混同する人がいた。スナムはいくら鏡を見ても、チェリョンと似ている点など見つからなかったのでそれを聞き流していた。しかし高い身分であるご主人のお嬢さまと似ているというのは、悪い気分ではなかった。

英語が通じないとわかると、ブラッドリー夫人は日本語で言った。

「よかったら、一緒に、お茶でも、いかがですか?」

スナムは自分の日本語と同じくらいのレベルのブラッドリー夫人の言葉を聞き、自然と会話をする勇気が出て、抑えていた好奇心が湧き、ブラッドリー夫人の向かいの椅子に腰を下ろした。

女中は、ほの甘いミルクティーと西洋菓子を運びながらスナムをちらりと見た。スナムはブラッドリー夫人が自分をチェリョンの小間使いとしてではなく、客として接してくれているのを感じ、気分が良かった。お茶を飲みながらいろいろな話をした。主にブラッドリー夫人が質問し、スナムが答えた。朝鮮という国にとても興味があるようだった。

スナムは数日後、またブラッドリー夫人に会いに行った。英会話教室を辞めるというチェリョンの手紙を届けるためだった。スナムは手紙と一緒に、朝鮮のお団子を少し持っていった。チェリョンが食べたいというので作ったものだ。京都に来る前、スリネからチェリョンが好きな食べ物の作り方を教わったが、その中に、もち米粉でつくるお団子もあった。丸い団子にきな粉や小豆粉、粉ニッキなどをそれぞれまぶしたもので、色もきれいだった。スナムは、鈴木のおばさんとブラッドリー夫人に差し上げようと思い、少し多めに作ったのだった。

その日もブラッドリー夫人はスナムを家の中に招き入れ、お茶とお菓子でもてなした。そしてスナムがこしらえたお団子をおいしそうに口にし、作り方を尋ねた。スナムは身ぶり手ぶりで説明した。ブラッドリー夫人は愉快そうに笑った。スナムは少し気が楽になると、前から気になっていたことを尋ねた。

「イギリスって、どこにあるんですか？　ここからどのくらい、遠いですか？」

ブラッドリー夫人は立ち上がると、机の上のスイカみたいな形の丸い物体を持ってきてスナムの前に置いた。夫人は、複雑な形の絵とゴマ粒みたいな小さな文字がたくさん書かれた丸い物体をまわすと、一箇所を指し示した。

「ここが、日本です。朝鮮は、ここ」

スナムは、おずおずとブラッドリー夫人の指し示すところを覗き込んだ。京城と京都の距離が、スナムには距離を推し測る基準だった。夫人がふたたび丸い物体を少し回すと一箇所を指し、ここがイギリスだと言った。スナムは一体何の話をされているのか、まるで理解できなかった。

「これは、何ですか？」

スナムがスイカのようなものを指した。人間が住んでいる地面の塊を、小さく縮小して作ったもので、地球儀というものだと夫人は答えた。それは初めて聞く事柄であり、これまで読んだ本にも書かれていなかった。ブラッドリー夫人が何度も説明してくれたので、ようやく言っていることを理解したスナムは、目を丸くして尋ねた。

「私たちが住んでいる地面がこういう形をしているんですか？　それなら、どうして転げ落ちないで立っていられるんですか？」

スナムの質問に、ブラッドリー夫人は声を上げて笑った。そして本を探しに行き、わかりやすく簡単に説明しようと試みた。

「地球には、すべての物質を地面に引っ張る力があります。だから、私たちは転がったり、浮いたりしないで、立っていられます」

スナムに理解させるには、夫人の日本語も、スナムの基礎知識もあまりにも不足していた。だがスナムは地球儀から目を離すことができなかった。青い部分は海だという。京都に来るとき海を越えてきたので、想像することができた。地球儀では、陸地より海のほうがはるかに広い面積を占めていた。地球儀の大きな陸地は、いくつかの大陸で、大陸はさらに多くの国々に分かれているという。

スナムは地球儀を注意深く見つめた。二日もかかって到着した京都が、京城から指のひと節の距離にもならなかった。一生かけても回りきれないような朝鮮や日本がこんなに小さいということにも驚いた。細長い形の日本は、首をもたげた蚕《かいこ》に見えたし、朝鮮は前足をあげた獣のように見えた。

スナムは、自分がどこにいるのかを知ると、カンフィがいる場所も知りたくなった。そして『有情』に登場する場所も知りたくなった。京都へ来てからその小説を十回以上読んだスナムは、チェ・ソクの旅の道程がすべて頭に入っていた。瀋陽（満州の要衝地のひとつ。「満州国」時代、日本は「奉天」と名付けた。現中国遼寧省の省都）、新京（「満州国」の首都。現中国吉林省長春）、ハルビン（現中国黒竜江省の都市。日清戦争後、ロシアが中国東北部に敷いた東清鉄道（シベリア鉄道の支線）の要衝。ロシア人によって街が建設された）、イルクーツク（シベリア南部の都市）、バイカル湖（湖畔にイルクーツクの町がある）……。

ブラッドリー夫人は地球儀に虫眼鏡まで当てて、スナムが言う場所を見つけてくれた。スナムの発音が聞き取れず探せなかったものや、地球儀に書かれていない地名もあったが、中国、シベリア、バイカル湖などがどこにあるか、スナムは知ることができた。ブラッドリー夫人が指差した中国は、日本や朝鮮、イギリスより数倍も大きかったが、シベリアのあるソ連よりは小さかった。そして朝鮮と隣家のように接していた。うっとりと地球儀に見入っていたスナムが顔を上げると、自分を見つめていたブラッドリー夫人と目が合った。初めは奇異に見えた青い目に、自分の姿が映っていた。

それからブラッドリー夫人は自分の話を聞かせてくれた。ブラッドリー氏は京都のある大学で英語を教えている。夫妻は四十歳近かったが、子供はいなかった。夫人は文章を書く人で、スナムに自分の書いた文章が載ったイギリスの新聞や雑誌を見せてくれた。日本の風習や伝統文化を紹介する文章を書いているという。

夫人は朝鮮についてもいろいろと知りたがった。スナムは、あらゆる表現手段を用いて答えた。日本人の女中は、身分も、年齢も、大きな違いのある二人が、ぎこちない日本語で夢中になって話し込む様子を不思議そうな顔で見ていた。別れ際、ブラッドリー夫人はスナムに、また遊びにいらっしゃいと言った。よく使われる挨拶文句なのだろう。スナムは、もう二度とブラッドリー夫人の家に行くことはないと思うと、なんだか寂しかった。

しかしスナムはしばらくして、ブラッドリー夫人にまた会うことができた。急に女中が田舎に帰ることになったので、夫人が鈴木さんに代わりの人を探してほしいと頼みにきたのだ。ちょうど鈴木さんと一緒にいたスナムが応対に出た。

「代わりの人が見つかるまで、私がお手伝いしましょうか？　一日に一、二時間くらいなら、いくらでも融通できますから」

夫人ともっと親しくなりたかった。彼女も喜び、給金を差し上げますと言ってくれた。初めて働きに行った日、スナムは自分の望みを注意深く口にした。

「お給金の代わりに、英語を教えていただけませんか？」

ブラッドリー夫人が日本や朝鮮に関心があるように、スナムもイギリスやその国の言葉に興味があった。英語はチェリョンがあれほど上手になりたいと思っている言葉でもある。夫人は快く応じた。

スナムは先に約束を取り付けたはいいものの、チェリョンがダメだと言ったらどうしようかと密かに心配した。どうせチェリョンのいない間のことなので、言わないでおこうかとも思った。でもこれ以上、チェリョンに秘密を作ることはできなかった。旦那さまに報告の手紙を書くのも、カンフィを好きなことも秘密だった。一方、チェリョンはスナムにすべて打ち明けた。自分が最近、夢中になっている男の話も隠さず話した。驚くべきことに、片思いだった。スナムは、映画や小説の中に出てくる架空の人物ではない、生きている男が、どうしたらチェリョンに振り向かないでいられるのか理解できなかった。生まれて初めて、意のままにならないことがあると知ったチェリョンは、他のことにはいっさい関心を示さなくなっていた。

「今に見てなさい。絶対にチョンギュさんを振り向かせてみせるから」

チェリョンは毎晩、雑誌に載っている男の誘惑の仕方を読んでは、戦意を燃やした。男の前でとろんとした目つきをするとか、ハンカチを落として拾うふりをして胸の谷間をちらりと見せるとか、そういう内容だった。鏡を見ながら練習するチェリョンの傍で、スナムはカンフィの前にいる自分を想像したが、死んでもそんなことはできそうになかった。

旦那さまにチェリョンのことをつぶさに報告しなければならなかったが、スナムはチェリョンが男、それも貧しい苦学生に夢中になっていることを知らせるわけにはいかなかった。チェリョンや旦那さまを心配してというよりも、自分のためだった。もしヒョンマンの耳に入ったら、ただちにチェリョンは京城に連れ戻されるのは火を見るよりも明らかだ。スナムにとって、いま嘉会洞の屋敷に戻ることは、幸せな夢を途中で断ち切られるに等しかった。チェリョンが学校を卒業したら仕方ないが、まだ今は戻りたくない。自分の願望のために旦那さまの指示に背くだけでも良心が咎めたが、このうえチェリョンに隠れて勉強することなどできない。

　スナムは眉毛を整えているチェリョンの脇で、洗濯物をたたみながら、様子を見て切り出した。

「お嬢さま、私、昼間にちょっとだけブラッドリー夫人の家にお手伝いに行くんですけど、そこで英語を習ってもいいでしょうか？」

「あんたが英語を習って何するつもり？」

　チェリョンが鏡から目を離さずに尋ねた。

「何もすることはありません。でも、朝鮮の文字も、日本の文字も、習ってみると面白いんです。もしかしたら、いつかお嬢さまが英語を使う国に行くかもしれません。そしたら、その時も一緒に行くことになるかもしれないですよね。前もって口を慣らしておくのもいいんじゃないかと思って」

　チェリョンがスナムのほうへ顔を向けた。

「あら、それはいい考えね。一生懸命やって、宿題をちょっと代わりにやってほしいわ」

　チェリョンは英会話は好きだったが、難しい本を読むことや作文は大嫌いだった。

　スナムは日本語に劣らず、ブラッドリー夫人から習う英語に興味津々だった。ひとつ単語を覚えるたびに、新しい知識、新たな教養を身につけた。ブラッドリー夫人と英語と日本語の混じった会話をしていると、いつも未知の世界を旅しているようだった。夫人は、砂に水が染み込むように知識を吸収するスナムに目を見張った。

「スナム、あなたはとても賢い人です。とりわけ語学について、秀でた才能があります」

ブラッドリー夫人の言葉に、スナムは目を白黒させた。そういう言葉はチェリョンのような学生に相応《ふさわ》しいものだった。スナムは今まで、働きものだとか手先が器用といった言葉が最高の誉め言葉だと思って生きてきた。

「と、とんでもありません。私は、学校へも行ったことがないのです」

スナムは顔を赤らめて、ようやくそう口にした。

「それにもかかわらず、自分で努力してここまで来たのですから、もっと立派なんですよ。あなたは、とっても素晴らしい人です」

ブラッドリー夫人の表情には、真実がこもっていた。スナムは胸がいっぱいになり、顔じゅうに喜びが広がった。こんなふうに誰かに認められたのは生まれて初めてのことだった。家に帰ってからも、ブラッドリー夫人の言葉がぐるぐると頭の中をめぐった。嬉しいには違いないが、それにしても夫人の評価はいくら何でも大袈裟だ。夫人の言葉に恥ずかしくないように、本当にそういう人にならなければならないと、スナムは自分に言い聞かせた。

毎日、違う世界に住んでいるようで、スナムは一日一日が楽しく、次の日が来るのが待ち遠しかった。だが、今の楽しい時間は、旦那さまを欺《あざむ》いて得ているものだという後ろめたさがあった。そんなときスナムは、ヒョンマンの代わりに、カンフィに手紙を書いて真実を打ち明けた。決して投函されることのない手紙だったので、より正直に、自由に書くことができ、旦那さまを裏切っているという罪悪感を少し軽くしてくれた。

坊っちゃん、お元気ですか？　お嬢さまは、最近、恋愛に夢中です。今日も私にお弁当を作って言って、それを持って行きました。その方に差し上げるのだそうです。私はお嬢さまが映画俳優や小説の主人公ではなく、本当にいる誰かを好きになるのを、初めて見ました。おまけにその人は、貧しい苦学生だそうです。旦那さまが知ったら、大変なことになるでしょう。とにかくお嬢さまは恋愛が始まってから、さらにお美しくなり、さらにおしとやかになりました。

ブラッドリー夫人に私が英語を習っていることは、書きましたよね。言葉だけ習うのではなくて、言葉を通して知ることがたくさんあります。ひとつひとつ勉強するたびに、私の知らないことがどんなに多いかがわかります。そうすると私は、自分が知らなかったということを知り、そのことが嬉しいのです。だって、今までそれさえ知らずに生きてきたのですから。本の中に道があると言っていた坊っちゃんの言葉は正しかったです。

地球儀を見たお陰で、坊っちゃんがどのあたりにいらっしゃるか、わかりました。でも不思議なことに、坊っちゃんのことを想像すると、誰もいない荒野をひとり寂しく歩いていく姿ばかりが浮かびます。夢を見てもそうなんです。そのたび、胸が痛くて涙が出ます。今すぐ走っていって、坊っちゃんと一緒に歩きたいです。一生懸命に本を読んで勉強すれば、いつかきっと坊っちゃんのところへ行ける道を探せるでしょう。お傍で、坊っちゃんのお世話をしたいです。私の心を坊っちゃんに打ち明けられる日は来るのでしょうか？

スナムは手紙を書く手を止めて、鏡を覗いてみた。チェリョンが日ごとに美しくなっていくように、鏡の中の自分も前よりきれいになったような気がした。

秋から冬まで

秋分が近づくと朝晩涼しくなり、日中の日差しも和らいできた。寺尾淳平は朝から仕事に打ち込んでいた。彼は無極《ムグク》洋行だけでなく、無極鉱業の経理も担当していた。淳平はわざと忙しくして自らを酷使した。

「寺尾さん、給料を余計にくれるわけじゃないんですから、休み休みやったほうがいいんじゃないですか。寺尾さんのせいで、社長の目が気になって家になかなか帰れないって不満がでてますよ」

淳平の通訳としていつもそばにいるヤン課長がそれとなく耳打ちした。社長のヒョンマンが会社の事業より国民精神総動員朝鮮連盟（日中戦争が始まり戦時体制に入ると、国民の経済を統制し、戦争遂行に協力させるため、一九三七年十月国民精神総動員中央連盟（後の大政翼賛会）が発足。朝鮮連盟は大政翼賛会の朝鮮版で、日本の「隣組」にあたる「愛国班」を全国に組織した）の仕事に熱を上げても会社が回っているのは、淳平のおかげだった。一九三八年四月、日本は国家総動員法を公布した（五月五日日本内地施行、五月十日朝鮮施行）。ヒョンマンは、七月に結成された国民精神総動員朝鮮連盟の委員に任命され、会社よりもこの仕事に神経を注がなければならなかった。輸出入品目の統制を受けている洋行事業の経営は行き詰まっていた。とりわけヒョンマンの会社で扱う品目は、庶民の生活必需品ではなく、ヨーロッパ製の贅沢品だったので、なおさらだった。鉱山の金《きん》も、採掘したそばから各種の名目で総督府に渡っていった。

カンフィの行方は、杳《よう》として知れず、噂ばかりが飛び交った。ヒョンマンは、総督府は自分をつなぎとめるために息子の行方不明を利用していると思っていた。だが捕まれば、真実はどうあれ、息子は彼らのでっち上げた罪名を着せられる。そうなれば、今のようなその場しのぎでは立ちいかなくなるのは明らかだった。

ヒョンマンが事態打開のキーマンとして白羽の矢を立てたのは淳平だった。淳平はヒョンマンの指示に従い帳簿を操作し、金《きん》をこっそり総督府の官吏や警察の高官に差し出した。愛する人のためと思えば、できないことは何もなかった。彼はヒョンマンの信頼をさらに確かなものにし、会社内で名実ともに第二の存在になりたかった。そうなればチェリョンも自分を見直すだろうと信じた。だが、人には言えない仕事をこなしているうちに、彼女ははるか彼方に遠ざかってしまった。

淳平は、何も考えまいとかぶりを振り、再び経理の仕事に集中した。

「寺尾さん、手紙ですよ」

タイピストのチャ嬢が淳平の机の上に封筒を置いて行った。国際郵便の封筒を見た瞬間、淳平の胸は高鳴った。叔父の次郎から来た手紙だった。

今年の三月、チェリョンを送り届けに京都へ行ったとき、淳平は久しぶりに会った大叔母の鈴木のおばさんと夜遅くまで話をした。祖父の妹にあたるおばさんは、以前に比べてずいぶん饒舌《じょうぜつ》になっていた。淳平はあくびを堪えながら、大叔母の話を聞いていた。

「そうそう、次郎のこと、あなたに言ったかしら」

淳平の眠気がふっとんだ。

「叔父さんのこと、誰から聞いたんですか？」

大叔母は、淳平の父の妹、すなわち次郎叔父の姉から聞いたという。

「手紙が来たんですか？　お元気ですか？　どこに住んでいるんですか？」

淳平は矢継ぎ早に尋ねた。

「手紙には元気でいると書いてあったそうだけど、あなたの叔母さんが言うには、あんまり良くない人たちとつるんでいるらしいって」

「あの叔母さんがどうしてそれを？」

淳平が顔をしかめた。

「あの人の夫の知り合いに、アメリカから帰ってきた人がいて、その人から聞いたらしいよ」

「ほんとうですか？　アメリカは広いんですよ？」

淳平は、大阪にいたとき同じ町内に住んでいた叔母があまり好きではなかった。近所の人に向かって、母の陰口をたたいているのを偶然見かけて以来、叔母の家へは足を向けなくなった。叔母は母のことを、就職口を世話してあげたのに、仕事がちゃんとできなくて自分は立場上困ってしまったと話していたのだ。淳平は、体をこわして具合の悪い母を慰めるどころか悪口を言う叔母に腹をたて、母が亡くなってからは連絡を絶っていた。だから淳平はこの時も、叔母からもたらされた次郎の消息を信じなかった。

「いくら広いといっても日本人同士はひとところに集まって暮らしてるらしいよ」

「そうですか。次郎叔父さんの住所、聞いておいてくださいませんか？」

彼は大叔母にそう頼んだ。

その後淳平は大叔母から住所を教えてもらったものの、仕事が忙しく、六月になりようやく叔父への手紙を書いた。叔父は、サンフランシスコに住んでいた。淳平は次郎へ送った手紙に、好きな女性がいて、まだ打ち明けていないが運命の女性のような気がすると書いた。

朝鮮とアメリカの間を手紙が行き交うのに、片道ひと月以上かかった。淳平は高鳴る胸を抑え、震える手で封筒を開けた。手紙には、何をしてどんな暮らしをしているかの話は何もなく、ただ元気でいるとだけ書かれていた。その代わりに、淳平へのアドバイスが山のようにしたためられていた。

まだ告白もしてないのか。淳平、家柄がいい女だからと、ためらうことはない。しばらく会わないあいだに、ずいぶん気の弱い男になったようだな。勇気ひとつで太平洋を渡ってきたこの次郎の甥っ子らしくないぞ。俺がお前の傍にいたら、お前はもうとっくにその女を自分の女にしていただろうに。日本を離れたことを初めて後悔したぞ。早く、いや、この手紙を読んだらすぐさまその女のところへ行け。そして、あなたは自分にとって運命の女性だと、堂々と告白するんだ。この世に登れない木はないように、ものにできない女はいないということだ。とりわけお前がこの寺尾次郎の甥っ子となればなおさらだ。男が運命の女に出会うなんて、そうざらにあることじゃない。寺尾淳平、お前は一生に一度あるかないかの幸運にめぐり合った男なんだ、いいか、ありったけの勇気を振り絞るんだぞ！

手紙の中の叔父は、昔のように闊達で淀みなかった。まるで傍で喋っているかのような次郎の手紙の一言一句が、鋭い刃のように淳平の心臓を突き刺した。そうでなくとも、淳平はすでに傷を負い、煩悶していた。この手紙をもう少し前に受け取っていたら、事態は変わっていただろうか。いや、せめてチェリョンたちを送り届けた三月に、大叔母の言うように振る舞っていたら、どうなっていただろうか。

「淳平、お前、あの社長のお嬢さんを好きなのかい？」

大叔母からいきなりそう尋ねられ、淳平は顔を真っ赤にして思わず聞き返した。

「えっ、どうしてそれを？」

「どうしてって、そんなこと、うちのネコにでもわかりますよ。貧乏と恋心は、誰の目にも隠せない
というじゃないかい」

大叔母が笑いながら言った。

「僕は、それをふたつとも隠せてないってわけですか」

淳平がため息をついた。

「私の目には、ふたりのお嬢さんはとても似て見えるのよ。お前から前もって聞いてなかったら、姉
妹かと思うほど」

「まさか。でも、朝鮮人の目には、僕たちもみんな同じに見えるんでしょうけど」

大叔母の言葉に、淳平は呆れたと言う顔をした。

「とにかく私の目にふたりはそっくりに見えるんだけど、どうして社長の娘のほうが好きなのかい？

家柄がいいからかね？　金持ちの娘だからかい？」

大叔母は様子を窺うように、淳平の顔を見た。

「僕もよく考えてみるんですが、明るくて屈託がないからじゃないかな。この世のすべては自分の意のままになると思ってるお嬢さまを見ていると、僕も気分がスカッとするんですよ。おばさんも知ってのとおり、僕もずいぶん苦労してきました。だから僕は、どうしてこんな不運の星の下に生まれついたのかと悲観したこともありました。でもお嬢さまと一緒にいると、僕も幸せになれるんじゃないかという希望が湧いてくるんです」

淳平がこれほど熱く語るのを見たことがなかった大叔母は、黙って耳を傾けていたが、彼が語り終えると尋ねた。

「お前がそれほど思うなら、いい娘さんのようだね。でも半島人と結婚までするつもりはないだろ？」

心配そうな口ぶりだった。

「どうしてですか？　ダメな理由でもあるんですか？　おばさんも朝鮮人を毛嫌いするんですか？」

淳平の声がかすれた。

「お前、何が不満でチョーセンジンと結婚なんか。仮にお前たち同士が好きで結婚したとしても、子供が可哀そうだよ。のけ者にされたりして」

大叔母の声は、確信に満ちていた。

「おばさん、ちょっと先走りすぎですよ。彼女は半島人といっても、朝鮮では指折りの資産家で、貴族の家柄の娘ですから、僕には順番など回ってきませんよ」

淳平が苦笑した。

「そうならいいけどねえ。お前が万一、チョーセンジンと結婚したら、私はいつかあの世へ行ったとき、お前のお祖父さんやお父さんに顔向けできないからねえ。もしそういうことになったら、お前とは縁を切りますよ」

「でもそんなこと言いながら、朝鮮人に部屋を貸しているじゃないですか？」

淳平は、理解できないという顔で尋ねた。彼は、大叔母と縁を切っても、チェリョンと結婚できたらそれでいいと思った。

「半島からやってきた留学生のうち資産家の子には、みんな競って部屋を貸してるよ。部屋代を滞納されたり、踏み倒されたりする心配がないからねえ。おまけにお前が仲介してくれるとなれば、身元も確かだし」

大叔母は笑いながら言った。淳平は頷いた。部屋代を余計にもらうわけでもないし、お互いに都合が良かった。

「男が結婚する前に、何人か女と付き合うのは悪いことじゃない。あの娘、気立てがいいなら付き合ってみるのも、悪くはないねえ。デートは申し込んだのかい？」

「まだですよ。それには、僕はまだ足りないことが多くて」

淳平がぶすっとした顔で言った。

「お前に足りないのは、勇気だけのようだけど？　まだなら、今がチャンスだよ。若い女は見知らぬ土地に来ると、心がふわふわするそうだから。この京都は、あの娘たちには初めての場所だから、お前を大いに頼るだろう。朝鮮に戻る前に、必ずね」

大叔母も、叔父の次郎も、性格が性急なところが似ていた。

「そういう機会を利用するなんて、男らしくないのでは？」

「そうかね？　あれこれ言い訳するのを見ると、まだそれほど好きではないのかしらねえ。何も言わずに戻ったら、あの娘にはすぐ男ができますよ。お前が好きだっていうのも知らないうちに」

しかし大叔母の忠告にもかかわらず、淳平はついに想いを打ち明けないまま京城に戻ってきた。そういう機会を利用するのは、男として薄っぺらい気がしたからだ。

淳平は椅子に掛けて、もう一度ゆっくり手紙を読んだ。次郎と一緒だった時の幸せな時間が思い出され、込み上げるものがあった。将来、叔父に会えるとしても、もうあの時には戻れない。過ぎ去った時間を元に戻すことは、神様だってできやしない。淳平があの夏の日、京都の路地裏で見てしまった光景もそうだった。いくら逆立ちしても、見なかったことにはできなかった。

チェリョンは、夏休みになっても京城に帰って来なかった。勉強がたいへんなので、夏休み中に補習を受けなければならないという手紙を送ってきただけだった。良さそうな見合い話を三つ四つ用意して、夏休みになるのを待っていただけに、ヒョンマンの落胆は大きかった。見合い話もそうだったが、それより娘に会いたくてたまらなかった。クァク氏の失望も大きかった。娘が去ってからというもの、客人を招いての遊びも上の空だった。一日に何度も、誰もいないチェリョンの部屋を覗いてみたり、部屋に入ってチェリョンの椅子に座ってみたりした。前に比べて感情の起伏が激しくなり、使用人はおろか、招いた客人に対してまで突然癇癪を起こしたりした。

ヒョンマンは、チェリョンの手紙を受け取るや、すぐに淳平に神戸出張を命じた。電報や手紙では、チェリョンを心変わりさせられないのはわかっていた。日本の貿易仲介商が業務を代行しているので、神戸でする仕事はたいしてなかった。淳平のもっと大きな任務は、神戸から京都へ行って、チェリョンを連れ帰ることだった。ヒョンマンはチェリョンが戻ってきたら、今年中に婚礼を挙げる計画だった。結婚しても京城で暮らせば、京都にいるときよりはしょっちゅう会うことができるだろう。

淳平は淳平なりに覚悟を決め、朝鮮を出発した。仲介商は淳平を夕食を兼ねた酒席に誘った。心はすでに京都だったが、一杯やりたい気もした。彼はチェリョンに告白する決心をしていた。ヒョンマンが本格的に見合い相手を探している中でチェリョンを連れ帰れば、彼女をそのまま他人の腕に抱かせることになる。ならば、留学しているほうがましだった。淳平にとっては、まずチェリョンの心を獲得することが急がれた。彼女が自分の想いを受け入れてくれたら、次なる難関は、いくらでも力を合わせて乗り越えられるだろう。自分は、すでにヒョンマンにとってなくてはならない。

淳平は酒席で、事業についての景気の悪い話をたっぷり聞かされたあと、その足で京都行きの列車に乗った。九時をまわっていた。酒の勢いもあり、淳平は勇気が漲ってすっかり楽観的になった。

〈チェリョンに会ったら、すぐに想いを告げよう。明日になる前に、彼女の心を摑むんだ〉

京都駅から嵐電《らんでん》に乗り換え、チェリョンの住む家の近くで降りた淳平は、路地裏に足を踏み入れた。商店はもう戸を閉めていた。節電政策で、街路灯は路地の端にひとつ点いているだけで暗かった。道の両側の家々の窓も、ほとんど明かりが消されていた。

足音を立てないよう歩いていた淳平は立ち止まった。大叔母の家に曲がる角に、男とチェリョンが向き合って立っていたのだ。夜ごとスケッチブックにその姿を描き、恋しく思う彼女がすぐ向こうにいた。淳平は駆け寄る代わりに、思わず戸を閉めた豆腐屋の陰に身を潜めた。

ふたりは、何かを話していた。朝鮮語だったので中身はわからなかったが、深刻な雰囲気が漂っていた。身なりから、男も大学生のようだった。チェリョンは女子大だから、ほかの学校の学生だろう。大学生という身分に気後れしつつも、夜遅い時刻まで女を家に送り届けない男を苦々しく思った。だが、チェリョンの様子はなにごとかを哀願しているような気配だった。一度も見たことのない、哀切に満ちた声と身のこなしだった。淳平は、その様子を目にすると嫉妬心が燃え上がり、男に殴りかかりたくなった。

だが、男は踵《きびす》を返した。淳平のほうへ向かってくる男の足どりは、後ろ髪を引かれているように、重くゆっくりとしていた。男が次第に近づいてきた。淳平は、さらに濃い闇の中に身を隠した。「タッタッタッタッ」熱情にかられた足音が聞こえてきた。チェリョンが追いつき、後ろから男の腰にしがみついた。淳平は、はっと驚き、思わず漏れそうになった声を呑み込み、板塀に身を押しつけた。

「別れるのはイヤよ。愛してる」

目と鼻の先で、チェリョンの声が聞こえた。甘く熱に浮かされた声だった。驚いたことに、淳平はチェリョンの朝鮮語が聞き取れた気がした。嫉妬が溶岩のようにたぎった。飛び出していって、男をチェリョンから引きはがし、ぶん殴ってやりたかった。そして、たったいまやつに向かって放たれた言葉を、吐き出させてやりたかった。淳平が拳をぎゅっと握った瞬間、男は振り返りざまチェリョンをかき抱いた。夜の大気が音を立てて波打つと、淳平の頬を冷たく打ちすえた。二人は唇を合わせた。まるでお互いを呑み込むかのように激しいキスだった。噴き上げられた溶岩が、そのまま固まってしまったかのように、淳平は指一本動かすことができなかった。

近所の旅館に行き、眠れぬ夜を明かした淳平は、翌日、スナムにヒョンマンの言葉を伝えると京城に戻った。ヒョンマンには、スナムから聞いた話で適当に言いつくろった。そして、まだ一通目の手紙の返事も届いていないというのに、次郎に二通目の手紙を書き送った。ここを離れたいので、何も聞かないで招請状を送ってほしいと。早ければ早いほどいいという内容だった。このまま立ち去れば、夜に目撃したあの光景が、自分が記憶するチェリョンの最後の姿になる。そうなればきっぱり未練を断ち切ることができる。だがまさにそこへ、次郎から一通目の手紙の返事が届いた。淳平には、ここを立ち去れという暗示か運命のように思われた。

京都の春は桜が彩るとすれば、秋は紅葉が彩った。チェリョンは苦学生のチョンギュと付き合い始め、初めて京都郊外の嵐山《あらしやま》を散策に訪れた。スナムが弁当を作った。ひと月ほど前、ヒョンマンに報告の手紙を書いていたのがばれて以来、スナムはチェリョンのチェックを受けてから手紙を出すようになった。幸い、スナムはこれまでもチェリョンの恋愛については秘密にしてくれていた。それを知ったチェリョンは、感激してスナムに抱きついた。

「ありがとう。この世で私の味方はあんただけだわ」

「でも、こうやって旦那さまに隠し事なんてしていいんでしょうか。このことが知れたら、私はすぐに追い出されます」

チェリョンの大袈裟な感謝の言葉に嫌な気持ちはしなかったが、スナムは気が気ではなかった。

「そんなことはさせないわ。あんたはお父さまが私にくれた誕生日のプレゼントなんだもの。あんたのご主人はお父さまじゃなくて、この私よ。だから心配することないわ。いま私のためにしてくれてること、あとでちゃんとお返ししますからね」

恋をして以来、チェリョンはすっかり優しくなった。

川面に映る真っ赤な山影が、幻想的な風景を醸していた。嵐山は、紅葉狩りに訪れた人々で賑わっていた。戦争による離別や恐怖により、人々は生きている感覚や時間や風景にいっそう執着した。だからなのか、そこに戦争の影はまるでなかった。あちこちで人力車が客引きの声を上げていた。

「ほんとうにステキだわ。平安時代から貴族たちの別荘地として有名なところなんですって」

目の前に広がる絶景にチェリョンはうっとりしていた。膝下丈の赤紫色のワンピースに黒のウールのケープジャケットを着たチェリョンは、遠目にも目立った。いつものように学生服のチョンギュも、美しい景色に目を奪われていた。ふたりは川向こうの街へ行くため、橋のほうへ歩いた。橋のたもとに書かれた文字を見て、チョンギュが言った。

「渡月橋《とげつきょう》か。月が渡る橋という意味ですね」

「橋の名前もロマンチックだわ。ここへ来ると言ったら、友だちがこの橋にまつわる伝説を教えてくれたの。ここのお寺では、十三歳になる子たちが成年式を行うんですって。そして儀式を終えて帰る時、もし、この橋を渡り終える前に途中で後ろを振り返ったら、お寺で授けてもらった智慧《ちえ》がすっかり消えてしまうそうなの」

チェリョンは、チョンギュにぴったりくっついて歩いた。京都の市内をはずれ大胆になった彼女は、胸がチョンギュの腕にあたるのも意に介さなかった。着物姿や政府推奨の国民服やモンペ姿の人々が、チョンギュとチェリョンをちらちら見ながら通り過ぎた。

橋を渡る間、ふたりはそれぞれの思いに耽りながら言葉を交わさず歩いた。チョンギュは、今日、どうしても言わなければならない言葉の重みに押し潰されそうになっていた。チェリョンとのデートを、もうこれ以上続けることはできない。チェリョンと付き合う前までは、よれよれの一張羅の学生服と底のすりへった靴に誇りをもっていた。祖国は日本人《ウェノム》どもの圧政に苦しんでいるのに、良い服を着て良い食べものを食べるなど、恥ずべきことと考えていた。彼は朝鮮の若者なら当然、日帝(日本帝国)に抵抗するべきだと信じた。独立運動に身を投じ、満州の荒野で亡くなった父の遺訓であった。そんなチョンギュとチェリョンの交際は、彼が属する秘密組織で批判の対象となった。彼は京都の南の東九条で、朝鮮人労働者とともに暮らしていた。

チェリョンと初めて会った日、チョンギュは売国奴の娘である彼女に、軽蔑の眼差しを注いだ。そして、偽装のため出入りしている留学生の集まりから、そろそろ足を洗わなければならないと思った。一週間後、学校にチェリョンが訪ねてきた。渋い顔をするチョンギュに向かって、チェリョンは子どものような天真爛漫さで、逢いたくて来ましたと言う。世間で言う女らしさとか、女としての体面とか、虚栄心のようなものが、端からないように見えた。だが、彼女を図々しくて浅ましい女と思うどころか、ひとりでいたり布団に入ったりすると、いつのまにか彼女の姿を目に浮かべていた。学校にちゃんと通っているのか心配になるくらい、チェリョンはしばしばチョンギュの学校にやってきた。

「いまは、あなたは自分の学校に居なければならない時間ではないのですか？」

突き離すように言うと、チェリョンは「ええ、そうだと思います。私はチョンギュさんのお陰で間もなく退学になってしまうはずですわ」と言って、チョンギュを苦笑いさせた。するとチェリョンは、チョンギュが笑ったと言って喜んだ。ときには食べるものを買ってきて一緒に食べようと言い、断ると無理矢理押しつけて帰って行った。常に空腹を抱えているチョンギュには、その食べ物を食べない道理はなかった。チェリョンがあまりにも頻繁にやってくるので、朝鮮人の貧乏学生を見くびっていた日本人の学生も、チョンギュに一目置き始めた。チェリョンが朝鮮の貴族で資産家の娘だということが知られるようになると、露骨に関心を示す学生も現れた。

チョンギュは、民族の裏切り者の娘と交際するつもりなどさらさらなかったが、チェリョンが自分にぞっこん惚れ込んでいるのは、密かに悪い気分ではなかった。一方で、チェリョンへと心が揺れ動きはしまいかと恐れた。ふたりは交際している仲なのかと面と向かって聞いてきたり、紹介してほしいという友人まで現れた。チョンギュはある時、チェリョンが勝手に指定した時間と場所に、いつの間にか足を向けている自分に気づいた。仕事先に、体の具合が悪いという嘘までついて。チョンギュは、売国奴の娘を手なずけるのも愛国の道だと、自分の行為を正当化した。

その日、うどんと餃子の夕飯を食べ、チョンギュはチェリョンと一緒に円山《まるやま》公園に行った。最後の紅葉を楽しもうという人々で、公園は賑わっていた。これまでチョンギュは、学校へ行く時間以外は食堂で皿洗いをするか人力車を引くか新聞配達をし、夏休みや冬休みは、町の染色工場で働いた。以前、朝鮮総督の故郷訪問の際に爆弾を投げて日本列島はもちろん朝鮮半島まで騒がせたのも、彼の組織の人間がしたことだった。チョンギュは祖国を思う熱い心で、つらい異郷暮らしを堪えていた。

留学して三年目、初めての紅葉狩りの賑わいにまみれながら、チョンギュは後悔の念に駆られた。チェリョンに、君には何の関心もないから二度と学校に来るなと言おうとしたが、ついに言えなかった。その後もチョンギュは、これ以上チェリョンに会わないと告げるために会い、やっと決別を宣言した日には、チェリョンの抱擁によって気持ちがぐらついた。熱いキスは、彼を愛の虜にした。

それでもチョンギュは、自分がチェリョンに心を奪われているという事実を認めなかった。日本語を流暢に話す女、植民地の農民の苦しみが何かも知らず知ろうともしない女、足りないものは何ひとつない女が、自分を愛していると言う。まるで口癖のように、愛のためなら命を懸けると言う。この暗い時代に、これほど屈託なく育ったというだけで吐き気がしたが、いっぽうで黒いカーテンに開いた針の穴のようにチェリョンの明るさは光を放って近寄ってくるのだった。チョンギュは、チェリョンの意識を変えるのも、自分の役目ではないかと考えた。だがチェリョンはというと、チョンギュの話をよく理解できていなかった。チョンギュは、変節者のイ・グァンスを最高の小説家と思い込み彼の小説の一節一節をそらんじるチェリョンを見ると、嘆かわしくさえあった。

「日本でなかったら、私たちがどうやって今みたいな文明生活を送ることができたかしら。京都に来るときに乗った汽車や連絡船も、日本がつくってくれたお陰で楽に利用することができたでしょう」

「それらが朝鮮人のためにつくられたと思っているのですか。すべて朝鮮を侵略し、朝鮮を足場にして中国、ソ連まで侵略するための手段なんですよ。あなたが日本に来るとき乗った連絡船の名前が、なぜ金剛丸とか興安丸だったかわかりますか？　朝鮮の金剛山や満州の興安嶺山脈まで占領するという意味なのです。いや、もう朝鮮の地はすでに日本人《ウェノム》どもにすっかり踏みにじられ蹂躙《じゅうりん》されている。今や、やつらの野望を叶えるため、戦争に命まで差し出さなくてはならない。あなたのお兄さんや弟さんが徴兵や徴用に連れて行かれて犬死にしても、そういうことを言えますか？」

チョンギュの声が次第に熱を帯びるや、チェリョンはたちまち恐怖の色を浮かべ、大きな瞳に大粒の涙を見せるのだった。チョンギュの歓心を買うべく、チェリョンは、普段は苛立たしく思っている兄のカンフィさえ引っ張り出した。

「実はうちの兄も、あなたと同じ仕事をしていますのよ。満州で独立運動をしているそうです。これは秘密ですが、父は密かに兄を助けているのです。ですから私は、あなたがおぞましいという民族の裏切り者力者の娘などではないのです。私も、あなたのお手伝いをしたいのです。どんなことでも言ってほしいんです」

チェリョンと決別するというチョンギュの決意は、血の沸き立つ身体の前で、空しく萎えた。手と手が結ばれ、唇と唇が触れた瞬間、チョンギュの頭の中は、チェリョンの頭の中と同じように、空洞になってしまうのだった。そしてさらに深い自責の念に苛《さいな》まれた。チョンギュはチェリョンが自分とはあまりにも異なる世界の人であることに苦しんだが、チェリョンはその事実がいっそう心を満たした。小説や映画でも、真の偉大なる愛であればあるほど障壁は高いものだ。その障壁が高ければ高いほど、チェリョンの熱情はいっそう激しく燃え上がった。嵐山の真っ赤な紅葉が、胸の中でめらめらと燃え上がるようだった。人間の感情がこれほど激しくなれるということを、チェリョンは生まれて初めて知った。自分がいま経験している恋愛に比べたら、これまで見てきた小説や映画の中の恋愛など、まったく取るに足らなかった。イ・グァンスの小説もそうだった。チョンギュとは違う意味で、チェリョンは彼の小説を読まなくなり、本もスナムにやってしまった。

「どう考えても、私は自分のことよりチョンギュさんのことが大切なの。こんなことがありえるなんて、知らなかったわ」

橋の真ん中あたりまで来た時、チェリョンが感極まったように言った。

「伝説が本当なら、僕もこの橋を渡り終える前に、後ろを振り返りたい」

「どうして？」

「そうやって、あなたのことを忘れることができるのなら。首を捻ってでも後ろを振り返りたい」

チョンギュの言葉は、苦痛に満ちた呻きのようだった。

スナムは冬になっても、相変わらず忙しかった。日本語と英語の勉強は続けていたし、鈴木のおばさんからは編み物も習い始めた。スナムはテーブルクロスやクッションのようなレース編みより、セーターや手袋、マフラーのような毛糸編みのほうが好きだった。

「横浜にいた頃、フランスのご婦人から手編みを習ったんだ。友だちと一緒だったけど、私がいちばん早く覚えたし上手だった。ひとつ覚えると、次々に応用して編んだから、よく褒められたよ」

ふだんは控えめな鈴木のおばさんも、編み物に関しては自信があるようだった。

「おかげで、夫が戦死した後も子供たちを育てながら学校に通わせることができたんだよ。私自身も、寂しさや辛いことに堪えることができたしねえ。編み機が普及するようになってからは、手編みのセーターは前より人気がなくなったけど。今はもう目も悪くなったし肩も凝るけど、ずっとやってきた仕事だから、止めるわけにはいかないんだ。カメラができて世間の関心が薄れても、浮世絵に最後までこだわった武兄さんに似たみたいね。淳平のおじいさんだよ」

鈴木のおばさんは、人々が古くなった毛編みのセーターを持ってくると、ほどいて編みなおしてやっていた。ほどいた毛糸はちりちりだったが、熱い蒸気をあてると、真新しい毛糸のように伸びた。

「不思議。新しい毛糸みたい」

スナムは驚いた。

「この毛糸に新品の毛糸を合わせて編めば、古い毛糸を使っただなんてまったくわからないんだ」

鈴木のおばさんは毛糸を巻き取りながら笑った。

スナムは古い毛糸が新しい毛糸になるように、人の運命も変えられたらどんなにいいかと思った。以前、スナムが日本語の勉強を始めた時、スリネが言った。

「世の中がいくら変わったと言ったって、生まれついちまったもんはどうすることもできやしない。この家の使用人の中で、下男や女中に生まれたかったものなんていやしないよ。みんな運命だから仕方なくそうして生きてるだけだ。だから、お前も分相応に生きるんだよ。そうやって上ばっかり見て歩いてると、頭をぶつけるか足をくじくか、ろくなことがないからね」

スリネは、運命からは逃れられないのだと言った。スナムは新しい言葉を覚えるのは楽しかったが、一方で、ふるさとにいたとき祖母が話してくれた昔話のように、あまり欲をかくと酷い目に遭うかもしれないと恐れてもいた。

だが嘉会洞《カフェドン》の屋敷を離れ、違う世界を経験した今は、この世のどこかに運命を変えられる道があるかもしれないという思いが湧いた。古い毛糸を新しい毛糸に蘇らせる熱い蒸気のようなものが、人の世にもあるのではないか。

スナムは、鈴木のおばさんの細かな用事を手伝っては、余った毛糸をもらって編み物をした。それを見たチェリョンは、チョンギュにあげるマフラーを編んでほしいと頼んだ。スナムが編めるものも、まだマフラーくらいだった。

「チョンギュさんにプレゼントするの。私が編んだと言ったら、きっと喜ぶわ。一緒に巻いて歩きたいから、私のも編んでちょうだい」

マフラーを首に巻いて喜ぶチェリョンを見たら、スナムはカンフィにも温かなマフラーを編んであげたくなった。マフラーだけでなく、ベストもセーターも編んで着せてあげたかった。家を出てひとりでどこかを彷徨っているカンフィの心は、真夏でも雪原にいるように冷え切っているだろう。カンフィが幼い自分に飴玉をくれたように、スナムも何かをあげたかった。

スナムがお使いをすると、鈴木のおばさんはいくらかお駄賃をくれた。初めてもらった時、スナムはそのお金を自分が持っていてもいいのか、チェリョンに聞いた。

「あんたのものだから、好きに使えば」

生まれて初めて自分のお金というものを持ったスナムは、チェリョンが捨てたドロップの空き缶にお金を貯めた。一日に何度も蓋を開け、覗き、振ってみては、硬貨がチャリンチャリンと鳴る音に耳を傾けた。わずかな金額だったが、スナムにはチェリョンがパッパッと使うお金よりもはるかに大きな額に思えた。スナムはお金を貯めて毛糸を買い、カンフィにあげるマフラーを編んでみようと心に決めた。いつかそのマフラーを手渡す日が、きっと来るはずだ。

スナムは、カンフィが広い中国のどのあたりにいるかだけでも知りたかった。嘉会洞の屋敷にいた時は、カンフィの噂くらいは耳に入ってきたが、京都に来てからは噂さえ聞こえてこなかった。スナムは夏休みに淳平が来た時、もしカンフィの消息がわかったら必ず知らせてほしいと頼んでいた。

スナムは幸せだった。今まで生きてきた十八年の歳月の中で、いちばん平和で自由だった。そんな中でスナムに起こった一大事といえば、ブラッドリー夫人がイギリスに帰国するというニュースだった。スナムはブラッドリー夫人と別れるのかと思うと、何も手につかないほど落ち込み、寂しかった。

「スナム、私と一緒に、イギリスに行くのはどう？　私が後見人になってあげるし、スナムがちゃんと勉強できるように援助もしてあげられる」

スナムにとってはあまりにも現実離れした提案で、悩むことなく即座に断ることができた。

「お気持ちだけでも嬉しいです。身に余るお話です。でも、これからひとりでもずっと勉強します。奥様のこれまでのお心遣いに応える道は、それだけですから」

ブラッドリー夫人は黙ってスナムを抱きしめた。そしてイギリスの姉妹作家が書いたという『ジェーン・エア』と『嵐が丘』という本をプレゼントしてくれた。イギリスでとても人気の小説だという。

「いつかかならず、この本を読めるようになる日がくることを信じて、あなたに贈ります」

英語の本は分厚く、文字は小さかった。ようやくアルファベットの読み書きができる程度のスナムには、とても読める気がしなかった。だがスナムは、自分が朝鮮文字を覚えて手紙を書いたり、日本の言葉や文字を学んで話したり簡単な本が読めたりするように、英語の本もいつかは読めるようになるだろうと思った。ブラッドリー夫人は、スナムが質問するたびに持ち出して説明してくれた英和辞典も一緒にくれた。

スナムはこれまで貯めたお金で毛糸を買った。ブラッドリー夫人にショールを編んであげるためだった。たとえカンフィのために買う毛糸のお金がなくなっても、少しも惜しくなかった。ブラッドリー夫人からもらったものに比べたら、小さな贈り物だった。

〈お金はまた貯めればいいもの〉

スナムは人に贈り物をする喜びに、何日も浸っていた。京都の冬は、暖かかった。

十二月下旬から始まったチェリョンの冬休みは、十日ほどで、短い。正月休みを経て、また授業が始まり、二月の初めに期末考査が済むと学年が終わる。それから次の学年の始まる四月までが春休みだ。幸い、正月《ソル》は春休みに重なっていた。

正月《ソル》が近づくと、京城が懐かしくなった。新暦を使う日本は、朝鮮の正月《ソル》を旧正月と呼び、新暦で正月を過ごすよう強要したが、朝鮮最大の季節行事は、相変わらず正月《ソル》だった。スナムは夏休みのときとは違い、今回はチェリョンの京城行きを望んだ。スリネに会いたかったたし、使用人のおばさんたちや怖かった母屋や暖かなオンドルが懐かしかった。何よりぴりっと辛い朝鮮の料理が食べたかった。嘉会洞の屋敷の人たちに、自分の成長した姿を見せたいという思いもあった。

チェリョンも、今度の休みは帰らない口実を探せずにいた。ヒョンマンも、帰って来なかったら留学を中断させると脅した。スナムは鈴木のおばさんにもらった毛糸の残りで、使用人のおばさんたちにあげる小さなマフラーを編みながら、胸を弾ませていた。

その日は、冬将軍のごとくいきなりやってきた。期末考査を前に恋人に会いに出かけたチェリョンが、まるで白い蠟燭のように血の気のない顔で帰ってきた。チョンギュが日本の警察に捕まったという。チョンギュが加わっていた秘密組織が露見したというのだ。

京都の警察署にチョンギュを探しに行ったチェリョンは、よそに移されたということしか教えてもらえなかった。チェリョンは正気を失っていた。スナムは、チェリョンがチョンギュのために悲しんだり苦しんだりする姿を目にして驚いた。実は、チョンギュに対するチェリョンの感情は、衝動的で一時的なものだろうと、やや見くびっていたのだ。だが悲しみに懊悩《おうのう》するチェリョンの姿に、本気だったことを知った。そして、チェリョンの気持ちを理解した。スナムもまた、いつ検挙されるかわからないカンフィへの心配を、いつも胸に秘めていたからだ。カンフィが捕まったと想像するだけで胸が張り裂けそうになり、涙が溢れた。

スナムはチェリョンに、同じ立場にいる者同士として哀切の情が湧いた。チェリョンが泣けばスナムも一緒に涙を流し、チェリョンが食事を食べなければ、スナムも食事が喉を通らなかった。夜になれば、悪夢にうなされ涙を流して眠れないチェリョンをそっと抱いた。チェリョンは、これまでになくスナムを頼った。

チョンギュが捕まって五日目のことだった。ヒョンマンが淳平を連れて、突然京都へ現れた。スナムは、チェリョンを救ってくれるであろうヒョンマンが現れるや、安堵より衝撃を受けた。京城駅で別れてまだ一年も経っていないのに、ヒョンマンの髪は真っ白で、両の頬と目が落ち窪《くぼ》み、すっかり老け込んでいた。娘を案じる父親の胸中が手に取るようで、スナムは胸を締めつけられた。

絶対にそばに来てはならぬというヒョンマンの厳命に、スナムは編み物を手に階下の店へ降りた。淳平にわけを尋ねたかったが、彼は荷物を置いたまま姿を消していた。鈴木のおばさんに聞くと、急ぎの用で出かけたと言った。スナムは編み物の手を動かしたが、何度も編み目を落としては、編み直した。気配からして、チェリョンに良くないことが起こったのは明らかだった。

スナムがヒョンマンに呼ばれて二階に上がったのは、夜が更けてからだった。二階では、得体の知れない旋風がひとしきり吹き荒れたようで、チェリョンは真っ赤に目を腫らし階下へ降りてきた。小さな鞄を抱えていた。スナムは、チェリョンと入れ違いに二階へ上がったが、それが二人の別れの瞬間だったことは、後になって知った。チェリョンがどこへ行くにしても自分も一緒だろうし、その命令を聞きに旦那さまに呼ばれたのだろうと思った。

旦那さまがいらっしゃったのだから、もうすべて解決するだろうと思い、スナムは二階に上がった。緊張と不安に気圧《けお》されつつ、部屋の隅にかしこまって座ったスナムは、ヒョンマンの割れるような怒声に震え上がった。

「このバカ者！　不届き者めが！　お前が何をしたか、わかっておるのか！」

ヒョンマンの声には、人を突きさす憤怒が漲《みなぎ》っていた。スナムはわけのわからぬまま、ぶるぶる身を震わせた。

「お前はいったい、手紙に何を書いていたんだっ。チェリョンが不逞鮮人（朝鮮人に対する蔑称。朝鮮を支配する日本に対し批判的な朝鮮人をこのように呼んで危険視し、不安感を煽った）とグルになって大事件を起こすまで知らんはずがない。我が家はもうめちゃくちゃになってしまった。チェリョンは刑務所行きだ」

スナムは目の前が真っ暗になり、ヒョンマンの前に文字通りひれ伏した。自分に下された罰より、旦那さまの家が潰れてチェリョンが刑務所行きになるほうが遥かに恐ろしかった。スナムは、ヒョンマンに書いた嘘の手紙を思い返し、がたがた震えた。良心が咎めたのは最初だけで、次第にチェリョンと一緒になって面白がりながら話に尾ひれをつけて書いた。旦那さまに対して、なんということをしてしまったのか。チェリョンは娘だが、自分はただの小間使いだ。身の程を忘れ、とんでもないことをしてしまった。刑務所に行くべきなのは、チェリョンではなくて、自分だ。凍りついた部屋の空気は、少し身じろぎするだけでパリッとひびが入るようで、スナムは息もつけなかった。

三年は経ったような時間が流れ、ヒョンマンの声が聞こえた。

「顔を上げろ。お前には自分の過ちを償う方法がある」

さっきよりは柔らいだ声を聴き、スナムはようやく息を吐いた。涙も一緒に溢れた。スナムは涙交じりの声で、何でもしますと頭を下げた。

「チェリョンは、刑務所の代わりに、皇軍女子慰問隊（架空の組織 作者の創作）に行かなければならん」

スナムは、罪を償うことができると言ったヒョンマンの言葉の意味を汲み取った。

「そ、そこに、私が行きます。皇軍……」

皇軍女子慰問隊がどういうところか知らなかったが、刑務所の代わりに行くところとすれば、楽な場所ではないはずだ。チェリョンが行ったら、三日ともたないのは目に見えている。おまけにチェリョンは今、恋人が捕まり、深い悲しみの中にいる。

「チェリョンの代わりに、お前が皇軍女子慰問隊に行くというのか？」

ヒョンマンが確かめるように聞いた。スナムは顔を上げ、旦那さまを見つめた。すっかり落ち窪んだ目が、ヒョンマンの顔に影を作った。堂々と威厳をたたえていたかつての姿とはまるでちがう、焦燥と不安にかられた、見るに忍びない老人の姿が、スナムの胸をえぐった。スナムは、チェリョンと旦那さまのためなら、できないことは何もないと思った。

「はい、そこに私が行きます」

スナムはきっぱりとした表情で答えた。ヒョンマンの顔に、安堵の色が浮かんだ。

「二年だ。お前がしたことを考えたら、この場でどやしつけて叩き出したって足りないが、これまで一緒に暮らしたよしみもある。機会を与えてやろう。お前がチェリョンの代わりに行ってきたら、そこで受け取った給金はすべてお前のものだ。それだけじゃない。帰って来たら千円をさらにやるし、自由も与えてやる」

スナムは、戸惑いの目でヒョンマンを見つめた。見たこともない千円という金額の価値も、自由がどういうものかも実感が湧かなかった。スナムの心を読んだのか、ヒョンマンは詳しく説明を始めた。

「皇軍女子慰問隊に行って来たら、お前はどこへでも自分の好きなところへ行っていい。千円あれば、お前の両親に田んぼを買ってやることもできるし、弟や妹たちに勉強もさせてやれる。お前自身が学校に通うことだってできる」

ようやく、千円と自由がどういうものか、想像できた。自由を思うとき、スナムの頭の中に真っ先に浮かぶのはカンフィだった。恐怖で震えていた心が、新たな希望で大きく弾んだ。

「旦那さま。ありがとうございます」

自由の身になったら、家族をもう一度故郷に住まわせ、自分は皇軍女子慰問隊で稼いだお金でカンフィを探しに行きたい。空想していたことが、そこに行きさえすれば実現するような気がした。

「これからお前は、この家を出た瞬間から帰ってくるまで、ユン・チェリョンだ」

ヒョンマンの言葉に、スナムは目を白黒させた。

「えっ？　な、なぜですか？」

「チェリョンの身代わりになると言ったではないか。慰問隊には、キム・スナムではなく、ユン・チェリョンになって行くのだ。何があろうと、ばれてはならん」

「私が、いったいどうやってお嬢さまになど……」

自信もなかったし、ありえないことだ。

「お膳立てはしてやる。お前は言われた通りにすればよい。わかったな」

旦那さまの言葉なので、頷くほかなかった。

「は、はい、わかりました」

頭を下げるスナムに向かって、ヒョンマンが言葉を区切りながら、強い口調で言った。

「もう一度言う。お前は、この家を出た瞬間から帰ってくるまで、子爵の娘、ユン・チェリョンだ」

子爵の娘！　巨大な汽車が蒸気を吐き、汽笛を鳴らしながら胸の真ん中を通り過ぎていくような気がした。〈子爵の娘〉という言葉は千円より、自由より、もっと強烈にスナムの心臓を打ち鳴らした。

〈そう、これから私は、ユン・チェリョンなのだ。子爵の娘なのだ！〉

スナムは、自らに言い聞かせた。

翌朝、スナムはチェリョンの服を着て、京都を発った。鞄の中には、今や微かな香りさえ失せ、色褪せた匂い袋とチェリョンの服が数枚、ブラッドリー夫人からもらった小説の本二冊と辞書、それにすっかり角の擦り切れた『有情』が入っていた。

寺尾ひかり

淳平は、二月下旬の寒風が襟元に吹きつける横浜の埠頭に立っていた。髪や服の裾が風に吹かれると、かろうじて抑え込んできたあらゆる感情が溢れ出し、淳平は顔を持ち上げた。横浜は、寺尾家のすべてを呑み込んだ阿鼻叫喚の地として記憶に焼き付いていた。だが淳平の追憶をあざ笑うように、中心街には華やかな真新しいビルがずらりと立ち並んでいた。地震の惨状と傷跡は、あの日を体験した人の胸にしか残っていないのか。

新築の税関の建物や倉庫群が居並ぶ港には、太平洋を往来する旅客船や貨物船、それに小型の漁船などが無数に停泊していた。埠頭には荷役作業をする人夫、船から降りてきた人、乗る人、旅館の客引きや食堂の人、物乞い、スリ、それに町の子供についてきた犬までが入り混じり、ざわざわと騒々しく活気に溢れていた。淳平は、埠頭から少し離れた場所に停泊中の浅間丸（日本が外国の大型船に対抗して建造した豪華客船。北米航路に就航した）を見上げた。十数年前、次郎が密航したときに乗った貨物船よりはるかに大きく豪華な旅客船だった。すでに乗船券は購入してあり、叔父に手紙も送ったが、淳平は、明日発つという実感が湧かなかった。

淳平が叔父の招請状を受け取ったのは、一月末だった。ハワイのサトウキビ農場に出稼ぎ移民として渡った日本人は、契約期間が終わるとアメリカ本土に渡り、住み着いた。アメリカは、自国民との摩擦が生じると、一九二四年、排日移民法（改正移民法。急増した日本人移民を排斥・制限する目的で制定されたのでこの名がある）を公布し、日本人移民を禁止した。以後、アメリカに住む家族の招請状がなければ、パスポートや渡航証の発給が難しくなり、たとえ招請状があっても、アメリカへの入国審査が厳しくなったという。次郎は、パスポートやアメリカ入国許可証などの発給を受けるのに必要な書類を送ってきてくれた。淳平は、そのなかにあった書類に叔父が胃がんの末期患者であるという医者の所見が添付されているのを見て驚き、手紙を読み始めた。

まず先に言っておくが、招請状の書類の中にある医者の所見はニセモノだから、驚かないように。お前と私は親子の間柄ではないので、招請するのがかなり難しかった。叔父といえば、父親のようなものなのだが、アメリカの奴らときたらそれが理解できない。ともかく、そういう話は会ってからするが、友人たちが手伝ってくれて、医者の所見を作成した。末期がんの患者が死ぬ前に、故国の唯一の血縁である甥にひと目会いたいというのだから、あいつらも招請状にサインしないわけにはいかんだろう。それにしても、藪から棒に招請状を送ってくれとは。もしや、運命の女人を連れて逃げてくるのではあるまいな。だとしたら、こちらは大歓迎だ。だが、実のところアメリカは今、景気がかなり悪い。東洋人に対する感情も良くないが、日本や朝鮮よりはましなはずだ。ここは、なにはともあれチャンスの国だから、ともかく来て、それから生活の方策を探すことにしよう。お前は知らないだろうが、この叔父には、有力な友だちがたくさんいるの

だ。ひょっとしたらと思い、招請状にはお前の未来の女房も含めておいた。

いくらなんでも、末期がんで危篤というニセの書類を作成するなんて。淳平は呆れながらも、叔父らしいと思い苦笑した。それに、チェリョンへのあてつけに、誰でもいいからどこかの女と結婚して旅立ちたかった。チェリョンが昔から留学に行きたかった国はアメリカだった。

淳平は、ヒョンマンに叔父の招請状を見せ、辞表を出した。叔父の病気がニセであるとは、敢えて言わなかった。そんなことを言ったら、突然、辞表を出してアメリカへ行くわけを言わなければならなくなるし、ましてやチェリョンのせいなどと言えるわけはなかった。ヒョンマンは招請状を見て、淳平に結婚するのかと尋ねた。

「も、もし、結婚するあてがあるなら、一緒に来いと……」

淳平はどきっとして、口ごもった。

「叔父さんといえば、父親同然だ。行ってあげるのは当然のことだ。だが、辞表まで書くことはない。休暇をやるから、行ってくればいい」

ヒョンマンが、辞表と招請状を淳平のほうへ戻してよこした。

「叔父の容体によっては、どのくらい居ることになるかわかりません。そうなると、あまりにもご迷惑をおかけすることになりますから」

「パスポートや渡航証の手続きもあるだろう。アメリカに行っている間、ヤン課長が代わりに仕事を処理できるよう、五日間ほどで引き継ぎをしておいてくれ」

ヒョンマンの言葉に従っておいて悪いことはなかった。淳平は、ヒョンマンを欺くのは気が咎めたが、帰国できない口実は後で適当に考えればいいと思い、会社の仕事を片づけ始めた。その後は京都へ行き、大叔母の家に泊めてもらいながら、アメリカ行きの準備をするつもりだった。カレンダーを見ると、おそらくチェリョンが帰省するまで数日は同じ屋根の下で過ごすことになる。チェリョンに会うことを思うと、胸がうずいた。ひりひりとしたうずきだった。

淳平は、昼間は仕事の片づけに忙殺され忘れていたが、夜になると京都でチェリョンに会う場面を想像するのだった。他にも、叔父の次郎との久しぶりの対面、見知らぬ国への期待と不安でなかなか寝つけなかった。そして、別れの時、チェリョンに渡す手紙を夜ごと新たに書いていた。

彼は、手紙に初めて、これまで自分がチェリョンを恋しく思ってきたことをしたためた。告白しようと思ったが、チェリョンが他の男性と恋に落ちていることを知り、その気持ちを封印したこと、その時の自分の気持ちは崖から突き落とされたようだったこと、今は彼女の幸せを祈ってアメリカへ旅立つこと、おそらく永遠に戻って来ないつもりであること……。これらを記した時、淳平は、チェリョンがこの上なく寂しがるだろうという何の根拠もない憶測を巡らせて、ひとり感情を高ぶらせた。

その日も、妄想に浸りながら手紙を書いていた淳平は、戸の外に聞こえたヒョンマンのただならぬ声にドキリとした。

「寺尾君は居るか？　ちょっと邪魔していいかね」

ヒョンマンが主殿《サランチェ》の淳平の部屋に直接やってくるのは、初めてのことだった。淳平は、くしゃくしゃに丸めた書きそこないの便箋と書きかけの手紙を慌てて布団の下に押し込み、立ち上がった。ガラス戸を開ける音がした。淳平が障子戸の取っ手に手を掛け、開けようとした瞬間、戸がパッと開き、ヒョンマンが入ってきた。

「折入って話がある。座ってくれ」

ヒョンマンは、まるで地獄から戻ってきたような青ざめた顔で言った。もしや、ヒョンマンの息子が逮捕されたのか？　淳平は、一度も会ったことのないカンフィがこの家にどれほど大きな影を落としているか、よく知っていた。ヒョンマンが布団を乱暴に押しやって座ったので、はずみに布団の下に押し込んであったしわくちゃの手紙が出てきた。だが、ヒョンマンは何も目に入らないようだった。淳平は実のところ、ヒョンマンが破産するのをときどき願ってみたりもした。ヒョンマンが淳平を頼らなければならないほど、チェリョンが悲惨な状況に陥るのを妄想したことさえある。だがヒョンマンの態度からして、それに近い事態が起きたようだった。

淳平は、心臓が早鐘を打ち、体の震えを感じながら、ヒョンマンの向かいに座った。淳平が座るや否や、ヒョンマンが口を開いた。

「細かいことは省く。チェリョンが大変なことになった。世間も知らぬやつが、京都で不逞鮮人に絡まれたらしい。そいつらの取り調べの過程で、活動資金の一部がチェリョンから提供されていた証拠が出たそうだ。母親から譲り受けた宝石類が、そいつらの手に渡って資金源になっていたらしい。チェリョンにも検挙の手が伸びるのは時間の問題だ」

ヒョンマンの一言一言が、鋭く心臓に突き刺さった。まさか、そんな事態を願ったことなど一度もなかった。淳平は、あの晩、路地裏で見た光景を思い浮かべ、膝の上の拳に力を込めた。だが、もう自分とは関係のないことだ。自分は間もなく朝鮮を、そして日本を永遠に去るのだ。

ヒョンマンが、淳平の拳を思いきり握った。

「頼みがある。うちのチェリョンも、アメリカに連れて行ってくれ」

淳平は驚きのあまり、呆然とヒョンマンを見つめた。

「このまま日本に居たら、どういう目に遭うかわからん。結婚して、一緒に連れて行ってくれ」

ヒョンマンの顔が、本気だと言っていた。結婚！　彼女と！　淳平は頭が真っ白になった。告白ひとつできぬまま別れると思っていた彼女と、結婚とは！　真っ白な頭に、徐々に意識が戻ってきた。自由恋愛が流行しているとはいえ、朝鮮や日本では、まだ親が決めた相手と結婚するのが一般的だ。そこへきて、チェリョンの父親が自分に、自分の娘と結婚してくれと言っている。チェリョンは今、自分のわがままを通せるような状況ではない。空想は現実になった。淳平は感情が溢れ出し、かろうじて首を縦に振った。チェリョンにとっても刑務所よりは、自分と結婚してアメリカに行くほうが遥かにいいだろう。

「ありがたい。この恩は一生、忘れはせぬ」

その足で部屋を飛び出して行ったヒョンマンは、三日後、自分の持つすべてを投入し、チェリョンを刑務所の代わりに皇軍女子慰問隊に送ることで、表向き、事件にケリをつけたのだった。高価な宝石類という明らかな証拠が出てしまい、なかったことにはできなかった。その事実を知った瞬間、ヒョンマンはすぐに母屋に押しかけていき、クァク氏を問い詰めたかったが、なんとか堪えた。感情のままに動いて、ことを仕損じてはならなかった。クァク氏がこのことを知ったら、秘密を保持することは絶対に難しかった。ヒョンマンは、これまでの生涯で最大かつ最高の集中力を発揮し、慎重かつすばやく、ことを処理した。

ヒョンマンは、戦時動員のための宣伝組織である国民精神総動員朝鮮連盟の企業代表だった。各界の名だたる人士が集まって結成された団体は、総督府の肝入りでつくられたが、ヒョンマンは人一倍、活動に積極的で熱心だった。皇軍女子慰問隊は、朝鮮連盟で推進する重要事業のひとつで、ヒョンマンが主導した。国家総動員法のもと、学校、町や村、男女ごとにそれぞれ組織された労務動員は、強制労働の別名であった。そればかりか、軍が必要とする若い女たちを補充するため、民間業者と軍が結託し、人身売買さながらの募集をしていた。国民精神総動員朝鮮連盟の委員たちは、総督府から朝鮮民衆の不満や非難を抑えるための対策を立てろと圧力をかけられていた。（訳者注：韓国「国立日帝強制動員歴史館」（釜山）によれば、「朝鮮連盟」の事業のひとつに若い女性を日本軍『慰安婦』として送ることがあったという）

連盟では、もっとも急を要し、かつもっとも深刻化していた問題から手をつけることにした。軍に送る女たちを集めなければならず、そのために人々の不安や疑念を払拭《ふっしょく》しなければならなかった。彼らは、満州国の建国記念日に際して、一期生百五十名を出征させるという計画を立て、若い女性たちの募集を開始した。皇軍女子慰問隊員になれば、月給はもちろん衣服も支給され、そこで学んだ医療技術でのちには看護婦として就職することもできると宣伝した。出発は、陰暦の小正月を過ぎた三月六日と決まった。ヒョンマンは、スナムをチェリョンの代わりに送り、娘の罪の償いとともに、自分の忠誠心を朝鮮総督府に示す魂胆だった。

「スナムが応じるでしょうか？　応じたとして、お嬢さまの役をできるでしょうか？」

淳平が、訝《いぶか》しさと不安の混じった顔で聞いた。

「やれるだけやってみるしかない。お前とチェリョンは、なんとしても、その間にアメリカに発たねばならん」

チェリョンとスナムの容貌が似ていることで立てられた計画だったが、博打であることは明らかだった。それほど、ヒョンマンは追い詰められていた。チェリョンとスナムが似ているとクァク氏が自分を疑うたび、つまらぬことをぬかすと不快に思ったものだ。ふたりの少女が年頃になるにつれ、ヒョンマンもたまにそう思う時もあったが、自分の娘と貧農の娘のスナムが似ているなど、認めたくもなかった。ところが、まさかそのお陰で、この非常事態を打開する道が開けようとは。だが容貌が似ているだけでは、スナムが女子学生のチェリョンの役はできない。幸い、スナムは朝鮮文字の読み書きもできるし、日本語も大抵のことなら間に合った。スナムが勉強しているのを知った時は、分をわきまえないやつだと苦々しく思ったが、それらすべてが今回のことに役立った。ヒョンマンは、スナムを買ってきた自分の慧眼《けいがん》に感嘆し、幸運の女神はまだ自分の傍にいると確信した。

ヒョンマンはさっそく、朝鮮に住んでいた日本女性の戸籍を買った。死んだばかりでまだ死亡届が出されていない佐藤ひかりという女で、チェリョンより一歳上だった。チェリョンは佐藤ひかりになり、淳平と結婚するのだ。そうすれば夫の姓になるから、寺尾ひかりになる。チェリョンが正式に淳平の妻になれば、パスポートや渡航証を得やすくなるだろう。敵の首を次々討ち取り突撃する武将のように、ヒョンマンは、計画を邪魔するすべてを、これまで蓄えた財力と人脈でなぎ倒し突き進んだ。

ベッドに横たわっていたチェリョンは、不意に起き上がり、冷めた食事をとり始めた。ホテルの窓の向こうには、ライトに照らされた横浜港が広がっていたが、チェリョンの目には何も映らなかった。今、彼女を生かしているのは、二人に裏切られたという怒りの感情から芽生えた新たなる計画だった。

自分がもっとも大きな悲しみに打ちひしがれている時、父が現れた。チェリョンは、当然、父がすべてを解決してくれるものと思った。父の気に入る相手ではなかったが、娘の愛する男なのだから、きっとチョンギュを救ってくれるだろう。ヒョンマンは、これまでチェリョンが望むことは何でもしてくれた。チェリョンはチョンギュがどれほど立派な若者であるかを丁寧に説明し、自分とどれほど固く結ばれているかを訴えるつもりだった。彼女は、チョンギュがずっと刑務所暮らしをしなければならないなら、刑務所通いもする覚悟だった。だが父は、愛する娘との久しぶりの邂逅《かいこう》のあらゆる手順をすっとばし、だしぬけに、淳平と結婚してアメリカへ行けと言う。それも、赤の他人の名前で。

ヒョンマンは、チェリョンが考えたり抵抗したりする隙も与えなかった。

「いいか、時間はない。いまこの場に刑事が上がり込んできて、お前を引っ張っていくかもしれん。証拠はすべて挙がっている。もう手を回す術がない」

ヒョンマンが険しい表情で言った。ヒョンマンは、行方の知れないカンフィのせいで、底の抜けた甕《かめ》に水を注ぐように財産を減らしていた。チェリョンのことまでおおっぴらになれば、ヒョンマンが朝鮮総督府の犬になっていくら床を舐めても、彼らに睨まれるのは明らかだ。そうなれば、会社の事業は言うまでもなく、家門も終わりだった。

「私はどうなってもいいんです。チョンギュさんの傍にいます。彼は、私のすべてなんです」

ヒョンマンは、泣きじゃくる娘の頬をひっぱたいた。あまりの強さに障子戸まで吹っ飛ばされたチェリョンは、泣くのをやめ、唖然とした顔で父を見つめた。チェリョンは、父が自分にしたことが信じられなかった。ヒョンマンは、詫びるどころか、わなわなと震えながら言い放った。

「お前は、あいつらに利用されたのだ。やつらは、お前が誰かを知って、わざと近づいてきた。資金の出どころを吐いたのもそいつだ。お前をずっと利用するつもりだったそうじゃないか。これで、お前ばかりか、わが家門も終わりだ。さあ、お前は黙って言うとおりにしろ。今から、お前の夫は寺尾君だ。彼と一緒にアメリカへ行け。そうしない限り、今からお前にできるのは、警察に引っ張られて、やつらの罪名をもうひとつふたつ増やしてやることだけだ。いいか、焼きゴテだぞ？　鉄串を刺されて、堪えられるか？」

ひりひりする頬に手を当てたまま、チェリョンは父の言葉を聞いた。チョンギュがそんなことを言うわけがない。子爵の娘である自分と、どれほど別れようとしていたか。チェリョンが宝石類を渡したのは、チョンギュではなく、彼が一緒に住んでいた友人だ。米を買い肉を買い、滞納した部屋代を払うようにと渡したのだ。チョンギュに罪があるとしたら、いくら睡眠時間を削って働いても貧しいそんな状況で大学に通い、自分のためでなく、もっと大きな夢のために生きたことだ。父は、私を傷つけるために嘘を言っている。チェリョンは、恋人への自分の固い信頼が誇らしかった。今こそ父に、そんな自分の気概を見せつけなければならない。だが、父の最後の言葉が、まるでムチのようにチェリョンを打ち据えた。

「わしは、そいつを助けてやることはできんが、死なせることはできるのだ」

チェリョンは、はっと我に返った。父にはそういう力があった。何よりも、家門が傾くのを黙って見ている父ではない。チェリョンはそこまで言われてようやく、恐怖に震える声で言った。

「い、行きます。アメリカへ行きますから、彼を見逃してください。でも寺尾とは結婚しません。私ひとりで行きます」

チョンギュの恋人である自分に、日本人になって日本の野郎《ウェノム》と結婚して生き延びろとは。ありえないことだった。

「お前の名前では、パスポートが出る前に逮捕だ。それに女がひとりで、パスポートや渡航証を取得するのは無理だ。何より、お前ひとりでどうやってアメリカで暮らすつもりだ。今、この状況下で、寺尾君ほど素晴らしい相手はいない。お前は今すぐ、寺尾君とここを発て」

ヒョンマンが、殺気立った声でまくし立てた。チェリョンはそれ以上、何も言い張ることはできなかった。

「ス、スナムは？　連れて行ってもいいんでしょ？」

チェリョンがかろうじて尋ねた。今、彼女が頼ることのできるのはスナムだけだった。

「お前はまだ、状況をわかってないようだな。お前はこれからスナムはもちろん、わしとも関係のない人間になるのだ。お前の生きる道は、寺尾君と結婚してアメリカへ渡るしかないのだ」

ヒョンマンが冷酷な表情と断固たる声で言った。チェリョンに選択の余地はなかった。

その晩、家を出たチェリョンは淳平に連れられ、東京へ向かった。東京は、乗船地の横浜に近く、ヒョンマンに力を貸す人たちが大勢いた。チェリョンは東京でパスポートと渡航証をもらうための審査を受けた。婚礼なしで結婚写真も撮った。婚姻届の提出は既に済んでいた。

チェリョンは一日に何度も逃げることを考えたが、とても行動を起こす気にはなれなかった。チョンギュと一緒ならいくらでもできただろう。せめてスナムでもいてくれたら、実行に移せたかもしれない。だが、ひとりではとても勇気が出なかった。チェリョンは考えを変えることにした。一旦、船に乗ろう。だが、淳平が妻とともにサンフランシスコに着くことはないだろう。その前に、海に飛び込むのだ。ユン・シムドクのように愛人と一緒ではないが、愛する人への思いを胸に、太平洋に身を投げるのだ。チェリョンは自分を意のままに操ろうとするふたりの男に対して、痛烈な復讐をするのだと誓った。

子爵の娘

「お嬢さま、明日の朝、船に乗るそうです」

昼食の膳を運んできた日奈美《ひなみ》が言った。スナムは、世話をしてくれる彼女について、名前しか知らなかった。漸《ようや》く出発できるという言葉に、スナムの表情は明るくなった。京都の鈴木のおばさんの家を発ってひと月近く、下関港近くの旅館に閉じ込められたままだったからだ。

チェリョンになったスナムは船に乗るのが危ぶまれるほど体調を崩し、往診の医者と刑事が変わる変わる訪ねてきた。ずっと寝ているか、旅館の庭を散歩することしかできなかったスナムは、胸が疼《うず》いた。何もせずにぶらぶらしているので、手足から力が抜け、本格的な病気になりそうだった。スナムは、チェリョンが身を隠すための時間稼ぎなのだろうと思って辛抱した。理解するのが難しい英語で書かれた本がなかったら、到底堪えられなかっただろう。

京都にいた時より、勉強したり本を読む時間が増えたのは良かったが、スナムは一刻も早く、皇軍女子慰問隊に行きたかった。三月六日に出発の日どりが決まっていることを知らなかったスナムは、旅館に留め置かれる分だけ自由が遠のくようでやきもきした。なんと、カンフィの居場所がわかったのだ。鈴木のおばさんが淳平からのことづけだと言ってそっと渡してくれたメモには、「満州国ハルビン居住と推測」と書かれていた。スナムの脳裏から「推測」の文字は消え、「ハルビン居住」とだけ刻まれた。ハルビンは、『有情』に登場する地名だ。よく知っている場所のようで親近感が湧いた。スナムはブラッドリー夫人の地球儀で見た中国を思い浮かべ、浅い知識と豊かな想像力を総動員し、どんなところなのか、頭の中に描いた。

「ユン子爵さまから出発の支度をするようお電話がありました。ようやくここを発たれるのですね」

スナムが旅館を離れられるということは、チェリョンが安全に身を隠したに違いない。嬉しかった。

スナムに淡い笑みが広がると、日奈美も微笑んで言った。

「やっぱり嬉しいのですね。ここはだいぶ気詰まりだったでしょう」

「日奈美さんにはすっかりお世話になりましたわ。本当にありがとう」

スナムが茶碗と箸を手に取り、言った。

「お別れのご挨拶はまだ後ですわ。釜山まで私がお伴しますから」

日奈美が湯飲み茶碗に茶を注ぎながら、膳の上に置いた。

「本当？　一緒に釜山まで行けるなんて嬉しいわ」

スナムの言葉は本心だった。スナムが真似事とはいえチェリョンのふりをすることができたのは、日奈美のお陰が大きかった。それに、ひと月近くふたりだけで過ごしたので、情も移った。

「旦那さま、あ、お父さまはいつ、こちらへ？」

スナムは、日奈美がどこまで知っているのか、よくわからなかった。尋ねることもできなかった。

スナムのことを本当にヒョンマンの娘だと思っているようにも見えたが、時おり見せる鋭い視線は、すべてを知り監視しているようでもあった。

「ユン子爵さまは、昨日、一足先にご出発なさいました」

スナムは、子爵と一緒に行くのも居心地が悪く落ち着かないと思っていたが、先に出発したと聞くとそれはそれでなんとなく寂しかった。

日奈美が荷物をまとめて出発の準備をしている間、スナムは旅館の庭で腰かけていた。小さな中庭に吹く海風には温かさが感じられた。スナムは、鈴木家で聞いたヒョンマンの言葉を反芻した。

「皇軍女子慰問隊から戻ってくるまで、お前はユン・チェリョンとして行動しなければならない。お前が秘密をばらしたり、他の人々にお前の正体を明かしたりすれば、お前との約束は無効になる。そうなれば、お前はその代償をきっちり払うことになるからな」

スナムはヒョンマンとの約束をきちんと守るつもりだった。自分の自由やチェリョンの安全のためであることはもちろん、ヒョンマンの恩に報いたいという気持ちも強かった。

チェリョンのように振る舞うことは、思ったより難しくなかった。チェリョンの傍で十年以上過ごしたスナムが、いちばん上手く真似できる人といえば、まさに主のチェリョンだった。初めは少しぎこちなかったが、日奈美が本物のチェリョンに接するように極めて礼儀正しく接してくれるので、スナムの言葉や振る舞いも次第に堂に入ってきた。だが、ヒョンマンに対して本物のチェリョンのように振る舞うのは大変だった。チェリョンがヒョンマンにどう接しているか知らないからではなく、よく知っているからこそ、同じように振る舞うのは難しかったのだ。チェリョンは長じてからも、父に対して駄々をこねたりした。スナムにとっては幼い頃でもしたことのないような振る舞いを、チェリヨンは父に対してしていた。スナムは、チェリョンが親に内緒で独立運動をしている男と付き合い、皇軍慰問隊に志願せざるを得なくなった状況を思い浮かべた。今は幸い、誰がどう見ても、父に対して以前のようには甘えられない状況だった。

旅館にいた間、スナムはヒョンマンと二回会った。医者と刑事がそれぞれ初めて訪ねて来た時だった。医者の診察は形式的なものだったが、刑事が来た時は替え玉が発覚するのではないかと恐怖で血の気が失せ、ぶるぶる震えた。それがかえって医者の診断と一致し、刑事の疑心を買わずにすんだ。ヒョンマンは傍で見ていたが、監視というよりは心配そうな表情にも見え、スナムは心強かった。

その後も医者と刑事は何度もやって来た。事前に話がついているように見える医者と異なり、刑事の視線は鋭かった。だがスナムがその手から離さずに持っていた英語で書かれた数冊の本が、彼女をチェリョンらしく見せた。実際、刑事はチェリョンが偽物であるとは微塵《みじん》も疑わず、それよりも彼女の病気が本当かどうか、逃亡の恐れはないか、神経を尖らせて監視しているようだった。ヒョンマンはたまに旅館に電話をかけてくるだけで、訪ねては来なかった。スナムは、チェリョンの安否同様、ヒョンマンの健康が気がかりだった。顔は黒ずみ、目がくぼんだ姿に、本当の娘になったように心を痛めた。

皇軍女子慰問隊の歓送式は釜山駅前広場で開かれ、正式な出征式は京城駅で挙行されるという。慰問隊に加わる娘たちは大部分が慶尚道の出身なので、歓送式は釜山駅で開かれる。これまでの動員に対して家族や本人にまやかしを言う詐欺的募集だの脅迫だのという世間の非難を意識し、そうではないことを宣伝するための行事でもあった。

歓送式を待つ四日間、スナムはヒョンマンとともに釜山駅の二階にあるホテルの特別室に泊まった。

連絡船に乗っている間もスナムの傍を片時も離れることのなかった日奈美が、ホテルでも世話をしてくれた。ヒョンマンと再び会ったスナムは、チェリョンの安否を敢えて尋ねなかった。徹底的にチェリョンにならなければならないという子爵の命令でもあったが、実は本心でもあった。スナムはチェリョンのことを口にすると、自分が身代わりに過ぎないという事実を思い出しそうで嫌だった。

ヒョンマンは行事の準備に忙しく、スナムも『毎日新報』（朝鮮総督府の朝鮮語機関紙『毎日申報』が一九三八年に紙名を変更した）の取材や歓送式での隊員代表挨拶の練習などで落ちつかなかった。歓送式で、スナムは皇軍慰問隊を代表して長い挨拶をしなければならない。ヒョンマンが原稿を書いてくれたが、練習するうちにスナムはそれが自分の言葉のような気がしてきて、胸が高鳴った。歓送式の前日に、新聞社の取材があった。チェリョンとしての初めての公式なイベントだった。そこで疑われればすべてが水の泡である。準備された質問に準備された受け答えをすれば良かったのだが、スナムはヒョンマンをがっかりさせたくなくて、夜遅くまで受け答えの文章を繰り返し暗記した。

取材当日、あまり寝ていなかったうえに緊張していたスナムは、朝食が喉を通らなかった。これまで食べる物がなくて食事を抜くことはあっても、食欲がないなどということは初めてだった。そんなわがままな贅沢は、子爵の娘を演じているからこそできることだ。スナムは自らに驚きながらも、本物のチェリョンに次第に似ていくようで満足だった。

「食事が喉を通らないのなら、スープだけでも飲みなさい。腹の中に何か入ってないと、堂々と話せないぞ。日奈美、スープを注文してくれ」

真向いに座り、新聞を読みながらコーヒーを飲んでいたヒョンマンが言った。日奈美が見ているので仕方なく演じている父親役だとしても、スナムはヒョンマンの温かい声を耳にし、胸が詰まった。

釜山で過ごす間、ヒョンマンは、チェリョンに対するのとは比べものにならないにしても、実直で慈愛に満ちた父親の顔でスナムに接した。スナムは、不意にヒョンマンにお父《アボジ》さんと呼びかけて甘えたい衝動にかられた。

取材の時刻が近づいた。日奈美は京都から持ってきたチェリョンの鞄から地味なスーツを取り出した。チョンギュが派手な服を嫌がるからと言って買った服だった。そのスーツに身を包み蝶が舞うようによく外出していたチェリョンの姿が目に浮かんだ。白いブラウスの上に着たスーツは、スナムにもよく似合った。

身なりを最終点検したスナムは、まじまじと鏡の中の自分を見た。ひと月以上、よく食べよく寝たせいか肌艶は良くなり、洗面以外には水を使うこともないので手の甲も滑らかだった。スナムはその手で、桃のように柔らかく赤みの差した自分の頬をさすった。チェリョンに似ているという言葉に、スナムは初めて頷いた。髪の毛をふたつに編んだ鏡の中のスナムは、京城で女学校に通っていた時のチェリョンにそっくりだった。スナムは、それまでの自分より遥かにチェリョンに似た鏡の中の姿を見て、記者に会う不安が少し和らいだ。

スナムはチェリョンの表情を思い浮かべ、それを真似した。見下すような高慢な表情、つんと澄ました表情、怒ったときの氷のように冷たい表情……。するとますますチェリョンに似てきた。鏡の中に日奈美の姿が映った。スナムの顔に、いたずらっぽい笑みが広がった。

「日奈美さん」

スナムが呼ぶと、日奈美が振り返った。その瞬間、スナムの表情がさっと変わり、眉根を寄せた。

「このブラウスじゃなくて、ほかのを出して。皺が寄ってるわ」

初めて聞く横柄な言葉遣いと冷たい態度に、日奈美が戸惑いの表情を浮かべた。

「それがいちばん無難そうなので……。地味なものにするようにという子爵さまのご命令です」

「それならアイロンをかけるとか。取材を受けるのに、こんな皺だらけの服を着ろっていうの？」

冷ややかなスナムの態度に、日奈美は目を伏せ、おろおろした。

最初は、いたずらだった。怒ったふりをして驚かせた後、いたずらだと明かすつもりだった。ところが日奈美がおろおろする姿を見るや、スナムは快感をおぼえた。そういえば、自分はこれまで日奈美に対し、自分の世話をする人間ではなくまるで主人のように接していた。スナムは冷たい表情を崩さず、ブラウスを脱いで手渡した。取材をちゃんと受けるためだもの。スナムは自分の行動に言い訳しながら、取材場所であるヒョンマンの部屋へ行った。応接室の付属する広い部屋だった。記者は間もなく来るという。

部屋に入ったスナムを見て、ヒョンマンは飛び上がって驚いた。スナムは、しとやかに膝を曲げて挨拶をすると椅子に腰かけた。ヒョンマンは慌てて新聞に目を落とすふりをしたが、文字が目に入らなかった。横に腰かけたスナムの姿をもう一度確認したかった。スナムは、京城を離れる前のチェリョンにそっくりだった。

ヒョンマンは、娘が「お父さまがいちばん好き」と言っていた頃の昔に戻って、自分の隣に座っているような気がした。だがチェリョンは、数日前に淳平とともに旅立ったのだ。ヒョンマンは横浜港の埠頭のタクシーの中から、船が出発の汽笛を響かせ遠ざかるのを見守った。いつまた会えるともわからない別れだった。新聞に覆われたヒョンマンの目の前が、白くかすんだ。

スナムが取材を受けている間、ヒョンマンは傍で補足説明をした。スナムは、ヒョンマンがいると緊張するかと思っていたが、むしろ本物の父親が傍にいてくれているようで心強かった。記者が最後に、現在の心境を尋ねた。想定問答にはなかった質問だった。スナムはもちろん、ヒョンマンも慌てた。記者がもう一度尋ねた。スナムは深呼吸をし、気持ちを落ち着かせて言った。

「もちろん両親と離れて遠いところへ行くのは不安ですし、寂しさはあります。でも天皇陛下とお国のために忠誠を捧げる皇軍女子慰問隊一期生となり、大変喜ばしく、この上なく光栄です。お国のため、父のため、ひいては自分のためでもありますので、涙の代わりに笑顔で行きたいと思います。皇軍の聖戦遂行の礎《いしずえ》になるよう、誠心誠意、本分を尽くし、元気な姿で戻って参ります」

震えていた声は次第に落ちつき、最後は堂々としたものだった。実際スナムは、話しながら本物のチェリョンになったように自信が湧いてきたのだ。ヒョンマンが驚いた目でスナムを見つめた。目の合ったスナムは、視線を逸らさずに言った。

「お父さま、このような機会を用意してくださり感謝いたします。お父さま、どうぞお元気で」

椅子から立ち上がったスナムがヒョンマンに近づいて肩を抱いた。記者が微笑ましい表情でその姿を見守った。

慌てたヒョンマンは、そっとスナムの腕をとって言った。

「ご苦労。歓送式の時も、今のようにな」

スナムは、役目を果たせた自分が晴れがましかった。出発前から、任務を終えて戻ってきた自分の姿を想像し、胸を躍らせた。

一九三九年三月六日午前八時、釜山駅前広場で歓送式を終えた十五、六歳から二十歳くらいまでの少女たちは、丈の長い刺し子のチョゴリと黒いモンペ姿で京城行の特急列車に乗り込んだ。「皇軍女子慰問隊第一期」という襷《たすき》を掛けていた。人々は歓声と拍手を送った。汽車二両に乗った少女たちは、生まれて初めての声援や見送りにどぎまぎしていた。とりわけヒョンマンと並んで壇上に座り、代表として宣誓と長文の挨拶までこなしたスナムは、いつまでも興奮が覚めやらなかった。ヒョンマンが書いてくれた原稿だったが、あんなに多くの人々の前で、言い間違いもなく読めた自分を誉めてやりたかった。スナムの手をとり万歳三唱までしたヒョンマンも満足げだった。まだ京城の出征式での役目が残っていたが、同じことをもう一度繰り返せばいいので気持ちは楽だった。

皇軍慰問隊員たちは、汽車の窓にヤマブドウの房のようにしがみついている家族との別れを惜しんでいた。故郷を離れる実感がようやく湧いてきて、少女たちはさめざめと泣いていた。窓の外の家族も同様だった。見送りに来た母親たちの多くは、娘との永遠の別れのように嗚咽した。スナムはそうした姿を羨ましく眺めた。自分を見送る人は一人もいない。日奈美とは今朝早くホテルで別れたし、京城駅まで一緒に行く子爵は、国民精神総動員朝鮮連盟の委員たちとともに一等室に乗りこみ、既に傍にはいなかった。

ヒョンマンは壇上で、娘を皇軍女子慰問隊第一期に送った自らの忠誠心を披瀝《ひれき》し、以後、娘にはいかなる特別待遇も望まないと宣言した。万一、不本意な行いをする者がいれば、それは自分の忠誠心を傷つける行為であり、天皇陛下に対する不敬であるとまで述べた。そして自らの覚悟を示さんとばかりに、それ以降、娘への関わりを完全に断った。

家族との別れを惜しむ隊員たちの姿をじっと見守るスナムの視界に、列車の隅の座席にぼんやりと座る女の子が目に入った。スナムは、自分より三つか四つ年下に見えるその子と窓の外を交互に見た。首に木綿の襟巻きをしたその子も、スナムと同じく見送りの家族はいないようだった。だが、どこかで見覚えのある顔だった。どこで見たのだろう。記憶を辿ったスナムは、数日前、下関から釜山に渡る船の中で見かけたことに気づいた。

連絡船で、スナムと日奈美は二等室を使用した。七、八名くらいの日本人がまず席をとり、あちこちに寝ころんでいた。正体がばれるのを恐れて口をつぐんだスナムは、船酔いを口実に甲板に上がった。日奈美も一緒だった。胸が高鳴ったが、以前ほどではなかった。

船の前方に舞うカモメと、白く砕ける波を見ていたスナムは、自分を真っ直ぐに見つめる視線を感じ、振り返った。十五、六歳に見える少女がぼんやりと立っていた。木綿の襟巻きをした女の子だった。周りを見ても、家族らしい人はいなかった。ひとりで船に乗ったのだろうか。気になったスナムは少女に話しかけてみたかったが、日奈美がいるので我慢した。チェリョンだったら、みすぼらしい身なりの少女に話しかけたりしないだろう。

〈慰問隊に来るために、船に乗っていたのか〉

見送りの人がいないのを見ると、少女は、船からずっとひとりだったようだ。家族は日本にいるのだろうか。スナムは、思い詰めた顔の少女に胸が痛んだ。自分の心情に近い表情だった。だがスナムは気を引き締めた。私は、キム・スナムではなくて子爵の娘ユン・チェリョンなのだ。今まで順調だったからと、気を緩めてはならない。私とあの子とは、身分が違う。チェリョンお嬢さまなら、あんな子に同情なんてしないはずだ。スナムは今後、あの子を気にしてはいけないと自分に言い聞かせた。

スナムは、チェリョンを頭の中に描き、胸を反らして座った。この世に身寄りのない者のように、おどおどした態度ではダメだ。スナムは顎をやや上げ視線を落とした。すると、向かいの席の少女が自分をじっと見ているのに気づき、慌てた。少女はスナムから視線を逸らさなかった。

「なぜそんなに見るの？　何か顔についてるかしら？」

スナムの声が冷ややかに響いた。チェリョンなら、もっと冷たく言い放っただろう。

「あの時の方でしょう？　あたしのこと、覚えてないですか？」

前に座った少女が、顔を赤くして言った。

「あ、あんた、誰なの？」

スナムは、自分を知る人がいると思うと、うろたえた。

「去年の今頃、釜山行きの汽車の中で、あたしに茹で卵とサイダーをくださいましたよね」

少女が興奮したように言った。

思い出した。その子の母親が、自分を女学生と間違えたことも思い出した。少女は、薄汚かったあの時よりずっとこざっぱりして、背も高くなり、少しふっくらしたようだった。

「ああ、思い出したわ。名前は何だっけ？」

「プニです」

「そう、プニね。一年で、ずいぶん大きくなったのね。わからなかったわ」

「あたしも、さっきお嬢さまがみんなの前でお話しした時はわからなかったです。でもここにお掛けになってから、じっと見ていたら、思い出したんです」

スナムが自分のことを思い出してくれたので、プニは得意になってお喋りを始めた。あの頃より、背が高くなっただけでなく、しっかり者になったようだ。他人の家のお手伝いに入ると、勘が鋭くなるものだ。

「こうして会えるなんて、嬉しいわね」

プニのおかげで、スナムはすっかり堂々としていることができた。自分は身分を偽っているのではなくて、一年前から留学に行く女学生だったのだ。プニが証人である。

「あたしはすっかり安心しました。お嬢さまのような立派な方が行かれるところなら、どんなにいいところでしょう」

プニの言葉に、スナムは心なしか胸を張った。

「お母さんも見送りに来たの？」

「お母ちゃんは、あたしがこうやって行くのも知りません」

急にプニが浮かない顔で言った。

「どうして？　連絡しなかったの？」

プニが身をスナムのほうに寄せて、囁くように言った。

「あたしはご主人さまの娘さんの代わりに行くんです」

スナムの心臓がドクンと鳴った。そのとき汽車がガタンと揺れ、動きだした。前に身を屈めていたプニが、後ろにどんとのけぞった。少女たちはわっと窓にしがみついた。座りなおしたプニも、家族と別れを惜しむ少女たちを羨ましそうに眺めた。スナムはドキドキする胸を人知れず落ち着かせた。自分とまったく同じプニの境遇について、それ以上詳しく知りたくないと思った。

窓の外に群れた人々が追いかけてきたが、次第に遠ざかった。本当の別れだった。汽車の中は沈鬱な雰囲気に包まれた。上着に短袴《たんこ》ズボン（腿の膨らんだ軍服のズボン）の男が客室に入ってきた。ハンチングを被った男が棒で壁をコツコツ打つと、沈んだ雰囲気が瞬時に緊張感に変わった。腰に提げたホルスター（ピストルの革ケース）が見えた。脇にはサーベルを提げた軍人がふたり立っていた。喋らないので日本人なのか朝鮮人なのかわからないが、軍人たちは二十歳前後の隊員たちと同世代だった。少女たちは、拳銃とサーベルを提げた男たちの登場で、すっかり怯えた表情になった。

その後、少女たちは歓送式での歓待ぶりに比べて貧弱極まりないおにぎりの弁当を一個ずつもらうや、すっかり現実に引き戻された。皆、昨日まで、貧しい家の無駄飯食い扱いされてきたのだ。ほとんどの子は学校に通ったこともなければ村の外に出たこともなかったが、家族のために村を出てきたのだった。

短袴ズボンの男が隊員たちをじろじろ眺めた。見られただけで身体の芯まで震えるような、鋭い目つきだった。少女たちは身をすくめた。引率者と軍人ひとりが隣の車両に移動し、残りの軍人がドアの前に立ちはだかった。鼻の下がようやく黒ずみはじめた、顔に幼さの残る軍人は、不動の姿勢で立ち、視線の置き場に困ったとでもいうように中空を見つめていた。

当初、少女たちは、気恥ずかしさもあり、軍人も怖く、静かにしていたが、しばらくすると近くに座っている者同士、互いの故郷や名前、年などを尋ね合い、ここへ来ることになったわけなどを話し始めた。耳打ちするような小声で話していた少女たちは、軍人が咎めないとわかるや、次第に声が大きくなり、汽車の中はまるで春のツバメの巣のように賑やかになった。その中の活発な少女は、軍人に向かって冗談まじりの言葉さえ投げ掛けた。顔を真っ赤にした軍人は、少女たちにからかわれるのが、まんざらでもない様子だった。その姿を見て、少女たちはまたクスクス笑った。そして、彼女たちは兄のような弟のような軍人たちの怪我を治療し、彼らを慰問する仕事に胸をときめかせた。家でしていた仕事に比べたら辛い仕事でもないだろう。おまけに皇軍女子慰問隊から戻ったら、看護婦として就職もできるという。

それぞれが聞いてきた募集の条件を披瀝しながら夢を膨らませた少女たちは、時間が経つにつれ、ひとりまたひとりと眠り始めた。昨夜は興奮でなかなか寝付かれなかったうえ、早朝から歓送式の予行練習をさせられて、みな疲れていた。少女たちは夢の中で、看護婦になった夢を見ていた。たまに喋っている少女たちも小声でひそひそ話した。スナムは静まり返った汽車の中を見回した。スナムも昨夜はろくに眠れなかった。だが、ひと月以上贅沢な暮らしをしてきた身体は、数日くらい寝なくてもなんともなさそうだった。

スナムは、隣の少女と席を代わったプニを見た。プニは木の皮のようにひび割れた手を、チョゴリの袖の間に差し入れて眠っていた。嘉会洞《カフェドン》の屋敷にいたときの自分の手みたいだった。スナムはゆらゆらと揺れるプニの頭を、自分の肩にもたせ掛けてやった。スナムとの出会いを本当に運が良かったと喜ぶプニは十四歳で、いちばん幼く、正月が来て十九歳になったスナムの年の子がいちばん多かった（数え年は生まれた年が一歳で、以後正月がくると一歳を加えるため、みなが同時に年を重ねる）。しっかりしなくては。そう考えながらスナムは首を振った。チェリョンは二十歳である。スナムは自分の戸籍の年も二十歳であることを思い出し、気持ちを落ちつかせた。スナムは二年後の我が身の未来を思い浮かべた。

自由を手に入れた人生なんて、まったく想像できなかった。見たこともない大金で何をするのか、ぼんやりしていた。しかしひとつだけはっきりしていることがある。カンフィを探すことだ。自由の身になって私が坊っちゃんを探しあてたら、坊っちゃんは何と言うかしら。

スナムは、汽車が皇軍女子慰問隊の任務のためではなく、カンフィに会うために走っているような気さえした。時間が経てば経つほど、カンフィに会える日が近づいてくる。胸がいっぱいになった。しばらく眠れなかったスナムだったが、ようやくうとうとし始めた。

ついに汽車が終着駅に着いた。白い雪があたり一面を覆っていた。どういうわけか、汽車から降りるのはスナムだけだった。毛皮の帽子を被り外套を着こんだ髭の濃い男がいきなり目に飛び込んでくる。カンフィだった。彼は、スナムを見るなり「チェリョン！」と呼んだ。私はチェリョンではなくてスナムです、と言いたかったが、声が出なかった。口惜しくて足を踏み鳴らしたかったが、苦しい胸を押さえ辛抱した。胸を叩き声を殺して我慢していると、誰かに腕を摑まれた。スナムはどきりとして目を覚ました。自分の強く握った拳が胸の上に置かれていた。プニが、心配そうな顔で覗き込んでいた。スナムはもしや寝言でも言ったのではないかと不安がよぎった。

「悪い夢でも見ていましたか？」

プニが心配そうに尋ねた。幸い向かいの席のふたりの少女は頭を寄せ合って寝ていた。

「ここは、どのあたりかしら？」

スナムは、プニに何も悟られていないことを願って尋ねた。

「少し前に慶山《キョンサン》を過ぎました」

スナムは、プニに気づかれないよう吐息を漏らし、汽車の中を見回した。まだ寝ている子もいたし、仲良くなった子と話している子もいた。

「隊員代表の宣誓をしてる夢を見てたの。でも声が出ないのよ。緊張してるみたいね」

スナムはいかにも自然に口から嘘が出る自分に驚いた。

「お嬢さまみたいに勉強をちゃんとされた方でも震えるんですか？　あたしだったら死んでもできないです。さっきは本当に素敵でした」

プニに褒められて嫌な気はしなかった。

「ものすごくいっぱい練習したのよ。あなたもいっぱい練習したら、できるわ」

「とんでもありません。留学までした女学生さまとこうやって並んで座ってるだけで、偉くなった気分です。学校では何を勉強なさったんですか？」

朗らかな笑顔で聞いてくるプニの言葉に、スナムは心臓が飛び出しそうになった。予想もしない質問だった。

「え、えっと、英語よ」

「それは何ですか？」

「西洋の言葉なの」

「ならお嬢さまは、日本語も、その他の言葉も話せるってことですか？　本当にすごいですね」

プニが尊敬の眼差しで言った。スナムは、そっとプニの視線を避けた。胸の鼓動が汽車の音よりもっと大きく耳に響いた。同時に、プニが尊敬に満ちた眼差しで自分を仰ぎ見てくれるのが心地良かった。スナムはプニに、お姉《オンニ》さんって呼びなさいと言った。プニは恐縮していた。

「オンニが羨ましいです。あたしは田舎にいたとき、お母ちゃんが麦を売って学校に入れてくれたんだけど、お父ちゃんがお酒飲んで、教室まで追いかけてきて連れ戻されちゃいました。女の分際で、勉強なんかしてどうするんだって」

プニがため息をついた。スナムは話題が変わってほっとするとともに、プニを気の毒に思った。

「うちのお母ちゃん、あたしのこと、父親の薬代のために他人の家に奉公に行く感心な子だって言ったでしょ？　本当は違うんです。うちのお父ちゃんがあたしを売ったんです」

スナムは言葉を失った。自分もまた、自ら名乗り出たとはいえ売られてきたのだ。それも七歳のときに。

「ご主人の家の娘さんの代わりに来たって言ったけど、それ、どういうこと？」

スナムは、ようやく気になっていた質問をした。

「ご主人さまの家のお嬢さんは女子高等普通学校に通っていて、勉強なんて上の空で遊んでばかり。勉強が嫌で、突然、慰問隊に志願したんです。そしたら家中が大騒ぎになっちゃって。ご主人さまが取り下げを頼んだら、誰でもいいから代わりを出すようにってことになって、あたしが来たんです。もともとお父ちゃんのおっきな借金の代わりにあたしが連れてこられたんだけど、借金も帳消しにしてくれるって。それから、うちのお母ちゃんが反対するかもしれないから、家には連絡するなって。あたしは嬉しいです。あっちへ行って稼いだお金は、全部あたしのものになるんです。文字の勉強も、看護の勉強もさせてくれるっていうし。あっちで勉強したら、あたしもオンニみたいにはなれなくても、字くらい読めるようになれるでしょう？」

プニの顔に希望の色が広がった。スナムは、屈託なく自分のことを話せるプニが羨ましかった。スナムはこれから先、夢を見る時も嘘をつかなければならないのだ。

その時短袴ズボンの男が再び現れて、隊員たちを起こした。そして全員に、君が代と日本への忠誠を誓う皇国臣民《こうこくしんみん》の誓詞《せいし》（一九三七年制定。三カ条からなる）を覚えなければならないと伝えた。学校に通っていたり、里長（地区長）が愛国班の活動に熱心な村の子たちは大体覚えていたが、まったく知らない子が大半だった。

「歓送式では大目に見たが、出征式では絶対にあんなうろ覚えではダメだ。大田《テジョン》駅を過ぎたら、全員に試験をする。覚えていなかったら、昼飯抜きだ」

少女たちにとってこれまで昼飯抜きは日常茶飯事だった。だがみんなのなかで、自分だけ昼飯抜きなどというのは堪え難いことだ。隊員たちの顔に不安の色が浮かんだ。

「まず初めにやってみる者は誰だ。立派に言える者には褒美を与える」

プニがスナムの脇腹をつついた。向かいの席のふたりもスナムを見つめた。スナムは息が止まりそうだった。チェリョンが唱えていたのを微かに記憶していたが、正確ではない。チェリョンは学生なので、君が代や皇国臣民の誓詞は一字一句違わず唱えられなければならなかったが、スナムは日本の天皇陛下の住む方角に向かってお辞儀をする宮城遥拝《きゅうじょうようはい》さえちゃんとやっていればよかった。

「オンニ、オンニがやってみて。褒美をくれるって」

プニが催促した。スナムは目の前が真っ暗になり、背に冷や汗が伝った。こんなにも早く、正体がばれるのか。少女たちの前から軍人に引きずられていく自分の姿が目に浮かんだ。この子たちに、この子たちと自分が同じ身であることを知られたくなかった。その時、誰かが私がしますと言って立ち上がった。スナムの近くの席の少女たちはチャンスを逃したと、まるで自分のことのように残念がった。普通学校を卒業したというエイコは、日本式の名を名乗っている少女らしく、君が代を歌い、皇国臣民の誓詞をすらすらと唱えた。短袴ズボンの男は満足そうに頷いた。スナムは、自分を危機から救ってくれたエイコに、ひれ伏して感謝したかった。

軍人が、君が代の歌詞と皇国臣民の誓詞が印刷された紙を、四、五人に一枚ずつ配った。日本語の読める子たちがもう二、三人いて、隊員たちはその子たちを中心に集まった。スナムは幸いにも、君が代のメロディーを真似できるくらいには覚えており、自分の周りに集まった子たちに教えてあげることができた。そればかりか、皇国臣民の誓詞もすらすら読むことはできたので、疑念を持たれることもなかった。だが今後、こうした危機は次々と訪れるだろう。

スナムは、自分がチェリョンの役が出来ると過信していたことに気づいた。歓送式まで何ごともなく過ぎたので、人々の前でチェリョンの役をするのは簡単だと思い違いをしていたのだ。だがそうではない。よく考えてみれば、今までやすやすと出来たのは日奈美とヒョンマンのおかげだった。日奈美は、極めて礼儀正しく接してくれて、ヒョンマンの娘ということを誰にも疑わせなかった。だがこれからは、自分でユン・チェリョンであることを証明しなければならない。プニも完璧な証人ではない。なにか些細なことで疑われるかもしれない。スナムは、失態を犯さないようにするには、あまり喋らないでいることだと結論づけた。

汽車の中は、少女たちの君が代と皇国臣民の誓詞を唱える声であふれていた。スナムは、ほかの子たちに気づかれないよう、胸の中で練習した。しばらくするとずっと前から知っていたように唱えられるようになり、本物のチェリョンの姿にまた一歩近づいたような気がした。

昼飯抜きにされた隊員たちも、水原《スウォン》駅を過ぎる頃には、みな合格した。おにぎりとタクアンをもらえなくても、他の子たちがこっそり自分のぶんを分けてやったので、ぺこぺこに腹を空かせた子はいなかった。京城駅が近づいてくると、隊員たちは覚えたものをもう一度繰り返し、はずしていた襷をお互いの肩に掛けてやった。

大部分の少女たちは汽車に乗るのも初めてで、話にしか聞いたことのない京城の地を踏むことにこそわそわしていた。市内見物はできないにしても、式典は駅前広場で開催するので、京城の空と空気を味わうことはできる。隊員たちは、王様のような総督の前でもう一度主人公になれるのかと思うと、みなそれぞれに興奮気味だった。

京城がふるさととも言えるスナムは、さらなる胸の高鳴りを覚えた。ちょっとだけでも嘉会洞の屋敷に寄って、スリネや屋敷で働いていた人たちと別れの挨拶がしたかった。だが、それはできない。今朝の新聞に取材記事が出たはずだから、もしかして奥様が駅に来ているかもしれない。外出をほとんどしない奥様の代わりに、チェリョンの乳母だったスリネが来るかもしれない。スナムは、スリネと会うことを思うと急に怖くなった。スリネの目を欺ける自信はなかったが、一方で試してみたくもあった。仮にばれたとしても、スリネならチェリョンのために秘密を守ってくれるだろう。

ところが京城駅に到着する頃になり、出征式は中止になったという連絡が入った。軍のほうで急を要する事態が発生したという理由だったが、実際は出征式を狙ったテロの秘密情報がもたらされたためだという。隊員たちは、汽車を乗り換えるために下車した京城駅のホームで集合写真を撮り、それで残念な気持ちを紛らわせた。ヒョンマンをはじめ朝鮮連盟の委員たちも同じだった。釜山からやってきた委員たちは、総督府の高官にアピールする機会を失ったことを悔しがった。

皇軍女子慰問隊員たちは、京城駅から軍用列車に乗り換えた。間もなく、黄ばんだ紙で窓を覆った汽車が出発した。スナムは視界の遮られた窓を見ながら、外に立っているに違いないヒョンマンに固く約束した。

〈無事に私の務めを果たして戻って参ります、お父さま〉

波打つ朝

「夕飯、本当に行かないんですか？　今日は千葉みどりのディナーショーがある日ですよ」

淳平は、ベッドの背にもたれて雑誌を見ているチェリョンに、もう一度言った。一緒に行けないことが残念だった。

「行かないわ。何度も言ったでしょ。それに、千葉みどりって何様なの、大騒ぎして」

チェリョンは投げつけるように返した。チェリョンが何を言っても、文句も言わず口答えもしない淳平が、今回だけは納得がいかないという顔をした。女優で演歌歌手の千葉みどりは、芸者だった過去があるにもかかわらず、人気があった。サンフランシスコとロサンゼルスの日本僑民会の招請公演に行く途中で、一回限りの船上ディナーショーをする日が今日だった。もちろん、一等客室の乗客にだけ与えられた特典だ。淳平はため息をつくことですべての言葉を呑み込み、客室を後にした。出かける前に手を洗い、ちらっと鏡を見るのも忘れなかった。

チェリョンはひとりになると、雑誌を床に放り投げた。そしてベッドから降りると、そのまますぐ脇のひとり用テーブルの前に座った。チェリョンはうつむき、両の拳でテーブルを思いきり叩いた。顔を上げたチェリョンは、一等室とは名ばかりの狭苦しい客室の中を見回した。横になるだけでせいぜいのシングルベッドが二台、窓側と廊下側の壁にくっつけて置かれ、その間にテーブルがあった。壁側には小さな洗面台と鏡があった。化粧台もなく、鏡の下の小さな棚がその役割をした。足元に幅三十センチくらいの収納棚があり、客室の外にあるトイレや浴室は共用だった。淳平と一緒に使っているので、部屋も共用と変わらなかった。

船に乗った初日、客室を見たチェリョンは開いた口が塞がらなかった。二十年の人生でこんな部屋は初めてだった。名目上は夫婦なので同じ客室を使うのは仕方ないが、たったひと部屋しかないとは知らなかった。一等室には寝室と居室が分かれていて専用の浴室とトイレがついた特別室もあった。

「私にここで過ごせっていうの？」

京都を出て東京と横浜にいた時も、ふたりはずっと、寝室が二つに応接室があるスイートルームに泊まっていた。船は京城から京都へ行く時に乗った連絡船より倍以上大きいのに、客室の広さは三分の一もない。連絡船を思い出すと、チェリョンは涙が込み上げた。あの時は新しい人生への期待で、どんなにわくわくしていたか。わずか一年前のことなのに、遥か遠い昔のようだった。京都での記憶は、すべてがチョンギュと一緒だった。チェリョンは、愛の思い出が針となり胸を刺すような痛みを覚えた。チョンギュさんは、刑務所でどれほど辛いだろう。彼が恋しくてたまらなかった。

彼と同じくらいスナムにも会いたかった。スナムでも傍にいたら、チョンギュの他愛ない話でもして気持ちを紛らわせることもできるのに。チョンギュのことで辛い時、チェリョンはスナムに心底慰められた。チェリョンは、スナムと一緒に連絡船で船酔いに苦しんだことさえ懐かしかった。田舎から連れて来られて以来影のようにいつも傍にいたスナムの不在が、つくづく大きく感じられた。スナムは京城に戻ったのだろうか。私がいないのに？　チェリョンが涙を滲ませると、淳平は大罪を犯したようにおろおろした。

「お許しください。私の力では、この部屋が精一杯なのです」

数人が一緒に使用する畳部屋の二等室や、もっと大勢が棚のように吊られたベッドでとりあえず寝るだけの三等室もあった。もし淳平がひとりだったら、迷わず三等室を選んだだろう。だがチェリョンには二等室も勧められなかった。不便なこともあるが、他人の視線を気にしたせいもある。よその人たちと一緒に部屋を使ったら、チェリョンと淳平が夫婦でないことは、たちどころにばれるだろう。それにサンフランシスコに着いた時、一等室の乗客は、二等室や三等室の乗客に比べて移民局を通過しやすいとも聞いていた。だから二等室に比べて倍以上、三等室に比べたら四倍以上する金を払って一等普通室にしたのだ。

日本を出発したからといって、すべてが解決したわけではない。ヒョンマンの計画通りに万事うまく運んでいるのかどうか、淳平には何もわからなかったので、用心するに越したことはなかった。淳平は、人気スターの千葉みどりが同じ船に乗っていることを知った時、ほっと胸を撫でおろした。人々の注目がそちらへ向かうので、チェリョンの身元がばれる心配は減るはずだ。淳平は、チェリョンがどこにいてもひと際目立つのが心配だった。チェリョンの名となったひかりは、〈光〉という意味だ。もとからその名だったように、チェリョンにぴったりだった。

「お父さまが十分にお金をくれたはずでしょ？　それなのにどうしてこんな部屋なの？　自分の懐にでも入れちゃったわけ？」

チェリョンが疑い深い目で淳平を見た。たとえ形式的であれ、自分の姓になった妻に対する責任感で胸をいっぱいにしていた淳平は、ひどく自尊心を傷つけられた。もちろんヒョンマンは大金を手渡してくれた。そのお陰で、驚くべきスピードで書類が作成され、乗船するまでチェリョンをホテルのスイートルームで過ごさせることができた。だが惜しみなく使ったせいで、ヒョンマンから受け取った金は、金《きん》の延べ棒三つを除き、もう一銭も残っていなかった。

「金《きん》なら世界中、どこへ行っても通用するからな。今後は君に任せるが、アメリカに着いたらこの金の延べ棒でチェリョンが望むようにしてやってくれ。これが父親としてしてやれる最後のことだ」

ヒョンマンは、特注して作らせた金の延べ棒を忍ばせた鞄を渡しながらそう言った。淳平は、秘密を保持するためにチェリョンには知らせなかったが、サンフランシスコに着いたら自分の名誉にかけてヒョンマンの言葉を守るつもりだった。

淳平は、自分とチェリョンの旅立ちを意味する乗船券くらいは、そっくり自分の金《かね》で買いたかった。妻になった彼女のために、これまで貯めてきた金《かね》で高額の切符を買ったのに、ヒョンマンから渡された金をくすねたかのような視線をチェリョンから向けられ、侮辱された気分になった。淳平は顔を真っ赤にし、強い口調で言った。

「私はそういう人間ではありません。こんな部屋でも、月給取りの寺尾淳平としては相当な無理をしたのです。寺尾ひかりであるあなたは、このことを知らなければなりません。不便かもしれませんが、二週間だけ我慢してください」

船に乗るまで、チェリョンとまともに目も合わせられなかった淳平。そんな人間の命令調の言葉がチェリョンには腹立たしく、再び涙が出そうだった。自分の戸籍に入ったからって私を思い通りになんか、絶対にできない。

「ちょっと、人の前で服を着替えられないじゃない」

チェリョンは、淳平がもう父の部下ではなく自分と同じ身分だとでも思っているなら大きな誤りであることを、はっきりさせたかった。そして、ひと部屋だけの客室がどれほど不便かを思い知らせてやるとでもいうように、淳平を真っ直ぐ見ながら上着のボタンをはずした。淳平は耳たぶまで赤くしながら、慌てて外へ出た。その後チェリョンは、客室を自分のひとり部屋のように好き勝手に使った。一等室の乗客には、豪華な社交室、喫煙室、読書室、子供室のような空間が用意されていた。二等室や三等室の乗客の使用は禁止だった。だがチェリョンは、食事の時以外は客室から出なかった。淳平の妻の役は、食事の時だけで十分屈辱的だった。しばしば、体調が良くないと言って部屋に食事を持ってこさせて食べたりもした。淳平はほとんどの時間を部屋の外で過ごし、寝る時刻になって静かに戻り、廊下側のベッドに横になった。

チェリョンは、すっくと立ち上がると、洗面台の前に行った。わずか二歩。チェリョンは鏡に映った自分の姿をじっと見た。むくんだ顔とぼさぼさの髪、地味というよりくたびれた身なりの女は、絶対に自分ではない。死んでからも他人に戸籍を売らなければならなかったひかりという女に似つかわしい姿だ。チェリョンは、逃げ出せなかったことを後悔した。京都でも、東京でも、横浜でも、逃げ出す機会はたくさんあったが、実行に移せなかった。彼女は、身を潜めて暮らしながらチョンギュを待つ自分を思い浮かべた。彼の苦悩に震える声が、眼差しが、自分の体を求める性急な手が、熱い吐息が、すぐ傍に感じられた。

父が自分とチョンギュを引き離すため、大袈裟な芝居を打ったのかもしれない。もう釈放されたチヨンギュが、自分を探しているかもしれない。私が不逞鮮人と結婚でもしたら、父の立場はなくなるだろう。財産と家門を守るため、淳平なんかの妻にするなんて。改めて父への激しい怒りで身体が震えた。チェリョンは、奥歯を強く噛みしめた。この結果がどうなるか見せつけてやろう。父は、娘が死んでも世間の前で悲しむこともできないのだ。死んだのはユン・チェリョンではなく、寺尾ひかりだからだ。私、ユン・チェリョンは、死霊になってチョンギュさんのところへ行くのだ。

悲壮な覚悟をしていると、腹が鳴った。チェリョンは、鏡の中の女に見られているようで恥ずかしくなり、腹をさすった。実は、チェリョンが千葉みどりのディナーショーに行かない本当の理由は、そこへ着ていけるような服がないからだ。ならば、いっそ食事を抜くほうがましだ。千葉みどりとかいう卑しい芸者の引き立て役などご免だった。

自暴自棄になったチェリョンは、服も化粧品も何も揃えなかった。ホテルの部屋にこもるチェリョンのために淳平が買ってきた服は、どれもこれも寺尾ひかりとして生きていかねばならない人生が、どれほどみじめで情けないものかを嫌というほど教えてくれた。

〈あなた、死んでやるというけど、本気なの?〉

チェリョンは自分の内側から聞こえる声に、〈もちろんよ〉と自信たっぷりに答えた。鈴木のおばさんの家も狭くて不便だったが、楽しかった。チョンギュと付き合っていた時も、貧乏な恋人に合わせながらも幸せだった。部屋のせいにするのは、私が幼稚で見栄を張っているせいじゃない。チョンギュさんとなら、三等室に荷物みたいに詰め込まれたって、喜んで我慢するわ。でも私はサンフランシスコに着く前に、海に飛び込んで死ぬのよ。人生の最期を、淳平みたいな男と同じ部屋で過ごすことになって怒るのは当然でしょう?　チェリョンは鏡の中の女に向かって言った。

浅間丸に乗って八日が過ぎ、あと六日残っていた。良好な天候のお陰で予定通りサンフランシスコに到着するだろうと船長は今朝言った。海に浮かぶ船が監獄だとすれば、独房のような客室にこもって過ごした八日間はあっという間だった。これからの六日間はもっと早く過ぎるだろう。乗船して以来、朝を迎えるたびに、今日が最期の日だと繰り返してきたチェリョンは焦りを感じた。

チェリョンは世間を騒がせてから死にたかった。それでこそ、父と淳平への最大の復讐になるし、チョンギュも後で恋人がどうやって自分との愛を守ったかを知ることになるだろう。ところが、千葉みどりが取り巻きの人間をぞろぞろ連れて周囲の関心を集め、船内をかき回している。二等室や三等室の人々まで、チャンスがあれば千葉みどりをひと目見ようと窺っていた。そういう視線や待遇は、自分が受けるべきものだ。死のうという刹那に羨むこともなかったが、自分の死が、千葉みどりの吐く言葉のひとつより小さく扱われるかもしれないと思うと、死にたい気持ちも失せた。

チェリョンがどういう姿で海に飛び込もうか悩んでいた時、淳平は覚悟新たに毎日を過ごしていた。彼は寝る時以外、ほとんどの時間を客室の外で過ごした。鬱陶しがるチェリョンへの配慮もあったが、それより他に目的があった。淳平は、ヒョンマンがお金と権力と人脈によって不可能を次々と実現させるのを数年にわたって目の当たりにしてきた。これまで、ヒョンマンの指示で本当はやりたくない仕事もやってきたが、内心は穏やかではなかった。だがこれからは自分がチェリョンを守ってやらなければならないと考えると、できないことは何もない。とはいえ、今はまだお金も権力もない淳平には、人脈を広げることしかできない。

横浜滞在中、少年時代の自分を思い出し、淳平は前向きな気持ちを取り戻した。あの頃の淳平は、聞きかじりのいくつかの英単語で、お店や通りで出会う外国人に躊躇《ためら》いなく喋りかける少年だった。

あの頃より、年齢も知識も経験も増えた。そして美しい妻をもつ男になった。淳平は毎日、身なりを整えて出かけ、人々と交わった。日本人であれ、外国人であれ、一等室の乗客と親交を結んでおくのは悪いことではない。自分も一等室の客なので、堂々としていられた。

一等室の外国人は、その多くが商売や旅行のために日本に来て、本国へと帰るアメリカ人だ。淳平は、彼らと親しくなろうと心掛けた。人脈とまではいかなくとも、当面の英語の実力養成には大いに役に立った。叔父の次郎に言われて、学生の頃からこつこつ英語の勉強をしてきたので、文法はある程度できたが、会話力はまるで子供だった。淳平の差し当たりの課題は、入国審査だ。通訳がいるとはいえ、英文学専攻のチェリョンの前で、もごもご言う姿を見せたくない。

多くのアメリカ人は積極的に近寄ってきて、淳平に親切に接した。船の中という特殊な環境が、平素なら無視する東洋人に好意を抱かせた。彼らは、淳平が絵を描いてあげると、いっそう関心を寄せた。密航した時、祖父の作品が役に立ったという叔父の言葉ほどではないにしても、淳平は浮世絵に感嘆する西洋人を見て育った。

淳平は、スケッチブックを持って歩き、希望する人に絵を描いてやった。カメラを持っている人でも、淳平が肖像画を描いてやると喜んだ。西洋人を着物や袴姿にして、浮世絵風にして描いてやるのだ。カメラではできないことだった。アメリカ人たちは、淳平のなかなかの腕前に、東洋の芸術作品を手に入れたように嬉々としていた。

日本人たちも、自分を描いてほしいと頼みにやってきた。淳平は、五十歳代の佐々木という男に目を留めた。父とともにハワイへ労働者として渡り、その後サンフランシスコに腰を据えたという彼は、ジャパンタウンでホテルとレストランを経営していると言った。高級そうな背広をぱりっと着こなした彼は、ひと目で成功者に見えた。淳平は、彼からサンフランシスコ事情や入国審査で心得ておくべきことなど多くの話を聞いた。淳平は、次郎叔父を知っているかと喉まで出かかった言葉を呑み込んだ。大叔母の鈴木のおばさんが、アメリカで叔父の評判が良くないという話をしたのを思い出したからだ。次郎の姉である大阪の叔母の話は信じられなかったが、もしそれが事実なら、敢えて先入観や偏見を与える必要はない。淳平は人々から絵の代金を受け取らなかった。

「私を友人と思ってくださるなら、どうぞ受け取ってください。差し上げます。そのかわり、いつかどこかでお会いしたら、私を思い出してください」

そんな淳平に好意をもち、困った時は連絡してくださいと名刺を差し出す紳士もいた。サンフランシスコに着いたら、仕事を紹介して差し上げますよというご婦人もいた。淳平は、彼らの名刺や住所、電話番号などを大切に仕舞った。

アメリカ人の男たちが淳平に見せる好意には、チェリョンへの関心も含まれていた。チェリョンの黒髪と、きりりと吊り上がった細い目、冷たい笑みの漂う引き締まった口もとは、普段彼らが想像する神秘的な東洋の女性のイメージどおりだった。夫さえもおろおろさせるほど、気位が高そうで魅力的なチェリョンがレストランに現れると、男たちは思わず盗み見せずにはいられなかった。パーティや社交室には現れないことが、かえって関心を引いた。日本の男たちも同じだった。何かしら他と違う雰囲気を放つチェリョンは好奇の的だった。

浅間丸の日本人の女たちは、千葉みどりと寺尾夫人という、ふたりの若い女に密かに神経を尖らせた。千葉みどりに対しては、自分たちももう一度見たいわと盛り上がり、すぐに陰口の対象から外された。いっぽう寺尾夫人は、退屈な船上生活で、話題のネタにちょうど良かった。しかし、よそ様の夫人の陰口を叩くのは、彼女たちの教養や品位が邪魔をした。彼女たちは暇さえあれば集まって、折り目正しく真面目な淳平が、怠惰で高慢な女を妻にして気の毒だと噂することで陰口の代わりにした。ほとんど部屋にこもりきりのチェリョンについては、「私たちとは、交わりたくないんでしょうね」と言いながら、その実部屋にこもっていることに胸を撫で下ろした。

チェリョンは、自分へ向けられる眼差しに、これまでになく、萎縮してしまう何かを感じた。以前は、自分へ一斉に向けられる眼差しを愉しんだ。だが今は、その眼差しは一等室の客にそぐわない自分のみすぼらしい身なりや、一等室が不似合いに見える淳平の妻という立場のせいに思われた。ところが淳平は、事業で大当たりした成金気取りで、得意げに船内を歩きまわっている。彼への嘲笑までが自分へ向けられているとチェリョンは勝手に誤解した。

父から金をもらって自分と結婚したと思っているチェリョンは、淳平を虫けら以下だと思った。彼女は、淳平が自分に昔から好意を寄せていたことなど知りもしなかった。スナムに耳打ちされたこともあったが、「この京城に、私を好きじゃない男なんていないわ」とまるで意に留めず、何も覚えていなかった。思い出したとしても、チェリョンは認めようとしないだろう。彼女は、男が女を好きになるとどうなるかをよく知っていた。自分の身より大義のために生きるチョンギュでさえ、隙あらばチェリョンに抱擁を求めた。苦しそうに別れを口にしても、チェリョンの口づけにたちまち動揺した。それが恋だ。だが淳平は、一カ月以上ふたりだけで同じ部屋を使っているのに、そういう気配をおくびにも出さない。書類上とはいえ、夫婦だというのに。

たとえ好きでなくとも、女とふたりだけでいたら、邪《よこしま》な心を持つのが男ではないのか。彼が夫婦なんだからと言い張って、でたらめなことでもしようものなら許さないが、自分を備え付けの家具みたいに扱うのも気分のいいことではない。淳平が夜ごと、数歩先で寝ているチェリョンのところへ行きたい衝動を抑えようと必死に堪えていることは、大海原の波音だけが知っていた。

チェリョンがいくら自分に対して投げやりな態度をとろうが、今は自分より弱い存在なのだと淳平は自らを諭した。居丈高に屈服させるのは、男としてすべきことではない。心を寄せてくれるまで、彼女の体を欲しがるまいと言い聞かせ、それを実践することは、淳平なりの愛し方であり自尊心だった。妻を守るという目的のため、淳平は自らも驚くほど積極的な人間になっていた。

その間チェリョンは、ある日は寒いから、ある日は波が高いから、またある日は気分が良くないからと、死ぬのを一日延ばしにしていた。そうしている間も船は休まず進み、予定どおり、とうとうサンフランシスコ港の沖合についた。船上生活に嫌気の差していた人たちがみな甲板に出てきて、カモメの群れより騒がしく、陸地を見て歓喜した。

チェリョンも乗船時の計画とは異なり、生きて甲板の上に立っていた。彼女は近づいてくるサンフランシスコをうっとりと眺めた。霧に覆われてそびえるビル群は、映画のワンシーンか蜃気楼のようだった。遠くに見える金門橋（ゴールデン・ゲート・ブリッジ。一九三七年開通）もそうだ。霧に沈んだ赤い橋は、まるで天界へ上る道のようだ。チェリョンは、興奮を隠せなかった。京城は言うまでもなく、東京とも比べものにならないほど魅力的に見えた。

カモメたちが、船の前方に飛んできた。それまでサンフランシスコを眼前に海に飛び込むのもドラマチックではないかと考えていたチェリョンは、海ではなく、自分の部屋に走っていった。鞄を開け、わずかな化粧品をかき集めて化粧をし、持っている服の中からいちばんましな服に着替えた。そんなことをやっていたせいで一等室の客のなかでも最後に下船することになった。

「ひかりさん、昨日、私が言ったことをちゃんと覚えていますか？」

淳平の問いかけに、チェリョンは、何の話かと言う顔で見返した。淳平は、いつになく華やかなオーラを放つチェリョンに不安を覚え、昨日話したことを繰り返した。佐々木氏の話では、東洋人の入国審査はとても厳しい。以前は、中国人、日本人、朝鮮人は船から降りると全員、エンジェル島にある移民局に入れられ、数日間、調査を受けた。かつては数カ月間ものあいだ、移民局の収容所で過ごさなければならない人も多かったという。

「今も相変わらず調査は厳しいようです。アメリカ人のやつらは、書類や招請状との関係が本当かどうかを徹底して調べます。書類を偽造するケースが多いので。たぶんあなたを招請した親戚について、根ほり葉ほり質問してくると思いますよ」

昨夜、淳平はチェリョンに、入国審査時に心得ておくべきことを説明した。父親代わりに育ててくれた叔父の具合が悪いこと、病気がかなり深刻なので会いに来たこと、そのため急いで結婚したことなどなど。チェリョンには初めて聞く話だった。作り話なのか、本当なのかもわからない。チェリョンはそれまで、アメリカの地に足を踏み入れるつもりなどさらさらなかったため、淳平の話を上の空で聞いていたのだ。だが華麗な大都会を目にするや、チェリョンは、自分が夢に描いた世界が目の前にあることに気づいた。

「寺尾ひかりであることを忘れてはいけませんよ」

淳平が、自らにも念を押すように言った。これまで淳平は、ひかりという名が口からすらすら出るよう夢の中でも練習した。いまやチェリョンのいないところでは、彼女のことを自然に「ひかり」とか「家内」と呼ぶようになっていた。

淳平の話を、チェリョンはふんと鼻であしらった。船から降りたら、この日本人《イルボンノム》（日本人の蔑称）が父からもらって隠しているお金を取り返して、すぐにどこかへ消えてやる。そしてユン・チェリョンとして生きていくのだ。どうやって？　という問いが聞こえた時、チェリョンは進路を決めた。女優になるのだ。そう考えたのはその時初めてだったが、前から決めていたように思えた。夢を追い、ひとりでアメリカにやってきたような気がしてきた。

チェリョンは不安ではなかった。いきなりスターになるつもりもない。映画雑誌で読んだ記事によれば、ハリウッドの俳優たちも初めからスターだったわけではない。いろいろ苦労しながら端役で出演しているうちに、監督やプロデューサーの目に留まり、やがてスターになるのだ。千葉みどりだって、もとは酒席で踊っていた芸者の女だ。そんな女でも成功して売れれば人気が出るのだから、自分にできないわけはない。チェリョンは、映画監督やプロデューサーが移民局の前で自分のような魅惑的な東洋の女優を探しているような気さえしてきた。海に飛び込めなかったことも、これから待ち受ける華麗な人生のための運命のいたずらのように思えた。チョンギュとの別れが人生で初の試練だったチェリョンは、まだ挫折や失敗が何かを知らなかった。

船が港につくと、船長や乗務員たちが二列に並び、一等室の乗客たちを見送った。チェリョンは既に女優にでもなったかのように、優雅に気品を振りまいて歩いた。荷物を持ち、硬く緊張した面持ちで後ろを歩く淳平は、夫というより付き人に見えた。港の入国ゲートは手続きを待つ人々と、船を乗り換える人々でごった返していた。浅間丸から下船した一等室の乗客の中でも、母国に入国するアメリカ人の手続きがいちばん先で、次が国籍の異なる西洋人、そして東洋人の順だった。

淳平は、チェリョンを守らなければと思い、自分が先に入国審査を受けた。審査官は、金色の毛がわさわさと生えた毛むくじゃらの腕の、腹の突き出た男だった。一度も笑ったことがないような気難しい表情を見て、淳平はすっかり足がすくんだ。横浜からサンフランシスコではなく、冬の季節から常夏の地に来たように、首筋を汗が流れた。後ろで自分を見ているであろうチェリョンを意識し、淳平は堂々とした態度をとろうと必死だった。だが丸暗記した言葉をいくつか口にした後は、通訳の助けを借りねばならなかった。

審査官は、淳平が日本で何の仕事をしているか、何の用でアメリカに来ていつ帰るのか根掘り葉掘り聞き、書類につぶさに目を通すと、ようやく通過させてくれた。後は税関と保健局だけだ。鞄の中の金の延べ棒が心配だったが、絶対にばれないから大丈夫だと言ったヒョンマンを信じることにした。誰かを欺かねばならないときは、自分自身がその成功を信じるのがいちばんだ。淳平はどきどきしながら、チェリョンが無事に通過してくれることを祈った。

チェリョンは間もなく自分のファンになるはずの審査官に、微笑みながら挨拶し、書類を差し出した。彼女の人生において、自分の微笑みが通用しなかったことはない。だが、その頬に笑みなど端からないといった風情の審査官は、チェリョンを無視し、書類に目を落とした。気まずい雰囲気が流れ、審査官を睨みつけたチェリョンは、彼が目を上げると、慌てて目を逸らした。審査官が何か質問した。だが彼の言葉はあまりにも早口で、彼女が勉強してきた英語とも抑揚が異なり、まったく聞き取れなかった。審査官は婚姻書類を指差した。何か問題があるようだ。初めて恐怖を感じたチェリョンは、「私は寺尾淳平の妻、ひかりです」を連呼した。学校では発音もよく英語ができるほうだったが、こうやってアメリカ人の前に立つと、簡単な単語さえ思い浮かばない。

質問と関係ない、同じ答えばかりを繰り返すので、審査官はチェリョンの書類を持って立ち上がり、ついて来るようにと言った。そして淳平まで、片隅にある調査室に呼ばれた。

「書類に不備があるみたいじゃない。ちゃんとしてくれなくちゃ困るんだけど」

淳平を見るや、ほっとしながらも、腹を立てたチェリョンが小さな声で問い詰めた。淳平は、がたがた震える足をなんとか踏ん張ると、通訳を呼んでほしいと要請した。チェリョンがいなかったら、到底出てこない勇気だった。

ふたりの婚姻届の日付が叔父の招請状が届いた後であること、招請状にチェリョンの名がないことが問題になった。審査官は、ふたりに別々にあれこれ質問をした。本当の夫婦かどうかを確認するためだったが、そんな質問までされるとは思っていなかった淳平とチェリョンは、当然、互いに違うことを答えた。もっとも決定的だったのは、誰が見てもぎこちないふたりの様子だった。偽装夫婦であると判断した審査官は、彼らをエンジェル島行きの船に乗せた。淳平の顔から血の気が引いた。佐々木氏から聞いていた最悪の事態になったのだ。

十四日間、船に乗ってようやく辿り着いた陸地から、彼らは再び海に放り出された。まかり間違えば、国外追放かもしれない。三等室から降りた東洋人が大部分である船内には、不安に満ちた沈黙が渦巻いていた。旅客船に比べたら、便所ほどの小さい船の煙突から、真っ黒い煙が上がった。

「これってどういうこと？　これからどうなるの？　いったい何が問題なの？」

チェリョンは癇癪を起こしたが、淳平は何も答えられなかった。頭の中は完全に思考停止状態で、何も考えられない。叔父がこの事態を知って、助け出してくれるのを願うのみだった。

波が打ちつける岩礁には、トドが数頭寝そべって日向ぼっこをし、水鳥がぎっしりと岩場に群れていた。ふたりは追い返されることのない動物や鳥が羨ましかった。エンジェル島の周囲は潮流が激しい。長い航海を堪えてきた人々は、島へ渡る短時間のあいだに船酔いで疲労困憊した。そして、天使という名とは似ても似つかない、親近感が湧くとはとても言い難い建物の並ぶ島に降ろされた。

移民局の建物は船着き場とつながっていて、島の周りには椰子《やし》や松がどこまでも続いていた。朝鮮の松とは少し違ったが、見慣れない風景の中に唯一、見覚えのある樹木が見え、わずかに慰められた。

チェリョンと淳平は、別々にさせられ、それぞれ違う棟に移動した。

「あなたは、寺尾の妻のひかりです。これだけは忘れないでください。私が命を懸けて、安全をお約束します」

別れる時、寺尾は悲愴な面持ちでそう言った。世話をしてくれる人もなく、汚くて臭いのする人々の中で、チェリョンは初めて淳平の不在を恨んだ。

人々は、調査室でまず身体検査を受けた。チェリョンは白人の女の前で、服をすべて脱がなければならなかった。女同士とはいえ、恥ずかしさで息ができないほどだった。その後、通訳を伴った男の審査官から山のような質問を受けた。やはり、淳平と本物の夫婦かどうかを確認する手続きだった。

チェリョンは気を引き締め、昨夜、淳平が話したことを思い浮かべた。自分の夢を叶えてくれるアメリカに足を踏み入れられるか、追い返されるかが掛かっていた。

「主人の叔父の病気が悪くなったので、アメリカに来る主人と急いで結婚しました」

「何度も会わずに結婚しました。日本はそういうお見合い結婚をするのです」

「主人の出身は横浜です。義父はだいぶ前に地震で亡くなり、義母はその後、病気で亡くなったそうです」

一年前、釜山行きの汽車の中で聞いた話もおぼろげに思い出した。チェリョンはそれを覚えていることが不思議だった。

「叔父は、主人といちばん近しかった人なんです。実の父のような存在なんです」

審査官は、ふたりが住んでいた家についても尋ねた。

「結婚してすぐ発つことになったので、家は用意しないで、夫の大叔母の家に住んでいました」

チェリョンは自分の答えが間違っていないことを祈った。

「夫婦生活ですか？　毎日します。新婚ですから」

通訳がニヤリとしながら聞いたので、屈辱を感じたチェリョンが言い放った。

チェリョンは、移民局事務所の裏手にある移民者収容所に留め置かれ、数日間、取り調べに近い審査を受けた。サンフランシスコで暮らしたいチェリョンは、自分は寺尾淳平の妻の寺尾ひかりであるとひたすら言い続けた。力の限りを尽くしたが、審査官は、淳平とチェリョンを偽装夫婦と断定した。次郎の招請状のある淳平は入国を許可されたが、チェリョンは追放命令を受けた。

チェリョンは戦慄した。もう一度帰るなんて。帰るとしても、どこへ帰るのだろう。父の言う通りだとすれば、刑務所しかない。移民者収容所を経験したので、刑務所がどんなところか、少しは推測できた。淳平がエンジェル島を離れる前に、チェリョンに会いに来た。チェリョンはひとり残されるのかと思うと、一層恐ろしく、不安になった。嫌悪と憎悪しかない日本人《イルボンノム》に頼らなければならない自分の身の上が、嘆かわしく口惜しかった。

「明らかに何かの間違いです。追放される前に必ず迎えに来ます。命を懸けて誓います」

淳平が充血した目でチェリョンを見た。チェリョンは、涙を見せまいと唇を噛んだ。

第2部

暮れない時間

1939〜1954年

覚めない夢

皇軍女子慰問隊の隊員たちは、軍人の声で目を覚ました。少女たちは軍人たちに促され、寝ぼけた顔のまま、風呂敷包みを抱えて汽車から降りた。プニはスナムの傍にぴったりくっついていた。外はまだ薄暗く、明け方の冷気が服の中に忍び込んでくる。少女たちは、ひと晩のうちに言葉も風景も見慣れない外国に来ていることに驚き、ざわめいた。スナムも、船に乗って海を越えた日本とは違い、汽車に乗ったまま国境を越えたことが不思議だった。軍人のひとりがここは満州国だと耳打ちした。

満州国は、一九三二年に日本が遼寧《リャオニン》省、吉林《ジーリン》省、黒竜江《ヘイロンジアン》省などの中国東北地域に建てた傀儡《かいらい》国家である。中国大陸侵略に必要な軍人と物資の供給基地にするためだった。満州国がどういうところか、どれほど広いかなど何も知らないスナムは、ただカンフィが近くにいるというだけで親しみを覚え、胸が震えた。こんなに簡単に来られるところだったなんて。ハルビンはここからどれくらい遠いのか、どっちの方角か、誰かを捕まえて尋ねたかったが、用心には用心をしなければならない。

カンフィの妹である自分が、ハルビンがどこかと尋ねたら、人々は訝しく思うだろう。彼は今、追われる身である。万一、自分のせいでカンフィに良くないことが起こったら、スナムは自分を許せないだろう。自分の正体がばれるにしても同じだ。夢のような幸運を自分の足で蹴飛ばすことになる。

駅の外に出ると、広々とした広場の向こう側に、いかめしい茶色っぽい建物がいくつも見えた。早朝にもかかわらず、駅前広場は馬車や人力車、自動車、旅行鞄を持った人々、食べ物を売る人やさまざまな物売りでざわざわしていた。彼らは声の限りに叫び、通りは活気に満ちていた。隊員たちは軍人の指図通りに動きながら、あたりをきょろきょろ見回すのに忙しかった。京城《キョンソン》で十年を過ごし、京都まで行ったスナムでさえもの珍しかったのだから、ほとんどが田舎育ちである他の隊員たちは言うまでもなかった。

自分の下りたところが瀋陽駅であると知ったスナムは、心臓が破裂しそうなほど胸が高鳴った。イ・グァンスの小説『有情』によれば、ハルビンは瀋陽からそう遠くない。スナムは、運命が自分をカンフィのほうへ一歩一歩背中を押してくれていると思った。

隊員たちは幌つきのトラック数台の荷台に分乗した。甕《かめ》の中で育てる豆モヤシのようにぎっしり詰め込まれても、彼女たちはときめく気持ちを抑えることができなかった。トラックは一時間くらい走り、ある部隊の前に到着した。大きな建物があり、軍人たちもたくさん行き交っていた。少女たちは、まず食堂へ向かった。軍人が配膳してくれた。温かいご飯と肉の脂がたっぷり浮いた熱々のスープに、おかずが二品もあった。汽車に乗ってから冷たいおにぎりしか食べていなかった少女たちは、ものも言わずに食事をかき込んだ。

隊員たちはその日から、脈拍を測り、傷を消毒し、包帯を巻く方法などを習った。少女たちは、それだけでもう看護婦になったようにうきうきし、誇らしかった。基本的な日本語と日本の歌も習った。

歌は、軍人たちの士気高揚のための軍歌だという。少女たちは、すぐにでも部隊に配属されたいと思った。看護婦として働き、給料をもらい、食事を抜かなくてもいい暮らしに夢を膨らませた。

三日間の教育を終え、部隊の配属のための移動が始まった。今度は、十名から十五名くらいずつ、十数組に分けられた。

「体に気をつけて、元気でね」

「手紙、書くからね」

「いつか朝鮮で会おうね」

短い期間だったが、それぞれ仲良くなった少女たちは、お互いに離れることを悲しむより未来を期して別れた。

スナムと同じ組になったプニは、ぴょんぴょん跳ねて喜んだ。歌が上手で冗談を言っては場の雰囲気を和ませるピルニョも同じ組になった。スナムは、誰よりも本当の妹のように情の移ったプニと別れなくてすんだことが嬉しかった。

プニは、いくら止めても、「あたしがしたくてしてるんです。止めないでください。身分の高いお方がどうしてこんなことをなさるんです」と言って、人目につかないように、スナムの世話をした。スナムは気が引けつつも、内心悪い気分ではなかった。日奈美やヒョンマンの前では、チェリョンのふりをするのも顔色を伺い、後ろめたかったのに、プニの前では自然に堂々としていられたのだ。

四日目の朝、スナムとプニ、ピルニョを含めた十二名の隊員たちは、再び瀋陽駅から汽車に乗った。今度は客車ではなく貨物車だった。少女たちは、窓のない真っ暗な貨物車の床に座った。荷がぎっしり積まれていて、その隙間に座らなければならなかった。銃を提げた軍人二名も一緒に乗り込んだ。

隊員の中ではスナムがいちばん年長だ。すると次第に、スナムは隊員たちの面倒を見なければならないという責任感が芽生えた。同時に、ハルビンに近い瀋陽駅を出発した貨物車がいったいどこへ向かっているのか、突きとめたいと思った。暗がりに目が馴れてきたところで、スナムは軍人のひとりに行き先を尋ねたが、「バカヤロー、静かにしろ」という言葉しか返ってこなかった。その軍人は、隊員同士が話すことさえも禁じた。

途中、何度も停まりながらゴトンゴトンと走る汽車がようやく午後遅く停車したのは、吉林駅だった。スナムは初めて聞く地名を記憶した。汽車から降りた隊員たちは、トラックに乗り換えた。

トラックがでこぼこ道を走りだすと、破れた幌の隙間や入り口から埃まみれの寒風が入ってきた。ぎゅっと身を縮めた少女たちは、襟巻きや風呂敷包み、服の袖などで口を押さえ、激しい揺れに堪えた。幌の隙間から見える夕焼けの風景は、次第に荒んだ景色に変わった。焼失したり破壊されたりした建物があちこちに見え、ときどき軍人たちの隊列とも出会った。トラックが来たので道の片側に避けていた彼らは、幌の中に少女たちを見つけると、口笛を吹いたり帽子を振ったりした。軍人の隊列には負傷兵も混ざっていて、戦場を実感させられた。スナムはたったの数日習っただけの実力で、負傷兵の面倒をみられるのだろうかと不安になった。

こくりこくりと眠っているプニの頭を、自分の肩にもたせ掛けてやると、スナムは斜め向こうに座っていた少女と目が合った。木綿の襟巻きをした、あの少女だった。なぜか講習の時も、言葉を交わすことはなかった。数日間一緒にいたのに、名前も年齢も知らなかった。実は同じ組になったことも、今気がついたのだ。スナムは、言葉をかけるには少し離れていたので、ただ微笑みだけを返した。その子の顔にもうっすらと笑みが浮かんだ。

険しい道を疾走してきたトラックがようやく停止し、ひとりの軍人が降りろと命じた。あたりは既に暗く、夕闇に包まれている。そこへいきなり懐中電灯の光が隊員たちの顔に降り注いだ。前が何も見えなくなった少女たちは、手探りでトラックから降りた。容赦なく揺られたせいで、全身がまるで殴打されたように痛かった。頭の中までゆらゆら揺れ、時間や空間の感覚がなくなっていた。

何棟も並んだ建物が、トラックのヘッドライトに照らされて現れた。部隊の中のようだった。隊員たちは、軍人にしては年がいって見える男の後について、建物の部屋のひとつに入った。黒く煤《すす》けたランプの明かりに、土壁と畳敷きの床が見えた。壁がかろうじて寒風を防いでいるだけで、暖房装置はない。男は、軍務員の木村だと名乗った。

「今後は、私がお前たちを管理することになる」

そう言うと、引率してきた軍人から受け取った名簿と隊員を、品物でも点検するように照合した。木村は、隊員が聞き取れようが聞き取れまいが構わず日本語で喋るので、スナムが自然と通訳することになった。

「お前たち、持ち物を全部見せろ」

少女たちは、抱えていた風呂敷包みをおずおずと広げた。着替え一、二着、下着、足袋、櫛、生理用の布などが彼女たちのすべての持ち物である中で、スナムの本は目を引いた。出発時、最小限の荷物だけにするようにという指示に従い、スナムは仕方なくブラッドリー夫人からもらった英語の小説二冊は置いてきた。スナムは、残りの荷物を預けた日奈美に、かならずこの本は嘉会洞《カフェドン》の屋敷に送ってほしいと頼んだ。そして、暇を見つけて勉強するつもりで、英和辞典と、カンフィのもとへ行くための地図代わりの『有情』だけを持ってきた。隊員たちの所持品の中から没収されたのは、スナムの辞書と小説の本だけだった。スナムは、匂い袋を服の袖の中に入れておいてよかったと思った。

「仕事に支障のないようにします。どうか返してください。お願いします」

スナムの申し出に、木村は、何の本か調べなければならないと言う。翌朝は起床ラッパとともに起きて待機するよう言い渡された。木村が出て行くと、隊員たちは、老女のように腰やら足やらを叩きながらばらばらと座った。今朝瀋陽を発ったのに、もう何日も経っているような気がした。薄っぺらな敷布団の上に冷気が漂う。掛け布団も粗末で、互いの体温で寒さを凌ぐほかなかった。隣の人と抱き合ったまま疲れて寝入った少女たちは、眠りながらもあちこちが痛み、呻き声を立てた。

いちばん隅に横になったスナムは、なかなか寝つけなかった。本を没収され、まるで心の中を持っていかれたように胸にぽっかり穴が空いた。調べてから返すと言ったのだから、明日、返してもらえるに違いない。スナムは自分をなだめ、眠ろうと努力した。するとプニがぴったりとくっついてきた。身動きできず窮屈だったが、温かいのでスナムも離れたくなかった。スナムは、夜になるとふたりでひとつの布団に寝て、チェリョンとお喋りをしたのがはるか昔のことのように思えた。

お嬢さまはご無事でいらっしゃるだろうか。チョンギュさんとは、どうなっただろう。私が代わりにユン・チェリョンになっていることを知ったらなんて言うだろう。気を悪くするだろうか、それとも面白がるだろうか。どうであれ、私が戻るまでは影のように静かに過ごさなければならないはずだが、退屈が我慢できない性格だから辛抱できるだろうか。スナムは、いつになくチェリョンが気掛かりで、懐かしく感じた。

翌朝、起床ラッパが鳴ると、敏感な少女たちがまず起き出し、ほかの隊員たちを起こした。寒いところで寝た隊員たちの顔は、血の気がなく腫れぼったかった。それでも布団を畳んだ少女たちは、今日から始まる仕事を想像し、お喋りに花を咲かせた。外が気になったスナムが戸を開けると、冷気が入ってきた。みな、スナムの後ろに集まって外を見た。二階建てや平屋の兵舎が幾重にも並んでいて、部隊の裏手には朝鮮の山よりもっと高くて険しい山々が屏風のようにそびえている。部隊は、葉のついた針葉樹と葉の落ちた広葉樹が入り混じる山の麓にあった。

軍人たちが朝食の配膳を始めた。彼らは少女たちを横目でちらちら見るので、汁をこぼしたり、飯粒を落としたりした。隊員たちもまた、自分たちが治療してあげるところはないかしらと、ご飯をよそったり、汁を掬《すく》ったりする手を盗むように見た。朝食は、粟飯に薄い味噌汁と漬物がすべてだった。訓練を受けた時に出たような食事を期待していた少女たちはがっかりしたが、粟粒ひとつ残さず、みな勢いよくかき込んだ。

スナムは朝食の間、本を持っていった軍務員が来るのを待った。しばらくしてようやく木村が現れた。しかし彼の手には何もない。やってくるとすぐさま、隊員たちに日本の名前を言い渡し始めた。アキコ、ハナコ、ミヤコ、ユキコ、フミコ……。少女たちは、犬に名前をつけるみたいに自分たちに日本の名前がつけられることに最初は面食らったが、すぐに互いにからかうように相手の名を呼んではふざけた。スナムはハルコだった。チェリョンと呼ばれるのにようやく慣れたところだったのに、また違う名前になるとは。名前が変わると、子爵の娘としての役割も終わるような気がして残念だったが、春を意味する名前なのは気に入った。名前のように、これからは春の日差しのように明るいことが起こりそうな気がしてくる。プニはミヤコだった。

「では、移動する」

スナムが通訳し、隊員たちはみな外に出た。木村は彼女たちを部隊の中にある医務室に連れて行った。隊員たちはようやく任務に就く喜びでそわそわしていた。木村が待合室の木の長椅子に座っているように命じると、はじめに呼ばれたのはアキコだった。アキコは自分が呼ばれたことに気づかなかったが、他の子たちが教えてやると、慌てて入った。スナムに通訳をさせるだろうと思っていたのに、木村ひとりが医務室に入っていった。

しばらくして出てきたアキコは、唇を震わせ、今にも泣き出しそうな顔をしている。隊員たちがざわざわと集まってくると、軍人が銃口を突きつけて制止した。恐怖で元の椅子に戻った少女たちは、口をつぐんだまま、しきりにちらちらと目を見合わせた。その後も医務室に呼ばれて出てきた子たちの表情は、みなアキコと同じだった。プニも恐ろしくなったのか、震えながらスナムの服の端を摑む。プニの手をぎゅっと握っていたスナムは、名前が呼ばれると不安な面持ちで立ち上がった。

人体解剖図が掛かる医務室の中には、机と背のない丸椅子、診察台に見える簡易寝台があり、隅には移動式のついたてが立ててあった。昨夜泊まったところよりマシなものは何ひとつない、粗末でみすぼらしい部屋だった。

四十歳くらいに見える無表情な軍医の隣に、医務兵と木村が立っていた。軍医はスナムの顔も見ずに、名前と年齢を尋ねた。スナムが答えると、顎でついたての後ろを指した。震える声で何をするのかと尋ねるスナムに、医者は検診をするのだと返した。負傷兵を治療するには看護婦も検診をするのかと思い、スナムはついたての後ろに行った。診察台の中央の両側に足掛けがついていた。ついて来た医務兵がスナムに、モンペと下着を脱いで横になり、足を足掛けに載せるよう言った。スナムが驚いた顔で躊躇していると、医務兵は威嚇的な言葉で催促した。病院に行ったことも、診察を受けたこともないスナムは、それ以上何も聞けず、指示に従った。

スナムがかろうじて考えたのは、診察というのは、いつもこうするに違いないということだった。それにしても知らない男の前で、下着を脱いで足を広げて横たわるなど、あまりにも恥ずかしい。目をぎゅっとつぶったスナムは、震えながら診察台の端を握った。しばらくして人の気配に驚いて目を開けると、軍医が診察台の横の椅子に座った。そして下のほうに何か冷たいものが当てられた。驚愕したスナムの体は、岩のように固まった。金属製の器具が体の中に入れられ、中をさぐる間、スナムは息ができなくなり、悪寒がし、震えが止まらなくなった。恥ずかしさと身のすくむ思いで気を失いかけたが、軍医は手の甲のイボでも検査するように平気な顔だった。

「性病なし。処女」

医務兵が、軍医の言葉を書類に書き取った。看護婦の仕事をするのに、なぜこんな診察が必要なのか問いただしたかったが、スナムは何も言えなかった。

診察を終えた少女たちは、嫌な気分で木村の後について医務室を出た。その時、軍人のひとりが来て、木村に何かを告げた。

「昨日、本を持っていたのはお前だな？」

木村がスナムに聞いた。スナムは嬉しくなり、「はい」とはっきり返事をした。

「お前は、連絡兵について行け。残りは、私と一緒に来い」

隊員たちは、木村が何を言っているのかわからず、黙って立っていた。

「あの人について、先に行ってて。私も本を返してもらったらすぐ行くから」

スナムは隊員たちにそう告げた。プニは、母親と離れる子供のように不安な顔でスナムを見た。スナムがプニの肩をとんと叩いてやると、連絡兵について歩き出した。スナムが数歩、歩いてから振り返ると、プニは隊員たちの間に挟まって早足で歩き、木綿の襟巻きの子がひとり遅れて自分のほうを見ていた。スナムは、まだその子の名前を知らなかった。昨夜も今朝もばたばたしていて、あの子と話すのをすっかり忘れていた。でも、なぜか親近感があった。後で会ったら真っ先に声をかけなくてはと思いながら、スナムはその子に早く隊員たちのほうへ行きなさいと手を振った。

連絡兵は、スナムを兵舎の中の一角へ連れて行った。偉い人が使うところのようだった。スナムは、代表として任務の指示を受けにきたのだろうと推測した。仕事が始まると思うと、少し前の不快な気分が和らぎ、ときめきさえ覚えた。あんな恥ずかしいことは、もう二度とないだろう。

部屋に入ると、眼鏡をかけた軍人が机の前に座っている。にこりともせず冷ややかな印象のその人物は、軍人というより役人のように見えた。部隊の総指揮官の森少佐だった。連絡兵は少佐に敬礼すると、書類の束を机の上に載せた。そこに検診内容が書かれていると思うと、あらためて羞恥心が湧きおこり、顔が赤くなった。スナムが俯《うつむ》くと、机の上に自分の辞書と本が見えた。嬉しさのあまり、体が自然とそちらのほうへ傾く。森少佐はスナムを見つめながら辞書を手に取り、パラパラめくりながら尋ねた。

「お前のものか？」

「はい」

スナムは明るい声で答えた。

「この辞書は、どこで手に入れたのか？」

「ブラッドリー夫人から、プレゼントにもらいました」

「それは誰だ？」

「同じ町に住んでいたイギリスのご婦人です」

森少佐の顔に、好奇の色がよぎった。

「英語がわかるのか?」

スナムは、少佐が英語を言わせようとするのかと心配になった。

「す、少しだけ」

「どうしてできるんだ?」

書類には、チェリョンの経歴が記録されているはずだ。スナムは急に不安になった。何か疑いが生じたのだろうか。それで探りを入れているのか。心臓がどきどきし、足が震えた。本格的な試験台に乗せられたようだった。風呂敷包みを抱えた腕に力を込め、スナムは、いつどこでも堂々としているチェリョンを頭に描いた。私は子爵の娘だ。私は何も間違っていない。わけもなく震える必要はない。ユン・チェリョンなら、あんなおかしい不快な診察について問いただし、自分の本を返せと大声で怒鳴りつけただろう。そう思うと、スナムは肝が据わった。

「ブラッドリー夫人から習いました。学校でも習いました」

「学校か?」

「はい、そうです」

日本人のように話すチェリョンに比べれば、スナムの日本語の実力はかなり劣っていた。だが、目の前に座っている人が、そんなことまで知るわけはない。

「朝鮮で?」

「いいえ、京都です。京都女専の一年生を終えてきました」

スナムの答えに、森少佐が椅子の背に預けていた身を乗り出した。彼は京都生まれだった。

「ほほう、ここにはどういうわけで来たのか？」

少佐は露骨に関心を示した。チェリョンの代わりに来たとも言えず、独立運動に加担した朝鮮人と付き合って罪に問われたせいだとも言えなかった。スナムは、歓送式で読み上げた長い挨拶文の内容をそのまま繰り返した。天皇陛下、聖戦、皇国臣民などの言葉をちりばめた。少佐の眉間に皺が寄った。嘘が見抜かれたのか。スナムは深呼吸をした。

「何をするのか、知っていて来たのか？」

森少佐が尋ねた。

「皇軍女子慰問隊は、前線で負傷兵を治療し慰問する任務を帯びてまいりました」

少佐の口元が、せせら笑うように少し歪んだ。

「看護の訓練も受けました。まだ未熟ですが、やりながら少しずつ覚えます」

スナムは、隊員たちを代表する気持ちで付け加えた。

「お前が力をつけるためには、負傷兵が延々と生まれなくてはならんな」

少佐が、スナムを穴のあくほど見つめた。

「い、いえ、そんなつもりでは……」

意外な言葉に、動揺したスナムはそれ以上、言葉を続けられなかった。

「名前は？　日本の名前があるそうだが」

スナムは森少佐の視線に不安が募り、生きた心地がしなかった。

「ハルコです」

少佐が書類をちらりと見た。

「ハルコ、お前は、お前の同僚たちがいるところへ行かなくてよい」

スナムは、戸惑った顔で森少佐を見つめた。少佐が机の上の呼び鈴を取り一度鳴らすと、先ほどの連絡兵が駆けてきた。

「ハルコは、今後、官舎で起居する。案内するように」

連絡兵が驚いた眼でスナムを見た。

「他の指示事項は私が話すから、官舎で待機させておけ」

連絡兵が入り口のほうを向いた。スナムは、机の上に目をやった。本がまだそこにあった。

「持っていけ」

少佐が、本をスナムのほうへ押しやった。ぱっと顔が明るくなったスナムは、素早く本と辞書を手に取り、少佐に挨拶をすると、連絡兵の後についていった。少佐は、スナムの後ろ姿を見ていたが、すぐに書類へ視線を落とした。新しく入ってきた軍需品目録には、隊員たちの日本の名前と年齢、性病の有無と処女であるかどうかなどが記入されていた。ハルコの名前の横には、「日本語可」「本所持」と書かれていた。

日本は、軍人が占領地の女を頻繁に強姦したり拉致したりする事態を問題視し、かわりに慰安所の設置を始めた。初めは主に日本の遊郭の女たちが慰安婦としてやって来たが、性病にかかる者が多く、絶対的な数も不足した。それで次第に朝鮮人慰安婦の数が多くなった。軍人たちは、彼女たちがどういう経緯でここへ来ることになったか、それが彼女たちにとってどんな意味があるかなど、まるで関心がなかった。敵を殺し、仲間の死を経験し、自分もまたいつ死ぬかわからない戦場において、当然、享受すべき権利だと考えていた。

慰安所に女たちが新しく来る日は、部隊の中がざわめいた。まだ男性経験のない大部分の朝鮮の少女たちは、まず将校たちが占有した。だが森少佐は慰安所を利用しなかった。言葉もわからず、軍人を獣《けだもの》扱いし、必死に抵抗してくるチョーセンジンが嫌いだった。彼は新京にある料亭にひとりの馴染みの日本人の女を置いていて、そこで欲求を解消した。彼にとって慰安所の女たちは軍需物資のひとつに過ぎなかったので、彼女たちが病気で死のうが、逃亡して殴られて死のうが、関係なかった。いくらでも連れてくることのできる女より、銃を一丁失うことのほうが惜しかった。

そんな彼が人間軍需品に関心をもったのは、中国の遊撃隊の奇襲攻撃や鉄道破壊などが頻繁になり、部隊の外へ出かける余裕がなくなったからである。一時も気を緩めることのできない状況下で、部隊の総指揮官が女のために新京まで出かけるのは、問題になる案件だった。そんなところへ珍しい経歴のスナムが現れ、興味が湧いたのだ。自分の故郷の京都で学校に通ったというので、さらに関心が湧いた。

スナムはわけもわからず官舎に閉じ込められ、今か今かと少佐が現れるのを待った。昼食は連絡兵が運んできた。隊員たちと一緒に食べた粗末な朝食に比べると、味噌汁とごぼう煮、大根の和え物のついたとても素晴らしい食事だった。

食事の後、何かすることでもないかと周りを見たが、官舎の中はきれいに整頓されていた。ひとつのドアを開けてみると少佐の寝室だったので、慌てて閉めた。その後は、ほかのドアを開けてみる気にならなかった。そこで、返してもらった英和辞典を見ながら気持ちを落ち着かせた。スナムは単語をひとつでもたくさん覚え、意味を理解するのが楽しかった。辞書を見れば、英語と日本語を一緒に勉強することができ、教養にもなるし、一石二鳥だ。自分を女学生だと思っている少佐に実力がばれないように、もっと一生懸命勉強しなければならない。

連絡兵が運んできた夕飯を食べた後、夜が更けてから少佐がやってきた。スナムは無意識に、彼が来たのを喜んだ。なぜ自分だけ別にされているのかわからなかったが、ようやく正式な業務指示が下されるのだろう。少佐が自分の部屋に入っている間に、連絡兵がスナムを台所へ連れて行った。簡単な炊事道具と食器が置いてあるところが台所だった。連絡兵はお茶の淹れ方を説明した。少佐は朝と寝る前に、いつもお茶を飲むのだという。スナムは日本で一年近く暮らしたので、それを知らなくはなかった。連絡兵がお盆を部屋に置くと、官舎を出て行った。

部屋着に着替えた少佐がお盆の前に座ると、スナムに傍にくるように言った。ふたりだけになった途端、スナムは緊張しはじめた。

「これからお前がする仕事を言う。朝、六時にお茶の用意、そして私が出かけた後、官舎の掃除と洗濯だ。当分の間、お前の食事は連絡兵が運んでくる。今後、台所の炊事道具が整ったら、食事の用意もしろ。この中では自由に生活して良いが、許可なく官舎の塀の外へ出るのは禁止。連絡兵以外の、部隊内の誰とも接触禁止だ」

スナムは、予想外の少佐の言葉にうろたえた。戦場まで来て、たかだか狭い官舎の家事とは。京都にいたときより、さらに簡単で楽な仕事だった。

「あのう、ここで働いてもお給料は貰えるのでしょうか」

スナムは心配になって尋ねた。少佐はスナムをちらと見ると、にやり笑って言った。

「それは、お前たちをここへ送ってきた人が後で払ってくれるだろう」

私たちをここへ送った人ですって？　それは、当然ヒョンマンだ。旦那さまからそんな話は聞いていない。スナムは妙だと思いつつ、少佐に確かめる勇気はなかった。お茶を飲み終わると、少佐が立ち上がった。お盆を持ち、続いて立ち上がったスナムに、少佐がひとつの部屋の扉を開けて言った。

「今後、この部屋を使うように。文机を使ってもよい」

小さな部屋には文机と書棚があった。スナムは驚いて、少佐の顔と部屋を交互に見た。文机ですって？　スナムは胸の動悸を抑えながら、ぺこりと頭を下げた。

少佐が満足げな表情をした。目の前にいる軍需品は容姿もまあまあだし、女学校にも通ったというから、陸軍士官学校出の自分にとっても、ある程度話し相手になるだろう。花を長く楽しむには、陽の光を当て、養分も与え、ちゃんと育てなくてはならない。彼は急がないことにした。性急にふるまって、相手に警戒心やら敵愾心《てきがいしん》を植え付けたくなかった。人を強姦魔扱いするような女はうんざりだ。いくら学校に通ったことがあるといっても、朝鮮人の分際でこの待遇なら上等なはずだ。少佐は、自分がすこぶる良心的な人であることに満足し、寝床についた。

スナムも小さな畳の部屋で横になった。少佐の部屋とスナムの部屋の間には台所があった。それでもスナムは、自分の部屋の音が漏れて聞こえはしないかと用心し、少佐の部屋から物音が聞こえるたびにびくりと緊張した。悪い人ではなさそうだったが、男とふたりきりでひとつの空間にいるのが恐ろしかった。スナムは、そっと起き上がり、音がしないように部屋のドアの鍵を掛けた。ようやく少し気持ちが落ち着いた。

再び横になると、布団から少し蒸れた臭いがしたが、寒風が入り込む昨夜とは比較にならないくらい暖かかった。高窓から月明かりが差し込んだ。スナムは少佐から指示された仕事を思い返した。どうして自分だけ違う業務を任されたのかがわかった。子爵の娘への特別待遇に違いない。ヒョンマンが予め手を回したのだ。お給料はここへ送った人が渡すはずだと言っていたではないか。スナムは、感謝で胸がじんと熱くなった。こんなに遠いところにいても、ヒョンマンの庇護があると思うと心強かった。

〈あの子たちも布団に入ったかしら? きっとみんなで一緒に寝ただろう。部屋は寒くないかしら。業務も始まっただろうから、待遇も良くなっているはずだ。それにしても言葉が通じないだろうに、通訳は誰がやっているんだろう〉

別々に過ごすことになってみると、カンフィだけでなく隊員たちのことが次々に頭に浮かんだ。プニは大丈夫だろうか。家族と別れて他人の家で奉公暮らしをし、そこからさらにこんな遠いところまで来たプニの境遇は、自分と似ていた。離れると一層、本当の妹のような気がした。正直に言ってスナムは、官舎の家事や少佐のお茶の用意より、姉のように振る舞いながら、隊員たちと一緒に看護技術を習いたかった。無意識のうちに怪我したカンフィを治療してやる場面を想像し、スナムは首を左右に振った。なんて縁起でもないことを……。

スナムは眠ろうとしたが、昼間、何もしていないからか、目がすっかり冴えている。明日から仕事の始まりだ。大してすることもないのだから、英語の勉強をもっと一生懸命やろうと心に決めた。二年間頑張れば、相当伸びるだろう。朝鮮の文字を読めるだけで目を丸くしたカンフィが、日本語に、英語までできる自分を見たらどんなに驚くだろう。たとえ学校に通ったことはなくても、語学力をつければカンフィの傍でできる仕事もあるだろう。食事の用意をしたり洗濯をしたりするのもいいが、日本語や英語でカンフィを手伝ってあげられたら、もっと素敵な気がする。あまりにも胸躍る想像に疲れて、いつの間にか瞼が重くなっていた。獣の吠える声が遠くに聞こえた。深く寝入ったスナムは、誰かがスナムを揺するのに気がついた。目が開かないのをみると、夢のようだった。

「スナム、起きて、さあ、逃げるのよ」

驚いたことに、いちばん上の姉《オンニ》の声だった。夢ははっきりしていたが姿は見えず、声だけ聞こえる。

「オンニ、オンニ、そうでしょ？　どうして、ここがわかったの？」

夢であれ何であれ、スナムは、いちばん上の姉がこんなところまで来てくれたことが嬉しかった。

「スナム、早く起きて、さあ、逃げて」

姉は、答える代わりに、同じことを繰り返した。

「ダメなの、私が逃げたら、チェリョンお嬢さまが危険な目に遭うの。それに、慰問隊の任務が終わって帰ったら、旦那さまがお金もくれて自由もくださるんですって。そうすれば、うちの家族も助けてあげられるし、坊っちゃんを探すこともできるの」

いちばん上の姉は、次の晩もやってきた。そしてまた、逃げろと言うのだった。今度はスナムの腕まで摑んで引っ張った。腕の感触が本物のようで生々しかった。

「オンニ、私はこのあたりの道も知らないし、お金も何も持ってない。逃げるって、どうやって？」

姉の姿は、やっぱり見えなかった。声が聞こえて感触が伝わるだけだった。

「オンニ、私のこと、心配しないで。戦場だから心配なんでしょう？　でも、ここはうんと楽だし、森少佐もとても穏やかな人だし」

スナムは、懸命に姉を安心させようとした。

次の日の夜、官舎に戻った少佐は、連絡兵に酒膳の用意をするよう伝えた。連絡兵が出ていくと、スナムに傍に座るようにと命じた。そして酒を飲みながら、少佐はスナムに京都の話をした。スナムもチェリョンと一緒に見物に行ったところがたくさんあったので、少佐の話す場所は大体わかった。それに京都は、幸せな記憶がたくさんあるところだ。スナムは少佐の言葉に楽しい気分で応じた。少佐は気分良く酔い、自分の部屋に入っていった。スナムはこの仕事はあまりにも楽で、かえって申し訳ない気すらした。

だがその晩も姉はやってきて、ものすごい力でスナムを引っ張った。姉があの世へ引っ張って行こうとしているようで、スナムはあらん限りの力を絞り、引きずられまいと踏ん張った。姉の手を必死に振りほどこうとしているうちに、やっと目が覚めたスナムは、大きく息を吐いた。やっぱり姉は、人を苦しめる鬼神だったのか。巫女《ムーダン》は、お産の時、赤ん坊とともに死んだ姉の鬼神が、スナムを自分の子と思って憑いていると言った。鬼神を振り祓う方法は、スナムが姉を無視するしかない。けれどもスナムに、それはできなかった。姉は、自分の面倒を見てくれるただひとりの人だったのだ。スナムは、初めて姉を恐ろしいと思った。生きている自分と、死んだ人間である姉の間に、はっきりとした境界を感じた。もうこれからは姉が出てきても、親しいそぶりを見せてはいけないと誓い、布団から起き上がった。

ドアを開けると、少佐のいびきが聞こえてきた。外へ出てみると庭に白い月の光が降り注いでいた。

〈きっと、坊っちゃんもあの月を見ていらっしゃるだろう〉

スナムは庭に立ち、月を眺めた。その時、また獣の吠える声が響いた。アンゴル村にいた頃も、夜ごと、キツネが吠えた。おばあさんの昔話が懐かしく思い出された。都会に暮らしているうちに忘れていた記憶がよみがえり、スナムは耳を傾けた。ところがもう一度耳をそばだててみると、獣ではなく、女の泣き声のようだ。呻き声も混じっているような気がする。髪の毛が逆立つほど恐ろしくなったスナムは、官舎の中に駆け込んだ。全身に染み込んだ寒気は、布団をいくら被っても消えなかった。

本当に人の声だったのだろうか。誰だろう。部隊の中からの声なら、隊員たちの声かもしれない。呻き声なら負傷兵があげるだろうに、なぜ女の声なのだろう。あの子たちに、何かが起こったのか。でなければ、慰問隊員たちではなく、他に女がいるのだろうか。それなら、その女たちはなぜあんな声をあげるのだろう。不安に駆られたスナムは居ても立ってもいられず、再び起き上がり、部屋の中を行ったり来たりした。明日、少佐にお願いして隊員たちに会いに行かなければと思った。どうしているか直接確認しないことには、まるで落ち着かない。スナムは、風呂敷包みの衣服の間に挟んであった匂い袋を取り出し、手のひらに握ると、ようやく眠りに落ちた。

翌朝、少佐は部隊を率いて作戦に出ると言った。作戦とは何のことかも知らなかったが、言うのは今がチャンスだと思った。

「あの、今日、慰問隊員たちにちょっと会ってきてもいいでしょうか？　何も言わないでここへ来てしまったので」

スナムは少佐に、用心深く尋ねた。

「少しなら会ってきてもよい」

意外にも、少佐はすんなり許可してくれた。そして連絡兵に何かを指示した。連絡兵はスナムに意味深な笑みを浮かべ、出て行った。

スナムは大急ぎで掃除すると、連絡兵に教えてもらった隊員たちの居場所を訪ねた。作戦に出て行ったためか、部隊の中は、あちこちに立つ歩哨以外、人の姿はなかった。部隊の正門脇にある二階建ての建物が隊員たちの宿舎だった。スナムの足どりが早くなった。早く隊員たちに会って、朝鮮語でこれまでの積もり積もった話をしたかった。とくに、プニとピルニョ、そして木綿の襟巻きをした子がどうしているかが気がかりだった。

スナムは隊員たちのいる宿舎の前に着いた。横に長い二階建ての建物は、建物の大きさに比してドアが多かった。ドアは、誰も住んでない部屋のように、固く閉ざされていた。建物の前でしきりに中をうかがっていると、誰かが洗濯かごを手に近づいてきて、スナムを見て立ち止まった。腰のひけた姿勢は、どこか具合が悪そうに見えた。スナムは、髪の毛をおかっぱにしたその子が、ピルニョであるとすぐにはわからなかった。先に気づいたピルニョが、悪いことでもしたようにあたりを窺いながらスナムの手を引き、一階の部屋のひとつに入った。賑やかにみんなを盛り上げるのが得意だった彼女の面影は消えていた。

外から急に真っ暗な部屋に入ったので、スナムには何も見えなかった。

「今までどうしてた？　今頃来てごめんね。他のみんなはどこにいるの？　仕事はどう？　それにしてもあなた、どこか具合が悪いの？」

スナムは暗がりの中で次々に質問を浴びせた。

「オンニ、本当に何も知らないの？」

ピルニョは棘《とげ》を含んだ口調でそう言い、壁の上のほうの布を寄せると、小窓が現れた。その窓から入る光が、部屋の中をようやく照らした。ふたり横になるのもやっとの狭い部屋には、木製の寝台と小さな収納箱、バケツ一個がすべてだった。隊員たちに、こういうひとり部屋がひとつずつ与えられているようだった。

「知らないって、何を？　あなたたちも仕事を始めてるんでしょ？」

スナムは、部屋を見回しながら言った。

突然、ピルニョが寝台の上に崩れるように倒れ、声を忍ばせて泣き出した。スナムは、驚いて隣に腰かけた。

「なぜ泣くの？　どうしたの？」

「オンニ、あたしたち、騙されたよ。看護婦をやらせてくれるなんて、真っ赤な嘘だったよ」

「それ、どういうこと？」

スナムの声が震えた。

「ウェノム《日本人野郎》の慰み道具に、連れて来られたんだ」

それからピルニョが聞かせてくれた話は、到底信じられないような内容だった。スナムたちがいる建物は、慰安所だった。隊員たちは、初日から二十人以上も相手をさせられたという。次の日も同じだった。スナムは、診察を受けたときのゾッとする不快感が蘇り、鳥肌が立った。この子たちが陥っている事態は、想像もできないほどおぞましいことだった。

「ケダモノたちだよ。血がたらたら流れてても、お構いなしにやられるんだ。言うことを聞かないと、ぶたれたり叩かれたりして。ここは生き地獄だよ。プニは、気絶してしまったらしい。ようやく生理が始まったばかりの子を……。この世の人間のすることじゃないよ」

ピルニョは、怒りを露わにして身をわなわな震わせた。スナムは、ピルニョよりはるかに激しく震えていた。

「プ、プニは、今、どこにいるの？　ど、どの部屋？」

スナムはかろうじて聞いた。

「いちばん端の部屋。何人かで集まってると、こん棒で滅多打ちされるかもしれないから、静かにひとりで行ってきて。やつらはお互いに話をさせないの。オンニ、プニに会ったら、必ずこの部屋に戻ってきて。何か考えないと。このままだと、あたしたち、もう終わりだから」

ピルニョは、スナムの次に年長だった。隊員たちのいちばん年長者になるや、ピルニョもまた責任を感じているようだった。

ピルニョの部屋を出たスナムは、あの世から這い出した気分だった。目の前の世界が違って見えた。ようやくプニの部屋の前まで来たスナムは、扉を開けてプニに会うのが怖かった。扉をノックしたが、中は何の気配もなかった。スナムは動悸を覚えながら、扉を開けた。墓の中のような真っ暗な部屋の寝台の上に、布団を被ってうずくまるプニの姿がうっすらと見えた。部屋に入り扉を閉めると、何も見えなくなった。スナムが窓を塞いでいる布切れを寄せると、ピルニョの部屋とまったく同じ構造が現れた。スナムが近づくと、プニが呻くような悲鳴をあげた。日本兵だと思ったようだ。スナムは、プニの横に座り言葉をかけた。

「プニ、私よ」

プニの呻き声と動きが止まった。スナムが背中を撫でると、身体を半分起こしたプニがぼうっとした目でスナムを見た。たった数日の間に、プニは抜け殻のようになり、変わり果てていた。スナムは喉を詰まらせた。

「ああ、こんなことが、まさか、こんなことが……」

スナムは言葉を続けられず、プニを抱きしめた。小鳥のようにぶるぶる震えていたプニが、ぽつりと涙を落とした。スナムは、一緒に泣くことのほかに、何もできなかった。ひとしきり泣いたプニは、正気を取り戻し、今日までのことを息もつかずに一気に喋った。そしてまるで先生に言いつけるかのように、自分の体の痣や傷を見せた。

衝撃が引かず、こみあげる憤りで、スナムの全身は火のように火照った。今すぐ駆けて行って、プニや隊員たちを踏みにじった軍人のやつらの喉首を掻き切ってやりたかった。奴らの隊長である森を、こっぴどく懲らしめてやりたかった。

「こんな体にされて、もう故郷になんて帰れないよ。どうしたらいいの。お金稼いで、手に職もつけて、貧乏な家の家計を助けて弟や妹を学校に通わせてやれるって思ってたのに。これじゃ、どの面下げて帰れるの。家族になんて言われるか。先に来た女の子の中には、性病にかかって強い注射をされたせいで頭がおかしくなったり、ウェノムの子を妊娠した子もいるんだって。あたしたちもそうなったら、どうすればいいの。あたしたちに、どうしてこんなことが起きるのか、オンニ、教えて。オンニは、たくさん勉強したんでしょ？」

スナムは、答えを待つ彼女の目を見ることができなかった。

「オンニのお父さんは、朝鮮でうんと偉い人でしょ？　もしかして、オンニのお父さんがあたしたちをここへ送ったの？」

隊員たちの身の上に何が起こったかを知った瞬間、スナムも抱いた疑念だった。まさかと思い打ち消しつつも、ピルニョやプニの口から出るのではないかと恐れた名前だった。子爵の旦那さまは、ここがどういう場所か知っていたのだろうか。知っていて私たちを送ったのだろうか。それで私だけを、少佐の官舎へこっそり移したのか。スナムも尋ねたかった。

「オンニのお父さんに連絡して、あたしたちを助けてって言って、お願い」

プニが、スナムを摑んで揺すった。スナムの体がまるで幽霊のように、ゆらゆら揺れた。プニの手がその瞬間に止まった。

「ところで、オンニ、ウェノムの隊長に囲われたって、本当？　違うよね？」

プニがスナムを見た。どうか違うと言ってほしいという眼差しだった。

「えっ？　誰がそんなことを？　私は日本語を話せるから官舎の掃除と洗濯をしてるだけよ。今日の夜、少佐が戻ってきたら、問いただすわ。今すぐ隊員たちにもとの約束の仕事をさせるか、さもなければ家に帰してほしいって頼んでみる」

スナムは、きっぱりとした口調で言った。

「本当？　ほかのオンニたちは、隊長の女になったって言ってたけど、あたしは信じなかったよ。オンニはそういう人じゃないって」

信頼しきっているプニの目を見ながら、スナムは覚悟を決めた。

「少しだけ我慢して。今晩、作戦から帰ってきたら、少佐にちゃんと訊いてみる」

急に、プニが泣き顔になった。

「前からいるオンニたちが言ってたんだけど、作戦から帰ってくると軍人たちがものすごく狂暴になるんだって。これ以上酷いことをされたらどうなるのか、あたし怖いよう。ずっとこんなとこにいるなら、いっそ死んだほうがましだよ。オンニが隊長に頼んでおくれよ。オンニのお父さんにも言って、どうかあたしたちを助けてって言っておくれよ」

プニが信じる人はスナムしかいないというように、腕を摑んで揺すった。早く逃げてといちばん上の姉に腕を摑まれて揺すられたときの感触が生々しく蘇った。スナムは身の毛がよだつのを感じた。

「わかったわ。今日すぐお父さまに手紙を書いて、少佐にも問いただしてみるから」

スナムは焦った。森が戻る前に、子爵に手紙を書かなければならない。そして少佐に伝える言葉も、日本語できちんと言えるよう準備しなければ。ちゃんと言えずに口ごもったりしたら、痛い目に遭うに違いない。

「あたし、オンニだけを信じてるよ。ほかのオンニたちにも元気出してって言われたから、あたしも元気出して待ってるね」

プニの顔に、希望の色が広がった。スナムは約束するよと、手のひらでプニの背を優しく撫でた。

プニの部屋を出たスナムは、ピルニョの部屋のほうを見た。必ずもう一度寄ると言ったけれど、行ったところでこの不幸を一緒に嘆き憤ることしかできない。隊員たちを地獄から救い出すには、子爵や少佐の力が必要なのだ。スナムは官舎へ向かって歩き出した。

スナムは、隊員たちに会えるのが嬉しくて小走りに来た道を、ずしりと重いものを胸に引き返した。

昼間は、官舎の歩哨がいなかった。すぐに子爵に手紙を書くため部屋に入ったスナムは、机の上に置かれた風呂敷の包みを見た。スナムは、訝しく思いながら包みの上に置かれたメモを手に取った。

〈きれいに化粧をして待っているように。少佐殿の命令〉

スナムは、不気味さを感じ、不安に襲われながら包みをほどいた。浴衣と石鹸、それに化粧品だった。それを見たスナムは、椅子の上にどっと崩れ落ちた。不安が恐怖に変わった。外出を許可してくれた時の少佐の言葉が蘇った。

「隊員だか何だかに会ったら、お前の境遇が一層ありがたいことがわかるだろう。今日は特別な日になるから、準備しておけ」

プニやほかの子たちに会える嬉しさで浮かれていたスナムは、少佐の言葉を隊員たちに会える特別な日と受け取った。だが、そうではなかった。浴衣と石鹸、そして化粧品は、これから官舎でする仕事は、掃除と洗濯がすべてではないことを意味した。スナムに与えられた仕事も、他の隊員たちと同じだった。ピルニョやプニから聞いた話が、地獄の風景のように広がった。

スナムの顔から血の気が引いた。相手がひとりで高い地位だからといって同じことだ。早く逃げるのよと言ったいちばん上の姉の声が、また聞こえた。スナムは、すっくと立ちあがった。そうだ、逃げなきゃ。スナムは青ざめ、やっとの思いで荷物をまとめると官舎を抜け出した。トラに追われる夢を見ているように足が空回りし、なかなか前に進まない。後ろ髪が引かれた。慰安所の方角だった。

自分だけを信じて待っているというプニが、あそこにいた。プニだけでも連れて行こうか。スナムは、慌てて首を左右に振った。あそこは警備の歩哨のある正門脇だから、逃げることもできず、すぐに捕まるだろう。それより先に、あちこちの部屋から伸びる隊員たちの手が、スナムの足首を摑むだろう。どちらにせよ、なす術もなく彼女たちと同じ身の上になるに決まっている。しきりに浮かぶプニの顔を必死に振り払いながら、スナムは慰安所とは反対の山のほうへ向かった。

スナムは官舎からいちばん近い鉄条網の隙間を潜《くぐ》った。見張り台や鉄条網の近くで警戒に立つ歩哨に気を配る余裕もなかった。山に踏み入ると、落ち葉を踏みしめる音が轟くようだった。落ち葉の中には雪や氷の欠片《かけら》が混ざっていて、地面は滑りやすく冷たかった。どこからか獣が飛び出してきそうだったが、今は人間のほうがずっと怖かった。スナムは無我夢中で山の尾根に向かって駆け上った。

森林の匂いが、はるか昔の記憶を呼び覚ました。ふるさとの裏山は、スナムの遊び場だった。スナムは、いちばん上の姉と一緒に、山あいを駆けまわって遊んだ。あの時の山は、母のようにスナムを胸に抱いて食べ物をくれた。今も、あの時と同じだ。森林の匂いをありったけ吸い込むと、恐怖が薄れ、気力が湧いた。灌木をかき分けて駆け上っていると、体が熱くなり、そして軽くなった。

ひとしきり走ると、部隊が完全に視界から消えた。遠くまで逃げられたようで、少しほっとした。はあはあ息をつきながら歩みを緩めたところへ、スナムは後ろから聞こえる音にぎくりとして振り返った。兵士二名が追ってきていたのだ。ひとりは官舎の歩哨だった。スナムは目の前が真っ暗になった。浴衣を着て森少佐に組み敷かれる自分が目に浮かんだ。

スナムは、息もつかず心臓が破れるほど走りに走った。こんもりと深く積もる落ち葉と、その下に潜む氷の岩盤が、それ以上先に進むのを阻んだ。ついに何かにつまずいて転倒した。追いついた男たちは、猟犬が完全に捕らえた獲物をもてあそぶように、ひっひっと声をあげ、スナムを見下ろした。スナムはそのときようやく、他の兵士に知らせずに、ずっとふたりで追いかけてきた彼らの下心に気づいた。わざと部隊の見張り台から見えないところまで逃がしたのだ。

官舎の歩哨がズボンの腰のあたりを緩めながら近づいてきた。

「あ、あっちへ行け！　森少佐が許さないぞ」

スナムは慄き、身を震わせながら叫んだ。この刹那、頼れるのは少佐の権力だけだった。

「何を言ってやがる。逃げたお前のほうこそ許されないだろう」

歩哨が、ふてぶてしい笑みを浮かべて言った。

「つべこべ言ってないで、早くやれ。じれったいやつだな」

もうひとりが催促した。スナムは手あたり次第、手に触れるものを片っ端から歩哨に投げつけたが、何の脅しにもならない木の根っこや落ち葉でしかなかった。おまけに幾重にも積もった落ち葉に体がどんどん沈んでいき、身動きがとれなくなった。歩哨が襲い掛かってきたその時、スナムと歩哨の男の口から、同時に鋭い悲鳴があがった。歩哨は、ズボンがずり落ちた格好のまま、もんどりうって倒れ、スナムから離れた。後頭部から血が噴き出ていた。「誰だ！」と叫んだもうひとりの男もまた、同じように悲鳴を上げて倒れた。

あわてて跳ね起きたスナムは、驚いて息を呑んだ。木綿の襟巻きの子が、近くに立っていた。その子が駆けてきて、スナムの手をとり引っ張った。

「早く逃げよう、スナム」

いちばん上の姉《オンニ》の声だった。

「オンニなの？　いちばん大きなオンニなの？　そうなのね？」

スナムはわっと泣き出した。姉は十五歳で死んだのだ。だから、もう自分より小さくなっていて目の前に現れたのがいちばん上の姉だということがわからなかったのだ。スナムがこの世に生まれる時に助けてくれた姉が、今ふたたび、命を救ってくれた。

ふたりは手をとって走り出した。幼い頃のように、風に姉の息遣いを感じた。スナムは七歳に戻り、オオカミの子のように走った。後ろから銃声が響いた。そのうちの一発がスナムにあたった。

サンフランシスコ

エンジェル島から出る時も波は荒かった。船内で淳平は、顎が痛くなるほど奥歯を嚙みしめた。チェリョンを監獄のような島に置き去りにし、ひとりで出てくることになろうとは。初めて会った時から恋心を抱き、ついに妻とした女性を、地獄のような場所へ残してきたのだ。淳平の胸は、ずきずき疼いた。ただそんななか、鞄が無事だったのは不幸中の幸いだった。

淳平が無事にサンフランシスコの地を踏むことができたのは、次郎のおかげだった。彼は甥がエンジェル島で調査を受けているのを知り、八方手を尽くしてくれたのだ。淳平は十八年ぶりに会う叔父の手を握りしめ、ろくな挨拶もしないまま声を上げて泣き、妻を助けてほしいと哀願した。四十を過ぎた次郎は、淳平の記憶の中にある父と祖父のどちらにも似ていた。叔父の姿を見た途端、淳平は突然幼い子に戻ったように、これまで抑えつけてきたあらゆる感情が噴き出した。

「どうした淳平、男らしくないぞ。涙が挨拶とは。そんなことでは、この次郎の甥とは言えんな。心配することはない。叔父の私がすべて解決してやるからまずはうちに来なさい」

次郎はややぎこちない日本語で、だが昨日別れた人のように気安い口調でそう言い、淳平の肩を抱いた。これで助かったのだという気持ちで淳平は次郎の車に乗った。車まで持っているのを見ると、叔父の言葉は誇張ではないのかもしれない。焦る淳平の心とは裏腹に、道路には車が溢れ、渋滞していた。おびただしい車を目にした淳平は、車を成功の尺度にしていた自分の考えに疑念が湧いた。ここでは、車は特別なものでも立派なものでもないのかもしれない。彼は不安な面持ちで窓の外の景色に目を走らせた。街には背の高いビルが立ち並び、道は人々で賑わっていた。

「ここも三十年くらい前、大地震が起きて、廃墟になったそうだ。本当かどうか知らんが、あちこちの丘は地震で隆起してできたって話だ。サンフランシスコには、クソみたいな坂がゴマンとあるんだ」

次郎がぶつぶつ呟いた。車はエンジン音を唸らせて急坂を上る。淳平はその坂が、これからここで暮らしながら越えねばならない人生の坂道のように感じた。

「今見ると地震があったなんて信じられないだろう。俺が来た時には、すでに復興していたからな」

「横浜もそうです。いつ地震があったかと思うほどですよ」

「それだよ、関東に地震が起きたとき、俺はすぐにでも駆けつけたかった。毎日海岸に行って、日本のほうを眺めていたんだ。横浜の人たちも、ここの人たちみたいに乗り越えていくだろうと、努めていいほうに考えたもんだ。何がどうなっているのかまるでわからなかったからな。淳平、お前が来てくれて本当に嬉しいよ。お前は俺の息子のようなもんだ。お前の嫁さんも必ず救い出してやる。この地で寺尾家をもう一度再興するんだ」

次郎は、やる気に満ちた声でそう言った。淳平にできるのは、叔父を信じることだけだった。

車は中心部を抜けて少し行くと、道端にゴミが散らかる薄汚れた町に入った。家も人も、すべてが淀んでいた。人々の顔立ちから見て、ジャパンタウンではない。次郎はその中の三階建ての建物の前で車を止めた。淳平は周囲を見回しながら車を降りた。

建物の扉を開けると、狭くて急な階段が現れた。次郎は鞄をひとつ持ち、先に上った。淳平も残りの鞄を手に、彼の後ろに従った。一段上るたびに、階段がぎしぎし鳴る。三階の建物全部が叔父の家なのかと思ったら、何世帯もの人々がそこに住んでいた。二階にある扉のひとつの呼び鈴を鳴らすと、すぐに扉が開いた。そこに、浅黒い顔に二重瞼の目をした大柄な少女が立っていた。その向こうには昼間なのに薄暗い空間が目に入った。

「さあ、マリナ、まずは入って紹介しよう」

次郎がその子を押すようにして中に入った。部屋の扉は閉まっており、招き入れられた空間は台所だった。食卓と小さな調理台、ガス台がある台所の片隅に、ふたり掛けの粗末なソファがあった。そこが言わば居間だった。家は、ひと目見ただけで四人が暮らすには手狭だとわかった。棚の上のラジオがいちばん高価に見えるほど、みすぼらしい暮らしぶりだった。染みのついたカーペットが敷かれた台所兼居間は、浅間丸の客室以下だった。しかめっ面をしたチェリョンの顔が浮かんだ。

次郎が淳平の心の内を知ってか知らずか、快活な口調でマリナを紹介した。

「さあ、これが私の娘のマリナだ。十一歳だ。マリナ、この人はパパの甥だよ。お前とはいとこの間柄になるな。ジュンペイと呼んだらいい」

マリナが恥ずかしそうに、髪の毛を指でくるくるさせた。娘は叔父に似ているどころか、日本人の血が入っているとは思えない容貌をしていた。淳平は、マリナに曖昧な表情で挨拶をし、自分が叔母と呼ぶべきマリナの母を探した。叔母は、写真だけが残されていた。マリナを太らせたようなその顔は、とりたてて美しいわけでもない。叔父は十代の頃から横浜の女たちをたぶらかした遊び人だった。そこそこの美人など鼻で嗤《わら》うような叔父だったから、誰もが振り返るような日本美人か、青い目の金髪美女と結婚しただろうと思っていた淳平は、正直なところ、失望を禁じ得なかった。そして、美しいチェリョンが自分の妻であるという事実を改めて誇らしく思った。

「バスルームに近いほうの部屋を使ってもらおうと思って、マリナの部屋と取り換えたんだ。お前たちは新婚だからな」

次郎が扉を開けて言った。ふたり横たわれば密着するしかないベッドがすぐに目に入った。

「ベッドは、俺とアビラが使ったものだ。少し狭いが、新婚夫婦にはちょうどいいだろ？　シーツは新しく取り換えてある」

部屋に入った叔父は、ベッドを軽く叩きながら言った。淳平は注意深くベッドの端に腰掛け、部屋の中を見回した。部屋にはベッドと、作りつけのタンスと小さな化粧台が置かれていた。よく見ると壁は新たに塗り替えたようで、床にブルーのペンキの雫が落ちていた。全体的にくすんだ雰囲気の中で、壁だけが爽やかな印象を与えた。淳平は、叔父が自分たちに気を配ってくれたことに胸が熱くなった。窓が嵌め殺しで動かないのが残念だったが、仕方ない。そして淳平は、先ほどから気になっていた叔母のことについて切り出した。

「一昨年、事件で亡くなったんだ。俺の人生にあれほどの女はいなかった。こっちへきていろんな女と付き合ったが、俺を男にしてくれたのは、他でもない、アビラだった」

淳平に会ってからずっと喋り続けていた次郎が、初めてしんみりとした口調で言った。

「叔父さん、苦労されたんですね」

淳平は、叔父の言わんとすることを理解した。チェリョンも、自分にとってはまさにそういう存在だった。淳平の心に、ふたたび焦燥感が湧き起こった。いま自分は、そんな存在の女性と永遠に別れることになるかもしれない状況なのだ。こうして座っている暇はなかった。

「追放される前に、早くひかりを助け出さなくては」

「お前の女房を連れ出すには金が要るんだ。あちこち話しておいたから、そのうち連絡が来る。それまでちょっと我慢しろ」

次郎が弱り果てた顔をした。

「お金なら、ここにあります！」

淳平は鞄の底をむしりとると、まるまる隠し通せた金《きん》の延べ棒を取り出した。それが何かを悟った次郎の顔が、ぱっと明るくなった。

「義父が、娘のために使うようにとくれたのです。ひかりは京都で女子大に通っていましたが、ここでも勉強を続けさせてやりたいのです。しかし、助け出せなければ元も子もありませんから、これを使ってください」

次郎は金の延べ棒を手に取り、じっと見て確かめた。歯で噛んでみたりもした。

「純金だな。これさえあれば大丈夫だ。よし、ここで待ってろ」

次郎は、そのまま家を飛び出して行った。淳平も一緒に行きたかったが、次郎はひとりで行ってしまった。

淳平は、いとこのマリナとふたりきりになった。マリナが、コーラとクッキーを用意した食卓を指さした。淳平はチェリョンが無事にエンジェル島から出てこられるまで、水一滴さえ口にしたくなかったが、マリナの好意を無視することもできず食卓についた。マリナも向かいに座った。コーラに口をつけた瞬間、淳平は思わず喉を鳴らして飲み干した。苦しかった胸がすっとし、げっぷが出てしまった。淳平は、きまり悪くて耳まで赤くした。

「もう少しあげましょうか?」

マリナの言葉をきっかけに、ふたりの間に会話が始まった。淳平は初めに、自分は英語があまりできないので許してほしいと言った。

「そのくらいできるなら、十分ですから心配いりません。これからもっと上手になりますよ」

マリナの子供らしくない誉め言葉と励ましに、淳平の顔に笑みが浮かんだ。すると、気持ちも少し楽になった。マリナは、はにかんでいた最初とは違って、ひとつ尋ねると五つも十も答えてくれるお喋りな子だった。おかげで淳平は、たくさんのことを知った。

マリナの母のアビラは、メキシコ出身だった。次郎と一緒に経営していたメキシカン食堂は、アビラが強盗に銃で撃たれて亡くなったあと、閉めたという。最近は次郎が何をしているのか、マリナも知らなかった。家賃は何カ月も滞納していて、今日乗ってきた車も借りものだという。淳平はこれからの暮らしが思いやられた。

「でもパパは、私をちゃんと食べさせてくれるし、学校へ行っちゃだめって言わないわ。本当のパパみたいにぶったりしないし」

マリナが笑いながら言った。

「本当のパパがいるの?」

叔父にひとつも似てないので、そういうこともあるかもしれないとは思っていた。子連れの女と結婚したとは。納得しがたかったが、一方では平凡とは程遠い叔父らしくもあった。

「八歳まで、本当のパパと暮らしてたの。本当のパパが死んだあとは、おばあちゃんのところにいたんだけど、その時ママが迎えに来てくれたわ。ジローパパは本当に親切よ」

マリナは、母親が死んだあと、次郎が自分をまたおばあちゃんのところへ連れていこうとしたけれど、嫌だと言い張ったという。

「どうせ叩かれながら家事をやらされて、物乞いに行かされるに決まってるもの」

淳平は、何でもないことのようにそんな話をするマリナが不憫だった。一方で、胸に描いていたアメリカの状況に、少しずつ綻《ほころ》びが入り始めたように感じた。夕食の時間まで、淳平は荷物の整理をして過ごした。チェリョンが小さな部屋とひとつしかないベッドを見て何と言うか心配だったが、本当の夫婦としての暮らしが始まるようで胸がときめきもした。

夕飯の時間になっても、次郎は戻ってこなかった。淳平はマリナが用意してくれた夕飯を食べた。マリナは、家事をこなしてくれた。マリナがいれば、チェリョンも多少は楽に過ごせそうだ。夜が更けていった。マリナが床についても、淳平は聴き取れもしないラジオをつけたまま、居間のソファに座っていた。外では、酒に酔った人々の騒ぐ声が聞こえる。

淳平は、次郎に金《きん》の延べ棒をそっくり渡したことを後悔しはじめていた。チェリョンを救出する金《きん》で、叔父が他のことをしているような気がしてじりじりした。次郎が祖父の浮世絵を盗んで行ったことをはじめ、忘れていた記憶があれこれ思い出された。次郎は最高に愉快で優しい叔父だったが、あまり行いのいい人間ではなかったようだ。祖父や父のもとへ、次郎の借金の返済を迫りにやってくる人々もいた。ここでの評判が良くないという話も、本当なのではないか。日本人なのにジャパンタウンではない別の町に住んでいることも妙だ。

〈金の延べ棒を全部、持って行っていいです。でもどうか、あの女《ひと》だけは救ってください。でなければ、叔父さんとは永遠に絶交です〉

なしのつぶての次郎に、心の中で悪口を言ったりすがったりしながら、一睡もできずに夜を明かした淳平は、明け方になりソファに倒れて寝入った。驚いて目を覚ますと、もう朝だった。食卓の上には、ジャムを塗ったパンと、どうぞ召し上がれというメモが、鍵とともに置かれていた。マリナが食事を台所で用意するのも、学校に行ったのも気づかないまま、深く寝入っていたらしい。

淳平は元気を出そうと、ぱさぱさのパンを無理やり喉に押し込んだ。それでも朝になると、昨夜の地獄にいるような気持ちが多少は落ち着き、次郎を信じてみようという気になった。本当の娘でもないマリナの面倒を見ていることからして、叔父は悪い人間ではないはずだ。とはいえ、心配だった。マリナの言う通りなら、叔父が仕事をしていないのは明らかだ。当然、金《かね》もないはずだ。チェリョンが来ても、明日からの暮らしが気がかりだった。ただ淳平は、わずかの金《かね》があることを思い出した。乗船券を買った残りの金だ。昨日はそれに気づかず、次郎に金《きん》の延べ棒だけを手渡したのはなんという幸いだったろう。だがそれで、いったい何日もつかは疑問だった。

淳平は再び不安に陥りはじめた。不安な気持ちが不幸を呼ぶのだ。淳平は気持ちを落ち着かせた。よく考えてみろ。寝る場所があり、ここの事情に通じた叔父がいるのだ。それに船でもらった名刺や連絡先があるではないか。当面はあり金《がね》でやりくりし、仕事を探すのだ。叔父は、必ずひかりを助けてくれるはずだ。

だが、仕事をくれると言ったアメリカ人を訪ねるには、英語の実力があまりにも不足していた。淳平は移民局を通る過程で、それを嫌というほど知らされた。日本人だからといって、知らない人は自分を使ってはくれないだろう。そうだ、船で会った佐々木氏を訪ねて、紹介状を書いてもらおう。そう思いついた淳平は、電車を間違えたり道に迷ったりしながら、なんとかジャパンタウンに辿り着いた。道を歩く日本人や看板に書かれた日本語が目に入ると、胸がじんとした。

佐々木氏は淳平を喜んで迎えてくれた。淳平は自分の事情をおおよそ説明し、紹介状を依頼した。

「以前していたような仕事をしようとは考えないほうがいい。実は、うちのホテルの夜間のベルボーイが急に辞めてしまったんだが、小手調べに、それでもやってみないかね」

佐々木氏はそう提案してくれた。淳平はあれこれえり好みできる身分ではなかったし、勤務時間が夜十時から翌日の朝六時までということが、何より気に入った。部屋にベッドがひとつしかないという問題も解決できる上に、昼間に他の仕事をすることもできる。さらに佐々木氏は、昼間の仕事も提案してくれた。ホテルのレストランの皿洗いだ。初めて移民に来て苦労した頃が思い出されるよと言いながら、淳平の世話を買って出てくれたのだ。うちのホテルで働きながら英語の力をつけて、会計係を募集しているところがあったら紹介しましょうとまで言ってくれた。淳平は、ことがうまく運び、なんだか良いことがありそうな気がした。

いっぽうチェリョンも、エンジェル島から出ることができた。サンフランシスコ港に着いて十日目のことだった。チェリョンを救いだすのには、金の延べ棒一個で十分だった。次郎は残りの二個で借金を返し、滞納した家賃を払い、賭博をやり、すっからかんになって帰ってきた。だが淳平は、チェリョンが出てこられたことで満足し、金の延べ棒を何に使ったかは尋ねなかった。

次郎は、もう一度借りてきた車を運転しながら、後部座席のチェリョンのようすを窺った。チェリヨンは淳平から受け取った花束を——次郎が淳平に買えと言ったのだが——隣の座席に置き、窓の外を見ていた。次郎は、ツンとすました甥の嫁があまり気に入らなかった。

チェリョンは賑やかな窓の外を見ながら、収容所を思い出していた。山と美しい海があったが、そこに閉じ込められた人々にとっては監獄だった。広い部屋には、三段ベッドがぎっしり並んでいた。いちばん上は落ち着かないし、いちばん下は上の段が落ちて来そうで窮屈だった。そうでなくても体を動かすたびに音がなり、神経を逆撫でした。布団は臭くてじめじめし、体に触れるのも嫌だった。トイレと洗面所は当然共用で、食事もまた貧相なことこの上なかった。嘉会洞《カフェドン》の使用人たちでさえ、あんなに酷い待遇ではなかったと思う。

チェリョンは、言葉の通じない中国人はもちろん日本人とも離れて、ひとり過ごした。収容所には、家族の招請で来て、調査を受けている日本人と中国人がほとんどだった。召使いよりも酷い屈辱的な待遇を受けた挙句、追放されるのかと思うと、腹立たしさと悔しさで眠れなかった。これまで世界の中心で生きてきたチェリョンは、アメリカに来た途端、吹けば飛ぶような存在に転落した。淳平が自分を救い出してくれるという期待も、次第に消えた。天下に号令をかける人たちと思っていた日本人もアメリカでは取るに足らない存在であるということが、チェリョンはこの数日間で身に染みていた。

だが淳平は約束を守り、チェリョンは収容所の人々の羨望の視線を浴びながらエンジェル島を出ることができた。淳平との再会が、チェリョンはこの上なくありがたかった。いまや頼れる人は、良くも悪くも淳平ただひとりだ。彼は地獄から救ってくれただけでなく、花束まで持って迎えに来てくれた。

チェリョンは、次郎を陰気くさい日本の老人だと想像していた。だが車を運転する次郎の快活な仕草や話しぶりには、アメリカの匂いが漂っている。チェリョンは、アメリカ生活への期待に胸を膨らませた。窓の外に見える街には自由とロマンが溢れ、行き交う人々は大都会の市民らしく洗練されているではないか。チェリョンは収容所の記憶は忘れようと自分に言い聞かせ、まもなく着くであろう瀟洒《しょうしゃ》な邸宅に思いを馳せた。

だが、期待とは裏腹に、不潔な町と狭い家、そしてベッドがひとつようやく置いてある部屋に入った途端、チェリョンは淳平に言い渡した。

「寺尾さん、ここまでご苦労でした。あとで父に言って、かかった費用は補償しますから。これでお別れです。父からもらったお金を返してください。もらってないなどと、嘘は言わないように。いつも抱えていた鞄にお金が入っていることぐらい、知ってますから」

淳平は、チェリョンを無事に家に連れて来られた喜びとこれからの生活への期待で胸を高鳴らせていたところに、チェリョンから吐かれた、横浜とサンフランシスコの距離ほど自分の思いとかけ離れた言葉に、一気に落胆した。エンジェル島で別れた時のあの眼差しは、はっきりと以前と違って見えたが、それはただの勘違いに過ぎなかった。チェリョンはあれからずっと、自分から去ることだけを考えていたのか。

「旦那様は、私に金《きん》の延べ棒を下さいました。サンフランシスコに無事着いたら、あなたのために使うようにと。でもそれは、あなたを移民局から救い出すのに、すべて使ってしまったんです」

淳平の声が震えた。

「それじゃあ、もう一銭もないというの？」

驚いた顔でチェリョンが問いただすと、淳平は頷いた。嘘をつくほどの度量もない性格だから、信じるほかなかった。金の延べ棒がどのくらいあったか知らないが、自由より大切なものはない。それくらいのお金なら、父にはいくらでもあるはずだ。

「わかったわ。それなら父に、そう手紙を書くわ。お金が届くまで、世話になります。その間、この部屋で一緒に過ごすことなどできないのは、あなたもおわかりよね」

チェリョンは腕組みをして、淳平を真っ直ぐ見据えた。しばらく黙っていた淳平が、意を決したように口を開いた。

「あなたはお父様に、手紙を書いてはなりません。ユン・チェリョンがアメリカから手紙を送ってはならないのです」

淳平は、仕方なくサンフランシスコを発つ前のことを話した。だがチョンギュの話はひと言も出さなかった。ただ〈あのこと〉とだけ言った。それでも胸が疼いた。こんな状況でも自分から去ろうとするのは、あの不逞鮮人を今も忘れられないからだろう。猛烈に湧き起こる嫉妬心を隠せなくなった淳平の声は、次第に大きくなった。話を聞くチェリョンの顔は、みるみる蒼白になっていく。

「旦那様は、あなたを刑務所に送らないために、大きな賭けに出たのです。スナムの正体がばれるのも危険ですが、慰問隊に行ったはずのあなたが、アメリカから手紙を送るのも同じことです。旦那様は、あなたのお兄様のせいですでに監視対象者になられてしまっていますが、あなたのことでさらに追い込まれておられます。他人の身分でアメリカに来たことがばれたら、あなたはここからすぐに追放されます。そしてあなたのお父様も無事ではないでしょう」

床にへたり込み、シーツを摑んだチェリョンの目に涙が浮かんだ。淳平が脅しているとは思えなかった。彼の言葉は本当だろう。もはやなす術もなく、移民局の収容所よりはましな程度の家で暮らさなくてはならない。いっそ淳平と愛し合う仲だったら、気持ちがずっと楽なのに。それならばどんなところでも、どんな状況でも、喜んで堪えられるのに。

エンジェル島にいる間、チェリョンは、淳平が自分を好きなのではないかと錯覚した。彼の言葉や行動、表情から自然とそれが感じられたのだ。だが、淳平がチョンギュと自分の仲を知っているのを知り、その考えは消えた。男が、それも日本の男が、独立運動をする男と恋愛して警察沙汰になった朝鮮の女なんかを好きなわけがない。やっぱり、父と淳平の間に取引があったに違いない。チェリョンは、自分の身が一層哀れに思われて唇を噛んだ。

「じゃあ、私がそのまま刑務所か、慰問隊だか何かに行ったら良かったじゃない。誰がこうしてくれなんて頼んだのよ」

チェリョンは、絶望的な気持ちを胸に、叫んだ。

「あそこは戦場です。女たちはどんな危ない目に遭うかわかりません」

淳平がそっと顔を背けて言った。チェリョンは涙ぐみ、口を閉ざした。ふたりとも、どんな危険な目に遭うかわからないスナムのことは口にしなかった。

「とにかく、私たちは夫婦で、一緒に部屋を使わなければなりません。代わりに、私は夜勤に出ます。朝、帰ってきますから、夜はゆっくり寝てください」

淳平がなだめるように言った。もう仕事が決まっているという言葉に、チェリョンは淳平を少し見直した。だが彼の仕事が、たかだかホテルのベルボーイとレストランの皿洗いと知ると、ため息が漏れた。

淳平はその言葉どおり、毎日、朝に戻ってきた。休日はソファで寝て、チェリョンをわずらわせなかった。

「淳平、そんなに働いたら早死にするぞ。それに、新婦を毎日、ひとりにさせていいのか？　ひかりには、ベッドが太平洋みたいに広いぞ」

疲れた顔で朝食をとる淳平に、次郎が言った。淳平は決まり悪くなり顔を赤らめ、チェリョンはにこりともせずパンをかじった。シリアルを食べながら大人たちの表情を窺っていたマリナが、次郎に何の話かと尋ねた。マリナは大人たちが日本語で話すとむくれた。チェリョンに何度か日本語を習おうとしてみたが、ふたりとも根気がないので続かなかった。

「淳平とひかりに、ふたりでいる時間がもっと必要だよって言ったんだ。ふたりは新婚さんなんだから」

マリナがくすくす笑った。

「マリナ、学校に遅れるよ」

淳平が口を挟んだ。次郎にふたりの状況を話したことを後悔したが、覆水盆に返らずだ。もちろんすべてを話したわけではない。チェリョンが家に来た翌日、居間のソファで寝ている淳平を見た次郎の追及に、偽装結婚だということだけ明かした。チェリョンを最初に見た時、次郎は、彼女がふつうの日本の女とは雰囲気がちょっと違うと指摘した。淳平は、朝鮮で高い家柄に生まれ育ったひかりの本当の身分を伝えた。

次郎は、チェリョンが偽装結婚をしてまでアメリカに来た理由はなぜかと問うた。淳平は、事業で問題を起こした彼女の父親が、娘だけは苦労せずに暮らせるようにとアメリカへ渡らせたのだと言い繕った。淳平の話を聞き終えた次郎は、複雑な表情をした。

「ひかりを連れ出すのに、金の延べ棒以外にも、これまで築いてきた人脈を最大限に使ったんだ。アメリカのやつらは、俺ら日本人の不法入国に、まるで寛大じゃない。もし表沙汰になったら、俺らまでとばっちりを食うぞ。連れ出してやったんだから、もうさっさと追い出したらどうだ」

次郎は、甥の女房を連れ出すのに使った残りの金の延べ棒二個を使い込み、良心が咎《とが》めていたが、他人ならば関係ない。誰もが憧れる希望の国から追放されないようにしてやったのだ。そのくらいの手間賃は当然だろうと次郎は思った。

「叔父さん、私たちが偽装結婚なのはそのとおりですが、ひかりは、私が昔から好きだった女《ひと》なのです。手紙に書いた女性はひかりのことです。今回のことも自分で申し出たんです。ニセの結婚だとしても、私にはまたとない幸せです。ひかりは、私にとって運命の女性なんです。彼女の心を勝ちえるように、努力するつもりです。本当の夫婦になります。だから、少し時間をください」

淳平の懇願に、しばらく黙っていた次郎が言った。

「よし、お前の気持ちがそうなら、これからは、ひかりをお前の女房だと認めることにする。四人の家族のうち三人がそう思えば、いずれそれが本当になるだろう」

それからというもの、次郎は、ふたりの新婚生活に関する冗談をときどき口にした。甥っ子を彼なりに応援しているつもりのようだった。朝食後、淳平が部屋へ寝に入り、チェリョンが皿洗いをしようとすると、次郎とマリナが同時に言った。

「私が学校から帰ってきたらやるから、そのまま置いておいて」

「いや、俺がやろう。ひかり、もうこれ以上、割る皿はないんだ。お前は淳平のところへ行ってろ」

「疲れて帰ってきたんですから、睡眠を邪魔してはいけないでしょう？」

チェリョンは、ぷいと顔を背けてそう言うと、自分の皿を流しに置き、ソファに行った。座るのも嫌なくらい古びて汚いソファだったが、仕方なかった。この家の中で気に入るものは何ひとつなかった。チェリョンは、ラジオの周波数を音楽の流れるチャンネルに合わせ、目を閉じた。自分の不遇を突きつける眼前の光景が消え、音楽が聞こえてくると、ひとりの空間にいるようだった。

「ヒカリ」

目を開けると、マリナが学校カバンを肩に掛け、前に立っていた。

「学校、行ってくるね。あとでいっしょに日本語、勉強しようね」

チェリョンは作り笑いをして頷いた。マリナは、新しい父とふたりだけで暮らしてきたからか、若い女がいるのが嬉しいらしく、チェリョンによく懐いた。チェリョンも、マリナがいてくれて助かった。マリナがいなかったら否応なく家事をやらされているところだ。マリナは家事ばかりか、チェリョンのお使いまで進んでやってくれた。淳平が、次郎に内緒でマリナにおやつ代としてお小遣いをやっていたからだった。

「まず、サンフランシスコがどういう場所か知らないと。あちこち見物して、少し休んだらいい。収入が増えたら、あなたのしたいことを思いきりさせてあげますから」

チェリョンが移民局収容所から出てきて、次郎の家に来た日、淳平が言った言葉だった。チェリョンは、父からどれくらい大金をもらえばこんなに良くしてくれるのかと考えた。

淳平は週給を受け取ると、真っ先にチェリョンへ小遣い銭を与えた。かつて自由に使っていた金額に比べたらわずかな額だったが、チェリョンは不平を言えるような身ではなかった。次郎の家に住まわせてもらう代わりに、淳平が生活費を出しているようでもあった。

考えてみれば、家の主と何の関係もないチェリョンは、次郎の目を気にしないわけにはいかなかった。次郎に神経を逆撫でするようなことを言われても、腹を立てるわけにいかない。チェリョンは自分の惨めな身の上にむしゃくしゃしたが、どうすることもできなかった。できることと言えば、外へ出かけて歩き回ることくらいだ。ほんの一瞬、空想の翼を広げた女優の夢は、エンジェル島でたちまち消えた。映画の世界も同じだろう。チェリョンは人種差別されながら女優になるつもりなどなかった。

チェリョンは、古びて汚い次郎の家は言うまでもなく、南米からの移住者たちが集まり住むこの町が嫌いだった。ここで東洋人は、次郎の家族だけだった。次郎は、マリナの母親がいた時から町の人たちと親しく付き合っているので安全だと言ったが、淳平はチェリョンに夜遅く出歩いてはいけないと口をすっぱくして忠告した。実際、チェリョンがひとりで出歩くと、口笛を吹いたり、何かを投げつけたり、指で細い目を作ってからかう子供たちがたくさんいた。

これまでチェリョンが経験した劣等感といえば、自分が日本人ではなく朝鮮人だということだけだった。だが今は、日本人として生きねばならないのが心底嫌だった。朝鮮人ユン・チェリョンは子爵の娘だったが、日本人寺尾ひかりは、死んだ子の戸籍を売らねばならないほど貧しい家の娘であり、ホテルのボーイの妻だった。

チェリョンは、次郎の家とこの町、そして淳平の職場のあるジャパンタウン以外のサンフランシスコが好きだった。次郎によれば、人口千人にも満たなかった田舎町が約百年後に今のように発展したのは、ゴールドラッシュのためだという。金《きん》が発見されると、アメリカ本土はもちろん、世界中から一攫千金を夢見る人々がこの地へ集まったというのだ。

無極鉱業の社主の娘であるチェリョンは、金とはきわめて縁が深かった。自分が生まれた直後に、所有地の田や山から金が発見されたので、お前は幸運の女神様だよと、父から繰り返し聞かされて育った。彼女は、かつて金《ゴールド》で沸き返ったサンフランシスコと自分は運命的な結びつきがあるような気がした。そして街のどこかに、幸運が金脈のように隠れているような予感がして、毎日、足の裏が痛くなるほど歩き回った。

チェリョンは、街の有名な場所をあちこち見て歩いた。華麗な高層ビルや洒落た人々で賑わうマーケットストリートがいちばん好きだった。瀟洒な邸宅が立ち並ぶロシアンヒルやノブヒルも大好きだった。華やかで高級感漂うその周辺こそ、自分に似合う場所だ。道路の軌道をケーブルカーが走り、急坂を上ったり下りたりしていた。

路面電車のケーブルカーに乗り、傾斜のきつい道を上っていくと、坂の上にあった嘉会洞の屋敷が思い出され、涙が出た。自分がどれほどあの家を出たかったかなど、もう覚えていなかった。

生への脱出

スナムは、柱に掛かっていた手のひらほどの鏡の前に立った。そして深呼吸し、うなじのところから髪をまとめて摑むと、鋏で切りはじめた。ざくっざくっと髪を切る音が骨を削る音のように響いた。毛束が床に落ちる。スナムは人生の一部を切り取ったような気がした。かなり前に、嘉会洞《カフェドン》の屋敷で髪を刈られた時も同じような気持ちが湧き起こったのだが、あの時は人の手によって無理やり切られたのだ。だが今は自分の手で切った。スナムは鏡の中の自分を見つめた。ショートヘアになると、チェリョンに一層似ていた。

〈そうよ、私は子爵の娘よ〉

「髪を切ったらすっかり別人ね。巡査じゃなくても、おじいちゃんでもわからないわ」

セファが笑いながら、頭の後ろを撫でてくれた。

スナムは、半月近く世話になったチョン老人の家を見回した。わずかな庭に倒れかかった門、古ぼけた小さな家は故郷の家を思わせたし、チョン老人夫婦は、もう年老いているであろう父と母を思い出させた。チョン老人夫婦の末娘のセファは、故郷の姉《オンニ》のうちのひとりのようだった。はるか遠い満州の地で、記憶さえかすんだ朝鮮の故郷の家が思い起こされるのは不思議だった。絶体絶命の窮地に現れて助けてくれたいちばん上の姉とチョン老人のせいかもしれない。

スナムは、いちばん上の姉の手を摑み、逃げに逃げた。正気に返った軍人たちが追いかけてきた。木の根につまずき、履物が脱げ、荊《いばら》にひっかかり服が裂けた。木の枝や棘《とげ》が、容赦なく顔や体を引っ掻いたが、スナムは痛みを感じなかった。だが銃弾が肩に当たったとき、初めて全身が砕けるような疼痛を感じ、その場に倒れた。スナムは姉《オンニ》の手を放してしまい、そのまま谷底へ向かって転がり落ちた。崖のように急な斜面だった。ちょうどその時チョン老人は、山の麓で去年の冬に蓄えておいた薪を背負子《しょいこ》に載せようとしていた。すると突然、山の尾根から銃声がしたので、チョン老人は薪束の後ろに身を隠した。日本語の怒声がする。チョン老人は、山の向こうの部隊の軍人たちが、脱走兵か中国の遊撃隊員を追っているのかと思い、息を潜めた。しばらくして転げ落ちてきた何かが傍で止まり、銃弾があちこちに降り注いだ。チョン老人は身動きできずにいた。

どれくらい時間が経っただろう。人の気配が消えると、息を潜めていた山が、再び蠢《うごめ》きだした。キジが鳴き、ノロジカが駆けた。軍人たちはもと来た道へ引き返したようだった。チョン老人はようやく息をついて立ち上がり、あたりを見回した。そう遠くないところに、人が倒れていた。驚いたことに、それは女で、三つ編みにした髪の毛の様子から、朝鮮の若い女に見えた。チョン老人は、女に近づいた。肩のあたりが血で染まっている。女の首に手を当てると、まだ生きていた。身なりから、慰安所から逃げてきた女であることは間違いなかった。軍人たちは女が死んだと思い、そのまま戻って行ったようだ。幸いにも、銃弾は肩先をかすめ、小さく肉片を削っただけだった。高いところから転がり落ちてきたにもかかわらず、骨折もしていないようだ。チョン老人が襟巻きをとって肩を縛ってやっても、女は目を開けなかった。チョン老人は、川辺の枯れ葉をかき分け、氷のかけらを拾い、口元に当ててやった。スナムが目を開けた。

「気がついたかい？」

「オンニは？」

スナムが絞り出すように尋ねた。老人の朝鮮語が、涙が出るほど嬉しかった。

「誰かと一緒だったのか？　ここへ転がり落ちてきたのは、あなただけだ。今はこうしている場合じゃない。早く逃げないと。軍人たちがまた探しに来るかもしれない」

チョン老人は、背負子にうずくまって乗ったスナムを薪で覆い、薪の荷のようにみせかけた。老人は、スナムを近くの朝鮮人村にある自分の家まで連れて来てくれた。幸いにも、チョン老人の家は、村はずれの一軒家だった。人に良いことをしてあげれば、必ずそれが自分らに返ってくると信じるチョン老人夫婦は、スナムを真心込めて世話した。スナムは、逃げる途中で匂い袋と本を入れた風呂敷包みをなくしてしまったことが残念だったが、命より大事なものはなかった。チョン老人による介抱の甲斐もあって、スナムの傷は順調に快方に向かった。

チョン老夫婦は、二十数年前、朝鮮を出てきたという。チョン老人の妻がこれまでの人生を語ってくれた。

「間島《カンド》へ行くのが流行っていた頃（一九一〇年の朝鮮植民地化以後、生活基盤を奪われた朝鮮農民の移住が激増した。また多くの独立運動家が拠点を移した）だったよ。わたしらの故郷では、間島へ行けば土地もくれるし、農具もくれると宣伝して、みんなを煽ったんだ。わたしらは、ネコのひたいほどの土地もないような朝鮮よりはマシだろうって、六人の子たちを連れてその言葉を信じて出てきたんだ。そのあとに降りかかってきた歳月を思うと、ああ、恐ろしいったらないね……」

スナムは、老女の凄絶な半生を聞くうちに、先の見えない不安がすっと和らいだ。この人たちの苦労に比べたら、自分はこれまで楽に食べて暮らしてきたし、運もあった。部隊から逃げたあと、チョン老人に出会って命を救ってもらったことが、何よりの幸運だ。

「人の命ほど残酷なものはない。人は死ぬまで生きなきゃならんのだから」

かちかちの凍土の上に息子の遺骸を横たえ、石を積んだだけの墓をこしらえて帰ってきた日も、残った子のために何かを食べなければならなかったという老女がつぶやいた。そんな話をしながらも、老女の涙はもう涸れはてたのか、その様子は淡々としていた。老女の話に、むしろスナムのほうが涙した。なによりプニと慰問隊の子たちのことが思い出され、堪えられなかった。どうか助けて、オンニだけは信じる、そう言った彼女たちの泣き声と悲鳴が、刃物のように胸を突き刺した。

今頃はもう、私が逃げたことが知れ渡っているだろう。それを知ったとき、プニはどう思うだろう。プニには、助けてあげるといったスナムが命綱だったのだ。その綱を、掴んだと思った途端、絶たれたプニは、ほかの子よりも大きな裏切りに遭ったことで、絶望の底にいるに違いない。

スナムは、夜ごと、プニやほかの子たちが夢に出てきては、冷や汗で目を覚ました。カンフィのことを思うだけでも申し訳ない気持ちになった。スナムは、自分のせいで残った子たちが痛めつけられていないか心配でたまらなかった。逃げる途中で弾にあたった自分も死ななかったのだから、あそこに残った子たちも生き延びられるだろうか。

ところがスナムにもうひとつ、幸運が訪れた。ハルビンに住むチョン老人の末娘のセファが、連絡もなく突然、家に帰って来たのだ。このあいだの正月《ソル》に帰れなかったので、少しだけ時間をつくって実家に戻ってきたという。スナムは、セファがハルビンに暮らしていると聞いただけで特別な人に見えた。プニや隊員たちに申し訳なくてカンフィのことは考えまいとしていたスナムの決意は、へなへなと崩れ堕ちた。チョン老人からおよその話はすでに聞いているのか、セファはスナムに何も聞かなかった。むしろスナムのほうが、ハルビンについて次々と質問した。八歳の時に満州に来たセファは、朝鮮語が少しぎこちなかったが、会話には問題なかった。

「ハルビンには誰かいるの？　ああ、恋人がいるのね」

セファの言葉に、スナムの顔が赤くなった。

「違うんです。兄です。本当ですってば。ここからどのくらい遠いんですか？」

新京駅で汽車を乗り換える時間まで含めて、六、七時間かかるという。嘉会洞の屋敷にいた頃は、行ってみようとも思わなかった距離だ。だが京城《キョンソン》から京都まで、そして釜山から満州まで来て、死線も越えた今となっては、ひとっ走りに駆けていけるような距離に感じた。それほど近いところに、坊っちゃんはいるのだ。

「歩いたらどのくらいかかりますか？」

スナムが尋ねた。

「遠いわよ、歩いてなんて行けないわ。もしかして汽車賃がないから聞いてるの？」

「それもそうですが、検問が怖いですし」

スナムは、おずおずと言った。

「汽車賃なら私が貸してあげる。それに全員を検問するわけじゃないから。怪しそうな人だけ、女より主に男を狙ってるわ」

スナムはあとで金を返すことにし、セファの好意を受けることにした。

　髪の毛を切り、中国服を着て、セファと一緒だったお陰で、スナムは無事、ハルビン駅に降り立った。駅の周辺は、ブラッドリー夫人が見せてくれた雑誌の中のヨーロッパの街に似ていた。京城はもちろん京都の中心地よりも華麗な建物がたくさんあり、人々で賑わっていた。スナムは、痺《しび》れるほど感動し、感極まった。

　ついにやってきたのだ。二年後と思っていたのに、京都を出てからまだたったの二カ月だ。スナムの興奮を鎮めるかのように、川から寒風が吹きつけた。

「松花江《ソンホワジアン》（中国東北部の大河。北東へ流れアムール川に合流し、ロシア極東のオホーツク海に注ぐ）から吹いてくる風よ。白頭山《ペクトゥサン》（朝鮮半島の最高峰。二七四四メートル。中朝国境にそびえる）から流れ下りてくる川。うちの村を流れてた川も同じ川よ。今はまだ寒いけど、暖かくなると舟遊びしたりするの」

　川風は、吉林《ジーリン》の草原を吹くチョン老人の村の風より冷たかったが、スナムは寒くなかった。

「ねえ、この駅で、安重根《アンジュングン》（一八七九―一九一〇年、独立運動家。一九〇九年ハルビン駅で伊藤博文を狙撃）という朝鮮人が、イトウとかサトウとかいう日本人を撃ち殺したのよ、知ってる？」

　セファは、ハルビンの街を案内するのが役目だとでもいうように、目につくものをひとつひとつ説明した。気持ちがそわそわして、セファの話があまり耳に入らなかったが、その言葉だけはスナムの耳に刺さった。

「いつですか？」

　スナムの目が光った。まるで、プニや慰問隊員、そして自分に対し日本人がしたことを知り、代わりに復讐してくれたような気がした。

「そうねえ、私が生まれる少し前だから、三十年くらい前じゃない？」

セファは自信なさげに答えた。最近のことではないのかとちょっとがっかりしたが、スナムはすぐに、その朝鮮人が予め懲らしめておいてくれたのだと思うことにした。スナムは、改めて駅舎を眺めながら、カンフィを思った。坊っちゃんも、そういうことをなさるのだろうか？　スナムは行き交う人々に目を向けた。この人々のなかに、カンフィがいるような気がした。だが、ここでカンフィに巡り会うのは、漢江《ハンガン》の砂浜で針を探すに等しかった。

立派な建物と建物の間には、石を敷きつめた、広くて真っ直ぐな道路が通っていた。中央路だという。そこを、自動車、馬車、馬に人力車が入り混じって走り、さまざまな人々が往来した。ハルビンには、東洋人だけでなく、ブラッドリー夫人のような髪の毛や皮膚、瞳の色の違う人も多かった。セファが、彼らはロシア人だと教えてくれた。こんなに違う人種を、一カ所でこれほどたくさん見るのは生まれて初めてだ。混雑した大通りや忙しそうな人々を見ていると、スナムは、自分の正体がばれやしないかという不安が多少薄らいだ。誰も自分なんかに関心などなさそうだ。

セファは、スナムに仕事を紹介してあげるから、しばらく自分のところにいたらいいと言ってくれた。こんなにありがたいことはない。セファは二十歳で中国人の男と結婚したが、夫はアヘン中毒の賭博人で、夫が死んだ後、子供を夫の両親に預けてハルビンに出稼ぎに来ているのだという。多くの痛みを経験してきたせいか、セファは情に厚く、家へ行く道中もあちこち指差しながら詳しく説明してくれた。

「あそこに見える町が傅家甸《フージャデエン》（東清鉄道や市街地建設のために集まった多くの中国人労働者や小商人が住み着いた地区）で、中国人がたくさん住んでるわ。中国人《テノム》（中国人の蔑称）は汚くてうるさいの。あそこはアヘン窟よ。線路の向こう側の埠頭区は、ひと目でお金持ちの街に見えるでしょ？　銀行もあるし、ホテルもあるし、劇場も公園もあるし、ハルビンでいちばん高級で賑やかな街よ。それでね、あそこに住む日本人《チョッパリ》（日本人の蔑称）や西洋人《ヤンコベギ》（西洋人の蔑称）は、私たちみたいな貧乏人を、人間扱いしないの」

「じゃあ、朝鮮人はどこに住んでるの？」

カンフィを探すためには知っておかねばならないことだった。

「朝鮮のやつらは、あちこちに住んでるけど、絶対に付き合わないほうがいい。以前は独立運動の人も多かったというけど、今、ここに住んでる朝鮮のやつらは見かけは立派でも、どいつもこいつも密輸業者、でなきゃ浮浪者かブローカーみたいなやつらよ。今も朝鮮では、満州にいると聞けば、御大層なことしてると思ってるでしょ？　あんたの兄さんもそうかもしれないよ」

セファが、含み笑いを浮かべた。スナムは言い返すかわりに、必ずカンフィを探し出して、セファの言葉は間違っていると証明してやろうと思った。

セファの家は、駅前の新市街を通り抜けたところにあった。中央寺院（ニコライ大聖堂）やカトリック教会、神社、公園墓地なども並ぶ新興の官庁街を抜けると、その陰のように、ごみごみした貧民街が現れた。主にロシア人が住んでいるという。

セファは、かさぶたみたいにペンキがあちこちはげた建物に入っていった。螺旋《らせん》階段を上りながら、セファは会う人ごとに気さくに挨拶をした。彼女はローザと呼ばれていた。ロシア語でバラという意味だという。部屋には、キイキイ音をたてるベッドと小さな引き出しのあるタンスがあるだけだった。だが壁には、これを着てどうやって街を歩くのかわからないような派手な服が、何枚もかかっていた。

セファが、たばこに火をつけてくわえた。吉林の家では我慢していたようだ。彼女はカフェで働い

ている と言った。

「来て最初のころは、日本人《チョッパリ》や中国人《テノム》の家で女中として働いてたの。ところが、最後に女中として住み込んでた中国人《テノム》の家の奥さんが、私を泥棒扱いしたのよ。それでお給金一銭ももらえずに叩き出されたってわけ。すぐに行く当てもなくて、しかたなくカフェで働くようになったんだ。働いてみると、カフェはチップもあるし、自由もあるし、稼ぎもずっといいし。ダンサーにでもなれたら、収入ももっといいんだけど、私はダンスはちっともできないから」

セファが壁にかかった服の中から、いちばん地味そうなのを選んでスナムに手渡した。

「じゃあこれ、着て。面接を受けに行きましょう」

「ど、どこへ？」

スナムは、こういう服を着て出かけるところが、どういう場所なのか不安だった。

「カフェよ。あさって開業するカフェで働くことになってるの。お店を移るから、ちょっとだけ時間が空いて実家に顔を出したのよ。そしたらあなたに会ったってわけ。ちょうど社長から人を探してくれって言われてたの。私に会ったのを感謝しなさい」

セファが、たばこの煙を吐き出しながら言った。

「あ、あのう、私はカフェより、住み込みで働ける家で、女中として働きたいんですけど」

スナムが得意な仕事といえば、炊事と洗濯と掃除しかない。それに逃げてきた身なので、人の多いところより閉じこもって過ごせる仕事場が必要だった。人生の最終目的地のような気がしていたハルビンに辿り着いたものの、カンフィを探すよりまずは、食べる手だてを見つけることだ。逃亡者の身で無闇にカンフィの前に姿を現せば、カンフィのお荷物になる。スナムは、先に仕事を始めてから、カンフィを探すことにした。同じ土地にいると思うだけで慰められ、気持ちに余裕が生まれた。

スナムは女中の仕事が見つかるまで、セファが勤めるカフェの厨房で働くことにした。セファが親戚の妹だと言ってくれたおかげで、人々は、何の疑いもなくスナムに接した。一週間くらい経った頃、酒に酔ったセファが厨房に来て尋ねた。

「あんた、英語なんてできないわよね。英語が話せる人を探してるって話があるんだけど」

できると言えるような実力ではなかったが、スナムは、これはチャンスだと直観した。

「私は大学で英文学科に通いました。一年しか通わなかったから、大してできませんが、少しなら……。読み書きも……。ぜひ紹介してください」

スナムは、すらすらとチェリョンの経歴を口にして、そう願い出た。

「大学に通ったですって？」

セファはもちろん、厨房にいた人々も目を丸くした。自分への眼差しが一変するのを感じ、スナムは気持ちがすくんだが、背筋は思わず伸びていた。

翌日、スナムは、埠頭区の高級住宅街にあるジョーンズ氏のお宅に面接を受けに行った。マーク・ジョーンズは、ハルビンのアメリカ総領事館の一等書記官だ。ジョーンズ書記官の家は、嘉会洞の屋敷の別館に似た洋館で、初めて来た感じがしなかった。面接してくれたのは、ジョーンズ夫人だった。ジャネット・ジョーンズは七歳と五歳のふたりの子の母で、三番目の子を妊娠中である。

ジャネットがスナムに名前を尋ねた。これですでに四人目の面接で、おまけに下の息子のウォルターが母親の言うことを聞かずにぐずるので、すっかり疲労困憊の様子だった。

「ユン・チェリョンです」

ジャネットは、名前をちゃんと発音できなかった。スナムがもう一度名前を言い、ジャネットがおかしな発音を繰り返したところで、ふたりは顔を見合わせて笑った。堅苦しかった雰囲気が、一気に柔らいだ。スナムはブラッドリー夫人との素晴らしい記憶が蘇り、ジャネットに親しみを感じた。西洋の女性たちは、どういうわけかみな親切でいい人らしい。

「あなたは日本人？　それとも中国人？」

「朝鮮人です」

スナムは日本の植民地からきたことが減点要因にならないかと不安になったが、ジャネットは何も言わず、ハルビンへはどうしてきたか、そして英語はどこで習ったのかを尋ねた。

「兄を探しに来ました。大学の英文学科に一年通いました。イギリスのご婦人からも少し習いました」

スナムは下手くそながら、ゆっくり一語一語、話した。久しぶりに英語を話すと、ブラッドリー夫人との楽しかった時間が懐かしくなった。ジャネットにとって、スナムの英語力は物足りなかった。だが、スナムにウォルターがよく懐くので迷った。しっかりした長男のロビンと違い、ウォルターはどうしようもない腕白で、おまけに母のお腹に赤ちゃんができてからというもの、いっそうわがままな駄々っ子になった。そんな子が、スナムの前ではおとなしくしている。面接の順番を待っているあいだ、スナムが遊んでやったからだった。

ジャネットの見立てでは、スナムは英語は上手くなかったが頭の回転が早く、知性がある。態度や雰囲気が、東洋の女性として悪くない。だが仕事はどうだろうか。大学に通ったことを鼻に掛けたり、生意気に振る舞ったりしないだろうか。ジャネットはそれが気掛かりだったが、限られた期間なので、とりあえず採用を決めることにした。

「いいわ。あなたを採用することにします。ところで、あらかじめ言っておくことがあるの。私たちは八月初旬に本国に帰ります。数カ月後には辞めていただかなくてはなりませんが、それでも構いませんか？」

スナムは、条件を口にできるような身ではない。カフェのオーナーはしきりにホールで働けと言うし、これ以上セファの厄介になるわけにもいかない。数カ月間で英語力をもう少しつけてハルビン暮らしに慣れれば、次のチャンスもあるだろう。スナムはよろしくお願いしますと言った。

「良かったわ。しっかり働いてくれたら、帰国するときにほかの家を紹介するわ。よろしくね」

ジャネットはそう言って手を差し出した。スナムは、軽く膝を折り、手を握った。

スナムの名は、ウォルターの命名により、チェリーになった。

「うちの国ではよくある名前よ」

スナムは、人知れずため息をついた。チェリョンからハルコになり、こんどはチェリーになった。本当の名はいつ取り戻せるのか。とはいってもスナムという名も、もとは男の子が生まれてくれという願いの込められた名、それも死んだすぐ上の姉の名前をもらったものである。スナムは、自分の名も、気に入っているわけではなかった。

ジョーンズ書記官の家での生活が始まった。ジャネットの心配をよそに、スナムは家事が上手だった。英語は下手だったが、勘が良く仕事が手早いので、不便はない。ふたりの子もスナムによく懐き、帰国する時に連れて行けないのが惜しいくらいだ。スナムもまた、西洋料理を除けば難しいことは何もなかった。幸いにも食事は、料理が趣味だというジャネットが主に作った。つわりが過ぎたので、料理もできるようになったという。たまにマークが作ることもあった。朝鮮では男が台所に入るなんて想像もつかなかったが、アメリカでは地位のある男が料理をしても良いらしかった。

　そしてある日、ジョーンズ夫妻がスナムをいっそう特別に思うようになる事件が起こった。二階の階段から転がり落ちたウォルターを、スナムが怪我を負いながら、素早く受け止めたのである。夫妻は、怪我してまで自分たちの息子を助けてくれたスナムの行動にすっかり感激してしまった。それ以来、ウォルターはいっそうスナムに懐き、ジョーンズ夫妻もまたいっそうスナムを信頼するようになったのである。

　ある土曜日の午後、スナムに外出許可が与えられた。その時間を利用して、スナムはカンフィを探しに、線路の向こう側の中国人街傅家甸《フージャデェン》を歩きまわった。カンフィの状況や自分の立場上、大っぴらに探すことはできない。自分がチェリーと呼ばれているように、カンフィもまた違う名を使っているかもしれない。スナムは街を眺め、人々の様子を窺うので精一杯だった。カンフィに似た人を見かけ、心臓がドキンとしたことは一度や二度ではない。失望が寂しさに変わり、骨身に染みてくると、セファを訪ねて朝鮮語でお喋りした。週給を貯めて汽車賃を返し、セファにも吉林にいるチョン老人夫婦にも、お礼の品を買って贈った。そして、以後は給料を一銭も使わずに貯めた。

　スナムはこれまで、愛国とか独立などということを考えたこともなかった。自分はただご主人様に言われたことをして、飢えさえしのげればいいと思ってきた。カンフィがしていることも、彼の安否が心配なだけで、深く考えたことはなかった。だが部隊での出来事から、スナムは大きく考えを改めるようになった。嘉会洞の屋敷の使用人たちは、カンフィの噂をするのが大好きだった。噂話の中のカンフィは、ホン・ギルドン（洪吉童・伝説の義賊）のように神出鬼没で、天下無敵だった。スナムは、坊っちゃんらしからぬ姿を寂しく思っていた自分を恥じた。そして使用人たちがなぜあんなに心躍らせながら話に興じていたのか、わかったような気がした。

スナムはカンフィが誇らしく、彼に会えたら全力で手伝うと心に決めた。置き去りにしたプニや隊員たちへの罪悪感を拭う方法はそれしかなかった。スナムは相変わらず、プニの悲鳴や脱出の恐怖がまざまざと蘇る悪夢を繰り返し見ていた。汗をぐっしょりかいて目を覚ますたび、ヒョンマンが皇軍女子慰問隊の仕事をどこまで知っていたのか気になった。旦那さまもご存じなかったのだ。部隊の側で勝手に違う仕事に変えてしまったはずだ。もし知っていたとしても、旦那さまは自分を少佐の官舎へこっそり移してくれたではないか。邪悪な心を抱いた森が悪いのであって、旦那さまに落ち度はない。

スナムは、カンフィとチェリョンの父であり自分の父でもあったヒョンマンを憎みたくなかった。

カンフィを探すのは、京城の街で「キムさん」を探すようなもので、途方もない話だった。スナムは、カンフィがここにはいないかもしれないという考えを努めて振り払った。カンフィを探すこと自体が、寂しさに堪える力になっていた。心の隅で、カンフィはもう結婚しているかもしれないし、自分に会っても喜ばないかもしれないという不安もあった。大切に持っていれば好きな人と結ばれるという匂い袋も、失くしてしまったではないか。

スナムが兄を探しているのを知ったジャネットは、夫に頼んでみた。マークは、カンフィについて自分で力になれることはないかと、スナムに尋ねた。スナムは躊躇いながら、朝鮮で聞いたカンフィについての噂を話し、その情報が定かかどうかはわからないものの、人相や背格好についても説明した。ただスナムは失望するのが怖かったので、期待はしなかった。

六月になると、日中は多少汗ばむほど気温が上がった。スナムが満州に来て以来、心の底まで凍《い》てつく冷気が、ようやく少し和らいだ。ジョーンズ書記官が夕方、お客があるので食事の用意をするようにと告げた。この家では時折、小さなパーティを開くことがあったので、スナムは特に不思議にも思わず、言われたとおり夕飯の準備をした。ただ、ともに食事の準備をするジャネットが、何度も何か言おうとして躊躇っている。スナムは、自分が何か過ちでもしたかと、内心不安だった。

客がやって来るとジャネットから応接室に食前のお茶を運ぶように言われた。スナムがお茶を運んでいくと、ジャネットが興奮した顔で言った。

「チェリー、あなたの目の前にいるお客様が誰か、よくごらんなさい」

スナムは、無精髭を生やし眼鏡をかけた痩せこけた男が、誰なのかわからなかった。面食らった顔をして、スナムはジョーンズ夫妻に目を向けた。マークは肩をすくめ、ジャネットはもうじき起きるであろうスナムの反応を期待して微笑みを浮かべた。スナムはもう一度、男のほうを見た。男がスナムを食い入るように見つめ、おもむろに立ち上がった。あらゆる感慨のこもった表情を浮かべているその人は、カンフィだった。スナムは、ジャネットが自分の手からお盆を持ち去ったのも気づかず、呆然と立ちつくした。全身が硬直し、ぴくりとも動けず、言葉も出なかった。

喜びより驚きのほうが大きかった。夢にも忘れたことのない坊っちゃんがわからないなんて。それくらいカンフィは、スナムがこれまで胸に描いてきた姿とは違っていた。嘉会洞の屋敷でのカンフィは、影を見るだけでもスナムをときめかせる人だった。家を去った後も、スナムにとって彼は、明かりを煌々と灯すランプのように光り輝く存在だったのだ。だが目の前にいるカンフィは、まるで朝のランプのようだった。陽が昇り、灯を消すと、ランプは光の中に隠していたガラスのホヤの煤《すす》や、錆びてへこんだ口金《くちがね》といった、本当の姿を現す。想像の世界から出てきたカンフィは、駅前や大通りにざらにいる人々と何も変わらず、いや、平凡を通り越し、くたびれ果てていた。

何よりカンフィは、スナムにとって、いつも顔を上げ、仰ぎ見なければならないくらい大きな人だった。だが立ち上がった彼の背丈は、スナムより少し大きいだけだ。会っていなかった間に、スナムの背が伸びていた。スナムは、カンフィの現在の姿に衝撃というより失望を覚えた。そして、自分がカンフィに失望しているという事実に、うろたえた。人生の目標、いや、生きる目的を失った気分だった。

スナムは頭が混乱し、何も言えないでいると、カンフィが先に口を開いた。

「お前がチェリョンなのか、そうかい？」

以前よりも低くしゃがれているが、あきらかにカンフィの声だった。その言葉は、いっそうスナムをうろたえさせた。スナムはこれまで、カンフィと再会する場面を数限りなく想像してきた。汽車の中で見た夢以外は、カンフィはいつもスナムを一発で見分けてくれた。だが、今、彼は、スナムにチェリョンかと尋ねたのだ。スナムが思い描いた感動的な再会とは、およそかけ離れていた。

スナムは、自分が誰であるかを正直に言いたかったが、ジョーンズ夫妻が見ているのでどうすることもできず、ただうなずいた。

「お前が、どうして、ここに……」

スナムの手をとったカンフィは、それ以上、言葉が続かなかった。

カンフィは、チェリョンに対して優しい兄ではなかった。だが数年ぶりに、はるか異国の地で出会い、感激しているようだった。さらに他人の家に住み込みで働く姿に、衝撃を受けているらしい。きっとそうだ。スナムは、自分がチェリョンでないと知ったら、カンフィがどれほどがっかりするかと思うと複雑な気持ちだった。ジョーンズ夫妻は、期待ほどでなかったスナムの反応を、あまりに嬉しすぎて実感がまだ湧かないからだろうと受け取った。

いつも台所で別に食事をとるスナムは、今日は家族のテーブルに一緒に座り、夕食をとることになった。夫妻による特別な配慮だったが、スナムは芝居のようなこの場から、早く抜け出したかった。

ジョーンズ書記官は、カンフィと面識があった。傅家甸《フージャデェン》に、アメリカ宣教会が運営する教会があり、チャン・ドンジュンという名を名乗っていたカンフィは、その教会が運営する夜学の教師だったのだ。だがある時、日本側が、夜学は朝鮮人と中国人の不穏な地下サークルだから閉鎖せよと、アメリカ領事館に要請してきた。その件の担当だったジョーンズ書記官は、カンフィと二、三回会った。スナムが兄の話をしたとき、書記官の頭にはチャン・ドンジュンしか思い浮かばなかったという。

夕飯が終わり、いよいよスナムは自分の小さな部屋で、カンフィとふたりきりで会うことになった。ベッドと小さな引き出し付きの箪笥、壁にかかった小さな鏡がすべての、こぢんまりとした部屋だった。カンフィは、スナムをベッドに掛けさせると自分は向かいの箪笥に腰かけ、これまでぐっと我慢していたように質問を立て続けに浴びせた。

「ここにはどうして来たんだ？　いつ来たの？　家に何かあった？　お前がどうしてここで働いてるんだ？　母さんや父さんは元気か？　お前ひとりで来たのかい？　スナムは一緒に来なかったのか？」

カンフィの口から自分の名が出た途端、スナムは、彼とやっと再会できたような激しい感情に包まれた。坊っちゃんは、私を忘れていなかった！　スナムは、ベッドの上からすべるように降り、床に膝をついた。うろたえるカンフィの前で、スナムはぎゅっと目をつぶり、本当のことを言った。

「坊っちゃん、お許しください。私は、お嬢さまではなくて、スナムです。申し訳ありません」

スナムが膝をつくと、驚いて立ち上がったカンフィは、箪笥の上に再び、どんと座りこんだ。チェリョンに会ったことで、すっかり興奮していたカンフィは、本当はその子がスナムだという事実に愕然とした。しばらくスナムを見つめていたカンフィが、ようやく口を開いた。

「お前が、チェリョンではなくてスナムだと？　チェリョンにそっくりだ……」

応接室で見た時は、チェリョンもずいぶん変わったと思った。もう十年近く会っていないのだから、当然だと受け止めた。だが本当はスナムだと言うので、今度はむしろ記憶の中のチェリョンにそっくりな気がした。何より、スナムがどうしてここにいて、英語を話すのか、理解できなかった。

カンフィは、スナムを立ち上がらせ、ベッドに座らせた。そして硬い表情で言った。

「さあ、これまで何があったのか、ここにはどうして来たのか、本当のことを話してくれ」

カンフィは、スナムが家から逃げてきたのだろうと推測した。彼は、スナムが自分を慕っていたのを知っていた。スナムがもし自分を頼ってきたとしたら、厄介なことだった。まかり間違えば自分の居どころが知られるだけでなく、カンフィはいま自分の身ひとつ守るのもやっとな状態だったのだ。それにジョーンズ書記官の家庭で、チェリョンのふりをしているのも怪しい。思い起こせば、もともと突拍子もないところのある子だった。

カンフィが催促するので、スナムは口を開いた。本当は、ずっと前から誰かに聞いて欲しかった話だった。チェリョンの京都留学に同行したことから始まり、チェリョンとチョンギュの恋愛、そのことがきっかけでチェリョンの代わりに慰問隊に行ったこと、そして部隊でのこと、そこから逃げ出したこと、チョン老人に助けられて命拾いしたこと……、自分がハルビンにきた本当の理由以外は、すべて話した。

「ハルビンには、私を救ってくれた吉林のおじいさんの娘さんと一緒に来ました。働き口を見つけてあげると言われて。他に行くあてもないし、帰ることはできないし」

カンフィは、衝撃的な話を聞かされ、言葉を失った。彼は、自分の父が自分の娘のためなら他人を平気で死地に追いやる化け物とは知らなかった。東京を離れて以後、カンフィは一瞬たりともユン・ヒョンマン子爵の息子として生きたことはない。だが彼が嫌ったのは、家柄や身分、地位であり、ユン・ヒョンマンという人間そのものではなかった。むしろ胸の片隅には、父への憐憫があった。

生母の死が自死であると知ったとき、父もまた可哀そうな人だと思った。なす術もなく、愛する人の死を経験した父の内面が穏やかであるはずがなかった。父の無茶で突拍子もない側面を目にしても、癒えない傷のせいだと理解さえ示そうとした。だが、幼い時から家に置いてきたスナムに父がしたことは、到底受け入れられなかった。人間のすることではない。カンフィは、ほんの一瞬であれ、スナムを誤解してすまないと思った。

「ずいぶん苦労したんだね。僕が代わりに謝るよ。申し訳ない」

その言葉に、スナムの目からみるみる涙が溢れた。やっぱり坊っちゃんは、私の味方だった。外見は変わってしまったかもしれないが、心は変わっていない。消えたと思ったランプの灯が、再び灯りはじめた。スナムはすすり泣いた。これまで胸の中にしこっていたあらゆる感情が、涙となって流れ出した。カンフィは、複雑な想いのこもった眼差しでスナムを見つめた。しばらくして少し落ち着いたスナムは、涙を拭きながら鼻声で言った。

「旦那さまが悪いのではありません。慰問隊には、私が代わりに行くと言ったのです。旦那さまは慰問隊でも私を楽な場所に移してくださいました。森少佐が悪い人だったのです」

カンフィはため息をつき、話題を変えた。

「チェリョンの消息は？」

「私も、京都で別れてから消息を知らないのです。たぶん、どこかに身を隠しているはずです。だから、私はずっとお嬢さまの名で生きていかなければなりません。正体がばれたら、お嬢さまの身に何が起こるかわからないので」

カンフィが、呆れたという顔でスナムを見た。

「そんな目に遭っても、チェリョンの心配をするなんて、お前、ちょっと足りないんじゃないか？それにしても一体どういうつもりで、とんでもない詐欺芝居に乗ったんだ？」

少し軽くなったカンフィの口調に、スナムの気分も明るくなった。ひとしきり泣いたので、気持ちもすっきりした。

「自由とお金のためです。任務を終えて戻ったら、旦那さまが私を自由にしてくれるとおっしゃいました。お金もたくさんくださるって。そうすれば、両親も助けてあげられるし、勉強もできるじゃありませんか。けれど、部隊から逃げてしまったから、もうそれはダメになりましたけど」

顔を曇らせたスナムが、いいことを思いついたというように、目を輝かせた。

「帰った時に、お嬢さまがご無事だったら自由をくださいって頼んでみます。旦那さまも、きっと聞いてくださるでしょ？」

スナムは、カンフィと話すうち、匂い袋をもらった十歳の頃の、いや、初めて会った七歳の頃の自分に戻った気がして、甘えるような口ぶりになった。あの頃のスナムは、ご主人様にも他の使用人の前でも見せなかった本当の姿を、カンフィにだけは見せていた。彼がそういう雰囲気を作ってくれたのだ。今もそうだ。明るく瞬き始めたランプの灯が、煤を覆い隠した。

カンフィがおやおやという表情で笑みを浮かべるので、スナムも晴れやかな気分になった。ふたりは会ってから初めて、笑顔で見つめあった。

「チェリョンとは関係なしに、もう、きみは自由だよ。そもそも人を金で買うなんて、あってはならないことだったんだ。ところで、僕がここにいるってこと、どうしてわかったんだい？　別人になって暮らして、もう何年にもなるというのに」

カンフィは、スナムが自分を頼ってきたとしたら厄介だと考えたことも忘れて尋ねた。幼なかったスナムがすっかり大人の女性になって、自分の目の前にいるのが不思議だった。スナムは、カンフィの状況も知らず、ただ闇雲にやってきたとは言えなかった。

「さっき言ったとおり、セファ姉さんについて来たの。でも坊っちゃんがハルビンにいらっしゃるっていう噂を、ちらっと聞いたのを思い出したんです。それでたまたま、夫人に話したら、ジョーンズさんが探してくださって。まさか、こうして坊っちゃんを探し出せるなんて、私も思っていませんでした」

まるで弁明するように話すスナムを見ながら、カンフィは、ジョーンズ書記官の言葉を思い返した。

「あなたの妹と思われるお嬢さんが、毎週土曜日、ハルビンの街をしらみつぶしにする勢いで、お兄さんを探しまわっています。そのお嬢さんがうちにいますので、会いに来ませんか？」

カンフィは黙って、スナムの頭に手を乗せ、髪を撫でた。髪から下りた手が、肩と背中をやさしくさすった。スナムは、顔を赤らめながら尋ねた。

「坊っちゃんはもう、結婚なさったんでしょう？」

霧の中の暮らし

一カ月もの間、ずっとサンフランシスコの街を歩き回ったチェリョンは、中心部はもちろん、周辺の路地裏まで隅々までわかるようになった。時とともに、最初の興奮は消えた。チェリョンは、自分が貧しく、英語もろくにできないちっぽけな存在であることを、嫌というほど突きつけてくる市内見物に、次第に興味を失った。朝目を覚ますと、今日は一日何をして過ごそうかと途方に暮れるほど、ぶらぶらすることにもうんざりしていた。

しばらくの間、憂鬱で無気力に過ごしたチェリョンだったが、ある時ふと金を稼ごうと思い立った。金を稼げれば、この家を出ても生きていくことができると気づいたのだ。だがどうやって仕事を探せばいいのだろうか。道を歩いていると、求人募集の貼り紙が目に入ったが、その場で店に入っていく勇気はない。チェリョンは、淳平に仕事を探してほしいと頼んだ。

「日本人以外のお店で……」

表向き、夫である淳平の職業を知っている人間の下では働きたくなかった。ホテルのボーイの女房扱いは御免だったのだ。淳平が、とんでもないという顔をした。

「今ここではアメリカ人ですら仕事がない状況です。あなたのできるような仕事はありません。あったとしても、あなたに仕事はさせられません。英語の勉強をしながら、もう少し待ってください」

チェリョンは、淳平の世話になり小遣い銭をもらうことで、自尊心を傷つけられていた。淳平が夜勤までしてベッドを解放してくれるのも、次郎に嫌味を言われるのも、嫌でたまらなかった。チェリョンは、自分で仕事を探すことにした。英語もろくに話せない東洋人のできる仕事といえば、レストランの皿洗いかホテルの掃除婦、洗濯婦のような仕事しかない。チェリョンは、せっかくなら高級レストランか百貨店で働きたいと考えた。華やかなところで上流階級の人々を眺めながら、とりあえずの自尊心を満たしたい。だが、そういうところは端から資格がないか、面接を受けられたとしても英語が聞き取れずに落とされた。チェリョンは、仕方なく次郎に頼んでみることにした。

「淳平さんには、内緒にお願いします」

チェリョンが次郎を嫌っているのを淳平は知っていた。それなのに就職を頼んだことが知られたら、プライドを捨てたかと思われる。淳平なんかに見くびられるのは堪えられない。

チェリョンが最初に就職したのは、波止場近くのレストランだった。だが、皿を割り、お客に食べ物をこぼし、一日で追い出された。二つ目のレストランでは、注文を間違え、無遠慮な客と喧嘩し、クビになった。ホテルの掃除は、ベッドのシーツ一枚替えるのも吐き気がするほどしんどかった。バーではサルとからかう客に水をぶっかけ、辞めた。しかしチェリョンが働くのを諦めた決定的なきっかけは、ある朝鮮人の男のせいだった。

最後に働いたレストランは、三日間もった。英語の聞き取りもある程度慣れ、注文を間違えることもなくなっていた。その日、ある客の注文を取りにいったチェリョンの視線が止まった。その客は、明らかに朝鮮人の男だった。チェリョンは、同じ東洋人の男でも朝鮮人と日本人と中国人を見分けることができた。サンフランシスコに来て、初めて見る朝鮮人だ。次郎によれば、ハワイに労働者としてやって来て、その後米国本土に移った朝鮮人がサンフランシスコにもいると言っていたが、これまで一度も会ったことがなかった。メニューをテーブルの上に置くと、同じ朝鮮人だという嬉しさからか、あるいは不安からか、チェリョンの胸は高鳴った。男もチェリョンに何かを感じたらしく、注文すると、ちらっと目を上げた。かなり流暢な英語だった。

男の注文を厨房に伝えたあと、チェリョンは屋外のテーブル席の注文のビールを手に、外へ向かった。波止場の雑役夫らしき三人組が、自分たちの国の言葉で騒いでいた。そのうちのひとりが何か言い、ビールを置こうとするチェリョンの手首を摑んだ。チェリョンが手を振りほどこうとすると、もうひとりの男がニヤリと笑って尻を触った。白人の女には言葉もかけられないくせに、東洋人の女はバカにしているのが明らかだった。

チェリョンが腹を立てると、ひとりが立ち上がって、いきなり肩を抱いた。チェリョンは思わず大声を上げた。すると、先ほどの朝鮮人が現れて、男の手首を摑んで捻り上げた。彼らは三人もいたが、ことが大きくなるのを嫌ったのか、それ以上向かってこなかった。そして金をテーブルの上に置くと、悪態を浴びせながらそそくさと店を出て行ったのだ。そのざまを見て、チェリョンは胸がすく思いだった。チェリョンがお礼を言おうと思った瞬間、男が朝鮮語で話し掛けてきた。

「もしかして、朝鮮人ですか？」

自分を助けてくれた男の口から聞く朝鮮語に、チェリョンはぐっと込み上げるものがあった。そうですと言おうとした瞬間、どきりとした。自分は寺尾ひかりだ。朝鮮人に、ユン・チェリョンであることを明かしたら、何が起こるかわからない。チェリョンは答えるかわりに、日本の女のように何度も腰をかがめて〈アリガトウゴザイマス〉を連発した。すると男は床にツバを吐き、踵《きびす》を返した。そして独り言にしては大きな声が、チェリョンの耳に刺さった。

「ろくでもない日だな、倭女《ウエニョン》を助けてやるとは……」

倭女《ウエニョン》という言葉は、チェリョンがこれまでひかりという立場や淳平の妻の立場で感じていた感情とは比べものにならないほど、屈辱的な言葉として投げつけられた。西洋人から〈サル〉とか〈バナナ〉とからかわれるのとは、また異なる気分だった。チェリョンはその日で仕事を辞め、もうそれ以上、働き口を探すのをやめた。

淳平は一カ月に二度の休みの日も、休んではいなかった。画材道具を持って、肖像画を描きに出かけた。公園や通りには他の画家や写真家もいたが、日本人は淳平だけだ。客は、故郷を離れて長く郷愁に駆られた日本人や、東洋風の絵に足を止めるいろいろな人種の人々だった。一銭でも余計に稼ごうと始めたことだが、絵を描くことは、淳平の気分転換になった。

次郎は、収入が定まらない上に気分屋で、金ができると一日か二日でパッと使ってしまう。常に家賃や生活費の心配に悩まされていた淳平は、金ができたといっては次郎がすぐに要らないものを買い込んだり、仲間に大盤振る舞いしたりするので、怒りを鬱積させていた。夢の中でも、家族を養わなければという責任感に押し潰されそうになっていた彼は、絵を描いている時だけ、現実を忘れられた。肖像画の注文のない時は、自分の好きな絵を描いた。

ある朝、佐々木氏が家に帰ろうとする淳平を事務室に呼んだ。

「君、もしやジローという者を知っているかね？」

淳平はその言葉を聞いた瞬間、来るべきものが来てしまったと感じた。知らないと言おうか？　だが、佐々木氏はすでに次郎と自分との間柄を知っているようだ。

「寺尾次郎でしたら、知っています。私の叔父です」

佐々木氏の眉間に皺が寄った。人差し指で机を叩きながら思案していた彼はおもむろに口を開いた。

「だとすれば、君にこれ以上、うちで仕事をしてもらうわけにはいかない」

叔父が、何か後ろ暗いことをして生きてきただろうことはうすうす知っていた淳平は、佐々木氏から叔父の非道を聞かされるのが怖かったが、よもや解雇されるとは思いもよらなかった。佐々木氏は、断固とした口調で冷ややかに言った。アメリカに初めてやって来た淳平に便宜を図り、心配してくれた人の姿は、そこにはもうなかった。

「私は、ジローのせいで父を亡くした。私だけではない。その者の一味から被害を受けた日本人は多い。今後、ジャパンタウンで仕事を見つけるのは難しいと思いなさい」

今の仕事をクビになるだけでなく、まさかジャパンタウンで働けなくなるとは。淳平は足元を掬われたような気分だった。だが、物乞いのようにすがりつきたくはない。

「わかりました。では、次の人が決まったら、すぐ辞めるようにします」

「いや、君がジローの甥だということを知った今となっては、すぐに辞めてもらわないと、私の名誉に傷がつく。これは、今日までの給料だ。君には申し訳ないが、どうかわかってほしい」

佐々木氏が引き出しから茶封筒を取り出し、淳平に差し出した。

淳平は出勤する人々の中を突き進み、電車で家に帰った。玄関のドアを開け部屋に入ると、次郎が何か冗談を飛ばしているのか、マリナとチェリョンの笑い声が響いた。他の日だったら、チェリョンと次郎が仲良くしている光景に、ほっとしたかもしれない。だが、今日は血が逆流した。淳平は感情を押し殺して朝食を食べ、マリナが学校へ行くのを待った。そして自分が寝に行くかわりに、チェリョンに部屋へ行けと言った。チェリョンは、淳平のただならぬ様子におとなしく従った。

淳平は、向かいに座る次郎に、遠回しな言い方はしなかった。仕事を失ったこの状況で、気兼ねや敬意は不要だ。

「僕は今日、職場を追い出されました。佐々木さんが言うには、叔父さんのせいで彼は親父さんを亡くしたそうです。僕が、叔父さんの甥である以上、ジャパンタウンで働くのは難しいと言われました。これまでいったい叔父さんは、何をして生きてきたんですか?」

淳平の顔には、次郎への恨みの色がありありと浮かんだ。次郎は、しばらく淳平の視線に堪えていたが、自分がアメリカに初めて来た時のことから順に語りはじめた。

横浜に停泊中だった貨物船に密かに忍び込んだ次郎は、太平洋のど真ん中で船員に見つかった。船長の前へ引きずりだされ、次郎は海に投げ込まれるのを覚悟した。密航者がそうした処置をされても、誰も咎める者はなかった。身体検査と荷物検査の最終段階で、次郎が盗んできた父の浮世絵が出てきた。船主であり事業家のサンチェスは、美術品の収集に熱をあげていた。とりわけ東洋の伝統美術に目がなかった。貿易のほかに美術品の購入も船長の仕事のひとつだったので、次郎の予想通り、浮世絵が彼を救った。

次郎は身ぶり手ぶりで、自分が日本で有名な浮世絵師だとホラを吹いた。彼は船員に身分をごまかし、無事にサンフランシスコに入国し、サンチェスの前に呼ばれた。ゴールドラッシュのとき、チリからやってきた彼は、金《ゴールド》を掘り当てて大金持ちになった後、サンフランシスコに住み着いたのだった。サンチェスはいろんな事業に手を広げたが、その中でも大きな比重を占めていたのが、サンフランシスコ一帯の卸売商に、野菜や果物を卸す仕事だった。だが、日本人は自ら農場を拓き、自ら栽培した野菜や果物を安値で売りさばき始めた。市場を荒らされたことに憤慨したサンチェスは、日本人との問題解決を次郎に委ねた。

「俺の主人は、日本人じゃなくてサンチェスだった。密航した俺を救ってくれたし、サンフランシスコで無事、入国させてくれたし、その後も何くれと面倒を見てくれた人だ。当然、俺は自分のご主人の側につかなくちゃならん。もちろん法に触れることもしたさ。日本人の弱みや不正をついたり、ときには暴力団の仲間に加わったりもしたよ。だがな、お前の社長の親父さんを、俺が殺したりなんかはしてないぜ」

「叔父さんが友だちと言っている人たちは、じゃあ、その人たちのことですか?」

「そうさ。サンチェス氏が突然亡くなって、サンチェス・ジュニアが事業を引き継いだ後、俺らはみんな追い出された。そもそも主が変われば、真っ先に前の主の部下たちは追われるもんだ。もともと、俺はジュニアとは仲が良かったんだ。やつが小さい頃から、俺がよく遊んでやったからな。だから、俺だけは傍に置きたがっていた。だが、俺も仲間への義理がある。俺だけ残るわけにはいかなかった。主に南米出身の友だちは、みんなばらばらになった。あの頃はちょうどアメリカの景気も良くて、何をやっても生きていけたんだ。中には成功したやつもいるさ。俺はすでに日本人には悪名高きジローになっていたから、その後もあいつらとつるむしかなかった。あのひどい大恐慌をなんとか乗り越えられたのも、あいつらのお陰さ。今も、たまに仕事をくれるんだ」

「その仕事とは、法に触れるようなことですか？」

「なに、商習慣みたいなもんさ。引っかかっても、大して問題にはならんようなもんだ」

「私は、叔父さんに、もうそういう仕事から足を洗ってほしいんです。私がもっと一生懸命、働きますから」

淳平は、これという見通しもないのにそう言ってしまった自分もまた、ホラ吹きの次郎に似てきたように感じた。

淳平は、昼間は肖像画を描き、夜は次郎が紹介してくれた波止場の倉庫番をした。大した仕事もないので、隅の簡易ベッドでゆっくり寝ることができた。

サンフランシスコにはよく霧がかかった。霧がひどい日はすぐ目と鼻の先も見えず、そういう日は肖像画の客もいなかった。ゴールデン・ゲート・パークで腰を下ろした淳平は、霧の中で、黙々とサンドイッチを食べた。少しでも節約しようと、家で作ってきたものだ。自分や家族の未来も霧の中にいるように何も見えず、憂鬱だった。淳平は気を取り直し、風景画を描き始めた。塀越しに桜が咲いているジャパニーズ・ティー・ガーデンも描き込んだ。

よく手入れされた日本式庭園と伝統茶を飲ませるカフェのあるティー・ガーデンは、霧に沈むと、よりいっそう異国情緒あふれて見えた。絵に夢中だった淳平は、中年の女性が来て傍で見ているのにも気づかなかった。ふと顔を上げると、着物を着た美しい女性の姿が目に入った。霧が、この女性をますます神秘的にしてくれるだろう。完成した絵が目に浮かび、淳平は思わず声を掛けた。

「肖像画をお描きしましょうか？　お代はいりません」

俺は今、何と言ったのか。絵具代もないくせに。我に返り、心の中で叫んだ。客を引き寄せるためだ。淳平は自分に言い訳した。誰かを描いていると、客は寄ってくるものだ。

「まあ、それは嬉しいわ」

女性は、快くモデルになってくれた。代金を受けとらない気軽さからか、淳平は自分の作品のようにその女性を自由に描いた。いつの間にか霧が晴れてきた。人々が集まって見ているのにも気づかず、淳平は没頭していた。絵はなかなかの出来栄えで、肖像の主に渡したくないくらいだった。だがその女性は、絵を受け取るとすぐに踵を返し、立ち去ってしまった。

数日後、公園に行くと、淳平はその女性に再会した。今度は老年の紳士も一緒だった。淳平は嬉しくなり、挨拶した。紳士は自分はティー・ガーデンの代表のハギワラという者で、少し話がしたいとのこと。淳平は慌てて絵の道具を片付けると、ふたりの後について行った。なぜ声をかけられたのか、不安になったのだ。次郎の甥であることが知られてここからも追い出されるのだろうか。

ティー・ガーデンには、太い松や枝を垂らした柳、夾竹桃《きょうちくとう》の木々があり、桜も美しかった。錦鯉がたくさん泳ぐ池の端のカフェで、人々は、日本式のお茶とフォーチュン・クッキー、または和菓子を愉しんだ。そしてクッキーの中に入った運勢の書いてある紙片を広げては面白がった。淳平は、鯉の泳ぐ池を見ると、嘉会洞の屋敷を思い出した。あそこの鯉は、自分がどれほど取るに足らない存在かを教えてくれたが、ティー・ガーデンの鯉を見ていると、チェリョンが自分の妻であることを思い出させてくれて、淳平の不安は少し薄らいだ。

ティー・ガーデンの中に、ハギワラの家族の住む私邸があった。一階は工事中で、淳平が二階の応接間に通されると、肖像画を描いた中年の女性がお茶を運んできてくれた。お茶を飲みながら、ハギワラはティー・ガーデンについて説明した。

「ここはもともと一八九四年の博覧会（カルフォルニア冬季国際博覧会）の時に造園された日本庭園だったところです。私の父は、すばらしい日本庭園にすっかり惚れこみました」

博覧会の終了後、ハギワラの父は当局の許可を得て、引き続き日本式伝統庭園として管理し、手入れしてきたのだという。

「今は、当初に比べて五倍くらいの広さになりました。アメリカ人に日本文化を伝えるのに、うちのティー・ガーデンは大きな役目を果たしていると自負しています」

家族が一丸となった結果だった。日本を離れることだけを考えてきた淳平は、異国で、故国の文化を守り維持するハギワラの家族に胸を動かされた。ハギワラは、淳平への用件を切り出した。

「ティー・ガーデンをもっと広く宣伝するために、いくつかの方策を模索しています。公園で絵を描かれているのを何度か拝見しましたが、浮世絵風の絵に造詣《ぞうけい》がおありのようですね」

「はい。祖父が横浜で浮世絵工房をやっておりました。父も一緒に。私は作業を見て、手伝ったりしながら育ちました」

「ああ、なるほど。今、階下を土産物店にしようと改装中です。これからティー・ガーデンの風景画や日本の風物詩を絵はがきにして売る計画なのです。フォーチュン・クッキーの当たりを引いたお客様に、肖像画を描いて差し上げるイベントも考えています。なかなか相応しい画家が見つからなかったのですが、寺尾さんに巡り合いました。うちのティー・ガーデンの専属画家として絵を描いてもらえませんか？」

淳平は、思いもよらない提案に戸惑った。絵を描くことで就職できると思うと胸が躍ったが、叔父のことが引っかかる。淳平は、正直に次郎の話をすることにした。ハギワラは、次郎を知っていた。

淳平が甥だという事実に驚いていたが、そのことはこの仕事とは関係させたくないという。それなら問題はない。勤務条件も、午前九時から閉店時間である午後六時までだった。今やっている夜間の倉庫番を続けることもできる。月給は大したことはなかったが、天候によって収入が左右されるよりもはるかに良かった。何より、絵が認められて職を得られたことが嬉しい。この嬉しいニュースを、ちょうど誕生日が近づいているチェリョンに、真っ先に知らせたいと思った。

淳平は、チェリョンを懐具合に不釣り合いの高級レストランに連れて行った。チェリョンは面食らった顔をして尋ねた。

「こんなところへ来て大丈夫なの？　道で大金でも拾ったの？」

「これまで苦労をかけてすまなかった。これからは、少しずつ良くなると思う」

チェリョンはこれまで外から覗くだけだった高級レストランに来て、すっかり明るい顔になった。

「あらかじめ言っておいてくれたら、もっときれいにして来たのに」

チェリョンがほかの女性たちをちらちら見ながらなじった。

「今だって、このレストランの中でいちばんきれいだから、心配はいらないよ」

淳平は自分で言いながら恥ずかしくなった。チェリョンは、褒められて嫌な気分ではなさそうだった。淳平はチェリョンにティー・ガーデンの話をした。チェリョンも知っている場所だった。サンフランシスコに来て間もない頃、市内見物をして歩き回っていた時に入ってお茶を飲んだことがあったのだ。チェリョンは、向こうから先に淳平に提案があったということに驚いた。これまで淳平が肖像画を描いているのは知っていたが、大したものではないと思っていた。

「これからは、あなたへのお小遣いも、もう少しあげられると思います」

そうだとしても微々たる額だろうが、チェリョンはことのほか喜んだ。以前なら見向きもしないようなはした金に喜ぶチェリョンを見て、淳平は自らの無能を恨んだ。彼は、チェリョンが働こうとしなくなったことに、ほっとしていた。チェリョンが完全に自分に頼りきって暮らしてくれることを望んだ。彼女に稼ぐ能力が備わったら、どこかへ去ってしまうような気がしてならなかった。

「でも、どうして私にこんなに良くしてくれるの？」

チェリョンが料理を口にしながら、だしぬけに聞いた。彼女が、淳平の胸の内を気にするのは初めてだった。本当の気持ちを伝えるチャンスだ。頭の中にあらゆる言葉が浮かび、浮かんでは消えた。淳平が言うべき言葉を探しているうちに、チェリョンが何食わぬ顔で言った。

「あとで父に、約束よりもっとたくさん報奨金を出してあげてって、話しておくわ」

淳平はその言葉にがっくりとうなだれ、気持ちも萎えてしまった。

チェリョンは、少しずつ家事をやり始めた。たまには食事の用意もした。マリナとお喋りしながら、声を上げて笑いもした。淳平は、ティー・ガーデンの片隅の小さな作業室で、絵葉書の絵を描きながら、チェリョンの笑顔を思い浮かべた。深夜の倉庫でも、彼女の微笑みを思い出すと、あたりが明るくなるような気がした。淳平は、自分に何の関心もないチェリョンを、これほど倦みもせず恋している自分が我ながら不思議になった。

ある晩、次郎が興奮して倉庫にやってきた。淳平は、チェリョンの身に何か起こったのではないかと、どきりとした。次郎は淳平が差し出した椅子に座りもせず、息を弾ませて話しはじめた。

「明日の朝まで待っていようかと思ったんだが、到底我慢できなくて来たんだ。今日、何が起こったか、わかるか？」

チェリョンがついに出ていったか。しばらくの平穏な時間は幸せだった。自分は幸せが似合わない男だ。不幸に生まれついた人間なのだ。刹那に浮かんだ考えに、淳平の顔は蒼白になった。チェリョンがいなければ、すべて意味がない。次郎が言葉を継いだ。

「今日、サンチェス・ジュニアが、自分の親父が集めた美術品でサンチェス・コレクション展だか何だかをやるってんで、見に行ったのさ。そしたらよ、そのギャラリーに、うちの親父の寺尾武の浮世絵もかかってるんだよ。今日はよ、武の息子だってことで、俺、記者からインタビューも受けたんだ。浮世絵の制作の仕方も説明してやってさ。俺も彩色をやってたって言ったら、興味を持ってたぜ」

淳平も驚いて、椅子から跳び上がった。

「本当ですか？　お祖父《じい》さんの絵は、大地震のときに燃えてしまって一枚も残ってないんですよ。それなのにここで見られるなんて。ギャラリーってどこですか？　私も時間を作って行かなくては」

「なあ、人間ってのは、わからないもんだ。あの時は俺が親父の絵を盗み出した親不孝な息子だったが、今は親父の作品をアメリカに広めた孝行息子ってわけだ」

次郎は肩をそびやかした。

「確かに、そのとおりですね」

チェリョンが出ていったのではないかと青ざめていた淳平の顔に、安堵の笑みが浮かんだ。

「それでだな、俺たちが浮世絵工房を開くってのはどうだろう。お前が絵を描き、俺が制作する。あの頃は、トコトンうんざりしてたんだが、骨身に刻まれてるっていうか、制作過程がまるごと思い浮かぶんだ。お前が彫りまでやれば、摺りと営業は俺がやる。サンフランシスコで、寺尾浮世絵工房を再興するぞ！」

興奮した次郎は、息もつかずにまくし立てた。

「店を出すって、そんなお金、どこにあるんです？　それに浮世絵は、横浜でも斜陽だったじゃないですか。叔父さんが毎日ぶつぶつ言ってたの、今も覚えてますよ」

「流行ってのは、繰り返すもんなんだ。それにここは、横浜じゃなくてアメリカだ。東洋人のことはバカにするくせに、中国の陶磁器やら日本のシルクが死ぬほど好きなのがアメリカのやつらなのさ。店のことは俺がサンチェス・ジュニアに掛け合ってみる。サンチェスの傍を離れるとき、何かしてやりたいって言ってくれたことがあるんだ。今までどんなに困っても、俺はカネをせがんだことはなかったよ。でも今回はチャンスだと思う。ビルもたくさん持ってるからな、店一軒くらい何とでもなるさ。あいつも、自分の親父のコレクションの中で、浮世絵がいちばん話題を呼んだってことは知ってるから、関心があるさ。俺が前に言ったろ？　あいつと俺は仲が良かったって」

次郎が大口を叩いた。

「もし失敗したら、私は安定した職を失い、借金が残るだけじゃないですか」

次郎をどうしても信用できない淳平は、不安だった。

「淳平、男ってのはな、チャンスがどこにあるか見極めなきゃいかんし、時が来たら果敢にたぐりよせなきゃならんのだ。お前はそうだから、今まで女ひとりぐいっと捕まえられん。今度こそ金儲けのチャンスだぞ。幸い、お前のニセ女房はぜいたくな女だから、お前が大儲けすれば、お前にくびったけになるぞ」

その言葉は、自分の父に約束よりもっとたくさん報奨金を出してもらうよう頼むと言ったチェリョンの言葉と何ら変わりなかった。チェリョンには何も言えなかったが、次郎には苛立ちを感じ、言い返した。

「私はそういうふうにしてひかりを自分の女にしたくはないのです」

「わかった。それはお前たち夫婦のことだから勝手にやってもらうとして、だ。さあ、これから寺尾工房を開くぞ！」

　これまで、家賃まで甥に押し付けぶらぶらしていた次郎は、見違えるように動きだした。その結果、計画通り、サンチェス・ジュニアから工房を出す店舗を借りることができた。ティー・ガーデンでは、淳平の工房の開業を喜び、絵葉書の絵を引き続き任せると言ってくれたのだ。工房開店の前に取引先が確保され、淳平はやる気に満ちていた。市内の中心部にある店は立地もよく、初めの一年は絵を家賃の代わりにしてもらえて、条件も悪くなかった。

　淳平は、浮世絵だけでなく、暇さえあればスケッチしておいたサンフランシスコの風景や建築物の絵を描いた。彼の絵はすぐに人気が出た。淳平は、チェリョンを古びて手狭な家と危険で汚い町から一日も早く抜け出させてやりたかった。彼は店の簡易ベッドで仮眠を取りながら、懸命に作業をした。

　しばらくするとチェリョンが店にやって来て、自分も働きたいという。淳平も彼女と同じ空間にいられるのは歓迎だった。チェリョンにほとんど会えずに鬱々としていたところだったのだ。貴族の娘としてあらゆる贅沢を享受し、目を養ってきたチェリョンには、人並みはずれた審美眼があった。同じ品でも彼女が陳列すると、より見栄えがしたり高級に映った。チェリョンは、店の仕事に興味を感じ、積極的に働いた。淳平は、嘉会洞の屋敷で働いていた時のように黒の腕カバーをはめて絵を描き、ときどき手を止めては生き生きと働くチェリョンを盗み見るのだった。

明るい夜

スナムは、土曜午後の外出の時間にカンフィと会うようになった。彼は、再び以前の輝きを取り戻していた。だが、ホヤの煤《すす》や錆びてへこんだ口金《くちがね》まで、すべて見えるような光だった。スナムは、これまでカンフィを、ランプの灯ではなく夜空に輝く星のような存在と思っていたことに気づいた。星は実体がわからないし、近くに寄ることもできない。ただ遠くから眺めるだけだ。だがランプの灯は違う。傍にいることも、芯を伸ばすことも、ホヤの煤を磨くこともできる。

スナムは、ようやく気づいた事実に、新たな喜びを感じた。一週間が土曜日の午後のためにあるようだった。金曜日になると、もう心はカンフィのところに行っていて、仕事もうわの空だった。土曜日の昼食後、スナムはうっかりジャネットが大切にしていたティーカップを割ってしまった。とんでもない失態を犯し、おろおろするスナムに、ジャネットが言った。

「怪我がなくて良かったわ。ところで、他人から見たら、お兄さんに会いに行くんじゃなくて、恋人に会いに行くみたいよ」

スナムは、はっとした。カンフィは実の兄なのだ。他人に疑われるような行動をしてはならない。

「申し訳ありません。久しぶりに再会できたものですから、嬉しくて、つい……。たったふたりのきょうだいで、やさしくてあたたかい兄だったんです。年がだいぶ離れているので、私を可愛がってくれて、よく遊んでくれました。学校が休暇になって東京から家に帰ってくる時は、必ずお土産を買ってきてくれて……」

スナムの話はどんどん長くなった。

「羨ましいわ。私はきょうだいがいなくて、寂しかったもの。さあ、早く準備して出かけなさい」

ジャネットが笑いながら言った。ジャネットは、自分たちの温情によって可哀そうな植民地のきょうだいが巡り合えたことに満足していた。

カンフィが結婚していないことを知った時、スナムは、飛び上がらんばかりの嬉しさを隠すのに必死だった。カンフィに知られたら、きっと呆れられただろう。カンフィが外出時間に会おうと言ったとき、スナムは、当然のように彼の家に行って掃除や洗濯をしてあげなければと考えた。星のように輝かしいご主人様のために働くというよりは、ランプのホヤを磨くように、カンフィに何かしてあげたいと思った。

毎晩、スナムは自分が作った夕飯をカンフィと向かい合って食べる姿を想像した。だが、カンフィはスナムを家に連れて行かなかった。

「これからは、私が掃除や洗濯をして差し上げます」

炊事もしますから、一緒にご飯を、とまではとても言えなかった。

「手の平ほどの狭い部屋だ。何もすることはないよ。それにお前も一週間ずっと人の家で働いて疲れているだろう。少しは休まないと」

外で初めて会った日、カンフィはスナムを松花江《ソンホワジアン》公園に連れて行った。暖かくなるにつれ、川沿いの公園は散策する人で賑わいをみせていた。セファの言ったとおり、川には遊覧船も浮かんでいる。スナムは散策する人々に混じって、カンフィと並んで歩いているのが夢のようだった。

「坊っちゃん」

カンフィが振り向いた。

「ただ、呼んでみただけです」

スナムがそう言ってフフッと笑った。カンフィと一緒にいる事実を、何度も確かめたかった。

「もうこれからは、そう呼ぶのをよそう」

カンフィがだしぬけに言った。

「えっ？」

スナムはびっくりしてその場に立ち止まった。

「お前はチエリョンだろう？　チエリョンは僕をなんて呼ぶ？」

「お兄さん《オッパ》……です」

「そう、これからはそう呼んで。ちびちゃん、さあ、これからは坊っちゃんと呼ぶたびに、げんこつひとつだぞ」

カンフィはふざけてそう言うと、すたすた歩いて行ってしまった。その場に立ちつくし、カンフィの言葉を反芻していたスナムは、用心深く口に出してみた。オッパ、オッパ。呼び方がひとつ変わるだけで、とても越えられないと思っていた壁がパッと取り払われたような気がした。

「オッパ！」

スナムは大きな声で呼び、カンフィのところへ駆け寄った。立ち止まったカンフィは、にっこり微笑みながら待っていてくれた。

カンフィも、土曜日の午後が待ち遠しかった。スナムに会って以来、いつも酷寒の北国のように冷え切っていた胸の片隅が暖かくなった。振り返ってみれば二十六歳のこの年まで、寂しさを感じない時はなかった。カンフィはずっと前から、自分の寂しさはこの世に生まれた時からともにあったことを知っていた。彼は、どこにも属さない異邦人のような存在だった。父が一緒に交友することを望んだグループからは、妾の子という出自が彼を仲間の外へ押しやった。子爵の息子という身分もまた、彼が遠ざけられる十分な理由になった。

同級生のチャンスは、そんなカンフィに、この世にも自分の居場所があることを感じさせてくれる唯一の友だちだった。住んでいたバラック小屋が取り壊され、行き場を失ったチャンスを家に連れてきたとき、カンフィは自分がいる世界が少しだけ広くなった気がした。だが父は、貧乏人の子だと言って嫌な顔をした。しばらくすると、チャンスは住み込みの家庭教師の仕事が見つかったと言って出て行った。家庭教師というよりは使用人に近い仕事であると知りながら、引き留めることのできなかったカンフィは、そんな自分を恥じた。チャンスはなんとか高等普通学校を卒業したが、上の学校への進学など到底無理だった。チャンスを東京へ連れていったのはカンフィだった。

「家から送ってくる生活費を倹約して使えば、僕らふたり、十分に暮らせるさ。とりあえず行って、何か仕事をしながら次を考えよう」

夏休みに家に戻ってきたカンフィは、真っ先にチャンスと会った。そしてチャンスと一緒に東京へ行く計画に、夏休み中ずっと心躍らせながら過ごした。父のご機嫌を損ねないようパーティも嫌がらず、女にも会った。だが、カンフィは、自分自身より家や財産に関心のある女たちが、鬱陶しかった。祖父の死や生母の自死を思い浮かべると、恋愛も結婚もしたくなかった。

東京に行ったチャンスは、カンフィの部屋に住みながら大学入学の準備を始めた。カンフィは、チャンスの学費を用意するために、本代や交際費などと偽っては父への請求を膨らませた。カンフィの堅物ぶりが気に食わなかったヒョンマンは、交際費の額が膨らむのを、むしろ歓迎した。それでも十分ではなかった。カンフィはチャンスのために冬休みも家に戻らず、父に、あろうことか女性問題で困ったことになったと嘘の手紙まで書いて金の無心をしたのだ。

チャンスが入学したとき、カンフィはまるで自分の息子を大学に入れたように満足だった。大学に入ったチャンスは、間もなく留学生の秘密組織に加入した。カンフィには存在すら知らされない、仮に知ったとしても決して入ることのできない抗日組織だった。チャンスはそのことを徹底的にカンフィには秘密にした。だが、同じ家に住みながら完全に隠すことはできない。カンフィは秘密の多くなったチャンスが、女と交際していると誤解した。すまないと言うたび、自分に世話になっていながら恋愛しているのが後ろめたいからだと推測した。カンフィは、ふたりの間に、話せない秘密ができたことが残念だった。彼は心から、友だちの恋を祝ってやるつもりだった。

仕事に行くと言って出て行ったチャンスを道端で見かけた時、カンフィはもう一度昔のように戻るいい機会だと思い、彼の後をつけた。女と一緒にいるところへ偶然通りかかったふりをして、チャンスを楽にしてやろうと思ったのだ。その場面を想像すると、カンフィの口元に笑みが浮かんだ。しかしカンフィが見たのは、チャンスの恋人ではなく留学生たちだった。その中には、カンフィとチャンスの高等普通学校時代の同級生もいた。学生たちの連座する時局事件が起きるたびリーダー格だった彼は、カンフィをいつも軽蔑の眼差しで見ていた。

カンフィは彼らの前に出て行くことができなかった。チャンスが徹底して秘密にした理由がわかったからだ。子爵の息子である自分は、彼らにとっては警察と同じくらい警戒の対象だった。カンフィは、自分を除け者にしたチャンスの裏切りに深く傷ついた。ギリギリ踏みとどまっていた足元の地面が崩落するように感じたのだ。ヒョンマンの息子ユン・カンフィとして、それ以上、足をつけていられる地面はなかった。

カンフィは、すぐに下宿を引き払って、チャンスが身動きできないようにしてやりたいと思った。自分が提供してやった部屋や食事のお陰で、意味のある仕事をして生きているチャンスが妬ましい。愛国運動だ、独立運動だと胸を張れるのは、民族の裏切り者呼ばわりされる子爵のお陰だということをわからせてやりたい。だが、自分もまた父の財産の恩恵を享受する身に過ぎない。それなのにチャンスに居丈高になろうとしている自分を許せなかった。

カンフィは、父に手紙を書き、チャンスにも二カ月の猶予を与えて東京を離れた。満州をしばらく放浪したカンフィは、それから五年近くの歳月を中国を転々として過ごした。はじめは末席のほうで臨時政府の仕事の手伝いをしたり、抗日武装組織に加わったりもした。だが、もともと大袈裟な大義名分に意味を見出せなかった彼は、仕事の過程でぶち当たる困難や、組織生活で感じる些細な失望に打ち勝てなかった。

独立運動のような大きな仕事をするのだから多少の過ちは許されるだとか、口では自由平等を唱えながら実生活では人を差別し、下の立場の者にはいい加減に振る舞う人、あるいは地位を巡って陰で争いを繰り広げる人々を見ると、カンフィは組織にずっといたい気持ちが失せてしまった。何よりカンフィには、国を取り戻したいという執念や熱情がなかった。父が心配だからでは、もちろんない。彼には、朝鮮どころか自分にとって守りたいものがなかったのだ。満州を皮切りに中国の南まで放浪したカンフィは、再び足を北に向け、ハルビンに流れ着いた。一年前のことだった。

「私、オッパが先生になっているので、びっくりしました。京城では、オッパはとても危険な、とてつもないことをしでかしているという噂だったの。特高警察の刑事たちもオッパを口実に毎日のようにお屋敷に来て、旦那さまの財産を食い荒らしていったわ。そのせいで、旦那さまが破産するかもしれないくらいに」

「家との因縁を断ち切りたくて家を出たのに、そんなことになっていたとは。実に苦々しい思いだ。僕がこれでも生きてこれたのは、父のお陰なのかな」

カンフィが苦笑いをした。

「そうかもしれません。旦那さまがどんなに子供たちを大事に思っているか、オッパはご存じないでしょう」

スナムは、ニセの娘である自分もまた、ヒョンマンの子供だと思った。

「ところでオッパは、どうして先生をしているのですか？　ここには、いつからいらっしゃるの？」

ハルビンに流れ着いたカンフィは、最初に満州にいたときの知り合いの紹介で米穀商店に就職することになった。傅家甸《フージャデェン》の朝鮮人米穀商店で、報酬は少ないが住み込みで簡単な帳簿つけをすればいいという話だった。給料が良ければ、それなりに仕事もしなければならないので、カンフィは少しだけ働き、少しだけ給料をもらうのがちょうど良かった。余った時間は本を読んだり、気ままに過ごせばいいと思っていたが、実際に行ってみると配達夫が三人もいるかなり大きな卸売商だった。にもかかわらず帳簿はだいぶ杜撰《ずさん》だった。ほかにやる人もいなかったので、カンフィは帳簿を徹底的に整理した。

カンフィは大学で文学を専攻したかったが、父に無理やり商科に入れられた。途中で投げ出したとはいえ、その時の勉強が身を助けた。カンフィにはどこに行っても、帳簿整理や文書作成のような業務が与えられた。初めはきれいな字を書くからだったが、次第にかなりの文章力と真面目な性格、それに商科関連の知識が役立ち、その分野の適任者として認められるようになった。

店主のホン社長は、給料を少し上げるから勉強を教えてやってくれと、息子をカンフィに押しつけてきた。中学受験に落ちた子だった。

ハルビンには朝鮮人の中等学校がなかった。小学校を卒業した朝鮮人の子供たちは、中国人学校か日本人学校に行かなければならなかったが、学校は、朝鮮人の子供にだけ高い点数を課し、入学人数を制限した。そのせいで大多数の朝鮮人の子供たちは上級学校へ進学できずにブラブラし、挙句の果てにアヘンの密売人や暴力組織に取り込まれていくケースが多かった。

断る口実を見つけられず、カンフィはホン社長の息子に試験科目を教えた。勉強から遠ざかってだいぶ経っていたが、その程度なら難しくはなかった。ホン社長の家で家庭教師をし、夕飯も食べて帰ってきたある日、配達夫のひとりが、自分にも勉強を教えてほしいと声を掛けてきた。店の裏部屋でカンフィと一緒に寝起きしていた青年だった。

「教えてあげるよ。どうせ夜は暇だし。今晩からやろうか」

カンフィは、いやいや勉強するホン社長の息子より、勉強したくてたまらない青年を教えるほうがはるかに楽しかった。少しすると、通いのふたりの少年も、勉強したいと言い出した。時間が経つにつれ、噂を聞いてやってくる子供たちが、ひとり、またひとりと増えはじめた。市場通りでたむろしていた子もいれば、親に手を引かれて来る子もいた。店の戸を閉めたあと、その子たちを教えながら、カンフィはそれまでに感じたことのない喜びや生きがいを感じ始めていた。

だが、他人の店に雇われの身で、しかも給料をもらって働く店で、よその子供を教えるのははばかられた。彼は悩んだ末、アメリカ宣教会が運営する教会を訪ね、そこの施設を利用させてもらえないかと頼んだ。無料給食や無償診療をしながら宣教活動をしてきた教会は大歓迎だった。

「初めは朝鮮人の子だけ教えるつもりだったんだけど、中国人の子も次々にやってきてさ。みんな同じ子供なのに、区別する必要はないんじゃないかって思って。僕を監視してた警察も、本当に勉強だけ教えているから自然にいなくなったよ。僕は、この仕事がこれまで僕がしてきたことの中で、いちばん素晴らしい仕事だと思ってるんだけど、君の目には、つまらない仕事に見えるかい？」

カンフィは笑いながら尋ねた。スナムは慌てて手を振った。

「いいえ、私は、先生の仕事、オッパにとても似合っていると思います。本当です」

これまでも、日本軍と戦うカンフィの姿はどうしても想像できなかったが、子供たちに勉強を教える姿はもう何度も見たことがあるように容易に想像できた。スナムは、カンフィと何の気兼ねもなくこうして話せていることが夢のようだった。カンフィのことならどんなに些細なことでも全部知りたいと思っていたスナムは、彼がこれまでのことを話してくれたことが、ひどく嬉しかった。

カンフィもまたスナムの話に興味津々だった。実のところ、このところカンフィは気持ちが後ろ向きになっていた。はじめのうちは教育が子供たちの未来を変えると期待に胸を膨らませていた。カンフィは積極的に子供を募集し、支援金集めにも飛びまわった。だが生活苦や意志の弱さから、再びアヘン窟や私娼街の客引きに戻ってしまう子供たちと街で出会うと落ち込まざるを得なかった。そんなことが重なると、懐疑心が湧き、すべてを投げ出してしまいたくなった。そんな時に現われたスナムは、カンフィに新たな力を与えてくれた。あの時の小さな女の子が自分の前に成長した姿で現れるまで、たったひとりですべてを切り拓いてきたことに驚きを禁じ得なかった。文字も読めなかったスナムが、朝鮮文字だけでなく、日本語、英語までできるとは、信じられなかった。

「ひとりで覚えたんじゃないんです。朝鮮文字はテスルオッパに、日本語は寺尾さんと鈴木のおばさんに、英語はブラッドリー夫人に習いました。そして、ここに来るまでにはたくさんの人が助けてくれました。なにより私がいちばん驚いたのは、オッパに会えたことです。今も時どき、これは夢だったっていう夢を見てびっくりして、夜中に飛び起きたりするんです」

スナムは、夢ではないですよねと確かめるように目を大きく見開いて、カンフィを見つめた。カンフィが吹き出した。

「それは僕もそうさ。ちびちゃんがどうして今、僕の前にいるのか、寝ている時も不思議で腕をつねってみたりしてるよ」

カンフィは、何がスナムをこれほど勉強に駆り立ててきたのか知りたかった。スナムは博覧会場で文字が読めなくて苦労した思い出を話してくれた。カンフィも、チェリョンとスナムを連れて博覧会場に行った時のことを思い出した。細かいことはすっかり忘れてしまったが、スナムがいなくなって心配したことはよく覚えていた。

「それで習いはじめたんですけど、ずっと勉強を続けたのは、オッパの部屋にある本を読みたかったからなんです。どんな内容なのか、ものすごく知りたかったの」

スナムは、自分でも話しながら驚いた。オッパの本を読みたい、だなんて。だが、カンフィはスナムの目をじっと見て尋ねた。

「そうか、で、本を読んでみたの？　何がいちばん面白かった？」

「オッパの本はどれも難しくて、面白いと思える本はありませんでした。でもお嬢さまの本は、どれも読みごたえがありました。いちばん面白かったのは『有情』です。オッパもご存じでしょう？」

「有情？　何だ、それは？」

「あの有名な小説をご存じないのですか？」

スナムが驚いた顔をした。

「もしかして、イ・グァンスの小説のこと？」

カンフィは眉間に皺を寄せた。

「そう！　ほんとうに面白いの。お嬢さまも私も、何度読んだかわからないわ。でもその本、なくしてしまったんです。持っていたら、オッパにも見せて差し上げられたのに。とっても残念だわ」

心から残念がるスナムの様子に、カンフィは笑った。

「残念がることはない」

カンフィは、スナムが褒め称えるイ・グァンスが、民族を裏切った変節者だと言おうとしてやめた。変節者は、べつにイ・グァンスだけじゃない。自分がいっとき尊敬していたチェ・ナムソン（前出一六八頁）も、日本の関東軍が満州に建てた大学（建国大学。一九三八年開校）に教授としてやって来ていた。独立のために何かするわけでもなく、日々、光復《解放》祈願をするわけでもない自分に、彼らの悪口を言う資格はない。カンフィをいちばんがっかりさせたのは、保身のために日本と妥協し、屈服したにもかかわらず、もっともらしい大義を持ち出して自分たちの行為を正当化し、弁明する姿だった。それは多くの朝鮮知識人の姿でもあった。その上、カンフィはイ・グァンスの小説を通俗恋愛小説だと思っていたので興味も関心もなかった。だが、スナムはその小説にすっかり熱を上げていた。

「いつかバイカル湖に行ってみたいわ」

「君がどうしてそこを知ってるんだ？」

カンフィが驚いて尋ねた。彼もまた、チェ・ナムソンの歴史の本を読み、韓民族文化の源流という、バイカル湖のあたりに行ってみたいと夢を見たことがあったのだ。

「小説に出てくるわ。ハルビンも出てくるし。『有情』の主人公のチェ・ソクがバイカル湖に行く前に、ハルビンに寄るんです」

スナムが、夢見るようにうっとりとした表情を浮かべた。

カンフィは幼いと思っていたスナムからエネルギーをもらい、励まされるとは思ってもいなかった。これまで、投げやりになったり懐疑的になったりしたのは、自分が犠牲になって何かをしようと考えていたからだ。振り返ってみれば東京を離れて以来、心の底にずっとそういう思いが横たわっていた。安楽や栄華を捨てて償いに生きるような心理だった。金や名誉などは要らない。彼が期待し望んだのは、高潔で崇高な理想を掲げる人々との出会いだった。だが欠点のない人など、どこにもいなかった。自らもまた汚れにまみれ、そのたびに失望し、すぐに諦めてその地を立ち去った。ハルビンでは相手が子供だったので、それでも踏ん張れただけだ。

だが今思えば、ずいぶん未熟な考えだった。安楽な現実を捨て、理想を求めて荒野を彷徨っていると思い込んでいたが、それもまた意気地のない逃避行に過ぎなかった。カンフィは、嘉会洞の屋敷の跡継ぎになる自信などなかった。父についていく金鉱や小作地に行くのは、死ぬほど嫌いだった。その父にいくら言われても、人前で堂々と振る舞えなかった。自分が見ていないところでは軽蔑しているのだろうと思うと、目の前でぺこぺこする人々が誰も信じられなかった。

彼は父と家から抜け出したかった。チャンスとの一件が、彼に逃げ出す口実を作った。行方をくらましてからも、あれこれ理由をつけては自分を正当化し、現実から逃避してきた。

カンフィは、七歳も年下のスナムから、生きることを新しく教わった気分だった。スナムと一緒にいられるのが嬉しくて家まで送り、踵を返した瞬間からもう次の土曜日の午後が待ち遠しかった。授業をしている時も、今度はスナムとどこへ行こうかと考えながら含み笑いをするのを子供たちに見られたりした。

「オッパの部屋に行って食べるのはだめですか？」

ある日映画を見た後、夕飯を食べに食堂に行こうとするカンフィにスナムが言った。これまでも何度も部屋を見せてと頼んだが、カンフィは、行ったたって座るところなんかないんだと言って、首を縦に振らなかった。

「もしかして、部屋に誰か、隠している人がいるんじゃないですか？」

スナムが立ち止まって言った。

「僕ひとりだって狭い部屋に、いったい誰がいるんだ、まったく」

「そうでないなら、どうして連れて行ってくれないのです？　オッパがどういう暮らしをしてるのか、知りたいんです」

「いったい何を知りたいんだ。よし、そんなに言うのなら、行こう」

カンフィの部屋は、市場通りの古びた建物の二階にあった。彼は、スナムに自分の住まいを見せるのが恥ずかしかった。彼女が自分を立派な人間だと思っているのをきまり悪く思う反面、みすぼらしい現実を見られるのが嫌だった。

「ちゃんと座れる場所もないのに、どうしてそんなに来たいって言うんだ。まったく」

ドアを開けたカンフィがさっと中に入り、散らばっていた服や本などを片付けた。スナムは入り口に立って、部屋の中を覗いた。身ひとつ横たえるのもギリギリの、古びたベッドと机ひとつがすべての小さな部屋。掃除する場所も洗濯する道具もないような貧しい住まいだった。坊っちゃんはどうして、宮殿みたいに広い家を捨て、はるか異国の地でこんな暮らしをしているんだろう。屋敷の使用人たちが言っていたみたいに独立運動をしているわけでもない。気楽な暮らしをすれば、自死した母を思い出すとでも思っているのだろうか？　嘉会洞の屋敷の主殿《サランチェ》とはあまりにも対照的な部屋を見て、スナムは胸が痛んだ。

部屋に入り腰掛けると、まもなく雨が降り出した。夏になり、ハルビンには雨がよく降り、雷もよく鳴った。スナムはカンフィと一緒にいると、小さなクルミの殻の中にいるようで心地良かった。カンフィが小さなテーブルを広げ、市場で買ってきた食べ物を並べた。餃子スープと焼きそばだった。部屋もテーブルも小さいので、下を向くと頭が触れて、テーブルの下では膝が触れた。一緒に食べれば、どんな食べ物もご馳走だった。

「オッパは、どうして今まで結婚しなかったんですか？」

スナムは食事を終えてお茶を飲みながら、ふと思い出したように尋ねた。これまで何度も尋ねてみたかったことだった。だがカンフィは、そっけない口調で答えた。

「僕には、家庭を持ちたいという気持ちがない。誰かの責任をもてるような器じゃないし、何より子供にこの現実を引き渡したくないんだ」

　どんなに遠く離れても、肉親の血の繋がりは断てないということは、カンフィもよくわかっていた。いくら別名を使い、孤児のふりをしても、自分はユン・ヒョンマン子爵の息子だ。彼の願いは、父より一日でも早く死ぬことだった。スナムは、自らの境遇を他人ごとのように話すカンフィが切なく、彼を抱きしめたいという衝動をかろうじて堪えた。

　その晩、家に帰ったスナムは、シャワーを浴びて、鏡の前に立った。鏡の中の顔は幸せに輝いていた。カンフィと親密になればなるほど、欲求は増した。一週間に一度、数時間会うだけでは、その渇望は埋められなかった。別れる時になると、二度ともう会えないような不安に、歩みが止まった。カンフィへの想いが恋だと知ったあの時以来、胸の中に想いを秘めているだけで満ち足りていたのが不思議なくらいだった。

　スナムは、夢の中でカンフィとキスをし、これ以上ないほどの幸せに浸っていると、はっと驚いて目を開けた。血まみれのプニが自分を見つめていた。プニの後ろを、慰問隊員たちが影のように囲んでいた。飢えたカラスの群れが舞い降りてきて胸をつつくように、心臓に痛みが走った。カンフィに会う喜びに浮かれて、すっかり忘れていた少女たちの姿だった。

　外では、また雨が強く降りだした。雨は恐ろしく不安な気持ちをかきたて、この世を裂くように光る稲妻は、つらい記憶をぱっと照らした。稲妻の光に照らされたプニとピルニョの姿は、この世の悪夢だった。スナムは落ち着かず、重苦しい気持ちをどうすることもできなかった。

いったん浮かんだプニの記憶は、なかなか消えなかった。それどころか、以前にも増して、より鮮明に脳裏に刻まれた。人は、体と心が別々にあるのではないのだ。プニや隊員たちは、将来、愛する人に出会っても、その人と一緒にいる幸福より汚辱の記憶にもがくことになるだろう。日本の軍人があの子たちにしたことは、殺人に等しい。彼らは花のような少女たちの体を痛めつけ、魂を引き裂いた。夜ごとスナムは、カンフィへの熱情とプニを置いて逃げてきた罪悪感の狭間で苦しんだ。

やがて、七月になった。夕刻になると人々が公園に出てきた。野外カフェでお酒を楽しむ人も増え、松花江で舟遊びをする人も増えてきた。カンフィへのスナムの気持ちもいっそう燃え上がり、ある晩などこっそり家を抜け出して、傅家甸《フージャデェン》の市場通りまで駆け出したりしたこともあった。スナムは、自分の感情を抑えられずカンフィに想いを告げてしまい、ふたりの関係をダメにしてしまうことを恐れた。カンフィにとって自分は、彼が時どき使う呼び名のように、あの家で働いていたちびちゃんに過ぎない。オッパと呼んだところで、その事実に変わりはないのだ。カンフィが結婚しないというのも、もしかしたら自分の感情に気づいて、予防線を張っているのかもしれない。

〈そんなことはどっちでもいい。オッパの近くにいられるだけでいいんだから〉

スナムは、寂しい気持ちを慰めた。彼女は、カンフィが明け方まで眠れずにジョーンズ書記官の家まで走ってきて、家の前をうろうろしていることなど知らなかった。カンフィもまた、スナムと離れていたくなかった。一週間のうち半日会うだけでは、いっそう切なさが募るばかりだった。スナムを家の中に見送って戻る時、もう一度呼び出したい衝動で、足が動かなかった。だがカンフィは、自分の感情を認めなかった。

スナムは、ジョーンズさん一家がアメリカに帰国したら、住み込みではない別の仕事を見つけようと思った。もう少し自由にカンフィに会いたかったし、カンフィの仕事をじかに手伝うこともしたかった。夜学で子供たちに英語を教えることだってできる。

　スナムとカンフィは、会うたび、自然にふたりの未来について話した。ふたりともお互いに夢中で、自分たちの表情がどれほどキラキラ輝いているか気づかなかった。愛とか結婚という言葉はひとことも出てこなかったが、彼らは未来も一緒だった。だがそんなところへ、一本の電話がかかってきた。

　ジャネットが、応接室の掃除をしていたスナムに電話を代わってくれた。カンフィかと思い急いで電話にでてみると、意外にもセファだった。セファがジョーンズ書記官の家に電話をしてきたのは初めてだった。彼女は押し殺した声で言った。

「あなた、もしかして朝鮮でものすごい家の娘だったの？」

　だしぬけの質問に、スナムは慌てた。

「え、どうして？」

「当たりでしょ？　そりゃそうよね、大学に行って英語までできるんだもの。昨日、お店に怪しいやつが来て、人を探してるって言うんだけど、どうも、あんたのことみたいなの。適当に言っといたけど、なんだか気持ち悪いのよ。軍でよこした人かもしれないから、気をつけたほうがいいよ」

　軍から逃げた後、影のようにつきまとっていた不安だった。カンフィに巡り合い、しばらく忘れていたが、恐怖がにわかに膨らんだ。それからというもの、スナムは、玄関にベルの音が鳴ってもビクリとし、人影を見ただけで胸がドキリとした。もっと怖かったのは、もし自分が捕まったら、カンフィもただではいられないということだ。正体がばれれば、京城での噂話はすべてカンフィがやったことだとでっちあげられる可能性もある。独立運動は、泥棒より、人殺しよりもっと恐ろしい罪だった。

スナムは、毎晩のようにカンフィが捕まる夢を見た。自分もまた、逮捕され拷問を受ける夢を見た。そのたび、自白した。刑事が目をかっと見開くだけで、自分はチェリョンの代わりに皇軍女子慰問隊に入って逃亡し、傅家甸の夜学の先生のチャン・ドンジュンは、警察が追っているユン・カンフィですと、すらすら喋っていた。夢から覚めると、スナムは、カンフィへの自分の愛がその程度であることに肩を落とし、胸が苦しくなった。夢の中でさえ彼を守ることのできない自分は、傍にいる資格などない。スナムは、ハルビンを、カンフィの傍を、離れなければならないと思った。だがいったいどこへ行けばいいのだろう。自分を喜んで迎え入れてくれるところは、この世のどこにもなかった。

そんな折、スナムは、ブラッドリー夫人が後見人になるからイギリスに一緒に行かないかと言ってくれたことを思い出した。あの時は無理だと思ったが、今のスナムなら、どこにでも行くことができる。ただひとつ、カンフィと離れたくない気持ちが邪魔したが、今は離れることが彼のためだ。

スナムは、ジャネットにお願いしてみることにした。アメリカに行けば、今よりずっと英語もできるようになるだろう。しばらくして大丈夫になったら戻ってきて、カンフィをもっと手伝うこともできる。幸いジョーンズさんの家族はスナムを気に入ってくれているし、ブラッドリー夫人に仕事探しを一から世話になる必要のあるイギリスに行くより、仕事が確実にあるアメリカへ行くほうが賢明だ。だが、いざジャネットにお願いしようとすると、断られたらどうしようと心配になった。スナムは勇気を出して口にした。

「あのう、実は、お願いがあります。私をアメリカへ連れて行ってくださることはできませんか？アメリカまでの費用は、私がこれまで貯めたお金で払います。足りなければ、私の給料から引いてくださって構いません」

ジャネットは、子供たちが懐き、仕事ぶりも気に入っているチェリーを置いていくのが惜しいと思っていたところだった。アメリカに帰れば、自分は妊娠八カ月になり、夫は今の仕事を辞めて政界に進出する計画だ。二年ぶりの帰国なので、新たに慣れなければならないことも多いはずだ。ジャネットはスナムの申し出をむしろ喜び、何があっても彼女を連れていこうと心に決めた。

「マークに相談してみるわね」

数日後の夕方、ジョーンズさん夫妻がスナムを応接室に呼んだ。

「チェリー、あなたの願いを聞くことにしました。私たちと一緒に行きましょう。私たちと暮らしながら、あなたの国の独立を待つのも悪くないと思います。そしてあなたが望むなら、あちらで継続的に勉強できるよう援助しましょう」

連れて行ってくれるだけでなく、勉強までさせてくれるなんて。こんなにいい話はない。でも、スナムの胸にはまったく喜びが湧かなかった。自ら望んだことだったが、やっと再会できたカンフィとまた離れるのかと思うと、この上ない悲しみが襲った。

カンフィは、彼女のアメリカ行きを喜んでくれた。何者かに追われているかもしれないというスナムの話を聞き、内心、心配していたのだ。

「そりゃあ良かった。ここにずっといたら、どんな危険があるかわからないからな。それに、ちゃんと勉強させてもらえるなんて、そんないいことはない。君ならしっかりやれるよ」

スナムはカンフィが自分を遠ざけようとしているように思えて気持ちが沈んだが、カンフィにしても、どうしてやることもできなかった。生まれて初めて全力で守ってやりたいという思いが湧き上がったが、今の自分にそんな力はない。

「ところで、名前はどうするつもりなんだ？　あの人たちはお前をチェリョンだと思っている。この機会に、本当のことを言ってみたらどうだ？」

「いいえ、お嬢さまの名前で行かなければなりません。そうすれば、お嬢さまは安全でいられて、旦那さまはご安心でいらっしゃるでしょう」

スナムは、たとえ軍から逃亡した身であれ、帰る日までユン・チェリョンとして暮らさなければならないというヒョンマンとの約束を守りたかった。「もっとも、国のない民が名前にこだわっても意味なんてないな。でも国や文字を奪ったって、頭の中まで奪うことはできないんだ。それに向こうで大学に通うなら、それまでの卒業証明書がいるだろうから、チェリョンの名で行くしかないだろう。着いたら、手紙を送ってくれ。住所がわかったら、なんとかしてチェリョンの卒業証明書を送ってあげるよ」

スナムの耳には、手紙を送ってくれという言葉だけが響いた。

出発の日が近づいた。ハルビン駅から出発し、シベリア横断鉄道に乗り換え、モスクワまで行くという。そこからふたたび汽車に乗り、ポーランドとドイツを経て、フランスのル・アーブル港まで行き、そこで旅客船に乗って大西洋を渡り、ニューヨークを目指す旅だ。イギリスのサウザンプトン港を出た船がフランスのル・アーブルに寄り、そこからニューヨークまで五日しかかからないという。

スナムは、引っ越しの荷造りで忙しい日々を送った。ジャネットは、ハルビンで買い集めた中国製の食器やロシアの小物家具を絶対に持って帰ると言い張った。カンフィとの別れが近づいているのを忘れるには、忙しいほうがよかった。スナムは脇目も振らず働いた。

出発まであと四日になった。大きな荷物はすでに送り、持っていく荷物だけが残っている状態だった。マークも帰国を前にして休暇をとっていた。朝食の後、ジャネットが言った。

「チェリー、サプライズがある。あなたのお兄さんが、数日でいいからあなたと一緒に過ごしたいってお願いしに来たのよ。だからあなたに休暇をあげる」

出発前に一度くらい会えるだろうかと思っていたスナムは、思いがけない言葉に胸が高鳴った。

「ありがとうございます。奥様、ありがとうございます」

「そんなに恐縮することないでしょう。アメリカに行ったら、しばらくは休暇も休日もないと思うし。お兄さんと楽しい時間を過ごして、イルクーック駅で合流することにしましょう。あなたの荷物は持って行ってね」

ジャネットが、温情を施す人特有の満足そうな口ぶりで言った。スナムが胸を鎮める間もなく、カンフィが迎えにやってきた。

「奥様の言葉は、どういう意味ですか？　自分の荷物は持って行ってって。ど、どこへ行くんですか？」

スナムは、嬉しくて舞い上がった。

「バイカル湖に行きたいって言ってただろう？　アメリカに行ったら、いつ戻ってこられるかわからないんだから、この兄貴《オッパ》が、ちびちゃんにあげる最後のプレゼントだよ」

カンフィの言葉に、スナムは嬉しい気持ちの反面、どきりとした。

「ほんとう？　嬉しいです。でも最後っていう言葉は、取り消して。そうでなかったら、行きません」

「わかったよ、取り消すよ、取り消す。さあ、出かける前にこの服に着替えて。もう汽車の時間がすぐだから、詳しい話はあとでしょう」

カンフィが中国服のチーパオを差し出した。スナムは戸惑いながら服を着替えた。スナムにぴったりで、よく似合った。カンフィは、古びた小さな旅行鞄ひとつに入ったスナムの荷物を持って、先を急いだ。

ふたりは、バイカル湖に向かって出発した。カンフィは、スナムとの旅行のため、これまでハルビンで築いたあらゆる人脈を駆使した。バイカル湖はソ連にあり、国境を越えるには許可証が必要だった。満州を占領し満州国を建てた日本は、ソ連との国境紛争をたびたび起こしていたので、ソ連は、日本人はもちろん朝鮮人にも敵対的だった。ソ連政府は、日本のスパイだという理由で、沿海州に居住していた十三万人近くの朝鮮人を中央アジアの不毛地帯へ強制移住させた（一九三七年、日中戦争を予測したスターリンによる中国支援策のひとつでもあった。現在のウズベキスタン、カザフスタン一帯）。そんな状況下で朝鮮人が国境を越えるのは危険なことだった。カンフィとスナムは、中国人夫婦に偽装して汽車に乗ることにした。

「兄妹だというと、よけい疑われそうな気がしたもんだから、わかってくれ」

カンフィは、浮き立つ心を見透かされないようにわざとそっけなく言った。スナムは、カンフィと一緒に旅行するだけで感激だったが、夫婦のふりをするというのだから、心臓が口から飛びだしそうだった。

汽車は、これまでスナムが乗ったことのある車両とは違い、廊下にドアのついた個室が並んでいた。ソ連と満州の国境の満州里《マンジョウリ》駅には翌日の朝着くので、寝台列車にしたのだ。四人用の客室は、座席を兼ねた二段ベッドが両側にあり、真ん中に小型テーブルがあった。向かいの席の客は、フランス人夫婦だった。スナムとカンフィは、言葉の通じない彼らと簡単に目で挨拶した。

カンフィは座席の下に鞄を収納する前に本を取り出し、スナムにも必要なものはないかと尋ねた。スナムはそそくさと鞄から編み物の道具を取り出した。カンフィにプレゼントするマフラーを編むためだった。旅立つ前に渡そうと思って毛糸を買っておいたのだが、荷造りに忙しくて編む時間がなかった。夫婦のふりをするとなっていつもとは違うぎこちないふたりに、編み物は恰好の話題を提供してくれた。

「おや、編み物ができるのか？　何を編むの？」

「オッパのマフラーよ。ハルビンの冬はものすごく寒いって聞いたわ」

「あれほど行きたいって言ってたせっかくの旅行なんだ。そんなことしないで、外の景色でも眺めたら？」

カンフィが咎めるように言った。

「これも私の願い事のひとつなんです」

そう言って、スナムは顔を赤らめた。鈴木のおばさんに編み物を習った時から夢見ていたことだったのだ。本当はマフラーではなくてセーターを編んであげたかったが、技術も時間も足りなかった。

「ずいぶん素朴な願い事だね」

カンフィは笑いながらそう言うと、本を開いた。その後はしばらく、ひとりは黙って本を読み、ひとりは黙って編み物をした。向かい側の中年夫婦がずっと何かを話しているのとは対照的だったが、スナムはずっとカンフィと会話している気分だった。

スナムは時折顔を上げ、窓の外に目をやった。駅から離れると、草原と荒野がかわるがわるどこまでも続いていた。自分の父親は田んぼ三マジキで大喜びして娘を売ったが、子供と交換するほど貴重な土地が誰にも顧みられず延々と広がる光景に、切なさがこみ上げた。

スナムは、本から目を離さないカンフィを盗み見た。彼と並んで座り、旅している光景を、何度も確かめたかった。妄想でしかなかった夢のひとつひとつが現実になったが、ふたりの間にはまたしても別れが待っていた。スナムは嘉会洞《カフェドン》の屋敷でのように、将来の約束もなしに別れるのは嫌だった。あの時はそれが別れとも知らなかったし、たとえ知ったとしても幼くてどうすることもできなかった。スナムは、別れる前に、カンフィに自分の想いを打ち明けようと決めた。そのあとのことは考えたくない。

スナムは、気持ちを落ち着かせようと編み物に集中した。今度は、カンフィが外を見るふりをしながらスナムを盗み見た。窓の外から差し込む午後の日差しが、スナムの横顔を金色のシルエットに描いた。向かい側の夫婦は、お互いをそれぞれそっと盗み見る若い男女が、東洋の習慣であるという、顔も知らずに結婚した新婚夫婦なのだろうと推測した。彼らは、繰り返しお互いの頬に触れたりキスしたりして愛を囁いた。はにかむ新婚夫婦に、愛情の表現はこうしてするのだと、まるで教えるかのように。

夕食の時間になると汽車はしばらく停車し、その間にカンフィは押し寄せる物売りから食べ物を買ってきた。パン、饅頭《マントウ》、串焼きのようなものだった。汽車の通路を行き交う販売員に、温かいお茶も注文した。フランス人夫婦は食堂車に食事に行った。カンフィとスナムはふたりきりになり、気兼ねなく食べ物を広げ、食べ始めた。

「僕たちも食堂車へ行けばいいんだが、人目の多いところは、避けたほうがいいからね」

簡素な食事が申し訳なくて、カンフィが弁明するように言った。

「私は、このほうがいいです」

スナムは、何も食べなくてもすでにお腹がいっぱいだったが、食べ物を口にすれば気持ちが弾んだ。

カンフィは、頬を膨らませて食べ物をもぐもぐするスナムの口元のパンくずを取ってやった。その姿を向かいの席の夫婦が見たら、学習の成果がでたと思ったことだろう。汽車が揺れ、スナムの熱いお茶がカンフィの服にかかってしまった。

「ごめんなさい。どうしましょう。熱かったでしょう？」

スナムが泣きそうになりながら、カンフィの服を拭いた。

「大丈夫、大丈夫だよ」

カンフィが、それを止めようとしてスナムの手を摑んだ。スナムの動きが固まった。カンフィも動揺したが、自分までそうなるともっとぎこちなくなりそうだったので、まるで妹の手を摑むように何ともないふりをした。スナムは、意識が汽車の外まで遠のくようで、ぼうっとなった。手を払いたくなかった。これもまた、ハルビンでカンフィに会って以来、毎晩、夢見たことだった。

スナムは頭の中が真っ白になったが、カンフィはその数倍も複雑だった。自分の手よりも荒れた、節くれだった小さな手を放したくなかった。スナムは、チェリョンと同じような妹にすぎない。ジョーンズ書記官の家の周りをうろつきながら、彼は、自分の感情は一時的な感傷か衝動に過ぎないと考えた。異郷暮らしが長くなれば故郷のカラスも懐かしいというように、同じ家に住んでいた女の子が大人の女性になって現れたのできっとそうなのだろうと。だが手の平が汗ばんでくると、次第に混乱した。ただ手を握っただけなのに、こんなに心がときめくなんて。高等普通学校の頃、隣の学校の女学生に感じて以来のことだった。

カンフィは、もうこれ以上、スナムが妹のような存在だと言い張ることはできないと思った。彼は、欲求を満たすために女性を買ったこともあったし、短い同棲生活も二、三度経験した。そんな自分が妹のような女の子の手を握っただけでこんなに心が乱れるなんて、呆れるというより、納得がいかなかった。旅行という特別な状況からくる感傷だと思おうとしたが、握った手は離れず、高ぶる気持ちが収まることもなかった。スナムがされるがまま握られていた手をわずかに動かそうとしたので、もう一度握り直した。

ふたりは、何も言わず手を握ったままの不便な食事を終えると、ようやく片付けのために手を放した。カンフィがゴミを捨てに客室の外へ出て行った。スナムは、カンフィが握っていた自分の手を不思議そうに見た。柔らかいカンフィの手に比べたら、ニワトリの足みたいに硬くて不格好な手だった。でもカンフィと握っていた手だと思うと、自分の体の中でいちばん愛おしく思えた。

汽車は休まず走った。室内灯が点灯した。室内が明るくなると、赤い夕陽に染まり、次第に暮れ行く外の風景が何も見えなくなった。カンフィは本を読むふりをし、スナムは見えない外の光景に目を凝らした。食事のあと、お酒を飲んだらしく、ほんのり赤くなって戻ってきた夫婦は、寝る前に長い離別の挨拶でもするかのようにキスを交わした。きまり悪いスナムとカンフィはあちこち視線を逸らしたが、お互いの視線が合うと、慌ててまた別のほうを見た。ベッドに上ったフランス人の夫が、カンフィとスナムにフランス語で言った。

「若者よ、今宵は、二度とこないのだよ」

「そうよ、私たちは眠ったら、幽霊に連れて行かれてもわからないの」

夫人も言った。スナムとカンフィは、言葉がわからないのでおやすみなさいの挨拶だと受け取った。

「君も疲れたら横になればいい。僕が上に行くから」

カンフィは、床に入った夫婦に気をつかって小さな声で言った。

「私は大丈夫です。疲れたら、オッパが先に横になって」

お互いに先に寝てと言いながら、ふたりは動かなかった。いつの間にか、ふたりの隙間はどんどん狭くなり、汽車が揺れるたび互いの体が触れた。

「あの人たち、寝たけど、明かりを消したほうがいいんじゃない？」

スナムの言葉にカンフィが立ち上がり、明かりのスイッチを切った。室内が真っ暗になると、赤い光が大地を染める様子がおぼろげに浮かび上がった。

「中が明るかった時は外がまったく見えなかったけど、明かりを消したらよく見えるわ」

スナムがつぶやくように言った言葉に、カンフィは多くのことを想起した。明るい光の中にいる人には、他人の闇がわからない。自分がそれでも人間らしく生きてこられたのは、もしかしたら、妾の子だったからかもしれない。自分がユン子爵の家の正当な長男だったら、今のように生きているだろうか。とてもそうは思えない。子爵の息子、資産家の跡継ぎの身分を思いきり享受し、父のような怪物になっていたかもしれない。想像するだけでもゾッとし、カンフィは思わず首を振った。

明け方頃、カンフィはベッドに上って行った。自分が座っていたらスナムも横になれないことによ うやく気づいたのだ。

「明日のために、ちょっと寝よう」

スナムは、カンフィの寝息が聞こえてきても眠れなかった。カンフィと一緒にいる今がむしろ夢で、もし眠ってしまったら、その瞬間に現実に戻ってしまうような気がした。

ふたりが国境の満州里の駅で降りたのは、翌日の早朝だった。役人の検問を無事に通過したスナムとカンフィは、乗り換えの汽車の時刻を待ちながら食堂で朝食をとった。ひと晩、カンフィと同じ空間で過ごしたスナムは、ハルビンを発った時よりも彼がずっと近くに感じられた。だが、カンフィの行動も口調も、怒っているみたいにつっけんどんだった。

ふたりはハルビンを発って三日目の昼頃、ようやく目的地のポート・バイカル駅に着いた。湖畔の村でひと晩泊まる計画だった。スナムは、汽車から降りる前に、マフラーをカンフィに差し出した。

「今年の冬は、寒さをしのげそうだな。ありがとう」

カンフィは、心からのお礼を言い、鞄に仕舞った。スナムは発つ前にマフラーをプレゼントできて嬉しかった。

ふたりはほかの旅行客に混ざって汽車から降りた。東洋人はスナムとカンフィだけ。駅の周りでは、女たちが食べ物を売っていた。花を売る子供たちもいた。売り子は汽車から降りた人の数より多そうだ。小さな駅を出たスナムとカンフィは、宿を探しに村に入った。低い山並みは緑に覆われていた。ひと抱えもある白樺の幹が、日の光を受けて銀色に輝いている。木の家々や塀は、風景の一部に溶け込んでいた。道端で草を食むベコ牛も、恥ずかしそうに旅行客を追いかける子供たちも、道端に咲く野の花のようにのどかで純朴に見えた。

村には、観光客のために宿を提供する家が何軒かあった。正式な旅館ではなく、家の中の空き部屋を貸し出す程度だった。カンフィは、片言のロシア語で朝鮮の老婆にも見えるおばあさんと交渉した。部屋はひとつだけだった。観光の季節なので、部屋を探すのはたいへんだよと言われた。カンフィは、スナムと別々の家に泊まりたくなかった。部屋を別に取らなければならないほど意志薄弱ではないと自信はあったものの、カンフィは、ベッドがふたつあるのを見て安堵した。色鮮やかなカーペットが敷かれた部屋は質素でこざっぱりしていた。カンフィはその日の夕飯の支度も頼んだ。

「どうする？　少し休むかい？」

カンフィが尋ねた。フランス人夫婦が一緒だった汽車の客室とは違い、ふたりきりでひと部屋に泊まると思うと、スナムの顔は熱い湯気にあたったように火照った。

「そ、外へ、早く、散歩しに出かけましょう」

スナムは、心とは正反対の言葉を口にした。

「そうしよう」

スナムとカンフィは、鞄だけ置くと、すぐに部屋を出て湖畔に向かった。

カンフィが、道端に飲み物やパン、果物を並べて売っている少年からリンゴを買った。カンフィは湖水の水でリンゴを洗うと、スナムに差し出した。水は、身が引き締まるほど冷たかった。そんな湖水で泳いでいる西洋人たちが信じられなかった。カンフィとスナムは湖畔に腰を下ろしてリンゴを食べながら、男も女もためらいもなく水着姿で楽しむ様子をしばらく眺めた。

バイカル湖周辺は、黄や白の野生の花々が風になびいていた。真夏の日差しも、バイカル湖では熱気を帯びることはない。肌に届く日差しは、ひんやりしている。スナムは途中、汽車の窓からも湖を見たが、目の前に直接立つと、まるで違って見えた。スナムは、ブラッドリー夫人の地球儀で見た三日月のように細くて長い湖を記憶していた。だが目の前の湖は海のように果てしなく、その形を推測することさえできなかった。空と水の境目も見えず、どこまでも広がる広大な湖が胸の中まで浸すようだった。すると、胸の中が無限に広がるような感覚を覚えた。

スナムの視線が、水辺の石ころの上で止まった。やわらかな波にもまれ、丸くなっている。スナムは歩いて行って石ころをひとつつまみ、手の平にのせた。石が丸くなるまで、どれくらい長い時間がかかるのだろう。不可能を可能にするこの波が、自分の胸の中にもうねっているようだった。スナムは、バイカル湖の湖畔に立った喜びをようやくかみしめた。

カンフィもまたバイカル湖の岸辺に立ち、かつて夢見た場所へ来たことに感情を高ぶらせていた。カンフィがバイカル湖に来たかったのは、ここが韓民族の始まりの地だからだ。一万年前、湖の周りに住んでいた人々は、温かい土地を目指して南へ南へと下っていった。ロシアを通り中国を通り、彼らが根を下ろしたところが韓半島だった。今は、小さな半島も奪われて植民地の民になってしまったが、韓民族の祖先は、海のような湖と、空のように広い、漠たる大陸を彷徨いながら生きてきた人々だ。

小さく縮んでしわしわになっていたカンフィの心は、一万年の歳月と偉大なる自然を前にして、風を思いきり受けた帆のようにぴんと伸びた。ここへ、スナムと一緒にやって来られたとは。いや、スナムが自分をここへ連れてきてくれたのだ。いったいどんな因縁が、どんな運命が、あの子と自分をもう一度巡り合わせ、このバイカル湖の岸辺に一緒に立たせてくれたのだろう。

カンフィはどこまでも驚きながら、何か考えに浸り、佇んでいるスナムを見つめた。彼女は、降り注ぐ日の光よりも輝いて見えた。カンフィは、スナムの姿を心に刻みつけるように、瞬きもせずしばらく見つめていた。

夜遅く、スナムとカンフィは、庭のベンチに並んで座った。彼らの泊まっている家は、三世代の家族が一緒に住んでいた。スナムとカンフィは家族と一緒に夕飯を食べた。言葉は通じなかったが、お互いへの好意だけで十分、楽しい時間だった。ふたりの孫娘は遅くまでスナムとカンフィの周りではしゃいでいたが、母親に引っ張られて寝に行った。家で起きているのはスナムとカンフィ、ふたりだけだった。

名残惜しいスナムの胸の内を推し量るように、いつまでも太陽は沈まなかった。だが日が沈まないので、星は見えなかった。明るい汽車の中から、暗い外の景色が見えなかったように、星もまた闇があってこそ光るのだ。明るい夜と輝く星は、同時にはかなわない。

「オッパ、オッパがはじめて東京から帰ってきたとき、私に匂い袋をくださったの、覚えていますか？」

沈黙を破り、スナムが口を開いた。

「そうだったかな？」

カンフィがそっけなく答えた。

「オッパは、忘れてしまったみたいですね。あの時、チェリョンお嬢さまが、匂い袋を大切に持っているのと好きな人と結ばれるの、だから自分の想いを伝える時は、匂い袋をプレゼントするのよって話してくれたんです」

スナムの声も淡々としていた。

「そんな話がどこにある？　そんなの宣伝文句だよ」

カンフィがふふんと笑って言った。スナムはそれには動じず話し続けた。

「宣伝文句でも何でも、私にはオッパが私に言ってくれた言葉のように思えました。その言葉を胸に刻んで、匂い袋を大切にしていたのに、なくしてしまったんです。だから、もう私の想いはかなわないのでしょうか？」

カンフィは、スナムの視線が突き刺さるの感じた。彼は、スナムが何を言おうとしているのかわからなかった。彼女は、長い間大切にしてきた気持ちを打ち明けているのだ。カンフィは答えられなかった。

もう答えは決まっているからだ。答えを待つスナムが、カンフィのほうに体の向きを変え、口を開いた。

「今、これを言わなかったら、永遠に後悔すると思うんです。オッパ、好きです。はじめて会った時から、オッパは、一瞬も私の心から離れたことはないのです」

スナムの震える声が、空気を軽く揺らした。カンフィはスナムに気づかれないように深く息を吸った。

「明日になれば旅立つ子が、何を言ってるの？　旅行のせいで感傷的になったようだね。そういうつまらない話をするんなら、もう部屋に入って寝なさい」

カンフィが不愛想に言った。だがスナムは引き下がらなかった。いったん心を打ち明けると、さらに勇気が湧いた。

「旅立つのでなかったら、オッパにこんなことは言えなかったと思います。今すぐオッパの返事が欲しいわけではないし、答えを望んでいるわけでもないんです」

「いや、そうならわかった。いま答えるよ。僕は君を妹以上に考えたことはない。これからも君が、僕を兄だと思ってくれるなら、僕も君を妹として接するよ。だけど、それ以上じゃないんだ」

カンフィの口調は断固としていた。彼は心が揺らがないよう、力を振り絞った。もし自分がスナムの想いを受け入れたら、スナムはヒョンマンを許すしかなくなる。そんなことはできない。たとえその結果が悪くないものだったとしても。

「考えてくださる余地もないみたい。それくらい、私では不足ということでしょ？」

スナムが、がっかりした様子で言った。カンフィは、ようやくスナムを正面から見つめた。

「そうじゃないよ。僕はこんなに遠くまでやって来た君を尊敬している。君がこれからどう変わろうとも、それは変わらない。君の気持ちを嬉しく思う。僕は君がそう思ってくれたことを誇りに思うよ。本当だ」

カンフィの声が熱を帯びた。「愛」を「尊敬」に置き替えて言ったが、それもまた間違っていなかった。カンフィはいつの間にかスナムを愛しながら尊敬し、尊敬しながら愛していた。

「オッパ、もういいわ。私みたいな者に、尊敬だなんて、きまり悪いし恥ずかしい」

スナムは、どうしていいかわからないというように笑って言った。

スナムは間もなく、うとうとしはじめた。ここへ来るまでほとんど寝ていなかったうえ、生涯の宿題を果たしたようで緊張が解け、疲れがどっと押し寄せたのだ。スナムは、カンフィの肩にもたれて眠った。カンフィはいつまでもそうしていたい気持ちを抑え、スナムを抱いてベッドに横たわらせた。その身の軽さに胸が痛んだ。こんなに小さな体でここまでやって来たとは。そして明日は、もっと遠いところへと旅立つのだ。

カンフィは、ベッドの横に座り、生きることの辛さの刻まれたスナムの手を握り、バイカルの霊験あらたかなる神々に祈りを捧げた。彼女をお守りください。そして額にそっとキスをした。

木のない果樹園

一九三九年九月一日、ドイツのポーランド侵攻によって、世界は二十余年を経てふたたび敵味方に分かれて戦争を始めた。アメリカは、遠く離れた大陸で始まった戦争に参戦しないと宣言した。その代わり、国全体を巨大な軍需工場と化し、戦争物資の供給に邁進《まいしん》した。お陰で、大恐慌で長らく停滞していたアメリカ経済は息を吹き返すこととなった。

サンチェス・ジュニアが店舗の賃料を絵で受け取ってくれたのでどうにかやりくりできていた工房は、戦争による好況の恩恵を受け始めた。工房では、浮世絵の制作はもちろん、淳平の描いた図案を用いた便箋、封筒、絵葉書、手帳なども販売した。それらの商品は、きれいで可愛らしい物を好む、主に女性たちの間で人気を集めた。だがそれよりもっと大きな収入になったのは、派手な服に扇情的な表情やしぐさの女性を描いたピンナップの絵だった。ピンナップの買い手は若い男たちだった。そのアイデアを出したのは、チェリョンだった。

「最近、ピンナップガールの絵が人気だけど、あなたも描いてみたら？」

淳平は、時流に便乗して商業主義に走る絵を描くのは、あまり気乗りがしなかった。チェリョンは、金儲けのいいチャンスだと、淳平を説得した。

「今、売られているピンナップガールの絵は、どれも似たり寄ったりよ。画風の違うあなたが描いたら、変わった雰囲気が出ていいんじゃない？」

チェリョンは、街で売られているピンナップガールの画集を集めて淳平に渡し、あれこれ提案した。チェリョンの予想は大当たりだった。淳平の絵はエロティックかつ繊細で、爆発的にヒットしたのだ。雑誌社や出版社などからも、絵の依頼が来るようになった。

一九四〇年秋、寺尾一家は、工房を開いて一年で、ようやく住まいを工房のある建物の二階に移すことができた。前の住居に比べて広くて清潔で、なにより安全だった。チェリョンとマリナは、汚い町から町の中心部に住めるようになって喜んだ。引っ越し当日、次郎は目の縁を赤くしながら、横浜に居た時も一階は工房、二階は住居だったことを思い出した。淳平も、地震によって絶えた家門を再興したようで感慨深かった。それにチェリョンが危険な町を行ったり来たりしなくて良くなったことに安堵していた。

次郎は新しい家に引っ越すと、いちばん広い部屋を淳平夫婦に譲った。そしてこれからは、ふたりが本当の夫婦になることを期待した。だが一年が過ぎても、甥夫婦に変化はなかった。ある日、次郎は意を決し、チェリョンが工房にいない隙を見て淳平に本心を話した。

「お前たちがここに来てもう二年半になるし、引っ越して一年になる。今日までひかりがお前を受け入れないのは、お前を男として見ていないか、ほかに意中の男がいるかのどちらかだ。でなけりゃ、ありえないことがお前たちの部屋では起きてるってわけだ。お前は、いつまであの女を眺めているつもりなんだ。どんな手段を使ってでも自分の女にするか、さもなけりゃ、さっさと諦めて別の女にするんだな。俺にはもう見込みがねえから、寺尾家を継ぐのはお前だけだ。お前も、もう三十だ。時間の無駄遣いはそろそろ終わりにして、決断するんだな。俺ももうこれ以上は待てないぞ」

淳平は黙りこくったまま、新しい図案を描くのに集中していた。次郎は、ペンを持つ甥の手の甲に青筋が立つのに気づかなかった。翌朝、淳平とマリナが家にいない時に、次郎はチェリョンを呼んだ。

「これまで知らないふりをしてきたが、俺も、お前たちの仲はだいたい知っている。これ以上、お前たち夫婦のことに目をつぶっているわけにはいかないんだよ。お前は、いつまで俺の甥っ子を笑いものにするつもりだ。お前も知っているだろうが、淳平は寺尾家の跡継ぎだ。淳平の息子の顔を見るのが、俺に残された唯一の愉しみなんだ。淳平を夫として受け入れるか、でなけりゃ解放してやるか、どっちか選んでくれ」

義父も同然の次郎の最後通告に、チェリョンはどきりとした。アメリカに来てもっとも幸せな日々を過ごしていたチェリョンは、次郎に冷や水を浴びせられた気分だった。しばらく茫然と座っていたチェリョンは、家の中を見回した。引っ越してから、家具ひとつ、カーテン一枚まで念入りに選んで部屋を整えた。家事も趣味にしてみると、それなりに面白かった。チェリョンは、リビングの窓には白いレースのカーテンをかけ、ソファの背にはカバーをかけた。テーブルクロスも何枚か用意し、掛け替えて使った。そして花を買ってきては、家の中に飾った。家を飾るのに贅沢すぎると次郎が不満を漏らしたが、淳平はチェリョンに言われるがまま金を渡した。

淳平は、きれいに飾られた住まいに帰ると、自分がひどく能力のある家長になった気がして嬉しかった。そして望みをすべて叶えてやれる男として、チェリョンにさらに一歩近づいたようで満足だった。マリナは、素敵な室内の飾りや、きれいなテーブルクロス、高級な食器にうっとりし、チェリョンをもっと好きになった。チェリョンは、何もわかっていないくせに自分だけを悪しざまに言う次郎に苛立ち、疎外感を覚えた。

〈夫婦だと思っていないのは、私じゃなくて淳平さんのほうなんだから〉

チェリョンは、自分の心がいつから変化したのか、よくわからなかった。淳平が一途に自分に尽くしてくれるのは、必ずしも父との取引のせいではないことに気づいてからか。あるいは、淳平の懸命に働く姿のせいか。いやもしかすると、自分の立場を客観的に受け入れたからかもしれない。アメリカで東洋人の女は、ほとんど最下層の階級に位置していた。レストランで少し働いた時に骨身に沁みた経験だった。だが淳平は、自分に対して嘉会洞《カフェドン》の屋敷にいた時と同じように接してくれた。いつも真っ先に自分のことを考えてくれて、大事にしてくれた。お陰で、淳平といれば今の立場を忘れることができた。

「淳平はお前に不自由な暮らしをさせまいと、昼夜なく働いてるじゃないか。お前の旦那ほど、女房に情け深いやつも珍しいぞ」

何日も住まいのほうに戻ってこない淳平のことを尋ねたとき、次郎が言った。彼の言葉は正しい。父のもとを離れた今、自分をこれほど大事にしてくれる人は淳平しかいない。彼は約束通り、良い家に住めるようにしてくれた。自分がピンナップガールの絵を提案したお陰もあったが、徹夜で絵を描いているのは淳平だ。霧雨に服が濡れるように、淳平の存在は、徐々にチェリョンの心の中に染み込んでいった。

チェリョンの胸を埋め尽くしていると思われたチョンギュへの思慕は、いつのまにか薄れた。チョンギュのことを忘れるなんて。チェリョンは、そんな自分が許せず、淳平にわざと当たり散らしたことも多かった。淳平が工房から数日戻ってこないと、どうしているか気になって会いたいにもかかわらず、その気持ちを表すには自尊心が邪魔をした。いや、本当は怖かった。

淳平は、自分とチョンギュのことを知っている。直接話したことはないが、〈あのこと〉という時、淳平の顔には明らかに軽侮の色が浮かんだ。そんな淳平にこちらから近づけば、自分を身持ちの悪い薄っぺらな女と思うだろう。引っ越して、次郎が大きな部屋を譲ってくれた時、チェリョンはこれからは淳平と本当の夫婦として暮らしてもいいと思ったのに、淳平はベッドをもうひとつ購入した。チェリョンが欲しがっていた、枕元の棚の装飾が素敵なベッドだった。

「ベッドが二台置けて良かった。新しいベッドはあなたのものです。僕は主に工房で過ごすから、好きなように過ごしたらいい」

並べて置かれたベッドを見ながら、淳平が満足そうに言った。

「叔父さんの目もあるし、寝る時は戻ってきて部屋で寝てちょうだい。気兼ねすることないわ。私たち、友だちみたいな仲じゃない？」

がっかりしたチェリョンが、皮肉まじりに言った。歳月が流れれば、淳平の責任感やら同情心も熱が冷める時がくる。抱きたいとも思わない女とのニセ夫婦の暮らしに嫌気が差したのかもしれない。もしかすると、もう終わりにしようという言葉を直接言いにくくて、次郎に言わせたのかもしれない。

もしこの家を出なければならないとしたら、どこへ行けばいいというのか。限りなく絶望的だった。みじめなことに、この瞬間、淳平への気持ちが鮮明になった。チェリョンは、淳平を愛していた。愛の形はいろいろだというのに、それに気づけなかったのだ。かつてチョンギュに抱いた無謀なほど熱烈な情動だけが愛だと思っていた。

その晩チェリョンは、小さなテーブルに前もって紅茶を用意し、淳平と向き合って座った。一日中、思案して考えを整理したが、いざ言おうとすると胸が締めつけられた。だが、言わなくてはならない。その言葉まで淳平に押しつけてはならない。

「今日、次郎叔父さんからお話は聞きました。これまで、私はあまりにも自分のことしか考えていませんでした。いつでも、好きな人が現れたら言ってください。すぐに出ていきます。もしかして、もういるのかしら？　そうだとしたら、今すぐ荷物をまとめないと」

藪から棒な話に面食らう淳平に向かって、チェリョンがつけ加えた。

「これくらい成功したのは私のお陰もあるでしょ？　まさか、手ぶらで追い出しはしないでしょうね」

気弱な姿を見透かされまいと、いっそう気位の高そうな表情をしてみせた。

淳平の顔が歪んだ。次郎の言うように、この女がまだあの男を慕っているのは明らかだ。三年前の深夜、京都の路地裏で目撃した光景が、ついさっきのことのように鮮明によみがえった。あの時の感情も、今と同じだ。胸の底に押し込めてきた怒りの感情が、ふつふつと沸き上がった。今、自分の前で高慢ちきな顔をしているこの女は、今尚、俺を、父親の下で働いていた使用人扱いだ。それだけじゃない。あらゆる苦労を忍んで面倒をみてきてやったのに、図々しく自分の手柄を主張するとは。淳平は、拳に力を込めた。

もはや心など望まない。これ以上、大切になどしてやるものか。すでに、ほかの男、それも不逞鮮人に体と心をくれてやった軽薄な女だ。そんな女を宝物のように大事に扱い、全力で尽くしてきた自分が情けなく、怒りが膨れ上がった。ここから出ていったところで雑役婦が関の山、最後は街角の女に転落するしかないくせに、出ていくと大口をたたくチェリョンに憎悪を覚えた。そんなに俺が嫌いか。だが、絶対に出てなんか行かせない。永遠に傍にいさせて、侮辱して軽蔑してやる。邪険にして、痛めつけてやる。

「俺の傍にいるんだ」

淳平が、奥歯を噛みしめ言い放った。チェリョンが心の底から聞きたかった言葉だった。それにも増して彼女は、これまでご主人様に使うような丁寧な言葉遣いしかしなかった淳平が、ぶっきらぼうに命令調で言うのを聞いて、むしろ親密な感情を抱いた。

「お前は、俺の許可なしにはどこへも行ってはならん」

その言葉は、チェリョンにはこれ以上ない愛の言葉に聞こえた。彼女は、怒りをたぎらせた目で近づいてくる淳平を見て、目をつぶった。熱いキスを期待したチェリョンは、淳平が乱暴な手つきで片方の胸を摑んだので、驚いて目を開けた。ぎらぎらした淳平の顔が目の前にあった。彼は、チェリョンの胸を砕かんばかりに思いきり手に力を込めた。チェリョンは、あまりにも痛くて短い悲鳴を上げながらも、もう一度目を閉じた。出て行かなくてもいいという安堵の念が、わけのわからない侮辱的な感覚を甘美に覆い尽くした。

翌年、三月になると、昼間は半袖で過ごせるほど気温が上がった。淳平は、外出から戻った次郎が尋常ではない様子で差し出した紙きれを手に取った。売り場の隅で商品の整理をしていたチェリョンも寄ってきて、一緒に覗き込んだ。一九四二年四月七日火曜日正午十二時までに、日本人は居住地を離れよという命令書だった。西海岸のワシントン、オレゴン、カリフォルニアの各州に住む日本人への告知で、淳平の住む地域も該当した。四月七日まで、既に三週間を切っていた。

「こ、これ、どういうこと？」

紙きれの文章を注意深く読んだチェリョンが、青ざめた顔で淳平と次郎を見つめた。ふたりは彼女の視線を避け、ため息をついた。

昨年の十二月、日本がハワイの真珠湾を奇襲したというニュースに、アメリカ人は衝撃を受け、日本人は不安を感じながらも興奮した。一八九四年に清国と始めた戦争に翌年勝利して以来、日本はいかなる戦争にも負けたことはなかった。真珠湾攻撃の後も、太平洋地域で連戦連勝を続けていた。アメリカに住む日本人は、祖国の軍人たちが堂々とアメリカ本土に進軍する姿を想像した。日本が勝利すれば、これまでアメリカ人から受けてきた人種差別や侮辱を晴らすことができるだろう。次郎はその日を夢見て興奮したが、淳平は不安が先立った。

「アメリカが、宣戦布告もなしにやられて、俺たちを放っておくわけがない。きっと何か言ってくるに決まっている。税務調査や規制がうるさくなるだろうから、帳簿整理なんかをちゃんとしておかないとな」

状況は、淳平の予想よりはるかに悪いほうへ動いていった。アメリカ全土に、日本人への敵対感情が拡大したのだ。とりわけ太平洋側の西海岸に居住する日本人は祖国と内通してアメリカに危害を加える集団と見なされ、アメリカ人大衆の怒りの標的となった。政治家や有名人が日本人を強制隔離せよと主張し、新聞にコラムを書き、ラジオでも喋りたてた。一部の人々は大統領に直訴したりもした。不穏な状況下、まさかとは思っていたが、ついにサンフランシスコ全域に命令文が張り出されることとなった。

「ジャパンタウンに行ってみたが、まるでゴーストタウンのような雰囲気だ。ＦＢＩに連行された者も大勢いるらしい。銀行口座も凍結されて、店はあちこちで閉店セールをやってる。俺たちも準備しないとならんな」

次郎がため息まじりに言った。

日本人は収容所に隔離されるという。国籍を変更していない多くの移民一世はもちろん、市民権をもつ移民二世、父親が日本人の混血二世も含まれた。彼らが持っていける荷物は、ひとりあたりトランク二個だけだった。次郎は、家族を代表して事務所へ出向き、手続きした。日本人と関係ないマリナは除外された。マリナが一緒に行くと泣きながら懇願したが無理だった。

「そう長くはならないだろう。その間、おばあさんの家に行ってなさい。着いたら、パパが手紙を書くからな」

次郎がマリナを慰めているあいだ、淳平は暗い顔でチェリョンを見つめた。ふたりは、次郎が望んだとおり、あの日、本当の夫婦になった。激しく抵抗すると思ったチェリョンがすんなり自分を受け入れたので、淳平は拍子抜けし、落胆した。淳平は、チェリョンを抱くたび、彼女が積極的だとすれからしの女に思えて気分が腐り、消極的だと自分をまだ嫌っているのかと怒りが沸いた。暗がりではその場の感情を抑えがたく、甘い言葉を囁いたりもしたが、昼間は以前にも増して寡黙になった。いっぽうチェリョンは、自分の顔色を窺ってばかりいたかつての淳平よりも、冷ややかな今の淳平のほうがずっと男らしくて好ましく思った。

チェリョンは、淳平が暗い目で見つめるので、自分を心配して何らかの手段を用いて置いていくのではないかと怯えた。現在の生活に充足し馴染んだチェリョンは、淳平が望んだとおり、いまや彼がいないと何もできない女になっていた。

「たぶん、私たちが危険な存在でないことがわかれば、すぐに解放してくれるはずよ。早く荷物をまとめましょう。サンチェス・ジュニアに家財道具を預けられるのは幸いだわ」

　チェリョンの言うように、何のつてもなく全財産を置いて立ち去らねばならないジャパンタウンの人たちよりも彼らは恵まれていた。

　淳平の家族は、数百名の人々とともにマンザナール臨時集合所（一九四二年三月開設。日系人強制収容所のひとつ。収容者は最大時一万人を超えた）に振り分けられた。カリフォルニア州の内陸に位置するマンザナールは、スペイン語でリンゴ園という意味だ。かつては肥沃な土地だったが、今は荒れた砂漠である。人々は、命令通りトランク二個だけの荷物を手に汽車に乗った。淳平は、汽車の中で佐々木氏の家族やレストランで一緒に働いていた人たちに再会した。惨めな状況下で知り合いに会うのは、きまり悪くもあり、慰めでもあった。みな不安な顔で囁き合った。

　汽車の中は、窓は塞がれ、空気は淀み、軍人が監視しているので殺伐とした雰囲気が漂っていた。チェリョンは、今にも吐きそうで胸がむかむかし、ぐったりしていた。チェリョンの具合が悪くなると、淳平は、このところの不愛想な態度をひっこめ、以前のように親身に介抱した。

　十時間以上かけて、汽車は臨時集合所のある駅に人々を下ろした。集合所は、何もない砂漠の上に建てられていた。鉄条網の張りめぐらされた荒地に、ひと目で急ごしらえとわかる木造の仮設小屋がずらりと並んでいる。まだトイレもシャワー施設もろくに備えられていない。人々はまず病気の検査と予防注射を受けさせられた。軍人が荷物検査をした。カメラと日本語の本の持ち込みは禁じられた。集合所はキャンプと呼ばれ、その中では日本語の使用は禁止された。移民二世、三世は英語ができたが、一世の老人たちは英語ができない。刑務所や捕虜収容所のような環境に若い人たちは憤り、老人たちは彼らをなだめるのに必死になった。銃を提げた軍人が四方を監視している。

淳平の家族は、四歳の男の子、悠斗《ゆうと》のいる渡辺夫婦と共に仮設小屋の十七号室を割り当てられた。毛布数枚と暗い電球が下がっているだけの四角い部屋。初対面の家族とひと部屋で暮らさなければならない現実に、みな戸惑いを隠しきれなかった。だが十名でひと部屋を使わなければならないところもあるなか、十七号室はいいほうだった。次郎と淳平、渡辺氏とで、部屋をどう分けるか相談した。

淳平がチェリョンの意見を聞こうとしたが、彼女はずっと吐き気がおさまらず横になりたがった。淳平が心配していると、渡辺氏の妻が遠慮がちに、もしかして妊娠しているのではないかと言う。チェリョンは、淳平と次郎に見つめられ、頭の中で記憶を辿り、日にちを数えた。確かに妊娠かもしれない。チェリョンがこくりと頷くと、淳平が複雑な表情を浮かべた。湧き起こる歓喜を、暗澹《あんたん》たる現実がねじ伏せた。先行きは見えず、こんな砂漠に放り出された状況で、手放しに喜ぶわけにはいかない。チェリョンはまた吐きそうな様子だ。そんななか、目に涙を浮かべて喜んだのは、次郎だった。

「でかした、でかしたぞ。ご先祖様がこの試練を堪えるように、幸せをもたらしてくれたんだ」

次郎の言葉に、チェリョンの目にも、ワッと涙が込み上げた。淳平は慌てて三人分の毛布を集めて床に敷いた。チェリョンを毛布の上に横たわらせると、ようやく実感が湧いたのか、淳平も今にも泣き出しそうになった。次郎が傍で、大事に、大事にと唱えた。

「まずベッドを作らないとな。よしよし、お前さんは何も心配することなどないのだから、楽しいことだけ考えて休んでいなさい。淳平、木材がなくなるから、急げ」

次郎が、チェリョンの傍にいたがる淳平を連れて外へ出た。渡辺氏も一緒だった。キャンプを建設した残りの資材置き場の周囲は、使えそうな木材を調達しようとする人々でごった返している。部屋にはチェリョンと渡辺夫人、そして母親の傍を離れない悠斗が残った。渡辺夫人が心配そうに尋ねた。

「もしかして注射を受けました？」

それは集合所に入る前に、全員が義務として受けなければならない注射だった。頷いたチェリョンの顔に、みるみる恐怖の色が浮かんだ。妊娠中に間違えて薬を飲み、胎児に影響が出たという話を思い出し、チェリョンは身体を震わせはじめた。渡辺夫人はハッとしてチェリョンの手足をさすった。

「ごめんなさい。私がつまらないことを聞いて。胎児に影響のない注射かもしれないから、あまり心配しないで。寺尾さんを呼んでこなくちゃ」

チェリョンが立ち上がろうとする渡辺夫人の腕を摑んだ。彼女はかぶりを振りながら言った。

「夫には知らせないでください。お願いです。そして申し訳ありませんが、お医者さまに、大丈夫かどうか、聞いてくださいませんか？」

医者のところへ行ってきた渡辺夫人が心配するような注射ではないと知らせてくれた。チェリョンはそれを聞いて喜んだのも束の間、それは自分を慰めるための嘘ではないかという疑念が浮かんでは消えた。

十七号室には、二日後、三つの小部屋が出来上がった。薄い板で仕切った粗末な壁だったが、それでも各自の空間ができたので、少しはましになった。次郎がまずいちばん小さくて明かりのない小部屋をとり、淳平夫婦と渡辺一家は、仕切り板の上に電灯がくるようにして、明かりを分け合った。どちらか片方が自分たちの都合で明かりをつけたり消したりできず、小さな物音も隣に筒抜けだった。チェリョンは夜ごと、お腹の中に何かが足りない子供が育つ夢を見たり、人間ではないおぞましい何かを産む悪夢にうなされた。恐怖に取り憑かれたチェリョンは、お腹の中の子がこの世に産まれずに消えてくれることを必死に祈った。

臨時集合所だったマンザナールは、やがて正式な収容所になった。時間が経っても施設や状況は改善されず、その環境に我慢できない人たちが、抗議行動をしたり脱出を図ったりした。監視兵は躊躇《ためら》いなく銃を発射させた。そして、何人かの犠牲者の中に次郎の姿があった。あれほど待ち望んだ孫の顔も見ることができず、遺言ひとつ残さない、あっけない死だった。

収容所での初めての葬式は、軍人たちの厳重な警備の中で行われた。地面を掘るちゃんとしたシャベルやツルハシもなく、墓に建てる石も、供える花もないみすぼらしい葬式だった。その晩、淳平は、次郎のポケットに入っていたマリナに送る手紙を読みながら忍び泣いた。チェリョンもまた次郎の死に胸を詰まらせ、家の大黒柱を失ったような悲しみを覚えた。

ひと月ほどすると、収容所に雇用プログラムの運営が始まった。淳平は養鶏場で働き、チェリョンは製パン室で、つわりに苦しみながら一日中小麦粉をこねた。そしてその年の十二月、キャンプ内の病院で、チェリョンは赤ん坊を産んだ。赤ん坊の泣き声が聞こえたものの、チェリョンは恐ろしくて目を開けることができなかった。

「寺尾さん、おめでとうございます。女の子ですよ。母子ともに健康ですよ」

看護婦がドアを開け、淳平にも知らせた。

「ひかり、ご苦労だったね。ありがとう」

淳平が声を詰まらせて言うと、ようやくチェリョンは目を開けた。傍らに横たわる真っ赤な小さな赤ん坊は健康そのものだった。チェリョンはお腹の中にいるあいだずっと恐れ、いなくなることを祈っていた自分の娘を、よそよそしい気分で眺めた。淳平は赤ん坊の名を、百合《ゆり》の花からとってユリコと名づけた。

一九四四年十一月、大統領選挙の四選を果たしたルーズベルト大統領は、アメリカ西海岸の日本人へ発した強制収容命令を撤回した。収容所管理局でも、希望者はここから出ることを許可すると告げた。だが人々は、この真冬に進んで収容所を出ることなどできなかった。日本人へのアメリカ社会の敵愾心《てきがいしん》は依然として激しく、日本人の収容所からの解放には反対の世論が支配的だった。日本人は、銀行預金はもちろん、家、店舗のような不動産もすべて失っていた。その上、ジャパンタウンには他の人種の労働者が入り込んで住みはじめたという噂も流れてきた。

だが外の状況がどうであれ、チェリョンは一刻も早く収容所を出たかった。いまだなお二家族が一つの部屋で生活しており、ユリコは少しもじっとしないで動き回る、聞きわけのない満一歳と十一カ月の赤ん坊だ。その間、渡辺夫人も悠斗の弟を産み、夜ごと二人の赤ん坊が競い合って泣いてはお互いの眠りをさまたげた。チェリョンは、普通の子より敏感で難しいところのあるユリコの世話に疲弊していた。

そこで淳平はサンチェス・ジュニアに手紙を書いた。次郎の死と自分たちの状況を知らせ、どうか手を貸してほしいという内容だった。絵と預金、家財道具を預けてきたが、次郎のいない現在、サンチェスの良心と好意にすがるほか、手立てはなかった。サンチェスはすぐに返事をくれた。彼は、これまで淳平のピンナップガールの絵でひと儲けしていたからだ。サンチェスは、次郎の死を悼み、淳平に自分の会社に来ないかと提案した。

「私は文房具の事業を始めようと思っている。戦争が終われば教育熱が高まるはずで、文具類の需要も急拡大すると睨んでいる。私はきみの実力を高く買っている。我が社に来て、デザイン部門をやってもらうのはどうだろう。工房を続けたいなら、それも喜んで手伝おう」

淳平は、サンチェスの提案を受け入れた。叔父なしに工房を続ける気はなかった。子供も生まれた家長として、淳平は冒険より安定を選んだ。

淳平の家族は、新年を迎える前に収容所を出た。マンザナール収容所から最初に出た家族だった。サンチェス・ジュニアは、清潔で静かな住宅街に小さな庭園のついた二階建ての家と自動車を用意してくれた。冷蔵庫や洗濯機などの家電製品まで備わった家に足を踏み入れたチェリョンは、嬉しくて天にも昇る思いだった。収容所から出た彼らにとって、新しい家は地上の楽園だった。淳平は、自動車も嬉しかったが、ユリコが思いきり安全に遊ぶことのできる環境が気に入った。

淳平は、マリナをこの家へ連れてくることにした。マリナを娘として可愛がっていた次郎への義理立てもあったが、チェリョンの家事を手伝ってもらう腹づもりもあった。チェリョンもそれに賛成した。日本人の家に来るメイドを探すのは難しかったのだ。学校もやめてぶらぶらしていたマリナは、ふたりが次郎がいないのに自分を呼んでくれたことに感激した。また勘がいいため、自分の役目は何かをすぐに悟り、家事や子供の世話を買って出た。幸い、ユリコはマリナによく懐き、チェリョンはというと、ユリコから解放されたことを心から喜んだ。

夫婦の部屋には、ユリコも一緒に寝ることのできるほど広いベッドが置かれていた。だがユリコはマリナと一緒に寝たがった。まだ若い夫婦にとっても、ふたりだけのほうが良かった。ふたりは、マンザナール収容所で過ごす間に次郎を失い、子供を得て、どん底の日々を生き延びようと、愛憎のもつれたかつての記憶をきれいに忘れた。家を出た時より、はるかに親密になって戻ってきた夫婦は、まるで新婚のように新しい家、新しいベッドで熱い愛を交わした。そして淳平は、自分がチェリョンを嘉会洞の屋敷でひと目見たときからずっと愛しく思っていたと初めて告白した。しばらくして、チェリョンは二人目の子を身ごもった。

淳平は、毎朝、チェリョンとユリコに見送られて出勤した。椰子の木の街路樹がある道路を運転しながら、淳平は次郎の言葉を思い起こしていた。六年前に初めてこの地へ来たとき、自分を信じて任せろと言った叔父の言葉は嘘ではなかった。今享受しているものはすべて、考えてみれば叔父のお陰だった。淳平は、間もなく生まれる二人目の子が、叔父に似た男の子だったらいいと思った。霧の晴れた明るい空を見上げると、もうじきあらゆる厄災は終わりを告げ、幸せだけが広がっていく予感がした。

ニューヨーク

オッパ、お変わりありませんか？　久しぶりに手紙を書きます。一九四五年五月二十五日、今日は私の人生において、とっても大きな意味のある日です。ついに学校を卒業しました。こんな日が来るなんて！　四年前に入学したときは、永遠にこの日が来るとは思えませんでした。今日という日を迎えられたのは、私ひとりの力ではありません。チェリョンお嬢さまの卒業書類を送ってくださったオッパをはじめ、多くの人たちに助けてもらったおかげです。

今日一日、食堂は休むことにしました。自分へのご褒美です。今夜は、心ゆくまで、これまでの時間を振り返りたいと思います。今まで振り返る時間さえ贅沢な気がして、慌ただしく過ごしてきました。

ニューヨークに最初の一歩を踏み出した瞬間が鮮明に思い出されます。一九三九年九月一日のことでした。

ジョーンズ一家とともにクィーン・メリー号から降りたスナムは、エリス島にある移民局で書類審査と身体検査を受けた。スナムは、正式なビザを持ってやって来たのではない。ジョーンズ書記官は、スナムが日本軍慰安婦に連れて行かれ、そこを脱出してきたことを根拠に亡命申請をした。アメリカ行きの書類を準備する中で、スナムは部隊から逃げてきた事実を仕方なくジャネットに打ち明けた。まだ外交官の身分のあるマークの身元保証のお陰で、南米や東南ヨーロッパから来た人々に混じり、スナムは唯一の東洋人として移民局を通過した。

スナムは、巨大な自由の女神像や摩天楼の立ち並ぶ大都会をどうやって人間がつくったのか、信じられなかった。人間がどうやったらあんな高い建物をつくり、どうやったらあんな高いところへ上れるのか、理解できなかった。スナムは、ここで暮らしながら、今まで知らなかった新しい世界を知るのかと思うと胸が躍った。チェリョンがアメリカの西側にいるなど思いもよらないスナムは、お嬢さまがあんなに憧がれていたアメリカに自分が代わりに来ているという事実にも足が震えた。自由の女神像の掲げるたいまつの灯火が、自分の前途を照らしてくれているような気がした。

一九三九年九月一日は、第二次世界大戦が始まった日だった。スナムは、日本が中国と戦争していることは知っていたが、世界が敵味方に分かれて戦う戦争がもう二度目だということすら知らなかった。人々を降ろしたクィーン・メリー号は、戦争が勃発したことでイギリスに帰れなくなり、しばらくニューヨーク港に停泊した。その話を聞いたとき、スナムは、故郷に帰れなくなった船の境遇を、自分の身の上に重ね合わせた。しばらくするとクィーン・メリー号は、外観を灰色に塗り替え、豪華な内部の装飾を取り外し、ベッドを搬入し、連合国軍の兵力運送船として使用されることになった。本来の自分ではない、他人の役割をするようになったことも、スナムに似ていた。人間だけでなく、世の中のあらゆる物ごとには紆余曲折があり、それぞれの運命があった。

マンハッタンにあるジョーンズ夫妻の新居は、セントラル・パークを見下ろす高級マンションで、フロリダの富豪であるジャネットの父が、一人娘のために用意したものだった。マークは、ハルビン勤務を最後に外交官から退いた。彼は、一年後にある下院議員選挙を目標に、ニューヨークの社交界に足を踏み入れた。

彼の家では、人脈を築くためのパーティが頻繁に開かれた。料理人や台所仕事をするメイドは別にいたので、スナムは、そのほかの家事や子供たちの世話をした。人々は、フロリダ出身の田舎者夫婦が、未開で野蛮な東洋人に子供の世話をさせているとひそひそ噂したが、ジョーンズ夫妻はそれを政治的に利用してのけた。

「夫は博愛主義者です。その精神を実践するために、アジアからチェリーを連れてきました。彼女は植民地出身の女性です。夫と私は、彼女がうちに来てくれたのは、神の御心《みこころ》であると思いました。私たちは喜んで後見人になり、彼女が希望の国、アメリカで、夢を実現することができるように援助するつもりです。あなたがたは、まもなく女子大生になった彼女を見ることになるでしょう」

地元新聞に載った下院議員出馬候補者の妻たちのインタビューの中のジャネットの言葉だ。そして自分の言葉を証明するように、スナムを語学学校に入れてくれた。移民者向けの私立の英語学校だ。大学に行くには、もう少しレベルの高い英語力が必要だった。たとえ語学学校とはいえ、初めて正式に勉強するスナムは、もう大学生になった気分だった。夕方学校に行くために家を出るとき、スナムはいつもジョーンズ夫妻への感謝の気持ちを噛み締めた。

スナムが通う学校の受講生は、大部分がアジアからきた移民だったが、なかでも中国人がもっとも多かった。学校を経営する院長は中国系の三世で、ニューヨークで生まれ育った。大学は出たもののまともな職業につけず、語学学校を設立した彼は、人種差別の不当性を授業のテーマにすることがあった。

「私の祖父が初めてアメリカに来て白人の家で働いていた時、主人の奥さんは何も服を着ないで素裸で部屋の中を歩きまわっていたそうです。アメリカの風習なのかと思っていたら、あとでわかったのですが、彼女は中国人の下男を人間と思っていなかったのです。動物か虫けらとでも思ったのでしょう。あれから何十年も経ちますが、東洋人に対するアメリカ人の態度は少しも変わっていません」

　学生たちも日常的に経験していることなので、教室の中はときに白人を糾弾する場と化したりした。最初のうち、スナムはそういう場が居心地悪かった。耳を疑うようなひどい扱いや悔しい思いをさせられている人々の前で、自分の主人の自慢話をするのも決まり悪く、何も言わずに座っているのも人目が気になった。かといって、スナムがアメリカ人と同等の扱いを受けているわけでもない。これまで差別を意識したことがなかっただけだった。

　ジョーンズ夫妻は、ニューヨークに着くと犬を飼い始めた。スナムがアメリカに来て不思議に思ったことのひとつが、家の中で犬を飼うことだった。庭で残飯をもらい、夏の伏日《ポンナル》（土用の日）に人々に食べられてしまう朝鮮の犬（昔、朝鮮では農家が犬を食用に飼育した）とは違い、アメリカでは家の中で主人と一緒に人間並みに優雅に暮らす犬がたくさんいた。ジョーンズ夫妻も、犬にマックスとルーシーという人間の名をつけてかわいがった。

「ここでは、犬もいい暮らしをするんですね」

　アメリカのすべてが素敵に見えたスナムが何気なく放った言葉に、ジャネットが朝鮮の風習を尋ねた。スナムが話の最後に犬の肉を食べると告げると、ジャネットは、人の肉を食べるとでも聞いたかのように仰天した。以後、ジョーンズ夫妻は、スナムに冗談ともつかないようなことを言うようになった。

「チェリー、あなたにマックスとルーシーの散歩を頼んでも大丈夫よね？」

「チェリー、どうぞ私が残したステーキも食べてね。あなたがお腹を空かしていると、うちのマックスとルーシーが危険だから」

スナムは、冗談だとわかりながらも、なんとなく不愉快になった。かといって主人のことが嫌いになるというわけでもなく、何の取り柄もない東洋人の自分に、人並み以上の愛情をかけてくれることにいつも感謝していた。

振り返れば、スナムは、生まれてこのかたずっと差別の中で生きてきた。娘だから、貧乏だから、身分が低いから、無知だから、朝鮮人だから……。これまでスナムは、それが不当なことだとは思わなかった。女が男に、貧乏人が金持ちに、身分の低い者が高貴な人に、無知な者が知識のある人に、朝鮮人が日本人に、馬鹿にされたり差別されたりするのは当然だと思ってきた。

アメリカは、ヨーロッパから来た人々が先住民を銃剣で追い出して建てた国だった。黒人もまた、奴隷にするためにアフリカから強制的に連れてこられた。奴隷制度や人身売買は法律で禁止されていたが、黒人への蔑視や差別は依然としてあった。鉄道や橋の建設、サトウキビ畑の人夫としてやってきた東洋人も同じ扱いを受けた。黒人や東洋人の出入りを禁じるレストランもあり、バスでは入り口のドアや座席が別々になっていた。黒人は白人と結婚することができず、白人男性に対しては無条件にミスターと呼ばなければならなかった。黒人は白人は、自分たちが他の人種より優れていて道徳的だと信じていた。

ジョーンズ夫妻は自分たち同士で話すとき、黒人や日本人、中国人を、ニガー、ジャップ、チンクと呼んだ。スナムは、それらが有色人種を差別する侮辱的な呼び名だということすら知らなかった。アメリカ暮らしに慣れ、英語力がつくにつれ知った。だが、知れば知るほど、日本が朝鮮にしていることとまるで同じだと思った。

時が経つにつれ、スナムは自分が運良くいいご主人に出会った犬と同じに思えてきて、そう思うたび、恩知らずな人間になったみたいな気がして、心苦しかった。

一九四一年春、二十一歳になったスナムは、ハンター公立女子師範大学の入学許可証を手にした。設立者であるアイルランド系移民の姓からその名をとった学校は、ジョーンズ家のマンションからセントラル・パークを横切れば徒歩二十分ほどの近さだった。学費の安い公立学校に合格できたのは、マークが書いてくれた少し大袈裟な推薦状と、カンフィが送ってくれたチェリョンの卒業証書のお陰だった。ジャネットは、学期中は家の仕事も減らすと言ってくれた。

だが入学の日を心待ちにしていたスナムをよそに、思いがけない出来事が起きた。昨年の選挙で落選し、次の選挙の準備をしていたマーク・ジョーンズが、ニューヨークを離れると言い出したのだ。ニューヨークで生まれたいちばん下の息子は、ひどい喘息に苦しんでいて、医者は空気の良い温かいところへ引っ越すことを勧めた。マークは、ジャネットの実家のあるフロリダに行くことに決めた。スナムは、頭の中が真っ白になり、途方に暮れた。

「チェリー、いっしょに行きましょう。あっちにはうちの父の寄付金で経営している学校があるの。その学校に、全額奨学金をもらって入学できるように私から言ってあげるから。フロリダは、ニューヨークより空気が良くて人情が厚いのはあなたもよく知っているわよね」

これまでスナムは、ジャネットについて、二度フロリダに行った。収穫感謝祭の時とクリスマスの時だった。ジャネットの言うように、空気や気候ははるかに良かったが、人情が厚いとは思わなかった。フロリダが故郷であり、その地の富豪の娘であるジャネットと自分は身分が違った。スナムは、そこにいるあいだじゅうずっと、じろじろ睨まれたり、蔑むような視線を浴びて苦しかった。南部の人々は、黒人より東洋人への偏見がいっそう酷かったのだ。ジャネットの両親も、娘が東洋人を家に置いていることが気に食わなかった。スナムは、そのあたりでただひとりの東洋人だった。

スナムは、いろんな人種が混ざって暮らすニューヨークのほうが、むしろ気楽だった。それでもジャネットの言葉には心惹かれた。全額奨学金をもらえるなら、給料はそっくり貯金できる。ヒョンマンからもらうお金は諦めたが、スナムは故郷の家族に援助してやりたかった。自分は、大学を卒業すれば、自分の力で生きていけるだろう。

スナムは悩みに悩んだ。ニューヨークに残れば、学費どころか家賃や生活費まで自ら捻出しなければならない。ジョーンズ一家の庇護もなくなる。英語力もつき、都会暮らしに慣れたとはいえ、ひとりで生きていく自信はなかった。だがジョーンズ一家について行けば、主人の足元で尻尾を振ってエサをもらう犬の身分から抜け出すことはできない。その暮らしに慣れてしまったら、永遠に這い出せないだろう。先が見えない不安はあったが、スナムはニューヨークに残ることに決めた。カンフィがバイカル湖の湖畔の村で言ってくれた言葉に勇気をもらった。

「僕は、こんなに遠くまでやって来た君を尊敬している。君がこれからどう変わろうとも、その気持ちは変わらない」

カンフィは、こんなに遠くまでやって来た自分を尊敬すると言ってくれたのだ。辛いことがあるたび、その言葉はスナムの大きな慰めになった。そして、これまでハルビンを指していると思ってきた、カンフィの言う〈こんなに遠く〉が、もしかしたら地名を指しているのではないかもしれないと、ふと思った。自分がしたとは思えないようなこと、自分の力では不可能に見えるようなことを〈こんなに遠く〉と言っているのではないだろうか。だとすれば、ニューヨークに残って自分の力で生きていくことも、〈こんなに遠く〉にあたる。スナムはそう考えると、ようやく決心することができた。

「奥様、ご好意はありがたいのですが、私はここに残ることにします。これまで大変お世話になりました。これからはひとりで生きてみようと思います。奥様のご親切は、決して忘れません」

ジャネットは寂しがりながらも同意してくれて、マークはむしろ喜んだ。ジャネットは自分の生まれ故郷へ引っ越すからか、今のようにどうしてもスナムの手が必要というわけでもなく、フロリダから再出馬するマークは、東洋人のメイドを連れて行くのを負担に思っていたところだったのだ。

ジョーンズ一家は、五月中旬、フロリダへ向けて発った。彼らを見送りながら、スナムは肉親と別れるような寂しさを感じながらも、ただちにひとり暮らしを始めなければならなかった。ジョーンズ一家が発つ前に、スナムは、マンハッタンの南端にあるチャイナタウンに小さな部屋を借りた。学校の近くは家賃が高く、門限のある寄宿舎では夜遅くまで仕事ができなかったのだ。

中国人の街は、部隊での悪夢もあったものの、命を助けてくれたチョン老人夫婦が住む村や、カンフィとともに過ごしたハルビンも思い出されて親しみを感じた。肌の色の似た者同士が住むチャイナタウンに足を踏み入れると、気持ちが楽になった。ニューヨークでは、肌の色は何よりの身分証だった。最初にアメリカに移住した東洋人は中国人だという。彼らは人数が多いだけあって、ニューヨークの東洋人の中で最も大きな街を形成していた。祖国が日本に侵略されて戦争中なので、ニューヨークの中国人は日本人を嫌った。だが、同じように日本を敵だと思っている朝鮮人には好意的だった。チャイナタウンのあちこちに、日本製品不買運動のポスターが貼られていた。

〈あなたが日本製品を買うと、そのお金は私たちの民族を殺すことに使われます〉

日本製のシルク製品の売上げは戦争用の武器の製造に使われると言って、女たちがシルクのストッキング不買運動を繰り広げていた。

キッチンとトイレは共同で、窓のないスナムの部屋は、ハルビンのセファの部屋やカンフィの部屋に負けず劣らず狭くてみすぼらしかった。それでもスナムは、生まれて初めて自分の力で用意した空間が、この上なく誇らしかった。おまけにジャネットが譲ってくれたベッドと、小さなテーブルまであるのだ。

スナムは、テーブルの上に、イルクーツクの写真館で撮った写真をおさめた写真立てを載せた。バイカル湖の湖畔の村からイルクーツクまで送りに来てくれたカンフィは、汽車に乗る前に、スナムを市内の写真館に連れて行った。スナムひとりで一枚、ふたりで一緒に一枚を撮ったが、カンフィは、スナムひとりの写真だけ送ってきた。初めはとても寂しい気がしたが、ふたりの写真はカンフィが持っていると思うと、かえってそのことに嬉しさが込み上げた。そっちの写真の中の私は、どう写っているかしら？　オッパの隣で、こちこちになって立っているのではないかしら？　オッパは、どのくらいの頻度で写真を見てくれているかしら？　写真を見るたび、そんなことが気になった。

スナムは、九月の入学までの三カ月間、少しも休まずに働いた。日常会話の英語はできても、スナムがありつける仕事は食堂の厨房で食材の準備をするか、皿洗いのような雑用しかなかった。スナムが働く食堂の従業員には中国系が多かった。スナムは、彼らから一日に一、二語でも中国語を学ぼうとした。今までもそうだったように、将来だってどうなるかわからない。勉強を終えたとしても、ここで働き口を見つけられるという保証もない。ユン・チェリョンの身分で朝鮮に戻るのは不安があったし、キム・スナムでは、田んぼ三マジキで売られた小間使いの身分から抜け出すことは難しい。スナムは学校を卒業した後、カンフィがいる中国へ行きたいと考えていた。

アメリカに来てから、カンフィとの関係を考えるスナムの心には、若干の変化があった。拒絶の言葉の裏に隠されたカンフィの本当の気持ちを感じ取ったからではない。もうスナムには、カンフィのことを星やランプの灯のように思わずとも、ひとりで生きていける力があった。それでもカンフィを思う心は変わらなかったし、その事実はスナムに自信と余裕を与えた。スナムは、勉強を終えたら中国に行き、カンフィの立派な恋人になり、同志になりたかった。

アメリカは、ほかの大陸で繰り広げられる戦争のお陰で好景気だった。仕事口は増え、食堂はどこも毎晩大賑わいだった。厨房の仕事も大忙しだったが、スナムにとって、学費や生活費を生み出してくれる仕事は辛くなかった。おまけに夜になれば、自分だけの空間で、主人に呼び出される心配もなく、好きなだけ休むこともできた。チェリョンの留学について行った時に汽車の中で感じた束の間の自由とは、比べられないほど、本物の自由だった。

ひとり暮らしが順調に始まると、スナムは自信に満ちてきた。普通学校も通っていないのに大学に通うことが、不安でも怖くもなかった。ここまで誰も気づかないほどチェリョンの役をやってこられたのだから、勉強も大丈夫だろう。根拠がないわけではない。スナムは、チェリョンが懸命に勉強をする姿を見たことがなかったからだ。チェリョンの教科書を一生懸命読んでいたのはスナムだった。チェリョンは、いつも遊びやおしゃれにしか関心がなかった。にもかかわらず、女子高等普通学校にも受かり、留学もしたのだ。

これまで自分がそれらをできなかったのは、機会が与えられなかったからだ。今はチャンスを摑んだのだから、お嬢さまにできることなら私もできるだろう。ところがスナムは、入学して最初の授業で、教授の言葉をほとんど聞き取ることができなかった。うぬ惚れて思い上がっていた自分が、一発で張り倒された気分だった。スナムは、幸運に恵まれていただけなのに、得意になり天狗になっていたことを認めた。

二十四時間勉強しても、ついていくのがしんどかったが、スナムは働かざるをえなかった。学校と家の近くの一カ所ずつに仕事を減らしたが、家に帰れば夜の十二時だった。顔を洗う時間も惜しんでそのまま机に向かい、本を舐めるように読んだ。挫折の連続だったが、知らなかったことを知る喜びがあり、スナムは堪えることができた。

学生を人種や宗教、政治的な理由で制限をしないという設立理念どおり、スナムの学校にはヒスパニックはもちろん、黒人や東洋人の学生が多かった。だが朝鮮人はスナムひとりだけだった。これまで一度も朝鮮人に会ったことはない。ニューヨークの朝鮮人はごくわずかだったのだ。ただスナムにとってそれは幸いだった。噂は、風のように雲のようになびいていかないところはない。部隊から逃げた自分がニューヨークで堂々と学校に通っていることが知られて良いことなどなかった。

皇軍女子慰問隊の勤務期間は二年なので、あの時逃げ出さなかったら、この春で京城《キョンソン》に帰れたはずだ。そしたら、お嬢さまも自由の身になったことだろう。私も自由とお金をもらえたはずだ。ふと浮かんだそんな考えに、スナムはゾッとして首を振った。逃げ出さなかったら、どんなことになっていたか。どんな償いも癒しも意味をなさない。おぞましくて身体が震えた。部隊から逃げた自分を、百回も千回も褒めてやりたいと思った。

スナムが入学した年の冬、日本が真珠湾を攻撃した。大規模な被害を受け、自尊心を大きく傷つけられたアメリカは参戦を決めた。即刻、男たちに徴集命令が下り、人々は湧き起こる愛国心に誇りをもった。日本人への嫌悪と憎悪が公然と巻き起こり、学校の掲示板にも日本人どもはアメリカから出て行けという壁新聞が貼り出された。中国人だけでなく、日本の侵略に晒されている東南アジアの国の学生たちも、アメリカ人に劣らず日本を嫌い、アメリカが日本をやっつけてくれることを願った。

翌年の四月、西部の日本人たちの収容所送りは大きなニュースになった。その行列の中にチェリョンと淳平がいることなど知るよしもないスナムは、自分を苦しめる酷い奴らを、誰かが代わりに懲らしめてくれているようで胸がせいせいした。学校に何人かいる日本の学生は、すっかりしょげ返っていて、いい気味だった。アメリカでは、日本人も、自分たちが馬鹿にして踏みつけにしてきた朝鮮人となんら変わりはなかった。

ところが数日後、日本人どもはアメリカから出て行けという壁新聞の横に、何の罪もない日本人や日系アメリカ人を収容所に閉じ込める行為は正当だろうか、と問いかける壁新聞が貼られたのだ。誰かがバツ印を描いて引き裂いてしまったが、壁新聞は翌日も貼られた。スナムは壁新聞の内容に呆れた。仮にアメリカを攻撃しなかったとしても、日本は処罰されるのがふさわしい。忘れようと胸の底に押し込めてあったプニの記憶が蘇り、ふたたび悪夢に苦しめられた。プニをはじめ慰問隊員の子たちが、みな呪いの魂となって、スナムに、助けて、見捨てないでと泣き叫ぶ夢だった。

一方でその壁新聞は、また別のことを考えさせてくれた。朝鮮の娘たちは、家族や男の兄弟のために犠牲になるのが当たり前だと思って生きてきた。スナムの人生もそうだった。だが、貧しく低い身分で、女として生まれたのは、自ら選んだことではない。同じように、植民地の民となったのも、国に力がなかったからだ。なのに、苦しみは個人や民が負わなければならない。

授業時間に、教授が壁新聞をテーマに学生たちに討論をさせることになった。テーマは日本人を収容所に隔離するのは正当か否か。白人学生はもちろんアジア系学生も、我先にと正当性を主張した。

「国家と国民を分けることはできないと思います。日本は宣戦布告もせずに奇襲し、多くの死傷者を出すなど被害を与えました。アメリカに住む日本人は、自分の国の過ちの代価を払う責任があります」

「日本は、アジアの国々を植民地にした侵略国家です。自分の国民が酷いことをされる姿を見て、自分がほかの国に何をしてきたか、思い知らねばなりません」

みな似たような意見だった。スナムはそれらの言葉に同意しながらも、何かが違うのではないかという思いが頭をもたげるのを感じた。だが立ち上がって言うほどの自信はなく、黙って座っていた。

「この問題に、ほかの意見をもつ学生はいませんか？」

教授が学生たちを見回した。スナムは、胸の中に言いたいことが渦巻き始めたが、教授と目が合うのを恐れて俯《うつむ》いた。その時、誰かが手を挙げた。教室の中の視線が、一斉にその学生に注がれた。中国系の学生、アイリーンだった。スナムは、同じ授業をふたつ一緒にとっていて、その子が賢い学生であることを知っていた。挨拶したことはあったが、話したことはなかった。教授の指名を受けたアイリーンが、立ち上がって言った。

「私の父の故郷中国は、今、日本と戦争しています。日本は、南京で民間人を数十万人も殺すなど、酷いことをたくさん繰り広げています。祖父をはじめ親戚が何人も日本軍の爆撃で死にました。日本は中国の敵です。でもアメリカに住んでいる日本人が収容所に連れて行かれたと聞いても、嬉しくありません。東洋人に対する明らかな差別だからです。第一次世界大戦のとき、アメリカはドイツ、イタリアと戦争しましたが、アメリカに住んでいるドイツ系やイタリア系の人々が不利益を受けることはありませんでした。ところがなぜ日本人の場合は、市民権をもつ二世まで、監獄のような収容所へ送られなければならないのでしょうか。最近、放送や新聞で、日本人は、不正直で劣等な民族だと宣伝しています。これは日本人にだけ当てはまる話ではありません。東洋人に対するアメリカ人の一般的な考えです。今回の日本人に対する行為は、ＷＡＳＰ《ワスプ》、すなわちアメリカのアングロサクソン系白人新教徒が他の人種や宗教に対してもつ、根深い偏見や固定観念の現れだと思います」

筋の通ったアイリーンの話を聞きながら、スナムは胸が熱くなるのを感じた。スナムがニューヨークにひとり残ると決めたとき考えたことを思い起こしたからだ。だが、アイリーンの意見には、拍手よりブーイングが巻き起こった。スナムは、思わずすっと手を挙げた。すぐに後悔したが、教授がすでに指さしていた。震える足に力を入れて立ち上がったスナムは、学生たちの視線を感じて深呼吸をした。知識も浅いし英語力も足りない彼女は、適切な語彙を探しながら絞り出すようにゆっくりと話した。

「あのう……私の考えもアイリーンさんと似ています。私は、日本の植民地朝鮮で生まれました。植民地になってすでに三十三年目、朝鮮人は言葉と文字を奪われ……住んでいた土地も奪われました。それだけではありません。日本が始めた戦争に動員され命を失い、そう、そうなんです。魂まで踏みにじられました。彼らは、獣のようなことさえ、躊躇いませんでした。私も……その犠牲者です」

スナムは、しばらく言葉を継ぐことができなかった。傷ついたプニの姿がまざまざと浮かんだ。スナムは、これからする話を、やはりやめようかとも思った。朝鮮人という理由だけでやられたことを、日本人に同じようにやり返してやりたい。収容所に送られた彼らに、石を投げつけ、唾を吐いてやりたい。スナムの顔に細かい痙攣が走った。教室の中は、音が消えたように静まりかえった。しかしスナムはなんとか感情を落ち着かせ言葉を続けた。ひと言、ひと言、絞り出す声は力強く、湿っていた。

「私は経験した者なので、言うことができます。何の罪もない日本人を……収容所に送るのは正しくありません。アメリカは世界でもっとも強い国だといいます。また自由と……平等の国だといいます。私はアメリカがその強い力を、人種と……宗教、身分や男女の差別をなくし……全人類の平和と自由と平等のために使わなければならないと思います。そうしてこそ、真の強大国といえるのではないでしょうか」

話し終えたスナムは、その場に座りこみ、顔を手で覆って涙を堪えた。熱い拍手が沸き起こった。無我夢中だったが、長いこと胸の中で渦巻いていた思いを吐き出したので、心はすっきりしていた。

授業が終わったあと、アイリーンが近づいてきた。

「今日のあなたの話、印象的だったな」

「あなたが先に話してくれたから、勇気を出して言ってみたの。いつも、あなたからは大事なことをたくさん教わっているわ」

スナムが恥ずかしそうに言った。

「東洋人学生会を作ったんだけど、あなたも来てみない？」

スナムには、課外活動や友だちとの付き合いさえ贅沢なことだった。時間がないと返すと、アイリーンが言った。

「マンハッタンにあなたの国の人たちの集まりがあるけど、もしかして知らないってことはないよね」

スナムはびっくりした顔で首を振った。

「なんてこと。ウエスト百十五番街に韓人教会（ニューヨーク・コリアン・チャーチ&インスティチュート。アメリカ東部の韓人独立運動家の拠点）があるわ。ニューヨークに住んでいる韓人たちは、みんなその教会を中心に活動しているみたいよ。学生会もあるって。時間を作って、一度行ってごらんなさいよ」

それはスナムにとって、決して喜ばしい情報ではなかった。留学生の中に、チェリョンを知っている人がいるかもしれない。すぐにでもその人が現れてスナムを指差し、ニセモノだと言われるような気がして、胸の動悸が激しくなった。

「お、教えてくれてありがとう。仕事に行かないといけないから、これで失礼するわ」

スナムは、慌てて話を切り上げると、席を立った。

身寄りのない東洋人の女の子がニューヨークで生きていくのは、薄氷の上を渡るように、ひやひやとはらはらの連続だった。家賃や生活費はもちろんのこと、来学期の学費も貯めなければならないのだ。スナムは節約のため、パンを水に浸して食べたり、炒めたキャベツだけで数日過ごしたりもした。空腹に耐えきれず、お客の残した食べ物をこっそり食べたこともあった。カンフィに手紙を書きたくても、切手代がなかった。だがたまに手紙を書く時も、スナムはカンフィが心配するような話は書かなかった。

ニューヨークは、すさまじい大雪と強風が吹き荒れる冬の季節がいちばん辛かった。ひとりで過ごす二度目の冬、スナムは、暖房もない部屋で持てる服をすべて取り出して着込んでも、がたがた震え、ジョーンズ一家について行かなかったことを後悔した。ある時は、部屋でひとり凍死したり、飢え死にしたり、あるいは病気で死んでも、誰も知ることはないだろうと思うと、孤独と不安に襲われた。

いちばん上の姉《オンニ》の名を呼んでみたが、部隊から逃げ出したスナムを助けてくれた後、すっかり現れなくなってしまった。現実はもちろん夢にも出てこなくなったのだ。姉はもう鬼神の住む幽界へ帰ったのかもしれない。鬼神さえ恋しい時、スナムは、今すぐ韓人教会に走って行って、朝鮮人に会いたかった。そして正体がばれようが、彼らを摑まえて朝鮮語で思いきりお喋りしたかった。実際、教会の近くまで行ったこともあった。僑民《きょうみん》が発行する新聞を買ったこともあった。

アイリーンの言ったとおり、教会を軸にいろんな団体が活動していた。経済的に貧しい留学生やニューヨークにやってきた独立運動家に、教会の建物の上階を宿所に提供している話も聞いた。まるで巨木の枝に巣を作る鳥たちのように、もの悲しい異郷暮らしに疲れた朝鮮人が教会に集い、頼り合い、温《ぬく》もりを分かち合って過ごしている。スナムも、彼らと羽をこすり合わせながら暮らしたかった。

僑民団体は、第二次世界大戦が勃発すると、祖国解放《解放》を支援する仕事を重点的に行った。臨時政府と、自分たちの力で国を取り戻そうと創設された韓国光復軍を支援するための募金運動を展開していたのだ。新聞を読んだスナムは、彼らと交流する自信がますます失せた。お金をカンパする余裕も時間もなかった。それにユン・チェリョンは、僑民たちが忌み嫌う「対日協力者《チニルパ》」の貴族の娘だ。チェリョンの身分では、とても韓人団体に入ることはできなかった。

スナムは、ハルビンを離れるという手紙を送ってきたカンフィのことを思った。いつもそうだったが、その手紙も短くて用件しか書いていない。簡単な挨拶と、今後はハルビンの住所に手紙を送らないように、という内容だけだった。スナムは一年に一、二度来るカンフィの手紙を受け取るたび、便せんと切手代がもったいないと思った。そして寂しく思った。

〈せっかく書く手紙なんだから、一枚全部、文字で埋めてくれたらいいのに。そんなに私に話すことがないのかしら〉

スナムは、カンフィの温かい慰めの言葉や褒め言葉、それに励ましが聞きたかった。五、六行の手紙の最後に「また連絡する」というひと言がなかったら、あまりにもつれなくて泣いただろう。彼は、今またどこを彷徨っているのだろう？

吉林《ジーリン》のチョン老人の妻がかつて言っていたように、スナムは死なないから生きているという状態だった。死ぬほど辛いと感じる一日一日をなんとか生きてきて、スナムはついに三年生になった。そして、良いことも起こった。貧しい留学生を支援する奨学金をもらえることになったのだ。成績が悪ければ返還しなくてはならないので、勉強もおろそかにできない。

少し余裕ができたスナムは、専攻の授業についていくため週末の仕事を辞めた。スナムは、英語教育学を専攻することにしたのだ。教養科目でとった社会学や歴史、哲学も興味があったが、学年が上がるにつれ難しくなる本を読める気がしなかった。

アイリーンもスナムと同じ専攻だった。一緒に受ける授業が多く、一緒に過ごす時間も増えた。ふたりは、たまにランチの弁当を食べながら、お喋りした。スナムは、東洋人学生会の会長として活発に対外活動をしているアイリーンに、他人の身分で生きている自分の事情を正直に話せなかった。友だちに本当のことを言えないのは申し訳なかったが、仕方がない。だがカンフィのことだけは、本当のことを打ち明けた。

「嘘でしょう？　何年も思い詰めて告白したのに、拒絶されたの？　それなのに、今も好きなの？

四年も会ってなくて、連絡が絶えてもう一年も経つのに、まだ心は変わらないって？　あなたってどうかしてる」

アイリーンはそう言ってからかったが、スナムは、誰かとカンフィの話をするだけで消息のない人への心配と寂しさが少し薄らいだ。

一九四四年、新年を迎えた。十二月はずっと、広場や公園はどこも巨大なクリスマスツリーが輝きを放ち、デパートや商店はここが正念場とばかりに賑わっていた。参戦国となったアメリカでは、愛する息子、家族、恋人、友人、隣人との別れや永遠の離別が日常茶飯事となった。感謝祭、クリスマス、ニューイヤーのような記念日を、人々はこれまで以上に愛しみ集った。だがスナムのような異邦人には、骨の髄からわびしく肉体的にも数倍しんどい時期だった。

「チェリー、今度の週末はどうするの？」

ゴミを捨て、片付けを終えたチェンが尋ねた。スナムと一緒に働くチェンは、アイリーンの両親と故郷が同じで、アイリーンとは親戚のような仲だった。それを知る以前からも、スナムは自分の仕事をさりげなく手伝ってくれるチェンを、いい仕事仲間だと思って慕っていた。偶然、アイリーンとの縁を知ってからは、もっと親しくなった。楽天的でのんびりした性格のチェンといると、つられて気持ちの余裕が生まれるようだった。

「寝るわ。週末中ずっと寝てろって言われても、寝ていられると思うわ。あなたはどうするの？」

スナムは中国語でそう聞き返した。こつこつ練習してきたので、日常会話程度ならできるくらいになっていたのだ。学校は冬休み中だったが、仕事の時間を除けば、ほとんど学校の図書館で暮らしているような状態で、、相変わらず時間はなかった。だが、先月からずっと残業続きであまりにも疲れており、今週末は少し休みたかった。

「クリスマスと年末に死ぬほど働いたんだから、ちょっとご褒美に遊んであげようか。ねえ、スケートできる？　もしできないなら教えてあげるから、セントラル・パークのスケート場に行こうよ」

チェンも中国語で言った。アイリーンよりずっと中国語が上手な彼は、スナムにとって、良い中国語の先生でもあった。

遊ぶのも疲れるからと言おうとしたが、スナムはチェンの誘いに考えを変えた。スケート場は、セントラル・パークのすぐ傍に住んでいたスナムにとって、馴染みの場所だった。冬になるとほとんど毎日、ロビンとウォルターをつれてスケート場へ通っていたスナムは、自然とスケートができるようになった。氷の上を滑るときの快感がありありと思い出された。スナムはチェンの言うように、よく働いた自分に何かご褒美をあげようと考えた。

「いいわ。行きましょう。スケート靴はあそこで借りればいいし。アイリーンにも連絡して一緒に行きましょう」

「アイリーンはスケートができないんだよ。一緒に行ったら、よちよち歩きから教えなきゃならないからさ。今回は僕らふたりだけで行こう」

スナムとチェンはスケート場の入り口で待ち合わせした。外で、それも明るい陽光の下で会うのは初めてだった。二、三着しかない服をあれこれ迷った挙句、スナムは、恋人に会いに行くわけでもないのに何をやってるんだか、と自分に呆れ、いつもの服で出かけた。明らかにめかし込んでやってきたチェンの姿を見た途端、スナムは普段着のままの自分を悔やんだ。

冬の日差しを受けてきらきら光るスケートリンクは、活気に満ちていた。スケート場に流れる陽気な音楽に、いっそう気分が浮き立った。スナムとチェンは、スケート靴を借りて履き、リンクの中に入った。一、二周回るうちにかつての感覚を思い出したスナムは、人々のあいだをかき分けて滑り、チェンが追いかけた。スナムは、逃げるふりをしては急旋回し、氷のかけらを振りまいた。ふたりは、追いかけっこしたり、他の人とぶつかって転びそうになる相手を支えてあげようとして一緒に転げたりもした。さっと起き上がったチェンが手を差し伸べると、スナムは素直にその手を握って起き上がった。思いきり滑ってげらげら笑っているうちに、血の気のなかったスナムの頬に赤みが差した。影のように張りついていたあらゆる心配事が、どこかに消えてなくなったみたいだった。

時間はあっという間に流れた。セントラル・パークの街路灯に明かりがともった。あたりのビルにも照明がつくと、童話の中の世界のように幻想的な雰囲気になった。だがスナムは、現実に戻らなければならない時間だ。スナムを送ってきてくれたチェンが、家の前まで来て言った。

「夕飯を食べていこうよ。僕がおごるから」

スナムも幸せで楽しかった一日を、ぱさぱさのパンを食べて侘しく終わりたくなかった。

「あんたもお金ないくせに。割り勘ね」

ふたりは近くにあるアジアン・ヌードルの店に入った。

「ビールを一杯ずつ飲もう。ビールは僕がおごるね」

チェンがビールを二本注文した。思いきり遊び、食堂でビールを飲むなんて余裕のある週末は経験したことのないことだった。スナムにとって、ニューヨークに来て初めての最高の贅沢だ。

「僕たち、付き合おうか？」

チェンはビールをぐびぐび飲むと、グラスを置いて言った。

「なあに？　もう酔っぱらったの？」

ビールをひと口飲んだスナムが笑いながら言った。

「酔ってないよ。僕はまともさ。君を前から好きだったんだ。ずっと前から言いたかったんだけど、ぎこちなくなっちゃうかなと思って我慢してたんだ」

チェンの突然の告白に、スナムはビールをさらに二、三口飲んだ。アルコールが回るのを感じた。全身が気だるく、ふわっとした心地がした。スナムは、チェンの告白が嫌ではなかった。仕事仲間だと思っていたチェンが、改めて男性として見えた。スナムはそんな自分に戸惑った。

「ず、ずっと我慢してくれたら良かったのに。私は今、誰かと付き合えるような状況じゃないの。勉強もあるし、お金も稼がなきゃならないし。それに卒業したら、ここを離れなきゃならないと思う」

スナムは、チェンと付き合えない理由を並べ立てた。好きな人がいると言うのがいちばん確実な断り方だったが、なぜかその言葉が出てこなかった。ビールをさらに数口飲むと、手紙をくれないつれないカンフィへの思いが溢れた。もし彼が傍にいたら、これ見よがしにチェンと付き合ってしまいたいと思った。

「好きな人がいるのは知ってる。でも、その人は今、ここにはいないじゃないか。僕が嫌いじゃなかったら、あんまり深く考えないで、一度付き合ってみようよ。そしたら、あとはきっと自然に解決するよ」

チェンがスナムをじっと見つめた。アイリーンからカンフィの話を聞いたらしい。スナムも知っていた。誰かを好きになると力が湧くことを。

「すぐに答えてくれなくてもいいよ。僕が君を好きだってことを知ってくれたらと思って言っただけだから」

ようやく長い冬が終わり、ニューヨークに春の日差しが降り注いだ。土曜日、朝早くから学校の図書館で勉強していたスナムは、何度も壁の時計をちらちら見ていたが、荷物を鞄にしまった。心はもう、四十二番街の映画館に飛んでいた。

「デート？」

図書館の前の廊下で会ったアイリーンが、笑いながらスナムの身なりを見て声をかけた。

「デートだなんて」

スナムが顔を赤らめて言い返した。スナムは、一大決心をして春のスカートを新しく買ったのだ。

「そうよね、デートじゃないわよね。デートするのにちょうどいい春の土曜日に、きれいに着飾って、チェンと思いきり仕事仲間の友情を交わすのよね」

アイリーンは、そうからかうと、図書館の中に逃げるように消えて行った。スナムは、〈きれいに〉という言葉に微笑みながら足早に先を急いだ。

スナムはあの日、チェンの告白を受け入れなかった。にもかかわらず、ぎこちなくなるどころか、他の仕事仲間はふたりが付き合っていると思うほど、より親密になった。チェンは仕事が終わるとスナムを家まで送り、週末になればふたりで会った。

チェンもスナム同様、最後の学年を終えたら卒業だった。彼は、たまに冗談めかして結婚話をほのめかしたりもした。周りの人にも自分にも、ただの友だちだと言い張ったものの、スナムは、チェンが未来や結婚の話をしてくれるのが嫌ではなかったし、彼と一緒に過ごす時間が楽しかった。アイリーンやほかの女友だちに抱く感情とは明らかに違っていた。

スナムは、しだいにチェンがカンフィを押しのけて心の中を占めるようになっても仕方ないと思えるようになった。カンフィはあまりにも遠くにいて、思慕の念だけで心を慰めることに、もう疲れていた。勉強と仕事に追われ、ほかのことを考える暇もなかったスナムは、チェンと会うようになってから自分の状況を振り返るようになった。もう二十四歳、婚期はとうに過ぎ去っていた。勉強をたくさんして年をとった女は、朝鮮でもアメリカでも男たちが喜ぶ花嫁候補ではない。結婚が目的ではないが、スナムには一緒にいてくれる人が必要だった。よく考えてみれば、カンフィと自分は男女の関係でもない。これ以上、風のような、雲のような人を恋して歳月を送るわけにはいかない。

だが、カンフィとの関係がこれで永遠に終わるのかと思うと、胸がうずいた。七歳のときからずっとカンフィが心の中にいたことを思うと、もう二十年近くになる。その長い歳月のあいだ、スナムは、彼を心の外に取り出したことはなかった。カンフィを内側から引きはがすのは、体の臓器をひとつ取り出すのと同じだ。堪えられるだろうか。生きていけるだろうか。そんなことを悶々と考えていると、チェンをあっさり受け入れるわけにはいかなかった。だが、もう答えを出す時が来たようだ。スナムはその日チェンに会うと思うと、前の晩からうきうきしていた。この気持ちほど正直なものはないだろう。スナムは、映画を見たあと、チェンに答えを伝えようと心を決めた。

スナムとチェンが見ることにした映画は、ゲイリー・クーパーとイングリッド・バーグマンが出てくる『誰が為に鐘は鳴る』だった。アメリカの青年、ロバート・ジョーダンはスペイン内戦に参戦し、自由と正義のために戦う共和政府派の義勇軍兵士になってファシストと対峙する。ゲリラ活動を繰り広げるなかで、スペインの田舎娘マリアと愛し合うようになる。

スナムは映画を見ているあいだじゅう、カンフィへの恋しさが洪水のように溢れ出た。負傷したロバートがマリアを無理やり立ち去らせる場面を見ていたら、スナムはカンフィが自分の告白を拒絶した理由がわかった気がした。

映画のあいだ、ずっと泣きに泣いていたスナムに、チェンはうろたえた。映画が終わり、映画館の照明が明るくなっても、スナムは泣き止まなかった。彼女が到底、自分の人生からカンフィを取り除くことはできないとひしひしと感じている時、チェンもまた何かを悟った。

映画館を出ると日差しが眩しかった。スナムは、チェンが自分に今までとは異なる感情を抱いているのを感じ取った。急によそよそしくなったのだ。スナムもまた、チェンとこれ以上、今までのようには過ごせないことに気づいた。ぎこちないふたりは、一緒にするはずだった午後の計画を取りやめた。スナムは学校の図書館に忘れ物をしたので戻らなければならないと言い、チェンは忘れていた約束を思い出したふりをした。

ふたりは、路上で中途半端に別れた。スナムには学校の図書館以外、行くところはなかった。チェンに会うのが待ちきれず、行きはバスに乗ったが、帰りは歩いて帰った。チェンとはもう仕事仲間としても以前のように接するのは難しいだろう。カンフィを内側から引きはがすことはできない一方で、スナムはチェンとの別れがまるで恋人との別れのように悲しくて空しかった。

明るい陽光が、自分だけを避けて注いでいる。憂鬱な気分でとぼとぼ歩くスナムの目が留まった。チマ・チョゴリを着た女性と背広姿の男の一団が歩いてきたのだ。明らかに朝鮮人だ。スナムは、思わずさっとジュースの販売台の後ろに身を隠した。スナムがニューヨークに暮らして五年、朝鮮人を見かけたのは、わざわざ韓人教会の前を通った時だけだった。ところがマンハッタンのど真ん中で、十人以上の人々を一度に見るとは。大部分がスナムよりも年が上に見える彼らは、歌を歌い、旗を振りながら行進していた。彼らは、ずんずんとスナムの心の中に迫ってきた。

見慣れぬ服を着た人々が行進しているので、人々はパレードかと思って見物し関心を示した。朝鮮人たちは〈ニューヨーク韓人共同会〉〈祖国解放事業後援会〉と書かれた襷《たすき》を掛けていた。募金箱を持った人もいて、韓人会で発行した英字新聞を配る人もいた。その中のひとりの中年の女性が短い演説を始めた。植民地韓国の実情を訴え、これまで同胞やアメリカ人が集めてくれた募金のお陰で韓国光復軍にトラックを購入し、臨時政府にも支援金を送ることができたという内容だった。彼らは、目を潤ませながら朝鮮語で愛国歌を歌い、大韓独立万歳を叫んだ。見物していた人々が拍手を送った。募金箱にお金を入れる人もいた。スナムも感情が高ぶった。

スナムは、その日見た光景に強烈な印象を受けた半面、良心の呵責を覚えた。初め韓人会の活動を聞いた時は、お金と時間を口実に知らないふりをした。だが本当は、余裕がないのではなくて関心がなかったのだ。チェリョンの身分も言い訳だった。よくよく考えてみれば、カンフィを忘れられない自分が生きる道は、朝鮮が独立し、自分がキム・スナムとして帰る以外なかった。チョンギュと交際したことで身を隠しているチェリョンだって、国を取り返したら堂々と生きることができる。いくら日本と親しいヒョンマンといえども、娘が永遠に身を隠して暮らすより、朝鮮が独立したほうがいいに決まっている。そして日本が出て行ったら、カンフィを口実に、ヒョンマンの財産をむしり取っていく輩どもも消え失せるだろう。祖国の解放は、自分と関係のないことではなかった。いや、ほかの人よりもはるかに密接な関係がある。スナムは、ニューヨークの同胞の前に出ていこうと勇気を振り絞った。

スナムは、祖国の解放の足しになることなら何でもしたいと思った。支援金を出したかったが、あいかわらずお金はなかった。スナムは週給から少しずつ貯めて、一カ月に一度、献金をしようと心に決めた。できることがほかにないかと悩んだスナムは、学生たちに朝鮮の実情を知らせることにした。スナムは、壁新聞を書くことにしてアイリーンに相談した。校内の東洋人学生会の会長であるアイリーンは、スナムの提案を歓迎し、積極的に手伝ってくれるという。

スナムは、韓人学生会が発行する新聞を通して、朝鮮の詳しい状況を知ることとなった。日本は〈アジアはひとつ〉という大東亜共栄圏論を打ち立て、朝鮮と中国への侵略を正当化した。太平洋戦争を大東亜戦争と称し、西欧列強が支配する東南アジアを解放するためだと主張していたのだ。日帝は、スナムが朝鮮を去った時よりはるかに悪辣《あくらつ》に朝鮮の息の根を止めようとしていた。朝鮮人は日本式の名前に創氏改名をしなければならず、学校ではもう朝鮮語と朝鮮文字を使用することはできない。朝鮮語の新聞もすべて廃刊になっていた。そればかりか、軍需物資として使用するため、真鍮製の食器、スプーン、お釜の蓋まで取り上げられ、食糧も収奪された。また朝鮮人を戦争の消耗品として使うための悪行も極限まで達していた。多くの朝鮮人の老若男女が兵隊、日本軍慰安婦、炭鉱や軍需施設の建設現場の労務者として動員された。スナムは、これまで食べるためと言い訳して祖国の実情から目を逸らし、無知だった自分が恥ずかしくなった。

アイリーンが先頭になり、東洋人学生会主催の韓国支援の日を準備した。会員たちが熱心に広報活動をしてくれたおかげで、校内生だけでなく他の学校の学生たちもたくさん集まった。教授たちの姿も目についた。スナムはその日、聴衆に向かって朝鮮の実状を訴える演説をした。とても緊張して声が震え、失敗もあったが、皇軍女子慰問隊という個人的な体験を盛り込んだスナムの演説は、率直で感動的だった。プニと隊員たちに降りかかった話に、涙を拭う学生もいた。演説が終わると、学校新聞の記者にインタビューも受けた。韓国支援の日の行事は大成功に終わり、募金も少なからぬ金額が集まった。スナムは翌日、ウエスト百十五番街にある韓人教会を訪ねた。僑民たちは、スナムのことを肉親のように喜んで迎えてくれた。

オッパ、いつの間にか夜が明けたみたいです。ニューヨークでの暮らしを振り返っていた昨夜は、バイカル湖の湖畔の村で見た白夜のように明るかった。

韓人教会を訪ね、同胞たちに囲まれていたら、これまでの孤独や寂しさは雪が解けるように消えていきました。そしたら数日後、よくやったねと褒めてくれるように、オッパからの手紙が届きました。光復軍に入ったという知らせに驚きました。まるでオッパがあの日、四十二番街の路上で同胞たちに巡り合わせてくれたようです。祖国解放の支援活動に忙しかったこの一年は、ニューヨークで過ごしたもっとも楽しく充実した日々でした。私自身が意味のある、何か役に立つ存在になれたようで、心の底から満ち足りた気分です。

オッパ、このあいだ、ドイツが連合国軍に降伏した日、タイムズ・スクエアではものすごいお祭りが開かれました。まるで戦争が終わったみたいに、人々が集まってきて叫んだり踊ったり歌ったり、それはそれは大騒ぎでした。私たちにも、ああいう喜びに満ちたお祭りを繰り広げる日が、きっと来ますよね？

私は、旅客船の切符が手に入ったら、ここを発つつもりです。まずオッパのいるところへ行きます。オッパの傍で、解放が来る日まで、たとえ微力でも何かしたいのです。お会いできる日まで、どうぞお体に気をつけてお過ごしください。

一九四五年五月二十六日早朝
キム・スナムより

呪われた家

六月の太陽が降り注いでいた。バラの花が咲きほこる公園の噴水が、涼しげに水を噴き上げる。チェリョンはベンチに腰かけ、ユリコがほかの子たちと噴水の水のあいだを駆けまわるのを見ていた。全身びしょ濡れで遊びに夢中のユリコを、マリナが追いかけて面倒をみている。彼らは、久しぶりに街に出て、淳平と一緒にランチを食べた。デパートで買い物をした後、淳平は会社に行き、チェリョンとユリコ、マリナは家の近くの公園に寄った。

妊娠五カ月目に入ったチェリョンのお腹は、膨らみを帯びていた。収容所で妊娠と出産を経験しなければならなかったユリコの時とは違い、すべてに余裕があり穏やかだった。ろくなおむつも衣服も布団もなしにユリコの出産子育てをした時の悲哀を一掃するかのように、チェリョンは新生児用品をどっさり買い込んだ。部屋には、まだ生まれてもいない赤ん坊のゆりかご、モビール、おむつ、ベビー服などが積み上げられた。チェリョンは、ようやく自分の格式に見合ったお産ができるようで、その日が待ち遠しかった。

最近の淳平は、相変わらず続く戦争がアメリカに住む自分たちにふたたび悪い影響を及ぼすのではないかと危惧していた。少し前、彼は陰鬱な顔で、東京を空襲したアメリカが日本の南方の沖縄を占領したと教えてくれた。日本が無事であってほしいという思いは、チェリョンも淳平に劣らず強かった。チェリョンは、今の平和に亀裂をもたらすかもしれない変化を恐れた。

チェリョンは微かな胎動を感じ、お腹をさすった。彼女はお腹の中の子が男の子であることを願っていた。平凡な生活の大切さに気づき、淳平に全面的に頼るようになると、チェリョンは男の子を産んで夫を喜ばせ、寺尾一族の子孫を残したいと考えた。

ユリコが上気した顔でたったったっと駆けてきた。マリナも後から追いかけてくる。縮れた長い黒髪をなびかせ近づくマリナは、きらきら輝いていた。浅黒い肌はつやつやし、豊かな胸にくびれた腰、曲線を作って盛り上がった尻は服では隠しきれなかった。ユリコを追いかけて濡れた服のせいで、彼女の体はいっそう肉感的に見えた。海軍の制服をきた数人の若い軍人たちが口笛を吹いた。軍人だけでなく周りの男たちの視線がマリナを追っていた。彼女は、多くの男たちの視線を意識し、髪の毛をかき上げた。

チェリョンは、これまでマリナをまだ幼いと思っていたので、胸元が大きく開き、体の線が見えるような服を着ていても気にならなかった。もしかすると、メイドと変わらないような彼女を下に見ていたのかもしれない。だが、潑溂とした若さを発散させるマリナの姿と、彼女を見る男たちの視線に接し、得体の知れない、もやもやした感情に包まれた。ふと、彼女を見る淳平の視線に疑念が湧いた。

ユリコが何か食べたいと言って駄々をこねた。ひとしきり駆けて遊んだので、お腹が空いたらしい。

「マリナ、ユリコの食べる物を何か買ってきてくれる？」

チェリョンが財布から金を取り出し、不機嫌な声で言った。マリナの傍では、自分は女としての魅力はもう終わったも同然だと感じた。二人目を産んだら、胸はもっと垂れ、腰にはますますぜい肉がつくだろう。もはや男たちの視線はおろか、淳平の視線さえ引きつけるのは難しいかもしれない。カバのような姿で敷物の上にだらしなく寝そべっていた母の姿が幻のように瞼に浮かび、悪霊でも見たかのように鳥肌が立った。ユリコがまた噴水のほうへ行こうとした。

「そっちへ行っちゃダメよ。マリナが戻ってくるまで、ママの傍にいなさい」

チェリョンが怖い顔をして言うと、ユリコが大声を張り上げて泣き出した。一度言い出したらきかない子だった。チェリョンは、仕方なくユリコに手を引かれ、噴水のところへ行った。ユリコは、せわしなく駆けまわってはしゃいだ。ユリコを追いながら、滑ってよろけたチェリョンは、水で濡れた地面で転んだ。そして転んだ時、低い噴水の栓に腰を思いきりぶつけた。一瞬気が遠くなるほど痛かった。チェリョンがすぐに起き上がれないので、人々が集まってきた。軍人たちもその中に混じっていた。チェリョンは、若い男たちに自分の恰好がどう映っているか気になった。その時誰かが叫んだ。

「たいへん、血、血が！」

足を伝って流れる血が、地面の水たまりに滲《にじ》んで広がった。チェリョンは悲鳴を上げた。

チェリョンは、十日間入院し、家に戻ってきた。感染症のせいで治療が長引いたのだ。男の子だったお腹の中の子は、もういなかった。病院にいる間ずっと泣いていたチェリョンは、家に戻ってからも沈んだままだった。あれほど消えてしまえと願ったユリコは収容所でも何ごともなく産まれたのに、これほど産みたいと思っていた息子は儚《はかな》く消えてしまった。ユリコのせいだ。チェリョンは、ユリコが自分を苦しめるために生まれてきたように思えた。妊娠してから今まで、楽にさせてくれたことは一度もなかった。そして、ついに大切な息子まで奪ったのだ。

「ひかり、あの子は、おそらくうちの子になる運命じゃなかったんだよ。意気地のない子じゃ困るしな。次はきっと、ユリコみたいに丈夫な子が産まれるよ」

淳平の言葉は、ひとつも慰めにならなかった。次もまたユリコが邪魔しそうな気がした。

〈いいえ、私にこんな不幸が続くわけないわ。次はきっと健康な男の子を産むわ〉

チェリョンは、すっくと立ち上がった。何か食べて元気を出さなくてはと階下へ降りると、リビングから聞こえる笑い声に足が止まった。淳平を真ん中にしてソファに座ったマリナとユリコが、ふざけて笑い転げていた。淳平がふたりにかわるがわる目をやっては、にこやかな笑みを浮かべていた。退院して以来、自分には硬い表情しか向けてくれなかった人だ。淳平に顔を突き出すようにして笑うマリナの唇は赤く艶やかだった。自分が病院にいた間に、三人は新しいひとつの家族になったように見えた。

チェリョンは奥歯を嚙み締めた。自分がお腹の子を失って苦しみの中にいた時、この家で何があったかはわからない。キッチンを担当するマリナは、自分よりもはるかに女主人のようだ。マリナが腕に顔をこすりつけても、淳平は振り払いもせずバカみたいににやけている。次郎のためというよりも、淳平自身がマリナと暮らすことを望んだのかもしれない。私の仕事を軽減するためというのは口実で、だいぶ前から密かにそうだったのかもしれない。チェリョンの頭にカッと血が上った。

この私を、このユン・チェリョンを侮辱してくれるとは！　チェリョンは、駆け寄ってマリナの髪をひっ摑み、床にひっくり返した。瞬時のことに、みな呆気にとられた。チェリョンは、戸惑いながら立ち上がるマリナの頰をひっぱたいた。それでも怒りはおさまらず、足で繰り返しマリナを蹴とばした。

「ひかり、いったい何のまねだ？　マリナに何するんだ？」

淳平が叫び声を上げてマリナを抱き寄せた。ユリコも、チェリョンを叩きながら悪態をついた。

「いやっ、ママなんか、大嫌い。ママなんか死んじゃえ」

チェリョンは、ユリコに罵られると崩れるようにしゃがみこんだ。自分がお腹の中の娘に、繰り返し言った言葉だった。

八月になった。帰宅した淳平は、普段どおりシャワーを浴びて出てきた。チェリョンは、マリナに殴りかかって以来いっさい口を開かず、何にも関心を示さないまま家に閉じこもっていた。淳平がチェリョンにちらっと目をやり椅子に掛けて言った。

「日本が降伏したそうだ」

淳平が帰ってきたにもかかわらず、座ったままのチェリョンの顔には何の変化もなかった。

「朝鮮は解放された」

その言葉を聞いた瞬間、チェリョンの頭に真っ先に閃いたのは、これで嘉会洞《カフェドン》の家に帰っても大丈夫だということだった。自分を監獄に入れたり、父を破滅させたりする日本がいなくなった。もうこれからは、ひかりとして生きていかなくてもいい。

「私、家に帰るわ。朝鮮に、帰るわ」

チェリョンが、いきなり立ち上がり叫んだ。それは、魂が抜けた人のように無表情だったチェリョンが、ようやく口にした言葉だった。淳平は表情を歪ませた。

「家に帰って誰か歓迎してくれるとでも思っているのか？　朝鮮が解放されたってことが、どういう意味かわかっているのか？　きみの親父さんが裏切り者のレッテルを貼られるってことでもあるんだ。たぶん、きみの親父さんほど、朝鮮の解放を望まなかった人もいないだろうな。親父さんは、これからその代償を払わなければならない。もし帰ったらきみも同じ運命だ。安全に、今のような生活をしたかったらここで俺の傍にいるんだ」

淳平は、まるで獣が唸るようにそう言った。そして、所有権を主張でもするように立ち上がりチェリョンを抱こうとした。チェリョンが淳平を力一杯押しのけた。

「消えろ、この日本人《ジャップ》め！」

チェリョンの口から出てきたのは英語だった。

一瞬、壁に突き飛ばされた淳平がとびかかり、チェリョンに平手打ちをくらわした。

「なんだと？　ジャップだと？　チョーセン人のくせに、よくも。今まで誰のおかげで楽に暮らしてこられたんだ。お前は死んでも寺尾ひかりだぞ」

淳平がチェリョンの寝まきの前を摑んで引き裂いた。ボタンがころころと四方へ転がった。チェリョンが抵抗して声を上げた。

「私は、ひかりなんかじゃない。ユン・チェリョンよ」

今度は朝鮮語だった。

「日本語で言え！　お前はひかりだ！」

淳平がわなわなと震えながら言った。

「違うわ。私はユン・チェリョンよ。ユン・ヒョンマン子爵の娘のユン・チェリョンよ。このチョッパリ《日本人め》！」

チェリョンが悪態をついた。

「いま、何と言った？　日本語で言え！」

怒りを爆発させた淳平が、チェリョンの胸元を掴んで揺すった。

「ふん、言わないわよ。家に帰るのよ。今すぐ家に帰るんだから」

タンスを開けたチェリョンは、かかっている洋服を床に放りはじめた。とびかかった淳平が、日本語で言えとチェリョンを殴った。チェリョンの唇が割れ、血が噴きだした。

「大っ嫌い！　私を愛してるって言いながら、あんたはなんで朝鮮語がわかんないのよ。私と話したかったら、あんたが朝鮮語を話しなさいよ」

チェリョンは、自分が朝鮮語より日本語のほうが大好きだったことなどすっかり棚に上げて叫んだ。

それからというもの、チェリョンは、日本語も英語もまるで知らない人のように、朝鮮語ばかり口にした。長らく使うことのなかった彼女の朝鮮語はぎこちなかった。ユリコは、わからない言葉でべらべらしゃべる母を不安な目つきで遠ざけた。マリナもまた、わけもわからず暴力をふるわれ、チェリョンに反感を抱いた。淳平は、帰ると言って聞かないチェリョンも、彼女に手をあげた自分も許すことができなかった。ふたりの間には、地震によってあっという間にひび割れた大地のように、深い淵が横たわった。


一九四五年八月十五日正午、平沼武夫と創氏改名したヒョンマンは、ラジオから流れてくるヒロヒト天皇の降伏を告げる放送を聞いていた。太陽のごとく永遠と思われた天皇の震える声を聞き、ヒョンマンは崩れるように椅子の背に身を預けた。彼はこれまで一瞬たりとも日本の敗北を考えたことはなかった。だからこそ太平洋戦争で日本に忠誠を尽くしたのだ。家門と自分の身の安全のためだった。ヒョンマンは、還暦の年で遭遇した厄災にどう対処すればいいか、何も考えられなかった。

開け放たれた窓から、どよめく歓声が聞こえた。歓声は、家の中からも上がった。使用人たちが騒いでいた。ヒョンマンは、はっと我に返った。一九一九年の万歳運動の時とは、次元が違う。あの時は、歓声を鎮圧すべく、日本の警察や軍が銃剣をきらめかせながらずらりと並んで出動したが、今は、彼らも自分の命を守るのに汲々としているはずだ。それは、ヒョンマンを守ってくれる者は誰もいないことを意味した。還暦の宴を終え、その明くる日の明け方横死した父が脳裏に浮かんだ。暑くて汗が滲むのに、悪寒がした。

ヒョンマンは慌てて立ち上がると椅子に上った。車輪のついた椅子は滑り、主を床にひっくり返らせた。ヒョンマンは、椅子を壁につけてもう一度上った。そしてぶるぶる震える手で、天皇の写真と日章旗の額縁をはずした。片方が床に落ち、ガラスが割れた。ヒョンマンは、隠し場所を探してきょろきょろとあたりを窺い、秘密のキャビネットの中に入れて鍵をかけた。だが、それらを隠したところで、これまでヒョンマンがしてきたことまで覆い隠すことはできない。

彼はこの数年間、誰よりも多く国防献金をし、朝鮮人を、軍人や慰安婦や労務者として送り出す役割の先頭に立ち、総督府から勲章までもらった。チェリョンになり替わったスナムが逃亡して死亡した後は、いっそう熱を帯びた。消息を聞き、もしやと思い部隊の近くや近隣の町まで探させたが見つからなかったので、死んだのは間違いなかった。スナムがどういう状況だったか、なぜ逃亡したかなど、知ろうともしなかった。

ヒョンマンは、ドアを開け、社長室を出た。開店休業状態の無極洋行には、ヤン課長がひとり事務所を守っていた。無極鉱業も同じだった。金の産出量が激減したうえ、採掘するそばから総督府の手に渡るので、ヒョンマンには何の利益も残らなかった。

「あらためて連絡するから、それまで家で待機していなさい」

ヤン課長は、寺尾淳平の仕事を引き継いだ人で、ヒョンマンの秘密を誰よりもよく知っていた。混乱状況下で、そういう人物を傍においておきたくないと思った。ヤン課長を家に帰したあと、ヒョンマンは外へ出た。玄関から見下ろす母屋と主殿《サランチェ》の庭には、使用人たちが集まり、ざわざわと話していた。ヒョンマンは、執事を呼び、使用人たちの監督と戸締りを厳命した。そして二階の自分の部屋へ戻った。そこからは鍾路《チョンノ》の大通りがよく見渡せた。大通りには、まるで貯水池の水門を開けたように、白い衣服の人々の波がうねり、溢れていた。

「解放されたからって、あいつら、昨日までへいこらしてたくせに大騒ぎか。ちくしょう」

ヒョンマンは眉をしかめてつぶやくと、もう一度執事を呼び、街へ出て様子を見てくるよう言いつけた。

日本は敗戦国となり、朝鮮は解放された。西大門《ソデムン》刑務所の門が開き、昨日まで不逞鮮人、不純分子と呼ばれていた人々が、民衆の歓呼の中、万歳を叫びながら外に出てきた。使用人の中にも、国の解放は自分の解放だと態度を豹変させた者もいた。歴史の流れに逆らえないことを悟ったヒョンマンは、絶望と恐怖に震え上がった。父が乙巳《ウルサ》十賊（前出二四頁）のひとりだとしたら、今の自分はやつらの言う民族反逆者名簿の筆頭格だ。

別館の隠れ場所に身を潜めて過ごしているあいだ、ヒョンマンは、夜となく昼となく興奮した群衆が押し寄せ、門を壊し火をつけ、ついに引きずり出されて伏日《ポンナル》の犬のように叩き殺されるのを想像して震えた。時には、自分が死地に追いやった人々に滅多打ちされる夢を見て目を覚ましたりもした。彼は誰も信じることができず、執事が運んでくる食事も、お前が先に食べてみろと凄んだ。目を開けていても、斧で頭をかち割られたり、かまどに放り込まれてあがく自身の幻影が見えた。

日本が降伏文書に署名した九月二日の晩、隠れ場所を飛び出したヒョンマンは、母屋へ行った。まるで生ける屍《しかばね》になったようなヒョンマンの醜い姿に、スリネは背筋を凍らせた。スリネを押しのけたヒョンマンは、本物の生ける屍になっているクァク氏を見下ろした。

クァク氏が倒れたのは、スナムがチェリョンの身代わりに皇軍女子慰問隊に発った日だった。新聞記事を見て本物のチェリョンだと思ったクァク氏は、その晩、ヒョンマンの胸ぐらを摑んで責め立てた。ヒョンマンは、感情をむき出しにしてありのままを伝えた。すべての原因はクァク氏だった。ヒョンマンが反対したにもかかわらず行かせた留学とこっそりもたせた宝石類のせいで、娘の人生が破滅したことを知ったクァク氏は、その場で卒倒した。そして半身不随になり、もう何年もスリネの看病で命を永らえていたのだった。スリネの渾身の介護にもかかわらず、クァク氏の体からはすえた臭いがしていた。ヒョンマンが気が確かだったなら、一刻も堪えられないようなひどい臭気だった。

ヒョンマンは夜が更けるまで、クァク氏の傍でまんじりともせずに座っていた。妻からただよう腐臭が、自分の体から滲みだすように感じた。柱時計が夜中の十二時を告げた。鐘の音に我に返ったヒョンマンは、クァク氏に近づいた。そしてベルトを妻の首に巻いた。クァク氏は手足をばたばたさせ、ヒョンマンの手を払った。

「チェ、チェ……」

彼女は娘の名を必死に呼んだ。このまま死ぬわけにはいかない。解放になったのだから、チェリョンが帰ってくる。死ぬにしても、娘の顔を見てからだ。ヒョンマンは、ひとりでは何もできないくせに生に執着するクァク氏に、自らの姿を見るようで虫酸が走った。その感情が、死なせる力も、死ぬ力も与えた。ヒョンマンは、何度か失敗した挙句、ついに首を絞めた。その刹那、チェリョンのことも、カンフィのことも頭をよぎることはなかった。ただひたすら、これからふりかかる厄災から逃れるには死ななければならないという思いだけだった。クァク氏を自分より先にあの世へ送ったのは、彼が妻へ見せた最期の愛情だった。

ひとりの人間の生は、死によって完結する。ユン・ヒョンマン子爵は、解放とともに自決したことで、自身の歩んだ生の結論を出した。嘉会洞の屋敷が主《あるじ》のいない屋敷になったという知らせは瞬く間に広まった。親族は、それぞれ近親ぶりをアピールし、子孫のいない葬式の喪主役をしようと集まってきたし、物好きたちは弔問を口実に詰め掛けた。生前の権勢とはかけ離れたみすぼらしい葬儀が終わると、親族は嘉会洞の屋敷に居座った。ヒョンマンの顔色を窺いながら母屋に出入りしていたクァク氏の実家の親類や、ヒョンマンに疎遠にされていた遠い親戚たちだった。

右往左往していた使用人は、未払いの賃金の代わりに何かひとつくすねて立ち去るか、行くあてのない者たちは誰が新しい屋敷の主人になるのかと、うわ目づかいで窺いながら居残った。家の中では、毎日、遠い親戚たちがこぞって放蕩三昧を繰り広げた。彼らはどこかに隠されているはずの金の延べ棒や土地の権利書を探して、家じゅうをひっかきまわした。互いを泥棒呼ばわりし非難合戦しながら、裏では高価な家具や服や食器などを我先にと持ち出した。

スリネは、クァク氏の実家の親類からも認められた料理の腕前のおかげで、引き続き母屋の女中部屋に残った。テスル、チェリョン、スナム、カンフィら、必ずや帰ってくるだろう若い人たちのために、なんとしても嘉会洞の屋敷に踏ん張っていなければならないと思っていた。スリネは、チェリョンの代わりにスナムが皇軍女子慰問隊に行き、チェリョンはどこかに身を潜めていることを知っていた。クァク氏が倒れる直前、クァク氏とヒョンマンの言い争いを耳にし、そう確信したのだ。

スリネは、親を亡くしたチェリョンを思うと、涙が溢れた。旦那様が息子や娘のことを考えたらあんな恐ろしいことをしてはいけないのに、とつぶやきながら、自分だけでも待っていてやらなければと胸に誓った。主の生前よりも権限は狭まり、待遇も悪くなったが、構わない。追い出されないよう新しいご主人たちの機嫌をとり、調子を合わせながら過ごしていた時、突然、故郷の里長から義母が亡くなったという電報が届いた。

スリネは、主が何人もいるので許可をもらうのにまる一日かかり、翌日、成歓《ソンファン》に帰った。喪主のいない侘しい喪屋を、村人たちが守っていた。庭に倒れて息絶えた状態で発見された義母は、テスルの死亡通知書と手紙を握りしめていたという。スリネは、天地が崩れ落ちたように目の前が真っ暗になり、その場にへたり込んだ。

金鉱を発見すると意気揚々と出ていったテスルは、二年後、金《かね》をすっかり使い果たし、乞食のなりで戻ってきた。スリネの詫びと懇願により、ヒョンマンは彼をもういちど受け入れた。スリネは、我が身の骨を削ってでもヒョンマンに恩返しをしなければと思った。だがテスルは、心を入れ替えて現場で懸命に働くのかと思いきや、一年ほど経つと、また金を稼ぐと言って日本の炭鉱へ行ってしまった。元気にやっている、帰ったら楽をさせてあげるという内容の手紙も何度か届いた。もう解放になったのだから息子も帰ってくるだろうと信じていたのに、死亡通知書だって？　スリネは信じられなかった。里長が言うには、手紙と死亡通知書はいっしょに届いたという。

「五、六日ぐらい前だ。ばあさんに読んでやったら、胸をかきむしって号泣していた。気になって、前を通るたびに寄ってみたが、ずっと泣き続けていて、それが、そのまま……。もう夜だったからすぐに電報も打てなくて、次の日、ようやく打ったんだ」

スリネは、里長に手紙を読んでくれと頼んだ。テスルは、ヒョンマンから会社の公金を横領した罪を着せられ、無理やり徴用へ送られたのだという。自分は、絶対にそういうことはしていないし、もう一度雇ってくれたことに感謝して一生懸命働いたし、無事に帰ったら二度と母さんの傍を離れないと書いていた。これまで嘉会洞の屋敷に届いていた手紙とは、まったく違う内容だった。テスルは本当のことを知らせるために、成歓の実家に手紙を送ったようだった。

「母さん、ここは地獄のようです。日本人《ウェノム》どもは朝鮮人の命を、虫けらぐらいにしか思っていません。炭鉱の裏には、死体が打ち捨てられています。母さん、会いたいです。腹が減ってたまりません。家に帰りたいです」

息子の絶叫が、鉄の刃《やいば》となって心臓に突き刺さった。そこから血がどくどく流れた。

息子と義母の葬式をいっぺんに済ませたスリネは、生きる気力がかけらも残っていなかった。だが、命を絶つのは容易《たやす》くはない。スリネは、テスルの手紙と死亡通知書を握りしめ、歯をくいしばった。ヒョンマンがこの世にいないのが恨めしかった。息子を死地に追いやったのも知らず、日に三度、温かい食事を運んでやったことが口惜しくて、気が狂いそうだった。それを知っていたら、あの不倶戴天の仇に、すんなりと自決なんかさせやしなかった。食事に毒を盛り、悶え苦しみの果てに息絶えるようにしてやったんだ。これまで子爵のやつめが自分に対して白々しくしてきたことを思うと、おのれ、やつの墓を暴いて目ん玉をひん抜いてやりたい。やつだけじゃない。思い返せば、末っ子を亡くしたのは、クァク氏のせいだった。それなのに、この家から離れることもできず、あの女の産んだ子に乳を飲ませてやり、最後は半身不随になった身をせっせと介護してやったとは。

「あたしゃ、なんて脳みその足りない女なんだ」

スリネは、痣ができるほど自分の胸を叩いた。

六人も子供を産んだのに、スリネには一人も残らなかった。四人が死に、嫁にいった二人は生死さえわからなかった。この世に産まれてすぐ死んだ二人の子は運命だったとしても、末っ子とテスルは違う。ユン家のせいで生きられたはずの命を失ったのだ。そうだ、あたしの息子たちの仇を、おまえの子供たちにたっぷりと晴らさせてもらおうじゃないか。無理やりにでも飯を喉に流し込まねばならない理由を見いだしたスリネは、ふたたび嘉会洞の屋敷に戻ってきた。そして夜ごと歯ぎしりをしながら、カンフィとチェリョンが戻るのを待った。

解放と同時に三十八度線が引かれ、分断された韓半島は、北はソ連、南はアメリカの統治下におかれた。自国に引揚げた日本人が残した不動産等は、敵産（敵の財産）とみなされた。ヒョンマン夫婦は死に、子供たちの消息もわからない嘉会洞の屋敷と金鉱、土地もまた敵産とみなされ、アメリカ軍政庁の手に渡った。アメリカ軍政庁は、嘉会洞の屋敷の別館だった洋館を事務所のひとつとして使用し、母屋と主殿《サランチェ》は軍関係者とその家族に与えられた。かつての主の親戚たちは追い出されたが、その家で二十七年間過ごしてきたスリネは、洋館の女中として母屋の女中部屋に引き続き残った。

一九四五年十二月初旬、雪が静かに降る晩だった。スリネは、部屋の隅にある戸棚からウイスキーの瓶を取り出した。洋館のダイニングから、こっそり持ち出したものだった。キャップに酒を注ぎ、ひと口に飲み干した彼女は、軽く身ぶるいした。ひと口の酒は、たちまち全身に広がった。スリネは壁にもたれて座ったまま、手の平で床を叩きながら愚痴に節をつけ、しきりにつぶやいた。とめどなく流れる涙が、あばたの頬をつたった。日本人《ウェノム》どもから解放されたというのに良いことはひとつもなく、この世にたったひとり残されたような気がした。

座ったまま一瞬うたた寝したスリネは、息子が帰ってきた夢を見て、驚いて目を覚ました。外から男の声が聞こえたのだ。

「テスルかい？」

スリネは、慌てて戸を開けた。戸の前に、真っ黒な人影が立っていた。冷たい風に、我に返った。

「だ、誰だい？」

「夜分、すみませんが」

アメリカ軍政庁の若い軍務員だった。主殿《サランチェ》のほうの使用人部屋で寝起きしている彼は、何かを背負っていた。

「な、何の用だい？」

「この家の人みたいです」

彼が背負っていたものを部屋の中に下ろすと、それは麻袋のようにぐったりした人間だった。何とまあ、スリネは驚愕して後ずさった。

「大門の前で、この女が倒れていました。スリネ、あなたを探していたようだったので、連れてきました」

軍務員が帰った後、スリネは覆いかぶさるようにして近づき、顔を覗きこんだ。垢だらけのぷんと臭う服を身にまとっていたが、それは明らかにチェリョンだった。待ちに待ったユン家の令嬢だ。怒りに膨れ上がったあばた顔に、痙攣が走った。ついに帰ってきたのだ。スリネの心臓が早鐘を打った。スリネは、血走った眼でチェリョンを見つめた。この家で踏ん張っていた甲斐があったというものだ。ついに子爵のやつへの恨みを晴らす時が来たのだ。思い返せば、末っ子の命の代わりの乳を飲んで育った女だ。そんな女が、気を失ったまま命を差し出している。

スリネは、わなわな震えるふたつの手を、チェリョンの首にかけた。がりがりに痩せ頬骨と鎖骨が飛び出したチェリョンは、夜のあいだに死んだと言っても誰も疑わないだろう。コウノトリの首のように細いチェリョンの首にぐっと力を込めたスリネは、手の平に感じた脈拍に、思わず手を離した。しばらくして、もう一度気を引き締め、ふたたびチェリョンの首に手をかけたスリネは、とうとう泣き崩れて手を離した。息子の代わりに乳を飲ませ、子を亡くした悲しみを慰めてくれた。自分を母のように慕うチェリョンを育てながら、喜びを味わい、生きる気力をもらった。留学に旅立って以来七年ぶりに会うチェリョンは、我が子も同然だった。チェリョンの親たちと同様、スリネもずっとチェリョンに会いたかったのだ。あんなにきらきらして明るかった娘が、どれほど苦労したら、こんな干し魚みたいにやせ衰えるだろうか。気の毒な想いで胸が締めつけられた。

これから先、復讐の機会はきっとある。今はすぐにも息の絶えそうなチェリョンを介抱してやりたかった。まずは水で絞ったタオルで体を拭いてやろうと、上着を脱がすと、裏地の縫い目がほどけていて、その中にある何かが手に触れた。取り出してみると、くねくねした文字がたくさん書かれた何枚かの紙と写真だった。スリネは、にっこり微笑む写真の中の姿とはあまりにもかけ離れた、目の前の憔悴しきった様子に舌打ちし、それらを別のところにしまった。下半身の衣服もすべて脱がせようとすると、チェリョンは絞り出すように悲鳴を上げて抵抗した。スリネはびっくりして手をひっこめた。悲鳴といっても、部屋の外までは聞こえないような弱々しい声で、すぐ静かになった。チェリョンは、気を失ったままだった。

スリネは、ぐったりしたチェリョンの体を拭いてやった。スリネが拭いてやると、まるで荷物のようにされるがままのチェリョンの体は、痣だらけ、傷だらけだった。いったい、これはどうしたことか？　スリネが傷を確かめようと腿の内側に触れると、チェリョンがふたたび切り裂くような声をたて、身をよじった。罠にかかった鳥が最後の力を振り絞るような鋭い声だった。見た目と様子から、おぞましい目に遭ったのは間違いなかった。日本人《ウエノム》の手先ユン・ヒョンマンの娘であることを、誰かに知られたのだろうか。スリネは、テスルのことがあってから、ヒョンマンが多くの人々を死地に追いやる仕事に精力的に関与していたことを知った。自分は、息子を亡くしてもまだ死ねないのに、どれほど深い罪を犯したら、自らさっさと死ねるんだろうか。

「なんて、かわいそうに。うちのお嬢さまが、なんてかわいそうなことに」

スリネは、さっきまでヒョンマンへの恨みをその娘で晴らしてやろうと考えていたのも忘れ、思わずほろりと涙を落とした。チェリョンの衣服を自分のものに着替えさせ、布団をかけてやり、桃の缶詰を開け、汁を匙で口に含ませてやった。昼間、届いた副食品の中からこっそり持ち出しておいたものだ。やわらかい果肉も小さくして口に入れてやった。意識は失ったままだったが、チェリョンはこくんこくんと呑み込んだ。それからひと晩中、熱に浮かされながらうわごとを言い続けた。おぞましい目にあったのだろうという推測は、間違いなかった。スリネはため息をつきながら、冷たい手ぬぐいを額にのせ、体をさすってやる以外してやれることがなかった。

翌日からスリネは、チェリョンの世話をはじめた。世話する人がいるとなると気力が湧いた。チェリョンは、小食だったかつてとは異なり何でもよく食べた。これまでどれほど苦労したのだろうと舌打ちしたが、いっぽうで空腹で死にそうだというテスルの手紙が蘇ると、チェリョンをこのまま餓死させてやりたくなった。スリネは、一日に何度も地獄を出たり入ったりした。そして五日ほどした頃、チェリョンが意識を取り戻した。スリネは尋ねた。

「お嬢さま、これまでどこでどうして過ごしていたんですかい？　いったい何があったんですか、こんなことになっちまって。まったく体じゅうが……」

チェリョンが、突然自分の耳を塞ぎ、激しく震え出したので、スリネは言葉を呑み込んだ。

「お、お嬢さま、もう、これ以上聞きませんよ。聞きませんから、落ち着いてください」

チェリョンをなだめながら、スリネは心の中で自分を責めた。

〈聞かなくたって、そんなこと、わかるじゃないか〉

スリネは、チェリョンがもうすでに自らの親父の代わりに罰を受けたのだと思うと復讐心が薄らぎ、可哀想になった。チェリョンは、起きているあいだも、うずくまったまま部屋の隅でじっとしていた。父や母がなぜいないのか、家になぜ他人がいるのか、いっさい聞かなかった。もう、すべてを知っているのかもしれない。それゆえに放心状態なのかもしれない。

スリネは、仕事が忙しく、チェリョンの世話をちゃんとしてやれない時が多かった。具合の悪かった末っ子を部屋に置きざりにしていた時のように、気が気でなかった。そういう時、スナムでもいてくれたらと、スリネは思った。

「スナムは、お嬢さまがこんなことになっているのも知らないで、今ごろ、どこをほっつき歩いて、死んでるやら生きてるやら……」

スリネは、前掛けで涙をぬぐい洟をかんだ。解放になったというのに、戻ってこないスナムが気がかりだった。この家に来た日の晩からずっと一緒の布団で寝ていたスナムもまた我が子同然だった。

スリネは、部屋にこもりきりのチェリョンに、京都から送られてきた鞄に入っていた本を出してやった。

「お嬢さま、親戚の人たちがすっかり持っていった残りですよ」

クァク氏の実家の親戚は、チェリョンの鞄に入っていた洋服や化粧品はもちろん鞄まで持って行ったが、日本語や英語の本には見向きもしなかった。スリネがそれらをまとめてとっておいたのだ。

チェリョンは、くねくねした文字がぎっしり詰まった本を読んでは、とめどなく涙を流した。スリネは、その姿を見て、放心状態でぼうっとしているより涙を流すほうがいくらかましに思えた。スリネは、夜ごとチェリョンに、留守のあいだ、嘉会洞の屋敷で起こったことを聞かせてやった。だが、ヒョンマンが自分の息子にしたことだけは、どうしても話せなかった。それを話した途端、チェリョンの首に手をかけてしまいそうだった。


十二月下旬、もうひとりのチェリョンがスリネの前に現れた。スリネはわけがわからなくなった。まるで旅行から帰ってきたみたいに大きなトランクを提げたチェリョンが、中庭を見まわした。我こそは嘉会洞の屋敷の主人であるというように、堂々とした姿だった。

「お嬢さま！」

スリネが世話をしてきた女が、正気に戻ったように口を開いた。スリネはすっかり腰を抜かした。

スリネは、傍にいたのはスナムだったということに、本物のチェリョンが戻ってきたことと同じくらい驚いた。部屋では、ようやく本当の再会の場が繰り広げられた。両親の死を知ったチェリョンは、歯を食いしばり手を握りしめ涙を堪えた。スリネは、スナムにしてやった話をもういちど繰り返して涙を流し、つくづく忌々しいといった顔をしてスナムを横目でにらんだ。

〈見かけによらない子だよ。お嬢さまだと、まんまと騙されたじゃないか。自分からチェリョンだと言ったわけじゃないと？　それにしたって、あたしがお嬢さんと呼んでも、否定もしなかったじゃないか、口をつぐんでいてずるいったら……〉

スリネはこれまで一緒にいながらまったく気がつかなかったのが不思議で、何度もそのわけを考えた。初めは、洋服を着ていたのと、ヘアスタイルのせいだと思った。ふたりは顔も似ていたし、上着の中から出てきたくねくね文字の書かれた品々のせいで、疑いもなくチェリョンだと信じた。それでも二十日以上もだまされていたのは、スナムの醸す雰囲気のせいだった。スナムは、かつて女中部屋で一緒に寝ていたときとは、すっかり変わっていた。単に、年をとったからではなさそうだ。ともかくこの間、主のようにしらじらしく振る舞ってきたスナムには憤懣《ふんまん》やるかたなかったが、彼女が遭ったであろうことを推測するとスリネの気持ちは収まった。

〈若い女がおぞましい目に遭って、もはや破《わ》れ鍋と同じじってこった〉

スリネは、前は嫁としても考えたこともあるスナムの不幸に、いまさらのように胸が痛んだ。恨みもつらみも敵討ちも放り出して、さっさとこの家から出ていっていれば良かったものを。こんなざまを見るために、ここまで頑張ってきたわけじゃないのにと、ため息をついた。だがその瞬間テスルを思い出し、はっと我に返った。同情心なんか犬にくれてやれ。これからは復讐の時だけを待つのだ。

復讐をしてやる本物の相手が目の前にいる。

スナムと同じくらい、チェリョンもずいぶん変わった。これまでどうやって生きてきたのか、好き放題で憚ることのなかった姿は影を潜めていた。チェリョンは、この家で何が起こったかをすべて知った後も、黙りこくっていた。目と鼻の先にある自分の部屋を、軍関係者の妾が使っているのも、ただ見ているだけだった。三人で狭い女中部屋で過ごしながら、不平も言わなかった。両親の死にショックを受け自分の立場にすっかり意気消沈しているチェリョンを見ると、スリネは復讐どころか、ひたすら不憫に思えた。

魂をどこかへ置き忘れ、もぬけの殻のようだったスナムは、チェリョンを見るや、自分が誰で、しなければならない仕事は何であるかを悟ったように精気を取り戻した。初めてふたりだけになったとき、スナムとチェリョンは、再会の喜びを噛みしめ抱き合い、泣き続けた。お互いを気遣い、それぞれが受けた傷の苦しみ、先行き不透明な現実への不安が入り混じり、ひとしきり泣きながら、京都で感じたような姉妹愛を覚えた。

することも行くあてもないチェリョンとスナムは、スリネが洋館に働きにいくと、それぞれの過ごした日々を打ち明け、互いの話を聞くことにのめり込んだ。スナムとチェリョンは、ほとんど同じ時期にアメリカの東と西で過ごしたことを不思議に思った。スナムは、アメリカで僑民会活動をし、中国でも使っていたので韓国語を忘れていなかった。けれども韓国語がかなりあやしくなっていたチェリョンは、喋りながらもどかしくなると、英語や日本語で話をし、するとスナムも英語や日本語で答えた。とりわけ英語で話す時、ふたりは競って実力を見せつけるように話した。チェリョンは、スナムが自分より英語が流暢であるのを知り、密かにプライドを傷つけられた。

チェリョンは、自分の名で皇軍女子慰問隊に行ったスナムに、どうしても何があったかを聞くことができなかった。その代わり、自分もまた楽ではなかったことを伝えようと、サンフランシスコでの話を聞かせた。幸せだと思っていた時間も、葬りたいほど堪えがたい記憶だった。だがスナムは、うまいこと部隊から逃げ出していた。スナムへの借りが軽くなり、自分の名にも汚点がつかず、そこまでは良かった。だがその後の話が、チェリョンの癪に障った。自分が、記憶から永遠に消し去りたいような生活を送っていたとき、スナムは、ユン・チェリョンになってニューヨークで大学に通っていたとは。その話をするとき、スナムの顔は得意げだった。

チェリョンは、誇らしく堂々たるスナムの経歴に嫉妬をおさえることができず、気持ちを高ぶらせた。そして、自分の話をすべて打ち明けたことを後悔した。仮に何も苦労せず暮らしていたとしても、誰だかも知らない日本人の女の名前で、あれほど見下していた淳平と結婚したこと自体、忌まわしいことだった。

「ふたりで暮らすからといって、小間使いをあまり対等に扱ってはならないよ。ツタみたいなもんで、隙あらば、すぐに上ってきて絡みつくのが卑しい者どもの習性なんだ」

京都へ留学する時、父がチェリョンを別に呼んで伝えたその言葉を聞かず、思いきり絡みつかせて上らせたせいで、スナムは、身の程知らずにもアメリカまで行き、しかも大学まで通っていたなんて。それればかりか、今、自分と対等な立場にでもなったような錯覚をしている。スナムは、父が自分の誕生日プレゼントに買ってくれた子なのだ。皇軍女子慰問隊から逃げ出したのだから、父がスナムに言った自由を与えるという約束も無効だ。

いっぽうスナムは、チェリョンが淳平と結婚して子供まで産んだという事実に衝撃を受けていた。

恋に落ちたチェリョンが、恋人を刑務所に残したまま、愛のない人と結婚して暮らさなければならなかった心情がどれほどであったか、察してあまりあった。収容所の話もそうだった。スナムは、収容所がどういうところか知っていた。収容所から出てきた日本人が、雑誌や新聞で証言する記事を読んだのだ。そこは、刑務所のようなところだ。蝶よ花よと大切に育てられたチェリョンが収容所へ入れられただけでなく、そこで子供まで産んだとは。父親が手をまわして、きっとどこかに隠れて楽に暮らしていると思っていたチェリョンが、自分に劣らず苦労していたということに、スナムは少なからず慰められた。

チェリョンと苦労を分かち合いながら、スナムは少しずつ生きる気力を取り戻していった。だが、不意に襲ってくる堪えがたい記憶は、ようやく取り戻しつつある気力を瞬く間に萎えさせ、心と体を蝕《むしば》んだ。

ここから〈そこ〉へ

一九四五年六月十一日、スナムはついに北大西洋を渡る旅客船に乗り込んだ。ニューヨークに来て六年の歳月が経っていた。荷物は、来たときと同じ、小さな旅行鞄ひとつがすべてだ。本や部屋にあった家具、他の季節の服などはみな売り払い、旅費にした。アイリーンと韓人教会の人たちが港まで見送りに来てくれた。

郵便船を兼ねた臨時旅客船の客の大半は、ヨーロッパ国籍をもつ女性と子供たちだった。戦禍を逃れてアメリカで過ごしていた彼女たちは、故郷に帰る喜びに湧き返っていた。ちゃんとした客室を備えているわけでもない船だったが、活気に溢れていた。カンフィのところへ向かうスナムもまた、彼女たちに劣らず胸を膨らませていた。ドイツとイタリアの降伏でヨーロッパの戦争は終わったが、日本はまだ中国とアメリカを相手に戦っていた。

スナムは、カンフィに送る手紙にも書いたように、ヨーロッパの終戦の知らせを聞いてから、中国に行く決意を固めた。大学を卒業しても、東洋人にはまともな仕事は与えられなかった。相変わらずパートタイムの仕事をしながら日本が負けるのを待つよりも、一日も早く中国に渡って祖国独立の役に立ちたい。そして、カンフィと解放の喜びを分かち合いたかった。

僑民会の人たちは、遠い旅路を女ひとりで行くのは危険すぎると反対したが、スナムの決意は固かった。今日まで彼女の人生は、不可能に見えることへの挑戦の連続であり、重慶《チョンチン》まで行くこともそのひとつだと思えた。カンフィが最後に送ってきてくれた手紙の住所である重慶は、大韓民国臨時政府と光復《解放》軍総司令部のあるところだった。カンフィはあちこち動き回っているかもしれないが、そこへ行けば彼の消息がわかるだろう。

「女だから危険と言うなら、誰にとっても同じでしょう。逆に考えれば、女ひとりのほうが危険ではないかもしれません。なぜなら世間は、女ひとりには脅威を感じないからです。それにハルビンまではアメリカに来るとき通った道を逆に辿ればいいので、初めてではないですし。ハルビンから重慶までは、鉄道がありますから」

スナムはすぐに、出発の準備にとりかかった。

「すごいなあ。いったいそこがどんなところだか知ってるの？　こうなったらあなたの愛の深さは認める、認めますよ。うちの両親の故郷の近くだから、何か手伝うことがあったら遠慮なく言ってね」

アイリーンが言った。そこがどんなところだか知ってるの？　アイリーンの言葉が、スナムの古い記憶を呼び覚ました。

「そこに私が行ってもいいですか？」

七歳のスナムの言葉だ。チェリョンの小間使いとして行くはずだった別の子が嫌だと泣くので、スナムが自ら言った言葉だった。村の誰かの言葉も思い出された。そこが、どこだか知ってるのか。あの時の風景や場面は朧《おぼろ》げだが、その言葉だけははっきりと思い出す。あの時のスナムは、たかだか七歳だった。村から出たこともない小さな女の子が、親や家を離れて行くと言ったのだ。

そこに私が行ってもいいですか、と自ら言ったことで、スナムの人生は大きく変わった。何を考えていたんだろう。スナムは、あの時の自分に聞いてみたかった。お腹いっぱい食べられると聞いたからか。貧しい家族のためだったのか。お姫さまみたいにきれいな服を着たチェリョンが羨ましかったからか。ひとりでに動く自動車が珍しかったからか。

いくつもの質問に、心の奥深くにいる七歳のスナムが、〈そこ〉への好奇心からだと答えた。カンフィが、こんなに遠くまで来た君を尊敬すると言った、あの時まさに〈あそこ〉までたどり着けたのは、小さなスナムが抱いた新しい世界への憧れと渇望のお陰だった。もしかするともっと遡って、スナムが生まれることができたこと自体、この世への好奇心だったのかもしれない。いちばん上の姉《オンニ》が聞かせてくれた外の世界の話が、生きることを諦めかけていたお腹の中のスナムに最後の力を振り絞らせてくれた。その後もスナムは、いつも、何があるのかもわからない〈そこ〉に思いを馳せながら生きてきた。そんなことを思うと、目的地がはっきりしたカンフィのところへ行く道は、むしろ安全で容易《たやす》く思われた。

スナムの決意が固いとみるや、僑民会では臨時政府に送る献金の募金活動をする一方で、スナムの旅程に必要な書類の準備を始めた。彼らは、スナムが愛する人を訪ねていくとは知らなかった。ただひたすら独立運動に身を捧げるのだと思い、熱烈に支援した。スナムはその点をたいへん申し訳なく思ったが、重慶に着いたら献身的な活動で報いようと強く心に誓った。

僑民会でもっとも苦労したのは、身分証だった。スナムは中国人に国籍を変えた。ヨーロッパを移動する時やシベリア横断列車に乗るときは、唯一の枢軸国として交戦を続ける日本より、連合国である中国の国籍のほうが安全だろうと判断したのである。中国に入ればなおのこと。臨時政府の金九《キムゲ》主席に送る手紙は、万一の日本軍の検問に備え、スナムが内容を暗記して伝えることにした。下着の中に巻けるようにお金を保管する腹巻を作ると、スナムは重要任務を帯びた諜報員にでもなったように緊張で身が引き締まった。このくらい準備万端なら、カンフィもなぜ来たんだと責めたりしないだろう。スナムは、何よりもそれが嬉しかった。

スナムは、アメリカを発つ前にアイリーンの家に招待された。アイリーンの父親は、スナムが重慶へ行くというと、自分の故郷の武漢《ウーハン》からそんなに遠くはないと言って、あれこれ情報を教えてくれた。

「二十五年も前の話だから、あの人の話は信じちゃダメよ。あなたもあやふやな故郷の話はそのくらいにして、このお嬢さんをよろしく頼むという手紙でも一筆、書いてあげたら？」

夫に小言を言いながらも、アイリーンの母親はスナムに中国服のチーパオを一着プレゼントしてくれた。

水平線に白い雲が湧き、のどかな海にはカモメが飛びまわっている。少し前まで爆弾が飛び交い、船が破壊され、人々が死んだ戦場の海だったという実感は湧かなかった。スナムは、船で小さな子供たちと仲良くなった。退屈した子供たちがスナムによく懐くので、婦人たちも彼女に好意的になり、食事に誘ってくれたりした。船室で乗客の等級を分ける豪華客船ではまず見られないことだった。アメリカで異邦人として暮らすあいだに感じた疎外感や心細さ、故国が戦場になったことへの不安、故郷へ帰る喜びからくる大らかさが、婦人たちの心の扉を開けた。

スナムは正直に、愛する人に会いに中国に行くのだと話した。韓国の状況も説明した。金や権力をもつ男の妻たちが大半だったので、彼女たちは何かスナムの役に立てないかと思いを巡らせた。フランスの婦人は、スナムがフランスの通行証をもらう時にお手伝いすると言ってくれた。イギリスの婦人は、旅費の足しにとお金をくれた。

ソ連国籍の婦人は、モスクワまで一緒に行きましょうと申し出てくれた。あまり年の差のない小さな子が三人もいて、船内でも子供を追って駆けずり回っている婦人だった。子供たちの面倒を見てくれれば、モスクワまでスナムの通行証は何とかするし旅費も出してくれるという。そして、夫に頼んでシベリア横断列車に乗るのに役立つよう、口添えの手紙を書いてくれるとまでいうのだ。こんなにありがたく嬉しい申し出はなかった。スナムは、初めてニューヨークに行った時の、クィーン・メリー号でのことを思い出した。すっかり気遅れしながらジョーンズ一家のお世話をしていた時に比べたら、驚くほどの環境の変わりようだった。

フランスのル・アーブル港に降り、ヨーロッパ本土に上陸すると、戦争の凄惨で痛ましい痕跡があちこちに広がっていた。ニューヨークに行く時に見た風景とはまったく異なっていた。爆撃で破壊された建物の瓦礫を掻き分けながら、人々は使えそうなものを探していた。ぼろを着て泣いている子や、痩せた犬が見えた。飢えているのは、子供も犬も同じだった。あちこちに銃を手にした軍人の姿があり、故郷へ帰る避難民の行列も続いていた。ニューヨークのタイムズ・スクエアで見たようなお祭り騒ぎの雰囲気は微塵もなかった。砲弾や銃弾が飛び交っていないだけで、ヨーロッパはまだ戦争の苦しみの中にあった。スナムがあれほどつらいと思っていたニューヨークでの暮らしも、直接、戦禍に呑み込まれたヨーロッパに比べれば、安全で平穏だったのだ。

スナムは、ソ連の婦人のおかげでモスクワまで無事に着くことができた。線路も爆撃の被害に遭っていたので、列車は運行中止や遅延で乱れていたが、スナムが子供たちの面倒をみているあいだに、婦人が他の移動手段を見つけてきてくれた。スナムは一心に子供たちの世話をすることで、恩に報いた。

無事にハルビンに着いたスナムは、感慨に浸った。そこで過ごした時間が、松花江《ソンホワジアン》の波のように胸の中で大きく唸った。傅家甸《フージャデエン》の市場通りに行ったら、カンフィがいるような気がした。セファはどうしているだろう、チョン老人夫婦にも会いたかったが、まだこの先の道のりは遠かった。スナムは緊張を緩めず、カンフィのいるところへ向かって一歩一歩進んでいった。

アイリーンの父が書いてくれた手紙とチーパオが大いに威力を発揮した。その手紙によれば、スナムはアメリカに移民した同胞の二世で、多忙な両親の代わりに病気の祖父の見舞いに重慶に行くところだった。何卒、孝行心の深い同胞のことをよろしく頼むという手紙を見せると、人々が蜂の子のように集まってきて大騒ぎした。おかげで、なかった汽車の座席が空き、遅延した時間を縮めてくれる交通手段が現れ、いつのまにか寝る部屋も用意された。食べ物を分けてくれる人も次々に現れた。

スナムが重慶に着いたのは、八月五日だった。ニューヨークから重慶までの距離や戦時下という状況を考えると、二カ月もかからなかったのは奇跡だった。多くの人々の助けと幸運のおかげだ。スナムは万感の思いで重慶の市内を見回した。だが、街の第一印象はあまり良くはなかった。

無計画に建てられた建物がごちゃごちゃとして汚く、日陰には人々がむしろを敷いて寝そべっていた。男たちは、子供も大人もみな一様に上半身裸で、その上騒々しくむさくるしく、公衆道徳などというものがそこにはなかった。ニューヨークのチャイナタウンに住む中国人は貴族だったのだ。おまけに蒸し蒸しする暑さと悪臭の混ざった湿気のせいで、スナムはただ立っているだけで息が詰まり、汗が噴き出した。カンフィはこんなところで暮らしているのだ。これからは、喜びも苦しみも、ともに分かち合えるだろう。他人が見たら、道に寝そべっている人たちと何ら変わらないような汚い恰好だったが、スナムは堂々と歩きはじめた。

市内の中心部にある光復軍総司令部は、それほど大きくない西洋式の三階建ての建物だった。薄汚い中国の女が近づいてくるので、警備兵は鋭い視線を向けた。建物のほかには何も目に入らないという顔で、女が近づいてくる。警備兵が制止すると、女は泣き出しそうな声で尋ねた。

「私は、韓国人です。もしかして、イ・ドンビンという方が、ここにいらっしゃいませんか？」

カンフィがここで使っている名前だった。

「イ・ドンビンですか？　ああ、政訓課長のことですね。ところで、あなたは？」

「その方、ここにいるんですか？　本当に、いるんですね？　スナムが来たと伝えてください。キム・スナムです」

スナムは、うわずった声で叫んだ。

スナムは、まもなく司令部の中にある小部屋に案内された。向き合ったスナムとカンフィは、言葉もなく、互いを穴の開くほど見つめた。痩せたせいで頰骨が突き出し、険しい表情のカンフィは、ひどく訝しげな様子だった。二カ月に及ぶ旅のせいで真っ黒に日焼けし、ろくな食事もしていなかったので、骨と皮のようになったスナムの姿は、ちょっと見ただけでは誰なのかわからなかったのだ。カンフィ同様、彼に会いに遥か遠い道のりをやってきたスナムも、ふたりが向き合って立っているという実感が湧かなかった。

「スナムなのか？」

カンフィが先に口を開いた。声が震えた。

「はい、そうです。私です、スナムです」

そのとき初めて、スナムはカンフィに駆け寄り、首に抱きついた。そして、うっうっと忍び泣いた。まるで幽霊を見るような目つきで立っていたカンフィが、スナムを自分から放し、まじまじと見つめた。どうしても信じられないという表情だった。

「本当に、スナムなのか？　本当に、アメリカからここまで来たのか？」

カンフィも目の縁が赤くなり、声が震えた。スナムは頷いた。涙まみれの顔がしわくちゃになった。ふたりはお互いを目の中に呑みこむかのように見つめあい、飽かずにまた見つめあった。スナムがにっこり笑うと、ようやくカンフィが、君ってやつはまったく、と言って、スナムが放り出した鞄を持って歩きだした。警備兵が好奇の眼差しで彼らを見た。

カンフィがスナムを連れて行ったところは、司令部の建物から少し離れた古びた建物の二階の小さな部屋だった。廊下の隅に、共同の台所と浴室があった。ここでも彼の部屋はあいかわらずみすぼらしく、二人入るともう身動きもできないような狭さだった。カンフィが、壁からタオルをとって石鹸と一緒に渡した。

「浴室に行って、まず水浴びしておいで。僕は、何か食べ物を買ってくるから」

スナムは、その時はじめて、長いこと水浴びもしていなかった上、汗まみれの自分の身なりに気づき恥ずかしくなった。スナムは、カンフィが出て行ってから浴室に行った。冷水をどんなに浴びても、カンフィに会えたという興奮は覚めなかった。スナムは、何着もない服の中からいちばん清潔そうな服に着替えた。洗濯も後回しにして大急ぎで部屋に戻ったが、カンフィはまだ帰っていなかった。スナムは髪を乾かしながら、感無量で部屋の中を見回した。狭いベッドと古びた机ひとつがすべてだった。

ハルビンの小さな部屋で、おでこを突き合わせながら食事をした光景が浮かんだ。ニューヨークで過ごしていたあいだ、いちばん懐かしかった記憶でもある。机の上には中国語の本が数冊置かれていた。一冊を手にとり、ぱらぱら見ていたスナムの手が止まった。イルクーツクの写真館で一緒に撮った写真が挟んであった。受け取ってすぐに写真立てに入れたスナムの写真に比べ、だいぶ傷んでいた。

スナムは、写真を覗き込んだ。心配していたような様子とは違い、カンフィの隣のスナムはとても可愛らしい姿で明るく笑っていた。十九歳だった自分はもちろん、カンフィも今よりずっと若かった。

スナムは人の気配に、写真をさっと元の場所に収めて机から離れた。カンフィが息を切らせて部屋に入ってきた。そして机の上のものをよけると、紙袋の中から食べ物を取り出した。

「ここは配給制だから、食べ物が十分じゃなくてね。何もないけど、夕飯の時刻までまだあるから、これでも食べて」

カンフィは、まだ髪の乾いていないスナムをまっ直ぐ見ることができなかった。カンフィが買ってきたのは、揚げ菓子とマクワウリ、それにサトウキビのようなものだった。これまで最低限の粗末な食事でしのいできたスナムは、脇目もふらずに食べ始めた。カンフィは、目の前にスナムがいるのが夢のようだった。触れてみたかったし、抱いてみたかった。目の前にいるのが本当にスナムなのか直接確かめてみたい衝動を、かろうじてこらえた。

「そうそう、主席さまにお目にかかってご挨拶しないと。ニューヨークの僑民会で募金を集めてくれて、ご挨拶も伝えてほしいって言われているんです。手紙ではなく、私が暗記してきましたので、直接お目にかかってお伝えしなければなりません」

　ずっと硬い表情を崩さないカンフィに、スナムがしっかりと言った。ここまで来たことを責め立てるかもしれないカンフィに、秘密兵器を取り出したのだ。

「でも主席さまは、私みたいな取るに足らない者にも会ってくださるでしょうか？」

　そう言いながらスナムは、自分に託された任務が極めて重大であることに気づいたように緊張した。カンフィが微笑んだ。この日、スナムと再会して初めての笑みだった。

「地球半周を回ってここまで来た君を、誰が取るに足らないなんて言うもんか。先生は喜んで会って下さるよ。今すぐ行って、面会の申し込みをしてくるから。それまでちょっと休んでいて」

　そう言いながらも、カンフィはすぐには立ち上がらなかった。

「私、オッパに、勝手にここまで来たと言って怒られるかと思った」

　安心したスナムは、両方の頬を膨らませたまま言った。

「今、怒ろうと思ってたんだ。ここがどこだと思って、恐れも知らず、ひとりで来ようと思ったんだ。途中で何かあったら、どうするつもりだったんだ」

　カンフィが叱るように言ったが、スナムは、今度もやり遂げたという嬉しさで胸が詰まった。無事に、ここ、カンフィのところまで来たのだ。スナムがむせたので、カンフィが水の入ったコップを差し出した。

「でもこうやって、無事にオッパの前まで来たじゃない？　オッパも、私が来て嬉しいでしょう？」

　スナムが顔を突き出しながら言うと、カンフィは、仕方がないなというように笑いながら人差し指でスナムのおでこを突いた。カンフィにはスナムの存在自体がいつも奇跡のようだった。

夕方六時頃、スナムはカンフィについて臨時政府庁舎に行った。道端の食糧配給所の前は人々が押し合いへし合いしており、彼らのやかましい声が鼓膜を突いた。

「白凡《ペクポム》（大韓民国臨時政府主席金九の号）先生が中国政府に要求してくださったおかげで、僕たちはまとめて配給をもらっている。臨時政府の職員が重慶にいる同胞の家を回って食糧を配ってくれるから、うちの国の人たちはああやって配給所の前で並ばなくてもいいんだよ」

カンフィの説明を聞きながら道を歩いているうちに、スナムの胸の動悸はいよいよ激しくなった。カンフィへの思いによって遮られていた、というより後回しにされていた金九《キムグ》主席との面会のもつ意味の大きさに、改めて足が震えた。主席は、臨時政府の最高位の方なのだ。ヒョンマンの前に立つだけで足が震えた自分が、主席にお会いするなんて。こんな光栄なことはない。

警備兵が守る入り口の上に書かれた〈大韓民国臨時政府〉の文字を見た途端、スナムは朝鮮がもう独立したかのような感動が込み上げ、胸が熱くなった。海外の同胞たちがなぜ朝鮮という名の代わりに、大韓民国という国号にこだわるのかがわかったような気がした。それは独立への願いであり、必ず独立するんだという確信的な意思だったのだ。スナムは、自分もこれからは迷わずこの呼称を使わなければならないと心に誓った。

入り口を入ると、長い階段を間に挟んで、建物がいくつも立っているのが見えた。どれも臨時政府で使用している建物だという。主席の執務室に向かう階段を上るスナムの足がさらに震える。

「オッパ、私、足が震えて歩けないわ」

スナムが興奮した様子で言うと、カンフィが笑いながら腕を支えてくれた。

それほど広くない執務室は、簡素だった。天井の扇風機が音を立てて回っていた。丸眼鏡を掛け、グレーの中国服を着た主席が、笑顔でスナムを迎えてくれた。主席は笑うと顔が皺だらけになった。新聞や雑誌の写真では、がっしりして威厳のある印象だったが、直接会ってみると慈悲深い、柔和なお爺さんといった風情だ。

スナムは主席の〈白凡《ペクポム》〉という号の意味を知っていた。白丁《ペクチョン》（被差別部落民）や凡夫のように最底辺にいる平凡な存在であるというへりくだった意味と、普通の人たちが金九先生のような愛国心をもってこそ独立することができるというふたつの意味が込められている。勉強して知識や富をもつ者だけが立派な仕事を成し遂げるのではないということを教えてくれる号だった。主席からは、そういう号を自らにつけた真心と誠実さが窺われた。まるで本当の祖父に会ったようで、スナムの目に、急に涙が溢れた。スナムは、心臓が跳ねて破裂しそうなのをなんとか抑え、腰を屈めて挨拶した。

「ニューヨークから来たそうだね。ようこそいらっしゃった。名前は？」

威圧的でない気さくな話し方が、また親しみを感じさせた。

「キム・スナムです」

スナムは震えながらも、カンフィが自分を妹のユン・チェリョンだと紹介するといけないと思い、急いで答えた。もうこれ以上、人前でカンフィの妹になりたくなかった。カンフィがすぐに続けた。

「ニューヨークで、独力で大学を卒業しました。アメリカ北東部僑民会の活動も熱心にしていました。以前、新聞をご覧に入れたことがあると思います」

スナムは、カンフィが自分にずっと関心を持っていたという事実に驚き、また自分を自慢してくれていたようで嬉しかった。

「そうですか、覚えていますよ。守ってあげたい人ができて、訪ねて来てくれたと言っていたイ同志の言葉も覚えています。その人がこの娘さんだと思っていいのだね？」

主席が笑いながら言うと、カンフィの顔は真っ赤になった。守ってあげたい人ですって？　スナムの顔には、自然と微笑みが浮かんだ。

スナムは、主席に僑民会で集めた募金を渡した。万一失くしたり、盗まれたりしてはいけないので、あせもができるほどずっと腰に巻きつけてきた金だった。そしてひと言も忘れないように毎晩、暗唱してきた僑民会の挨拶をしっかりと伝えた。

「私もまた、光復軍の仕事をお手伝いしたいと思います。今後、どんな仕事であれ、申しつけてください」

最後の言葉まで言い終えたスナムは、無事に任務を終えたという安堵に、ほっと息を吐いた。

「イ同志が、たいへん立派な人材を迎え入れてくれましたね。ご苦労でした。あなたを歓迎します。これからは、やることがたくさんありますよ」

主席は、秘書を呼び募金を渡しながら、アメリカの同胞たちが送ってくれたものだから、大切に使うようにと伝えた。そして、スナムと一枚、カンフィも一緒に三人で一枚、写真を撮った。食事の時間を待つまでのあいだ、主席は、スナムにお茶を勧めながらアメリカの同胞たちの生活や僑民会の状況、スナムの留学生活、ここに来るまでに起きたことなどについて尋ねた。スナムは、主席が感嘆しながら褒めてくれるたびに、まるで何か賞でももらったような気分だった。カンフィは、横に腰かけてスナムの話を補ったり、スナムが質問をよく理解できない時は説明してやったりした。

スナムは、白凡先生がカンフィのすべてを知っていて、ふたりは父と息子のように親密に心が繋がっているという印象を受けた。心を打ち明けられる人がひとりでもいたということは、カンフィも多少は孤独を癒すことができただろうという思いがして、過ぎた日のこととは言え、気持ちが安らいだ。

「会って早々にお別れですな。西安《シーアン》から戻ったら、また会いましょう。スナム嬢はこれまでの旅の疲れを癒して、イ同志と積もる話を交わしながらお過ごしください。イ同志は急ぎの仕事だけ片付けたら、しばらく自由にしてよろしい」

白凡の言葉に、カンフィが当惑した顔で、いいえ、通常どおり勤務しますと言った。スナムは、カンフィの脇腹をつねってやりたかったが、我慢した。白凡が笑いながら、「総司令官に代わって命令する」と言った。

臨時政府庁舎の食堂で臨時政府の要人たちと夕食をともにしながら、スナムは、その宵の主人公となり、質問攻勢を受けた。まるでアメリカ北東部韓人僑民会の代表になった気分だった。主席に会って、ある程度のやりとりをしていたスナムは、要人たちへの受け答えもうまく、堂々と自分の意見を述べた。本や写真でしか見たことのなかった人々と食事し対話しながら、スナムは、祖国解放のために働きたいという夢がもうすでに叶ったような気がしていた。

食事の後、スナムとカンフィは街に出た。当分の間、カンフィの部屋をスナムが使い、カンフィは司令部の中にある共同宿舎で過ごすことにした。だがふたりとも、このままそれぞれの宿に帰ろうとは言い出さなかった。臨時政府がある渝中《ユージョン》区は、重慶の中心街だった。街は、日が沈んでも気温は下がらなかった。

「暑いだろう？　あまりにも暑くてね、中国の四大火鉢って呼ばれてるのさ。河のほうへ行こうか。あそこへ行けば、河の風もあるから多少はましだ」

カンフィは、暑いのはまるで自分のせいだとでもいうように、すまなそうに言った。

「私は今日が初めてですから。オッパは毎日この暑さの中で過ごしているんでしょう？」

ニューヨークの厳冬を経験したスナムには、寒いより暑いほうがまだ良かった。凍え死ぬ人はいても、暑くて死ぬ人はいないだろう。

カンフィは重慶の状況を聞かせてくれた。スナムが生まれるよりも前に上海に樹立された臨時政府は、これまで中日戦争の戦況の変化とともにあちこちを転々としてきた。ここを戦時首都とした中国政府に従って、重慶に腰を下ろして五年目だという。

「あっちこっちを渡り歩いてきた私の身の上は、なんだか臨時政府と似ているわ」

スナムがポロリと言った言葉に、カンフィが声を上げて笑った。

「自分の身の上を臨時政府と比べるとは、ずいぶんスケールが大きくなったもんだね」

スナムも照れくさくなり、つられて笑った。カンフィの説明は続いた。

戦時首都になり、あらゆる政府機関や工場などが移転してきて、いきなり大きな人口を抱えることになった重慶は、住宅難と公害の問題が深刻だった。石炭を燃やす九月から四月までどれほど空気が悪いかというと、重慶の人口の半数が肺病だという話もあるほどだった。これまで韓国人も肺病で多くの人が死んだし、白凡の長男もそうだった。

「オッパは大丈夫でしょうか？」

スナムが心配そうな顔をしてカンフィを見た。

「僕は少し遅れて来たからね」

これまで自分だけ平穏に暮らしてきたようで、スナムは、カンフィをはじめ、臨時政府や光復軍の人々に申し訳なく思った。そして今からでもその困難を一緒に担えることを嬉しく思った。

「ところで、あそこの木なんだけど、どうして根っこが土の中になくて、外に出ているの？　不思議な木だわ」

　スナムは根っこが壁をつたってあちこちに這っている木を指して尋ねた。重慶に着いてからずっと気になっていたのだ。

「不思議だろう？　黄葛樹《ファンガルス》（バンヤン・イチジク。ガジュマルの一種）っていうんだけど、木の枝がどこかに接すると、根っこになるんだって。生命力がものすごく強いんだ。あの木を見るたびに、君みたいだなって思ってた」

　カンフィの言葉に、スナムの顔が大輪の芍薬《しゃくやく》の花のように輝いた。

「いたるところに、あの木があるわ。じゃあ、私のことをそのくらいたくさん思ってくれてたってことね？」

「君のことを思ってたんじゃなくて、君みたいだなって思ってたんだってば。英語ばかり使ってたから、朝鮮語を忘れちまったのか？」

　カンフィが、恥ずかしいのをごまかそうと、抗うように言った。スナムは、どっちもおんなじよ、と微笑んだ。

　夜になっても、街ではむしろを敷いて横たわる人たちの数が減らなかった。暑さをしのいでいるのかと思ったら、住む場所のない野宿者たちだという。よく目を凝らしてみると、風呂敷包みやら食器、かまどのような粗末な生活用具があたりに並んでいた。子供たちばかりか赤ん坊もいた。家もなく、道端で暮らしているとは。スナムは眠る赤ん坊に目をやると、寒くなったらどうやって暮らすのかと気がふさいだ。

　スナムは改めて、重慶に来てすぐにカンフィに会えたことを感謝した。ここでカンフィを待たなければならないとしたら、たぶん一日が一年にも感じられただろう。

「光復軍って、全員、日本軍との戦闘に出ているのかと思っていたけれど、オッパを見る限り、それぞれにする仕事が違うのね。私、こんなにすんなりとオッパに会えるなんて思っていなかったわ」

「総司令部が西安《シーアン》にあったときは、僕も訓練を受けて武装闘争にも出ていたんだ。募集活動にもたくさん従事したよ」

カンフィは、臨時政府の仕事をしていたが、傘下の光復軍に出向している身だった。

「募集活動って？」

「中国大陸にいる韓国人青年を勧誘する仕事だ。兵力を集めて養成するのが光復軍の大切な仕事のうちのひとつだ。司令部が重慶に移ったので、僕は政訓課の所属になったんだ」

「政訓課では、何の仕事をしているの？」

「機密事項だけど、特別に君にだけ教えてあげよう。新入隊員を教育しなくちゃならないからな」

カンフィがいたずらっぽく言った。いつのまにか、ふたりの間に横たわる六年という歳月は跡形もなく消えていた。スナムは、カンフィとバイカル湖の旅行からそのまま一緒に帰ってきて、重慶の街を歩いているような気がした。満州里《マンジョウリ》へ向かう汽車の中で手を握った記憶が浮かんだ。あの時のように、カンフィの手を握りたかった。

「光復軍に関する冊子を作ったり、広報宣伝活動をしたり、新入隊員の教育をするのが主な仕事だよ。でも僕は、臨時政府の演説原稿を書いたり、いろんな文書もつくっている。臨時政府と光復軍、両方の仕事をしてるっていう立場かな」

スナムは、カンフィの言葉がちゃんと耳に入ってこなかった。金九先生の言葉が頭の中で渦巻いていた。急に立ち止まったスナムが聞いた。

「でも、本当に私を守ってくれるために光復軍に入ったの？」

　暗闇の中でスナムの目が光った。一瞬うろたえたカンフィは、すぐにおやおやという顔をしてみせた。

「誰を守るって？　こうしてみると、君が僕を守りに来てくれたようだよ。それにしても、君は、まったく今みたいな戦争のさなかに、わざわざアメリカから、ここがどこだと思って来ようなんて考えたんだい？　無事に着いたからいいようなものの、何か事件にでも遭ったら、僕は……」

　カンフィは話を逸らし、声高にまくし立てた。

　バイカル湖の湖畔の村でスナムの告白を受け入れなかったことを、彼女を旅立たせたことを、カンフィは後悔していなかった。スナムは、もっと大きな世界で翼を広げるのに十分な資格の持ち主だ。彼は、スナムが去った後、彼女をもっと愛するようになった。スナムが勉強を終え、晴れやかな気持ちで帰ってこられるように、祖国を取り返したかった。ようやく彼に、守りたいものができたのだ。ふたたび臨時政府の門を叩いた時、カンフィは、白凡先生に自分がユン・ヒョンマン子爵の息子であることを打ち明けた。また、これまでの苦悩、葛藤、そしてさすらいについても、洗いざらい話した。根を下ろすためだった。白凡は、カンフィのすべてを理解して受け入れた。

「五つの欲と七種の感情を持つ人間という生き物が集まるところには、いろんなことが起こるものだ。失望もする、疑心ももつ、挫折もするが、それらは人間だから当然のことだ。私はそういう時、私たちの目標を思うことにしている。暗い足元ではなく、祖国解放という高らかなところで輝く星を仰ぐのだ。そして歩き続ける。時にはそれが、持続する力を、忍耐する力を与えてくれるんだよ」

誰よりも孤独で辛いであろう先生の人間的な告白に心を開いたカンフィは、スナムへの気持ちまで打ち明けた。彼にとって輝く星とは、スナムのことだった。だがカンフィは、その気持ちをスナムには伝えられなかった。

スナムに事務的で簡潔な内容の手紙を投函する前に、カンフィは、切々とした胸の内を綴った便せんをいったい何枚破り捨てたことか。カンフィは、スナムにすぐ戻ってこいと言いたくて、本当にそう書いてしまいそうで、手紙を書くことができなかったのだ。卒業したら中国に行くというスナムの手紙にも、カンフィは返事を書けなかった。来るなというには彼女があまりにも恋しく、来いというにはあまりにも遠く危険な道のりだった。無事に来ることができたとしても、劣悪な環境に苦労するのは目に見えていた。それでもスナムと一緒にいたかった。ああも思い、こうも思いながら返事を先送りしているところへ、スナムが蜃気楼のように目の前に忽然と現れたのだった。

カンフィは、スナムがまたふたたびどこかへ行ってしまうのではないかと不安だった。ハルビンでも、だしぬけに現れたかと思うと数カ月で去って行ったスナムは、まさに蜃気楼のようだった。彼女を旅立たせた後、気が触れそうなほど苦しんだ記憶がありありと思い出された。

「僕は……なあに？」

スナムが後に続く言葉を催促してまじまじと見つめると、カンフィがぶっきらぼうに言った。

「しばらく会わなかったら、ずいぶん厚かましくなったぞ。もう部屋に帰って寝るんだな。僕も溜まっている仕事を片付けなくちゃならない」

カンフィが川辺に向かって歩くのをやめ、踵を返した。そしてさっさと来た道を戻りはじめた。スナムは小走りについて行った。

スナムを部屋の前まで送ったカンフィは、戸締りをしっかりして寝るようにと言い、帰ろうとした。だがスナムが彼の腕を摑んだ。そして言った。

「一緒にいてほしいの」

カンフィはその言葉にどきりとした。そして、磁石にくっついた金属片のようにスナムに引きずられて中へ入った。部屋に入ったスナムが、暗闇の中でカンフィの腰に手をまわした。そして汗の匂いの混じった彼の体臭を深く吸った。心臓の鼓動が互いの体から伝わった。どちらからともなく、ふたりは互いの唇を求めた。七歳と十四歳の時、初めて出会った小さな少女と少年は、いつのまにか二十五歳と三十二歳の大人になっていた。六年前、気持ちを抑え込んだ男は、もうこれ以上感情を隠すことはできなかったし、女もまた、ずっと堪えていた恋しさが溢れた。ふたりは、今まで自分たちを遮っていたすべてを捨て去り、ひたすらひとりの女とひとりの男になって愛を交わした。

スナムは、翌日の夕方までずっと起きなかった。これまでの寝不足をいっぺんに解消したのだ。ときどき部屋を覗きに来たカンフィが、汗を拭い、うちわで仰ぎ、髪の毛を掻き上げてくれるのが、すべて夢のような、甘い眠りだった。いやというほど眠って目覚めたスナムは、眠りから覚めてもカンフィの部屋にいるという事実に心が安らいだ。眠り続けながらも、昨晩の出来事が夢ではないかと不安だった。スナムは、タオル、うちわ、机の上の食べ物など、カンフィが立ち寄った形跡を確認して微笑んだ。

その晩、スナムとカンフィはふたたび川辺に散歩に出かけた。暑かったが、ふたりは互いの手をしっかりと握っていた。街をぐるりと巡るように流れる揚子江《長江》は、世界で三番目、東洋でいちばん長い河で、上海まで続いているという。何も言わなくても、心の中の言葉が、繋がれた手を通して河の流れのように互いの心に注いだ。それは、揚子江の流れよりもはるかに長く曲がりくねった物語だった。スナムとカンフィは、ときどき、それはわかったよというように互いの握り合った手に力を込めた。ふたりが知り合ってから過ごした歳月の流れ、そこから掬い上げた記憶のかけらが、ふたりの関係をいっそう親密に豊かにしてくれた。ふたりは、いつの間にか互いにとって恋人であり、兄妹であり、ときには父であり母になっていた。

夜が更け、部屋に帰ってきたカンフィは、宿舎に戻るかわりにスナムに言った。

「僕は、君に比べたらはるかに至らない人間だ。それに、君にしてあげられることもない。ご覧のとおり、この小さな部屋だって自分の力で得たものではないしね。これからもきっとそうだろう。おまけに昨日言ったように、重慶は住みにくいところだ。それでも僕の傍にいてくれるかい？」

大きく頷くスナムの目には、涙がいっぱいに溢れていた。

「大丈夫、オッパさえいてくれれば」

「僕の妻になってほしい」

カンフィが上ずった声で言った。彼の目にもうっすらと光るものがあった。スナムは答えるかわりに、カンフィの唇に自分の唇を重ねた。

ひとりでも狭いベッドが広大に思われるほど、ふたりはぴったりと寄り添った。カンフィが、スナムの肩の傷痕に優しく触れた。部隊から逃げた時、銃で撃たれた痕だ。これまでスナムは、寒くなるとそこが疼き、体の具合が悪くなる時はそこから悪くなった。傷痕にカンフィの唇が触れると、初めて傷が癒されたようだった。

「白凡先生が戻ってこられたら話をして、簡単な婚礼式をあげよう」

カンフィが言った。突然、スナムがカンフィの胸をつねった。

「痛いっ！」

スナムが声をあげて笑った。

「夢じゃないわね。先に求婚してくれてありがとう。オッパがしてくれなかったら、私がしようと思ってたの」

「え、そうだったの？　危うくまた、先手を取られるところだったなあ。僕も夢じゃないか、確かめなくちゃな」

ふたりは子供のようにお互いをくすぐり合って、くすくす笑った。しかし先に現実に戻ったのはカンフィだった。

「いずれにしても、みんながしんどい状況に置かれているのに、僕だけこんな幸せでいいのかなあ」

スナムは、カンフィがそれほど幸せだということが嬉しかった。

「オッパは、任されたお仕事を一生懸命になさってください。私はお手伝いできることはしますけど、すぐ働ける働き口があるかどうか探してみます。結婚したら、自分たちの暮らしは自分たちでなんとかしなくちゃね。お金をたくさん稼いで、光復軍や臨時政府にも支援できるように」

スナムはそう言ってカンフィを励ました。

「先生が君の今の言葉を聞いたら、いい人と結婚したなって言うだろうな。で、何をして稼ごうっていうんだい？」

スナムの自信に満ちた言葉に、カンフィが笑って尋ねた。

「こう見えても私、自分の力で大学を卒業したのよ。おまけに、ここはオッパの傍ですもの。何でもできるわ。今すぐできることをやりながら、英語の先生の仕事を探そうと思ってるの」

カンフィは、スナムが見せてくれた卒業証書に、チェリョンの名が書かれているのを残念がった。

「腹が立つが、仕方がないな。僕がわかっているから、いいことにしよう」

次の日からスナムは、カンフィを司令部の事務室に送り出すと、仕事探しを兼ねて、ひとりで市内を歩き回った。これからここで暮らすなら、道を覚えなくてはならない。夫のお荷物にはなりたくなかった。まだ結婚式は挙げていなかったが、スナムは、自分はもうカンフィの妻だと思った。

スナムは、仕事探しに歩きまわる時間以外は、新婚の住まいになった小さな部屋をきれいに整えるのに心を砕いた。布団も洗濯し、大掃除もした。スナムは、カンフィが本の間に挟んでいたふたりで一緒に撮った写真を、自分ひとりの写真が入っていた写真立てに入れ替えて机の上に置いた。花も数本、摘んできて飾った。

暮れない時間（一）

洗って干した布団を取り込みベッドを整えていると、いきなり部屋のドアが勢いよく開き、カンフィが駆け込んできた。彼はただならぬ表情をしている。スナムは驚いて尋ねた。

「どうしたの？　空襲？」

答えのかわりにカンフィがスナムをかき抱いた。息ができなくなるほど強い力だった。スナムは不安になった。

「いったい、何があったんですか？」

腕をほどき、スナムの手を握ったカンフィが、充血した目と震える声で言った。

「スナム、やったぞ！　日本が降伏した！」

スナムは、呆然とした。

「どういうことですか？　ちゃんと話してください」

七月中旬、アメリカ、イギリス、ソ連はドイツのポツダムに集まり、敗戦国の戦後処理について話し合った。日本の問題を協議するときは、中国の国民党総裁、蔣介石《チャンジェス》も参加した。彼らは、日本の敗北を既定路線とし、朝鮮半島の独立、満州や台湾の返還などを確認した。だが、日本はポツダム宣言を拒否し、戦争を継続した。ついにアメリカが長崎と広島に原子爆弾を投下したことで、日本はようやくポツダム宣言を受け入れた。まだ正式ではなかったが、蔣介石総裁を通じて中国重慶にもこのニュースが伝えられた（※訳者註・四八一頁）。

スナムは、頭がクラクラした。こんな唐突なことってあるだろうか。これまでの三十六年を思うと長い歳月だったが、重慶に来てまだ五日しか経っていないスナムには、光復《解放》があまりにも急に訪れたという感覚だった。カンフィと韓国に帰る夢が実現するのは嬉しかったが、祖国独立の力になりたいという志を何も試すことができず、忸怩《じくじ》たる思いだった。カンフィと一緒にいられる喜びでただ舞い上がっていたら、いつの間にか解放がやってきたようで、喜びを味わうのも恥ずかしかった。

主席は、翌日の飛行機で戻ってきた。解放のニュースに触れても、白凡《ペクポム》の表情は明るくなかった。他人の力で成し遂げられた独立が計り知れなく無念だったのだ。光復軍を創設したのも、韓国人の力で独立を勝ち取るためだった。光復軍は、これまで中国とともに日本軍に対峙して戦い、少し前には連合国軍の要請で隊員をインドとビルマに派遣した。そのことは、光復軍が連合国軍の一員として認められ始めたことを意味した。また西安《シーアン》では特殊部隊第一期生の訓練が修了した。主席が西安に行っていたのも、アメリカ軍との共同作戦遂行を協議するためだった。特殊隊員たちは、全員準備を終え、出陣命令を待つばかりの状態だった。彼らは、朝鮮半島に侵入して日本軍を撃破し、祖国の地を奪還する計画だった。それなのに、日本が降伏したというのだ。

長期間準備した計画の実行を目前にして突如、光復が訪れ、主席や臨時政府要人たちは、みな脱力感に襲われた。白凡は、国際社会において韓国の発言力が低下するのを憂慮した。日本と直接、戦争を戦い抜いた中国は堂々たる戦勝国だったが、大韓民国（大韓民国臨時政府のこと。亡命政府という立場だった）は強大国の支援によって解放された国になってしまった。その結果、韓半島は、光復と同時に南北に分断され、それぞれアメリカとソ連の統治を受けることになったのだ。

臨時政府と光復軍総司令部は帰国を急いだ。どのように成し遂げられたにせよ、祖国光復は夢にまで見た民族の悲願であり、故国の地を一刻も早く踏みしめたかった。だがアメリカ軍は、正式な政府が樹立されるまでは自分たちが南韓で唯一の統治機関であることを盾に、臨時政府の要人や光復軍が組織として帰国することを認めなかった。主席であれ総司令官であれ、私人としてなら入国を許可するという。臨時政府では、帰国と今後の計画を巡って、連日、会議が開かれた。慌ただしく複雑な状況の中で、カンフィとスナムの婚礼の話など、とても言い出せなかった。

「むしろ良かったよ。遅れついでに、婚礼は京城《キョンソン》に帰ってから挙げよう。それに式のようなものはしてなくても、僕らはもう夫婦だ」

カンフィが、残念がるスナムの背に優しく手を置いた。スナムもふたりはもうすでに夫婦だと思っていたが、カンフィの口からその言葉を聞くと、改めて嬉しかった。

スナムは、多くはない荷物をさらに小さくまとめて帰国の準備をした。だが、しきりに不安が押し寄せた。いくら世の中が変わったとはいえ、ヒョンマンが結婚を許さないのは明らかだ。身分の違いは言うまでもなく、自分はヒョンマンとの約束を破って部隊から逃げたのだ。万一そのことで何か良くないことが起きたら、スナムは嫁どころか宿敵になる。仮にすべてうまくいって結婚できたとしても、自分をいつも険しい目で見ていたクァク氏が恐ろしかったし、またチェリョンが、小間使いだった自分を兄嫁として受け入れてくれるかどうかも疑問だった。

カンフィとの結婚は問題山積で、容易に解決できる問題はひとつもなかった。今のように中国で暮らしているほうが遥かにいい気がした。ヒョンマンに追い出され、カンフィと別れる夢を見ては、スナムはすすり泣いた。カンフィはそんなスナムの様子に驚き、スナムを揺すって起こした。スナムは夢から覚めても涙が止まらず、不安な胸の内を打ち明けた。カンフィがスナムをぎゅっと抱いた。

「心配することはない。父は、もうかつてのように権勢を振るう子爵じゃないんだ。君を蔑んだり、部隊から逃げたのを責める資格なんてない。もし父が君を認めないなら絶縁して君と暮らすから、どうか安心してほしい。僕は、もう君なしには生きられないんだ」

カンフィの言葉に、スナムは胸が熱くなった。夫婦になって以後、カンフィは、これまで我慢してきたぶんをまるで取り返すように、積極的にためらいなく自分の気持ちを語った。それでいてスナムの意見も尊重し、また彼女の気持ちを推し量ろうと努めた。スナムは、夫婦になってから、以前とはまた違う部分でカンフィをさらに尊敬し頼もしく思った。

光復軍総司令部は、光復軍の私人資格での帰国を拒否することを決定した。代わりに、光復軍の任務を解放祖国の建国軍と規定し、公人として帰国する道を模索した。中国には、以前から住んでいる韓国人も大勢いたし、日本軍として徴兵されていた韓国青年もたくさん残留していた。彼らを吸収し、正式に樹立される新政府の軍隊として発足させようという計画だった。取り戻した祖国を守るには、自分たちに力がなければならない。金九主席は、蔣介石総裁と交渉し、光復軍が引き続き中国に留まり、軍隊確立活動をすることの了承を得た。

光復軍の幹部と隊員は主要都市に分散して、軍隊を確立するための活動をすることになり、カンフィは上海への配属が決まった。スナムは、早々と韓国に帰らなくても良くなり、内心嬉しかった。カンフィが味方になるよと言ってはくれても、自分のせいで家族が絶縁するのは本望ではない。スナムは、カンフィの家族と会うのが少しでも遅くなるのを願った。カンフィが上海で活動をしている間、スナムは臨時政府を手伝いながら、重慶に残ることにした。帰国準備真っ只中の臨時政府は、アメリカ軍と引き続き接触する必要があり、通訳者がもっと必要だった。スナムは、いつになるかわからなかったが、しばらくは中国にいて、カンフィと一緒に帰国することに決めた。

だが上海へ発つ日を前にして、カンフィは主席に呼びだされた。白凡が告げたのは、カンフィの両親の死だった。韓国の状況を調べていた時、ユン・ヒョンマン子爵の訃報を耳に挟んだという。民族反逆者の死は万歳を叫ぶべき出来事だったが、カンフィの身元を知っているので、表情は暗かった。

「そういう亡くなられかたとは、お気の毒に。すでにひと月前のことらしい。家も混乱状態のようだ。もし今すぐ韓国に帰るなら任務から外しますし、移動手段もなんとかしましょう」

沈黙が流れた。生きて償うべき罪を、自ら帳消しにした父の死に、カンフィは何の感慨も湧かなかった。父より一日でも先に死んで何ひとつ譲り受けないことを望んでいた過去の記憶だけが甦る。カンフィが、掠れた声で言った。

「とんでもありません。ここにいらっしゃる方々の中には家族を亡くされた方がひとりふたりではありません。先生もそうでいらっしゃいます。私は任務を完遂した後、建国軍として帰国します」

カンフィは、真っ赤に充血した目をかっと見開き、自分を押し殺した。

深夜、隣がなんとなく寂しくて眠りから覚めたスナムは、部屋の隅にしゃがみ、声を押し殺して嗚咽するカンフィを見た。スナムは、寝ているふりをしたが胸が張り裂けそうだった。これまでカンフィは、祖国が解放されたといっても、父のことを思えばまともには喜べなかったはずだ。そして今は、民族反逆者である父の死を大っぴらに悲しむこともできない。父母を憎悪することも、彼らが生きていてこそのワガママである。十年以上会っていない両親が自ら死を選んだのに、その事実すら知らなかったのだから、息子としてどれほど辛く悲しいだろう。スナムは、カンフィの苦しい心情が手に取るようにわかった。

「あの……私が先に、韓国に帰ることにしましょう」

翌日、スナムが言った。死の前では、怨嗟《えんさ》も不安も姿を消した。

「家の状況を見に行くために帰るというのかい？　今行ったって、何も変わりはしない。行って、災難に遭うかもしれないし、あとで僕と一緒に帰ればいい」

カンフィが重々しい口調で引き留めた。

「いいえ、以前ならわかりませんが、今、私はオッパの妻じゃありませんか。私だけでも先に行って、ご両親の墓前に一杯のお酒をお供えし、あなたの消息をお伝えします。それに、もしかしてお嬢さんが帰っていたら、ひとりでどんなに心細いでしょう。お嬢さんのお世話をしながら、待っています」

スナムが言い張った。両親と縁を切っても自分を選ぶと言ってくれたカンフィだ。だがもう、縁を切る親はいない。スナムは、カンフィのたったひとり残った肉親であるチェリョンでも代わりにお世話してあげたかった。小間使いとしてではなく、兄嫁として。

＊

チェリョンは、スリネがそういえば、と言って取り出したスナムの卒業証書をまじまじと見ていた。スリネはスナムの服の中から発見したものを取っておいたまま忘れ、スナムはなくしてしまったと思って探しもしなかったのだ。卒業証書には、キム・スナムではなく、〈C・R・YOON〉という自分の名が書かれていた。スナムが大学に通った話を耳で聞くのと卒業証書をその目で見るのとでは、だいぶ違った。卒業証書の名はユン・チェリョンだが、記憶は自分のものではない。代わりに、絶対に自分のものとは認めたくもない数十、数百の記憶の棘《とげ》が、チェリョンを襲った。

もっとも痛烈な棘は、ユリコだった。敵意に満ちた眼差しで自分を射るように見つめる子。あの子は自分の母をどう記憶するのだろう。お腹の中で失った息子も脳裏をかすめた。チェリョンは、置いてきた子がふたりいるような気がして、その子たちが無性に恋しかった。そして顎が痛くなるほど歯を食いしばった。これ以上、スナムに自分の本心を明かすのはやめよう。

「この卒業証書、本物なの？　普通学校も通ってないあんたが、どうしてそんなことできるの？」

チェリョンは認めたくなかった。

「そうよね。お嬢さまの名前が書かれている卒業証書を見ると、私も学校に通ったのは本当かしらって思うわ」

スナムは虚ろな笑みを浮かべて他人《ひと》ごとのように言った。チェリョンは、卒業証書なんか大したものではないというようなスナムの態度が気に入らなかった。持てる者の余裕のように感じた。チェリョンは、卒業証書に書かれた名前ではなく、スナムの記憶が欲しかった。

いっぽうスナムは、チェリョンにカンフィと結婚したことをなかなか言い出せなかった。上海で遭った出来事についても。どちらかひとつだけ話すわけにはいかない。上海での出来事は、夢のような記憶をめちゃくちゃに食い荒らし、さらにそれでも足りぬとばかりに大口を開けてスナム自身を呑み込もうとした。スナムは、生きるために食べ、話し、笑った。

数日後、チェリョンは両親の墓参りに行くことにした。ヒョンマンとクァク氏は慶尚北道奉化《ポンファ》の先山《ソンサン》（一族の墓地のある山）に埋葬された。先代のユン・ビョンジュン子爵がまだ健在だった頃、それらしく整えた先山だ。スリネは、仇敵の墓参りなど御免だと、仕事を口実に行かなかった。実際、彼女はチェリョンに加えスナムの面倒までみなければならなかったのでそんな暇はなかった。

チェリョンは、スリネをやって母の実家に連絡した。年老いた叔父と従兄が駆けつけた。チェリョンは、しばらく韓国を離れていたので最近の実情にも地理にも疎く、先山に行くのはそれが初めてだった。チェリョンは、スナムを連れ、叔父と従兄を道案内にして墓所へ向かった。叔父は、葬式のとき村人が追いかけてきて民族反逆者だと騒動を起こしたせいで、墓石もちゃんと建てられなかったと言い、墓所がどうなっているか心配した。

チェリョンは、墓石が倒され、人々の足跡で踏みにじられている両親の盛り土の墓を目にして、茫然となった。アメリカ軍政庁の手に渡った実家を初めて見た時より、はるかに衝撃を受けた。叔父と従兄が、ひととおり状態を整えると、供物を並べた。もしやまた誰か追ってきて妨害するのではないかと、急いでいる様子がありありとわかった。チェリョンは背筋が凍った。これから韓国で生きていく自分も、こういう目に遭うのか。父が残したものが民族反逆者の娘という汚名だけという事実は、とても受け入れられなかった。チェリョンはまず、顔も知らない祖父母の墓前に酒盃を供えた。そして合葬された両親の墓の前に立つと、あらゆる悔恨の念が押し寄せてきた。

「お父さま、お母さま、チェリョンが来ました」

チェリョンは、両親が仲良く一緒にいる姿を一度も見たことがなかった。彼女にとって母屋は、獰猛《どうもう》な熊がうずくまる、じめじめした洞窟だった。一方、別館は、温かく明るい陽射しの中に色とりどりの花が咲き誇り、池には美しい錦鯉が泳ぐ場所だった。母と父は極端に異なる風景の中で、それぞれ別々に暮らした。チェリョンは、母屋から抜け出して別館で暮らしたかった。父も、チェリョンだけを別館に呼び出し、母屋へは足を向けなかった。母が自分を憎んだのは、もしかするとそのせいかもしれない。あの憎しみは、夫の愛を独占する娘への嫉妬だったのだろうか。

チェリョンは、母屋から逃げ出したいと思うことはあっても、ただの一度も娘として、同じ女として、ひとりの女性の人生を理解しようとしたことはなかった。自分が母となって初めて、母に本能的な、無条件の愛情を感じた。だがチェリョンがアメリカを離れて帰ってきた理由のひとつに、自分も母のようになってしまうかもしれないという恐怖があった。チェリョンにとって、母は、思いやりや愛情より嫌悪の対象に近かった。チェリョンは、母が心の中に堆積させた傷や孤独でぱんぱんに膨らんだ胴体の中に、自分自身を閉じ込めて生きてきたことを、彼女の墓前に立ち、初めて悟った。

チェリョンは、倒された墓石に母の名を探した。クァク・スイム。母に名前があったのを初めて知ったようで見慣れなかった。他人の名前で生きた自分も、名前を忘れられて生きた母も同じだ。チェリョンは、寂しい笑みを浮かべながら墓を見つめた。

〈お母さま、お父さまと一緒にいらっしゃるから、幸せでしょう？　一度も娘らしいことをしたことはなかったけど、どうか私を許してください〉

悲しいかな、母に向けて言う言葉はそれ以上何も見つからなかった。チェリョンの眼差しは墓の中の父に向けられた。

〈お父さま、どうしてこんなふうに逝かれてしまったんですか？　仮に満身創痍になったとしても、私を待っていてくださらなかったら、ダメじゃないですか。ああやって追われた私がどうやって生きてきたか、恨みごとを聞いてくださらなくちゃ、やり場のない口惜しさを受け止めてくださらなくちゃいけなかったのに……。お父さまが私にかけてくださった愛情って、何だったのかしら？　思い返せば、お父さまは、私を鳥かごの中の小鳥のように可愛いがったのですね。もちろんこの世にたった一羽しかいない大切な小鳥だったでしょう。私は黄金の鳥かごの中で贅沢しながら気楽に過ごしていた。羽の先が切られているのも知らないで〉

ヒョンマンはチェリョンを愛していたが、別館はカンフィのものだった。カンフィが家を出て家門を傷つけるようなことをしている時もそうだ。チェリョンの顔に、怨念と寂しさが浮かんだ。

〈お父さまは、どんな状況になってもお兄さまの帰りを待っていらしたのに、私は赤の他人の戸籍にさせられて海の向こうへ送られた。それも好きでもない人と無理やり結婚させられて。もちろん私のための最善の方法だと思ったんでしょ。そうしなかったら、私もどんな目に遭っていたかしれない。私を愛してくれたからだし、仕方のない選択だったのは認めるわ。でも、どこにも行かずここで我慢していたら、少なくとも死ぬほど消したい記憶を永遠に刻むことにはならなかったはずよ〉

チェリョンは、込み上げる涙を堪えた。目は赤く、顔は蒼白だった。

〈今思えば、お父さまは私を理解したり認めたりしたことはなかった。ただ甘やかしていただけ。私を鳥かごの小鳥のように育てずに、少しでも信じて認めてくださったら、どうだったかしら？　もしそうだったら、今みたいに私がこうして両親のみじめなお墓の前に立つこともなかったと思うわ。あれほど辛い記憶も刻まずにすんだはず。お父さまが娘を捨ててまで守りたかった家門は、もうすっかり崩れ去りました。これから私は、うちの家をもう一度立て直すつもりです。それは、お父さまによって作られた記憶を消すことです。私が生きるための道でもあります。どうぞ私を見守ってください、お父さま〉

長い話を終えたチェリョンの頬に、一筋の涙が伝った。チェリョンが下がったあと、チェリョンの叔父と従兄が盃を捧げた。そのあと、ようやくスナムにお参りの順番がまわってきた。誰もスナムに、お供えの盃を渡してくれなかった。

〈私です、スナムです。今、帰りました。彼は元気でやっていますのでご心配なさらないでください〉

あれもこれも話したいことがいっぱい溢れたが、涙とともに呑み込み、スナムは血が滲むほど強く唇を噛んだ。

家に帰ってから数日間、物思いに耽っていたチェリョンは、化粧を始めた。帰る帰ると言い張っていたら、船の乗船券を買ってきて自分の前に投げてよこした淳平の姿が浮かんだ。彼は、殴ったことを最後まで謝らなかった。チェリョンは、そのことでこれまでの借りはチャラになったと考えた。淳平とユリコ、そしてマリナがはしゃぎながら笑う姿が胸をよぎった。自分がいなくても、三人はああやって笑いながら幸せに暮らすだろう。

チェリョンは、これまでの人生から彼らを消し去ることにした。あそこで起こったこともすべて。自分は、決して日本人と結婚なんかしたことはない。子供を産んだこともない。韓国の地ではただひとり、スナムがそれを知っているが、それを触れ回ることもないだろう。

チェリョンは、トランクからいちばん上等の服を取り出して袖を通した。サンフランシスコを発つ時、彼女が持ってきたのは服だけだった。チェリョンは、ロバート大佐が事務室と宿舎にしている別館に行った。そして、父の執務室だった部屋に案内され、大佐に会った。大佐は、英語で挨拶してくる若い洗練された女に強い好奇心を持った。彼女からは、一日や二日では真似できない身に沁みついた品格が感じられた。

「あなたは、どなたですか？」

「私は、この家の主人です」

大佐は、お世辞ひとつ言わず、臆することもない女の態度が気に入った。

「この家の主人は、すでに死亡したはずだが。日本に協力して蓄財し、そのため屋敷は没収されたと」

大佐は、なおも体を背にもたせかけたままだった。

「その方は、亡くなった私の父です。父が日本に協力したのはやむを得ないことだったのです。父が本物の対日協力者《チニルパ》だったら、なぜ独立運動をする息子がいるのでしょう。なぜ独立運動家の男に援助して監獄に送られそうになった娘がいますか？　どちらも、父が裏で支援していたのです」

チェリョンは真っ直ぐに大佐を見据えた姿勢のまま言った。

「その娘が、あなたなのですか？」

大佐は、チェリョンに関心を向けた。英語もかなり流暢なほうだと感じた。

「そうです。父は、私を助けるため、仕方なく私を日本軍の慰問隊に送りました。私は、そこから逃げてニューヨークに行って勉強しました。ニューヨークでも熱心に独立運動をしました。私は、日本と戦うあなた方の味方だったのです」

チェリョンは、スナムの卒業証書とニューヨーク韓人学生会の新聞に載った記事を机の上に置いて見せた。大佐はそれらを覗き見た。チェリョンの言葉遣いには、東部ではなく西部の訛りが感じられたが、そんなことは大した問題ではなかった。チェリョンは腕組みして言った。

「父は、いくらでも自分のために弁明するチャンスがあったにもかかわらず、自決することで謝罪したのです。命より重いものが、どこにありますか？　どういう罪を犯したにせよ、もう十分じゃありませんか？　住む家まで奪っていくのは、あまりにも過酷で不当な仕打ちです。今は、本物の主人である私が戻ったのですから、家は返してください」

チェリョンの言葉は、命令に近かった。ロバート大佐は、彼女が自分の家の女中部屋で女中と一緒に寝起きしているのを知ると、まず母屋から空け、主殿《サランチェ》もじきに返しましょうと言った。チェリョンも、洋館のほうは譲歩すると応じた。大佐は、チェリョンに自分の通訳官および秘書になることを提案した。チェリョンもその提案を断る理由はなかった。今の韓国で、もっとも大きな実権を握るのはアメリカ軍なのだ。

間もなく母屋が明け渡された。スナムもスリネも、母屋を取り返したチェリョンを誇らしく思った。チェリョンは、クァク氏が使っていた部屋に移り、自分の部屋だったところは、スナムとスリネに与えた。そして母屋の女中部屋は賃貸に出した。

解放を迎え、日帝がつけた「京城」という名は、ソウルと変えられた。満州や他の国から戻ってきた帰還同胞たちで、ソウルの住宅難はかなり深刻だった。行き場のない人々は、橋の下に粗末な小屋を建てたり、日本が掘った防空壕に入って暮らしたり、それもかなわない人たちは山に横穴を掘って暮らした。もとから住んでいた人々もぎりぎりの生活で、他人のことなど構う余裕はなかった。国を取り戻し、首都の名前を新しくしたものの、いい暮らしをしていた者は引き続きいい暮らしをし、持たざる者はあいかわらず貧乏だった。厄介者扱いされた帰還同胞は、物乞い、泥棒、あるいは暴力団に転落する者もいた。

チェリョンは、不動産業者に、家賃をきちんと払える人を厳選して紹介するように言った。スリネはしだいに焦りを覚えた。チェリョンが母屋を取り返した時とは異なる感情だった。もうユン家は滅びるだろうと思っていたのに、ユン家の家門は、間もなく、何ごともなかったかのようにかつての栄華を回復しようとしていた。しばらく影を潜めていたスリネの復讐心が、むくむく頭をもたげた。自分は、息子をふたりとも亡くし、生きた心地がしないのに、ヒョンマンは、土の中に横たわり、娘が家門を再興するのを安らかに見守っている。スリネは、ふたたび復讐の機会を窺い始めた。

そんな頃、同じ部屋で寝起きするスリネは、スナムの妊娠に誰よりも先に気づいた。どんな時も食欲を失うことのなかったスナムが、ものを食べられず、ときどき吐き気をもよおしては、だるそうにしている。チェリョンが帰ってから少しふっくらした顔も、またやつれてきた。

「スナム、あんた、自分の体の変化、わかってるかい?」

「元気がないってことは、このまま、死ぬってことかしらね」

スナムが弱々しく笑いながら答えた。スリネがスナムの背中を叩いた。

「なんてまぬけなんだろう。嫁に行ってもう子供を何人も産んでなきゃならない年なのに、何もわかってないんだね? あんたは、今、お腹に子供がいるんだよ。生理がないだろ?」

その瞬間、魂が抜けたように、スナムの頭の中は真っ白になった。そして絶望と恐怖が大きな津波のように襲い掛かった。

「父親は誰なんだい?」

スリネが舌打ちしながら尋ねた。わかりきっているのに、思わず聞かずにはいられなかった。妊娠の事実を知ったスナムは、帰ってきた頃よりさらに憔悴し、口を閉ざした。だが脳裏には、あの日の記憶がまるで今、目の前で起きたかのように蘇る。スナムは、頭を壁に打ちつけた。頭をかち割ってでも、あの記憶を摑《つか》み出し投げ捨てたかった。嚙み締めた唇から血が滲んだ。

「子がお腹にいる人が、何をやってるんだい。父親が誰であろうと、母になったら体を大事にしなくちゃいけないよ」

　スリネが止めさせて諭したが、スナムには何も聞こえなかった。

＊

　スナムは、カンフィ、そして上海に配置される光復軍の一隊とともに重慶《チョンチン》を発った。揚子江《長江》を下る船に乗ってである。スナムは、まるで新婚旅行かピクニックに行くようでわくわくしたが、両親を亡くしたカンフィを気遣い、その想いを封印した。カンフィが、もしかして自分が彼の両親の死を喜んでいると思わないかと心配した。だが、ソウルに帰る不安が少し和らいだのは正直なところだった。大韓民国臨時政府が最初に所在地とした上海にはヨーロッパの租界があったので、河を挟んでヨーロッパ式の建物がずらりと並んでいた。港は、それぞれ祖国の光復と敗亡を迎え故郷に帰ろうという韓国人と日本人で溢れ、ひしめいていた。上海と木浦《モッポ》や済物浦《チェムルポ》（仁川）の間を往復する定期船はきちんと運航されておらず、切符を買うのも難しかった。韓国人たちは日本人より故国への距離が近く、小さな渡し船であれ何であれ、水に浮くものなら何でも構わず乗って帰ろうとした。そのため難破事故もたびたび起きた。状況を探ってきたカンフィは、今はまだ危険だからと言ってスナムの韓国行きをやめさせた。スナムも、いざ上海まで来てみるとカンフィと別れたくなかった。

「アメリカ軍が、臨時政府の家族のために帰国船を用意してくれるそうだから、ここにいて、その船で帰るのがよさそうだ」

スナムは、その言葉をいい口実に、しばらく上海に留まることにした。上海支隊長は、スナムに虹口《ホンコウ》公園近くの宿屋の部屋を都合してくれた。虹口公園は、ユン・ボンギル（尹奉吉。一九〇八―一九三二年。独立運動家。）義士が一九三二年、日本の天皇誕生日と上海占領を祝う記念式典で爆弾を投げた場所だ（「上海占領」は、「満州事変」に対する列国の批判の目を逸らすために起こされた日本軍の謀略（第一次上海事変＝一・二六事変）だった。中国の反日感情は激化、停戦交渉中の四月、式典で爆弾事件が起こされた。日本の陸軍大将が死亡、駐華公使重光葵らが重傷を負う）。その義挙をきっかけに、蒋介石《チャンジェス》総裁は、中国人百万でもできなかったことをひとりの朝鮮人がやってくれたと言って朝鮮人の独立運動を支援してくれるようになったという。たとえ強大国の力で得た解放とはいえ、その裏では数多くの朝鮮人の献身と犠牲があった。スナムは、束の間であれ、由緒ある街に留まれることが嬉しかった。光復軍上海支隊は、上海だけでなく周辺の江蘇《ジャンス》省一帯でも活動に忙しかった。カンフィは、隊員とともに行動したが、五、六日に一度はスナムが泊まっている宿屋にやってきた。スナムは、臨時政府要人の家族が到着するまでの仕事を探し始めた。正式な仕事ではなく、いつでも辞められる日雇い仕事が良かった。

スナムは、宿屋からそう遠くない大きな洗濯屋で働くことにした。ホテルから出される洗濯物を引き受けているところで、店の裏には水道設備のある洗濯場がある。夫と一緒に洗濯屋を経営している女は、ときどき洗濯場に様子を見に来ては、働く者たちの見張りをした。意外にも、その女は韓国人だった。彼女は、スナムが韓国人であるのを知ると、ひどく喜んだ。洗濯の仕事は、下洗い、本洗い、すすぎなどに分業されていた。長く働いている者ほど簡単で楽な仕事をし、スナムのような新入りの日雇いは、いちばんしんどい工程をやらされた。カンフィは、顔がやつれたといって胸を痛めたが、スナムは、宿代を心配しながらじっとしているよりも働いているほうがはるかに気が楽だった。

「臨時政府のご家族が到着するまでだから、あまり気にしないで。そんなに大変な仕事じゃないし」

女主人は韓国語を話せるのが嬉しいようで、様子を見に来たと言ってはしょっちゅう洗濯場にやってきてスナムに喋りかけた。見張っていないと仕事をいい加減にするんだと中国人の悪口を言ったり、解放になって故郷に帰る人たちを見ると落ちつかなくて寂しいなどと気持ちを打ち明けたりした。洗濯場の人たちは、スナムが女主人と親しくするので、気を回して楽な仕事に代わってくれた。スナムも、韓国語で話せることが嬉しかった。まだ会話中に英語の単語が先に浮かぶことが多く、英語ふうの口調になってしまい、カンフィにからかわれたりした。これから韓国で暮らすのだから、もっと自然に話せるように練習しなければならない。

「あなたは、こういうきつい仕事をするようには見えないけど、思ったより手際がいいわね。今まで何をして暮らしていたの？」

女主人が尋ねた。スナムは、アメリカで勉強を終えて戻ってきて、少し前に結婚したと話した。アメリカで大学を卒業したことも誇らしかったし、とりわけカンフィという夫の存在は、どんな石垣よりも頼もしかった。もうこれからは、他人の家の下働きや貧しい苦学生ではない。解放された祖国の地で、それなりに尊重されて生きていけるだろう。

「夫は、光復軍なんです。臨時政府の家族の皆さんが到着したら、韓国に帰る予定です。アメリカ軍が、船を用意してくれるそうです」

世の中が変わったので、独立運動をしていたことも隠さず言うことができた。スナムは、カンフィの妻であることに改めて胸がいっぱいになった。女主人が、それまでとは違う目でスナムを見た。

「やっぱり、何かちょっと違うと思ったよ。こんな立派な人に洗濯場で働いてもらうなんて、まあ、もったいない」

女主人のお喋りに、洗濯物をすすぐスナムの手にいっそう力がこもった。

「あなたは、アメリカで大学まで通って独立運動する人と結婚したんだから、故郷に帰ったらきっと大歓迎だねえ。私なんか中国人と結婚したから、何があってもここで暮らすしかないけど、あそこにいた女の子たちは気の毒だったよ。解放になったからって、顔を上げて故郷へなんか帰れやしないじゃないか」

女主人が洗濯場の近くの建物のひとつを顎で指して言った。前の家に遮られて、一部だけが見える二階建ての建物だった。

「女の子たち？　あそこって？」

スナムが問い返すと、女主人は聞き取れる人もいないのに、体を傾けて小さな声で囁いた。

「朝鮮の女の子たちが、ウェノム《日本人野郎》の軍人たちの相手をさせられてたところだよ。日本が降伏したからみんな解放されたらしいけど、体じゅう傷だらけで、手ぶらで故郷に帰って誰が喜んでくれるもんか。ウェノムの相手をさせられた代金は帳面に書いてあるだけで、一銭ももらってなかったそうだよ」

スナムは、猛獣のかぎ爪が、いきなり首の後ろにガッと突き立てられたような気がした。

「……おばさん、どうしてそれをご存じなんですか？」

スナムは、女主人から顔を背けて聞いた。

「あそこで働いていたおばあさんから聞いたんだよ。あそこの女たちの洗濯物は、うちでやってたからね。日本の女は酌婦やら娼婦やらで軍人に病気を感染《うつ》すといって、あとではすっかり朝鮮の女の子に取り替えられたんだよ。十五歳にもならないような子たちを閉じ込めて、一日に数十人も……。ああ、恐ろしい」

女主人が身震いした。首の後ろに突き立てられた猛獣の鋭い爪が、ぐいっとスナムの脳裏をえぐった。ずっと忘れていたプニの姿が、その爪に突き立てられて現れた。

「それにしても、あの可哀そうな子はどうしたかねえ。塀には電気鉄条網を張りめぐらしてあったんだけど、逃げようとして感電しちまって、そのせいで頭がすっかりおかしくなっちまった子がいたんだよ。ときどきこの前を通ると、気の毒で食べ物をやったりしてたんだけど……」

血の涙にまみれたプニの姿が、たらいの水に映った。その後ろに幽霊のような隊員たちの姿が次々に現れた。繰り返し見た悪夢と本当に起きたことが入り混じり、もうどれが実際に起きたことか区別がつかなかった。スナムは唇を噛み締め、洗濯物をやたらに揺すってすすいだ。プニの顔がゆらゆらと消え、隊員たちも見えなくなった。

仕事を終えたスナムは、誰かに捕まりそうでそそくさと宿屋に帰った。いつもなら夕飯に食べる物を買って帰るのだが、胸がむかむかしてまったく食欲がなかった。スナムの気持ちを察したかのように、部屋にはカンフィが戻っていた。

「用事があって、急に来たんだ。本当は、今夜は戻らなくてはならないんだけど、君が心配で、どうしてもひと目会いたくて。明日の早朝に戻れればいい」

一緒にいられるだけで幸せだったが、その日はことさら嬉しかった。スナムは、カンフィの首に腕をまわし、頬を寄せて目を閉じた。忘れよう。あの時のことは、もう忘れよう。どうしようもなかったのだ。

「だいぶ、やつれたようだよ。しんどいんじゃないのか」

カンフィの胸にもたれたまま、スナムは首を振った。自分が悪いわけじゃない。あの時、自分に何をすることができたというのか。自分だけでも逃げられてよかった。さもなくば、今の自分もなかったのだ。

スナムは、カンフィと夕飯を食べに外へ出かけ、黄浦江《ファンプー》の川辺を散歩した。だが、道端にひとりで立っている女を見かけると、みな連れてこられた朝鮮の女に思えた。その晩、スナムはカンフィに尋ねた。

「もし満州の部隊にいたとき、私がひどいことをされてたら、オッパはどう思った？　それでも私を妻にしてくれた？」

「どうして、仮定の話なんかするんだ。そういう変な考えは起こさないほうがいい」

カンフィが言った。

「あの時のことを思い出すと、たまらなくなるの。あなたがどう思うか知りたくて」

カンフィが、真剣な顔でスナムの目を覗き込んだ。そしてスナムの頬を両手で包んで言った。

「君に何があっても、君は僕の愛するキム・スナムだ。君が、僕のすべてを受け入れてくれたように、僕もそうだ。どんなことがあっても、変わらないよ」

スナムは、カンフィの胸に顔をうずめた。あらゆる憂いや恐れ、不安を治癒してくれる薬は、カンフィなのだ。どんな懸念も苦しみも、カンフィと一緒にいれば跡形もなく消えた。

※訳註：実際はポツダム会談に中国は参加しておらず、中国重慶で抗日戦争の指揮を執っていた蔣介石の同意を得た上で、一九四五年七月二十六日、ポツダム宣言（日本に対する無条件降伏の勧告）は米英中の名で発表された（日本降伏後の対日方針は、すでに一九四三年のカイロ宣言で米英中によって合意され、朝鮮の解放と独立が明記されていた。カイロ宣言はポツダム宣言に引き継がれた）。だが、日本政府はポツダム宣言を「様子見」「黙殺」の形で拒否。その後、原爆投下、ソ連参戦と続く。中国重慶に日本降伏の報が伝えられたのは八月十日とされる。一回目のポツダム宣言受諾（天皇制存続などの条件付き）の報と思われる。だがこれを連合国は認めず、日本政府は十四日、二回目の受諾（条件なし）の決定を行い、これにより戦争が終結する。（加藤聖文『大日本帝国崩壊』）

暮れない時間（二）

翌日の夕方、仕事が終わったスナムは、躊躇《ためら》いながらも女主人の言っていた建物へ行ってみた。薄暗い路地の奥にある二階建ての建物には、小さな窓がいくつもついている。建物の前の狭い庭の入り口は、鉄格子の門で塞がれていた。周囲の建物と別段変わったところもないその建物の様子を窺っていたスナムはどきりとした。誰もいないと思っていたのに、一階のいちばん奥の窓から微かな光が漏れている。鍵が掛かっていると思った門も、針金が軽く引っかけてあるだけで、簡単に手で開けられた。スナムは地獄の扉を開けるようで、思わず手を引っ込めた。だが、ついにその門を開けた。

庭に足を踏み入れると、建物の真ん中に、中へ入る通路があった。上に〈勇士の家 娯楽所〉という看板が掲げられ、通路の入り口に、映画館のチケット売り場のような小部屋があった。将校、兵士、軍属ごとの料金表とともに〈勇士の皆さん、ご苦労様です。誠心誠意、ご奉仕します〉という標語が張られている。スナムは、それらを全部引きはがし、破って踏みつけてしまいたかった。目にするだけでおぞましかった。

通路を抜けると、広めの中庭を囲んでロの字型に二階建ての建物があり、小窓のついた扉が数十はあると思われた。扉には、日本の名前と利用心得などが貼られていた。扉が開いている部屋もあれば、扉が外されている部屋もある。木の寝台ひとつに木の小箱一個があるだけの部屋は、がらんとしていた。布団やら木箱、生活用品が、二階の欄干に掛けてあったり庭に転がっていたりするのを見ると、人が住んでいるようには思えなかった。

光が漏れていた方向におよそ見当をつけて見てみたが、明かりのついている部屋はなかった。見間違えたのだ。誰が好んで、こんなところに残っているだろう。心の重荷がふと軽くなったような気がして戻ろうとした時、一階の奥の部屋の扉の小窓から光が漏れた。その光は、まるでスナムに合図でも送るかのようにちらちらと明滅した。スナムの顔に恐怖の色が浮かんだ。

〈行き場のない浮浪者だろう〉

スナムは、努めてそう考え帰ろうとした。そして二度とここに足を踏み入れてはならないと自分に言い聞かせた。だがその瞬間、スナムが助けてくれるのを信じて待っていると言ったプニの顔が浮かんだ。懇願する眼差しと声が、つい昨日のことのように蘇った。今もプニが部屋の中で自分を待っているような気がした。ちらちら明滅する光が、プニが送ってくる救助信号のように思えた。早くここから立ち去れという叫びと、近づいて行きドアを開けろという囁きが同時に聞こえた。叫びは、囁きに勝てなかった。部屋の扉の前まで来たスナムは、何気なく踏んだ木の敷板がぎいっと立てた音にびくりとした。帰れという最後の警告のようだった。

〈もう忘れよう〉

心を鬼にして向きを変えたとき、背後で扉が開く音がした。スナムの足は、地面に張りついたまま離れなかった。

「お腹すいた《ペーゴッパー》……」

韓国語だった。痩せ細った女の声に、スナムはゆっくり振り向いた。ユカタを着た女が、扉の向こうにしゃがんで自分を見上げていた。スナムは息ができなかった。その女が手に持つ懐中電灯から放たれたものだった。女は、懐中電灯の灯をつけたり消したりした。光は、まだ真っ暗ではなかったので、うっすらと浮かんだ顔は、灯りをつけるとむしろ見えなくなった。プニではない。スナムはようやく息をつき、女に、夕飯のつもりで買った饅頭《マントウ》の袋を差し出した。ひったくるように袋を摑んだ女は、着物のような日本の衣類や生活用品が散らかった部屋で、がつがつ食べ始めた。まだ二十歳前のように見えた。

スナムはその場に立ち尽くし、女をじっと見つめた。両頬を膨らませ、饅頭をこれでもかというほど口に頬張った女が、スナムを見上げ、へっと笑った。気が触れているようだった。洗濯屋の女主人が言っていた女に違いない。スナムの心が音を立てて崩壊した。そしてその場にへたり込んだ。木の敷板の上にぺたりと座りこんだスナムは、しばらくしてようやく女に名前と年齢を尋ねた。

女は、ヨンスンと名乗り、またエイコと名乗った。十六歳と言ったり、十八歳と言ったりして、言うことがまちまちだった。だが、スナムにはすべて理解できた。韓国の名はヨンスンで、ここで呼ばれた名はエイコだ。そして十六歳のときに連れてこられて今は十八歳なのだ。

「ここにいた人たちは、みんなどこへ行ったの？」

スナムが聞いた。

「知らない。みんな、行っちゃった。軍人たちが、みんな、出て行けって」

「あなたは、なんで出て行かなかったの？」

「ここは、服がいーっぱい、部屋もたーくさんあるんだよ」

ヨンスンが両腕を思いきり広げた。部屋にうずたかく積まれた衣類や生活用品は、他の部屋から持ってきたものだった。饅頭を食べ終えたヨンスンは、口紅を取りだし、唇に赤く塗ると、にたっと笑った。スナムは、涙を堪えながらヨンスンの背中を優しく撫でた。

スナムは、カンフィが来ない日は、食べ物を買ってヨンスンに持って行った。時折正気に戻るヨンスンから、故郷は全羅道であることやお金を稼がせてあげると騙されて来たことを聞き出した。連れてこられた女の子たちの大部分も似たり寄ったりだっただろう。ヨンスンの体もあちこち傷だらけだった。正気ではないときも、ヨンスンは、傷の理由だけは鮮明に記憶していた。ここでヨンスンは、人間ではなく動物扱いを受けたのだ。傷はその痕だった。

スナムには、壊れて割れて踏まれてあちこちに散らかっている物が、ここで過ごした女の子たちそのものに思えた。そしてスナムにとって、ヨンスンはプニだった。

「ここは、軍人がいないからいいよ。ここは、あたしの家なの」

ヨンスンは、スナムが持ってきた食べ物をがつがつ食べながら、明るく笑った。

「ここは、あなたの家じゃない。私が、もうじき本当の家に連れて行ってあげるからね」

洗濯屋の女主人の言うように、韓国に帰ったとしても後ろ指を指されるに違いない。たとえそうだとしても、ここにいるよりはいいだろう。もし万が一、実家で引き取るのを断られたら、国で生きる方策を何か探してくれるだろうとスナムは信じた。主権を取り戻した私たちの国は、これまでの朝鮮とは違うのだから。プニと交わした約束は守れなかったが、今度は必ず守れるだろうと思った。そうしてこそ、プニや慰問隊員たちへの罪滅ぼしができるような気がする。

カンフィが来て、二日間をともに過ごした。あと数日すると、金九主席と臨時政府要人の第一陣が上海に到着するという。金九先生と側近らは飛行機で帰国し、ほかの人々のためには船が出るということだった。出発の日が近づくのが切ないスナムは、仕事にも行かずカンフィの傍にいた。カンフィもそれを望んだ。ふたりは、しばしの離別を惜しむように愛を交わした。互いの指先の届くところ、吐息の届くところに、花が咲き、蝶が舞い、芳香が立ちこめた。身が心となり、心が身となった。ふたりはひとつだった。

「先生が到着されるのに合わせてまた戻ってくるよ。それまで、ちゃんと待っていておくれ。もうじき韓国に帰るんだから、仕事もそろそろ辞めるように」

カンフィは、いつまでも名残惜しそうにしていたが、ついに歩き出した。スナムは、カンフィが視界から消えるまで胸を詰まらせながら見送った。

カンフィには仕事を辞めると言ったものの、スナムは帰る前日まで続けるつもりだった。故郷に帰るヨンスンに、ちょっとでもお金を持たせてやりたかった。スナムはその日の夕方も、仕事を終えるとヨンスンのところへ行った。ところが、部屋は空だった。またどこかへ物乞いをしに出掛けたようだ。ときどき食べ物やそれまでなかったものがあったが、知らないふりをしてきた。スナムに出会うまでは、ヨンスンはそうやって命をつないできたのだ。自分が毎日来るわけでもないのに、家から出るなと言うこともできない。

スナムはヨンスンを待った。間もなく韓国に帰れると、早く話してやりたかった。追い出されても戻ってきて、みんなが去った後も残っていた場所なのだから、ヨンスンがここに帰ってこないはずはない。スナムは疲れのあまり寝入ってしまった。少しと思っていたのに、目を開けると真っ暗だった。ヨンスンはまだ戻っていなかった。胸騒ぎを覚えると、外で人の気配がした。スナムは、ヨンスンだと思い身を起こした。その瞬間、扉が開き、真っ黒な影がいくつも押し入ってきた。

スナムが悲鳴を上げると、何かが頭部を強く打った。気を失い倒れるスナムの目に、人の影が二つに、三つに見えた。しばらくして目の覚めたスナムは、くつわを嵌められ、手を縛られていた。そして真っ黒い影のひとつが自分におおいかぶさっていた。スナムが腹の底から絞り出すような悲鳴を上げ身をよじって抵抗すると、鉄拳が飛んだ。身をすくめると、容赦ない足蹴りが加えられた。スナムは、火炎地獄に落ちていった。いっそのこと、もう一度気を失いたかった。いや、死にたかった。獣《けだもの》どもの声が、鉄串のように耳の穴に突き刺さった。

「早くやれよ」

「あの、きちがい女だよな？」

「なんだっていいだろ」

「サック、はめたか？」

「チョーセンジンの女だ。いらねえよ」

「点呼の時間に遅れるぞ、急げ」

「平気だよ、チョーセンジンの女を組み敷いてきたっていえば、勲章だぜ」

彼らは、上海の日本人を無事に帰還させるために残留した日本兵だった。かつて足繁く通っていた慰安所にまだ残っている女がいるという噂が密かに広まり、上官は部下たちがそこへ出入りしているのを知りながら黙認していた。

三人目がおおいかぶさってきた時、スナムはついに気絶した。

「スナムはこの頃、どうしたの?」

英字新聞を見ていたチェリョンは、朝食の膳を運んできたスリネに尋ねた。いつも先に起きてはチェリョンの部屋に来ていたスナムだったが、このところ顔を見ていない。そういえば、いくら遅くても夜の挨拶にも来ていたのに、ここ数日それもない。

「それが、その、あの、スナムの腹に子ができまして」

スリネが言った。計画の実行を前にして、どきりとした。チェリョンが驚いた様子で尋ねた。

「えっ、なんですって? で、父親は誰なの?」

スリネは、唾をごくりと呑み込んだ。ついにこれから始まるのだ。

「どうやら、坊っちゃまのお子のようなんです」

スリネの声が震えた。チェリョンはスナムの妊娠を知ったこと以上に、衝撃を受けている顔だった。

「スナムが? 本当なの?」

しばらく絶句していたチェリョンが尋ねた。

「いえ、あの、スナムが家に戻ってきた時、熱に浮かされてうわ言をずいぶん言ってたんです。その時、ずっとお兄《オッパ》さん、オッパと言ってたもので。あとで、オッパって、誰なのって聞いたら、坊っちゃまと中国で会った話をするんです。どうやら尋常じゃない仲だったようで。若いふたりですから、何があってもおかしくはないわけで」

スリネは、スナムをチェリョンだと思い込んだいちばん大きな理由がカンフィの呼び方だったことに、あとから気づいた。カンフィをオッパと呼ぶ人は、チェリョンしかいなかった。スリネは、人に言えないような目に遭ったチェリョンが、無意識のうちに、肉親を呼んでいると思った。スナムだと知ったあと、スリネは彼女にカンフィをオッパと呼ぶわけを尋ねた。

「チェリョンお嬢さまになっていたのですから、オッパと呼ぶしかなかったのです」

スナムは、苦しそうに言った。

「おまえ、もしかして坊っちゃまに手をつけられたのかい？　ご主人様だからいいじゃないかって」

スリネがそっと尋ねた。

「違います！　カンフィオッパは、そんな人じゃありません」

スナムは強く否定したが、スリネはその時、復讐にカンフィを利用する計画を思いついたのだ。

一方チェリョンも、臨時政府があった重慶でカンフィに会った話はスナムから聞いていた。ニューヨークの僑民会で集めた献金を金九主席に届けに行ったとき、偶然会ったという。カンフィと、それ以上何かがあったという話は聞かなかった。もっとも、あえて自分にカンフィと情を交わしたなどという話はできるはずもなかっただろう。ひょっとしてカンフィの一時的な欲望の犠牲になったのかもしれない。それで隠しているのだろうか。ときどき暗い顔をするのも、そのせいか。

チェリョンは、スリネの言葉を信じた。同じ部屋で寝起きしているのだから、自分よりスナムのことをよく知っているはずだし、スリネがあえて嘘をつくわけがない。お兄さま《オッパ》も、よりによって自分の家の小間使いの女なんかじゃなくても、ほかに女はいるのに。チェリョンは、お膳の下で拳を握りしめた。

「スナムが自分で言うまでは、子の父親について知らないふりをするように。もしスリネに言ったとしても、私は知らないことにします。そして何かしでかさないか、ちゃんと見張っておいて」

そうでなくともスリネは、スナムが何かやらかさないか、厳しく監視していた。子を流すためにどんぶりの醬油を飲んだり、高い所から飛び降りたりしてスリネに見つかったことが一度や二度ではない。スリネは、父親が誰かも知れない子を、必ずやこの世に誕生させるつもりだった。そして、この家に徹底的に復讐するために、満州の匪賊《ひぞく》だか、ウェノム《日本人野郎》だか、どこぞの馬の骨とも知れない子種《こだね》でユン家を継がせてやろうと思った。スリネは、カンフィはもう戻ってこないだろうと踏んだ。スナムは、ヒョンマン夫妻が死んだのを中国で知ったと言っていた。だとすればカンフィも知っただろう。家を呪って自分から出ていき、両親が死んでも戻ってこなかった人間が、今さら現れるはずはない。

妊娠を知ったスナムは、韓国に帰る途中の海で溺れて死ねなかったことを悔やんだ。ヨンスンの部屋から戻ったスナムは、二日間寝込んだ。顔といい体といい、痣《あざ》と傷だらけだった。誰もいない部屋でのたうちまわり、動物のような呻き声を上げていたスナムは、はっと我に返った。カンフィに、黒ずんだ痣だらけのこの身体を見られる前に、ここを離れなければ。臨時政府の家族の方たちにも会ってはいけない。スナムは、カンフィがすぐにも戻ってきそうな気がして、慌てて部屋を整理した。カンフィの荷物はトランクに詰め、自分の荷物は風呂敷に包んだ。イルクーツクで撮った写真は、自分ひとりで写っているものだけを荷物に入れた。ふたりで撮った写真は、カンフィに持っていてもらいたかった。そして、船の便が急に用意されたので発つことになったという手紙とカンフィの荷物を宿の主人に預け、逃げるように宿屋を後にした。

港まで来たスナムは、切符を買い、近くにいた船に適当に乗った。途中で船がひっくり返ろうが、沈もうが、構わなかった。むしろそれを願った。中国に住んでいた同胞たちの帰国の集団は、難民の群れのようにみすぼらしく疲弊していた。それでも人々の顔には、ついに解放された祖国へ帰れるという喜びが浮かんでいた。船上では、賑やかに話の花が咲いた。みながそれぞれ独立運動家であり、愛国志士であった中国での暮らしを熱く語る脇で、うずくまったままのスナムは船酔いに苦しんだ。

「おいおい、大丈夫かい、ああ、挺身隊（朝鮮では日本軍慰安婦のことを、「挺身隊」と呼んでいた）に引っ張られてきた娘さんか」

誰かが心配してくれたが、スナムは目を閉じたまま何も答えられなかった。何も考えられなかった。頭には、海に飛び込むことしか浮かばなかった。日本軍に踏みにじられたプニや慰問隊の子たちの気持ちをわかっているつもりになっていたのは大きな錯覚だった。自分は、部隊から何ごともなく逃げられた身だったのだ。我が身を踏みつけにした獣どもの声が、四六時中、鉄串となって臓腑を突き刺した。そしてカンフィとの夢のような記憶を食いちぎり嚙み潰した。カンフィの指先や吐息に花が咲き蝶が舞い芳香の立ちこめたこの身は、汚辱にまみれ、ずたずたになってしまった。身も心もぼろぼろの廃人だった。息をしても、飯粒を呑み込んでも、目を開けていても、生きてはいなかった。

まる一日と少しで木浦《モッポ》港に到着した人々は、伝染病の流行のため船から降りることができなかった。二日間、港で待機させられた船は、釜山港まで行ってようやく人々を下ろした。アメリカ軍が、船から降りる人々の体に殺虫剤の粉を振りかけた。スナムをはじめ帰国同胞たちが、解放された祖国に上陸して最初に受けた待遇だった。

釜山港では、連絡船が日本から帰ってくる同胞を次々に吐き出した。逆に、戻る船に乗ろうという日本人も後から後から押し寄せた。スナムは、人々にもみくちゃにされ、ぶつかっては何度も転んだ。その大勢の人々の中で、帰るところがないのは自分だけのようだった。彼女は、自分の身体が疎ましく、忌まわしかった。スナムは、上着の裏地の縫い目をほどいてその中にいくつかの持ち物をしまい、ほかのものは風呂敷ごと捨ててしまった。しまったものは、写真と卒業証書、ニューヨークの僑民会新聞の記事などだった。こんなもの何の役にもたたないと思いながらも、本能のなせるわざだった。

一カ月近くほとんど飲まず食わずで、野宿しては彷徨《さまよ》い続けたスナムは、嘉会洞《カフェドン》の屋敷の前にいる自分に気がついた。何も考えないようにしていたのに、足がひとりでに歩いてきたのだ。スナムにとって、そこが故郷だった。遠くからスリネの姿が見えたが、声をかけられなかった。来た道を帰ろうとしたがまた戻り、それを繰り返していたスナムは、ついに力尽きて大門の前で倒れた。

カンフィの家である嘉会洞の屋敷に辿り着いた途端、スナムには、自らの遭遇した出来事がいっそう重苦しくのしかかった。何があったかを嗅ぎつけたスリネに、カンフィとの仲を明かすわけにはいかない。スリネが自分のことをチェリョンと思ってくれるほうがむしろ楽だった。そうでなければ、スリネは、口を割るまで責め立てるに違いない。スナムは一日に何度もここから出て行こうと思ったが、カンフィのことを思い、耐えた。

金九先生や臨時政府の要人の方々も帰って来られたから、カンフィも間もなく帰ってくるだろう。上海の宿屋から慌てて逃げては来たものの、スナムはこのまま黙って消え失せてはならないと思った。少なくともカンフィに、立ち去る理由は明かさなければならない。カンフィがたとえ受け入れてくれるといったとしても、もう、一緒に暮らすわけにはいかない。彼の胸に抱かれるたび、獣《けだもの》の汚れた牙に打ちのめされた瞬間が甦るだろう。カンフィがいくら優しく愛を囁いても、卑劣なやつらの汚らわしい声が掻き消してしまうだろう。それでも、甘い溶ろけるような声が聞こえる日もあった。

「君に何があっても、君は僕の愛するキム・スナムだ。どんなことがあっても、それは変わらないよ」

断崖から落ちかけた人が摑んだツタのように心もとなかったが、カンフィのあの時の言葉はスナムの命をかろうじて支えた。

来る日も来る日も火炎地獄でもがいたスナムは、チェリョンが帰ってくると、少しずつ奈落の底から抜け出しはじめた。あの記憶を焼きゴテの痕のように刻みつけてでも、生きていけるような気がしてきたのだ。そんな中、妊娠の事実を突きつけられたスナムは、ふたたび深い絶望の淵へと落ちていったのだった。

それからのスナムは、いっさい部屋から出ることがなかったので、カンフィから手紙が来たことも知らなかった。郵便配達夫から手紙を受け取ったスリネは、発信人は誰かと尋ねた。ユン・カンフィだという言葉に腰を抜かし、受取人の名も確認せず、あっという間に手紙をかまどにくべてしまった。スリネは、カンフィはもう戻ってこないと踏んで企みを練っていたのに、チェリョン宛てに手紙が来たと思い込んだのだ。手紙の中に、自分の企みがばれるような内容があることを恐れて、さっさと燃やしてしまった。こうして、スナムの安否を心配し、自分も間もなく帰るというカンフィの手紙は、誰にも読まれることなくこの世から消えた。

一九四六年七月になった。スナムの推測する産み月は、一カ月後に迫っていた。地獄よりも恐ろしい煉獄の口が開く日が、ひたひたと近づいていた。スナムは、カンフィに黄葛樹《ファンガルス》のようだといわれた自らのしぶとい命が呪わしかった。そして膨らんでくる腹が限りなく不吉だった。

隣の応接間から、チェリョンが客を迎えている声が聞こえた。男の客のようだ。スナムは、戸を閉ざすだけでは足りず部屋の隅にうずくまった。ところが、男の口からカンフィという名が漏れ聞こえてきた。スナムが慌てて戸のところまで這っていくと、チェリョンがわっと泣き出した。

「お兄さま《オッパ》が死んだなんて。どうして、どうして、そんなことが……。十年ぶりに便りが来たと思ったら、死んだ知らせなんて。お兄さま、お兄さま」

戸の取っ手をつかむスナムの手から力が抜けた。スナムは、やっとのことで気持ちを奮い立たせて戸を少し開けた。応接間でチェリョンと向き合って座る男の背が見えた。彼は、カンフィがどのように亡くなったかを話していた。地方へ作戦に出た支隊が降伏を拒否して潜んでいた日本兵の弾を受け、三人も命を落としたのだが、なんと、カンフィはその中のひとりだったという。数カ月前の出来事で、これまで遺族を探せずに遺品を保管していたが、白凡金九《ペクポムキムグ》先生の耳に入り、先生の指示でようやく探し出すことができたという。

その時だった。スナムの陣痛が始まった。スナムは口から洩れる呻き声を噛み殺した。カンフィの死亡の報せが届いた途端、彼を、そして自分を嘲弄しようと悪魔の子がこの世に出てこようとしている。スナムは歯を食いしばり、呻きを喉の奥へと押し込んだ。決して生きてこの世に出させはしまい。堪えに堪えていたスナムは、ひと声長い叫び声を上げると気を失った。スリネがスナムをさすりながらお産の介助をしているあいだ、チェリョンは、カンフィの遺品の中に入っていた、スナムとふたりで撮った写真、白凡と撮った写真、そして指輪一個を箪笥の奥深くに隠した。カンフィの死に哀悼の意を表し、連絡が遅れたことを詫び、スナムにいつでも京橋荘《キョンギョジャン》（金九のソウルでの住居兼大韓民国臨時政府の最後の活動拠点。鉱山業で成功した崔昌学（一四九頁）が自らの別荘だった建物を解放後金九に提供した。史跡４６５号）に訪ねてきなさいという白凡の手紙は燃やした。

スナムは男児を産んだ。月が満ちていないので未熟児だろう、悪魔の子種なので化け物の形相だろうと思っていたのに、健康で元気な赤ん坊だった。スナムは、カンフィの命を奪ったに等しい悪魔の子に乳を含ませるつもりもなかったが、乳のほうも干からびたままで張ってもこない。体中の水分が蒸発したのか、涙も出ない。代わりに、自分とカンフィの胸張り裂ける運命への慟哭《どうこく》だけが血管の中をどくどくと流れていた。もはや彼女には、自分を、そしてカンフィを、このような目に遭わせたやつらを恨み呪う力も残っていなかった。悪魔の子をうつ伏せにする気力さえなかった。スナムは、脱ぎ捨てられた服のように、もぬけの殻の魂と肉体をただ横たえていた。

チェリョンははじめ、スナムが産んだカンフィの子を厄介に思っていたが、スナムが赤ん坊を他人の子を見るような目で見ている様子を目のあたりにし、考えを一八〇度変えた。チェリョンは、もう二度と結婚したくなかった。もしまた結婚して子を産んだら、その子を見るたび置いてきた子を思い出すだろう。そうなれば、寺尾ひかりとして生きたことも思い出さざるを得なくなる。しかし、せっかく自分が取り返したものを相続させる者がいないというのは寂しいことだった。

チェリョンは、スナムを気遣うふりをして、赤ん坊を自分の部屋につれてくるとスリネに面倒をみさせた。スナムは、赤ん坊が見えなくなると、ようやく食べ物を喉に押し込むことができた。腹の中でろくな養分を摂れなかった赤ん坊は、助かったといわんばかりに手足を盛んに動かしながら、粉ミルクであれ薄い重湯であれ、こくこくよく飲んだ。うごめく赤ん坊を見ていると、チェリョンの胸の奥底にぎゅっと抑え込んでいた母性が甦った。この世に生まれることのできなかった息子が、母を探しにやってきたような気がした。

スリネは、ある晩、赤ん坊に出ない乳を吸わせながら座っているチェリョンを見て、みっともないことをと思いつつ、ほくそ笑んだ。赤ん坊を兄の子と固く信じているのは明らかだ。企みをぶち壊すかもしれなかったカンフィが死んだのを見ると、天も無情ではないらしい。その晩、テスルに、復讐計画がうまくいっていることを報告したスリネは、またふたたびユン家の赤ん坊の世話をすることになった。いまやスリネには、最後までチェリョンの傍に残り、滅びの兆した子種で代が継がれるのを見届ける仕事だけが残った。一生こぶつきで苦労するところをうまく算段したのだから、スナムにもいいことをしてやったことになる。

スナムは、産後三週間も経たないうちに、嘉会洞の屋敷を去った。チェリョンがスナムに金を渡した翌日だった。チェリョンは、自分のすべての秘密を知るスナムを早く追い出したかった。

「未婚の身でお産は大変だったわね。あんたに自由をあげるから、もうこの家から出て行ってくれる？　赤ん坊のことは心配せずに、いい人に会って所帯をもったらいいわ。このお金は、私の代わりに慰問隊に行った報償金よ。卒業証書代も含めて。今後は、もう二度と会わないようにしましょう」

スナムは何の未練も残さず、渡されたお金を黙って受け取った。

一九四八年、南に大韓民国政府が樹立された。対日協力者《チニルパ》の行為を調査し処罰するための〈反民族行為特別調査委員会〉が動き出した。チェリョンは、被疑者であるユン・ヒョンマン子爵の自殺と光復軍として殉死したカンフィ、スナムのものを横取りした履歴、米軍政庁で働いた経歴などを記述した嘆願書を提出した。その結果、日本の戦争を直接、支援した記録が残る金鉱とその土地を除き、すべての財産は返還された。チェリョンは墓前で父に誓ったように、ほとんどすべてを取り返した。

チェリョンは、スナムが産んだ子にユン家の行列《ヘンニョル》（儒教式命名のルール）に従って、チンスと名づけた。彼女は、チンスをカンフィの息子としては戸籍に載せなかった。よく考えてみれば、カンフィは、妾の子であるだけでなく、ユン家のためにしたことは何もなかったのだ。むしろユン家と自分に損害を与えた。

自分がアメリカに追われるように行かされたのも、カンフィが先にしでかしたことのせいだ。カンフィのことがなければ、父はチョンギュのことくらい、いくらでももみ消せただろう。何よりカンフィが生きていたとしても、自分のようにユン家の財産を取り戻せたか、はなはだ疑問だ。

チェリョンは、もしチンスをカンフィの息子として戸籍に載せた場合、スナムが後から母としての権利を主張することをもっとも恐れた。そうなると、法的には叔母でしかない自分は、どうすることもできない。最終的にチンスがすべてを相続するにしても、カンフィの息子としてではなく、自分の息子としてでなければならない。戸籍上未婚であるチェリョンは、チンスを養子として入籍した。そして自分の息子には与えられなかった愛情を思いきり注いだ。いっぽうで、チンスには、あなたは両親に捨てられた孤児であり、そんなあなたのために自分は結婚もせず、あらゆるものを与えて本当の息子のように育てている、この世にたったひとりの母であることを絶えまなく言って聞かせた。

チンスは、チェリョンを盲目的かつ絶対的に仰ぎ見て成長した。だが十代の半ばを過ぎる頃から、母にわけのわからない憎悪を覚えるようになった。その感情は、チンスにこの上ない懊悩《おうのう》と呵責を抱かせるようになり、ついにはその想いが、チェリョンの元を離れさせることになった。逃げるようにしてアメリカへ留学した彼は、学位を取った後もその地で就職し、帰国を先延ばしにした。

李承晩《イスンマン》が大韓民国の大統領になった後も、多くの国民の信望を得ていた白凡金九は、一九四九年六月二十六日、京橋荘で不審な男の凶弾によって倒れた。スナムは、道いっぱいに埋めつくした葬送行列の中に混じり、まるで肉親を失ったように嗚咽した。カンフィの死を知った時も、赤ん坊を産み落とした時も、その子を置いて出てきた時も流れることのなかった涙が、スナムの目からとめどなく溢れた。

スナムは、嘉会洞の屋敷を去った後、あちこち彷徨いながら、チェリョンに渡された金でその日暮らしをした。幼児の時期と晩年を除けば、生涯のうち彼女が働かずに暮らした唯一の時期だった。スナムは、世の中の何かに執着する気はなく、家族を探すこともしなかった。どこにでも根を張る黄葛樹のようにしぶとい自分の生命力が、涸れて消えることだけを待った。

朝鮮戦争（一九五〇―一九五三）が起きた時、スナムはソウルにいた。白凡の葬儀に来たまま腰を据えていたのだ。チェリョンにもらった金も尽き、何かして働かねばならなかったが、仕事をするなら都会のソウルが良いと思った。スナムは、飢え死にしない程度に稼ぎ、なりゆき任せに暮らした。戦争が起きてもスナムは平気だった。彼女の身心は、すでに戦場より悲惨で凄惨だった。あれほど取り返したいと願った祖国の地で、同じ民族同士が銃を撃ち合っている。砲弾が雨あられと降り注ぎ、建物は崩れ落ち、炎が燃え上がった。人々が虫けらのように死んでいき、死臭が漂ったが、スナムは避難することもしなかった。死が訪れてくれるなら、天地神明に感謝すべきことだと思っていた。

日本軍に蹂躙《じゅうりん》された少女のように、引き裂かれ、踏みにじられた朝鮮半島は、休戦によって戦争が一時停止された。人々は、廃墟になった場所で再起しようとあがいていた。スナムは大きな料亭で働いていた。厨房で働くスナムに、店の主人は酒席で客の相手をするよう言った。スナムは以前とは違い、仕事の選り好みをしなかった。守るものなど何もなかったのだ。それにしらふでは堪えられなかったので、つねに酒を浴びるほど飲んだ。

街で戦争孤児を見かけるたび、スナムは、自分の産み捨ててきた子のことがどうしようもなく心に引っかかった。あの子も乞食になって街をうろついているのではあるまいか。子供のことが思い出される日は、客と大酒を飲んで失神したり、誰彼構わず喧嘩を吹っかけた。だがわざと自暴自棄に振る舞っても、次第に強まる子への思いに、スナムは堪えられなかった。

悪魔の子種であるとしても、あの子はスナムの血を受け継いだ子だ。子には何の罪もない。スナムが力を振り絞ってこの世に生まれ出てきたように、あの子も自分に与えられた命を諦めなかっただけではないか。スナムにあの子を憎む資格はなかった。あの子の命を左右する権利もまたない。ふとスナムは、非情な運命を背負って生まれた子が、戦争でどうなったか知りたくなった。生きているなら九歳だ。たぶんスリネだったら、行方を知っているだろう。

一九五四年春、スナムは、なんとか金を工面して買った学生鞄を手に、嘉会洞の屋敷へ向かった。戦災で崩れて壊れた家屋が並ぶ街は、復旧工事の真っ只中だった。生活を立て直そうと必死にもがく人々で、都会は活気を取り戻していた。明るく温かな陽光が街の隅まで照らしていた。

スナムは、チェリョンがあの子を育てているとは夢にも思っていなかった。どういう経緯で生まれた子か、スリネから聞いたはずだ。チェリョンが金をくれて出ていくように言ったのは、スナムが自分ではできないことを代わりにしてくれるためだと思っていた。

嘉会洞の屋敷が近づいてきた。スナムは、嘉会洞の屋敷の主殿《サランチェ》と別館が爆撃に遭ったことをすでに知っていた。最初にその様子を目にしたとき、何の感情も湧かなかった。あれらの建物がさらに数百回、壊されたとしても、自分の人生が壊されたほどではないだろう。建物はいくらでも新しく建て替えられるが、人生は違う。そのことを証明するように、瓦礫を片付けたその場所に、新しい家が建っていた。だが以前のように豪壮な威容を誇る屋敷ではなく、ごく普通の住宅だった。

その光景を目にした途端、スナムに迷いが生じた。別館や主殿が跡形もなく消えたように、自分の身に起こったこともみな過ぎ去ったことだ。スナムは、どん底へと再び足を向かわせている自分を責めた。今からでも元来た道を帰ろう。あの子の行方を知ったとして、何になる。連れ帰って育てられるわけでもない。その子を目の前にすること自体が地獄じゃないか。だが彼女の歩みは止まらなかった。スリネに鞄だけでも渡してもらうよう頼んだら、永遠に忘れよう。それさえしなかったら、一生、あの子のことを忘れられない気がする。スナムは、そう自らに言い聞かせ、嘉会洞の屋敷の母屋に足を踏み入れた。母屋は、土塀が少し壊れただけでほとんど無傷だった。

　髪が真っ白になったスリネが板の間に腰を下ろして、使用人のような女に小言を言っていた。あばたの痕でしわの寄る隙もないような顔は相変わらずだったが、白髪と抜けた歯のせいですっかり老け込んで見えた。スリネの姿に歳月を感じ、スナムの胸は揺れた。

「おばさん」

　スリネは、濃い化粧と派手な身なりの女を見て、一瞬誰だかわからなかった。

「おばさん、私です、スナムです、スナム」

「な、なんだって？　まさか幽霊じゃないだろうね？　それとも人間かい？」

　ようやく気がついたスリネがスナムの腕を掴むと、みるみる涙を溢れさせた。スナムを板の間に上げて座らせたスリネは、少し前に小言を言っていた女に、水晶菓《スジョングァ》（韓国の伝統茶・シナモンジュース）を持ってくるよう言いつけた。

「下に使う人もいて、出世なさったのね。お嬢さまがしっかりやってるみたいね」

　スナムがもの寂しげな笑みを浮かべて言った。

「出世だなんて。死なないから生きてるだけだよ。で、今までどうしてたんだい？　この子ったら、何にも言わずに姿をくらましちまって、どれほどあたしがっくりしたか」

スリネがまた涙をぽろぽろこぼした。

「私もそうよ、死ねなくて生きてただけ。お嬢さまは相変わらずでしょう?」

「相変わらずどころか。主殿《サランチェ》や別館のあったところに家を建てているのを見ただろう?」

「ええ、あの立派な建物が、跡形もなく消えてしまったわね。土地を売ったのね。家が何軒も建っているところだったけど」

「売ったんじゃないよ。ぜんぶお嬢さまが建てているのさ。これからは住宅が大きな商売になるんだそうだ。何軒も建てて、売るとか、貸すとかするそうだよ。どうやら父親の事業の血は、息子じゃなくて娘が受け継いだようだね。度胸も、事業の手腕も、そこらの男なんか寄せつけないほどだよ」

大したもんだとスリネがしきりに感心して言った。

「お嬢さまは、どこにいるの?　建築現場?」

スナムはチェリョンに会いたかった。ふたりともやるせない身の上だ。立ち寄って、同級生のように過ごしたいような気持ちも湧いた。そうなれば、自分とカンフィとの仲を自然に話すことになる日も来るだろう。

「そんなところにいる暇なんかないよ。学校にお出かけだよ。アメリカで難しいことを勉強してきたって言ったら、すぐに米軍の将校の秘書になったじゃないか。ああ、あの時はまだあんたもいたよね。あんたが家からいなくなった後、米軍たちも出て行って、そのすぐ後に女子高の先生になったのさ。釜山に避難していた時、大学に移ってね。今は大学の英語の先生だよ。だから人は勉強しておかなきゃだめだってことだね」

スナムの顔に、苦い笑みが浮かんだ。ニューヨークで大学に通った記憶は、前世の出来事のようだった。そしてその記憶の中の主人公は、自分ではなく本物のチェリョンのような気がした。スリネは、結婚したのか、夫はいるのか、夫はどんな人か、子はいるか、どこに住んでいるのか、スナムに矢のように質問を浴びせた。

スナムは、うわの空で答えながら部屋を見回した。この家に住んでいたことがあったのだろうか。昔を思い出すものは、何ひとつなかった。静かなスナムの視線が、飾り棚の写真立てに釘づけになった。裸の男の子の満一歳のお祝いの写真だった。スリネがスナムの視線を追った。

「子供が気になって来たんだろう？　腹を痛めて産んだ子だもの、そりゃそうだよ。子供は大切にされて幸せに育ってるから、心配することないよ」

スリネがあたりを窺いながら小声で言った。

「赤ん坊をもらってくれた人たちは、いい人だったみたいね」

スナムの視線は、相変わらず写真に張りついていた。

「いま、なんて言ったんだい？　子供はお嬢さまが育てておられるんだよ。あの写真の子がチンスだ。フフフ、お嬢さまは、チンスが坊っちゃんの子だと頭から信じ込んでるんだよ」

スリネの顔に、陰険な含み笑いが広がった。

スナムは、鉄槌で脳天を殴られたようだった。スリネが酒に酔って言っていた話がにわかに脳裏に蘇った。嘉会洞の屋敷に戻って間もない頃だった。あの時は、自分自身が懊悩の真っ只中にいたので、右の耳から左の耳に抜けていった話だ。テスルがヒョンマンに復讐し、テスルがヒョンマンのせいで無理やり炭鉱に行かされた挙句死んでしまったので、自分は、ユン家とヒョンマンに復讐し、テスルの仇を討つためにこれからは生きていくという話だった。スナムは、悪魔の子であるその子が、どうしてカンフィの子に化けたのか、その理由に思い至ったのだ。スナムの顔から血の気が引いた。

「おばさん……」

スリネが、身をかがめてスナムの言葉を遮った。

「あんたは、あたしにどんなに礼を言っても足りないんだよ。お嬢さまは結婚するつもりはなさそうだ。それじゃあこの財産はいずれ誰のものになると思う？　全部、あんたの息子のものになるのさ。出世は、あたしじゃなくて、あんたがしたんだよ。あたしは、もうただ生きてるだけ。あんたは、あんたの息子が大きくなるまで、そっと静かにしてればいい。息子ってのは、いつか自分のほんとうの母親を探すもんだ」

スナムは、耳元に吹きかけられる蒸れた息を感じながら、気が抜けて茫然とした。人間というのは、いったいどこまで邪悪になり、どんな仕業までできるものなのか……。そのとき大門のほうから明るい声が響いてきた。

「ただいま」

家の中の空気を一変させる朗らかな声だった。スナムは、とてもその子を見ることができないと思った。だが無意識に、視線はその子のほうへ注がれた。学生鞄を肩から提げて駆け込んできた子を見たスナムは、息が止まり全身が硬直した。桃のように頬が膨らんだその子は、あろうことかカンフィの小さい頃と瓜ふたつだった。スナムが記憶しているカンフィの最初の姿より、少し背が低く、ぽっちゃりしているだけだった。スナムは信じられない思いで、頭を振り、目を閉じたり開けたりした。

子供は、一気に庭を横切って庭先まで来ると、母屋の板の間の部屋に着いた。

「おかえり。先生のお話をよく聞いて、勉強をちゃんとしてきたかい？」

子供を迎えるスリネの顔ににこやかな笑みが広がり、声には優しい温もりがこもる。孫を可愛がる、どこにでもいる老婆となにひとつ変わらなかった。

「大学の先生の子だもん。当たり前だよ。ねえ、このおばさんは誰なの？」

子供が鞄を放り投げると、スナムをじろじろと眺めた。スナムは、子供を目の中に刻みつけんばかりに、穴の開くほど見つめた。

「あ、ああ、おばあちゃんの姪だよ。挨拶しなさい」

スリネが、スナムを突つき、しきりに目で合図を送った。スナムは慌てて目を逸らした。

「こんにちは。あのね、おばあちゃん、ぼく、キュマンとめんこ遊びするんだ。行ってくるね」

子供は、スナムにうわの空で挨拶すると、外へ飛び出していった。

「あらあら、何にも飲まないで。チンス、危ないから家の工事をしているところには行かないのよ。あとで母さんに怒られるよ」

スリネが子供の背中に向かって叫んだ。

「はーい、わかったよ」

スナムの魂を激しく揺さぶる甲高い声は、大門の向こうへ消えていった。水晶菓の茶碗を持つスナムの手が小刻みに震えた。

「あの子の母親がそう思い込んで育てたせいというわけじゃないだろうけど、大きくなるにつれて坊っちゃんそっくりになってきてねえ。あんたは坊っちゃんの小さい頃は知らないだろ？　不思議なこともあるもんだ。生き写しに見えるよ、そっくりだ」

スリネが、あの子を育てたのはこの私だというように誇らしげに言った。

「お嬢さまがあの子に真心を注いでいるのを見ると、お前もきっと驚くよ。この世広しと言えども、あんなに仲のいい母子《おやこ》はいないねえ。服も食べ物も、いちばんいいものを着せて食べさせて。あんたは何も心配しないで安心して暮らせばいい。いい加減そろそろ結婚もして子供でも産んで。あんたもほかの人たちのように、人生を楽しまなけりゃ」

スリネの言葉が流れていった。

スリネは、スナムが来たことを知ったらチェリョンが喜ばないからと言って、鞄を隠した。そんなことは、もはやどうでもよかった。そそくさと外へ出たスナムは、チンスが子供たちと遊んでいるのを盗み見た。屈託のない、あどけない姿だった。愛情を浴びるように育った子供らしく、声は明るく自信に満ちていた。スリネの言ったように、いいものを食べさせてもらい、着せてもらっているチンスには、金持ちの家の坊っちゃんらしい気品が漂っていた。自分には到底してやれないことだった。

スナムは、頬を伝う涙で化粧が滲みぐしょぐしょになった顔で坂道を下りて行った。

スナムは、子供がカンフィの子かもしれないとは、これまで考えたこともなかった。いや、ほんの一瞬だけ、そう考えたこともあった。だが、ほんの一瞬そう思うだけでも、カンフィを汚し、彼に対して大罪を犯すようで、慌てて打ち消した。悪魔の子種と彼を結びつけるなんて。そして二度とそう思うことはやめた。

家に戻ったスナムは、忘れようとしていたあの頃の記憶をひとつひとつ呼び戻し、点検するように確認した。そうか、重慶を発つ前に身ごもったのか。解放や子爵の死などの大事件が次々に起こり、体の変化に気づかなかったのだ。ニューヨークでもかなりしんどかった時に生理が止まったことがあったので余計そうだった。無知なうえ、教えてくれる人もいなかったスナムは、妊娠の兆候をただの疲れと思い込み、カンフィに心配をかけないよう、努めて何ともないように振る舞っていた。

だとすれば、早産ではなかった。子は、母親の身が火炎地獄に落ちていた時も気丈に自分を守り、ちゃんと月満ちてこの世に出てきたのだ。母親になったことすら知らなかったとは。お腹の中の子へ抱いた思いや自分のした行いを反芻し、スナムは声を上げて泣いた。悔恨と自責の念で身も心もえぐられるようだった。だが、そこへ抑えがたい歓喜の感情がふつふつと湧き上がってきた。カンフィとの仲は、終わったわけではなかった。自分が残酷な欲望の餌食となり奈落の底にいた刹那も、カンフィが死んでいった刹那も、ふたりは子で繋がっていたのであり、これからもずっとそうなのだ。

明けても暮れても気が触れたように泣いたり笑ったりして過ごしていたスナムは、ある日、料亭で働くのを辞めた。自分はカンフィの息子の母だ。しっかりしなくては。スナムは、子供が自分を探してくれるとは期待しなかった。生涯、自分を母と知らずに生きても構わない。それでも自分はチンスの母だ。息子のお陰で永遠にカンフィの妻でいることができるのだ。

スナムは就職しようとしたが、履歴書上は普通学校に入学したこともない無学者だった。スナムは、料亭で知り合った客の紹介で、英語の家庭教師を始めることにした。卒業証書がないので、家庭教師の授業料を安くした。英語ができる人は多くはなかったし、スナムの教え方がうまいのが評判になり、しだいに生徒が増え、授業料も上げた。一九六一年朴正熙《パクチョンヒ》のクーデターが起こって政権が変わり、名門学校の入試競争率が高くなるにつれ、スナムの授業料も上がった。だがスナムは、いい暮らしをすることに何の関心もなかった。彼女の心はすべてチンスの元にあった。スナムは、チェリョンやチンスに気づかれないくらいの場所で、彼らのまわりをめぐりながら暮らした。

チンスが高校生の頃、体が不自由になったスリネは老人施設に送られた。スナムは、暇さえあればスリネを訪ねて行って、気のすむまで息子の話に花を咲かせた。スリネは、自分が本当に願っていたことが何だったかさえ忘れ、実の孫のようにチンスを懐かしがった。スナムはやりくりしてお金を貯め、小さな家を買った。もしかしてチンスが生母の存在を知る時がくるかもしれないから、その時はきちんと暮らしてきたことを見せたかった。死んだ時、その家を息子に譲り渡すことができたら、それ以上望むことはない。

スナムは、チンスが少年から青年になり、大学と大学院に通い、結婚して妻と一緒に留学するところまですべて見守った。チンスの留学先がニューヨークだと知ったとき、スナムは幸せな空想に浸った。あの子も、私が歩いた街を歩くだろう。ひょっとすると、私が通った学校の前を通るかもしれない。私が働いた食堂で食事をするかもしれない。セントラルパークにも行き、チャイナタウンやタイムズスクエアにも行くだろう。私と違い、私の息子は、お金の心配もなく思う存分楽しく過ごすだろう。妻と一緒に幸せに暮らすだろう。

チンスのおかげで、ニューヨークの記憶が新たに輝いた。そしてスナムの人生も輝いた。

エピローグ　新たに始まる話

キム・スナムおばあさん《ハルモニ》は、初めて会った日からちょうど七カ月目にこの世を去った。私は週に二、三度訪ねたが、最後のほうは認知症が進み、ほとんどまともな会話はできなかった。はじめの頃、彼女の話をノートに書き留めていた私は、いつからか手書きでは追いつかなくなり、レコーダーをまわすようになった。話が終盤に差し掛かった頃、彼女がレコーダーをちらりと見て、私に聞いた。

「私の話を本にするのかね？」

私はどきりとして答えられなかった。

「スナムおばあさんは、どうすることをお望みですか？」

答えのかわりに問い返した。話が続けば続くほど、私の悩みも深くなった。

ユン・ソンウ理事が正式にユン・チェリョンの評伝を依頼してきた契約の条件は、私がかつて受けたことのないような破格のものだった。報酬はかなりの高額で、執筆には別荘を提供するという。だが、ユン理事が書いてくれと依頼したユン・チェリョンの人生の一部は、スナムのものなのだ。運命のように出会ったこの物語が、私の魂の一部となり、血肉となって全身を巡っていた。

私は、ユン理事に、いったん適当な口実をつけて回答を保留した。だが、莫大な財産があり、いくらでも選択肢のあるユン理事が、いつまでも私にこだわる理由はない。あれほどの条件なら、私よりはるかに有名で実力のある書き手でも喜んで飛びつくはずだ。

「私が、おばあさんの話を本にするのをお望みですか？」

私は、まるで処分を待つ人のように、スナムおばあさんを見つめた。老女は震える口調で続けた。

「私はカン先生にすべてを話したのに、それでもまだ怖いんだよ。真実というのはね、ときには死を呼んでくるほど重いものなんだ。チンスを連れ去ったのも、実はそれなんだ」

ついに、息子チンスの話が出た。スナムおばあさんは、息子がアメリカで交通事故で死んだことをなかなか口にしなかった。遠くから見守っていた息子がどんなに立派になったか、どんなに父親と似ていたかなどについては幸せそうな表情で話してくれた。だが彼女の顔が輝けば輝くほど、私は、悲劇的な結末をすでに知っているため、終章を知る映画を見るようで胸が痛んだ。そして彼女がその時の追憶の中に入ってしまうのを危惧した。廃墟になった上海の軍慰安所で遭遇したことを話した時は、ショック症状に陥ったのでなおさらだった。私は生半可な覚悟では尋ねられなかったし、彼女も毎回先延ばしにした。だがついに、触れなければならない時が来たのだ。

「事故じゃなくてね、自死だったんだよ」

キム・スナム老女が深く沈んだ声で言った。私は、言葉が出なかった。

一九七〇年代の末、取り返した父の財産を元手にとてつもない富を築きあげたチェリョンは、女子中高等学校を設立した。数年後には、初等学校も作った。本当に勉強したかどうかなど誰も知らないが、彼女はれっきとした教育学博士だった。富も名誉も手に入れた彼女は、自分ばかりか父ユン・ヒョンマンの人生も華麗に修飾し始めた。

「それまで、私は黙ってすべてを受け入れたんだ。ユン・チェリョンが私の生きた人生を全部横取りして自分のものにしたことも、ユン・ヒョンマンを独立運動の支援者に化けさせたこともね。私はチンスの母親だったから。母親が出て行って騒げば、息子にも傷がつくでしょう。でもね、あの子の出生まで歪めたのは見過ごせなかったんだよ」

一九八〇年代のはじめ、チェリョンはある女性誌のインタビューで、独身である自分が母として生きるようになった理由を語った。解放後、帰国して住む場所のない同胞を自分の家に泊めてやったりしたが、その中のひとりに赤ん坊を産んだまま姿を消した女がいた。赤ん坊を見た瞬間、その子と自分に、へその緒のつながりではない魂のつながりを感じた。それでその赤ん坊を引き取って養子として入籍し、その子のために生涯を独身で暮らした、崇高な博愛精神と母性愛を熱く語っていた。

記事を読んだスナムは、チェリョンは母親役をしてはいるものの、戸籍にはカンフィの息子として載せていると思っていた。にもかかわらずチェリョンの息子としてチンスを入籍しながら、孤児という話にしたことが我慢ならなかった。

「私は学校に、ユン・チェリョンを訪ねていきました」

チェリョンは広くて豪華な理事長室でスナムを迎えた。チンスを産んであの家を出てから直接対面するのは初めてだった。いつの間にか還暦を過ぎたチェリョンとスナムの髪にはところどころ白いものが混じり、生きてきた歳月ほど顔には細かい皺が刻まれていた。スナムには、チェリョンに対する昔のよしみは微塵も残っていなかった。チンスを立派に育ててくれたという感謝の念も、インタビュー記事を読んでからは怒りに変わった。スナムは、藤の蔓のように絡み合っていたふたりの人生を、ついにきっぱり分かつ時が来たと思った。

スナムは、チェリョンに他のことはすべて目をつむるから、チンスの出生だけは事実をありのまま伝えるよう迫った。もしそうしないなら、自分がチェリョンの身代わりに慰問隊に行かされたこと、チェリョンが日本の男と結婚し子供まで産んだこと、そして自分の履歴をすり替えて生きてきたこと、すべてを世間に暴露すると脅した。だがチェリョンはたじろぎもしなかった。

「ふふん、やれるもんなら、やってみればいい。あんたがそのデタラメを証明するより先に、チンスが、自分の父親は妾の子で、そんな父親にお前の母はたぶらかされて生まれたってことを知るだろう。そして母は自分をいくらかのお金で売って家を飛び出し、その後料亭を転々としていたことを知れば、あの子はさぞかし喜ぶだろうよ。私の考えでは、そんな親たちの息子でいるより、孤児のほうがずっとましだと思うけどね」

あの人にたぶらかされただって？　なんという侮辱だ。

「たぶらかされたなどという言葉は、この場で、ただちに取り消しなさい。そして謝罪しなさい。あの人と私は結婚していたんです。私たちは愛し合う夫婦だったのです。チンスは私たちの間に生まれた子です」

スナムは、蒼白な顔で身を震わせながら叫んだ。

「死んだ人だからって、よくもそんな好き勝手なことを言うわね。もしそれが本当なら、お金をもらって出ていく代わりに、あの時になぜそれを言わなかったのよ。あんたはお金を受け取ったんだから、もう何も言う資格はないのよ。やましいところがないのなら、なぜこれまで子供の前に出てこなかったの。なぜ遠くから屋敷の周りをうろついていたの。もう帰って。二度と私たちの前に現れないで。もしまた来たら、その時は、チンスが自分の醜い出生の秘密を知ることになるわ」

チェリョンは逆にスナムを脅迫した。

何の収穫もなく帰ってきたスナムは、胸を掻きむしり、号泣した。自分を孤児だと、みなし子の養子だと思って生きてきたチンスを思うと、胸が痛んだ。どれほど辛く孤独だっただろうか。チンスが故郷へ戻ってこないのは、だからなのか。かつてカンフィが中国を彷徨《さまよ》っていたように。スナムは、息子が幸せに暮らしているとばかり思っていた。

スナムは気が気ではなかった。じっとしていれば、チェリョンの話が永遠に真実として残ってしまいそうだった。父親のユン・カンフィは家の使用人だったキム・スナムをたぶらかし、母は息子を産んだ後、お金をもらって出ていった。チェリョンは、実の甥になるその子にその事実を明かしあぐねて、むしろ孤児ということにしたのだと、さらに話に輪をかけた聖なる母性愛を振りかざすだろう。雑誌のインタビューでそう喋るかもしれない。チェリョンならやりかねなかった。

まさかこれほど長く生きるとは思っていなかったスナムは、死ぬ前に、息子に真実を伝えなければと思った。スナムは、勇気を振り絞り、息子に手紙を書き始めた。ショックを受けるのではないかと恐れながら、何通かに分けて、真実を書き綴った。チンスの父と母はどんな人だったか、ふたりはどれほど愛し合い、尊敬し合っていたか、父はどのように亡くなったか、なぜ息子を自分の手で育てられなかったか、チェリョンが何をしたのか……。スナムは自分の身に起きたことも正直に綴った。

手紙を書きながらスナムは、息子が自分を訪ねてくる日を想像した。チェリョンのように莫大な財産や名誉を譲ってやることはできないが、本当に愛してやることはできる。チェリョンの語る母性愛などというものは偽者だ。ところが、真実をすべて知ったチンスは、スナムを探す代わりに、チェリョンの秘密を葬ったままこの世を去った。アメリカの東部海岸道路から自分で運転していた車もろとも海に転落した事故だった。スナムは、息子の死は真実が歪められた重みに堪えきれなかった自死だと、硬く信じ込んだ。

「私の手で、あの子を死なせてしまったのだよ。非情な母から生まれて苦労してきた子を、挙句の果てに私が追い詰めてしまった。この世に、こんな運命があるだろうか。もうそれ以上、私は生きていたくなくなったよ。でもね、しぶといこの命は依然として私を放さなかった。どうして私にこんなことが次々に起こるのか知りたくて、宗教にすがったこともあったけれど、答えを見つけることはできなかった。それが私に与えられた定めだったんだね。あの時プニに再会しなかったら、私は半狂乱になって、彷徨い歩いたことだろうよ」

スナムおばあさんは、私の懸念をよそに、穏やかにそう話した。だが私は、彼女が自らの最後の命を燃やしながら過去の記憶を照らしているのを感じた。

とある施設で再会したプニは、スナムよりまだ若いのにすでにすっかり歯が抜け落ち、全身、病に犯されていた。精神は崩壊し、裂かれ抉《えぐ》られた彼女の体は、永遠に回復することはなかった。満州の吉林《ジーリン》の後、日本軍慰安所を何カ所も点々とさせられたプニが解放を迎えた場所は、インドネシアの島だった。ほかの土地とは異なり、インドネシアではそれでも少し金が稼げた。だが身を削って貯めた金は、解放になり、帰国のために乗った船が転覆して、すっかり水底へ消えてしまったのだった。ようやく故郷の家に帰り着いたが、母はすでにこの世を去っていた。残った家族の冷遇と村人の後ろ指に堪えきれず、都会に出たプニは、あちこちを放浪した末、結婚した。しかし、ぼろぼろの体で子を産めなくなっていたプニの結婚は、二度とも夫の酒癖と暴力で破綻した。

スナムは、プニを家に連れてきて、妹のように娘のように世話をした。彼女の庇護者となったスナムは、再び自らの命をつなぎとめた。一九九一年に軍慰安婦被害者の初の証言が世に出て以後、韓国社会では慰安婦に対する関心が高まったが、スナムは被害者登録の申請はせずに、すべてを葬り去ることにした。自分が慰安婦として戦地に行った記録はどこにもなかったし、その事実を証明するにはチェリョンとまたぶつからなければならない。そんなことをすれば、今度はチンスの幼い息子を傷つけてしまうかもしれないと恐れた。それを恐れて、チェリョンがチンスの息子を自分の手元に連れてきて育てているのを知りながら、考えないようにした。

スナムはプニだけでも軍慰安婦の被害者に登録させようとしたが、彼女は怯え、頑なに拒否した。そんなプニにある日突然、認知症の症状が現れたのだった。スナムには、プニがあの時の記憶を甦らせるかわりに、むしろその記憶を抹殺するほうを選んだように思えた。プニは、あらゆることを忘却した後も、スナムにだけは影のようにつき従った。スナムは二十年以上、プニの面倒をみた。

スナムの財産といえば、若い頃に買った小さな家一軒だけだった。家を買った頃から無資格者という噂が立ち、スナムはそれ以上家庭教師を続けることができなくなった。スナムは、ふたたび掃除をし、皿洗いをした。そんな仕事も年をとるにつれなくなった。スナムは、ソウルから京畿道の田舎に引っ越し、さらに小さな家に移り、借家に移り、間借り部屋に移り、最後は古紙回収までしながらプニの面倒をみた。スナムはあの時の借りを返している、いや、罪滅ぼしをしているのだと感じていた。

「プニを置き去りにして逃げた私は、上海で、もう一度同じことをしたんだよ」

　上海の軍慰安所で残留日本兵に襲われ、気を失っていたスナムは、誰かのさする手で目を覚ました。目を開けてみると、ヨンスンが大粒の涙を浮かべ、自分を撫でていた。スナムは、悲鳴を上げヨンスンを押しのけると、一目散にそこを飛び出した。オンニ、オンニ。ヨンスンが呼んだが、振り返らなかった。ずっと悪夢としてつきまとっていたプニの記憶とは異なり、ヨンスンのことは思い出しもしなかったのだ。自らを襲った絶望が、ヨンスンの記憶を永らく消し去っていた。

　スナムはプニの世話をしながら、ときどき無意識にプニをヨンスンと呼んだ。するとプニも自分をヨンスンだと思い込んで返事をした。生活保護を受ける身になったスナムは、三年前、プニがこの世を去った後、転んだ時の怪我がもとで体の自由がきかなくなり、ようやく老人ホームに入り、休息を得た。そして自分の全生涯を、もう一度生き直すかのごとく力強く洗いざらい私に語り、そして永遠の休息についたのだった。彼女にとって唯一の慰めは、ユン・ヒョンマンの名が、売国奴であったことを後世に残す『対日協力者《チニルパ》人名辞典』に載ったこと、それだけだった。

　そもそも、ユン・チェリョン博士がドキュメンタリー番組の出演に応じたのは、父親の対日協力行為を弁明するためだった。私たちは、彼女の人生と直接関わる部分についての弁明や主張は、番組に出すことで合意し、撮影した。しかし最終的にそれらを編集でカットしたのは、せめてもの救いだった。

　質素な葬式を終えたあと、私はスナムおばあさんの遺品箱を受け取った。そこには十冊を超える日記帳と、細かいひびが蜘蛛の巣のように入り、ほとんど何も見分けられない色褪せた写真が一枚、そして私宛の手紙があった。私は急いで手紙を広げた。日記帳とは違い、かなり震えた筆跡だった。

もはや精神が晴れている日より、曇っている日のほうが多くなりました。遅くならないうちに、お別れの挨拶をしようと思います。

私の人生の最後の友　カン先生へ

去る七月、新聞でユン・チェリョンの訃報を見ました。憎悪の感情しかないと思っていたのに、自分の身の半分を切り取られたように、胸が痛み、寂しい気持ちになりました。生涯、秘密を抱えて生きたあの人もまた、ほんとうに孤独で苦しかっただろうと思ったのです。ユン・チェリョンが世を去ったのだから、もうすべてを忘れようと心に決めました。まるであの人の最期を確かめるまで待っていたようで、私の人生もじきに終わるだろうという予感がしました。しぶとく長かった命がやっと終わると思うと、嬉しくもありました。

ところが最期を迎える準備をしている時に、あのドキュメンタリー番組を見たのです。これ以上もう何も驚くことはないと思っていたのに、〈子爵の娘〉を見て、私は大きなショックを受けました。ユン・チェリョンが掠め取っていった私の物語が、堂々とテレビにまで流れたのです。そして金九《キムグ》先生と撮った写真。私も持っていないその写真が、ユン・チェリョンのものにすり替わって画面に映し出されるのを見て、それ以上堪えられませんでした。これで私まで消えてしまえば、キム・スナムの生きた証しは、永遠にチェリョンのものになってしまうと思うと怖くなりました。それは真実を歪められる恐怖というより、もっと大きな何かでした。それでカン先生に連絡したのです。けれどもおわかりのように、私には自分が生きてきたこと、それ以外に、真実を証明するものは何もないのです。傷だらけの人生を、カン先生にひとつ残らず聞いてもらう以外に、できることはありませんでした。

私がしなければならないことを押しつけてすみません。ユン・チェリョンが私の人生を奪っていったあの時、本当のことを言わなければいけなかったのです。その後、ユン・チェリョンが自分の父の人生までごまかし始め、美化しはじめたあの時にでも、真実を言わなければいけなかったのです。でも私は、そのたびに目をつぶり、耐え忍び、嘘が真実に成りすましていくのを黙認してきました。

最後に、どうしても今まで言えなかった人生最期の告白をしようと思います。ドキュメンタリー番組でユン・チェリョンの人生だと描かれた解放前の部分は、まさに私のものでした。でも、ユン・チェリョンが子爵の娘という運命を振り払おうと努力したという内容とは違って、私はあの時その肩書に存分に酔いしれていたのです。偽りでも、束の間でも、子爵の娘という身分は、言葉では言い尽くせないほど心地良かったのです。キム・スナムでは、到底手にすることのできなかった待遇、勉強する機会、財産、家柄、そして父親の愛情……。

ユン・カンフィを愛することがなかったら、あるいは子爵という称号が汚名にまみれる世が来なかったとしたら、私は永遠に替え玉のまま子爵の娘のふりをして暮らそうとした気がするのです。本物のユン・チェリョンに、おいそれとその座を明け渡すことはしなかったでしょう。息子のためという言い訳をしましたが、実は心の底に押し隠してきた私のもうひとつの気持ちが、ユン・チェリョンの歪曲に口をつぐませました。この恥ずべき告白をしたことで、ようやく私の話は終わります。

私の話を信じて、誠心誠意、聞いてくださったカン先生、本当にありがとう。この感謝の気持ちをなんと表していいかわかりません。重い荷物はカン先生に預けて、私は晴れて軽やかな心でこの世を去ろうと思います。身を軽くして、あの人と息子のいるところへ……。

キム・スナム

私の目から溢れる涙が、スナムの最期の告白の上に落ちた。その涙は私の心の中へも流れ落ちた。思いがけず、私は、ユン・チェリョン、キム・スナム、ふたりの人の最期を看取る人間になってしまった。私はスナムの人生に劣らず、チェリョンの人生にも人間的な憐憫を感じた。彼女がアメリカで経験したことは、スナムの告白より軽いとは決して言えないだろう。秘密を抱えて生きたその後の人生もまた、安らかだったとばかりは言えなかっただろう。

私には、彼女たちの生きた証しを記録する機会が与えられた。ひとつは、快適な環境と高額な報酬が約束された仕事だ。もうひとつは、スナムの人生のように何が起きるかわからない、険しい道のりだ。報酬どころか、真実を明かした代償を支払わなければならなくなるかもしれない。葛藤がないかといえば嘘になる。スナムおばあさんに会っていた間も、私は、自分が企画書を通したドキュメンタリー番組の内容の誤りを世間に公表しなければならないことに気後れを覚えた。避けることができるなら避けたかった。スナムおばあさんとともに過ごした時間を私の人生から切り取って、なかったことにし、ユン・ソンウ理事と契約書を交わしたい誘惑にかられた。

だが、ひとりの人間の人生からある一部分をおもちゃの積み木や自動車の部品のように取り外し、別の物を嵌め込むことはできない。それをしてしまった瞬間、その人の人生は微妙なバランスを失い、やがてすべて崩れ落ちるだろう。他人の人生を土台に家を建てた瞬間から、チェリョンの人生は歪み、腐っていった。そのように育てられたからと免罪されるのは、幼い頃までの話だ。自分のしたことに対する責任は、とどのつまり自らがとるほかない。他人には成功した人生と映ったかもしれないが、チェリョン自身は一瞬一瞬、他人の時間によって自分の人生が苛まれるのを堪え忍ばなければならなかったはずだ。私もまた、スナムおばあさんとの時間をなかったことにしてしまえば、生涯、自分を恥じ、わだかまりを抱えて生きていくことになるだろう。

老女の最期の告白が、私にスナムの人生を選択する勇気をくれた。私が機会を与えられたように、ユン・ソンウ理事と彼の子供たちにも機会をあげたかった。チェリョンとスナム、ふたりのうち、どちらを自分たちの祖母、曽祖母として受け入れるのか、選択する機会を。

当初、チェリョンのインタビュー記事で私の関心を引いたのは、教育界の大物女性経営者のサクセスストーリーではなく、彼女が自分のものにすり替えたスナムのほうの人生だった。現代ならまだ親元で甘えているような二十歳の女の子が、怒濤のように襲いかかる運命を切り拓き次々に前へ進んでいく旅路に魅了されたのだ。

狭い半島すら半分に分断され、島国のような国土しか持たない今の私たちに、七十年以上前、朝鮮半島の南を出発し、国境を越え、大陸を横断して海を越え、地球の反対側まで行って帰ってきたチェリョンの物語は、想像しただけでも私の胸を震わせた。だがその道を本当に歩んだのは、他人の記憶を掠め取ったチェリョンではなく、肩に銃創の痕をもつスナムだ。この世に生まれ出る時から運命と闘ってきたキム・スナムなのだ。

私は、これからスナムとともに遠い旅路に出ようと思う。スナムが自らの魂と体に深く刻んだ、生きた証し。私の小説は、その証しを静かに復元する道のりであり、真実を探す旅になるだろう。ちゃんと書けるかどうか不安だ。真実の重さを知るがゆえに、いっそう不安が募る。だから勇気をもらおうと、写真を覗く。

イルクーツクの写真館、バイカル湖の絵を背に彼女が立っている。カンフィが見つめているので緊張した表情だ。次第に写真の皺や細かいひびが消えていく。擦れて丸かった写真の角がピンとなる。色褪せてぼんやりしていた姿がはっきり見えてきた。十九歳のスナムが笑う。微笑む。そして尋ねる。

「そこに私が行ってもいいですか?」

了

作者の言葉

私が小学生の頃、子供たちが読む本はそれほど多くなかった。世界名作全集のたぐいやチョ・フンパ（趙欣坡・一九一八―一九八〇）の児童小説などがすべてだった。それらの本を早くにみな読んでしまった私は、高学年になると大人の本を覗き始めた。イ・グァンス、キム・ネソン（金来成・一九〇九―一九五七）、三浦綾子のような作家たちの作品をよく読んだが、その中でももっとも印象的だった作品が、イ・グァンスの『有情』だ。主人公の悲恋に胸を締めつけられ、広大な地理的背景に胸躍らせた。京城に住む登場人物たちは、朝鮮を抜け出し、日本、中国、ロシアなどを自由に行き来した。

一九七〇年代前半、国交正常化していたとはいえ日本は心情的にはまだ遠い国だった。中国、ロシアは共産主義国で、韓国の敵対国家だった。「反共」が国是だった時代の子供らしく、私は反共少女だった。そんな私に、ソウルから汽車に乗って、平壌、新義州を通り、中国、ロシアまで行く登場人物たちの旅路は、驚きを通り越して衝撃だった（あとで、イ・グァンスが対日協力文学家だったことを知り、さらなる衝撃を受けたが……）。政治や外交はさておき、海外旅行は夢のような時代だった。

その頃から、「行きたい所は？」と問われると、私はよく知りもせぬまま「バイカル湖」と答えていた。誰もが知っているありふれた場所は言いたくない文学少女の生意気さだったかもしれない。ともかく、スナムという子が胸の中に宿ったのもその頃からだったのだろう。空想の世界でしか行けない場所だったので、自分の代わりにその道をたどってくれる人物が必要でもあったのだ。

しばらく忘れていたスナムは、作家になってから再び現れ、胸を揺さぶり始めた。だが、その子を主人公に、どんな話をどう描くべきか、まだ曖昧で漠然としていた。二〇〇四年『ユジンとユジン』

を書き終えた後、スナムを通して描きたい話が、おぼろげながら現れ始めた。日帝強占期（日本の植民地時代）、一人の少女が朝鮮半島の南から出発して、中国、ロシア、ヨーロッパまで行く話だ。その道程は、時代状況、身分、性別、人種、学歴の差など、多くの障害物を乗り越えていく過程でもあった。

スナムを通して、二つに引き裂かれた小さな国土に住んでいる人々の胸の中に、大陸という広大な空間を注ぎ入れてあげたかった。また今の現実に埋没し、目の前のことだけ見て走り続けている人たちに、違う時代に生きた人々の生きざまを見せてあげたかった。運命を切り拓きながら、自らの世界を広げていくスナムの大胆な姿は、想像するだけでも痛快でわくわくした。

スナムの後を追いかけているうちに、チェリョンが現れた。チェリョンは生来の性格どおり、脇役では決して満足しないというように強烈な存在感を示した。その結果、スナムの話はスナムとチェリョン二人の少女の話へと広がり、彼らと関わる新しい登場人物が生まれた。嘉会洞の屋敷とユン・ヒョンマン子爵、クァク氏、スリネ、カンフィ、淳平、テスル……。もつれた登場人物たちは、自ら生命力を得ると、旺盛に自分の話を繰り広げて行った。書きたかったことも、〈運命を切り拓き、自分の世界を広げていくスナムの話〉から、〈スナムとチェリョンの歩んだ人生の話〉という、包括的で根源的な話に変化していった。お陰で、人物たちの生きざまや心情を、より深く覗き見ることができた。

構想を始めて十年経った二〇一四年、書き出す時が来たという心の声が聞こえた。その年の六月、私は文学仲間とともにウラジオストックからシベリア横断鉄道に乗った。五日かけてバイカル湖に着いた時、涙が溢れた。幼い頃の夢が叶った喜びからか。それとも、スナムの代わりに泣いたのか。今もわからない。

二〇一四年八月から三カ月間、忠清北道曽坪《チュンピョン》にある二十一世紀文学館創作執筆室に滞在した。それまで買い集めた日帝強占期関連の書籍を旅行鞄に詰め込んで行った。新たに歴史の勉強をしながら、登場人物を当時の時間の中に置いてみる。具体的な歴史と混ざり合ってくると、架空の話が本当にあったことのように生き生きと近づいて来て、早く書きたいと焦りさえ覚えるほどだった。

ところがいざ書き始めてみると、未知の時空間を描き、登場人物を生かす作業は容易ではなかった。私の貧弱な想像力のせいで、登場人物たちは精気を失った。そんな時は執筆を中断し、作品の舞台を歩き回った。嘉会洞の屋敷や別館を実感の湧く空間として描くため、各地に残る韓国式家屋や近代建築を訪ねた。スナムとチェリョンの後を追いかけて彷徨い歩き、彼女たちの船の道行きに沿って、飛行機に乗った。現在の空間に登場人物たちを解き放ったまま、私は彼らが生きた時代に立ち戻り、見て聞いて考えた。ようやく時空間に馴染んできた人物たちに、生気が宿り始めた。

人間は複雑で多面的な存在で、完全な善人も悪人もいない。誰もが自らの欲望や利益の前で、揺れながら生きている。そういう人間を、日帝強占期という歴史的枠組みに閉じ込めて、二分法的に描きたくなかった。そんな気持ちで登場人物たちに向き合ってみると、彼らもまた私に率直に心の奥底を見せてくれた。小説を書く過程は、私より先に生きた彼らから、人生を学ぶ時間でもあった。

私はこの小説を、若い人だけでなく、いまはもう大人になった読者たち、生きることの重さに圧倒され、かつて十代だったことを忘れて過ごしている大人たちも、ともに読んでくれたらと思う。あわせて、応援してくださり、待っていてくださった多くの方がたの熱い気持ちに報いることのできる作品になっていたら、これ以上の幸いはない。

二〇一六年五月

イ・グミ

訳者あとがき

本書は、韓国の青少年文学（YA文学）を牽引する作家イ・グミによって二〇一六年に発表され、二〇一八年、IBBY（国際児童図書評議会）「オナーリスト」に選定された。さらに二年後の二〇二〇年、イ・グミは「国際アンデルセン賞韓国候補作家」としても推薦された。まさに韓国を代表する青少年文学の第一人者だが、本書は、彼女の初の邦訳作品である。社会的イシューを児童書で扱う傾向は、韓国では日本より一般的とはいえ、若者の歴史離れは韓国も日本と同様で、こうした近現代史を背景にした骨太の長編作品は、韓国の青少年文学の世界でも異色と言えるだろう。

本書は、韓国国内のみならず、東アジアの若者たちがともに読むことのできる普遍的な視座を丁寧に描いている。作者が韓国の若い人たちへ向けた言葉は、そのまま日本の私たちにも強く響くメッセージとなった。加害と犠牲、悪と善、抑圧と被抑圧、富者と貧者——底知れぬ対立や憎悪、怨恨に押し潰されたり、それらを増幅させたりするのではなく、むしろ現実を冷徹に見つめ、まるごと引き受ける人生の可能性を、本書は見事な歴史物語として描き出した。

対日協力者、三一独立運動、朝鮮博覧会、炭鉱への徴用、日本軍慰安婦、大韓民国臨時政府、アメリカの日系人収容所など、歴史の断片が物語の要所要所に埋め込まれていて、登場人物に陰影をもたらしている。もし私があの時代のスナムだったら、あの時代のチェリョンだったらどう生きたのだろうかと、つねに問いを投げかけられているようで、終始、息詰まる思いだった。

七歳で親に売られた少女スナムは物おじしない性格で、身ひとつで運命を切り拓き、地球半周を往復する。少女の夢のような冒険物語は後半で暗転し、物語の深奥へと進む。一方、対日協力者の娘チエリョンというもうひとつの命にも息を吹き込むことで、作者は時代の憂いをより濃く描き出した。自らの過去を粉飾して生きざるをえなかった彼女もまた、時代の犠牲者ではなかったかと。

解放後の韓国社会で「対日協力者」（原語は「親日派〈チニルパ〉」）は、表向きは糾弾対象となりつつ、裏では長期にわたり軍事独裁政権を支えて隠然たる勢力を保持した。別の言い方をすれば、植民地時代に日本の支配体制に協力的だった朝鮮・韓国人勢力が、解放後も、独裁政権下で勢力を維持し続けたともいえる。心地の良いハッピーエンドには帰着しない二人の後半生。そこには、複雑な韓国の現代史を、いかに見つめ引き受けるのかという、作者の自己省察のまなざしが貫かれている。

そのことは本書のもうひとつの重要なモチーフでもある日本軍慰安婦問題の描かれ方についても言えるだろう。スナムは、プニを置き去りにし、さらにヨンスンを置き去りにした自らに対し、痛々しいほどの贖罪の後半生を送る。韓国の人たちの多くが、社会の中で薄々知りながらも、目をつぶり助けることのできなかった数多くのプニやヨンスン。どこまでも社会の最底辺で生きざるを得なかったスナムのような女性たちに、光を差しかけられなかった自らの現代史を問うている。

そうした透徹した自己省察のまなざしが、私たちの心の奥底を揺さぶり、深い共鳴をもたらす。朝鮮半島の近現代史は、一筋縄ではいかない。周辺の地域・国・人々が幾重にも絡み、ねじれ、もつれている。困難に満ちた時代に生きた人々の物語が、胸躍る小説としてこの世に生み出されたことは、アジアに生きる私たちにとって大きな歓びだ。読者の皆さんが、それぞれにスナムやチェリョンに身を重ね、時間と空間を自由に旅しながら、本書を味わっていただけたらと思う。

二〇二二年一月

神谷丹路

本書は史実をもとにしたフィクションです。
また原文には今日からみれば不適切と思われる表現がありますが、
作品の舞台となる時代背景や作品価値を鑑み、そのまま訳出しました。
なお、文中の註はすべて訳者によるものです。
訳者　里山社

そこに私が行ってもいいですか？

二〇二二年三月三〇日　初版発行

著　者　イ・グミ
訳　者　神谷丹路
装　丁　渋井史生
装　画　須山奈津希
ＤＴＰ　有限会社トム・プライズ
版権管理　木下美絵（ナムアレ・エージェンシー）
発行者　清田麻衣子
発行所　里山社
〒八一〇-〇〇二二
福岡県福岡市中央区今泉二-一-七〇-四〇六
TEL 080-3157-7524　FAX 050-5846-5568
http://www.satoyamasha.com

印刷・製本　モリモト印刷株式会社

ISBN 978-4-907497-16-3 C0097